弘丰 注析　　细井徇 等 撰绘

北京燕山出版社
BEIJING YANSHAN PRESS

图书在版编目(CIP)数据

诗经：风雅颂 / 弘丰注析；细井徇等撰绘 . -- 北京：北京燕山出版社，2019.12

ISBN 978-7-5402-5384-4

Ⅰ . ①诗… Ⅱ . ①弘… ②细… Ⅲ . ①古体诗—诗集—中国—春秋时代②《诗经》—注释 Ⅳ . ① I222.2

中国版本图书馆 CIP 数据核字(2019)第 293743 号

诗经：风雅颂

注　　析　弘　丰
撰　　绘　细井徇 等
责任编辑　贾　勇　王　迪
封面设计　言　午
责任校对　石　英
出版发行　北京燕山出版社有限公司
社　　址　北京市丰台区东铁营苇子坑路 138 号
电　　话　010-65240430
邮　　编　100078
印　　刷　德富泰(唐山)印务有限公司
开　　本　880mm × 1230mm　1/32
字　　数　400 千字
印　　张　24
版　　次　2019 年 12 月第 1 版
印　　次　2020 年 4 月第 1 次印刷
定　　价　158.00 元(全三册)

前言

《诗经》是我国第一部诗歌总集，它包含西周初期（公元前11世纪）到春秋中期（公元前6世纪）五百多年间我国北方的民间歌谣、士大夫作品以及祭祀的颂辞。

《诗经》最初的时候叫《诗》，或《诗三百》，和《易》《书》《礼》《春秋》等一样，没有"经"的尊号。正式把"经"用作书的签题的，是宋人廖刚著的《诗经讲义》一书，他这部书在南宋初年问世，到了元代，这种风气渐盛；明代以后，《诗经》《易经》《书经》等，几乎就成了定名。

《诗经》共分风（160篇）、雅（105篇）、颂（40篇）三大部分。它们都得名于音乐。

第一部分的"风"，是"风俗"的"风"，原指自然风俗，后来由土风土俗所产生的歌谣，也就称"风"。收在"风"里的诗篇，大多是民歌，虽然可能经过记录者、编纂者的修饰，然而它们大部分是歌咏百姓的生活与工作，欢乐与痛苦。我们可以看到有关求婚、工作、田猎的诗以及游戏、舞蹈、伴唱的诗；也可以读到有被情人遗弃的失恋者、受冷落的妻子、为家人在外不归而发出的悲叹以及战士们厌恶战争而宣泄出的牢骚，在它们刻画分明的描写中，古代中国的社会生活面貌，油然重生，使我们能够深刻地认识当时人的思想与心绪。

第二部分是“雅”，是被王室所崇尚的正乐，用以记载政治的兴衰，有大雅、小雅的区别。大雅是诸侯朝会时的乐歌，所以庄严肃穆，丝毫没有悲怨之声；小雅是贵族飨宴时的乐歌，所以有悲怨、伤感、讽咏之意，这是大雅与小雅的区别。

第三部分是“颂”，“颂”的大部分诗篇是在赞扬神明的伟大，表扬祖先的盛德，颂诗不但有辞有乐，并且还有舞，所以叫作颂。它的作者大多为士大夫。颂有周颂、鲁颂、商颂三类。

总体来说，属于风的诗，大多是抒情诗；属于雅的，抒情兼叙述；属于颂的，大多是叙事诗。

当你读《诗经》时，不论是当作文学欣赏以陶冶情操，还是用于考察历史，你需要尽可能地把难字难句的解释先弄清楚，然后从头到尾，把字句衔接起来整篇读，等你粗略地看出通篇的大意时，再阅读赏析文字，那么诗人所吟咏的情境与心绪，就很容易地呈现在你眼前了。

《诗经》是中国诗歌，乃至整个中国文学的一个光辉起点。它从各个方面真实地展现了那个时代丰富多彩的社会生活，反映了不同阶层人们的喜怒哀乐，以其现实性、独特性，开辟了中国诗歌的光辉道路。由于特殊的社会生存条件，《诗经》缺乏飞扬的个性自由精神，但在那个古老的时期，它是无愧于人类文明的。

译注古书是一项非常烦琐而复杂的工作，甚至需要几代人不懈的努力，由于学识有限，译注不准确或错误的地方敬请广大读者批评指正。

此外，本书在译注过程中，参阅了大量书籍资料，对这些理论和观点的倡导者一并致谢。

目　录

卫风

王风

郑风

齐风

魏风

唐风

秦风

陈风

桧风

曹风

豳风

国风

周南

《诗经·国风》之一，存诗十一篇。南，一说为地名，“周南”即周公及其继承者所管辖区域的诗篇。朱熹又说：“‘周’，国名；‘南’，南方诸侯之国也。”现代学者则多认为“周南”是流传于周国境内的南方民乐。

关　雎[1]

关关[2]雎鸠[3]，在河[4]之洲[5]。窈窕淑女[6]，君子[7]好逑[8]。

参差[9]荇菜[10]，左右流[11]之。窈窕淑女，寤寐[12]求之。

求之不得，寤寐思服[13]。悠哉悠[14]哉，辗转反侧[15]！

参差荇菜，左右采之。窈窕淑女，琴瑟友之。

参差荇菜，左右芼[16]之。窈窕淑女，钟鼓乐之！

①关雎（jū）：篇名，《诗经》每篇都用第一句里的几个字做篇名。②关关：鸟叫声，是雌雄鸟和鸣的拟声语。③雎鸠：一种水鸟，即鱼鹰。④河：指黄河，《诗经》中凡是提到河的地方都指黄河。⑤洲：水中的陆地。⑥窈窕淑女：窈窕，内心和相貌美好。淑，好。⑦君子：指德才兼备的男子，《诗经》中妇人称她的丈夫有时也称君子。⑧逑：配偶。⑨参差（cēn cī）：长短不齐。⑩荇（xìng）菜：一种水生植物，又名接余，根生水底，茎如钗股，上青下白，叶呈紫红色，叶圆径一寸多，浮在水面上，是可以采来做菜蔬吃的。⑪流：采，就是顺着水流去采取的意思。⑫寤寐：寤是醒着，寐是睡着。这是用两个反义字组成的词，而只取“寐”一义，意思是说“他连在梦中都在想念她”；也可照字面解释成“不论是醒来或在梦中，都在想念她”。⑬思服：思念。⑭悠：形容思念深长。⑮辗转反侧：形容夜里睡不着觉，在床上翻来覆去。⑯芼（mào）：拣选。

这是一首情感自然流露的恋歌，写一个男子思慕一个“窈窕淑女”，并设法去追求她，终至成婚。

诗分四章。首章四句以河洲上雌雄和鸣的鱼鹰起兴，引出淑女宜配君子的诗句来。相传雎鸠这种水鸟，雌雄的情意专一，感情深浓。若其中之一死亡，另一只也就不食不饮，忧思憔悴而死，极笃于伉俪之情。所以诗人见河洲上一对对的雎鸠关关和鸣，就联想起：似我这般高贵优雅的君子，该有个美丽文静而贤惠的淑女做我的好配偶才是，奈何我至今仍然独自一人？

二章八句，先以求取荇菜起兴，因而联想到对淑女的追求也不易，然后铺陈追求淑女未能达到目的时的苦闷心情：诗人驾着一叶扁舟，顺着水流而行，一会儿在船的左边，一会儿在船的右边，去寻求择取那长短不齐的荇菜，是如此的顺当而随心所欲啊！然而对于那美丽贤惠的淑女，虽然醒来和梦中都追求着，可是为什么那么难求呢？当追求不到时，就连在睡梦中都在想念着她，无垠无涯的相思之海呀！多么漫长的夜啊！躺在床上翻来覆去，根本就无法入眠直到天亮。

三、四两章八句，仍以“参差荇菜”起兴，采取歌谣中常见的往复重沓的手法，主题一再地重复，成为诗中的风格。君子弹琴奏瑟来亲近淑女，使她欢愉，君子淑女终得成婚；更以钟鼓和鸣，描绘出君子淑女结合后的美满和浓情蜜意。

诗中君子追求淑女，终成佳偶的经过，庄重中带有幽默，音调柔美，更有一分浪漫的美感，像一幅浪漫的山水画。

葛覃

葛[1]之覃兮，施[2]于中谷，维叶萋萋[3]。

黄鸟于飞[4]，集于灌木[5]，其鸣喈喈[6]。

葛之覃兮，施于中谷，维叶莫莫[7]。

是刈是濩[8]，为絺为绤[9]，服之无斁[10]。

言告师氏[11]，言告言归[12]。

薄污我私[13]，薄浣我衣[14]。

害浣害否[15]，归宁父母。

①葛之覃兮：葛，多年生草，茎细长蔓生，根可做药。②施（yì）：蔓延。③维叶萋萋：维，通“其”字。萋萋，茂盛的样子。④于飞：即“正在飞”。⑤灌木：密集生长的树木。⑥喈喈（jiē）：鸟叫声。⑦莫莫：茂密的样子。⑧是刈是濩：是，于是。刈（yì），割。濩（huò），煮。⑨为絺为绤：絺（chī），细的葛布。绤（xì），粗的葛布。⑩斁（yì）：厌恶。⑪言告师氏：言，关联词，有“乃”“则”的作用。师氏，即现在的保姆。⑫归：归宁，回娘家省视父母。⑬薄污我私：污，洗。私，指内衣。⑭薄浣我衣：浣，洗濯。衣，礼服。⑮害浣害否：害，为何。否，不的意思。

全诗共分三章，写出嫁的少妇准备回娘家省视父母时的情绪，用的是直接叙述事物的手法。

首章写景，明晰简洁。少妇在夫家采葛时，见那葛草蔓生，延移到谷中，葛叶长得那么茂盛，黄鹂群群对对地飞集在树丛之上，发出和谐的歌声，就像少妇婚后快活的心情一样。前三句写葛，后三句写鸟，萋萋的颜色与喈喈的声音融合成一片，真是一幅天然的风景画。

次章写少妇勤劳俭朴，采葛制为絺绤。葛既蔓延于山谷之中，葛叶又那么的茂密，于是割来煮了，制成精细的或粗厚的各种葛布，穿起来永不厌倦，多么称心畅快。

末章写絺绤已经做成，告诉保姆，将回娘家省视父母亲，把衣服洗洗，准备穿得干干净净地向父母问安，满怀幸福，洋溢在文辞之间。

本诗结构严谨，先写景，后叙事，情寄景中，感情温厚而活泼。

卷耳

采采[1]卷耳，不盈顷筐[2]。嗟我怀人，寘彼周行[3]。

陟彼崔嵬[4]，我马虺隤[5]。我姑酌彼金罍[6]，维以不永怀[7]。

陟彼高冈，我马玄黄[8]。我姑酌彼兕觥[9]，维以不永伤。

陟彼砠[10]矣，我马瘏[11]矣，我仆痡[12]矣，云何吁[13]矣！

①采采：采了又采。形容卷耳长得很茂盛。②不盈顷筐：盈，满。顷筐，是一种较浅的筐子，像簸箕。③寘彼周行(háng)：寘，通“置”，放置。彼，指筐子。周行，大路。④陟彼崔嵬：陟(zhì)，登。崔嵬(wéi)，高而不平的土石山。⑤虺隤(huī tuí)：与下文的“玄黄”都是有病的通称，指疲惫的样子。⑥姑酌彼金罍：姑，姑且；酌，倒酒喝；罍(léi)，酒器。⑦维以不永怀：只有借此(饮酒)才能使我忘怀一切，免得长久地想念他。⑧玄黄：马生病的样子。⑨兕觥(sì gōng)：用野牛角做的酒杯。⑩砠(jū)：土石掺杂的山。⑪瘏(tú)：马病不能前进。⑫痡(pū)：人病不能前行。⑬吁：忧愁。

本诗在《国风》中算是句法极富于变化，造境美妙的诗篇。诗写一个采卷耳的妇女思念她远行在外的丈夫：提着斜口筐子的妇人，出门采卷耳，采了半天，没有采满一个浅浅的筐子，望着这条联络东方诸侯的东西大干道出神，勾起思念丈夫的情感，不能复采，就将筐子搁在大道旁。这是征夫远行，披星戴月的大路，路的尽头有远人的精魂，盼望借着卷耳，排遣寂寞孤独，和远征的丈夫有所感应：诗人以为相爱者之间必然可依某种象征的行为取得共感，这就是李商隐的《无题》诗“心有灵犀一点通”啊！

《卷耳》非一般叠咏形式的诗，章法深富变化，首章四言四句，二三章则变为五言句六言句，末章的四言句，取首章的沉静作结。诗中“崔嵬”和“虺隤”，“高冈”和“玄黄”，韵则叠韵，音则双声，变化之中有律动谐调之美，民谣的造境至此，大抵臻于顶峰了。尤其“崔嵬”本是叠韵形容词，而当名词用，用法非常巧妙。

卷耳

樛　木[1]

南有樛木[2]，葛藟累之[3]。乐只[4]君子，福履绥之[5]。

南有樛木，葛藟荒[6]之。乐只君子，福履将[7]之。

南有樛木，葛藟萦[8]之。乐只君子，福履成之。

①这是一首祝贺新郎的诗。诗以葛藟攀附樛木喻女子得嫁君子。②樛（jiū）木：枝条向下弯曲的树木。③葛藟（lěi）：一种蔓生植物。累（léi）：攀缘。④只：语助词。⑤履：福。绥：安。⑥荒：覆盖。⑦将：扶助。⑧萦：缠绕。

《诗经》中的"兴"语往往兼有"比"义，《樛木》就是如此。所以透过《诗经》比兴的手法，从中可以还原在三千多年前一场婚礼宴席上：秋日的黄昏宾客毕集，辘辘的车声自远而近。性急的孩童早从村口奔来，嚷叫着："接新娘的车子到啦！"欢乐的鼓吹由此压过喜悦的喧声齐鸣。当幸福的"君子"搀扶新娘下车的时候，迎接他们的，便是青年男女一遍又一遍的热烈歌唱："南有樛木，葛藟累之。乐只君子，福履绥之……"

于是，用"南有樛木，葛藟累之（荒之、萦之）"来比拟、形容新郎新娘的喜悦和美满及当时的情景，是十分贴切的，也体现了《诗经》表达感情克制而平和的优雅，表达了我们民族淳朴、古老的婚礼祝福习俗。

螽　斯①

螽斯②羽，诜诜③兮。宜尔④子孙，振振⑤兮。

螽斯羽，薨薨⑥兮。宜尔子孙，绳绳⑦兮。

螽斯羽，揖揖⑧兮。宜尔子孙，蛰蛰⑨兮。

①这是一首祝人多子多孙的贺诗。诗以螽之多子喻人之多子。②螽（zhōng）：蝗虫类，产仔多且快，古人以为多子的象征。斯：犹“之”。③诜诜（shēn）：众多的样子。④尔：指所贺之人。⑤振振：繁盛的样子。⑥薨薨（hōng）：昆虫群飞的声音。⑦绳绳：绵延不绝的样子。⑧揖揖（jí）：会聚的样子。⑨蛰蛰（zhé）：聚集而安静的样子。

全诗共三章，每章四句，前两句描写，后两句颂祝。而叠词叠句的叠唱形式，是这首诗艺术表现上最鲜明的特色。如果说，“宜尔子孙”的三致其辞，使诗旨显豁明朗，那么，六组叠词的巧妙运用，则使全篇韵味无穷。《诗经》运用叠词颇为寻常，而《螽斯》的独特魅力在于：六组叠词，锤炼整齐，隔句联用，音韵铿锵，营造了节短韵长的审美效果。同时，诗章结构并列，六词意有差别，又形成了诗意的层递：首章侧重多子兴旺，次章侧重世代昌盛，末章侧重聚集欢乐。由此看来，方氏的评语似可改为：诗虽平说，平中暗含波折；六字练得甚新，诗意表达圆足。

关于诗旨，《毛诗序》云：“《螽斯》，后妃子孙众多也，言若螽斯。不妒忌，则子孙众多也。”点出了诗的主旨，但拖了一个经学的尾巴。朱熹《诗集传》承毛氏之说，还做了“故众妾以螽斯之群处和集而子孙众多比之”的发挥，没有贯彻其“《诗》作诗读”的主张。对此，姚际恒一并认为“附会无理”(《诗经通论》)；方玉润进而指出：诗人措辞“仅借螽斯为比，未尝显颂君妃，亦不可泥而求之也。读者细咏诗词，当能得诸言外”(《诗经原始》)。确实不可泥求经传，而应就诗论诗。

体会意象，细味诗语，先民颂祝多子多孙的诗旨，显豁而明朗。就意象而言，飞蝗产卵孵化的幼虫极多，年生两代或三代，真可谓是宜子的动物。诗篇正以此作比，寄兴于物，寄物寓情；“子孙众多，言若螽斯”，即此之谓。就诗语而言，“宜尔子孙”的“宜”，有“多”的含义；而六组叠词，除“薨薨”外，均有形容群聚众多之意。易辞复唱，用墨如泼，正因心愿强烈。“子孙”，是生命的延续，晚年的慰藉，家族的希望。华夏先民多子多福的观念，在尧舜之世已深入民心。《庄子·天地》篇有“华封人三祝”的记载：尧去华地巡视，守疆人对这位“圣人”充满敬意，衷心地祝愿他“寿、富、多男子”。而再三颂祝“宜尔子孙”的《螽斯》，正是先民这一观念诗意的热烈抒发。

桃　夭

桃之夭夭[①]，灼灼[②]其华[③]。之子[④]于归[⑤]，宜其室家[⑥]。

桃之夭夭，有蕡[⑦]其实[⑧]。之子于归，宜其家室。

桃之夭夭，其叶蓁蓁[⑨]。之子于归，宜其家人。

这是一篇祝贺女子出嫁的轻快活泼的短诗，诗人热情地赞美新娘，并祝她婚后生活幸福。

桃花的颜色最艳，诗人以盛开的桃花比喻年轻貌美的少女，诗篇的口吻愉快，诗意动人，使意象具体而鲜明。既可想象她身材匀称丰硕的风华，又能借"宜其室家"见其娴静淑慧，实开千古辞赋借花咏美人之先。《诗经》时代，桃树和婚姻究竟有着怎样的关联，我们不得而知，不过桃树自古以来就是咒性植物倒是可见的，祭司咒杖用桃木，道士驱鬼除魔的仪式也用桃木削制的剑。所以桃树除花美之外，最重要的还是由于桃树具有咒性灵力，故（桃夭）取这种美艳吉祥的花为祝颂的构思动机，意味是隽永深长的。而歌咏不限于花，连实带叶，是为押韵的缘故。

诗分三章，每章四句。每章以首两句象征下二句所叙述的少女，表面看起来上下不相关，其实一线相牵而涵盖的意象繁复多层，意味无穷。诗人由桃起兴，唱着：桃树长得那么茂盛嫩青，它的花儿又那样绚丽鲜艳，正是春暖花开的时节，这个貌美如桃花的姑娘要出嫁了，嫁到婆家，要和他建立一个美满的家庭。

接着诗人以同样的语言，塑造相同的意象，反复吟咏，唯在篇章之中略改变用字，使全诗不至于呆滞；字句整齐，韵律也很匀称。

①夭夭：茂盛，生机勃勃的样子。②灼灼：色彩鲜明的样子。③华：通“花”。④之子：这位姑娘。⑤于归：指出嫁。⑥宜其室家：宜，和顺，即相处融洽。室家，古时男以女为室，女以男为家，室家即由男女结合建立的家庭。⑦有蕡：有，状物词，加于形容词或副词上构成的意义，等于形容词或副词下加“然”字。蕡（fén），果实大。⑧实：果实。⑨蓁蓁（zhēn）：树叶繁盛的样子。

桃

兔 罝[1]

肃肃兔罝[2]，椓之丁丁[3]。赳赳[4]武夫，公侯干[5]城。

肃肃兔罝，施于中逵[6]。赳赳武夫，公侯好仇[7]。

肃肃兔罝，施于中林[8]。赳赳武夫，公侯腹心[9]。

①这是一首赞美武士勇猛、堪为国家栋梁的诗。②肃肃：兔网紧密的样子。罝(jū)：网。③椓(zhuó)：击打，此指击打木桩以设网。丁丁(zhēng)：敲击声。④赳赳：勇武的样子。⑤干：盾。此句言武士堪为国之屏卫。⑥施：设置。中逵：犹逵中，指四通八达的道路。⑦仇(qiú)：同"逑"，伴侣。⑧中林：犹林中。⑨腹心：心腹，亲信。

从首章的"肃肃兔罝，椓之丁丁"，到第二、三章的"施于中逵""施于中林"，虽皆为"兴语"，其实亦兼有直赋其事的描摹之意，一场紧张的狩猎就将开始。"兔"解为"兔子"自无不可，但指为"老虎"似更恰当。"周南"江汉之间，本就有呼虎为"於菟"的习惯。那么，这场狩猎所要猎获的对象就该是啸声震谷的斑斓猛虎了！正因为如此，猎手们所布的"兔罝"，结扎得格外紧密，埋下的网桩也敲打得越加牢固。"肃肃"，既有形容布网紧密之义，但从出没"中逵""中林"的众多狩猎战士说，同时也表现着这支队伍的"军容整肃"。"丁丁"摹写敲击网"椓"的音响，从路口、密林四处交会，令人感觉到它们是那样恢宏有力。而在这恢宏有力的敲击声中，又同时展示着狩猎者振臂举锤的孔武身影。

从诗中所咏看，狩猎战士围驱虎豹的关键场景还没有展开，就突然跳向了对"赳赳武夫"的热烈赞美。但被跳过的狩猎场景，其实是可由读者的丰富想象来补足的。《郑风·大叔于田》就曾描摹过"火烈具举，襢裼暴虎（袒胸手搏猛虎）"的惊险场面，以及"叔善射忌，又良御（车）忌，抑磬控忌（忽而勒马），抑纵送忌（忽而纵驰）"的追猎猛兽情景。这些，都可在此诗兴语的中断处，或热烈赞语的字里行间想见。而且由猎手跳向"武夫"，由"兔罝"跳向"干城"，又同时在狩猎虎豹和沙场杀敌之间，实现了刹那间的时空大转换：这些在平时狩猎中搏虎驱豹的健儿，一旦出现在捍卫国家的疆场之上，将在车毂交错、箭矢纷坠之际，挥戈击退来犯强敌，巍然难摧如横耸的城墙。于是一股由衷的赞美之情，便突然充溢于诗人胸际，甚至冲口而出，连连呼曰"赳赳武夫，公侯干城（好仇、腹心）"了。

《诗经·国风》中另一些为离乡背井、久役不归或丧身异域，而咽泣、哀号和歌哭的诗作，也许更能透露出在这种夸耀背后，还掩盖着怎样一种广大无际的悲哀。

芣　苢[1]

采采芣苢[2]，薄言采之[3]。采采芣苢，薄言有之。

采采芣苢，薄言掇[4]之。采采芣苢，薄言捋[5]之。

采采芣苢，薄言袺[6]之。采采芣苢，薄言襭[7]之。

《诗经》中的民间歌谣，有很多用重章叠句的形式，但像《周南·芣苢》这篇重叠得如此厉害却是绝无仅有的。先以第一章为例：“采采”二字，以《诗经》各篇的情况而论，可以解释为“采而又采”，亦可解释为“各种各样”。有人觉得用前一种解释重复过甚，故取第二种。然而说车前草是“各种各样”的，也不合道理，应该还是“采而又采”。到了第二句，“薄言”是无意义的语助词，“采之”在意义上与前句无大变化。第三句重复第一句，第四句又重复第二句，只改动一个字。所以整个第一章，其实只说了两句话：采芣苢，采到了。这样也罢了，第二章、第三章竟仍是第一章的重复，只改动每章第二、四句中的动词。

但这种看起来很单调的重叠，却又有它特殊的效果。在不断的重叠中，产生了简单明快、往复回环的音乐感。诗中完全没有写采芣苢的人，却能让人明确地感受到她们欢快的心情——情绪就在诗歌的节奏中传达出来。这种至为简单的文辞复沓的歌谣，确实适合许多人在一起唱；一个人单独唱，会觉得味道不对。袁枚曾经嘲笑地说：“三百篇如‘采采芣苢，薄言采之’之类，均非后人所当效法。今人附会圣经，极力赞叹。(《随园诗话》)说《诗经》

不宜盲目效仿，当然不错，但他所举的例子，实为不伦不类。一群人在野外采芣苢，兴高采烈，采而又采，是自然的事情，诗歌可以把这欢快表达出来。这完全是文人制造出来的滑稽，并非《周南·芣苢》不值得赞叹或绝对不可以效仿。

①这首诗描写了妇女们采摘芣苢的劳动情景。②芣苢（fú yǐ）：草本植物，俗称车前子，可入药。③薄、言：皆为语气助词。④掇（duō）：拾取。⑤捋（luō）：顺着茎滑动成把地采取。⑥袺（jié）：手提衣襟装东西。⑦襭（xié）：将衣襟掖入腰间以盛物。

汉 广

南[1]有乔木[2]，不可休思[3]。汉[4]有游女[5]，不可求思。

汉之广矣，不可泳思；江之永矣，不可方[6]思！

翘翘错薪[7]，言刈其楚。之子于归，言秣其马。

汉之广矣，不可泳思；江之永矣，不可方思！

翘翘错薪，言刈其蒌[8]。之子于归，言秣其驹[9]。

汉之广矣，不可泳思；江之永矣，不可方思！

《汉广》的诗意，历来的解释有多种，分歧之处就在对游女解释的差异：鲁、韩两家解此诗的“汉有神女”，都认为是指汉水女神，韩诗记载从前有位郑交甫在汉水滨邂逅二位神女的故事，采取仙女传说的题材，大概汉水女神时常出游是出自古代的民间传说，曹魏时代七步成诗的天才诗人曹植，有《洛神赋》一篇，写其忧郁神伤，恍惚间会见洛水女神，故作赋来纪念。人在失意落魄之极，时常会托之梦幻的美丽世界，伴以凄怨悱恻的哀歌，此亦是郑交甫邂逅神女的古代故事背景，而这段有名的传说竟不知不觉地和《汉广》结合起来，但以此解释理由似嫌不足。

全诗共分三章。首章先后用不能在乔木下休息，和不能渡过宽广绵长的江水做比喻，以乔木象征游女的高洁不可仰攀；以其无枝少荫，象征她的不假辞色；又以广阔的汉水、绵延的长江比喻她的不可接近和追踪不及。次章、三章叠咏写男子对所爱的女子

“悦之至”而“敬之深”，盼望娶到她，即使是为她打柴、割荆条、喂马，也是心甘情愿的，而最终是可望而不可即，所以乃反复地用“汉之广矣”四句咏叹依依作别，以表示内心无可奈何的情绪。全诗各章章末反复唱诵男子追踪不及，空留下缥缈的缠绵倾慕之情，意味隽永，余韵绕梁，是写男子单恋的典型作品。

①南：指南方。②乔木：高耸的树。③思：语气助词。④汉：即汉水，长江支流。⑤游女：出游的女子。⑥方：用竹或木编成筏用来渡水。⑦翘翘错薪：翘翘，高高的样子。错，杂乱。⑧蒌（lóu）：芦苇一类的草，生在水泽中，青白色。⑨驹：小马。

汝 坟

遵[①]彼汝坟[②]，伐[③]其条枚[④]。未见君子[⑤]，惄[⑥]如调[⑦]饥。

遵彼汝坟，伐其条肄[⑧]。既见君子，不我遐弃[⑨]。

鲂鱼赪[⑩]尾，王室[⑪]如燬[⑫]。虽则如燬，父母孔迩[⑬]！

《关雎》等诗，都选自《周南》。南是南方之国；周南，王朝所直辖的南方之国。《史记》称太史公滞留周南，挚虞说就是洛阳，而周南的诗有：《关雎》的“在河（黄河）之洲”、《汉广》的“汉（汉水）之广”和“江（长河）之永”，以及《汝坟》的“遵彼汝（汝水）坟”等语，证实周南的方域约北到黄河，南到汝水、汉水、长江流域以北，即河南省黄河以南偏西的地方。

本诗写妇人为丈夫行役归来时的欣喜之情。首章叙述妻子在汝水之堤砍柴，想起在远方从军的丈夫，那种思望之情，犹如忍受长夜的饥饿后不吃早餐，用“惄如调饥”一句来比喻。次章便在砍柴的地方唱歌，写看到丈夫回来时的高兴心情。最后一章，以“鲂鱼赪尾”不同类的现象做比喻，说周王室的暴政，正如烈火焚烧一般。然而幸好有父母在旁边，只好守着，家人忍耐这水深火热的苦日子。这显然是东周衰世丧辞之诗。

①遵：循着、沿着。②汝坟：汝，汝水。坟，“濆”的假借字，此处指汝水的河岸、河堤。③伐：砍的意思。④条枚：树的枝条。古时树枝称条，树干称枚。⑤君子：指丈夫。⑥惄（nì）：急切地思念。⑦调：早晨。⑧肄（yì）：砍断树干之后再生出嫩枝。⑨不我遐弃：倒装句，应为“不遐弃我、不远弃我”，指不抛弃远离我。⑩鲂鱼赪尾：鲂（fáng），鱼名，细鳞，红尾，即鳊鱼。赪（chēng），红色。⑪王室：周朝。⑫如燬（huǐ）：如烈火在烧的样子。此处形容王政暴虐。⑬孔迩：孔，很；迩（ěr），近。

麟之趾[1]

麟之趾[2]，振振[3]公子。于嗟[4]麟兮！

麟之定[5]，振振公姓[6]。于嗟麟兮！

麟之角，振振公族。于嗟麟兮！

①这是一首赞美贵族子孙繁盛的诗。②麟：麒麟，古代传说中的一种祥瑞动物。趾：足。③振振：仁厚的样子。④于：通“吁”。于嗟：感叹词。⑤定：通“顶”，指额。⑥公姓：与下文公族，皆指公侯的同姓子孙。

这首诗很像是孔子的《获麟歌》。诗三章，其首句描写麒麟，次句描写贵族，末句慨叹不幸的麒麟。意在以贵族打死麒麟比喻统治阶级迫害贤人（包括孔子自己）。

赞美贵族公子，而以“麟”起兴，这在古代却是一桩异常庄重和动情的事。所谓“麟”，其实就是麇，鹿之一种而已。不过古代传说中的“麟”，却非同寻常：据汉刘向《说苑》称，“麒麟，麕身牛尾，圜头一角，含信怀义，音中律吕，步中规矩，择土而践，彬彬然动则有容仪”。《春秋感应符》更发挥“一角”之义曰：“麟一角，明海内共一主也。”《荀子》亦云：“古之王者，其政好生恶杀，麟在郊野。”大抵是一种兆示“天下太平”的仁义

之兽。所以后儒赞先王之圣明，则眉飞色舞于“麒麟在囿，鸾凤来仪”；孔子生春秋乱世，则为鲁哀公之“获麟”而泣，以为麟出非时也。

明白了“麟”在古人心目中的尊崇地位，即可把握此诗所传达的热烈赞美之情了。首章以“麟之趾”引出“振振公子”，正如两幅美好画面：眼间刚出现那“不践生草、不履生虫”的仁兽麒麟，悠闲地行走在绿野翠林，却又恍然流动，化作了一位仁厚（“振振”）公子，在麒麟的幻影中微笑走来。仁兽麒麟与仁厚公子，由此交相辉映，令人油然升起一股不可抑制的赞叹之情。于是“于嗟麟兮”的赞语，便带着全部热情脱口而出，刹那间振响了短短的诗行。第二、三两章各改动二字，其含义并没有多大变化：由“麟”之趾，赞到“之定”“之角”，是对仁兽麒麟赞美的复沓；至于“公子”“公姓”“公族”的变化，则正如马瑞辰《毛诗传笺通释》所说，“此诗公姓犹言公子，特变文以协韵耳。公族与公姓亦同义”。如此三章回旋往复，眼前是麒麟、公子形象的不断交替闪现，耳际是“于嗟麟兮”赞美之声的不断激扬回荡。视觉意象和听觉效果的交汇，经过了叠章的反复唱叹，所造出的正是这样一种兴奋、热烈的画意和诗情。

召南

《诗经·国风》之一，存诗十四篇。召，一说为地名，武王伐纣后封姬奭于召；一说方位之称，即江汉流域一些小国的统称。因此，有学者认为“召南”是流传于召地的南方民歌。

鹊 巢

维鹊[①]有巢，维鸠[②]居之。之子于归，百两[③]御[④]之。

维鹊有巢，维鸠方[⑤]之。之子于归，百两将[⑥]之。

维鹊有巢，维鸠盈[⑦]之。之子于归，百两成[⑧]之。

全诗以“鸠占鹊巢”兴起“之子于归”，而争论最多的也正是此处。姚际恒《诗经通论》以为旧说鸠性拙，不能做巢，遂至占鹊巢而居。意在批驳“鹊巢鸠占以兴女居男家”的旧说，他解释说：“按此诗之意，其言鹊鸠者，以鸟之异类况人之异类也。其言巢与居者，以鸠之居鹊巢况女之居男室，其义止此。”以此批方玉润的《诗经原始》，又说：“以鸟之异类，况人之异类，男女纵不同体，而谓之异类可乎哉？此不通之论也。”

从诗中“御”“将”“成”俱用百辆车，婚礼的盛大可以知道，“之子”非普通百姓。故本诗实为贵族嫁女时的颂赞之歌，意象简洁鲜明，韵律优美，婚礼中反复吟咏，一片喜气洋洋之象。

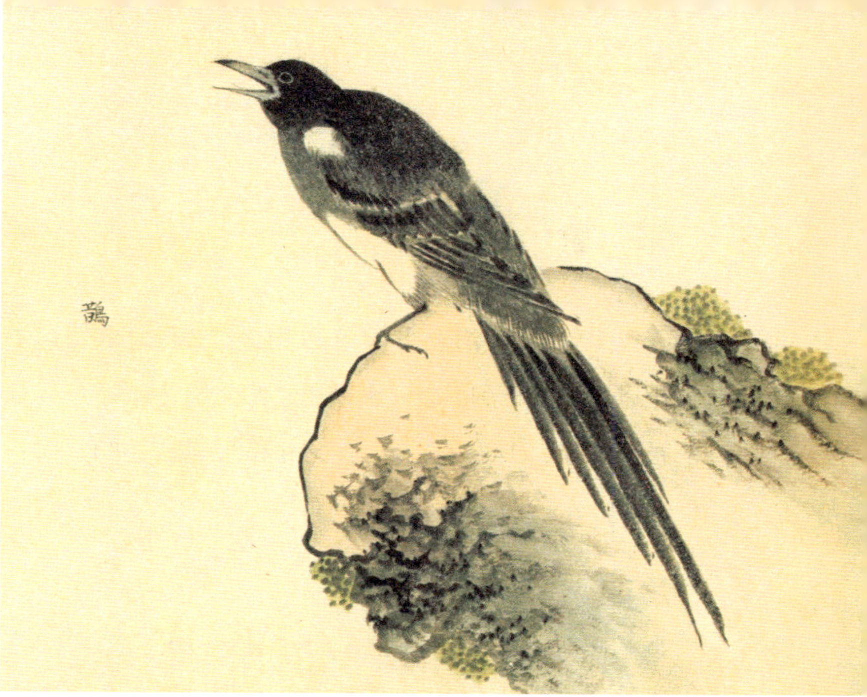

注释

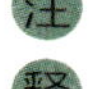

①鹊：喜鹊，善筑巢，巢最完固。②鸠：八哥，鹊每年十月后迁巢，其空巢则由八哥占领。③两：即辆，车辆的意思。④御：迎接。⑤方：占有。⑥将：保卫。⑦盈：占满，充满。⑧成：结婚礼成。

采　蘩[1]

于以采蘩[2]？于沼于沚[3]。于以用之？公侯之事[4]。

于以采蘩？于涧之中。于以用之？公侯之宫[5]。

被之僮僮[6]，夙夜[7]在公。被之祁祁[8]，薄言还归。

①这是一首描写蚕妇为公侯养蚕的劳动诗。②于以：犹言在什么地方。蘩：白蒿。③沼：池。沚（zhǐ）：水中陆地。④事：指养蚕之事。⑤宫：房屋，此指蚕室。⑥被：通“髲（bì）”，一种用头发编成的假髻。僮僮（tóng）：光洁高耸的样子。⑦夙夜：早晚。⑧祁祁（qí）：舒缓，此处指头发散乱。

此诗之开篇，出现的正是这样一些忙于“采蘩”的女宫人。她们往来于池沼、山涧之间，采够了祭祀所需的白蒿，就急急忙忙送去“公侯之宫”。诗中采用的是短促的问答之语：“哪里采的白蒿？”“水洲中、池塘边。”“采来做什么？”“公侯之家祭祀用。”答问之简洁，显出采蘩之女劳作之繁忙，似乎只在往来的路途中，对询问者的匆匆一语之答。答过前一问，女宫人的身影早已过去；再追上后一问，那“公侯之事”的应答已传自远处。这便是首章透露的氛围。再加上第二章的复叠，便越加显得忙碌无暇，简直可以从中读出穿梭而过的女宫人的匆匆身影，读出那从池沼、山涧飘来，又急促飘往“公侯之宫”的匆匆步履。

第三章是一个跳跃，从繁忙的野外采摘，跳向了忙碌的宗庙供祭。据《周礼·春官宗伯》“世妇”注疏，在祭祀“前三日”，女宫人便得夜夜“宿”于宫中，以从事洗涤祭器、蒸煮“粢盛”等杂务。由于干的是供祭事务，还得打扮得漂漂亮亮，戴上光洁黑亮的发饰。这样一种“夙夜在公”的劳作，把女宫人折腾得不成样子。诗中妙在不做铺陈，只从她们发饰“僮僮”（光洁）向“祁祁”（松散）的变化上着墨，便入木三分地刻画了女宫人劳累操作而无暇自顾的情状。那拖着松散的发辫行走在回家路上的女宫人，此刻带有几分庆幸、几分辛酸，似乎已不必再加细辨——“薄言还归”的结句，已化作长长的喟叹之声，对此做了无言的回答。

此诗为三章叠咏，而其主要特色在于前两章以一问一答出之。末章写采蘩者的仪容，用“僮僮”“祁祁”，言语虽简，而人物之仪态神情可现。而一问一答的形式，明显是受了原始民歌的影响。

草　虫

喓喓[①]草虫[②]，趯趯[③]阜螽[④]。未见君子，忧心忡忡[⑤]。
亦既见止，亦既觏止[⑥]，我心则降[⑦]。
陟彼南山，言采其蕨[⑧]。未见君子，忧心惙惙[⑨]。
亦既见止，亦既觏止，我心则说[⑩]。
陟彼南山，言采其薇[⑪]。未见君子，我心伤悲。
亦既见止，亦既觏止，我心则夷[⑫]。

草虫鸣跃原是君子祝颂诗的表达手法。“草虫”诗的表现，思慕多于祝颂，“未见君子”是恋爱诗的词句，因未见而忧伤，又因“亦既觏止”而“心降”“心说”“心夷”。可见民谣世界有“未见君子”模式的自由变化，显示出感情的奔放。

良人从军出征，妻子独守空闺，夜正阑珊，此时该是夫妻温存厮守的时刻，怎奈闺房清寂凄冷，但听到草虫、阜螽趯趯，夜更深更静，怎么度过呢？只有作诗来抒发感情。

《毛语序》以为《草虫》之诗是“以嫁时在途言之。夫方嫁在途之女，而即以未见、既见君子为忧、喜”，欧阳修则以为“召南之大夫出而行役，其妻所咏”，《小雅·出车》也有“喓喓草虫”六句，是妻子念南仲行役之意，十分正确。

次章承续首章，登南山远眺丈夫出征的地方，加强妇人的怀念之情，三章又是二章的反复。诗中善拟声拟态，善写心理，赋

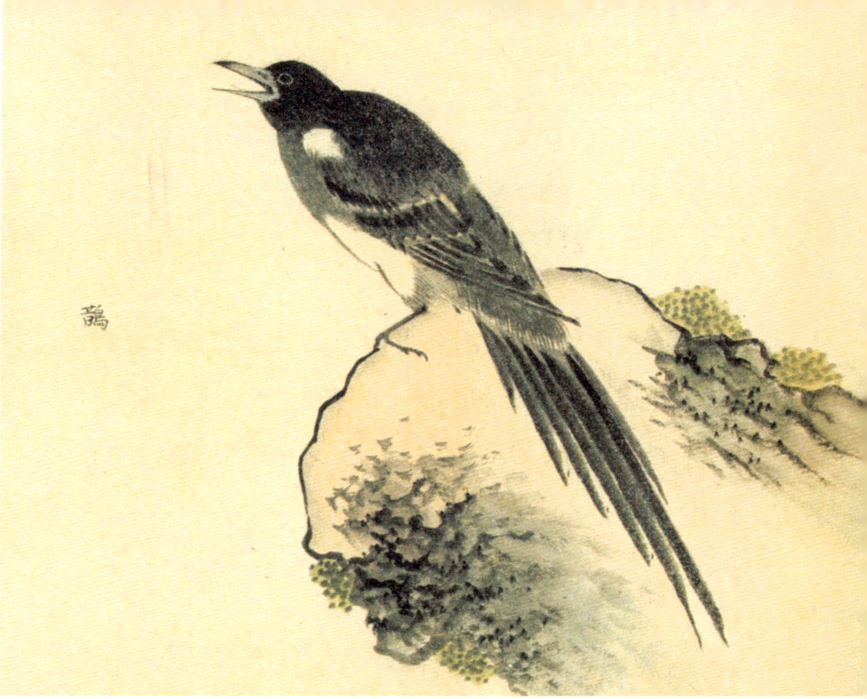

注释

①鹊：喜鹊，善筑巢，巢最完固。②鸠：八哥，鹊每年十月后迁巢，其空巢则由八哥占领。③两：即辆，车辆的意思。④御：迎接。⑤方：占有。⑥将：保卫。⑦盈：占满，充满。⑧成：结婚礼成。

采　蘩[①]

于以采蘩[②]？于沼于沚[③]。于以用之？公侯之事[④]。

于以采蘩？于涧之中。于以用之？公侯之宫[⑤]。

被之僮僮[⑥]，夙夜[⑦]在公。被之祁祁[⑧]，薄言还归。

①这是一首描写蚕妇为公侯养蚕的劳动诗。②于以：犹言在什么地方。蘩：白蒿。③沼：池。沚（zhǐ）：水中陆地。④事：指养蚕之事。⑤宫：房屋，此指蚕室。⑥被：通“髲（bì）”，一种用头发编成的假髻。僮僮（tóng）：光洁高耸的样子。⑦夙夜：早晚。⑧祁祁（qí）：舒缓，此处指头发散乱。

此诗之开篇，出现的正是这样一些忙于“采蘩”的女宫人。她们往来于池沼、山涧之间，采够了祭祀所需的白蒿，就急急忙忙送去“公侯之宫”。诗中采用的是短促的问答之语：“哪里采的白蒿？”“水洲中、池塘边。”“采来做什么？”“公侯之家祭祀用。”答问之简洁，显出采蘩之女劳作之繁忙，似乎只在往来的路途中，对询问者的匆匆一语之答。答过前一问，女宫人的身影早已过去；再追上后一问，那“公侯之事”的应答已传自远处。这便是首章透露的氛围。再加上第二章的复叠，便越加显得忙碌无暇，简直可以从中读出穿梭而过的女宫人的匆匆身影，读出那从池沼、山涧飘来，又急促飘往“公侯之宫”的匆匆步履。

第三章是一个跳跃，从繁忙的野外采摘，跳向了忙碌的宗庙供祭。据《周礼·春官宗伯》“世妇”注疏，在祭祀“前三日”，女宫人便得夜夜“宿”于宫中，以从事洗涤祭器、蒸煮“粢盛”等杂务。由于干的是供祭事务，还得打扮得漂漂亮亮，戴上光洁黑亮的发饰。这样一种“夙夜在公”的劳作，把女宫人折腾得不成样子。诗中妙在不做铺陈，只从她们发饰“僮僮”（光洁）向“祁祁”（松散）的变化上着墨，便入木三分地刻画了女宫人劳累操作而无暇自顾的情状。那拖着松散的发辫行走在回家路上的女宫人，此刻带有几分庆幸、几分辛酸，似乎已不必再加细辨——“薄言还归”的结句，已化作长长的喟叹之声，对此做了无言的回答。

此诗为三章叠咏，而其主要特色在于前两章以一问一答出之。末章写采蘩者的仪容，用“僮僮”“祁祁”，言语虽简，而人物之仪态神情可现。而一问一答的形式，明显是受了原始民歌的影响。

草　虫

喓喓[1]草虫[2]，趯趯[3]阜螽[4]。未见君子，忧心忡忡[5]。
亦既见止，亦既觏止[6]，我心则降[7]。
陟彼南山，言采其蕨[8]。未见君子，忧心惙惙[9]。
亦既见止，亦既觏止，我心则说[10]。
陟彼南山，言采其薇[11]。未见君子，我心伤悲。
亦既见止，亦既觏止，我心则夷[12]。

草虫鸣跃原是君子祝颂诗的表达手法。“草虫”诗的表现，思慕多于祝颂，“未见君子”是恋爱诗的词句，因未见而忧伤，又因“亦既觏止”而“心降”“心说”“心夷”。可见民谣世界有“未见君子”模式的自由变化，显示出感情的奔放。

良人从军出征，妻子独守空闺，夜正阑珊，此时该是夫妻温存厮守的时刻，怎奈闺房清寂凄冷，但听到草虫、阜螽趯趯，夜更深更静，怎么度过呢？只有作诗来抒发感情。

《毛语序》以为《草虫》之诗是“以嫁时在途言之。夫方嫁在途之女，而即以未见、既见君子为忧、喜”，欧阳修则以为“召南之大夫出而行役，其妻所咏”，《小雅·出车》也有“喓喓草虫”六句，是妻子念南仲行役之意，十分正确。

次章承续首章，登南山远眺丈夫出征的地方，加强妇人的怀念之情，三章又是二章的反复。诗中善拟声拟态，善写心理，赋和兴的交替运用，使得思夫的闺妇忧喜之情，跃然纸上。

注释

①喓喓（yāo）：昆虫的叫声。②草虫：蝈蝈，此处泛指有翅膀能鸣叫的昆虫。③趯趯（tì）：跳跃的样子。④阜螽：尚未长出翅膀的幼蝗。⑤忡忡：忧愁不安的样子。⑥亦既觏止：亦，假若。觏（gòu），遇见。止，语气助词。⑦我心则降：我放下心。⑧蕨（jué）：羊齿类植物，嫩叶可以吃。⑨惙惙（chuò）：连续不断、忧愁不解的样子。⑩说：同“悦”，高兴、喜欢。⑪薇：野豌豆苗。⑫夷：平，此外指放心。

采　蘋[1]

于以采蘋[2]？南涧之滨。于以采藻[3]？于彼行潦[4]。

于以盛之？维筐及筥[5]。于以湘[6]之？维锜及釜[7]。

于以奠[8]之？宗室牖[9]下。谁其尸[10]之？有齐季女[11]。

此诗叙述的是少女临出嫁前庄重严肃地准备祭品和祭祀的情况，翔实地记载了祭品、祭器、祭地、祭人，反映了当时的风尚习俗。

根据文献可以知道，在古代，贵族之女出嫁前必须到宗庙去祭祀祖先，同时学习婚后的有关礼节。这时，奴隶们为其主人采办祭品、整治祭具、设置祭坛，奔走终日、劳碌不堪，这首诗就是描写她们劳动过程的。全诗三章，每章四句。首章两问两答，点出采蘋、采藻的地点；次章两问两答，点出盛放、烹煮祭品的器皿；末章两问两答，点出祭地和主祭之人。

俗话说："上供神吃，心到佛知。"这些普普通通的祭品和烦琐的礼仪，却蕴积着人们的寄托和希冀，因而围绕祭祀的一切活动都无比虔诚、圣洁、庄重。正如《左传·隐公三年》所说："苟有明信，涧溪沼沚之毛，蘋蘩蕰藻之菜，筐筥锜釜之器，潢污行潦之水，可荐于鬼神，可羞于王公。"因此，诗人不厌其烦，不惜笔墨，层次井然地叙写祭品、祭器、祭地、祭人，将繁重而又枯燥的劳动过程描写得绘声绘色。

这首诗的艺术魅力主要源于问答体的章法，而其主要构成因素就是五个“于以”的运用。全诗节奏迅捷奔放，气势雄伟，而五个“于以”的具体含义又不完全雷同，连绵起伏，摇曳多姿，文末“谁其尸之，有齐季女”戛然收束，奇绝卓特，烘云托月般地将少女的美好形象展现给读者。

①这首诗描写了女子采浮萍以祭祀的场面。②于以：犹“于何”，在哪里。蘋(pín)：一种浮生水面的植物。③藻：水草之类。④行：“衍”字之误，指流动的水。潦(lǎo)：雨后积水。⑤筥(jǔ)：圆形的盛物竹器。⑥湘：通“鬺”，烹煮。⑦锜(qí)、釜：均为锅，有足为锜，无足为釜。⑧奠：陈设祭品。⑨宗室：宗庙。牖(yǒu)：窗。⑩尸：主持。⑪齐：“斋”的省借，美好。季女：少女。

甘 棠[1]

蔽芾甘棠[2]，勿翦勿伐，召伯所茇[3]。

蔽芾甘棠，勿翦勿败[4]，召伯所憩[5]。

蔽芾甘棠，勿翦勿拜[6]，召伯所说[7]。

全诗共三章，每章三句，全诗由睹物到思人，由思人到爱物，人、物交融为一体。对甘棠树的一枝一叶，从不要砍伐、不要毁坏到不要折枝，可谓爱之有加，这种爱源于对召公德政教化的衷心感激。而先告诫人们不要损伤树木，再说明其中原因，笔意有波折亦见诗人措辞之妙。方玉润在《诗经原始》中说："他诗练字一层深一层，此诗一层轻一层，然以轻愈见其珍重耳。"顾广誉在《学诗详说》中说："丕言爱其人，而言爱其所茇之树，则其感戴者益深；不言当时之爱，而言事后之爱，则怀其思者尤远。"陈震在《读诗识小录》中说："突将爱慕意说在甘棠上，末将召伯一点，是运实于虚法。缠绵笃挚，隐跃言外。"对此诗的技巧、语言都有精辟的论述，读者可以善加体味。全诗纯用赋体铺陈排衍，物象简明，而寓意深远，真挚恳切，所以吴闿生在《诗义会通》引旧评说"千古去思之祖"。

甘棠

①这是一首怀念召伯的诗。②蔽芾（fèi）：树高大茂盛的样子。甘棠：一种乔木，梨属。③茇（bá）：草舍。此处指露宿。④败：毁坏。⑤憩：休息。⑥拜：通“拔”。⑦说（shuì）：通“税”，停留。

行　露

厌浥行露[①]，岂不夙夜[②]？谓行多露[③]。

谁谓雀无角[④]！何以穿[⑤]我屋？

谁谓女无家[⑥]！何以速[⑦]我狱？虽速我狱，室家不足[⑧]！

谁谓鼠无牙！何以穿我墉[⑨]？谁谓女无家！何以速我讼？

虽速我讼，亦不女从！

诗的首章，就以女子早起独行，产生了被恶人欺凌的幻觉，道路露水多，怕沾湿而不敢在夜里独行之感。

第二章诗人用非常坚决的口气，写出女子严厉地拒绝可恶男子的威胁。以雀之角、鼠之牙，比喻强迫者的恶势力。以恶人之“家”字，比喻雀之角、鼠之牙，雀恃角而穿人之屋，鼠恃牙而穿人之墉，就好像恶人恃“家”而逼人之婚（从“穿我屋”“穿我墉”的描绘看来，这个女子很像是受过这个恶人的非礼或欺凌），因此，细细玩味“家”字的意思，必然是代表“恶势力”，很显然，这个女子原本就憎恶这个恶势力的男人，所以即使因此而吃上官司，也不可能同这恶人成婚，其意并不在乎媒聘的有无。

第三章的手法、题材、主旨都和第二章一样，只是增强“就算让我吃上官司，我也绝不依从你”的坚决态度，紧扣第二章的主题。

全诗刻画男子的蛮横可恶，女子的坚毅不屈，两者形成强烈的对比，节奏紧凑，语调铿锵，加上三个比喻，强硬的答辩词便

雀

为一篇完全动人的诗篇。句子的组织大都依常法，只是最后一句“亦不女从”，将受词“女”字移到动词“从”和否定副词“不”之间，使诗句稍作变化，《诗经》有很多此类句法。

①厌浥（yì）：潮湿。行露：指道路上的露水。②岂不夙夜：夙夜，指夜色尚早的时候；此句大意是说我难道不想早点儿连夜赶路。③谓行多露：“谓”通“畏”，大意是怕路上露水太多。④角：古人鸟嘴兽角均称角，因此雀角指雀嘴。⑤穿：破坏。雀嘴强硬，所以能破坏人的房屋。⑥女无家：女即“汝”字。家，有恶势力的人家。⑦速：招致。⑧室家不足：室家，即成婚为夫妇。不足，即办不到。大意是想要我同你结为夫妇是办不到的。⑨墉（yōng）：房墙。

羔　羊[1]

羔羊之皮，素丝五纶[2]。退食自公[3]，委蛇委蛇[4]。

羔羊之革，素丝五緎。委蛇委蛇，自公退食。

羔羊之缝[5]，素丝五总。委蛇委蛇，退食自公。

①这首诗描写了贵族官吏们下朝以后悠闲自得的生活，暗寓讽刺之意。②素丝：白色的丝线。纶（tuó）：与下文的緎（yù）、总（zōng），均为古时计量单位。王引之《经义述闻》："纶緎总，皆数也。五丝为纶，四纶为緎，四緎为总。"一说，纶、緎、总皆为缝合义。③退食自公：谓自公食而退，从公家吃饱饭回来。④委蛇（yí）：悠闲自得、徐徐而行的样子。⑤缝：皮革。闻一多《诗经通义》："一章曰'羔羊之皮'，二章曰'羔羊之革'，三章曰'羔羊之缝'，皮革一义，则缝亦当与之同。"

赏析

在《羔羊》篇中，"羔羊""素丝""退食""委蛇"四词是该诗的关键词，其中"羔羊"是主旨的代表，故理解汉儒对《羔羊》篇的解释，应先从后三词开始，再分析"羔羊"所代表的主旨。

在《诗三家义集疏》的资料中，齐氏认为"素丝"指"君子朝服"；韩氏则认为素喻洁白，丝喻屈柔；注鲁诗的谷永注"素"为"行洁"，王逸注为"皎洁之行"，毛氏注为"白也"。《诗三家义集疏》总结为："薛以性言，谓其心之精白，谷王以行言，美其行之洁清也。‘丝喻屈柔’者，屈柔以行言，立德尚刚而处事贵忍，故屈柔亦为美德。”可见，齐氏是从“素丝”作为社会服装的角度进行分析以确定身份地位为大臣，而其余诸家则抓住其本身“白”与“柔”之特性，认为“素丝”是用来赞美大臣之高洁、谦忍。

王先谦先生梳理齐鲁韩三家诗注，认为“‘退食自公’者，自公朝退而就食，非谓退归私家。永疏‘私门不开’，正释‘公’之义。卿大夫入朝治事，公膳于朝，不遑家食，故私门为之不开也”。而《毛诗正义》中先列郑玄笺，云退食意谓减膳。再引孔颖达正义释“减膳”之意：“减膳食者，大夫常膳日特豚，朔月少牢，今为节俭减之也。”故从身份属性上来讲，两种解释都将对象定义为朝堂之臣，非宦官等类属。从特征属性来看，则知此人遵制守法，依朝廷之律，依传统之令，非标新立异或先斩后奏之人，可谓是遵从、执行制度法令的模范，是朝廷形象的代言。

“羔羊”为此诗篇之题，也是该诗主旨的代表，因而应以“羔羊”为核心来分析该诗主旨。该诗的主旨是赞美有德行之君子，不同在于有的学者认为是在赞美召南大夫，而当时其他的学者则认为是在赞美召公，毛氏则只说“在位卿大夫”。实际上，召公于周朝亦是在朝之臣，故综合来看，可将《羔羊》一诗的主旨定为赞美有德之大臣。

殷其雷

殷其[1]雷，在南山之阳[2]。

何斯违斯[3]，莫敢或遑[4]？

振振[5]君子，归哉归哉！

殷其雷，在南山之侧。

何斯违斯，莫敢遑息[6]？

振振君子，归哉归哉！

殷其雷，在南山之下。

何斯违斯，莫或遑处[7]？

振振君子，归哉归哉！

①殷其：雷声隆隆的样子。②阳：山之南、水之北叫作阳。③斯："何斯"的"斯"指"这人"，"违斯"的"斯"指"这地方"。④或遑：闲暇。⑤振振：忠厚。⑥息：停止。⑦处：居处。

这是妇人怀念征夫，祈念他早日归来的诗。

雷声隆隆，响声来自南山之阳，为什么你离家这么久，就没有休假回家的时间呢？忠厚的丈夫啊！回来吧！回来吧！回到我的身旁，我正痴痴地等待——独守空闺的妻子，用单调的音律反复低吟着。

各章所咏大致相同，除了各章第二句末字，第四句末两字稍作变化外，内容都一样，都以南山附近雷声隆隆，而且响处不定，或在南山之阳，或在南山之侧，或在南山之下，象征丈夫为公事而没有时间回家，由此兴起企盼丈夫回家之情，但又知道丈夫目前还不能回来，所以只能“归哉归哉”如梦般地喃喃吟着诗、低着头。

本诗是“兴”的手法运用，而且各章前两句都用三言、五言，可见句法的多变。《诗经》的形式，可以说是极自然而不受束缚的，就以章句来说，句法大多以四言为主，但长短可以互换，由一言至八九言都有。若意思已明了，即使用一言也不为过；如果还未表达其意，就是用九言，也不能说它长。

《诗经》短以取动，长以取妍，疏密错综为文章最妙的境界。篇章的长短多少也是不固定的，少的一篇二章，多的也不过十六章。章短的二句，多的达三十八句，与后世的诗不可相提并论。

摽有梅

摽[①]有[②]梅，其实七兮。求我庶[③]士，迨[④]其吉[⑤]兮。

摽有梅，其实三兮。求我庶士，迨其今[⑥]兮。

摽有梅，顷筐塈[⑦]之。求我庶士，迨其谓[⑧]之。

这是描写一位迟婚的女子，感于青春易逝，而急于求士的心情的诗。青春是可贵的，男大当婚，女大当嫁，男女过了适婚年龄而不婚嫁，不是人之常情。诗人率直地表露了逾龄未嫁女子内心的呼声。

本诗以赋的手法，描述梅的成熟，暗喻自己已成年，可以论嫁娶，待嫁的心理表露无遗。第一章说梅子黄熟，应该及时采摘，现在梅子已经熟透三分，树上还有七成的果子，有意向我求婚的各位男士，要趁着这个吉日良辰啊！第二章说树上梅子只留三成了，有意向我求婚的男士，追求我要趁着今日良辰才应该。第三章说梅子已经完全成熟落地，不必爬上树采，拿到筐里就行了，有意向我求婚的男士，不准备礼品也没关系，只要前来相会，开口求婚，我就答应了。曲曲道来，层层进展，妙趣自生。且篇中赋比兼用，梅结实既比喻时间成熟，又暗示自己怀春，意象丰富。

每章首句兼用三言，二句、四句换字以求变化，使全诗在平直中有曲折，单调中寓变化，有叠咏韵律之美。

注释

①摽（biào）：落。②有：语气助词。③庶：众。④迨（dài）：及、趁着。⑤吉：好日子。⑥今：今日，现在。⑦塈（jì）：取。⑧谓：告诉。

小　星

嘒①彼小星，三五在东。

肃肃②宵征③，夙夜在公，寔④命不同。

嘒彼小星，维参⑤与昴⑥。

肃肃宵征，抱衾⑦与裯⑧，寔命不犹⑨。

①嘒（huì）：小星微明的样子。②肃肃：疾速的样子。③征：行。④寔：是，此。⑤参（shēn）：参星，二十八星宿之一。⑥昴（mǎo）：昴星，二十八星宿之一。⑦衾：被子。⑧裯：单被。⑨不犹：不如。

根据《毛诗序》的说法，此是君主的小妾感叹其命薄的诗，据此，后人就以小星比作妾。

全诗两章的含义都相同，用的是直叙的“赋体”，语简而意深。首两句既写景又写时，“微明小星，三三五五地出现在东方”，含蕴寂静凄清的韵味，与“肃肃”的声调，“宵征”的气氛相配，于是酝酿成一股“小官吏赶夜路”的幽怨不平，所以必须连夜急速赶路，必须早晚都忙于公务，是命的不同，大小臣工的分工不一样，朝野劳逸的悬殊啊！既然是“寔命不同”“寔命不犹”，也只有嗟嗟地反复咏叹了。

江有汜

江有汜①，之子归，不我以②。
不我以，其后也悔③！
江有渚④，之子归，不我与⑤。
不我与，其后也处⑥！
江有沱⑦，之子归，不我过⑧。
不我过，其啸也歌⑨！

①汜（sì）：从主流分出而又归入主流的河川。②以：与、共。③悔：悔恨。其：将来。④渚：水中的小洲。⑤与：共，有“相好”的意思。⑥处：共处的意思，但依全诗的结构、语意，这个字应有“痛苦”的意思。⑦沱：江水的支流，江湾水汇处叫作“沱”。⑧过：到。⑨啸也歌：因内心痛苦而号哭。

这是一首弃妇诗。从诗中写到的“江”“沱”看来，产地是在召（在岐山，周初召公的采邑）的南部、古梁州境内长江上游的沱江一带。女主可能是一位商人妇。那商人离开江沱返回家乡时将她遗弃了。她满怀哀怨，唱出了这首悲歌，诗中的“之子”，是古代妻妾对丈夫的一种称呼。

三章诗的开头都是写景。“汜”“渚”“沱”，上面的译文都从支流这一意义上翻译，而在弃妇心目中，这一条条不同的支流都是看得见的具体存在。她住在“汜”“渚”“沱”一带，她丈夫当年从水路而来，最后又从这些支流中的一条乘坐小船悄然离去。从表现手法说，各章的首句都是直陈其事，用的是赋体；从江水有支流，引出“之子归”的事实，则在赋体之中又兼有比兴的意味。

诗中的丈夫是一位薄情郎。在三章诗中，那弃妇分别用“不我以”“不我与”“不我过”来诉说丈夫对她的薄情。“不我以”，是不一道回去；“不我与”，是行前不和“我”在一起；“不我过”，是有意回避，干脆不露面。丈夫在感情上如此吝啬，是那样恩尽义绝，无须再添加笔墨，其薄情寡义已如画出。

野有死麇

野[1]有死麇[2]，白茅[3]包之。有女怀春[4]，吉士[5]诱之。

林有朴樕[6]，野有死鹿。白茅纯束[7]，有女如玉。

舒[8]而脱脱[9]兮，无感[10]我帨[11]兮。无使尨也吠。

①野：古时城墙之外叫作郊，郊外叫作林，林外叫作野，就是现在所说的野外。②麇（jūn）：鹿类，一种叫獐的动物。③白茅：多年生草，高一二尺，叶细长而尖，春天先发叶后开花，簇生茎顶，大概二寸长。男子射死獐后，用白茅包裹，可作聘礼用。④怀春：怀，思。怀春，即思春，是正当青春而有所怀思的意思。⑤吉士：男子的美称，也可解释为美男子。⑥朴樕（sù）：小树。⑦纯（tún）束：捆绑。古时“纯、屯”通用，二字同义。⑧舒：慢慢、缓慢的意思。⑨脱脱（tuì）：迟缓。⑩感：同“撼”，动。⑪帨（shuì）：妇女把巾系在腰间，垂过膝盖，用来遮蔽前面的佩巾，有现在围裙的作用。

这是青年男女约会时互诉衷肠的作品，也是二南中唯一的一首。

诗的开头二章，写男士打猎，用猎获的獐和鹿为礼，结识了漂亮的姑娘。表面看来似乎是直述其事的“赋体”，其实，除了实景的描绘之外，它也暗示：正如獐、鹿，可以猎了用白茅去包裹一样，姑娘怀春，也是男士们感情狩猎的对象，所以美男子都该去追求她，因此又是“兴体”。

第三章三句，写女子心理，开始以白描的手法，最为传神。既暗示男士去追求她，欣赏她如玉的美色，而等到人家追她时，却又婉拒他的亲近，表示自己的情怯。表情既直率，又婉约曲折；既要求享受青春的快乐时光，却又摆出谨慎恐惧的样子。语句虽然含蓄，意义则很鲜明。

何彼襛矣[①]

何彼襛[②]矣？唐棣之华[③]。曷不肃雝[④]？王姬[⑤]之车。

何彼襛矣？华如桃李。平王之孙[⑥]，齐侯之子[⑦]。

其钓维[⑧]何？维丝伊缗[⑨]。齐侯之子，平王之孙。

全诗三章，每章四句，极力铺写王姬出嫁时车服的豪华奢侈和结婚场面的排场。首章先二句，以唐棣花儿起兴，铺陈出嫁车辆的骄奢。后二句是旁观路人交相赞叹的生动写照。第二章首二句以桃李为比，点出新郎新娘，刻画他们的光彩照人。后二句虽然所指难以确定，但无非是渲染两位新人身份的高贵。第三章以钓具为兴，表现男女双方门当户对、婚姻美满。

关于该诗主旨，古代很多注家认为此诗蕴含有贬义，即在赞美王侯之家婚娶情景的同时，微露讽刺的意味，讽刺贵族王姬德色的不相称。这种理解的文本依据是首章的第三句“曷不肃雝”。这一句，多数学者解为“怎么不和乐庄严？”或“怎么没有雍容严肃的气象？”因此得出此诗隐含贬义的结论。

全诗所极力铺写的排场在诗人的视野中逐渐推移变化，时而正面描绘，时而侧面衬托，起到相得益彰的效果。从结构上说，全诗各章首二句都是以设问作答对仗，具有浓郁的民间歌谣的色彩。

唐棣

①这首诗描写贵族女子出嫁时车辆衣饰繁盛的华丽场面。②襛（nóng）：艳丽繁盛的样子。③唐棣（dì）：树名，果实形状如李，可食。华：同“花”。④曷：何。肃雍：庄重和谐。⑤王姬：指周王之女。《诗集传》：“周王之女姬姓，故曰王姬。”⑥平王：一般认为指周平王。孙：孙女或外孙女。一说指孙子。⑦子：女儿。一说儿子。⑧维：语气助词，是。⑨伊：同“维”。缗（mín）：钓鱼用的丝线。

驺虞

彼茁[1]者葭[2]，壹[3]发五豝[4]。吁嗟[5]乎驺虞[6]！

彼茁者蓬[7]，壹发五豵。吁嗟乎驺虞！

①茁：草初生时旺盛的样子。②葭（jiā）：芦苇。③壹：发语词，无意义。④豝（bā）：母猪。⑤吁嗟：欢乐美妙的声音。⑥驺（zōu）虞：古时掌管鸟兽、猎场的官。⑦蓬：草名，叶子和柳叶相近，有锯齿。

驺虞诗以赋体，写芦苇草初生而旺盛的景况，从这可以看出春猎的开始。这种以自然界之物的生长来表示时间的手法，不但《诗经》中常见，也经常为后来的诗人用到。说明时间之后，立即切入猎场。接着的“壹发五豝”是全诗的核心，由此可见猎手高超的技艺、猎场的富裕与国家的昌盛，然后才是对驺虞的叹服。

这首诗语言的浓缩与意象、韵律的多变，使两章叠咏的单调感消失无踪。

邶风

《诗经·国风》之一，存诗十九篇。周代诸侯国邶地民歌。武王灭商，将朝歌附近地区封于纣王之子武庚，并将其地一分为三：北为邶，南为鄘，东为卫。

柏　舟

泛[①]彼柏舟，亦泛其流。耿耿[②]不寐，如有隐忧[③]。
微[④]我无酒，以敖[⑤]以游。
我心匪鉴[⑥]，不可以茹[⑦]。亦有兄弟，不可以据[⑧]。
薄言往愬[⑨]，逢彼之怒。
我心匪石，不可转也！我心匪席，不可卷[⑩]也！
威仪棣棣[⑪]，不可选[⑫]也！
忧心悄悄[⑬]，愠于群小[⑭]。觏闵[⑮]既多，受侮不少。
静[⑯]言思之，寤辟有摽[⑰]。
日居月诸[⑱]，胡迭[⑲]而微？心之忧矣，如匪浣衣。
静言思之，不能奋飞！

①泛：飘浮在水上。②耿耿：形容心情的忧烦焦灼。③如有隐忧：如，同“而”。隐忧，忧虑。④微：与“非”同义。⑤敖：通“遨”，游的意思。⑥匪鉴：匪同“非”，不是。鉴，镜子。⑦茹：容纳。⑧据：依靠，依赖。⑨薄言往愬：薄是发语词，此处有“勉强”“不得不”或“迫不得已”。言是关联词，有“而”的作用。愬（sù），诉苦的意思。⑩卷：卷起来，这里指委曲求全。⑪威仪棣棣：威仪，礼节的态度和举动。棣棣，安和的样子。整句大意是“我的仪容举止很完美”。⑫选（suàn）：通“算”，计算。⑬悄悄：忧愁的

样子。⑭愠于群小：愠，怒；自己被一群小孩所怨。⑮觏闵：觏同“遘”，遇到。闵通“愍”，痛心。⑯静：仔细地。⑰寤辟有摽：寤指不能入睡。辟，用手拊心。摽，用手捶击。全句意思是审思此事，不能入睡，以手拊心，到达捶击的地步。⑱日居月诸：居、诸都是语助词。⑲迭：更替。

赏析

《柏舟》是《邶风》的首篇，赋、比兼用。

本诗是一首女子自伤不遇其夫，而又苦于无可告解的怨诗，在《诗经》中是有名的抒情诗篇。

首章诗人以水中飘荡的木舟起兴，比喻妇人的无所依归。诗人的遇人不淑，坚贞自守，以致夜夜失眠。“耿耿”原是形容火光闪烁的状词，此处则借以形容内心的烦忧焦灼，时时紧张不安而失眠。失眠时躺在床上，感觉身体好像柏舟漂浮在水面上。后四句都合二句为一意，描写她内心的忧痛，而她也曾想借酒消愁，但这忧痛又非饮酒遨游所能解的。

次章说她不能入睡的缘由，诗中女子委屈的心情表露无遗，“我心匪鉴，不可以茹”二句，明知兄弟之不可依赖，迫不得已只好勉强去向他诉苦。兄弟不但不同情她，反而白眼相加，把这女子的孤独感推到顶峰，更加深了前章那种内心的烦忧焦灼。

三章的前四句连用二个意象排比，用来比喻自己坚贞不渝的志向，后二句急转表现自己“完美的风度，优点很多，不弱于人”，气势澎湃，节奏紧促，感情冲击达到顶点：我的心不像石可转，席可卷，决心胜于任何坚决的宣誓。

四章、五章在前三章强烈的冲击下，回缓到无可奈何，虽为群小所不容，却只能自怨自艾。每当到夜晚，总是独自思索，往往因忧伤而不能入睡，而抚心捶胸泣血，痛苦万分，真恨不能插翅而奋飞！她呼问苍天的无可奈何，更说出了她内心难以诉说的烦闷。全诗婉转地表达出了她的控诉。

绿　衣[1]

绿兮衣兮，绿衣黄里[2]。心之忧矣，曷维其已[3]！
绿兮衣兮，绿衣黄裳[4]。心之忧矣，曷维其亡[5]！
绿兮丝兮，女所治[6]兮。我思古人[7]，俾无訧兮[8]！
絺兮绤[9]兮，凄[10]其以风。我思古人，实获我心[11]。

①这是一首悼亡诗，描写一位丈夫对亡妻的思念。②里：衣服的衬里。③曷：何。维：语气助词。已：止。言思念何时能停止。④裳（cháng）：下衣，类似后代的裙子。⑤亡：通“忘”，忘记。⑥女：通“汝”，你，指亡妻。治：缝制。⑦古人：犹故人，指亡妻。⑧俾：使。訧（yóu）：过失、差错。此句意为（亡妻）使我平时少过失。⑨絺（chī）：细葛布。绤（xì）：粗葛布。⑩凄：凉爽。⑪获我心：谓称我心，让我满意。

这首诗有四章，也采用了重章叠句的手法。鉴赏之时，要四章结合起来看，才能体味到包含在诗中的深厚感情，以及诗人创作此诗时的情况。

第一章说："绿兮衣兮，绿衣黄里。"表明诗人把故妻所做的衣服拿起来翻里翻面地看，诗人的心情是十分忧伤的。

第二章"绿衣黄裳"与"绿衣黄里"相对为文，是说诗人把衣和裳都翻里翻面细心看。妻子活着时的一些情景是他所永远不能忘记的，所以他的忧愁也是永远摆不脱的。

第三章写诗人细心看着衣服上的一针一线（丝线与衣料同色）。他感到，每一针都反映妻子对他深切的关心和爱。由此，他想到妻子平时对他在一些事情上的规劝，使他避免了不少过失。这当中包含着非常深厚的感情。

第四章说到天气寒冷时，还穿着夏天的衣服。妻子活着的时候，四季换衣都是妻子为自己操心，衣来伸手、饭来张口。妻子去世后，自己还没有养成关心自己的习惯。到实在忍受不住萧瑟秋风的侵袭时，才自己寻找衣服，便勾起自己失去贤妻的无限悲恸。"绿衣黄里"说的是夹衣，为秋天所穿；"絺兮绤兮"则是指夏衣而言。这首诗应作于秋季。诗中写诗人反复看的，是才取出的秋天的夹衣。人已逝而为他缝制的衣服尚在。衣服的合身，针线的细密，使他深深觉得妻子事事合乎自己的心意，这是其他任何人也代替不了的。所以，他对妻子的思念，他失去妻子的悲伤，都将是无穷尽的。

燕　燕[1]

燕燕于[2]飞，差池[3]其羽。之子于归[4]，远送于野。

瞻望弗及[5]，泣涕[6]如雨。

燕燕于飞，颉之颃[7]之。之子于归，远于将[8]之。

瞻望弗及，伫[9]立以泣。

燕燕于飞，下上其音[10]。之子于归，远送于南[11]。

瞻望弗及，实劳[12]我心。

仲氏任只[13]，其心塞渊[14]。终温且惠[15]，淑慎[16]其身。

先君之思[17]，以勖寡人[18]。

①这是一首送别诗。描写一位国君送别远嫁妹妹的情景。②燕燕：即燕子，朱熹《诗集传》："谓之燕燕者，重言之也。"一说指一双燕子。于：语气助词。③差（cī）池：参差不齐的样子。④之子：这个人。归：女子出嫁。⑤瞻：远望。弗及：看不到。⑥涕：眼泪。⑦颉（xié）：向上飞。颃（háng）：向下飞。⑧将：送。⑨伫（zhù）：长时间地站立。⑩下上：犹上下。此句指燕子飞上飞下的鸣叫声。⑪南：闻一多《诗经通义》："南林古声近字通，此南字当读为林也。"⑫劳：忧愁。⑬仲：排行第二。任：友爱、良善。一说为姓氏。只：语气助词。⑭塞：通"寒"，诚实。渊：深，谓思虑深。⑮终：既。惠：和顺。⑯淑：善良。慎：谨慎。⑰先君：指死去的国

君。此句意为要常思念故去的先君。⑱勖（xù）：勉励。寡人：国君的自称。

赏析

《燕燕》全诗共四章，前三章重章渲染惜别情境，后一章深情回忆被送者的美德。抒情深婉而语意沉痛，写人传神而敬意顿生。

前三章开头以飞燕起兴："燕燕于飞，差池其羽""颉之颃之""下上其音"。《朱子语类》赞曰："譬如画工一般，直是写得他精神出。"阳春三月，群燕飞翔，蹁跹上下，呢喃鸣唱。然而，诗人用意不只是描绘一幅"春燕试飞图"，而是以燕燕双飞的自由欢畅，来反衬同胞别离的愁苦哀伤。此所谓"譬如画工"又"写出精神"。接着点明事由："之子于归，远送于野。"父亲已去世，妹妹又要远嫁，同胞手足今日分离，此情此境，依依难别。"远于将之""远送于南"，相送一程又一程，更见离情别绪之黯然。然而，千里相送，终有一别。远嫁的妹妹终于遽然而去，深情的兄长仍依依难舍。这里诗歌运用艺术手法表现出感人的情境："瞻望弗及，泣涕如雨""伫立以泣""实劳我心"。先是登高瞻望，虽车马不见，却行尘时起；后是瞻望弗及，唯伫立以泣，伤心思念。真是兄妹情深，依依惜别，缠绵悱恻，鬼神可泣。这三章重章复唱，既易辞申意，又循序渐进，且乐景与哀情相反衬，从而把送别情境和惜别气氛，表现得深婉沉痛，不忍卒读。

第四章由虚而实，转写被送者。原来二妹非同一般，她思虑切实而深长，性情温和而恭顺，为人谨慎又善良，正是自己治国安邦的好帮手。她执手临别，还不忘赠言勉励：莫忘先王的嘱托，成为百姓的好国君。这一章写人，体现了上古先民对女性美德的极高评价。在写法上，先概括描述，再写人物语言，静中有动，形象鲜活。而第四章在全篇的结构上也有讲究，前三章虚笔渲染惜别气氛，后一章实笔刻画被送对象，采用了同《召南·采芣》相似的倒装手法。

日　月

日居月诸，照临下土。乃如之人[①]兮，逝不古处[②]。
胡能有定？宁不我顾[③]。
日居月诸，下土是冒[④]。乃如之人兮，逝不相好。
胡能有定？宁不我报。
日居月诸，出自东方。乃如之人兮，德音[⑤]无良[⑥]。
胡能有定？俾[⑦]也可忘？
日居月诸，东方自出。父兮母兮[⑧]，畜[⑨]我不卒。
胡能有定？报我不述[⑩]。

①乃如之人：乃，竟。如，像。之人，即这个人。②逝不古处：逝，及，到了……的地步。不古处，不像往日那样待我。③宁不我顾：宁，竟然。不我顾，不顾我。④冒：覆盖。⑤德音：好名誉。⑥无良：无善意。⑦俾：使。⑧父兮母兮：父亲啊！母亲啊！⑨畜：同"慉"喜好。⑩不述：不说，不讲情理。

咏弃妇悲叹的诗，在《邶风》中就可见到好几首，如《柏舟》《日月》《终风》《谷风》等篇。古人认为一个被遗弃的爱人，或是被冷落的妻子，便是隐喻一位委屈的大臣，向他的君王埋怨，这种埋怨在《风》《雅》”里都有，《毛诗序》便把它们称作“变风”及“变雅”，也就是说，这些诗是政治及道德都已恶化的作品。编诗的人有意利用诗的编排次序，指出这种衰败而呼吁挽救世道。

此诗的特点是每章都以日月的普照大地来反衬丈夫感情不长久，且含有祈求的意味，既是祈求日月，也是针对丈夫而发。末章更呼唤父母，足以看到她无可宣泄的沉痛。首章和二章的第二句，三章和四章的第二句，都借转移改动词组的顺序，使得同一意象之中，有不同的表现，以增加强调的效果。

被弃者一诉、再诉、三诉后，悲凄之情推到极点，既恨他薄情，又想忘记他来解脱自己，却又做不到，反而更增加了怨情。她像处身于寒冷的冰窖之中，她的苦痛，只有呼日月、父母，才能全部发泄。

终　风

终风且暴①，顾我则笑。谑浪笑敖②，中心是悼③。

终风且霾④，惠然肯来⑤。莫往莫来⑥，悠悠⑦我思。

终风且曀⑧，不日有曀。寤言不寐，愿言则嚏⑨。

曀曀其阴，虺虺⑩其雷。寤言不寐，愿言则怀。

①终风且暴：《诗经》里的“终……且……”和“既……且……”是同一种句式。此句意思是：不仅刮风而且猛烈。②谑浪笑敖：谑，戏弄，取笑的意思。笑敖，调笑。③中心是悼：中心，心中。悼，伤痛。④霾：风刮得尘土飞扬，使空中阴暗如雾的景象。⑤惠然肯来：希望丈夫在暴风怒号的时候来看她。⑥莫往莫来：互不往来。⑦悠悠：思念的样子。⑧曀（yì）：刮风而阴昏的天气。⑨愿言则嚏：愿，思念。此句即思念他的时候，我打喷嚏！⑩虺虺（huǐ）：雷声。

这首诗仍然是弃妇的怨诗。

《终风》首章以刮风且急暴，象征丈夫的性情狂暴无常，“谑浪笑敖”，连用四个动词来描写男方的粗暴无礼。次章以后写她虽遭丈夫如此对待，但丈夫离开后，她又转恨为念，企盼他能心怀善意地来看她，纵然想起他时总要令人心似抽搐地恼怒烦闷，但这种思念却依然无穷无尽地持续着。她心中暗淡阴沉的意象，不断地交叠出现，使沉闷的音响连续不断，幽怨阴沉的气氛更加浓烈，终于在一声感叹中戛然停止——“愿言则怀”！（哎！想起来就令人忧愁感伤！）弃妇的哀怨形象，在景与情的交融下，显露突出，留在我们心中久久不能散去。

击　鼓[1]

击鼓其镗[2]，踊跃用兵[3]。土国城漕[4]，我独南行。

从孙子仲[5]，平陈与宋[6]。不我以归[7]，忧心有忡[8]。

爰居爰处[9]，爰丧其马。于以求之[10]？于林之下。

死生契阔[11]，与子成说[12]。执子之手，与子偕老。

于嗟阔[13]兮！不我活兮[14]！于嗟洵[15]兮！不我信兮[16]！

①这首诗反映了久戍异国的卫国士卒的怨愤及对亲人的思念之情。②镗（tāng）：鼓声。③踊跃：跳跃。形容练兵时的情状。兵：武器。④土：用作动词，挖土。土国：指在国内从事劳役。城：用作动词，筑城。漕：地名。城漕：修筑漕邑的城墙。⑤从：跟随。孙子仲：人名。此次卫国南征的主帅。⑥平：平定。陈、宋：皆国名。⑦不我以归："不以"与我归，指不让我回来。⑧有：语气助词。忡：忧愁的样子。⑨爰：等于"于以""于何"，犹言在哪里。⑩于以：于何，在哪里。求：找到。之：代指马。⑪契阔：马瑞辰《毛诗传笺通释》："契当读如契合之契，阔当读如疏阔之阔……契阔与死生相对成文，犹云合离聚散耳。"此章乃追忆与妻子离别时相誓之词。⑫子：你，指妻子。成说：成言，指立下誓约。⑬于嗟：吁嗟，感叹词。阔：远。⑭活：通"佸"，聚会。⑮洵：《韩诗》作"夐"，久远。⑯信：信守诺言。以上两句言相距遥远，当日的誓约不能实现。

这是一篇典型的战争诗。诗人以袒露自身与主流意识的背离，宣泄自己对战争的抵触情绪。作品在对人类战争本相的透视中，呼唤的是对个体生命具体存在的尊重和生活细节幸福的获得。

第一章总言卫人救陈，平陈宋之难，叙卫人之怨。结尾云“我独南行”者，诗本以抒写个人愤懑为主，这是全诗的线索。诗的第三句言“土国城漕”者，《鄘风·定之方中》毛诗序云：“卫为狄所灭，东徙渡河，野居漕邑，齐桓公攘夷狄而封之。文公徙居楚丘，始建城市而营宫室。”文公营楚丘，这就是诗所谓“土国”，到了穆公，又为漕邑筑城，故诗又曰“城漕”。

第二章“从孙子仲，平陈与宋”，承“我独南行”为说。假使南行不久即返，犹之可也。诗之末两句云“不我以归，忧心有忡”，叙事更向前推进，如芭蕉剥心，使人酸鼻。

第三章写安家失马，似乎是题外插曲，其实文心最细。《庄子》说：“犹系马而驰也。”好马是不受羁束、爱驰骋的；征人是不愿久役、想归家的。这个细节，写得映带人情。毛传解释一、二句为：“有不还者，有亡其马者。”把“爰”解释为“或”，作为代词，则两句通叙营中他人。

第四章“死生契阔”，毛传以“契阔”为“勤苦”是错误的。黄生《义府》以为“契，合也；阔，离也；与死生对言”是正确的。

第五章“于嗟阔兮”的“阔”，就是上章“契阔”的“阔”。“不我活兮”的“活”，应该是上章“契阔”的“契”。所以“活”是“佸”的假借，“佸，会也”。“于嗟洵兮”的“洵”，应该是“远”的假借，所以指的是“契阔”的“阔”。“不我信兮”的“信”，应该是“信誓旦旦”的“信誓”，承上章“成说”而言的。两章互相紧扣，一丝不漏。

凯　风[1]

凯风[2]自南，吹彼棘心[3]。棘心夭夭[4]，母氏劬[5]劳。

凯风自南，吹彼棘薪[6]。母氏圣[7]善，我无令人[8]。

爰[9]有寒泉，在浚[10]之下。有子七人，母氏劳苦。

睍睆[11]黄鸟，载好其音[12]。有子七人，莫慰母心。

①这是一首儿子因母亲劳累而自责的诗。②凯风：和风，南风。③棘：酸枣树。棘心：初发内芽的酸枣树。马瑞辰《毛诗传笺通释》："盖枣棘初生，皆先见尖棘，尖刺即心，心即纤小之义，故难长养。"以上两句以凯风比母，棘心喻子。④夭夭：鲜嫩的样子。⑤劬（qú）：劳苦。⑥棘薪：言棘已长大可作薪柴。朱熹《诗集传》："棘可以为薪则成矣，然非美材，故以兴子之壮大而无善也。"薪：柴草。⑦圣：通达。⑧令：美好。此句意为我们不是孝顺的好儿子。⑨爰：语气助词。⑩浚（xùn）：卫国城邑名。⑪睍睆（xiàn huàn）：婉转的鸟鸣声。一说美好的样子。⑫载：语气助词。好其音：谓其音和美。

此诗以凯风吹彼棘心开篇，把母亲的抚育比作温暖的南风，把自己弟兄们小时候比作酸枣树的嫩芽，“丛生的”小嫩芽之所以能够健康成长，全是母亲大人辛勤哺育的功劳。七个儿子一个一个长大成人（材）了，母亲的大恩大德，堪称圣善，儿子却是不孝儿（这就是自责自称），总嫌自己做得不够，与母亲的养育之恩相比，还差得很远很远。

从第三章开始，作者又以寒泉比母，以黄鸟比子，做进一步的自我批评。寒泉也成为母爱的代称。寒泉在地下流淌，滋养浚县的人。母亲生养弟兄七人，至今还如此劳苦，让做儿子的如何心安？黄鸟鸣叫得清丽婉转，尚且如此悦耳动听，为什么七个儿子却不能抚慰母亲那颗饱受孤苦的心呢？

诗的前二章的前二句都以凯风吹棘心、棘薪，比喻母养七子。凯风是夏天滋养万物的风，用来比喻母亲。棘心，酸枣树初发的嫩芽，喻儿子初生。棘薪，酸枣树长到可以当柴烧，比喻儿子已成人。后两句一方面极言母亲抚养儿子的辛劳，另一方面极言兄弟不成材，反躬以自责。诗以平直的语言传达出孝子婉曲的心意。

诗的后二章以寒泉、黄鸟比兴，寒泉在浚邑，水冬夏常冷，宜于夏时，人饮而甘之；而黄鸟清和婉转，鸣于夏木，人听而赏之。诗人以此反衬自己兄弟不能安慰母亲的心。

诗中各章前二句，凯风、棘树、寒泉、黄鸟等意象构成有声有色的夏日景色图。后二句反复叠唱的无不是孝子对母亲的深情。设喻贴切，用字工稳。诗中虽然没有实写母亲如何辛劳，但母亲的形象还是生动地展现了出来。

雄 雉

雄雉[①]于飞，泄泄[②]其羽。我之怀矣，自诒[③]伊阻[④]。

雄雉于飞，下上其音。展[⑤]矣君子，实劳[⑥]我心。

瞻[⑦]彼日月，悠悠我思。道之云[⑧]远，曷[⑨]云能来？

百尔君子[⑩]，不知德行[⑪]？不忮不求[⑫]，何用不臧[⑬]！

雄雉多轻薄，指专断放浪的男子。本诗中的雄雉是诗人所思念怀想的在外久不回家的丈夫。

首章以雄性的野鸡，慢慢地、很自得地振动翅膀起兴，象征离家远行、久不回归的丈夫临走的神态。空闺独守，触景伤情，引发起无垠无涯的思念，禁不住自拖自怨起来，真是“悔教夫婿觅封侯”啊，无可奈何！次章依然以“雄雉于飞”起兴，看那雄雉飞鸣自得的样子，不知丈夫在外是奔波劳碌，无暇返家呢，还是乐不思蜀？有疑虑和怨责的意味。

后二章是平铺直叙的赋体。第三章先写日月如梭的飞逝，自己企盼丈夫归来的意念，与日俱增，却又说“路途遥远，问君归期似无期”。末章写怨忧丛集之后，终于醒悟，实际是自寻苦吃，若非自己贪慕荣华，就不致有今天的阔别和相思之苦，于是发出“不忮不求，何用不臧”的警句，就好像当头一棒，不仅是自责，也是警示其他人！

①雉：野鸡，尾巴很长，羽毛美丽。②泄泄（yì）：同“洩洩”慢慢地振动翅膀，很自得的样子。③诒：同“遗”，遗留。④伊阻：伊，其。阻，困难。⑤展：诚恳。⑥劳：忧劳、挂念。⑦瞻：远望。⑧云：句中语气助词。⑨曷：什么时候。⑩百尔君子：所有的男人。⑪德行：道德和品行。⑫不忮（zhì）不求：忮，嫉妒而害人。求，贪求。⑬臧（zàng）：善良。

匏有苦叶[①]

匏有苦[②]叶，济有深涉[③]。深则厉[④]，浅则揭[⑤]。

有𣶃济盈[⑥]，有鷕雉[⑦]鸣。济盈不濡轨[⑧]，雉鸣求其牡[⑨]。

雝雝[⑩]鸣雁，旭日始旦[⑪]，士如归妻[⑫]，迨冰未泮[⑬]。

招招舟子[⑭]，人涉卬否[⑮]。人涉卬否，卬须[⑯]我友。

①这首诗描写一位女子站在岸边，盼望河对岸的未婚夫及早将她迎娶。②匏（páo）：葫芦。古人以为渡水工具。苦：同“枯”。③济：水名。涉：用为名词，指渡水处。④厉：穿着衣服徒步渡河。一说将葫芦系在腰间渡河，见闻一多《诗经通义》。⑤揭：提起衣裳渡河。一说背着葫芦渡河。⑥有：语气助词。𣶃（mǐ）：水势茫茫的样子。盈：满。此句言济水白茫茫一片。⑦鷕（yǎo）：雌雉的叫声。⑧不：语气助词，无义。濡（rú）：沾湿。轨：车轴的两端。⑨牡：雄性的动物。⑩雝雝：雁叫声。⑪旭日：初升的太阳。旦：天亮。⑫归妻：娶妻。⑬迨：趁、及。泮（pàn）：同“牉”，合。⑭招招：身体摇动的样子。闻一多《诗经通义》：“招招与调调、刁刁声同，谓舟子鼓楫时，身体屈申动摇之貌也。”一说招招谓摆手召唤。舟子：船夫。⑮卬（áng）：我。否：不。⑯须：等待。

诗一开篇，“匏有苦叶，济有深涉”，正值炎热的八月，葫芦叶子发枯，内部已然成熟。济水深处已可渡。“深则厉，浅则揭。”要是水深，那就没办法，只能沾湿了裙角缓缓地过河；水浅的话，那就挽起裤腿步履轻盈地大步向前：简简单单六个字，恰切地写出了女主人公的大胆、勇敢和聪慧。

“有瀰济盈，有鷕雉鸣。济盈不濡轨，雉鸣求其牡。”济水满得仿佛要漫过岸边一样，水面波光粼粼，阳光打在上面好似荧光千点。还好河水没有漫过车轴，免去不少担心，岸边草丛里的野鸡叫得正欢，声声鸟鸣响彻渡口，看来它们是求偶心切。这一章几乎都是景物描写，诗人将野雉与女主人公进行对比，突出她等待意中人归来的焦急之情。

“雍雍鸣雁”一句暗示此时此刻天空中划过雁影，一行大雁一字排开边鸣边飞，女子暗自担忧时光飞逝，转眼就到冬天，嘶鸣的

大雁似乎都在催促着姑娘早日完成婚嫁。女子之所以有此担忧，是因为在古代有一个习俗，当冬天，河水结冰的时候，就要停办婚嫁之事。“旭日始旦，士如归妻，迨冰未泮。”天刚蒙蒙亮，旭日的光辉打在叶子的露珠上，折射出七彩的光芒。男子啊，你如果想成婚，可一定要赶在冰还未结之时啊。这一段将女子的急切之情表现得淋漓尽致。

“招招舟子，人涉卬否。”姑娘的等待没有白费，万顷碧波上出现了一只摆渡船，那必定是远方的归客。女为悦己者容，姑娘喜不自胜，恨不得用铜镜照照此时的容貌，船夫似乎对女子的万般焦急早有察觉，老远就开始召唤：“有人吗？快上船啊！”殊不知，这位姑娘并非要上船而是在等船。“人涉卬否，卬须我友。”听到船夫的招呼，姑娘也焦急地解释道：“我哪里是要上船啊，我是在这等我朋友呢。”结尾“卬须我友”，女子用朋友来掩饰等待情人的真实目的，答得含蓄而巧妙，形象地表现出女子的娇羞和矜持。

《匏有苦叶》通过情境、对话、神态描写，生动地再现了一名在渡口等候情人的女子焦灼而又喜悦的心情。在短短的一首小诗里，有山有水、有人有物，诗中有画、画中有诗，情景交融，浑然一体。

谷　风

习习谷风[1]，以阴以雨。黾勉[2]同心，不宜有怒。
采葑采菲[3]，无以下体[4]？德音莫违，及尔同死。
行道迟迟，中心有违[5]。不远伊迩，薄送我畿[6]。
谁谓荼苦？其甘如荠[7]。宴尔新昏[8]，如兄如弟。
泾以渭浊[9]，湜湜其沚[10]。宴尔新昏，不我屑以[11]。
毋逝我梁，毋发我笱[12]。我躬不阅，遑恤我后[13]。
就其深矣，方之舟之；就其浅矣，泳之游之。
何有何亡，黾勉求之。凡民有丧，匍匐救之[14]。
不我能慉，反以我为仇[15]。既阻我德，贾用不售[16]。
昔育恐育鞫，及尔颠覆[17]。既生既育，比予于毒。
我有旨蓄，亦以御冬[18]。宴尔新昏，以我御穷。
有洸有溃[19]，既诒我肄[20]，不念昔者，伊余来塈。

①习习谷风：山谷的大风连续不停地吹着。②黾（mǐn）勉：努力。③采葑采菲：葑（fēng），蔓菁。菲，萝卜。④无以下体：下体，根。此为疑问句，是说“采葑采菲能不要它的根吗？”，用以来比喻夫妻应当有始有终。⑤违：怨恨。⑥不远伊迩，薄送我畿：伊，维。迩，近。薄，语气助词。畿（jī），门槛。⑦“谁谓”二句：

茶，苦菜。荠，甘菜。⑧宴尔新昏：宴，愉快，欢乐。昏，通“婚”，即婚礼。⑨泾以渭浊：泾渭二水在今陕西省，泾水浊，比喻自己；渭水清，比喻新人。⑩湜湜（shí）其沚（zhǐ）：湜湜，水清的样子。沚，水清见底。⑪不我屑以：屑，洁。意思是不以我为洁。⑫“毋逝”二句：逝，去。梁，捕鱼的石堰。发，道“拨”弄乱了。笱（gǒu），捕鱼的竹器，鱼能入不能出。⑬“我躬”二句：躬，自身。阅，容。遑，暇。恤，顾虑，担忧。⑭“凡民”二句：丧，凶祸。匍匐，伏地膝行，这里指尽力。⑮“能不”二句：慉（xù），喜悦，爱好。仇，仇恨。⑯“既阻”二句：阻，拒绝。贾，卖物。⑰“昔育”二句：育，生计。鞫（jū），穷困。颠覆，指窘困的生活。⑱“我有”二句：旨蓄，甘美的干菜。御，抵挡。⑲有洸（guāng）有溃：洸然溃然。洸，粗暴。溃，愤怒。⑳既诒我肄：诒，通“遗”，留给。肄（yì），劳苦的工作。

《诗经》中有两篇《谷风》，除《邶风》中本诗外，《小雅》也有《谷风》，诗的形式内容都相似。此诗是弃妇的诗，诗中抚今追昔，充满不忍自决之情，是《诗经》中抒情的名作。

诗的首章以暴风和阴雨起兴，正面斥责她的丈夫不应抛弃糟糠之妻，说夫妻之间的情分不该有丝毫的裂痕，应当同心同德，有始有终，不论富贵贫贱，总要同命到底，甚至说如果丧失男子的爱情，即愿以死为殉，这是夫妇的正道。古圣先贤以为“君子之道造端乎夫妇”，所以男子成家和立业是同等重要的事，而夫妻如同鸳鸯，该同生共死，不当“临了大难各自飞”，这是弃妇的自诉。

早先婚姻失败的女子，被弃遣送回家，步履沉哀，失去的爱情是绝无可能恢复了。次章里诗中的女主角正是被弃离家的妻子，想起丈夫喜新厌旧，内心苦楚，人说荼苦，但和“我”的悲苦相比之下，却像荠菜那般甘美呢！用对比的手法，写丈夫重婚时

的"新婚宴尔"更烘托出自己被弃的苦痛。

三章写女子被弃以后，对过去生活眷恋的余情。夫妇和好的宁静生活因为其他女子的出现而破坏，糟糠之妻为生活辛劳，显得憔悴消瘦，而新人却把自己劳动的成果据为己有，坐享其成，自己已经人老珠黄了。诗中对家事的牵挂和对丈夫的不满，由"毋逝我梁，毋发我笱。我躬不阅，遑恤我后"的沉痛语调委屈道来，后杜甫《佳人》诗中名句"但见新人笑，哪闻旧人哭"代用此意。

四章、五章追叙从前不论治家睦邻，都费尽心力，而今昔苦乐的不同，更见丈夫的忘情，忆往昔的美满，所以增加如今的怨恨。末章说丈夫只与她共贫穷，不与她共享乐，等到家庭富裕，就不念旧情，反目成仇，移情别恋，将新人宠，把故人弃，使她痛楚不堪。

诗的最后，以“不念昔者，伊余来塈”结尾，诗中的怨怒之气，顿时转为一片无法斩断的缠绵痴情，这种得不到补偿的痴情，转折反复，更显哀怨的心情，读来荡气回肠，同情之心油然而生。

式　微①

式微式微②，胡③不归？微君④之故，胡为乎中露⑤？

式微式微，胡不归？微君之躬⑥，胡为乎泥中？

①这首诗反映了人民对劳役繁重的怨恨。②式：语气助词。微：天色幽暗。③胡：何，为什么。④微：无，没有。君：指奴隶主贵族。⑤中露：露中。⑥躬：身体。

全诗只有短短二章，都以“式微式微，胡不归”起调：天黑了，天黑了，为什么还不回家？诗人紧接着便交代了原因：“微君之故，胡为乎中露？”“微君之躬，胡为乎泥中？”意思是说，为了君主的事情，为了养活他们的贵体，才不得不终年累月、昼夜不辍地在露水和泥浆中奔波劳作。然而，《式微》诗上、下二章只变换了两处文字，但就在这巧妙地变换中，体现出了作者用词的独具匠心。

从全诗看，“式微式微，胡不归”，并不是有疑而问，而是胸中早有定论的故意设问。诗人遭受统治者的压迫，夜以继日地在野外干活，有家不能回，苦不堪言，自然要倾吐心中的不平，但如果是正言直述，则易于穷尽，采用这种虽无疑而故作有疑的设问形式，使诗篇显得婉转而有情致，同时也引人注意，启人以思，所谓不言怨而怨自深矣。正是因为这些修辞手法的巧妙使用，才使《式微》一诗“境界具于词语之外，愈反复看去，愈觉其含义无穷”。

旄　丘[1]

旄丘[2]之葛兮，何诞之节[3]兮。叔兮伯[4]兮，何多日也？
何其处[5]也？必有与[6]也。何其久也？必有以[7]也。
狐裘蒙戎[8]，匪[9]车不东。叔兮伯兮，靡所与同[10]。
琐兮尾[11]兮，流离[12]之子。叔兮伯兮，褎如充耳[13]！

①这是流亡在卫国的黎国君臣责备卫国不肯出兵救助的诗。②旄（máo）丘：前高后低的土岗。③诞：延长。节：节蔓。④叔、伯：对卫国君臣的尊称。⑤处：安居。⑥与：盟国。⑦以：原因。⑧裘：皮衣。蒙戎：犹龙茸，蓬松的样子。⑨匪：通“彼”。⑩靡：无。同：同心。此句意为不与我们同心。⑪琐：细小。尾：通“微”，卑贱。⑫流离：漂泊不定。⑬褎（yòu）如：耳朵听不见的样子。一说指衣饰华美的样子，一说为笑的样子，皆形容卫国君臣。充耳：犹塞耳，意为充耳不闻。

此诗脉络清晰，递进有序，《诗经传说汇纂》引朱公迁所谓“一章怪之，二章疑之，三章微讽之，四章直责之”，将其篇章结构说得清清楚楚。

诗一开头，借物起兴，既交代了地点和季节，也写了等待救援的时间之长。黎臣迫切渴望救援，常常登上旄丘，翘首等待援兵，但时序变迁，援兵迟迟不至，不免暗自奇怪。不过由于要借卫国救援收复祖国，心存奢望，故而尚未产生怨恨之意。

第二章紧承上章“何多日也”而来，稍加顿挫，“何其处也？必有与也。何其久也？必有以也”。通过自问自答的方式，黎臣设身处地地去考虑卫国出兵缓慢的原因：或者是等待盟军一同前往，或者是有其他缘故，暂时不能发兵。用赋法代为解说，曲尽人情。

第三章“狐裘蒙戎”一句紧扣上两章，说明自己客居已久而

“匪车不东”。黎臣已经有所觉悟，“我有亡国之状，而彼无悯恤之意；我有恢复之念，而彼无拯救之心”(《诗经传说汇纂》引邹泉语)，知道卫国无意救援，并非在等盟军，或者有其他缘故。因幻想破灭，救援无望，故稍加讽喻。

第四章用赋法着意对比，黎臣丧亡流离，衣衫破敝，寄居他国，凄凉萧索，而卫国群臣非但毫无同情之心，而且袖手旁观，趾高气昂。诗人有些愤怒了，他批评卫国群臣装聋作哑，见死不救。诗人通过双方服饰、神情、心态的比较，黎臣彻底痛悟，不禁深感心寒，于是便直斥卫国君臣。

此诗作者虽然寄人篱下，但诗意从委婉询问的口气到直指卫国统治者不同心同德的嘴脸，写得很有骨气。

简　兮[1]

简[2]兮简兮，方将万舞[3]。日之方中，在前上处[4]。

硕人俣俣[5]，公庭[6]万舞。有力如虎，执辔如组[7]。

左手执籥[8]，右手秉翟[9]。赫如渥赭[10]，公言锡爵[11]！

山有榛[12]，隰有苓[13]。云[14]谁之思？

西方美人[15]。彼美人兮，西方之人兮！

①这首诗描述了一位女子对舞师的赞美和爱慕。②简：鼓声。一说读为僩，武猛之貌。③方将：正要、马上。万舞：古代的一种大型舞蹈，包括武舞、文舞两部分。武舞时以兵器为道具，文舞时以籥和羽毛为道具。④前上处：前排的领头位置。⑤硕：高大。俣俣（yǔ）：高大魁梧的样子。⑥公庭：宗庙的庭院。⑦辔（pèi）：马缰绳。组：丝带。⑧籥（yuè）：一种管乐器，形状似笛。⑨翟（dí）：野鸡的长尾羽，舞师执以指挥。⑩赫：红而鲜艳的样子。渥（wò）：湿润。赭（zhě）：红色的土。⑪言：说。锡：通"赐"，赏赐。爵：酒器。⑫榛：一种落叶乔木，果实可食。⑬隰（xí）：低湿之地。苓：一种草本植物。⑭云：语气助词。⑮美人：指舞师。

赏析

全诗共四章，第一章写卫国宫廷举行大型舞蹈，交代了舞名、时间、地点和领舞者的位置。第二章写舞师武舞时的雄壮勇猛，突出他高大魁梧的身躯和威武健美的舞姿。第三章写他武舞时的雍容优雅、风度翩翩。舞师的多才多艺使得这位女子赞美有加，心生爱慕。第四章是这位女性情感发展的高潮，倾诉了她对舞师的深切爱慕和刻骨相思。

“山有榛”一句多解为喻男女各得其所。因此，这最后一章就成了女粉丝向偶像抛媚眼的精彩描述了。全诗的艺术魅力主要来自最后一章，这一章用朦胧的意象和晦涩的隐语将这位女性绵邈低回的相思展示无遗。诗歌用“山有榛，隰有苓”托兴，根据《诗经》中其他七处“山有……”“隰有……”对举句式的理解，此处是以树隐喻男子，以草隐喻女子，托兴男女情思，引出下文“云谁之思，西方美人。彼美人兮，西方之人兮”。后四句若断若连，回环复沓，意味深远。“彼美人兮，西方之人兮”两句是“云谁之思，西方美人”两句的扩展延伸。

泉　水[①]

毖[②]彼泉水，亦流于淇[③]。有[④]怀于卫，靡日[⑤]不思。

娈彼诸姬[⑥]，聊与之谋[⑦]。

出宿于泲[⑧]，饮饯于祢[⑨]。女子有行[⑩]，远父母兄弟。

问我诸姑[⑪]，遂及伯姊[⑫]。

出宿于干，饮饯于言[⑬]。载脂载辖[⑭]，还车言迈[⑮]。

遄臻[⑯]于卫，不瑕有害[⑰]？

我思肥泉[⑱]，兹之永叹[⑲]。思须与漕[⑳]，我心悠悠。

驾言[㉑]出游，以写[㉒]我忧。

①这首诗描述了一个出嫁别国的卫国女子对故乡亲人的思念。②毖（bì）：通“泌”，泉水涌出的样子。③亦：语气助词。淇：卫国境内的水名。④有：语气助词。⑤靡日：没有一天。⑥娈（luán）：美好的样子。诸姬：各位姬姓女子。卫国为姬姓国，则此诸姬当为从嫁的同姓女子。⑦聊：姑且。谋：商量。⑧泲（jì）：地名。一说水名。⑨饯：设酒食送别。祢（nǐ）：卫国地名。以上两句乃追忆当初出嫁时所经过的地方。⑩行：女子出嫁。⑪诸姑：姑母们。⑫伯姊：大姐。⑬干、言：皆地名。⑭载：语气助词。脂：油膏，这里用如动词，指以油脂涂车轴。辖（xiá）：车轴两端的金属键。这里用如动词，指把辖安装好。⑮还：旋。言：语气助词。

迈：行。⑯遄（chuán）：疾速。臻（zhēn）：至，到达。⑰不瑕：不无。马瑞辰《毛诗传笺通释》："瑕、遐古通用，遐之言胡也。胡、无一声之转，故胡宁又转为无宁……不瑕犹云不无，疑之之词也。"此句言会不会有妨害？⑱肥泉：即上文的泉水。⑲永叹：长叹。⑳须、漕：皆卫国城邑名。㉑言：语气助词。㉒写：通"泻"，排遣。

此诗第一章"毖彼泉水，亦流于淇"两句，用泉水流入淇水起兴，委婉道出自己归宁的念头。这两句与《邶风·柏舟》首二句"泛彼柏舟，亦泛其流"同用"彼""亦"两字起调，文情凄婉悱恻而不突兀，由此点出诗题——"有怀于卫，靡日不思。"自己魂牵梦绕着卫国，但如今故国人事有所变故，自己想前往探视而根据礼仪却不能返卫，深感无限委屈，内心焦急难耐。作为一个女性，在这样的情况下，首先想到的是自己的姐妹，由此引出"娈彼诸姬，聊与之谋"两句。主人公想找她们倾诉苦衷，希望她们能够为自己出个主意，想条妙计，即便无济于事，也能够稍解胸中的郁闷，聊以自慰。

第二章和第三章均承接第一章而来，用赋法铺写虚景，表达自己对卫国深切的怀念。第二章写作者欲归不得，却去设想当初出嫁时与家人饮酒诀别的情景。如今物换星移，寒暑数易，家人近况无法获知，颇令自己牵挂，归宁的念头更加坚定笃实。第三章好像与第二章重复，却是幻境中再生幻境，设想归宁路途上的场景，车速之快疾与主人公心情之迫切相互衬托。速去速回，合情合理，但最终仍不能成行。这两章全是凭空杜撰，出有入无，诗歌因此曲折起伏，婉妙沉绝。

第四章写思归不成，欲罢不能，只好考虑出游消忧，但是思卫地而伤情，愁更转愁。"我思肥泉，兹之永叹"，再写愁怀，回肠荡气；"思须与漕，我心悠悠"，情怀郁郁。

北 门[①]

出自北门，忧心殷殷[②]。终窭[③]且贫，莫知我艰。

已焉哉[④]！天实为之，谓之何哉[⑤]？

王事适[⑥]我，政事一埤[⑦]益我。我入自外，室人交遍谪[⑧]我。

已焉哉！天实为之，谓之何哉？

王事敦[⑨]我，政事一埤遗[⑩]我。我入自外，室人交遍摧[⑪]我。

已焉哉！天实为之，谓之何哉？

①这是一首底层小官吏诉说自己愁苦的诗。②殷殷：忧愁的样子。③终：既、又。窭（jù）：贫寒。④已焉哉：算了吧。⑤谓之何哉：说它做什么。⑥适（zhì）：通“擿”，扔掷。⑦一：全部。埤（pí）：增加。⑧室人：家里人。交：轮番。谪（zhé）：责备。⑨敦：迫，逼迫。⑩遗：留给。⑪摧：讥讽。

这是一首小官吏诉说自己愁苦的诗。从诗的语言看，并没有“忠臣不得其志”或“安于贫仕”之意，旧说未免令人感到迂曲，今人的“怨诉”说则解释得较为圆满。

此诗经北门开篇，自古以来，北通“背”，朱熹解读第一章开篇为“比”，就预先注明诗的主人公正面临着背时的命运。其实，从府衙北门而出，当然是背对光明而来的，自然是形象暗淡无光，精神萎靡不振。他一副忧心忡忡的样子，低着头走回家。因为无职无权，当然就要受穷了，想体面也体面不起来，其内心之黯然神伤，可想而知。但别人却不知道他的这份艰难，这个别人不只包括他的饱食终日无所用心的上司，还包括靠他那点薪俸养活的家人。他也自知没有本事，但又无能为力，只剩下愁眉苦脸、唉声叹气的份了。这个小官吏，甘于清贫，内外交困，穿着寒酸，愧对家人，但又如此任劳任怨，忠于王事，勤于政事，真是具有敬业精神的忠谨之士。

这首诗的主人公虽然是一名官吏，但全诗并非无病呻吟，的确体现了《诗经》“饥者歌其食，劳者歌其事”的现实主义精神。全诗纯用赋法，不假比兴，然而每章末尾“已焉哉，天实为之，谓之何哉”三句重复使用，大大增强了语气，深有一唱三叹之效，牛运震在《诗志》中认为这些句段与《古诗十九首》中“弃捐勿复道，努力加餐饭”等一样，“皆极悲愤语，勿认作安命旷达”，这是很有见地的。

北　风[①]

北风其凉，雨雪其雱[②]。惠而[③]好我，携手同行。
其虚其邪[④]？既亟只且[⑤]！
北风其喈[⑥]，雨雪其霏[⑦]。惠而好我，携手同归。
其虚其邪？既亟只且！
莫赤匪狐，莫黑匪乌[⑧]。惠而好我，携手同车。
其虚其邪？既亟只且！

此诗开篇即大肆渲染背景：吹的是凉飕飕的北风，飘的是纷纷扬扬的雪。这既是实时描述，也是国家危乱之象。众人为了逃难，呼朋引伴，携手同行。诗中展现了一幅急惶惶四处奔逃的惨景。

全诗共三章，前两章内容基本相同，只改了三个字。把“北风其凉”改为“北风其喈”，意在反复强调北风的寒凉。而改“雨雪其雱”为“雨雪其霏”，无非是极力渲染雪势的盛大密集。把“携手同行”改为“携手同归”，也是在强调逃离。复沓的运用产生了强烈的艺术效果。

诗各章末二句相同。“其虚其邪”，虚邪，即舒徐，为叠韵词，加上二“其”字，语气更加宽缓，形象地表现同行者委蛇退让、徘徊不前之状。“既亟只且”，“只且”为语气助词，语气较为急促，加强了局势的紧迫感。

北风与雨雪，是兴体为主，兼有比体。它不只是逃亡时的恶劣环境的简单描写，还用来比喻当时的虐政。后面赤狐、黑乌则是以比体为主，兼有兴体。它不仅仅是比喻执政者为恶如一，还可以看作逃亡所见之景。这种比兴手法的运用，使诗句意蕴丰富，耐人寻味。

朱熹《诗集传》说此诗“气象愁惨”，指出了其基本风格。诗三章展示了这样的逃亡情景：在风紧雪盛的时节，一群贵族相呼同伴乘车去逃亡。局势的紧急（“既亟只且”）、环境的凄凉（赤狐狂奔，黑乌乱飞）跃然纸上。

①这首诗描述卫国人民因不堪虐政而相约逃走。②雨：动词，降下。雱（páng）：雪纷纷降落的样子。③惠而：即惠然，顺从、赞成的意识。④其：语气助词。虚：通“舒”，舒缓。邪：通“徐”，徐缓。⑤亟（jí）：急。只且（jū）：语气助词。此句意为形势已很危急了。⑥喈（jiē）：疾速的样子。⑦霏（fēi）：纷纷。⑧匪：非。这两句是说红的无不是狐狸，黑的无不是乌鸦。古人视狐狸、乌鸦为不祥之物，这里用以比喻统治者。

静　女

静女其姝[1]，俟我于城隅[2]。

爱[3]而不见，搔首踟蹰[4]。

静女其娈[5]，贻我彤管[6]，

彤管有炜[7]，说怿[8]女美。

自牧归荑[9]，洵美且异[10]。

匪女之为美，美人之贻。

①静女其姝：静女与淑女意思相同。姝，美丽。②俟我于城隅：俟（sì），等候。城隅，指城上的角楼，幽僻之处。③爱：躲藏。④踟蹰：走来走去，徘徊。⑤娈：美好的样子。⑥贻我彤管：贻，赠送。彤，红色。彤管到底是什么，向来说法不一，有人说是笔，有人说是乐器，又有说是红色管状的初生草，就是下文的“荑”，这种说法比较合理。⑦有炜（wěi）：炜然。炜，红而有光。⑧说怿（yuè yì）：喜欢。⑨自牧归荑（tí）：牧，野外。归，通“馈”，馈送。荑，初生的茅草，味甘可食，俗名茅针。⑩洵美且异：洵，确实。异，不平凡。

这是写一个男子去赴情人约会的诗，诗中刻画了他见到情人前后的不同心情。

全诗兼用四言五言。首章写男女在僻远的城隅相会，男子如期前往，女子却故意躲起来逗他，让他干着急，“爱而不见，搔首踟蹰”用字的轻巧灵活，似乎使男子无可奈何，焦灼地走来走去的景况就在我们的眼前。

二章和三章内容相似，写女子赠彤管，又特地从野外拔回一把茅针送他，女子不仅漂亮而且重感情，令他看“彤管”而想起美人，握茅针而念静女。彤管和荑草是平常之物，但是送的人是自己“寤寐思服”的人，因物思人，就是所谓的“移情”。

新　台[1]

新台有泚[2]，河水瀰瀰[3]。燕婉之求[4]，籧篨不鲜[5]！

新台有洒[6]，河水浼浼[7]。燕婉之求，籧篨不殄[8]！

鱼网之设，鸿则离之[9]。燕婉之求，得此戚施[10]！

①这首诗描写一女子对自己嫁了一个丑汉充满哀怨。一说是人民讽刺卫宣公劫夺儿媳的诗。②泚(cǐ)：通“玼”鲜明的样子。③瀰瀰：水势盛大的样子。④燕婉：和顺美好的样子。此句意为本来想嫁个漂亮郎君。⑤籧篨(qú chú)：朱熹《诗集传》：“籧篨不能俯，疾之丑者也。盖籧篨本竹席之名，人或编之以为囷，其状如人臃肿而不能俯者，故又因以为名此疾也。”指一种腰不能弯的残疾。鲜：善。⑥洒(cuǐ)：《韩诗》作“漼”，义同洗，亦鲜明之义。⑦浼浼(měi)：同“瀰瀰”。⑧殄(tiǎn)：郑玄：“殄，当作腆。腆，善也。”⑨鸿：蛤蟆。闻一多《诗经通义》：“鸿必非鸿鹄之鸿……鸿当为鼀之假。鼀即苦鼀。《广雅·释鱼》：‘苦鼀，虾蟆也。’”离：附着。这两句说张网本想捕大鱼，结果却网上了一只蛤蟆。⑩戚施：朱熹：“戚施不能仰，亦丑疾也。”指一种腰不能直的疾病。

诗开篇即夸耀卫宣公建造的新台是多么宏伟华丽，其下奔流的淇河之水是多么丰盈浩瀚。这都是极力渲染卫宣公的赫赫威势和装点门面，也可以看作姜氏（宣姜）已被宣公的表面现象迷惑了。她本是嫁过来追求燕婉之好，想过一种郎才女貌、琴瑟和谐的幸福生活的，却不料成了一个糟老头子的掌中玩物。

全诗共三章，前两章叠咏。叠咏的两章前二句是兴语，但兴中有赋：卫宣公欲夺未婚之儿媳，先造“新台”，来表示事件的合法性，其实是障眼法。好比唐明皇欲夺其子寿王妃即杨玉环，先让她入道观做女观一样，好像这一来，一切就合理合法了。然而丑行就是丑行，丑行是欲盖弥彰的。诗人大赞“新台有泚”“新台有洒”，正言欲反，其兴味在于，新台是美的，但遮不住老头子干的丑事。这里运用反形（或反衬）的修辞手法，使美越美，丑越丑。

“新台”之事的直接受害者是宣姜：美丽的少女配了个糟老头，而且还是个驼背鸡胸，本来该做她老公公的人。这一对儿是怎样也不能般配的，就如俗语所说，“一朵鲜花插在牛粪上”，难怪诗人心中不愤，要为宣姜，也要为天下少年鸣不平。他好比：“鱼网之设，鸿则离之。”打鱼打个癞蛤蟆，是非常倒霉、非常丧气、又非常无奈的事。此诗中将女子对婚姻的幻想和现实的相悖，构成异常强烈的对比，产生了异乎寻常的艺术效果。这里强烈地表明：宣姜可真是倒霉透了。诗中“河水瀰瀰”“河水浼浼”，亦似有暗喻宣姜泪流不止之意，就如《卫风・氓》“淇水汤汤，渐车帷裳”，以及辛弃疾《菩萨蛮・书江西造口壁》“郁孤台下清江水，中间多少行人泪”所表现的那样，渲染出一种浓厚的悲剧氛围。

二子乘舟[1]

二子乘舟，泛泛其景[2]。愿言[3]思子，中心养养[4]。

二子乘舟，泛泛其逝[5]。愿言思子，不瑕[6]有害。

①这是一首送别诗，描写母亲送别孩子远行的情景。②泛泛：漂流的样子。景：通“憬”，远行。③言：语气助词。④养养：心神不宁的样子。⑤逝：往。⑥不瑕：不无。意为会不会有灾难？

“二子乘舟，泛泛其景。”两句点出送别地点发生在河边。两位年轻人拜别了亲友登上小船，在浩渺的河上飘飘远去，只留下一个零星小点，画面由近而远。“泛泛”二字形象地描绘出波光粼粼的场景。

“愿言思子，中心养养。”送行的一行人在岸边伫立，久久不肯离去。驰目远望，悠悠无限思念之情。此处直抒送行者的留恋牵挂之情，更将送别的匆忙和难分难舍表现得淋漓尽致。

“二子乘舟，泛泛其逝。”两位年轻人所乘之舟，早已在蓝天之下、长河之中逐渐远去，送行者却还痴痴地站在河岸上远望。

“愿言思子，不瑕有害。”这两句，是用祈祷的方式，传达情感上的递进和转折，恐怕只有亲人、朋友、爱人才会如此设身处地地惦念。在这割舍不断的牵念中，很自然地浮起忧思和对未来的担忧。

鄘风

《诗经·国风》之一，存诗十篇。鄘，国名。“鄘风”即周代诸侯国鄘地民歌。

柏 舟

泛彼柏舟，在彼中河[①]。

髧彼两髦[②]，实维我仪[③]，之死矢靡它[④]！

母也天只[⑤]！不谅[⑥]人只！

泛彼柏舟，在彼河侧。

髧彼两髦，实维我特[⑦]。之死矢靡慝[⑧]！

母也天只！不谅人只！

①中河：即河中。②髧彼两髦：髧（dàn），头发下垂的样子。髦（máo），男子没到成人时，披着头发，分向两边梳着，叫两髦。③仪：配偶。④之死矢靡它：之，至。矢，誓。靡它，无二心。⑤母也天只：也和只，都是语尾助词，带有感叹语气。即母亲啊！天啊！⑥谅：体谅。⑦特：动物中的雄性，今指其对象或配偶。⑧慝（tè）：通（忒）改变。

赏析

这首《柏舟》和《邶风》中的《柏舟》一样，也列为《鄘风》之首。邶、鄘、卫都是卫国境内的小地名，《邶风》一九篇、《鄘风》十篇、《卫风》十篇，都是当时卫国的歌谣。

这首诗写一个少女，自己找好了对象，不顾母亲的阻挠，要求婚姻自主，誓死忠于爱情，不肯改变初衷，表现了她对爱情的忠贞和独特个性。

诗以河中飘荡的柏舟起兴，比喻少女的坚贞。柏舟是由坚硬的柏木建造成的，象征她的坚贞自守，河中之水汹涌澎湃，而柏舟正在那河中、河侧飘摇、荡漾，也是她心所牵系的人不被支持，甚至被胁迫改变志节的象征。想起她心中"髧彼两髦"的仪表——垂髫发饰，表示还是年轻的男子——早就起了思慕之情而决定把一颗心献给他，可怜这少女并未得到母亲的认可与谅解。波流汤汤，有如从四面八方挤迫而来的反对声浪，她几乎要被淹没，弄得她怨恨万分。在这样孤立无助的恶劣环境中，却依然鼓起强烈的意志，向父母抗议，向命运控诉，为爱情挣扎，读来令人心酸，也使人同情。

墙有茨[1]

墙有茨[2]，不可埽[3]也。中冓[4]之言，不可道也。
所可道也？言之丑也。
墙有茨，不可襄[5]也。中冓之言，不可详[6]也。
所可详也？言之长也。
墙有茨，不可束[7]也。中冓之言，不可读[8]也。
所可读也？言之辱也。

①这是一首讽刺统治者淫乱无耻的诗。②茨（cí）：蒺藜，一种蔓生草本植物。③埽：同“扫”，扫除。④冓（gòu）：同“構”。中冓：指内室。⑤襄：通“攘”，除去。⑥详：《韩诗》作“扬”，宣扬之义。⑦束：捆束。《毛传》：“束而去之。”⑧读：宣扬。

这首诗内容与《邶风·新台》相承接，主要意思是讽刺宣姜（齐女）不守妇道，和庶子通奸，其事丑不可言。诗以墙上长满蒺藜起兴，让人觉得卫公子顽与其父妻宣姜的私通，就像蒺藜一样刺痛着卫国的国体及卫国人民的颜面与心灵。

全诗一唱三叹，在反复重复的数落中，一层层加深对这一宫廷丑事的批判。在结构上，叠咏而意义递进，无论在内容还是在思想感情上都是一层深过一层，增强了诗歌的讽刺力量。诗中之“不可埽”“不可襄”“不可束”，表面上写墙茨之延伸越来越长，几乎到了不可控制的地步，实际上是比兴卫公子顽与其父妻私通已经到了无耻糜烂、昭然无忌的程度。诗中之“所可道也”“所可详也”“所可读也”，表明人们对这种宫廷丑事的议论，在一步一步地升级，几乎已经尽人皆知了。诗中之“言之丑也”“言之长也”“言之辱也”，写人们对于这种宫廷丑闻的态度，由丢脸、气愤到感到耻辱，真有一人之祸、祸及国体的感觉。

此诗三章重叠，头两句起兴含有比意，以扒紧宫墙的蒺藜清扫不掉，暗示宫闱中淫乱的丑事是掩盖不住、抹杀不了的。接着诗人便故弄玄虚，宣称宫中的秘闻“不可道”。至于为何不可道，诗人绝对保密，却又微露口风，以便吊读者口味。“丑、长、辱”三字妙在藏头露尾，欲言又止，的确起到了欲盖弥彰的效果。本来，当时卫国宫闱丑闻是妇孺皆知的，用不着明说，诗人特意点到为止，以不言为言，调侃中露讥讽，幽默中见辛辣，比直接叙说更有情趣。

君子偕老

君子偕老，副[①]笄[②]六珈[③]。

委委佗佗[④]，如山如河，象服[⑤]是宜。

子之不淑，云如之何[⑥]！

玼[⑦]兮玼兮，其之翟[⑧]也。鬒[⑨]发如云，不屑髢[⑩]也。

玉之瑱[⑪]也，象之揥也，扬且之皙[⑫]也。

胡然而天也！胡然而帝也！

瑳[⑬]兮瑳兮，其之展[⑭]也。蒙彼绉絺[⑮]，是绁袢[⑯]也。

子之清扬[⑰]，扬[⑱]且之颜[⑲]也。

展[⑳]如之人兮！邦之媛[㉑]也！

①副：妇人的一种头饰。②笄（jī）：簪子。③六珈（jiā）：副笄上的玉饰，垂珠有六颗。④委（yí）委佗佗（tuó）：形容举止大方的样子。⑤象服：华丽的礼服，绘有文饰图案。⑥如之何：怎么样。⑦玼（cǐ）：花纹绚烂、鲜明的样子。⑧翟（dí）：绣着山鸡图案的象服。⑨鬒（zhěn）：发黑而浓密。⑩髢（dí）：假发。⑪瑱：冠冕上垂在两耳旁的玉饰。⑫象之揥：发钗一类的首饰。用象牙做成。扬：形容颜色之美。皙：白净。⑬瑳：鲜明洁白的样子。⑭展：古代后妃或命妇的一种礼服。⑮絺：精细的葛布。⑯绁袢（xiè pàn）：夏天穿的薄衫。这里指内衣。⑰清扬：眉目清秀。

⑱扬：眉宇宽广。⑲颜：面额。引申为好看、容貌美丽。⑳展：的确。㉑媛：美女。

析

这是一首表面上感叹丽人美貌，实际上却是讽刺的佳作。全诗三章，首章七句，次章九句，末章八句，错落有致。首章揭出通篇纲领，章法巧妙；次章与末章用赋法反复咏叹宣姜服饰、容貌之美。“胡然而天也！胡然而帝也！”二句神光离合，仿佛天仙帝女降临尘寰，无怪乎姚际恒《诗经通论》称此诗为宋玉《神女赋》、曹植《洛神赋》之滥觞，并谓“‘山河’‘天帝’，广揽遐观，惊心动魄，有非言辞可释之妙”。

全诗反复铺陈咏叹宣姜服饰容貌之盛美，是为了反衬其内心世界的丑恶与行为的污秽，铺陈处用力多，反衬处立意妙，对比鲜明，辛辣幽默，具有强烈的讽刺效果。

桑　中

爰采唐矣[①]？沬[②]之乡矣。云谁之思[③]？美孟姜[④]矣。
期我乎桑中[⑤]，要我乎上宫[⑥]，送我乎淇之上矣。
爰采麦矣？沬之北矣。云谁之思？美孟弋矣。
期我乎桑中，要我乎上宫，送我乎淇之上矣。
爰采葑矣？沬之东矣。云谁之思？美孟庸矣。
期我乎桑中，要我乎上宫，送我乎淇之上矣。

这是一首描写男女相悦相爱而订期约会的恋歌。

诗中描写青年男子在采撷食物时，想念心中的爱人，脑海里浮现两人谈情说爱、约会游逛的快乐情景。诗中的孟姜、孟弋、孟庸，因为姓氏不同，以前的说法是三个女性；现今以为是一人。按民歌中人称，多属泛指，不必过于拘泥。

诗中的孟姜、孟弋、孟庸，只是当时众所瞩目的美女，正等于现今的漂亮姑娘，可见是诗人杜撰的。

旧说以“桑中”“上宫”和“淇水之上”，都是卫城的地名，是卫国仕女们郊游娱乐的地方，朱熹以为“桑中”即“桑间”，《礼记·乐记》所说的桑间濮上的亡国之音，就是这类作品，朱熹之说以宋时的礼教为基础，故作此谰言。周代社会对未婚男女交往是许可的，先恋而后媒聘，属于正常，至于逾龄未婚男女相好的说法也没有礼节的禁止，所以男女郊游用不着讥刺。朱熹是以理学家

的礼教观来看，这些青年男女的感情表现都是违背礼教的。

全诗三章，兼用四言、五言、七言，使格调轻松愉快，节奏活泼，情调动人。同一意象反复叠咏，很有歌谣的风味。

①爰采唐矣：爰（yuán），何处。唐，一种蔓生植物，菟丝相附，故有时亦称菟丝。②沬：卫城名，即妹邦，在卫都朝歌南七十里，今河南省淇县境内。③云谁之思：之，是，本句意为思念谁。④孟姜：孟，排行第一，即姜姓长女；下之孟弋、孟庸也是“弋姓长女”“庸姓长女”的意思。⑤期我乎桑中：期，约会。桑中，泛指桑树林。⑥要我乎上宫：要，邀请。上宫，楼上。

鹑之奔奔[1]

鹑之奔奔，鹊之彊彊[2]。人之无良[3]，我以为兄。

鹊之彊彊，鹑之奔奔。人之无良，我以为君！

①这是一首讽刺统治者的诗。②鹑：鹌鹑。奔奔、彊彊：郑玄《笺》："奔奔、彊彊，言其居有常匹，飞则相随之貌。"这里以鸟有固定配偶反比统治者的荒淫。③良：善。此句言这个人不善良。

全诗两章，每章四句，均以“鹑之奔奔”与“鹊之彊彊”起兴，极言禽兽尚有固定的配偶，而诗中男主人公的行为可谓腐朽堕落、禽兽不如，枉为“兄”“君”。全诗两章只有“兄”“君”两字不重复，虽然诗人不敢不以之为“兄”、以之为“君”，貌似温柔敦厚，实则拈出“兄”“君”两字，无异于对男主人公进行口诛笔伐，畅快直切、鞭辟入里。

全诗以比兴手法，告诫人们鹑鹊尚知居有常匹、飞有常偶，可诗中的“无良”之人，反不如禽兽，而作者还错把他当作君子一样的兄长。作者据此，将“无良”之人与禽兽对待爱情、婚姻的感情与态度，构成了一种强劲的反比之势，加强了诗歌的批判力量。

全诗虽然只有两章八句，也并没有直接对男主人公的形象进行任何客观的描写，却能使其形象非常鲜明而且突出。这根源于诗歌文本所构筑出的剧烈而又异常强大的情感落差，此种落差来源于人与禽兽对待异性配偶的不同态度，这种态度的不同造成了这种巨大而有悬殊的逆向对比关系，从而使男主人公的恶劣形象直接迎面袭来，令人不寒而栗，又厌恶透顶。

定之方中[1]

定之方中[2]，作于楚宫[3]。揆之以日[4]，作于楚室。

树之榛栗，椅桐梓漆[5]，爰伐琴瑟[6]。

升彼虚[7]矣，以望楚矣。望楚与堂[8]，景山与京[9]，

降观于桑。卜[10]云其吉，终然允臧[11]。

灵雨既零[12]，命彼倌人[13]。星言夙[14]驾，说[15]于桑田。

匪[16]直也人，秉心塞渊[17]，騋牝[18]三千。

①这是一首赞美卫文公率领人民重建卫国的诗。②定：星名，又称营室。方中：正好在正中。定星每当农历十月黄昏时出现于正南天空中，古人在此时营建房屋。③作：修筑。于：王引之《经义述闻》："于，当读曰'为'，谓作为此宫室也，古声'于'与'为'通。"楚宫：楚丘之宫，下文"楚室"同。④揆：测度。此句意为根据日影以定方位。⑤树：种植。榛、栗、椅、桐、梓、漆：皆树名。⑥爰：语气助词。此句言将来砍伐这些树制作琴瑟等乐器。⑦虚：同"墟"，近。⑧堂：楚丘旁边的城邑。⑨景山：远山。京：高丘。⑩卜：占卜、卜问。⑪允：确实。臧：善。⑫灵雨：瑞雨。零：落。⑬倌人：主管驾车的小官。⑭星：晴。言：语气助词。夙：早。此句言天晴时早早出发。⑮说（shuì）：通"税"，止息。⑯匪：彼。指卫文公。⑰秉心：用心。塞：实。渊：深。⑱騋（lái）：七尺以上的大马。牝（pìn）：雌性的马。此句言母马繁殖了很多。

此诗分三章，每章共七句。首章写的是群体劳动，写在楚丘营建宫室。古代造屋技术还比较原始，建造宅邸需要定向，只能依靠日星。十月后期方届农闲，严寒尚未至，古人于此时修宫筑室，自是相当科学。至于栽种树木，古代在宫殿庙宇建筑旁需植名木，如“九棘”“三槐”之类，也有一定规定。楚丘宫庙等处种植了“榛栗”，这两种树的果实可供祭祀；种植了“椅桐梓漆”，这四种树成材后都是制作琴瑟的好材料。

第二章追叙卫文公卜筑楚丘的全过程，包括两个层次：尽人事，敬天命。前五句为尽人事，先是“望”，后是“观”。望是登高远望，登上漕邑故墟，眺望楚丘。“望楚”的重复，说明端详得极其细致，慎重而又慎重。“观”是降观，下到田地察看蚕桑水土，是否宜耕宜渔。这五句从“登”到“降”，从“望”到“观”，全景扫描，场面宏远，在广阔雄伟的背景上刻画了既高瞻远瞩又脚踏实地的文公形象。最后两句写占卜，经“天意”认可，人事才算定局，它有助于今天读者认识古代历史。

第三章写文公躬劝农桑。“好雨知时节”，有一天夜里春雨绵绵滋润大地，黎明时分天气转晴，文公清晨起身，披星戴月，吩咐车夫套车赶往桑田。

第三章的最末三句揭出题旨：他可不是平庸的一般的人，他的用心是多么的实在、多么的深远啊！全诗叙事，都用赋的手法，从赋中让人品味出赞颂的韵味。“匪直也人，秉心塞渊。”这两句虽然也是赋，却有更多的抒情色彩。由于文公“秉心塞渊”，崇尚实际，不繁文缛节做表面文章，才使卫国由弱变强。第一、二、三章的所有叙写，无不围绕“秉心塞渊”而展开。

诗末句“骍牝三千”，好像与全诗内容风马牛不相及，其实是构成一种因果关系。上述卜地、筑宫、兴农种种是因，此句是果。兵强马壮，常体现一国的富强，在文公的治理下，卫国确实日臻富强。

蝃 蝀

蝃蝀①在东，莫之敢指。女子有行②，远父母兄弟。

朝隮③于西，崇朝④其雨，女子有行，远父母兄弟。

乃如之人也！怀昏姻⑤也！大⑥无信也！不知命⑦也！

①蝃蝀（dì dōng）：虹，天地交合所生的现象。指淫乱的社会风气。②有行：出嫁。③隮：虹。天地淫而生虹。④崇朝：终朝，即年前。⑤怀昏姻：想求我和你结婚。⑥大：太的意思。⑦命：指父母之命。

古代传说虹是天地交合所生的现象，是污秽之物，因此有所谓天地淫而生虹的说法，且有虹不可指的说法，指虹会遭祸，不是烂手指，就是手歪，正如指月亮会被割耳朵，数星星数得完可为天子，数不完将变哑巴等传说，使人不敢违反。这首诗用虹来比喻淫乱的社会风气。

诗很简洁，意象也很单纯，先以虹来比拟恶势力的求婚者，接着刻画一位远离父母兄弟的女子受到他的冲击。首两章气氛的渲染把虹放“蝃蝀在东”的“莫之敢指”和“朝隮在西”的“崇朝其雨”并列，正如谚语的“东虹呼噜西虹雨”，用东虹的雨停和西虹的雨蒙蒙，来显现这个被迫害女子的孤立，眼看将被恶势力吞没，第三章却使巨峰突起，弱女子大声疾呼，怒斥恶人的不顾人伦礼仪，使我们听到袅袅不绝的控诉之声。

相　鼠

相[1]鼠有皮，人而无仪[2]。人而无仪，不死何为！

相鼠有齿，人而无止[3]。人而无止，不死何俟！

相鼠有体[4]，人而无礼。人而无礼，胡[5]不遄[6]死！

注释

①相：仔细看。②仪：指合于礼貌而可以供人吸取的外表或举动。③止：节制，指守礼法的行为。④体：身体。⑤胡：为什么。⑥遄（chuán）：速速，即立刻、马上的意思。

赏析

这是一首正面斥责统治的官吏荒淫无耻、昏庸愚昧的诗，用老鼠起兴，说他们连老鼠都不如，表现了人民对他们的痛恨和鄙视。

礼虽然会因时因地而不同，如从前认为是合乎礼的，如今却成了不合时宜的“吃人礼教”。在如今认为是合乎礼的，从前简直就是大逆不道。东西方的礼大有不同，但按照礼去做，却是古今中外公认的道理，荀子有篇《礼赋》，更说明礼的重要。所谓“性不得则若禽兽”，不正像本诗所说的一样吗？老鼠身上都有皮，嘴里还有牙齿，四肢完整无缺，而这些违礼的人，虽然也具备自然界所赋予的皮、牙齿和完整无缺的四肢，但行为举止却比老鼠还鬼祟，更藏头露尾。

把出入都偷偷摸摸的老鼠，和苟且偷生、丑态百出的贪官恶吏同列，这种对照产生的弦外之音，强烈地显现出来；尤其是反复地“不死何为”“不死何俟”至“胡不遄死”，戛然而止，给那些扰乱社会的害群之马当头一棒，简直是逼他们快快死掉，真是大快人心。

各章第二句、第三句重复的叠句形式，加快了本诗的节奏；三章形式相似，连环性强，为《诗经》中基本形式之一。

干　旄[①]

孑孑干旄[②]，在浚[③]之郊。素丝纰[④]之，良马四之。

彼姝者子[⑤]，何以畀[⑥]之。

孑孑干旟[⑦]，在浚之都。素丝组之，良马五之。

彼姝者子，何以予之。

孑孑干旌[⑧]，在浚之城。素丝祝之，良马六之。

彼姝者子，何以告之。

①这是一首描写招聘贤者情景的诗。②孑孑（jié）：突出的样子。干：通“杆”，旗杆。旄（máo）：旄牛尾。干旄：招聘贤才的标志。③浚：卫国城邑名。④素丝：白色的丝。纰（pí）：编织，缝。下文“组”“祝”同。⑤姝：和顺的样子。子：指贤者。⑥畀（bì）：赠、给予。⑦旟（yú）：绘有鹰隼图案的旗。⑧旌：以五色鸟羽为装饰的旗。

此诗写一位尊贵的男子驾车驱驰在浚邑郊外的大道上，车马隆隆，旗帜飘扬。旄是“素丝纰之”，马是“良马四之”，十分气派，意气风发。第二、三章意思相近，但与第一章旗帜比越来越漂亮，距离浚邑越来越近，车马排场越来越盛。

此诗全用赋体，采用重章叠句的结构，但完全重复的句子仅“彼姝者子”一句，这似乎也突出了那位“姝者”在全诗中的重要性。

载　驰

载[①]驰载驱，归唁[②]卫侯。驱马悠悠[③]，言至于漕[④]。

大夫跋涉[⑤]，我心则忧。

既不我嘉[⑥]，不能旋[⑦]反。视尔不臧，我思不远？

既不我嘉，不能旋济[⑧]。视尔不臧，我思不閟[⑨]？

陟彼阿丘[⑩]，言采其蝱[⑪]。女子善怀，亦各有行[⑫]。

许人尤[⑬]之，众稚[⑭]且狂。

我行其野，芃芃[⑮]其麦。控[⑯]于大邦，谁因谁极[⑰]？

大夫君子，无我有尤。百尔所思，不知我所之。

①载："载……载……"即白话的"边……边……"。②唁（yàn）：人家有丧事，或诸侯失国，前往慰问。③悠悠：形容道路遥遥长远的样子。④漕：卫城。⑤跋涉：草行为跋，水行为涉；这里指远道奔走而来。⑥嘉：赞同。⑦旋：立刻。⑧济：渡河。⑨閟：通"闭"。⑩阿丘：偏高的山丘。⑪蝱：贝母，药名，据说可治郁闷的病。⑫行：道理。⑬尤：埋怨。⑭稚：骄傲。⑮芃芃（péng）：茂盛的样子。⑯控：告诉、陈述。⑰谁因谁极：因，亲近、依赖。极，主持正义。

根据《左传》鲁闵公二年，此诗是许穆夫人所作。

此诗的主旨，是写许穆夫人主张卫国应向大国求援。所以《左传》在记载了“许穆夫人赋载驰”的话以后，紧接着就叙述了齐桓公派兵救卫，并馈赠很多物资的事实，可见此诗的政治意义在当时是很大的，但诗中却暴露了许卫之间的矛盾。我们从诗中看到，许国的执政者是一直反对许穆夫人的，所以诗中也充分表示了她对许国众大夫的愤怒情绪。以今天的看法来评论，此诗不但充满了爱国思想，而且还体现出作者的眼光和主见，即许穆夫人是个为祖国国难而奔驰呼吁的伟大女性，是值得歌颂的。

全诗共分五章，首章用赋的手法叙述她自己要慰问卫国，中途受许国大夫的阻碍；二章和三章都是许国大夫的话；四章说她内心的忧伤和愤怒；末章叙述她要求救于大国，寻求许国大夫的帮助，不要阻碍她。许穆夫人至诚的爱国情操，流露在字里行间，读起来不禁令人感动。

卫风

《诗经·国风》之一，存诗十篇。卫，国名。“邶风”和“鄘风”中诗篇涉及的皆为卫事，实际上皆属“卫风”。

淇 奥

瞻彼淇奥[1]。绿竹猗猗[2]。有匪[3]君子，如切如磋，如琢如磨[4]。

瑟兮僩兮[5]！赫兮咺[6]兮！有匪君子，终不可谖[7]兮！

瞻彼淇奥，绿竹青青[8]。有匪君子，充耳琇莹[9]，会弁[10]如星。

瑟兮僩兮！赫兮咺兮！有匪君子，终不可谖兮！

瞻彼淇奥，绿竹如箦[11]。有匪君子，如金如锡[12]，如圭如璧[13]。

宽兮绰兮[14]！猗重较兮[15]！善戏谑[16]兮！不为虐[17]兮！

①奥(yù)：河岸的小湾。②猗猗：美而茂盛的样子。③有匪：匪通“斐”。斐然，有文采的样子。④“如切如磋，如琢如磨”二句：磋，治骨角的人既切之后，又用锉刀锉使它细润光滑。琢，雕琢，治玉石的人先雕琢之后，再用沙石磨它。这两句是比喻做事情精益求精。⑤瑟兮僩兮：瑟，矜持庄重的样子。僩(xiàn)，威严的样子。⑥咺(xuān)：通“愃”或“煊”指心胸坦白开阔。⑦谖(xuān)：忘记。⑧青青：茂盛。⑨充耳琇莹：充耳，耳朵饰品。琇莹，美好的玉石。⑩会弁(biàn)：饰品，绕在帽子上用玉来点缀，闪耀如星。⑪箦：同“积”，形容茂盛。⑫如金如锡：比喻君子品德的高尚。⑬如圭如璧：圭是长方形的美玉，璧是平图形而中间有孔的美玉。⑭宽兮绰兮：性情的雍容大方。⑮猗重较兮：猗，倚、凭。较，车厢两旁的木板，因它高出车轼，所以称重较。⑯戏谑：幽默有趣的玩笑话。⑰虐：过分。

众所周知，这是一首赞颂诗，歌咏对德才兼备君子的思慕之情。

三章叠咏。猗猗绿竹的意象，不但蕴含耐寒、鲜嫩，并有温润如君子的暗示，读书人心中的竹，是那么超俗，那般谦和，所以常用竹来比喻君子，又以竹的茂盛，来说明君子的品德非常善良。细工切磋、匠心琢磨的骨角、象牙、珍玩、玉器、美石就像君子的德行、风范，非常完美、高雅而超脱世俗。第二章和第三章都采用和首章相同的句法与描绘手法，只是渐渐地使君子接近人群，赋予人性，如第二章的“充耳”和“会弁”、第三章的“金锡”和“圭璧”。又如，“瑟兮僩兮”，表现他义正词严；“宽兮绰兮”，表现他胸怀宽广；“善戏谑兮”，表现他个性的宽舒随和，篇末“不为虐兮”对君子的歌颂，亲爱的表现，直到思慕的感情推移，心路历程昭然若揭。

考　槃

考槃[1]在涧[2]，硕人[3]之宽[4]。独寐寤言[5]，永矢[6]弗谖。

考槃在阿[7]，硕人之薖[8]。独寐寤歌，永矢弗过[9]。

考槃在陆[10]，硕人之轴[11]。独寐寤宿，永矢弗告[12]。

①考槃：考，扣、敲击。槃，乐器名，敲打乐器来唱歌。②涧：山水间。③硕人：高达贤士。④宽：宽敞。⑤独寐寤言：独睡、独醒、独言。意思是：孤独的生活起居，怡然自得。⑥矢：誓。⑦阿：丘陵。⑧薖（kē）：通“窠”。⑨过：与人交往。⑩陆：平地。⑪轴：盘旋的地方。⑫告：与他人交谈。

这是一首古老隐士之歌，写隐者孤独的生活起居，自得其乐。这种诗都是用赋的手法，三章形式相似，内容也没有太大的差别。

远离人群而独居的隐者，在山涧、在丘陵、在平地的孤独生活中，独睡、独醒、独言、独歌，虽然平淡呆板，但胸襟宽广的隐者，依然可以克服那冷漠空境的孤独感，而悠闲自得地敲打乐器唱歌。他们住在简陋的地方，安贫乐道。庄子的书中经常称颂颜渊，所以有人说这首诗也许是老庄一派思想的先驱，大概老庄的思想也酝酿于春秋中期社会的变迁，是没落贵族生活观念的反映，而庄子鼓盆而歌也是此诗扣槃而歌的遗风。

该诗是可考的文献中最早的一首隐逸诗！

硕　人

硕人其颀[1]，衣锦䌹衣[2]。齐侯之子[3]，卫侯[4]之妻。

东宫[5]之妹，邢侯之姨[6]，谭公维私[7]。

手如柔荑，肤如凝脂。领如蝤蛴[8]，齿如瓠犀[9]，螓首蛾眉[10]。

巧笑倩[11]兮，美目盼[12]兮。

硕人敖敖[13]，说[14]于农郊。四牡有骄[15]，朱幩镳镳[16]，翟茀[17]以朝。大夫夙退，无使君劳。

河水洋洋[18]，北流活活[19]。施罛涉涉[20]，鳣鲔发发[21]，葭菼揭揭[22]。庶姜孽孽[23]，庶士有朅[24]。

注释

①硕人其颀：硕人，指美人。颀（qí），秀长而高。②䌹（jiǒng）衣：即现在的罩袍，防止灰尘弄脏外衣。③齐侯之子：齐庄公的女儿。④卫侯：卫庄公。⑤东宫：原指太子的住所，此指齐国大臣。⑥邢侯之姨：邢，国名在今河北邢台县。姨，妻子的姐妹。⑦谭公维私：谭，国名在今山东济南。私，姐妹的丈夫。⑧领如蝤（qiú）蛴（qí）：领，脖子。蝤蛴，白胖而长的虫子。⑨瓠犀：瓠瓜中的种子，洁白而整齐地排列。⑩螓（qín）首蛾眉：螓，小蝉，额头广阔方正而富有光润。蛾眉，美人的眉毛细长微曲，如蛾的触须。⑪倩：美好的样子。⑫盼：眼眸黑白分明的样子。⑬敖敖：身材高大的样子。⑭说：通“税”，停止、息。⑮四牡有骄：牡，公马。有骄，骄然，健壮的样子。⑯朱幩（fén）镳镳（biāo）：幩，镳饰。镳，马龙头外面的铁器，以红色的丝绳缠着。朱幩镳镳：每个马龙头都有红色的装饰。⑰翟（dí）茀（fú）：翟，长尾的野鸡。茀，遮蔽，妇人的车前后都设有蔽盖。⑱洋洋：水盛大的样子。⑲活活：水流动的样子。⑳施罛（gū）涉涉（huò）：施，布设。罛，渔网。涉涉，渔网入水的声音。㉑鳣（zhān）鲔（wěi）发发：鳣鲔，黄鱼。发发，鱼入网后，挣扎着想要出来，尾巴急速拍动的声音。㉒葭菼（tǎn）揭揭：葭菼，芦荻。揭揭，长得长长的样子。㉓庶姜孽孽：庶姜，众陪嫁的女子。孽孽，打扮很美丽。㉔庶士有朅（qiè）：庶士，护送新娘的齐国武士。朅，雄壮威武的样子。

这首赞美卫庄公的夫人庄姜的诗。

齐侯的女儿嫁给卫国的庄公，就叫庄姜。首章赞美庄姜身材非常美，我国古代男女，都以高大为美，所以以硕人形容高大贤士的人，也可以形容美女，而本诗四章皆以硕人起句，足以说明庄姜的美貌。另外，本诗详细叙述了庄姜的身份高贵，借姐妹夫婿家庭的显赫，来烘托她的高雅气质，呈现在我们面前的是一位家世显赫。雍容华贵的新娘！

第二章写庄姜的仪容之美，以部分代整体的手法．比拟新鲜，刻画入微，描摹的美人神态活现，是全诗中最精彩的片段，为描写美人的最早杰作。写手的柔嫩白皙，皮肤的润滑光泽，脖子的长而美好，牙齿的整齐洁白，额头的美而好看，眉毛的细长弯曲，其由局部的描绘到笑容的可掬、眼眸的活现，尤为美妙传神，难怪姚际恒有“千古顺美人者举出其右，是为绝唱”的佳评。

第三章、第四章倒叙庄姜渡河而来的强盛阵容，以及卫国君臣的欢迎景况，“大夫夙退，无使君劳”更烘托出庄公得美人的欣喜之情。

氓

氓之蚩蚩[1]，抱布贸丝[2]。匪来贸丝，来即我谋[3]。送子涉淇，至于顿丘[4]。匪我愆期[5]，子无良媒。将[6]子无怒，秋以为期。

乘彼垝垣[7]，以望复关。不见复关[8]，泣涕涟涟。既见复关，载笑载言。尔卜尔筮[9]，体无咎言[10]。以尔车来，以我贿[11]迁。

桑之未落，其叶沃若[12]。于嗟鸠兮，无食桑葚[13]；于嗟女兮，无与士耽[14]！士之耽兮，犹可说也。女之耽兮，不可说也！

桑之落矣，其黄而陨[15]。自我徂尔[16]，三岁食贫。淇水汤汤[17]，渐车帷裳[18]。女也不爽[19]，士贰其行。士也罔极[20]，二三其德。

三岁为妇，靡室劳矣[21]。夙兴夜寐，靡有朝矣。言既遂矣，至于暴矣[22]。兄弟不知，咥[23]其笑矣。静言思之，躬自悼矣。

及尔偕老，老使我怨。淇则有岸，隰则有泮[24]！总角[25]之宴，言笑晏晏[26]。信誓旦旦[27]，不思其反[28]，反是不思[29]，亦已焉哉[30]！

①氓之蚩蚩：氓，指诗中男主人公。蚩蚩，和颜悦色，一副厚道的样子。②抱布贸丝：贸，买。古时候以物易物，以布买丝，并非以钱买丝，有人以为布是钱币，显然是错误的。③来即我谋：即，就。谋，图谋，意思是借买丝的时机与女子接近谈恋爱。④顿丘：地名，在今河北省清丰县西南。⑤愆期：愆，过。愆期，误期。⑥将

(qiáng)：发语词，有请、愿、希望的意思。⑦乘彼垝(guǐ)垣：乘，登。垝，高。垣，墙。⑧复关：在河北清丰县，男子的家乡，用来代表男子。⑨尔卜尔筮：卜，用火烧龟甲，从裂痕看吉凶。筮，算卦。有单用卜或筮，也有同时用两种的。⑩体无咎言：体，挂相上说。无咎言，没有不吉利的话。⑪贿：财物，这里指嫁妆。⑫沃若：柔嫩润泽的样子。⑬桑葚：葚，桑的果实，据说斑鸠吃了桑葚能醉，这句话比喻女子不要沉溺在爱情里。⑭耽：欢乐。⑮陨：落。⑯徂(cú)尔：徂，往。徂尔，来嫁。⑰汤汤：水大的样子。⑱渐车帷裳：水沾湿了我的车帷。⑲爽：差错。⑳罔极：无良。㉑靡室劳矣：不以家务为劳。㉒"言既遂矣，至于暴矣"二句：意思是"我嫁给了你，与你安心地过日子，你的心愿已经满足，却狠心地对我暴虐不仁"。㉓咥(xì)：冷笑的样子。㉔隰则有泮：隰，低洼而湿的地方。泮，涯。㉕总角：古时男女未成年时，将头发扎成两边相对而上翘的发束。㉖晏晏：和悦温柔的样子。㉗信誓旦旦：恳切地发誓。㉘不思其反：不回头想一想。㉙反是不思：回头想一想都不肯。㉚亦已焉哉：已，止、完了。意思是也只好算了。

这是《国风》中仅次于《豳风·七月》的第二长的叙事诗。

讲述了一个女子诉说了她不幸的婚姻遭遇，有完整的故事，从她怎么恋爱，怎么结婚，怎么被虐待，到她如何毅然决绝地离开他！无限辛酸哪里说得完？绵绵此恨，刻骨铭心！

这首弃妇怨诗的女主角悔恨地追述相爱结婚的经过，充分表现了对这个负心男子的怨怒。前两章都在追述相爱和结婚的经过：行旅商人抱着纺织品经过各村来换丝，这汉子（氓）左一次右一次地来来去去，他的目的不在买丝，邀我出去讲了很多追求的话语，他的话那么甜蜜温和，令人忘形，送他过淇水至顿丘。男子说要女孩和他私奔吧，女子要男方遣媒人来提亲，男的有点赧颜（不高兴），女子哭泣着说："不论如何你都要多忍耐，秋天一到就履行诺言。"

第二章写女子等待男子的心情，女子的痴情，意态缠绵，千古情怀就在"不见复关，泣涕涟涟。既见复关，载笑载言"四句中活灵活现，今天恋爱中的男女何尝不是如此呢？所以你的车来，我就带着我的嫁妆上路。

第三章写女子后悔自陷情网，如食桑葚般过分和男子相爱，危险莫过于此，男人可以放任作为，女子是不行的，我没变心，他却抛弃以前的誓言。以下叙述三年劳苦化成泡影，今日有家却不能回，"静言思之"，只有哀怨自己一时糊涂了。白头到老的愿望已经没有了，被抛弃的女子身似浮萍，前途未知，凄凉怨恨的时候想起了新婚之夜的美好日子，也想起了与男子的初恋，然而转过头来，一切都已成空，留下的只有悔恨。所以末章以悔恨交加，凄怆幽怨做结尾，"亦已焉哉"（忘掉算了吧），荡气回肠，令人不禁鼻酸泪坠！

诗以赋体为主，兼具比兴的手法。第一章女子称男子为"氓"，继而称"子"；第二章又改称"尔"，以后即"士"与"尔"，除表现男女间的亲疏感情外，也意味着女子情绪的变化，一转一叹，一叹一泪，写尽古今弃妇的悲凉。

竹竿

籊籊[①]竹竿，以钓于淇。岂不尔思[②]，远莫致[③]之。

泉源[④]在左，淇水在右。女子有行[⑤]，远兄弟父母。

淇水在右，泉源在左。巧笑之瑳[⑥]，佩玉之傩[⑦]。

淇水滺滺[⑧]，桧楫[⑨]松[⑩]舟。驾[⑪]言出游，以写[⑫]我忧。

①籊籊（dí）：长而尖的样子。②尔思：思念你。③致：到达。④泉源：水名。即百泉，在卫之西北，东南流入淇水。⑤行：规矩，妇人出嫁的规矩，也指出嫁。⑥瑳：玉色洁白。⑦傩：通“娜”，婀娜、袅娜。⑧滺滺：悠悠，河水荡漾的样子。⑨桧楫：用桧木做的船桨。⑩松：木名。⑪驾：这里指划船。⑫写：通“泻”解除、消除。

这首诗是写一位男子隔水相思的恋情。

全诗共分四章。首章先后用竹竿长又长、路途远又远象征女子的圣洁不可仰攀，不可接近。次章、三章叠咏写男子对女子“爱之至”，盼望娶到她，而最终是用“驾言出游，以写我忧”（只能划着小船出游，来消除我心中的忧愁相思之苦）。可望而不可即的结果作结，咏叹依依作别，以表示内心无可奈何的情绪。

全诗各章章末反复唱诵女子追踪不及，空留下缥缈的缠绵倾慕之情，意味隽永，是写男子单相思的佳作。

芄　兰

芄兰[①]之支，童子佩觿[②]。虽则佩觿，能不我知？
容兮遂兮[③]，垂带悸[④]兮！
芄兰之叶，童子佩韘[⑤]。虽则佩韘，能不我甲[⑥]？
容兮遂兮，垂带悸兮！

这首诗一向都说成是讽刺卫惠公年少无知，或讥讽那些无德无能而好摆官僚架子的人，但看诗中童子佩戴的饰物，又像是嘲弄那些不解风情的少年男子。

这个少年男子虽然佩戴着尖锐似芄兰草的饰物，但他却还不知道这玩意儿可以用来解开女子裙带的结呢！他还是情窦未开的少年郎啊！全诗二章反复以女子口吻叠咏而出，那个佩戴饰物的少年，为什么他不能与我相识，不和我来相会、亲近呢？那长长的垂带摇摇摆摆地晃动，很得意骄蛮的样子啊！这个不知解开女子裙带的男子啊！

外游之际结系对方衣带的习俗在我国汉代的古诗里也有，如“衣带日以缓”。诗中的韘，形似芄兰叶，圆而尖削，做何用途虽不太清楚，或者就像古时候所说的用来解带也不一定。

注释

①芄(wán)兰：芄，蔓生植物，夏天开紫花，叶尖。②觿(xī)：用角或骨做的结，成人的佩物。③容兮遂兮：佩物下垂而摇摆的样子。④悸：摆动。⑤韘(shè)：古时候用玉、象骨或皮做成的环状套子，套在大拇指上，射箭时用来勾弦，使指头不痛，不用时系在腰间。⑥甲：同“狎”亲近。

河　广

谁谓河[①]广？一苇[②]杭[③]之。谁谓宋远？跂[④]予望之。

谁谓河广？曾不容刀[⑤]。谁谓宋远？曾不崇朝。

①河：指黄河。②一苇：用芦苇编的筏子。③杭：通"航"，渡。④跂：通"企"字，提起脚跟站立。⑤曾不容刀：曾不，即现在说的"并不"。刀通"舠"，小船不容刀是说明河非常容易渡过。

卫文公的妹妹，嫁给宋桓公，生襄公，而后被遗弃，回到卫之后，思念她的孩子，不得不回宋去探望，所以作此诗来抒发感情。按宋襄公的身世，卫已经迁徙到黄河之南，到宋不需要航渡，所以古时候的说法是错的。又有人以为是宋人侨居在卫地所作，我们认为是思念在宋的恋人而作的恋歌。

卫在黄河的北面，宋在黄河的南面。思恋的人在河的彼岸的宋，一叶苇舟不到一个早上即可到达。人们都说宋地遥远，但仔细想想，道途远近又如何呢？黄河是我国最辽阔的大河，渡河是件大事，而诗里面说"谁谓河广"，又说"一苇杭之"，说明渡河非常简单，语出惊人。"曾不容刀"又说明河非常狭窄，用反夸张的手法，不求客观事实的真相，只能表达心中意象，使人产生共鸣，较之真实更胜一筹。河不广，宋不远，诗人想念宋国的恋人，隔河眺望，欲行不得，然而她为什么不前往呢？令人深思。

伯　兮

伯兮朅[①]兮，邦之桀[②]兮。伯也执殳[③]，为王前驱[④]。

自伯之东，首如飞蓬[⑤]。岂无膏沐[⑥]，谁适为容[⑦]。

其雨其雨，杲杲出日[⑧]。愿言[⑨]思伯，甘心首疾[⑩]。

焉得谖草[⑪]？言树之背[⑫]，愿言思伯，使我心痗[⑬]。

①伯兮朅兮：伯，妇人对自己丈夫的称呼。朅，勇武的样子。②桀：非常出众的人。③殳（shū）：兵器名，杖类，长一丈二尺，不锋利。④前驱：驱马在前，意思是先锋。⑤飞蓬：蓬草遇风，即狂飞四散，比喻女子头上的乱发。⑥膏沐：膏，润发的油。沐，洗头。⑦谁适为容：适，主。谁适即谁主，也就是为谁。为容，打扮、化妆。整句意思是“我为谁而打扮呢”。或者译为“为取悦谁而打扮呢”都可以。⑧杲（gǎo），光亮的样子。⑨愿言：念念不忘的意思，表示热烈的感情。或者解释为“沉思的样子”。⑩甘心首疾：甘心，情愿的意思。首疾，即头痛。全句意思是“虽想念你想得头痛，也是心甘情愿的”。⑪谖草：即萱草、忘忧草。⑫言树之背：言，而。树，种植。背，北面。整句意思是“在房子的北面种忘忧草”。⑬痗（mèi）：病。

《伯兮》和《周南》的《卷耳》，都是有名的妇人思念她远征丈夫的情诗。

首章欣喜自己的丈夫成为国家的栋梁之材，而因她是出征军人的家属，也有沾到几分光荣的感觉。二章以后急转直下，写日夜想念的丈夫出征到遥远的东方，自己独守闺房，却一味担忧，无心打扮，粉黛封尘，头发乱得如狂飞的蓬草。发乱表示爱情的衰竭，虽然有膏沐的资本，丈夫不在，也无心打扮。“其雨其雨，杲杲出日”两句是比兴兼用，说明女子亟盼下雨，可是偏偏出了大太阳，比喻极盼丈夫回家，可是他始终不回来。又看见太阳为夫象，所以看见太阳就想念自己的丈夫。降雨是男子爱情犹在的象征，可惜直到今日仍然烈日炎炎。妇人悲伤郁闷之余，在房子北边种下忘忧草，把这一切都忘得干干净净吧！一片痴情，刻骨铭心，却又毫无一言怨情，半句恨意。

有　狐

有狐绥绥[①]，在彼淇梁[②]。心之忧矣，之子无裳[③]。

有狐绥绥，在彼淇厉[④]。心之忧矣，之子无带[⑤]。

有狐绥绥，在彼淇侧。心之忧矣，之子无服[⑥]。

这首诗三章叠咏，每章的章法和句式都相似，只有地和物的名词略微改动了一些，使诗意有跳跃的效果，是三百篇中很常见的形式。诗借孤独的狐慢慢觅食而行，写丈夫远行在外如野狐般在路途上奔波不息。“在彼淇梁”说明淇水非常浅，点明时节已进入寒冬，妇人正为他的衣着是否匮乏而担忧。狐向来给人的感觉是妖媚的，此处则特显狐的孤独性格和觅食时的谨慎戒惧的神态。妇人想起丈夫也许正为下身衣服担忧可能连衣裳都成问题，心中不禁烦忧万分，唉！“欲寄征衣君不还，不寄征衣君又寒，寄与不寄间，妾身千万难！”男女两地远隔，对于女人来说，日夜牵挂着对方的寒暖，所以后世诗中表现女人相思的时候，常出现“寄衣”的意象。

①绥绥：慢慢地走。②梁：用石头拦住水叫梁，就是拦河坝。③裳：下身的衣服。④厉：通“濑”水浅的地方。⑤带：束衣的带子。⑥无服：没有衣服穿。

狐

木　瓜

投我以木瓜，报之以琼琚[①]。匪报也，永以为好[②]也。

投我以木桃，报之以琼瑶[③]。匪报也，永以为好也。

投我以木李，报之以琼玖[④]。匪报也，永以为好也。

这诗篇写情人互相赠送东西以表示爱情。

古时未婚的女子，可以向男子投掷瓜果以引起他的注意，那个被投瓜果的男子，如果也中意她，便解下腰间的佩玉赠送给她作为定情物。《木瓜》就是诗人歌咏这种古俗的风土诗，我们在《有梅》中也提到六朝的潘岳，风度翩翩是被女子投掷瓜果的好对象。汉秦嘉《留郡赠妇诗》有“诗人感木瓜，乃欲答瑶琼”，晋陆机为陆思远妇作诗“敢忘桃李陋，侧想瑶与琼”，已经将《木瓜》诗视为男女赠物了。而南朝宋人何承天《木瓜赋》更说“愿佳人之予投，想同归以托好。顾卫风之攸珍，虽琼瑶而匪报”，则以木瓜为定情诗！投桃报李的话，更证明这首诗的脍炙人口。

三章反复吟咏男女互赠，永结同心，情调优美而明朗畅快。

注释

①琼琚：琼，形容玉色美丽。琚，佩玉的一种。②好：喜爱。③瑶：美玉。④玖：黑色的玉。

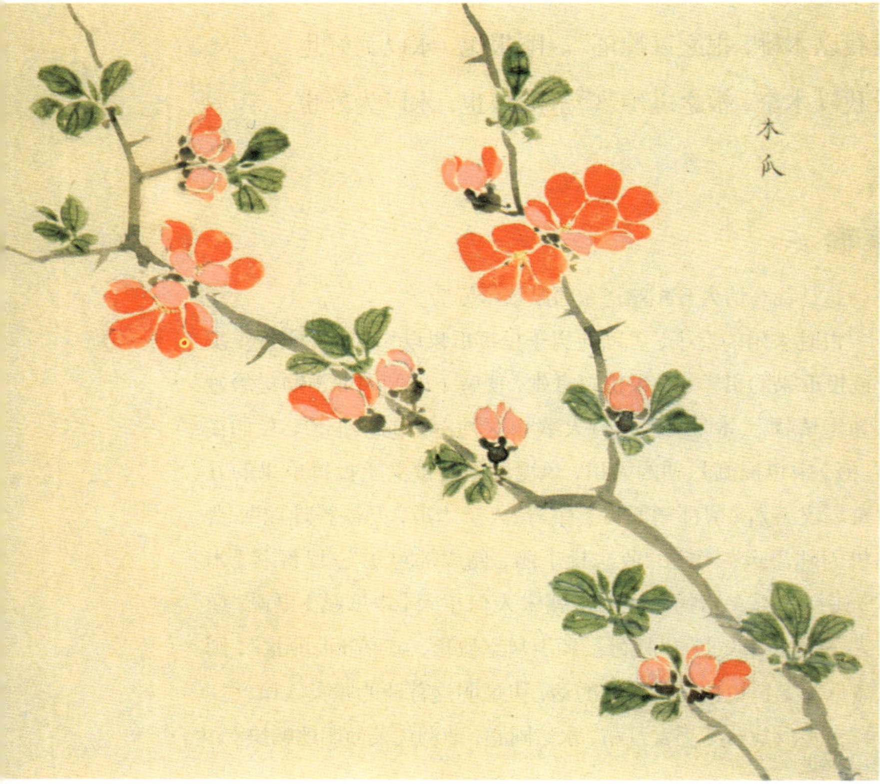

王风

《诗经·国风》之一，存诗十篇。“王”即王都的简称。“王风”为平王东迁洛邑以后的民歌，产生地在河南省洛阳、偃师、温县等地方。

黍 离

彼黍离离[①]，彼稷[②]之苗。行迈靡靡[③]，中心摇摇[④]。
知我者，谓我心忧；不知我者，谓我何求？
悠悠苍天！此何人哉？
彼黍离离，彼稷之穗。行迈靡靡，中心如醉。
知我者，谓我心忧；不知我者，谓我何求？
悠悠苍天！此何人哉？
彼黍离离，彼稷之实。行迈靡靡，中心如噎[⑤]。
知我者，谓我心忧；不知我者，谓我何求？
悠悠苍天！此何人哉？

①彼黍离离：黍（shǔ），小米。离离，下垂的样子。②稷（jì）：高粱。③行迈靡靡：行，道。迈，远行。行迈，在道上远行。靡靡，脚步蹒跚的样子。④摇摇：同"愮愮"心忧而不能自主。⑤噎：食物塞住喉咙。

《黍离》是《王风》的首篇。周平王东迁洛邑，即历史上的东周，王畿在今洛阳一带，东周王畿境内的诗歌，就叫王风。这篇诗写流浪者的忧愤：一个找不到出路而流落他乡的游子，触景生情，想到自己的悲惨遭遇，不禁悲愤交集。由感物而兴情，物与情融为一体！

关于这首诗，旧说周室东迁以后，有大夫旅行到达陕西镐京，看到镐京残破荒废已成废墟，原有的宗庙宫室都已成农夫的田地，种小米、高粱，内心悲伤凄凉，彷徨不忍离去，写下了他的感慨和悲叹。郁郁不伸，忧愁满腹，是背井离乡漂泊者的悲歌。道途中漫无目标的旅行者，离开故土，将在何处生存呢？不明白我内心真情的人以为我太苛求，只有少数知己能体会到我漂泊的忧心。

三章运用同一意象表现相似的感情，不过所见的高粱由苗变穗变实，可见旅行者漂泊的时间之久，心里感应由“摇摇”到“如醉”到“如噎”，层层递进，把那刻骨的忧郁一层一层地展开，让读者有身临其境之感，细致而真切，令人回味无穷！

叠字和类字类句的使用，很能加深伤时的情怀，是《诗经》中常见的手法。

君子于役

君子于役，不知其期，曷至哉？

鸡栖于埘[①]，日之夕矣，羊牛下来[②]。君子于役，如之何勿思？

君子于役，不日不月[③]，曷其有佸[④]？

鸡栖于桀[⑤]，日之夕矣，羊牛下括[⑥]。君子于役，苟[⑦]无饥渴。

这是一首妻子思念在远方长期服役，没有归期的丈夫的诗。“不知其期”和“不日不月”表示丈夫外出时间的长久，而“每当天色黄昏时，鸡进了窝，牛羊都回来了，也就是女子思念丈夫最殷切的时候”，黄昏风光，使得百般无聊的心绪出现那缠绵的往事，挥又挥不去，于是深情地呼喊着“如之何勿思”（怎么不想念呢）。

相同的笔调，用相同的傍晚景色，低回呢喃，“什么时候才能与丈夫再相聚呢”。唉！在外面服役很久的丈夫，大概不会有什么忍饥受渴的情形吧？万般关爱情思，“知欲寄谁将”，很有寂寞无奈的含义，诗人借妇人的口吻说出来，倍加深切，尤其是情景的交融，又岂是“言情写景，真实朴至”所能代表的？

①埘（shí）：在墙壁上凿孔做成的鸡窝。②下来：多在山陵等高处放牧牛羊，所以牛羊归来为下来。③不日不月：意思是不能以日月计算，说明丈夫外出时间的长久。④佸（huó）：聚会。⑤桀：木桩。⑥下括：与下来的含义相同。⑦苟：副词，有且或也许的意思。

君子阳阳[①]

君子阳阳[②]，左执簧[③]，右招我由房[④]。其乐只且[⑤]！

君子陶陶[⑥]，左执翿[⑦]，右招我由敖[⑧]。其乐只且！

①这首诗描写一女子与一男子一起跳舞的情景。②君子：指舞师。阳阳：同"扬扬"，得意的样子。③簧：古时的一种乐器。④由房：马瑞辰《毛诗传笺通释》："由、游，古同声通用。由敖，犹游遨也。由房与由敖亦当同义，皆谓相招为游戏耳。……房与放，古音亦相近。由房当读为游放。"⑤只且(jū)：语气助词。⑥陶陶：和乐的样子。⑦翿(dào)：舞者所持的用羽毛装饰的道具。⑧由敖：舞曲名。

在一个贵族欢宴的场合，有一个身份高贵的青年男子，在中央为大家起舞助兴。只见他一副少年得志、得意扬扬之态，边舞蹈边吹奏笙竽之类乐器，人们欢呼雷动。他得意之际，便左手执定乐器，右手来招呼诗人与他协奏《由房》之乐。受这种氛围感染，人人都感到无比欢欣。接着写这位男子狂欢之余，放下乐器，开始跳起舞来，其乐陶陶，令人陶醉。他左手执定羽旌，右手招呼诗人与他共舞《由敖》之曲，场面欢畅淋漓。

诗共二章，摄取了两组歌舞的画面，一是奏《由房》，一是舞《由敖》。《由房》可能是《由庚》《由仪》一类的笙乐，属房中之乐。

胡承珙《毛诗后笺》:“由房者，房中，对庙朝言之。人君燕息时所奏之乐，非庙朝之乐，故曰房中。”而《由敖》可能即骜夏，马瑞辰《毛诗传笺通释》:“敖，疑当读为骜夏之骜,《周官·钟师》: 奏九夏，其九为骜夏。”今天已不知两舞曲的内容，但从君子（舞师）“阳阳”“陶陶”等神情上看，当是两支欢快的舞乐。“其乐只且”恰恰说明其乐之甚。“只”，韩诗作“旨”;《诗三家义集疏》:“旨本训美，乐旨，犹言乐之美者，意为乐甚。”

全诗格调流美。所演奏的是房中宴乐，乐曲比较轻快，而演奏者本人也自得其乐,《程子遗书》:“阳阳，自得。陶陶，自乐之状。皆不任忧责，全身自乐而已。”想见舞师与乐工是乐在其中。诗人为乐工，故诗中“我”在描写歌舞场面时也就比较轻快，这与《王风》其他篇章那种苍凉的风格迥然不同。

扬之水

扬[①]之水，不流束薪[②]。彼其之子[③]，不与我戍申[④]。
怀哉[⑤]怀哉！曷月予还归哉[⑥]？
扬之水，不流束楚。彼其之子，不与我戍甫。
怀哉怀哉！曷月予还归哉？
扬之水，不流束蒲。彼其之子，不与我戍许。
怀哉怀哉！曷月予还归哉？

①扬：激流。②不流束薪：一捆薪柴是很轻的，河水虽急，却也无法把它冲走，正如自己在当时的环境中无所作为，连家室都无法团聚。薪和二章的“楚”、三章的“蒲”都指家室的意思。③彼其之子：彼、其，都是代名词。子，指远征的人所怀念的家人或妻子。④申：平王母亲出生的国家，在今河南省南阳市。⑤怀哉：想念啊！⑥曷月予还归哉：要到哪一月我才能回去呢？

驻守远方的军人因为很久不能回归，眷怀故乡，思念家室，见流水而感叹，所以写了《扬之水》这样的诗篇。

三章采用排比的方法，反复吟咏，以加强思念的意象，除“薪、楚、蒲”和“申、甫、许”六字不同外，章法与句式内容都相同。借自然界的景，来兴起怀乡思人的缠绵情思；一捆薪柴是很轻的，河水虽急，却不把它冲走，用以表示自己在当时的环境中，无所作为，连家人都无法团聚，越想心中越是惆怅，终于发出“怀哉怀哉！曷月予还归哉”的疑问。

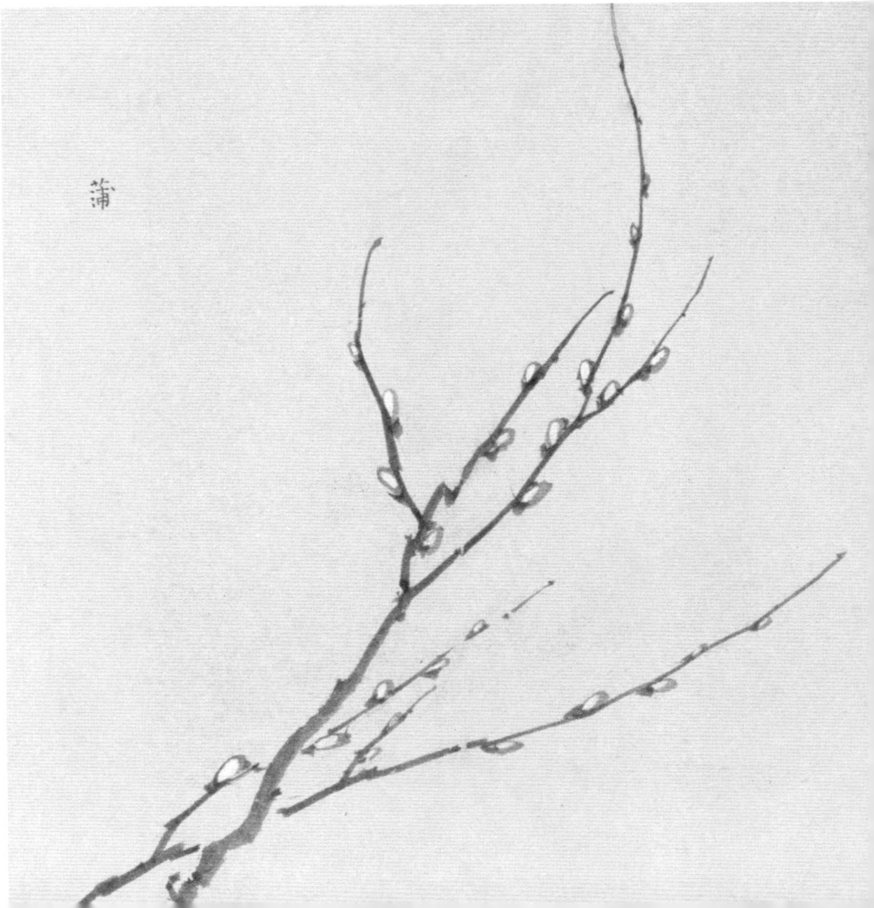

中谷有蓷

中谷有蓷[①]，暵[②]其干矣。有女仳离[③]，嘅[④]其叹矣。

嘅其叹矣，遇人之艰难[⑤]矣！

中谷有蓷，暵其修[⑥]矣。有女仳离，条其啸[⑦]矣。

条其啸矣，遇人之不淑矣！

中谷有蓷，暵其湿[⑧]矣。有女仳离，啜[⑨]其泣矣。

啜其泣矣，何嗟及矣[⑩]！

注释

①蓷（tuī）：益母草。②暵（hàn）：干燥的样子。③仳（pǐ）离：分离。④嘅（kǎi）：同“慨”叹息的声音。⑤艰难：不幸。⑥修：本义为干肉，引申为干枯。⑦条其啸（xiào）：条，长。啸，出声。⑧湿：“䁯（qī）的假借字”，晒干。⑨啜：哭泣时的抽噎。⑩何嗟及矣：表示悔恨的词，意思是“嗟叹怎么来得及呢”。

赏析

《中谷有蓷》写弃妇悲痛，又无处诉苦而自叹没遇到好人！

诗依然以三章反复吟咏的手法，哀叹之意一章深似一章。先用谷中的益母草枯萎起兴，来比喻妇人遭弃，悲叹哀泣，更见容貌憔悴枯黄的可悲，各章写她的凄苦状态均不相同，由“嘅叹”到“条啸”，由“条啸”到“啜泣”，直到最后到了无可奈何的低吟：“何嗟及矣！”收音低沉而急促，把弃妇的情绪变化，刻画得生动万分。

诗中靠四、五言句法的转换，造成韵律的转化而与情绪相对应。每章的四句、五句重复，更加快了这种情绪上的感应。

日本学者白川静氏以为本诗的别离是人死后的别离。白氏以为“以生长荣茂的草木为祝颂的构思动机，本该有充满生命活力的表现的；而今却枯干瘦黄，暗示不祥之兆。诗里面的悲叹别离之不幸，非常明显，决定不幸的关键是什么？我们看‘不淑’一语的解释：《礼记》哀悼慰问的礼貌用语叫作‘不淑’，而且西周时期的金文，王吊慰家臣不幸时多用‘不淑’的语句。依照《礼记》的例子，不淑意思指死亡，汉代学者自然也就明白了，然而旧说为赋予政治性的解释，所以故意忽视了此种解释。本诗的别离非生别，而是死别的意思。”分析得很有道理，列此以做参考。

兔　爰

有兔爰爰[①]，雉离于罗[②]。我生之初，尚无为[③]。
我生之后，逢此百罹。尚寐无吪[④]！
有兔爰爰，雉离于罦[⑤]。我生之初，尚无造[⑥]。
我生之后，逢此百忧。尚寐无觉！
有兔爰爰，雉离于罿[⑦]。我生之初，尚无庸[⑧]。
我生之后，逢此百凶。尚寐无聪[⑨]！

本诗是《国风》中的生活、社会诗，他们所歌吟的大多是悲哀多于喜悦，怨伤多于欢欣，又有倾诉穷顿困乏、浪荡流离者的哀愤之情。

《兔爰》诗是周朝末叶的百姓，由于生于乱世，生命毫无保障，无可逃避剥削徭役的痛苦和悲鸣。诗所以流传百世，是因为它引起了人民群众的共鸣，意义深远。

诗人借狡猾的兔子脱离罗网，而耿直的雉鸟反而陷落其中，衬托对比当时社会的是非不明、黑白不分。接着回忆过去的世态清明而叹息现在的混浊苦难，使自己消极厌世，恨不得一死了之。“尚寐无吪”表现了诗人极端的厌世之情，虽说“还是睡着了一动也不动的好”，言外却有“不如死去的好”，这是乱世中的人民必然的观念。当一个人痛苦百端，无法解脱，只有一死了之，以死为快，因为乱世之民，根本没有安居乐业的观念。如果说在乱世，就应当树立积

极的意念，拨乱反正，然而那只是极少数有抱负的人的志气，无法寄希望于一般平民，此诗只是一般平民内心的真实写照而已。

古人每逢命运遭受苦难时，大多是借酒忘忧，只有“兔爰”在睡眠中才能寻取短促的解脱。长睡不醒是不可能的，于是借酒消愁，但愿长醉不醒，但一醉真能解千愁吗？

①爰爰：自由自在的样子。②雉离于罗：离，通“罹”，遭到。罗，网。③为：作为，指军役的事。④尚寐无吪（é）：尚，希望。吪，动。全句意思是“还是睡着了一动也不动的好”，言外之意不如死了的好。⑤罦（fú）：是一种带有机关的捕鸟网。⑥造：为，也指劳役。⑦罿（tóng）：与罦同物而异名。⑧庸：指军事或劳役。⑨聪：听觉。

葛　藟[①]

绵绵葛藟[②]，在河之浒[③]。终[④]远兄弟，谓[⑤]他人父。

谓他人父，亦莫我顾[⑥]。

绵绵葛藟，在河之涘[⑦]。终远兄弟，谓他人母。

谓他人母，亦莫我有[⑧]。

绵绵葛藟，在河之漘[⑨]。终远兄弟，谓他人昆[⑩]。

谓他人昆，亦莫我闻[⑪]。

①这首诗写一位流浪者的悲苦无助。②绵绵：连绵不断的样子。葛藟：蔓生植物，即野葡萄。③浒：水边。④终：既。⑤谓：叫、呼。⑥莫我顾：莫顾我，不肯照顾我。⑦涘（sì）：水边。⑧有：陈奂《诗毛氏传疏》："有，犹友也。"王引之《经义述闻》："顾也，友也，闻也，皆亲爱之意也。"⑨漘（chún）：水边。⑩昆：兄。⑪闻：王引之《经义述闻》："闻，犹问也。谓相恤问也。古字闻与问通。"

这是一首流浪者自诉寄人篱下之无尽屈辱的诗歌。诗分三章，每章六句。首章"绵绵"二句写眼前景物。诗人流落到黄河边上，见到河边葛藤茂盛，绵绵不断，不禁触景伤情，联系到自己远离兄弟、漂泊异乡，感到人不如物。他流落他乡，六亲无靠，生活无着，不得不乞求于人，甚至觍颜"谓他人父"。处境之艰难、地位之卑下，可见一斑。但是即便如此，也未博得人家的一丝怜悯。

全诗每章只更换了三个字。第一个字都是"河边"的意思，相当于没有变化。第二个字，谓他人"父""母""昆"，换的都是家庭成员的称呼，其实属于家庭内部情况，变化影响相同。第三个字，亦莫我"顾""有""闻"，就是"也不顾念、善待、关心我"，总之反反复复强调他所流落寄居的人家对他不好，他感到非常屈辱，没有温暖。短短几行小诗写尽了他流离失所、寄人篱下的忧伤。

此诗两句表达一层意思，六句有三层意思，两层转折。由绵绵不绝的葛藟对照兄弟的离散，是一折；由"谓他人父""谓他人母""谓他人昆"而竟不获怜悯，又是一折。每一转折，均含无限酸楚。诗人直抒情事，语句简活质朴，却很感人，表现了飘零的凄苦和世情的冷漠。

采 葛

彼采葛兮，一日不见，如三月兮！

彼采萧[①]兮，一日不见，如三秋[②]兮！

彼采艾[③]兮，一日不见，如三岁兮！

①萧：蒿，又名荻，多年生草本植物，茎高二厘米到四厘米，白色软毛，分枝极多，线形叶，可用来祭祀。②三秋：秋季三个月，即孟秋、仲秋、季秋；或是三年，即三次秋天，但就此诗的进展路线看三秋刚在三月和三岁之间，解为三个月或三年都不妥，或该为“三季”，以秋代表相思的季节吧！③艾：蒿属，晒干之后可以用来治病。

这是首男女相思的恋歌，相恋中的男女，时时刻刻两心相系相伴，一会儿不见，则焦躁如隔岁月。

本诗用直述的方法，借现实时间（一日）与心里感觉的时间（三月、三秋、三岁）的夸张对比，写男女相恋的情绪，张力很强。“采葛、采萧、采艾”并非指三个女子，而是诗人的恋人，一个时而采葛、时而采萧、时而采艾的女子而已。如《诗经》中常借摘草来表达恋爱的情境，大概古代有摘草能与远离者的心灵产生相互感应的风俗吧！

艾

大　车

大车[1]槛槛[2]，毳[3]衣如菼[4]。岂不尔思？畏子不敢！

大车啍啍[5]，毳衣如璊[6]。岂不尔思？畏子不奔。

穀[7]则异室，死则同穴。谓予不信，有如皦[8]日！

注释

①大车：一种用牛拉载重物的车。②槛槛（kǎn）：大车行进时的声音。③毳（cuì）：毡子一类的毛织物。④菼（tǎn）：是芦荻的初生者，颜色在青、白之间。⑤啍啍：形容车走时候的象声词，由这种声音可以看出车的笨重。⑥璊（mén）：赤色的玉。⑦穀：活着。⑧皦：明亮的。

赏析

这是一首恋歌，应该是“女子有所慕而不得遂其志之诗”。作者是女子的口吻，她很想同她所爱的男子私奔，但她不知道那个男子心里是怎么想的，所以她又有些畏惧而不敢去找他。

前两章内容相似，写一个女子看到心中爱慕的人乘车而行，穿着像菼草一样的“毳衣”，想和他相见，却怕他不接受，一片情思深藏心中不敢吐露，非常懊恼悔恨。

第三章她指天发誓表示她对恋爱的真挚忠诚，虽然她不能和他同室而生，希望和他死后同葬一穴，又怕他不相信，只有指着太阳发誓了：“如果认为我的话靠不住，有明亮的太阳为证……”炽烈的痴情既可爱又可怜。

丘中有麻

丘中有麻，彼留子嗟[①]。彼留子嗟，将其来施施[②]。

丘中有麦，彼留子国[③]。彼留子国，将其来食[④]。

丘中有李，彼留之子。彼留之子[⑤]，贻我佩玖。

注释

①彼留子嗟：留，即后来的刘姓；子嗟，男子名。②将其来施施：将，发语词，有希望的意思。其，他。施施，帮助。③子国：男子名。④食：赠送食物给人家吃。⑤之子：男子的笼统称呼。

《丘中有麻》依毛亨、郑玄的说法，是周庄王时，人们思慕被放逐的贤大夫的歌；朱熹的说法则是女人忧虑丈夫移情别恋的诗，但都没有确切的证据。依据诗的原文玩味很浓这一点来推断，这首诗描述的应该是一位女子爱慕男士，期望他来相聚，最后得到他的馈赠后，欢欣鼓舞的情景。本诗写的正是期待时的烦闷和欢聚时的喜悦。

诗的前两章写她所爱慕的男士就住在山丘中近麻园处，她期待着他来赠送礼物给她，表现了她等待的焦灼与烦闷。情人来了，并赠“我佩玖”，喜笑颜开，展现了恋爱中少女的情怀，忧喜之情活泼逼真地被刻画了出来。

郑风

《诗经·国风》之一，存诗二十一篇。“郑风”即春秋时代郑国统治区域内的诗。郑国的国度新郑（今河南新郑）是一个大都会，男女常游览聚会等，故其内容多言情之作。

缁　衣[1]

缁衣之宜[2]兮，敝，予又改为[3]兮。
适子之馆[4]兮，还，予授子之粲[5]兮
缁衣之好兮，敝，予又改造兮。
适子之馆兮，还，予授子之粲兮。
缁衣之席[6]兮，敝，予又改作兮。
适子之馆兮，还，予授子之粲兮。

①这首诗描写女子对丈夫的关怀。②缁衣：黑色的衣服，卿大夫所穿。宜：合适。③敝：破。予：我。改为：重新做。④适：往。馆：官舍。⑤粲：鲜明。⑥席：宽大。

这首诗洋溢着一种温馨的亲情，因此，与其说这是一首描写国君与臣下关系的诗，还不如说这是一首写家庭亲情的诗更为确切。当代不少学者认为，这是一首赠衣诗。诗中“予”的身份，看来像是穿缁衣的人之妻妾。孔颖达在《毛诗正义》中说：“卿士旦朝于王，服皮弁，不服缁衣。退适治事之馆，释皮弁而服（缁衣），以听其所朝之政也。”说明古代卿大夫到官署理事（古称私朝），要穿上黑色朝服。诗中所咏的黑色朝服看来是主人公亲手缝制的，所以她极口称赞丈夫穿上朝服是如何合体、如何称身，称颂之词无以复加。她又一而再再而三地表示：如果这件朝服破旧了，我将再为你做新的。还再三叮嘱：你去官署办完公事回来，我就给你试穿刚做好的新衣，真是一往情深。表面上看来，诗中写的只是普普通通的赠衣，而骨子里却唱出了一位妻子对自己丈夫的深深挚爱。

全诗共三章，直叙其事，属赋体，采用的是《诗经》中常见的复沓联章形式。诗中形容缁衣之合身，虽用了三个形容词：“宜”“好”“席”，实际上都是一个意思，无非是说，好得不能再好；准备为丈夫改制新的朝衣，也用了三个动词：“改为”“改造”“改作”，实际上也都是一个意思，只是变换了语气而已。每章的最后两句都是相同的。全诗用的是夫妻之间日常所说的话语，一唱三叹，把主人公对丈夫无微不至的体贴之情刻画得淋漓尽致。

将仲子

将仲子[①]兮！无逾我里，无折我树杞[②]。

岂敢爱之？畏我父母。仲可怀也，父母之言，亦可畏也！

将仲子兮！无逾我墙，无折我树桑。

岂敢爱之？畏我诸兄。仲可怀也，诸兄之言，亦可畏也！

将仲子兮！无逾我园，无折我树檀。

岂敢爱之？畏人之多言。仲可怀也，人之多言，亦可畏也！

①仲子：男子的字。②树杞：即杞树，下面两章的树桑、树檀，都为桑树、檀树的意思，为搭配韵律，所以倒装过来了。

这是一首女子赠男子的情诗，女子婉劝其心爱的男子不可表现得过于放肆，以免被父母、兄弟及乡邻所耻笑、所责备。本诗采用倾诉的方式，三章的内容与形式基本相同，大概这位男子常常攀墙爬树偷偷地来与佳人相会，他生怕被人发觉，女子左右为难，拿不定主意，只有通过作诗来缓解内心的矛盾和挣扎，说出自己的情爱之心。

男女相爱，女子能恪守礼制，拒绝男友过分热情的追求，真乃“发乎情，止乎礼”！

叔于田[1]

叔于田[2]，巷无居人。岂无居人？不如叔也，洵美且仁[3]。

叔于狩[4]，巷无饮酒。岂无饮酒？不如叔也，洵美且好！

叔适[5]野，巷无服马[6]。岂无服马？不如叔也，洵美且武！

①这首诗描写一女子对一勇武猎人的爱慕。②叔：排行第三的。于：语气助词。田：同“畋”，打猎。③洵（xún）：确实。仁：仁慈。④狩：打猎。⑤适：往。⑥服马：乘马。

赏析

在《诗经》三百篇中，《郑风·叔于田》并不是很引人注目的篇章，但若论其艺术成就，此诗当可与那些优秀之作相颉颃。诗分三章，纯用赋法，但流畅谐美中有起伏转折，人物形象呼之欲出，则与假比兴曲笔描写者异曲同工，难分轩轾。它的成功之处，除了运用《诗经》中常见的章段复沓的布局外，还在于运用设问自答、对比夸张的艺术手法。

章段复沓，是《诗经》中最重要的结构特点。《郑风·叔于田》三章句式结构相同，与其他采用复沓结构的《诗经》篇章一样，有一种回环往复的音响效果，同时也因为复沓而起到了一种加深印象的效果。而这种复沓是有变化的复沓，各章各句替换几个字，既保持了韵律感，又深化了主题。实际上，拿现代音乐术语来解说，此诗正是一首分节歌，而“不如叔也”则是唯一的一句副歌歌词。

章句复沓，自然算不上《郑风·叔于田》一诗的专利，但设问自答、对比夸张则是其独具个性的特色。各章第二句“巷无居人”“巷无饮酒”“巷无服马”，第三句“岂无居人”“岂无饮酒”“岂无服马”，第四句“不如叔也”，第五句“洵美且仁”“洵美且好”“洵美且武”，相互间有这样的逻辑关系：第二句否定，第三句反诘，第四句作答，第五句述因，通过自问自答，将“洵美……”“不如……”“巷无……”（真的既英俊又……人们都不如他，因此巷里没有人……）这样的正常顺序做一转换，顿觉奇峰突起，余味曲包。吴闿生在《诗义会通》中说：“案，故撰奇句而自解释之，文章家之逸致也。”对此妙笔青眼有加。这一设问自答的手法，实际上源出周人对商人占卜贞问的甲骨刻辞的着意模仿。在甲骨卜辞中，因求问神灵需将正反两种结果都记刻于龟甲上，请决于神判，便产生了此类句法的滥觞。此诗中，一正一反，直陈与疑问并举，主要就在于以“突奇峭快”（陈震语）的笔墨引出下文“不如叔也”，这一结论。而“巷无居人”“巷无饮酒”“巷无服马”的夸张描写，则将众人“不如叔也”的平庸与“叔”“洵美且仁”（“且好”“且武”）的超卓两者间的反差强调到极致。而通过居里、喝酒、骑马这样的生活细节来表现“叔”的美好形象，也很有人情味，有较强的煽情作用。诗尾在“不如叔也”一句已将主要内容交代完毕，之后逸出的一笔，不仅使主题更为充实，也使对“叔”的夸张描写显得有据可信。

大叔于田[1]

叔于田，乘乘马[2]。执辔如组[3]，两骖如舞[4]。
叔在薮[5]，火烈具举[6]。禯裼暴[7]虎，献于公所[8]。
将叔无狃[9]，戒其伤女[10]！

叔于田，乘乘黄[11]。两服上襄[12]，两骖雁行。
叔在薮，火烈具扬。叔善射忌[13]，又良御[14]忌。
抑磬控[15]忌，抑纵送忌。

叔于田，乘乘鸨[16]。两服齐首，两骖如手。
叔在薮，火烈具阜[17]。叔马慢忌，叔发罕[18]忌。
抑释掤[19]忌，抑鬯弓[20]忌。

①这是一首赞美猎人英武、技艺高超的诗。②乘（chéng）：驾驶。乘（shèng）：古时一车四马谓之乘。乘乘马：驾着四匹马拉的车。③辔（pèi）：马缰绳。组：丝带。此句形容驾驭技术的高超。④骖（cān）：两旁的马。如舞：形容排列整齐，步调一致。⑤薮（sǒu）：草木茂盛的沼泽地。⑥烈：大火。具：都。此句谓同时燃起火来。燃火的目的是让野兽逃出，以便趁机捕获。⑦禯裼（tǎn xī）：脱衣露体。暴：徒手搏击。马瑞辰《毛诗传笺通释》："暴即搏也。《广雅》：'撡，搏击也。'暴即撡之省借。"⑧公所：公室。⑨狃（niǔ）：因习以为常而放松警惕。⑩戒：防备。其：指野兽。女：同"汝"，

你。⑪乘乘（shèng）黄：四匹黄马拉的车。⑫服：中间的马。襄：同"骧"，马头昂起的样子。⑬忌：语气助词，下同。⑭御：驾驭车马。⑮抑：语气助词，下同。磬控：马瑞辰《毛诗传笺通笺》："磬控，双声字；纵送，叠韵字……皆言御者驰逐之貌。"余冠英《诗经选》："磬控，双声联绵词，就是控制马不让他前进。""纵送，叠韵联绵词，就是放纵马使它奔驰。"⑯鸨（bǎo）：通"駂"，毛色黑白相间的马。⑰阜：旺盛。⑱罕：少。⑲释：解开。掤（bīng）：箭筒的盖子。⑳鬯（chàng）：通"韔"，盛弓的袋子。

按照现代多数学者的说法，此诗的抒情主人公可能是一个女子，她赞美的大约是自己的恋人，一位青年猎手。诗中说这位青年打死虎之后"献于公所"，可知他是随从郑伯去打猎的。

第一章"叔于田"直截了当地点出要写叔的什么事。"乘乘马"表现出其随公畋猎时的气势。第三、四句则描绘他驾车的姿态。驾车之马有四匹，四匹马的缰绳总收在一起拿在手中，如绶带或织带时的经线，两面的骖马同服马谐调一致，像在舞蹈一样整齐。其得心应手的情况，就像马完全在按驾车人的意识行动。把叔驾车的动作写得同图画、音乐、舞蹈一样，到了出神入化的地步，正像《淮南子·览冥》说的王良造父驾车的情形，"上车摄辔，马为整齐而敛谐，投足调均，劳逸若一，心怡气和，体便轻毕，安劳若进，驰骛若灭，左右若鞭，周旋若环"。然而在此诗中只用了八个字。下面"叔在薮，火烈具举"，将叔放在一个十分壮观的背景之中。周围大火熊熊燃烧，猛虎被堵在深草之地，唯叔在其中与虎较量。叔脱去了上衣，火光照亮了他的脸和身体，也照亮了将要拼死的困兽。其紧张的情况，同斗兽场中惊心动魄地搏斗一样。结果是"袒裼暴虎，献于公所"。叔不但打死了猛虎，而且扛起来献到了君王面前，像没有事一样。至此，一个英雄勇士的形象活生生显示出来。这十五个字的描写，可与《三国演义》中“温酒斩华雄”那一段精彩的叙述相媲美。诗人夸赞叔，为他自豪，又替他担心，希望他不要掉以轻心，这个感情是复杂的。

第二章写叔继续打猎的情形，说叔“善射”“良御”，特别用了“磬控”一词，刻画最为传神。“控”即在马行进中骑手忽然将它勒住不能前进，这时马便会头朝后，前腿抬起；人则弯曲腰身如上古时的石磬。第三章写打猎结束时从容收了弓箭，以及其在空手打虎和追射之后的悠闲之态，显示了他的英雄风度。

全诗有张有弛，如一首乐曲，在高潮之后又是一段舒缓的抒情，成抑扬之势，富有情致。

清　人[①]

清人在彭[②]，驷介旁旁[③]。二矛重英[④]，河上乎翱翔[⑤]。

清人在消[⑥]，驷介麃麃[⑦]。二矛重乔[⑧]，河上乎逍遥。

清人在轴[⑨]，驷介陶陶[⑩]。左旋右抽[⑪]，中军作好[⑫]。

①这是一首讽刺郑国将领高克的诗。《左传·闵公二年》："郑人恶高克，使帅师次于河上，久而弗召，师溃而归，高克奔陈。郑人为之赋《清人》。"②清、彭：皆郑国城邑名。③驷（sì）：一车驾四马。介：甲。驷介：披甲的四匹马。旁旁：《说文》引作"骉骉"，马强壮的样子。④英：用毛羽做成的装饰。重英：两层缨络。⑤翱翔：本指鸟飞翔，此形容战车遨游的样子。⑥消：郑国城邑名。⑦麃麃（biāo）：英武的样子。⑧乔：《韩诗》作"鷮"，一种长尾野鸡。这里指用野鸡的羽毛做装饰。⑨轴：城邑名。⑩陶陶：车马驰行的样子。⑪左旋右抽：马瑞辰《毛诗传笺通释》："左旋右抽，亦谓将之左右手也。旋车曰旋，……抽通作搯。《说文》：搯者，拔兵刃以习击刺也。"闻一多《风诗类钞》："身左旋以右手抽拔兵刃以习击刺。"⑫中军：指主将。古时军队分为上军、中军、下军，中军主帅同时是全军主帅。作好：闻一多《风诗类钞》："作好，为容好，但讲习兵事而已，与上两章翱翔、逍遥同意。"

这是一首辛辣的讽刺诗。在此诗作者眼中，高克带领的部队，战马披甲，不可谓不雄壮；战车插矛，不可谓不威武。可是清邑的士兵却不是在为抵御敌人随时可能的入侵而认真备战，却在河上逍遥游逛，耍弄刀枪；身为将帅的高克也闲来无事，只是以练武来消磨时光而已。此诗讽刺的对象是高克，而最终深深斥责的却是郑文公的昏庸。

至于为什么说讽刺的矛头最终是对准郑文公，古代有一位论者分析得很有道理："人君擅一国之名宠，生杀予夺，唯我所制耳。使高克不臣之罪已著，按而诛之可也。情状未明，黜而退之可也。爱惜其才，以礼驭之亦可也。乌可假以兵权，委诸竟上（边境），坐视其离散而莫之恤乎！《春秋》书曰：'郑弃其师。'其责之深矣！"（朱熹在《诗集传》中引胡氏语）。总之，在抵御外敌时，郑文公因讨厌高克反而派他带领清邑士兵去河边驻防的决策是完全错误的。

全诗共三章，写清邑士兵在黄河边上的彭地、消地、轴地驻防时的种种表现。表面上是在称颂他们，说他们的披甲、战马如何强壮，奔驰起来又如何威风；战车上装饰着漂亮的矛，是如何的壮盛；军中的武士也好，主帅也好，武艺又是如何高强。而实际上他们却是在河边闲散游逛。每章的最后一句如画龙点睛，用"翱翔""逍遥""作好"等词来揭出本相，其讽刺的手法是较为含蓄的。从诗的章法上说，三个章节的结构和用词变化都不大，只有第三章与前两章不同处较多。作者采用反复咏叹的手法，以增强诗歌的气势和表现力，从而达到其讽刺的效果。

羔　裘[1]

羔裘如濡[2]，洵直且侯[3]。彼其[4]之子，舍命不渝[5]。

羔裘豹饰[6]，孔[7]武有力。彼其之子，邦之司直[8]。

羔裘晏[9]兮，三英粲[10]兮。彼其之子，邦之彦[11]兮。

①这是一首赞美正直官吏的诗。②羔裘：羊皮衣服，大夫所穿。如：犹“而”。濡（rú）：润泽。③侯：美。④其：语气助词。⑤舍：放弃。渝：改变。⑥豹饰：以豹皮为羔裘的边饰。⑦孔：甚，很。⑧司：主持。直：正义。⑨晏：鲜艳的样子。⑩英：衣服上的装饰。粲：鲜明的样子。⑪邦：国家。彦（yàn）：杰出之人。

羔裘是古代卿大夫上朝时穿的官服。《诗经》中通过描写羔裘来刻画官员形象的诗有好几首，如《召南·羔羊》《唐风·羔裘》《桧风·羔裘》等，命意都不一样。

《郑风·羔裘》这首诗，起笔描述羔裘的外在美，作者具体而细微地描写了羊皮袍子的皮毛质地是如何润泽光滑，袍子上的豹皮装饰是如何鲜艳漂亮，然后才赞美穿此羔裘的人的内在美写外在美的目的是通过对羊皮袍子的仔细形容，和对其中寓意的深刻揭示，借以赞美穿羊皮袍子的官员有正直美好能舍命为公的气节，有威武勇毅能支持正义的品格。总而言之，人衣相配，美德毕现，这位官员才德出众，不愧是国家的贤俊。外在美、气质美和品行美、形象美高度统一，这样理解符合认为此诗主旨为赞美优秀官吏的说法。

如果说此诗有讽刺意味，那就是说，在诗中，礼服的高贵华丽衬托着君子的美德形象，服饰的华美同时也象征着君子高贵的人品。在作者看来，古代的卿大夫确实是这么回事；但是，一联系郑国当时的现实，满朝穿着漂亮官服的是些什么人——一句话，君不像君，臣不像臣，可以说，都不称其服。这样，作者赞古讽今的作诗命意就突显出来了。因为衣裳总是人穿的，从衣裳联想到人品，再自然不过了。至于一个人的品质、德行要说得很生动、形象，就不那么容易，而此诗作者的聪明之处，也在这里。即他用看得见的衣服的外表，来比喻看不见、感得到的较为抽象的品行、德行。比如，从皮袍子上的豹皮装饰，联想到穿这件衣服的人的威武有力就十分贴切，极为形象。但如果当作一首讽刺诗来说，有些过于含蓄，以致千百年来争论不已。

遵大路[1]

遵[2]大路兮，掺执子之祛[3]兮。无我恶[4]兮，不寁故[5]也。

遵大路兮，掺执子之手兮。无我䰼[6]兮，不寁好[7]也。

①这首诗写一女子对欲弃之而去的情人的挽留。②遵：顺着。③掺（shǎn）：拉着。祛（qū）：衣袖。④无我恶：不要讨厌我。⑤寁（zǎn）：疾速离开。故：故人。⑥䰼：同“丑”。⑦好：相好之人。

此篇无首无尾，诗人只是选择男子离家出走，女子拽着男子衣袖，拉紧他的手，苦苦哀求他留下的一个小镜头，以第二人称呼告的语气反复哭诉。全诗只有两章八句，既没有点明男子离家出走的原因，也没有交代他们之间是什么关系，然而诗人描绘的这幅平常而习见的画面，却是活灵活现的。诗中生动地描述了一幅似乎非常具体的生活场景：一对男女在大路上追逐，女的追上男的，在路边拉扯纠缠，还似乎有女子悲怆的哭诉声，她呼唤着男子，不断重复地说着：“不要讨厌我！”“多年相爱不能说断就断！”除此，她已经没有别的话要说，仿佛自己的一切辛酸、痛苦、挣扎、希望都凝聚在这两句话中了。她多么渴望在自己的哀求下，他能回心转意，两人重归于好，相亲相爱地过日子。这是女主人公唯一的祈求。但是，诗至此却戛然而止，不了了之，留下了一大片画面空白，容读者根据自己的生活经验与审美情趣去创造，去丰富，可能有多种不同的设想，绘出不同结果的精彩画面。所以诗中这幅片断性的画面尽管是一目了然的，却又极具包含性。

此诗语言自然流畅，朴实无华。原诗纯为赋体，二章四句，每句皆押韵。第二章首句“路”，王引之在《经义述闻》中说：“当作道，与手、魗、好为韵，凡《诗》次章全变首章之韵，则第一句先变韵。”

女曰鸡鸣

女曰："鸡鸣！"士[1]曰："昧旦[2]！"

"子兴[3]视夜[4]，明星[5]有烂[6]。将翱将翔[7]，弋[8]凫与雁。"

弋言加[9]之，与子宜[10]之。宜言饮酒，与子偕老。

琴瑟在御[11]，莫不静[12]好。

知子之来[13]之，杂佩[14]以赠之。知子之顺[15]之，杂佩以问[16]之。

知子之好之，杂佩以报之。

①士：男子的称呼，多指未婚男子。②昧旦：天色将明未明的时候。③兴：起，指起床。④视夜：察看夜色。⑤明星：启明星。⑥有烂：明亮。⑦将翱将翔：小鸟飞翔的样子。⑧弋：射箭，以带丝绳的线系着箭。⑨加：射中。⑩宜：佳肴，做成佳肴。这里作动词。⑪御：演奏。⑫静：美好。⑬来：抚慰。⑭杂佩：玉佩。用各种佩玉构成，称杂佩。⑮顺：和顺、柔美。⑯问：慰问、赠送。

赏析

本诗是一首幽会的恋歌，意义比较简单，写了一对猎人夫妇，每天早早地起床，一起高兴地去狩猎，相互关心、爱慕。

全诗共分三章，第一章写天还未亮，启明星还在闪闪发光，但公鸡已经叫了，姑娘感觉野鸭野鸡就要飞来了，不要错过了好时机，快把弓拿来。第二章写狩到猎物后两人高兴地对酒当歌。第三章写两个人的感情很深，恩爱无比，永结同心。

诗中的情绪变化巧妙，不留痕迹，不愧为一首好诗！

有女同车

有女同车，颜如舜[1]华。将翱将翔，佩玉琼琚。
彼美孟姜，洵美且都[2]。
有女同行，颜如舜英[3]。将翱将翔，佩玉将将[4]。
彼美孟姜，德音不忘[5]。

注释

①舜：木槿树。②都：悠闲雅致。③英：花。④将将：玉相碰发出的声音。⑤德音不忘：《诗经》中出现德音的地方很多，归纳起来共有两层意思：一指他人的言语，一指声誉。此处指声誉。

赏析

本诗是写男子赞美他妻子的诗，诗中有“有女同车”的话，应当为夫妇，而不是指外遇，古时私奔男女不能公然同车。

全诗两章都在写与妻子一起出游，赞美妻子“洵美且都”，以佩玉来显现她服饰的华丽，以“佩玉将将”来烘托她的端庄守礼和美丽高雅。

诗中的“翱翔”二字都有“羽”做偏旁，意思是自己美人好像羽毛一样美丽，在空中翱翔，《神女赋》中“婉若游龙乘云翔”、《洛神赋》中“若将飞而未翔”等大概都是从此处引申而出。

山有扶苏[①]

山有扶苏[②]，隰有荷华[③]。不见子都[④]，乃见狂且[⑤]！

山有桥[⑥]松，隰有游龙[⑦]。不见子充，乃见狡[⑧]童！

全诗共两章，均借草木以起兴。“山有扶苏，隰有荷华”“山有乔松，隰有游龙”，描写的尽是山中的树、低谷的花，并未见一人。其实这并不是情侣约会的地点和景色的描写，因为在《诗经》中，“山有……隰有……”是常用的起兴句式，如《邶风·简兮》中有：“山有榛，隰有苓”，《唐风·山有枢》中有“山有枢，隰有榆”“山有漆，隰有栗”等。这里就是一个典型的起兴，清代方玉润在《诗经原始》中说：“诗非兴会不能作，或因物以起兴，或因时而感兴，皆兴也。”即这里的兴只从语势或韵脚上引出下文，使诗篇的开头委婉含蓄，与后文的故事并不相关。

“不见子都，乃见狂且”，这两句是赋，为女子的调笑之词。“至于子都，天下莫不知其姣也。”（《孟子·告子上》）“子都”，似为传说中古代美男子名，这里泛指俊美的男子。有论者认为“都”“姝”古本双声，“都”为“姝”的假借。《说文解字》云：“姝，美也。”故子都就是子美。女子称所爱为“狂且”，与美男子“子都”对举，明明是双方相约而来，偏说对方非己所爱，心爱叫冤家，可见其性格的爽朗善谑。

第二章是叠章，开头两句仍以草木起兴引起下文。“不见子充，乃见狡童”反复调侃，加强语势，感情也层层递进。“子充”泛指美男子。论者认为“充”古韵在东部，“姝”古韵在区部，区东可以对转，“充”即“姝”的对转，故子充与子都实为同指。始为“子都”，此为“子充”，重章叠句，整饬中有变化，更显得错落有致。

少女对心上人主动发起调笑戏谑，可以想象，被调侃的男子绝不会甘拜下风，当有回敬。妙语如珠，往来应答，场面应十分热烈，气氛也极为活跃，少男少女率真爽朗的性格及欢快健康的戏剧性场面，在这里得到了淋漓尽致的表现。

①这首诗描写一女子对情人的戏谑。②扶苏：树名。③隰（xí）：低湿之地。荷华：荷花。④子都：古时的美男子。下“子充”同。⑤狂且（jū）：马瑞辰《通释》：“狂且与下章狡童对文，……且当为伹之省借。《说文》：‘伹，拙也’；《广韵》作‘拙人也’，《广雅》‘伹，钝也’。”⑥桥：通“乔”，高。⑦游龙：一种草本植物，即荭。⑧狡：狡狯。

萚兮[1]

萚[2]兮萚兮，风其吹女[3]。叔兮伯兮，倡予[4]和女。

萚兮萚兮，风其漂[5]女。叔兮伯兮，倡予要女。

①这是一首描写男女唱和的诗。②萚（tuó）：树木的枯叶。③女：通“汝”，你。④倡：通“唱”，带头唱。予：我。⑤漂：通“飘”。

这是一首描述少年男女唱和山歌情景的小诗。秋天来了，落叶缤纷，在风中飘舞。这是他们唱歌的时间和情境。山歌由姑娘先唱，然后小伙子接着和唱，犹如现在少数民族青年男女的对歌。

在《诗经》三百篇中，《郑风 · 萚兮》当是最短小的篇章之一，它的文辞极为简单。诗人看见枯叶被风吹落，心中自然而然涌发出伤感的情绪；这情绪到底因何而生，却也难以明说——或者说出来也没有多大意思，无非是岁月流逝不再，繁华光景倏忽便已凋残之类。他只是想有人与他一起唱歌，让心中的伤感随着歌声流出。

在“萚兮萚兮，风其吹（漂）女”之后，诗人不再说下去，让人觉得从落叶中看到生命的流失，根本就是无奈的事情，不说也罢。而后“叔兮伯兮，倡予和（要）女”，又让人觉得人生的寂寞归根结底还是无从排遣。不可能真的就有人应着这呼唤唱出心心相印的歌来，寂寞也不可能真的会让人相互走近。呼唤也只是呼唤而已吧。如此想来，这种古老的歌，浸着很深的悲凉。

狡童

彼狡童兮，不与我言兮。维子之故，使我不能餐兮。

彼狡童兮，不与我食①兮。维子之故，使我不能息②兮。

①不与我食：不和我一起吃饭。②使我不能息：息，寝息。整句意思是：使我气得觉都睡不好。

赏析

这是青年情侣闹别扭，女子爱恨交加的诗。诗人用女子的口吻，表现了一个性情倔强的女子和男友怄气的情景，女子因为她所爱的花花公子不同她在一起，竟然寝食难安。

首章写两人共餐，因男友不说话，她就气得连饭也吃不下，并破口大骂，表现了女子火辣、直肠子的个性，恨不得把心掏出来给对方看，热情女郎性格刚强，却坦率得可爱。

次章写女子在餐桌上把男友骂走了，她更气得觉都睡不好，而不肯检点自己行为的过火。

作者借她的自言自语，不但成功地表现了她的情感，而且对她性格的刚烈描写得非常成功，使她的个性、神态都呼之欲出。

这里我们撇开古时的说法不谈，单说玩味诗篇本文，也是诗人写女恋男的诗，男的不理睬女的，女的便出口骂人，虽说骂人也是热爱的表现，但毕竟不够温柔敦厚，也正显露了女子刚烈的性格，是一首很成功的写实恋歌。

褰裳

子惠①思我，褰②裳涉③溱④。

子不我思，岂无他人？狂童之狂也且⑤！

子惠思我，褰裳涉洧⑥。

子不我思，岂无他士？狂童之狂也且！

①惠：喜爱。②褰：提起。③涉：渡水。④溱（zhén）：郑国水名。⑤且：助词。⑥洧（wěi）：：郑国水名。

这是一首女子和她所爱的男子调笑的情歌，显现出一副撒娇和打情骂俏的姿态。

诗人写女子的俏骂，说她所爱的男子如果不来，她就要和别人好了，两章反复叠咏，内容形式都相同。首章诗人借女子口气说“如果你真是爱我想念我，你就会提起下裙，涉过溱水，到我这儿来；你要是对我没了感情，不想念我，难道我就没别人会看中？你真是个糊涂虫啊！”

表现方法都是白描的赋体，一段痛快淋漓的俏骂，把一个活泼可爱而任性的郑国少女，写得纯真而不造作，娇憨而热情。

丰

子之丰[①]兮，俟我乎巷兮。悔予不送兮！

子之昌[②]兮，俟我乎堂兮。悔予不将[③]兮！

衣锦褧[④]衣，裳锦褧裳。叔兮伯兮，驾予与行！

裳锦褧裳，衣锦褧衣。叔兮伯兮，驾予与归！

①丰：容貌丰满好看。②昌：美好的样子。③将：送。④褧（jiǒng）：古代女子出嫁时防风尘用的麻布罩衣。

“你容貌英俊，仪表堂堂，约我在门外路边见面。只恨我当时没出来送一送你，表示情愿。”

“你气宇轩昂，风度翩翩，约我在厅堂里见面，真后悔我当时没有出来送一送你，表示衷肠。”

“穿上我的锦衣，罩着我的褧衣；穿上我的锦裳，罩着我的褧裳，大哥哟大哥哟（伯与叔都为女人对男人的昵称），只要你愿意，准备好你的马匹，我将跟你一起国家。”

诗人真是把迟婚女子的心理刻画得入木三分、惟妙惟肖。（当男子追求她的时候，她自视甚高，不予理睬，到后来却后悔了，反要人家准备好车马去迎娶她。）诗人的妙笔写后悔失去良机的女子的心理，令人觉得诗中的女主角既可爱又可怜。

东门之墠

东门之墠[①]，茹藘在阪[②]。其室则迩[③]，其人甚远。

东门之栗，有践[④]家室。岂不尔思？子不我即[⑤]。

这是一首青年男女相唱和的民间恋歌。室近人遥无相会，抒发了相互恋慕又矜持不动的二人，内心的焦急、渴望与情怀。

全诗二章，每章四句。男女对吟。一方倾慕不得，一方盼恋不致。在《诗经》中，男女青年热恋中可望而不可即的内容屡见不鲜。但是，此诗却分章分景，分别以景来抒情。叙述手法在诗经中可谓独树一帜。

头章，赋中有兴。男主人公登场。先二句写景，点明了实地景致，展现了女主人公住所的特定环境，烘托出女主人公的端庄大度、丰盈美丽。后二句正是倾诉咫尺天涯、莫能相近的无限难言之痛。

尾章变换场地，女主人公登场。先二句写景，暗示了恋人的英俊与善良，蕴含着对可能到来的恋情的美好憧憬与热烈期待。后二句转入言情，正是如怨如慕、如泣如诉。姑娘在向意中人倾诉自己的爱慕之情、忠贞之志，也在埋怨小伙子，“既然倾慕于我，为什么不来到我身边表白心迹呢。”姑娘因恋不得而孤独、彷徨，在哭泣、在忧伤，在饱尝着对爱情的期待与自持所带来的无限困苦。

①墠（shàn）：平坦之地。②茹藘（rú lú）：一种多年生草本植物，又名茜草，根红色可做染料。阪：山坡。③迩（ěr）：近。④践：善。王先谦《诗三家义集疏》："践作靖，善也。……有靖家室，犹今谚云'好好人家'也。"⑤子不我即：犹言"子不即我"。即：靠近，接近。

风　雨

风雨凄凄[①]，鸡鸣喈喈[②]。既见君子，云胡不夷[③]。

风雨潇潇[④]，鸡鸣胶胶。既见君子，云胡不瘳。

风雨如晦[⑤]，鸡鸣不已[⑥]。既见君子，云胡不喜。

①凄凄：寒凉。②喈喈（jiē）：与下文的“胶胶”都是形容鸡鸣叫的拟声词。③云胡不夷：云，句首语气词。胡，为什么。夷，喜悦。④潇潇：又猛又急的风声雨声。⑤如晦：昏暗，好像夜晚。⑥已：止。

这首诗《毛诗序》认为是赞美不屈于恶劣环境的贤人，朱熹认为是写淫乱私奔的诗，屈万里认为是男女约会的诗。但就诗本身看，这可能是首情诗：丈夫出门在外很久，预定这一天回家，不料天公不作美，竟是风雨交加，妻子独守空闺，正孤独无聊，担心狂风暴雨阻碍他行程的时间，忽然听见群鸡齐鸣，而所等待的丈夫竟冒着狂风暴雨连夜赶回家，于是妻子内心充满了喜悦、幸福与安全感，顿时便驱走了恐惧和孤寂。

“君子”两字原本是对贵族子弟的称呼，后来转变为对有德行之人的尊称，而在《诗经》中，女子往往以“君子”来称呼丈夫。

诗人以赋的手法，三章反复写同一情景，在气氛的传达方面特别成功。在暴风雨侵袭，黑暗笼罩，人们彷徨无主的时代，“风雨如晦，鸡鸣不已”常被引用来鼓舞人心，冲破黑暗，迎接黎明！人们受到这两句诗的感染，定会有重新振作、坚定意志、继续奋斗的一股力量产生出来。我们读到这首诗，也像诗中主人那样无比欣喜！

姚际恒说首章“喈喈”是头鸡啼（初号），二章“胶胶”是二鸡啼（再号），三章“不已”是三鸡啼（三号），三鸡啼便是黎明时分了，以此暗示、传达丈夫适时归来的喜悦气氛是再恰当不过了。

值得注意的是各章叠字的运用，很能增强所要表现的气势。在“未见君子”的状态下，“凄凄潇潇”的风雨声中，鸡声啼鸣表示爱情的动摇，承接“既见君子”后，此诗表现出了安详的情绪。且各章第三句“既见君子”同一语言的出现，和第四句“云胡”的连用排比，使“夷”“瘳”“喜”等内心世界的气氛、情调，更和谐、更柔美，与女主角的内心非常相称。

子　衿

青青子衿[①]，悠悠我心。纵[②]我不往，子宁不嗣音[③]？

青青子佩，悠悠我思。纵我不往，子宁不来？

挑兮达兮[④]，在城阙[⑤]兮。一日不见，如三月兮。

①衿（jīn）：衣领。②纵：即使。③子宁不嗣音：宁，为什么。嗣音，以音来问。④挑兮达兮：往来徘徊，走来走去的样子。⑤城阙：城门外左右两边的楼台。

赏析

这是一首表现女子情思的诗歌。少女与少男在恋爱过程中，男女相约在某处见面，然后一起到城楼去游览，但少女迟到了，男友已经回去了，没有留话给她，所以她斥责男友“纵我不往，子宁不嗣音？”照她推想，男友先到城楼等她，但赶到时，竟无男友踪影，大概是少年不愿等待，一生气就走了，于是女孩在失恋的痛苦之中，一心思念那青衿青佩的男子，穷极无聊，满腔郁闷无法排遣，脑海中浮现的男孩影子，那套他在约会时经常穿的青色领襟的衣服，样子格外鲜明。现在一天不见他，就觉得像分别了三个月那样难以忍受。

诗人描绘出一位痴情少女的神态，以及他焦急而矜持的表情，是那样生动、那样鲜明。首章和次章，诗人写她的心境、情思，有痴情的描摹，有矜持的暗示。由于男友赌气走了，这时的她非常焦灼无助，多么希望男友回头来找她，和她说说话，那一切都会云开雾散的。但他却连影子都不见，她终于忍不住，到相约游览的城楼徘徊，盼望着少年也在那儿出现。

最后一章写她在城楼上徘徊的心情，责怪男友没有给她留下任何消息，她徘徊又徘徊，还是不能离去，感情如溃堤的洪水，把矜持冲毁了，终于把自己焦急的心思赤裸裸地抖搂出来，口上说的“悠悠我思”的苦味，这次是真的体会到了。

诗里的“城阙”大概是少男少女经常约会见面的地方。原来古时城门外设有左右两座台，上面建造楼观，楼观上端圆，下端方，由于中央空缺，所以称“阙”；又因为可以远望，所以称“观”。诗里的少女就是登上这样的“城阙”，去等待她的情人。诗的高潮却在“一日不见，如三月兮”的转折间，戛然而止，留给我们运用想象和推断去补足作品中所没有表现的部分，去体会诗歌的言外之意与弦外之音，这也是我们欣赏文学作品所要培养的能力，是我们欣赏文学作品时所享受的乐趣。

扬之水[1]

扬[2]之水，不流束楚[3]。终鲜[4]兄弟，维予与女[5]。

无信人之言，人实迋[6]女。

扬之水，不流束薪[7]。终鲜兄弟，维予二人。

无信人之言，人实不信[8]。

①这首诗写妻子对丈夫的劝诫。②扬：悠扬，水流缓慢的样子。③楚：一种丛生灌木，又名荆。束楚：成捆的荆条。④终：既，已。鲜：少。⑤予：我。女：通“汝”，你。⑥迋：通“诳”，欺骗。⑦薪：柴。⑧信：诚实可靠。

此诗从扬之水起兴。悠悠的流水啊，漂不起成捆的薪柴。诗经中多次出现扬之水，也多次出现“束楚”“束薪”之类。《诗经》中的兴词有一定的暗示作用。凡“束楚”“束薪”，都暗示夫妻关系。如《王风·扬之水》三章分别以“扬之水，不流束薪”“不流束楚”“不流束蒲”来起兴，表现在外服役者对妻子的怀念；《唐风·绸缪》写新婚，三章分别以“绸缪束薪”“绸缪束刍”“绸缪束楚”起兴；《周南·汉广》写女子出嫁，二章分别以“翘翘错薪，言刈其楚”“翘翘错薪，言刈其蒌”起兴。看来，“束楚”“束薪”所蕴含的意义是说，男女结为夫妻等于将二人的命运捆在了一起。所以说，《郑风·扬之水》只能是写夫妻关系的。

此诗主题同《陈风·防有鹊巢》相近。彼云：“谁侜（zhōu）予美，心焉忉忉。”（谁诓骗我的美人，令我十分忧伤。）只是《陈风·防有鹊巢》所反映的是家庭已受到破坏，而此诗所反映的只是男子听到一些风言风语，妻子劝慰他，说明并无其事。如果将这两首诗看作一对夫妇中的丈夫和妻子分别所作，则是很有意思的。

此诗抒情女主人公是忠贞、善良的，同丈夫有着很深的感情。她因为娘家缺少兄弟，丈夫便是她一生唯一的依靠，她把丈夫看作自己的兄弟。在父系宗法制社会中作为一个妇女，已经是一个弱者，娘家又力量单薄，则更是弱者中的弱者。其中有的女子虽然因为美貌会引起很多人的爱慕，但她自己知道：这都不一定是可靠的终身伴侣。她是珍惜她的幸福家庭生活的。但有些人却出于嫉妒或包藏什么祸心，而造出一些流言蜚语，使他们平静的生活出现了波澜。然而正是在这些波澜中，才更真切地照出了她纯洁的内心和真挚的情感。

此诗表现含蓄而耐人寻味。第一句作三言，第五句作五言，与整体上的四言相搭配，节奏感强，又带有口语的韵味，显得十分诚挚，有很强的感染力。

出其东门

出其东门，有女如云[①]。虽则如云，匪我思存[②]。
缟衣綦巾[③]，聊乐我员[④]。
出其闉阇[⑤]，有女如荼。虽则如荼，匪我思且。
缟衣茹藘，聊可与娱。

①如云：众多的样子。②思存：思念。③缟衣綦（qí）巾：缟，缟衣，白色的衣服。綦巾，灰白色的佩巾。两者都是未出嫁女人的服饰。④员：语尾助词，但韩诗"员"通作"魂"，解释为"精神"，比较容易理解。⑤闉阇（yīn dū）：闉，是在城墙主体的外面，围绕而筑的小城，又叫瓮城。阇，城门台。

这首情诗写男人思念女子，看到东门外很多漂亮的女子，但都不是他想念的，只有那个"缟衣綦巾"、衣着简朴的女子，才是他所喜爱的人。

诗人用直赋的手法，歌颂他的爱情专一，虽在繁华的都市，处身美女如云的环境，但他依然无动于衷，心里只有装扮朴素、白衣青中的糟糠之妻。方玉润则认为不为动是矫情，但女子打扮得妖娆，不但不美，反遭人厌恶，若有内在美者，虽白衣青巾，也自有风韵，见色不动心，未必真的是矫情。

本诗与《野有蔓草》刚好形成对比。

野有蔓草

野有蔓草[①]，零[②]露漙[③]兮。有美一人，清扬[④]婉[⑤]兮。

邂逅相遇，适[⑥]我愿兮！

野有蔓草，零露瀼瀼[⑦]。有美一人，婉如清扬。

邂逅相遇，与子皆臧！

①蔓草：蔓生的草。②零：落。③漙（tuán）：露水多。④清扬：形容女性眉清目秀。⑤婉：美好。⑥适：适合。⑦瀼瀼（ráng）：露水很大的样子。

《野有蔓草》写男女爱情，《毛诗序》认为本诗是年轻人思念情人的歌；朱熹认为是男女在野外相遇，互相倾慕的诗。

全诗两章叠咏，先写野草挂满零露，从季候上看，应是重露的秋天。紧接着，男女邂逅，两厢情愿，感情满足愉悦，心绪好像得到了甘泉的灌溉，意味醇浓，不禁发出了“适我愿兮”“与子皆臧”的感慨。诗歌同时赞叹女子的姿容，眉清目秀，令人咀嚼再三，甘津不绝。

首章的“清扬婉兮”，二章倒转成“婉如清扬”。《诗经》中常用倒转的词来完成韵律，例如《桃夭》的“室家”，倒转成“家室”；像《小雅·鱼丽》的“旨且多”，颠倒为“多且旨”。两章的末句，显出情感之激烈，是传神之笔。

溱 洧[1]

溱与洧，方涣涣[2]兮。士与女，方秉蕑[3]兮。女曰：观乎？士曰：既且[4]。且[5]往观乎？洧之外，洵訏[6]且乐！维士与女，伊其相谑，赠之以勺药[7]。

溱与洧，浏[8]其清矣。士与女，殷其盈[9]矣。女曰：观乎？士曰：既且。且往观乎？洧之外，洵訏且乐！维士与女，伊其将谑，赠之以勺药。

①这首诗描写了三月三上巳节青年男女相聚河边，互赠情物的欢乐场景。②溱、洧：皆郑国水名。涣涣：水流盛大的样子。③方：正。秉：持，拿着。蕑（jiān）：兰草。一种菊科植物，有香气，古人持之以防邪气。④既：已经。且：通“徂”，往。⑤且：再。⑥訏（xū）：宽大。⑦勺药：蘼芜一类的香草。马瑞辰《毛诗传笺通释》：“古之芍药非今之所云芍药，盖蘼芜之类，故《传》以为香草。”崔豹《古今注》：“芍药，一名可离，故将别赠以芍药。”⑧浏：通“漻”，水清澈的样子。⑨殷：多。盈：满。

本诗从大处写起，描写参加欢会的人数之多。又在小处落笔，把一对偶然相遇的少男少女，从相识到相爱的全过程进行了艺术化的忠实记录。可以说，这是一部很唯美的恋爱专题纪录片。

本诗一直是以转折文法为人所称道的。开章从风景向风俗的小转折，是借由两个结构相同的句式实现的。开章到尾章，从风俗到爱情的大转折，则巧妙地利用了“士”“女”的相同字面：开章的“士与女”是泛指，犹如常说的“士女如云”；尾章的“士”“女”，则是特指，指人群中某一对青年男女。字面虽同，对象则异。这就使转折完成于不知不觉之间，变换实现于了无痕迹之中。诗意一经转折，诗人便一气直下，一改前面的宏观扫描，将“镜头”对准了这对青年男女，记录下他们的呢喃私语，俏皮调笑，更凸显出他们手中的芍药，这爱的信物、情的象征。兰草“淡出”，芍药“淡入”，情节实现了“蒙太奇”式的转换。

于是我们借由诗人的眼可看到，静谧的河边，一大群从溱、洧之滨踏青归来的人群，有的身佩兰草，有的手捧芍药，撒了一路芬芳，播了一春诗意。

齐风

《诗经·国风》之一，存诗十一篇。齐，西周初年姜尚的封国。齐国在春秋时期强大的诸侯国之一。“齐风”即齐国境内的诗歌。

鸡　鸣

鸡既[1]鸣矣，朝[2]既盈矣。匪鸡则[3]鸣，苍蝇之声。

东方明矣，朝既昌[4]矣。匪东方则明，月出之光。

虫飞薨薨[5]，甘与子同梦。会且归矣，无庶予子憎[6]。

①既：已经。②朝：朝廷。③则：之，的。④昌：昌盛，指人多。⑤薨薨：虫子飞时发出的嗡鸣声。⑥无庶予子憎：不要让人讨厌我们。庶，众。

本诗看似一首男女幽会的情诗，三章的前两句均写出了女子惊慌的神态，想马上起床，而每章的后两句均写男子的恋床情节，艺术上一惊一答，诙谐幽默，非常富有生活气息。而妻子催促丈夫早起去朝会，同时也意在讽刺在朝者的荒淫怠惰。

还[1]

子之还[2]兮，遭我乎猺[3]之间兮。
并驱从两肩[4]兮，揖我谓我儇[5]兮。
子之茂[6]兮，遭我乎猺之道兮。
并驱从两牡[7]兮，揖我谓我好兮。
子之昌[8]兮，遭我乎猺之阳[9]兮。
并驱从两狼兮，揖我谓我臧[10]兮。

①这是一首猎人互相赞美的诗。②还：通“旋”，敏捷的样子。③遭：遇。乎：于。猺（náo）：齐国山名。④从：追逐。肩：通“豜”，三岁的豕，这里指大兽。⑤揖：作揖，古时一种表示尊敬的礼节。谓：认为，此为夸奖义。儇（xuān）：指轻捷勇武。⑥茂：美。⑦牡：雄性的动物。⑧昌：强壮。⑨阳：山的南面。⑩臧：善。

析

此诗不用比兴，三章诗全用“赋”，以猎人自叙的口吻，真切地抒发了他猎后暗自得意的情怀。三章叠唱，意思并列，每章只换四个字，却很重要，起到了文义互补的作用：首章互相称誉敏捷，次章互相颂扬善猎，末章互相夸赞健壮。首句开口便赞誉，起得突兀，真实地表达了诗人由衷的仰慕之情。他在猱山与猎人偶然碰面，眼见对方逐猎是那样敏捷、娴熟而有力，佩服之至，不禁脱口而出“子之还（茂、昌）兮”，这是发自心底的赞叹，“子”是对那位同行的敬称。次句点明他们相遇的地点在猱山南面的道路上。“遭”字表明他们并非事先约定，只是邂逅罢了。正因为如此，诗人才会那样惊喜不已，十分激动。第三句说他们由相遇而合作，共同奋力追杀两只大公狼。这里诗人虽然没有告诉读者逐猎的结果如何，但是从他那异常兴奋的叙述中，可以猜想到那两只公狼已成为他们的捕获物，读者从中也似乎分享到了诗人的喜悦。最后一句是猎后合作者对诗人的称誉：“揖我谓我儇（好、臧）兮”，这里诗人特点明“揖我”这一示敬的动作，联系首句，因为诗人对他的合作者十分敬佩，所以他才为自己能得到对方的赞誉而引以为自豪。吴闿生称此为“渲染法”（《诗义会通》）。

全诗句句用韵，每章一韵，押在每句末尾第二字上：首章“还、间、肩、儇”为韵；次章“茂、道、牡、好”为韵；末章“昌、阳、狼、臧”为韵。句尾都以“兮”字收束，组成“富韵”，加上四、六、七言并用的参差句法，造成了舒缓的音节，读起来有一唱三叹的韵味。这种一唱三叹、反复咏唱的手法，起到了强化主题的作用。

著

俟我于著乎而①，充耳以素②乎而，尚之以琼华③乎而。

俟我于庭乎而，充耳以青乎而，尚之以琼莹④乎而。

俟我于堂乎而，充耳以黄乎而，尚之以琼英乎而。

①著乎而：门与屏风之间的地方。②充耳以素：充耳，古人用玉做冠饰，下垂至耳旁和塞耳差不多，玉叫瑱，系上绳，那绳子叫纳，合起来叫充耳。素，白。③琼华：用玉雕刻而成的花。④琼莹：莹为荣的通假字，也是花的意思，下章的琼英也是花的意思，与琼华的意思相同。

“著”是女子出嫁到男方家时郎君身着盛装所作的一首诗。三章叠咏，各句末端附加助词“乎而”，使整首诗呈现轻盈优美的气氛，有喜悦的情调。诗写新郎迎娶新娘回家，在大门内侧等她，然后带她到门庭，最后进入大厅堂行周公之礼。写新郎不写他的容貌，但写他的冠饰，所以可见结婚那天新郎衣服非常漂亮。三章所写充耳“以素、以青、以黄”，与尚之以“琼华、琼莹、琼英”，从中可以略知道一点《诗经》时代的结婚习俗及当时的服色。

东方之日

东方之日兮，彼姝者子！在我室兮。在我室兮，履我[①]即[②]兮。

东方之月兮，彼姝者子！在我闼[③]兮。在我闼兮，履我发兮。

注释

①履我：履，追随。履我，追随我的行迹。②即：就。③闼（tà）：屋子。

赏析

很多人认为这是一首男子幻想着和一美女相会的情诗，但我们从诗中却丝毫也看不出想象的痕迹，所以应当是诗人新婚，在洞房之中，看着貌美的新娘，内心喜不自胜，唱歌赞美她。

诗人赞美新娘美丽，如太阳红光满面，如月亮温柔皎洁，前两句呈现给读者的是一位美貌娇娘，第三句才点出是他娶来的新娘——在我室兮，在我闼兮。“闼”字的本义是“门”，可以引申而指“屋子”，《淮南子·齐俗篇》有“广厦阔屋，连闼通房，人之所安也”的话，明显可以看出“闼”指“屋子”而不是指“门”，本篇的“闼”也是一样，这句意思是“那个美丽的人在我屋子里”，这样和第一章“在我室兮”的话完全相吻合。诗人善用比喻，又擅长描写，以太阳、月亮比喻容貌，不但见新娘外表的美，连她脸上的色泽、光辉，内心的雀跃、温和与纯洁都涵盖无余。“在我室兮，履我即兮（随我的行迹而与我相依偎）”“在我闼兮，履我发兮（跟着我的行迹而行走）”更透露出新婚之夜的快乐甜蜜。各章三句、四句的重复，更把那份新婚喜悦之情，恰如其分地传达出来。

东方未明

东方未明，颠倒衣裳。颠之倒之，自公[①]召之。

东方未晞[②]，颠倒裳衣。倒之颠之，自公令之。

折柳樊[③]圃，狂夫[④]瞿瞿[⑤]。不能辰夜[⑥]，不夙[⑦]则莫。

注释

①公：公家。这里指国君。②晞：破晓，天刚亮。③樊：藩篱，篱笆。④狂夫：又凶又狠的监工。⑤瞿瞿：瞪着眼睛怒视的样子。⑥不能辰夜：指不能掌握时间。⑦夙：早晨，这里指时间早。

赏析

这首诗意义明朗，是百姓痛斥朝廷官吏的怨苦之作。

本诗共三章，前两章的意思一样，均写天还没亮，就有人来喊去做工，于是胡乱地穿上衣服。最后一章写疯狂的监工大叫，怒斥劳苦工人不能按时上工。

它讽刺国家的号令没有规矩，百姓不分早晚地干活来服徭役，受监视。

南　山

南山崔崔[①]，雄狐绥绥[②]。鲁道[③]有荡[④]，齐子[⑤]由归。

既曰归止，曷又怀止？

葛屦[⑥]五两[⑦]，冠緌双止。鲁道有荡，齐子庸止。

既曰庸[⑧]止，曷又从[⑨]止？

艺麻如之何？衡从其亩。取妻如之何？必告父母。

既曰告[⑩]止，曷又鞠[⑪]止？

析薪如之何？匪斧不克。取妻如之何？匪媒不得。

既曰得止，曷又极止？

①崔崔：山势高峻。②绥绥：毛色舒展，求偶的样子。③鲁道：通往鲁国的大道。④荡：平坦。⑤齐子：指鲁桓公的夫人文姜。⑥屦（jù）：麻、葛等制成的单底鞋。⑦五：并列。⑧庸：用，指文姜嫁给鲁桓公。⑨从：跟从。⑩告：祖庙。⑪鞠：穷，放任无束。

诗中讽刺了齐襄公与文姜兄妹荒淫无度，鲁桓公纵容文姜而不制止，最终招来杀身之祸。本诗的第一章写了文姜嫁给鲁桓公的情景，用雄狐狸的毛色舒展比喻桓公急于求偶的样子。后三章的最后一节均采用一问一答的形式，使诗意幽默风趣，同时也有对文姜和桓公的讽刺之意。

甫　田[1]

无田甫[2]田，维莠骄骄[3]。无思远人，劳心忉忉[4]。

无田甫田，维莠桀桀[5]。无思远人，劳心怛怛。

婉兮娈[6]兮，总角丱兮[7]。未几[8]见兮，突而弁[9]兮。

这首诗头两章是写实，采用重叠形式，只换了四个字，表达的意思完全相同：首两句直赋其事，意在引出下两句。因丈夫去了远方，家中没有劳力，耕作粗放，本来长着绿油油庄稼的大田，如今全长着深深的野草，见不着一棵小苗，诗人面对如此荒芜的大田，忧心忡忡，感慨万千，不觉脱口说出“无田甫田，维莠骄骄（桀桀）”。目有所见，心有所感，自伤自怜，自怨自艾，引出一腔怨气，不禁讲出了气话：“无思远人，劳心忉忉（怛怛）。”实际这不过是思极的反语、伤心语，说“无思”，恰是刻骨相思。诗里用两章的篇幅来强化这种氛围，强化怨妇的这种情感，也表达了对徭役繁重伤农的反对情绪。正因为她无法摆脱相思的痛苦，第三章出现了幻觉，由实转虚，诗人似乎觉得丈夫突然归来，想象他见到离家时还是扎着丫角的小儿子，忽然间已经长大成人了，他惊喜不已：“婉兮娈兮，总角丱兮。未几见兮，突而弁兮。”这一自我构造的虚幻境界，既是对丈夫早日平安归来的渴望，又是对孩子快快长大的期盼。此诗的含蓄美尽在这一虚境之中。

此诗第一、二章是隔句交错押韵，即田、人属上古真部韵，骄、忉属上古宵部韵，桀、怛属上古月部韵。第三章四句连韵，属上古元部韵，并皆由“兮”字收尾。

①这首诗描写一女子思念一少年，及至相见，对方已长大成人，令她欣喜。②田：孔颖达疏：“上田谓垦耕，下田谓土地。”甫：大。③莠：一种妨碍庄稼生长的野草。骄骄：通“乔乔”高大的样子。④忉忉（dāo）：忧伤的样子。下怛怛（dá）同。⑤桀桀：通“揭揭”，高大的样子。⑥婉、娈：美好的样子。⑦总角：古时未成年的男女皆将头发左右分扎成两结，因其似角，故称总角。丱（guàn）：像羊两角的象形字，用以形容总角的样子。⑧未几：不久。⑨突：高出的样子。而：词尾。弁（biàn）：冠，此用为动词。戴冠是成年的标志。

卢　令

卢[①]令令[②]，其人美且仁[③]。

卢重环[④]，其人美且鬈[⑤]。

卢重鋂[⑥]，其人美且偲[⑦]。

①卢：猎犬，大黑犬。②令令：铃声。③仁：慈善可爱。④重环：大环上套小环，指子母环。⑤鬈（quán）：美好。形容头发长而弯曲的样子。⑥重鋂（méi）：一个大环套两个小环。⑦偲（cāi）：多才。

这是一首赞美青年猎手的诗，全诗以一只脖子上套着环的狗起兴，以狗铃发出的叮当声引领全诗。

女主人公朝着铃声的方向看去，发现了一位英俊的男子，那男子标致又善良，头发弯曲又壮勇威严。这位女子一直想象与男子相遇的情形，表现了女子对男子的爱慕之情。

敝笱[①]

敝笱在梁[②]，其鱼鲂鳏[③]。齐子归止[④]，其从如云[⑤]。

敝笱在梁，其鱼鲂鲊。齐子归止，其从如雨。

敝笱在梁，其鱼唯唯[⑥]。齐子归止，其从如水。

此诗三章内容基本相同，为了协韵，也为了逐层意思有所递进，各章置换了少数几个字眼，这是典型的一唱三叹的《诗经》章法。

"敝笱在梁"作为各章的起兴，意味实在很深。"法网恢恢，疏而不漏"，才能治理好一个国家。要捕鱼也需有严密的渔具。鱼篓摆在鱼梁上，本意是要捕鱼，可是篓如此敝破，小鱼、大鱼，各种各样的鱼都能轻松自如游过，那"敝笱"就形同虚设。这一比兴的运用，除了讽刺鲁桓公的无能无用外，也形象地揭示了鲁国礼制、法纪的敝坏，不落俗套而又耐人寻味。另外，"鱼"在《诗经》中常隐射两性关系，"敝笱"对制止鱼儿自由来往无能为力，也是兼指"齐子"即文姜的不守礼法。

文姜作为鲁国的国母，地位显赫尊贵，她要回娘家齐国探亲，本来也在情理之中。而她却在齐国伤风败俗，与其兄乱伦丢丑，自然引起人们的憎恶、唾弃。可是，这种厌恶之情，在诗中并未直接表露，而仅仅描写了她出行场面的宏大，随从众多"如云""如雨""如水"。写得她风光旖旎，万众瞩目。如果她贤惠，这种描写就有褒扬意味。反之，她就是招摇过市，因而这种风光、排场、声势越描写得铺张扬厉，在读者想象中与她的丑行挂上钩，地位的

崇高与行为的卑污立即形成强烈反差，讽刺与揭露也就越加入木三分。从亮色中、光环中揭露大人物的丑恶灵魂，是古今中外艺术创作中一条成功的门径。杜甫诗《丽人行》也正承袭了这一传统的艺术手法而取得极大成功。

“如云”“如雨”“如水”这三个比喻是递进的因果关系，逐层深入，次序不能颠倒，也可理解为感情抒发的逐步增强。在这盛大随从的描写中，还另具深意。方玉润独具慧眼，透过字面看出诗中还有鲁桓公在。不仅文姜有过错，鲁桓公疏于防范，软弱无能，也有相当可“笑”之处。

注释

①这首诗讥刺鲁庄公放任其母文姜淫乱。②敝笱（gǒu）：破旧的鱼篓。梁：筑于水中用以拦鱼的堤坝，中留缺口以置笱。③鲂鳏（guān）：皆鱼名。下鱮（xù）同。④齐子：指文姜。归：回齐国。止：语气助词。⑤从：随从。如云：形容人多。⑥唯唯：通“遗遗”，形容鱼儿自由游动。

载　驱[1]

载驱薄薄[2]，簟茀朱鞹[3]。鲁道有荡[4]，齐子发夕[5]。

四骊济济[6]，垂辔瀰瀰[7]。鲁道有荡，齐子岂弟[8]。

汶水汤汤[9]，行人彭彭[10]。鲁道有荡，齐子翱翔[11]。

汶水滔滔，行人儦儦。鲁道有荡，齐子游敖[12]。

①这也是一首讥讽文姜返回齐国与其异母兄襄公幽会的诗。②载：语气助词。薄薄：车马疾行的声音。③簟（diàn）：方纹竹席。茀（fú）：车厢前后的遮蔽物。朱：红色。鞹（kuò）：去毛的兽皮。朱鞹：指漆成红色的兽皮做的车厢。④荡：平坦。⑤发夕：陆德明《释文》："发夕，《韩诗》云，'发，旦也。'"马瑞辰《毛诗传笺通释》："以其天已将明，而日尚未出，谓之发夕。"发，旦。夕，暮。⑥骊（lí）：黑色的马。济济：美好的样子。⑦辔：马缰绳。瀰瀰（mǐ）：柔软的样子。⑧岂弟：马瑞辰《通释》："《笺》读岂为闿，读弟为圛，训圛为明。而云岂弟，犹发夕也。正以岂弟犹开明。"王先谦《诗三家义集疏》："谓齐子留连久处之后，至开明乃发行耳。"⑨汤汤（shāng）：水势浩大的样子。⑩彭彭：行人众多的样子，下儦儦（biāo）同。⑪翱翔：谓遨游。⑫游敖：同"遨游"。

这是一首讽刺齐女文姜无耻地去和齐襄公私通的诗歌。她乘坐着车子跑起来，车声隆隆地响个不停，给路人看到的情景是车子的外观：竹帘子遮蔽着车窗，红漆皮革做的车棚子。这车子非常豪华。如果说第一章是从车声隆隆来体现文姜盼望私会的急切心情，那么第二章就从“四骊济济”之盛来体现文姜无耻私会的大肆张扬。第三章写车路过汶水旁，只见汶水流淌，水势浩大，路上行人如织，但四马的华车跑动起来穿行自如。再加上鲁国的路况良好，文姜坐在车里如飞般享受，十分自得。第四章换了几个字，反复强化文姜的得意和无耻。

此诗在艺术手法上最突出的特点是用了许多两字字音相同的联绵形容词，如第一章用“薄薄”来描述在大路上疾驰的豪华马车，字里行间透露出那高踞在车厢里的主人公是那样的趾高气扬却又急切无耻。再加上第二章以“济济”形容四匹纯黑的骏马高大雄壮，以“濔濔”描写上下有节律地晃动着的柔韧缰绳，更衬托出乘车者的身份非同一般。第三、四两章用河水的“汤汤”“滔滔”与行人的“彭彭”“儦儦”相呼应，借水之滔滔不绝说明大路上行人的熙熙攘攘，往来不断，他们都对文姜的马车驻足而观、侧目而视，从而反衬出文姜的胆大妄为，目中无人。这一系列的联绵词在烘托诗中人与物的形、声、神等方面起了很关键的作用。

另外，多用联绵词、叠韵词，对加强诗歌的音乐性、节奏感也有帮助，可起到便于人们反复咏叹吟诵的功能，使得诗歌念起来朗朗上口，效果很好。

从诗的技巧上看，此诗虽然纯用赋体而没有比兴成分，却仍是婉而多讽，韵味浓厚。

猗　嗟[1]

猗嗟昌[2]兮，颀[3]而长兮。抑若扬[4]兮，美目扬兮。

巧趋跄[5]兮，射则臧[6]兮。

猗嗟名[7]兮，美目清兮。仪既成[8]兮，终日射侯[9]。

不出正[10]兮，展我甥[11]兮。

猗嗟娈[12]兮，清扬婉[13]兮。舞则选[14]兮，射则贯[15]兮。

四矢反[16]兮，以御[17]乱兮。

①这是一首赞美少年射技高超的诗。②猗嗟：表示赞美的叹词。昌：健壮的样子。③颀：修长的样子。④抑：通“懿”，美。陈奂《诗毛氏传疏》：“懿，美也。抑、懿古同声。”若：形容词词尾，犹“然”。扬：马瑞辰《通释》：“扬，当读如扬休之扬，谓美貌也。”下句“扬”同。⑤趋：快步走。跄：疾走的样子。⑥臧：善。⑦名：通“明”，昌盛。马瑞辰《通释》：“名、明古通用，名当读明，明亦昌盛之义……三章首句皆叹美其容貌之盛大。”⑧仪：射仪。成：备。⑨侯：箭靶，用兽皮或布制成。⑩正：箭靶的正中心，是一块小的白布，置于侯上。⑪展：确实。甥：古时可指姊妹之子，即外甥，亦可指女婿。⑫娈：美好的样子。⑬清扬：指目之美。婉：美好的样子。⑭选：《毛传》：“齐也。”陈奂《诗毛氏传疏》：“选者，纂之假借字。……选者，正其舞位之谓。”言合于音乐的节奏。⑮贯：穿透靶心，谓有力。⑯矢：箭。反：复，指箭皆射中一个地方。⑰御：抵御。

这首诗以赞叹的口吻，生动细致地描绘了一位少年射手的形象。此诗每章均以“猗嗟”发端。“猗嗟”为叹美之词，相当于现代汉语中的“啊”或“啊呀”。用这种叹美词语开头的诗句，具有一种先声夺人的艺术效果，提醒读者注意诗人所要赞美的人或事。它在描写少年射手的形象和技艺时，起到一种渲染、烘托的作用。

在赞颂少年形象之美时，突出他身体强壮的特点。诗一开头就写道：“猗嗟昌兮，颀而长兮。”“昌”，粗壮结实之谓；“颀”和“长”乃高大之谓。这位长得高大、粗壮、结实的少年成为一名优秀射手，是毫不足怪的。

在赞颂少年形象时，还突出其面部特征，尤其对眼睛的描写细致入微。赞美他“美目扬兮”“美目清兮”“清扬婉兮”，这三句诗中的“扬”“清”“婉”，都是刻画他目光明亮，炯炯有神。因为明亮的目光，是一位优秀射手所必不可少的生理条件。

诗的第一章以“射则臧兮”一句总括他的射技之精。第二章则以“终日射侯”一语，赞美少年的勤学苦练精神；以“不出正兮”一语赞美他射则必中的技艺。第三章以“射则贯兮”赞美他的连射技术。这种连射不是两箭、三箭的重复入孔，而是“四矢反兮”，连续四矢射中一的，是一位百发百中的射手了。至此，这位少年射手的形象和技艺均描写得栩栩如生了。具有这种高超射技的少年，自然是国家的栋梁之材。“以御乱兮”一语，是全诗的结束，也是对他的总体评价。

诗中不仅描写了射手身体强壮、仪表俊美，特别之处是用“美目扬兮”“美目清兮”“清扬婉兮”这样婉约的词汇来形容射手顾盼流动的目光，致使这个人物活生生地展现在读者面前，使此诗成为描写男性美的杰出之作。

魏风

《诗经·国风》之一，存诗七篇。“魏”为周初姬姓封国，公元前661年为晋献公所灭。“魏风”即春秋初期，魏亡之前的作品。

葛屦

纠纠[①]葛屦[②]，可以[③]履[④]霜？掺掺[⑤]女手，可以缝裳？
要[⑥]之襋[⑦]之，好人服之。
好人[⑧]提提[⑨]，宛然[⑩]左辟[⑪]，佩其象揥[⑫]。
维是褊心[⑬]，是以[⑭]为刺[⑮]！

①纠纠：即缭缭，缠绕。②葛屦：葛麻编织成的草鞋。③可以：何以、怎么能。④履：践踏。⑤掺掺：通“纤纤”，形容手柔弱纤细。⑥要：衣服的腰身。⑦襋（jí）：衣领，做动词。⑧好人：指女奴的主人。⑨提提：通“媞媞”，安详美好的样子。⑩宛然：回转身子的样子。⑪左辟：向左回避。⑫揥（jì）：用象牙做的簪子，饰物。⑬褊心：心胸狭窄。⑭是以：所以。⑮刺：讽刺。

这是一首控诉诗。

本诗以女奴的口吻写出了女奴对贵族妇女的控诉，蕴含着贵族妇女对女奴的压迫，无情地揭示了世上两种人：一种是正面描写的生活痛苦的女奴，一种是侧面描写的残酷无情的贵族妇人。诗中说，女仆为主人缝制衣鞋，主人大模大样，不理不睬。

诗中蕴含着对傲慢的贵族妇女的嘲笑与讥讽。

汾沮洳

彼汾[1]沮洳[2]，言采其莫[3]。彼其之子[4]，美无度。

美无度[5]，殊异[6]乎公路[7]！

彼汾一方[8]，言采其桑。彼其之子，美如英。

美如英，殊异乎公行[9]！

彼汾一曲[10]，言采其蕢[11]。彼其之子，美如玉。

美如玉，殊异乎公族[12]。

①汾：汾水。②沮洳（jù rù）：低湿的地方。③莫：草名。即酸模，又名羊蹄菜。多年生草本，有酸味。④彼其之子：他那个人。⑤度：衡量。⑥殊异：优异出众。⑦公路：官名。掌管诸侯的路车。⑧一方：一旁。⑨公行（háng）：官名。掌管诸侯的兵车。⑩一曲：指汾水弯曲的地方。⑪蕢（xù）：药用植物，多年生沼生草本。⑫公族：官名。掌管诸侯宗族事务的官。

赏析

本诗是女子赞美情人的恋歌。

此诗共分三章，其主旨是赞美心爱的人无与伦比的英俊，像花朵、像美玉，以汾水起兴，反复叠咏。

三章的最后两句“美无度，殊异乎公路”“美如英，殊异乎公行”“美如玉，殊异乎公族”，女子把掌管公车的官、掌管兵车的官、掌管公族事务的官和自己所爱的人相比，从而赞喻了爱人的品质高尚，才能超过贵族的将军，大大地讽刺了品质低劣、游手好闲的贵族。

魏国小而弱，又在秦、晋两强国的中间，时常遭到侵略，苦不堪言，有时候两强国都在魏国征兵，百姓从军远征，以致父母兄弟离散，所以怨声载道，现今流传的魏国歌谣七篇大概都是咏叹魏国百姓的悲怨。

《陟岵》是参军征役思念家乡的诗。远征的人登高遥望故乡，回忆父母兄长的话语。只恨行役使我和家人别离，生死两不知，如今被征召长久行役在外，受尽风霜雨露，尝尽路途孤寂与艰险，发出那无可奈何的凄楚辛酸的悲歌！诗人借父母兄长对自己的挂念与叮咛，表示出征人可怜而仅有的希望，即祈望自己平安回家，不要死在外面，并因此反映从征之苦。

十亩之间

十亩之间兮，桑者[①]闲闲[②]兮，行[③]与子还兮。

十亩之外兮，桑者泄泄[④]兮，行与子逝[⑤]兮。

①桑者：采桑的人。②闲闲：从容的样子。③行：且，将要。④泄泄（yì）：人多的样子。⑤逝：往。

这是一首采桑时唱的歌。诗中描绘了春天在田野间采桑女悠然自得的样子，三三两两，春意盎然。其中“行”字的运用，把情节表现得更为逼真。

也有研究《诗经》的学者认为此诗含有归农隐居的咏叹，存此以备参考。

伐檀

坎坎[①]伐檀兮，寘之河之干[②]兮，河水清且涟猗[③]。不稼不穑[④]，胡取禾三百廛[⑤]兮？不狩不猎[⑥]，胡瞻尔庭有县貆[⑦]兮？彼君子兮，不素餐[⑧]兮！

坎坎伐辐[⑨]兮，寘之河之侧兮，河水清且直猗。不稼不穑，胡取禾三百亿兮？不狩不猎，胡瞻尔庭有县特[⑩]兮？彼君子兮，不素食兮。

坎坎伐轮兮，寘之河之漘[⑪]兮，河水清且沦猗。不稼不穑，胡取禾三百囷[⑫]兮？不狩不猎，胡瞻尔庭有县鹑兮？彼君子兮，不素飧兮。

①坎坎：伐木的声音。②寘（zhì）之河之干：寘通“置”。干，岸边。③涟猗：涟，风吹水面水纹好像连锁。猗，通“兮”字。④稼、穑：种稻叫作稼，收割叫作穑。两字合起来泛指一般农事。⑤廛（chán）：一户人家的住屋。三百廛，就是三百家的田地。⑥狩猎：狩，冬猎叫作狩，夜猎叫作猎，此处意思是“用猎具或鹰犬捕捉鸟兽”，所以狩猎是没有分别的。⑦县貆（huán）：县通“悬”字。貆，即獾，兽名。⑧素餐：白吃，就是光吃饭不做事，下文的“素食”“素飧（熟食）”与此同义。⑨伐辐：辐，车轮中直木，此处意思是伐檀来做车辐，下文“伐轮”与此相同。⑩特：大兽。⑪漘（chún）：水边，河岸。⑫囷（qūn）：屯谷用的圆仓。

魏国的土地少，百姓贫困，农民伐木、稼穑、狩猎，终年勤劳，仍然难以温饱，而贵族重敛，不劳而获，坐享其食，有吃有喝，山珍满宴。贵族自己不拿锹锄，庭院却稻谷堆积如山；自己不去狩猎，檐前却满挂野味。山珍海味贵族都是白吃的，贵族奢侈腐化到了无可救药的地步，善良百姓却谋生困难，在悲凉绝望之余，百姓就创作了嘲骂剥削者不劳而食的诗，这也是东周世衰，农民觉醒，社会制度将趋崩溃的时代反映。

每章前三句以劳动者在河边伐木的情景起兴，第四句以下曲尾的叠咏，与主题正相吻合。木材放置场所是河边，然后以跳跃的方式做心理描写，以河清、河浊来做政清、政乱的对照，伐木工人对“河水清且涟猗”含有无限的期待，却隐含有不可实现的无可奈何之感，然后把对上位者的剥削与无能及内心的不满更推进一层。于是贫富悬殊、劳逸不均等社会不正常的现象在隐隐约约中显露出来。

檀

硕 鼠

硕鼠[1]硕鼠，无食我黍。三岁贯[2]女，莫我肯顾[3]。
逝[4]将去女，适[5]彼乐土。乐土乐土，爰得我所[6]！
硕鼠硕鼠，无食我麦。三岁贯女，莫我肯德[7]。
逝将去女，适彼乐国。乐国乐国，爰得我直！
硕鼠硕鼠，无食我苗。三岁贯女，莫我肯劳[8]。
逝将去女，适彼乐郊。乐郊乐郊，谁之永号[9]！

①硕鼠：大老鼠，即鼫鼠，和兔差不多，尾巴短而眼睛红，毛有黑、白、褐等色，专在田中吃粟豆及栗柿等，是农作物巨害之一。②贯：通“宦”，侍奉。③莫我肯顾：一点也不肯顾念（或体贴）我们。④逝：誓，表示坚决的意思。或做发语词。⑤适：到……去。⑥爰得我所：爰，乃。得我所，意思是获得适于我们安居的处所，下文“爰得我直”的“直”与“所”同义，即处所的意思。⑦德：感激。⑧劳：慰问，犒劳。⑨永号：长叹。

和《伐檀》一样，本诗反映了魏国弱小，且苛捐杂税严重，人民不堪负荷，于是作诗讥讽，对统治者的沉重剥削表示怨恨。

诗人用比喻的方法，将剥削者比喻为贪婪害人的肥大鼫鼠，并且表示希望逃到另外安乐的地方去，好逃避残酷的剥削，这种对鼠的控诉，实际上带有指桑骂槐的意思。

诗人的内心蕴藏有火山般的愤怒火焰，却意外地以逃避代替反抗，以想象理想世界代替现实的苦闷。先将“硕鼠”人格化，再挥动彩笔，先恳求“无食我黍”“无食我麦”“无食我苗”，而后斥责对方不顾人生死（“莫我肯顾”“莫我肯德”“莫我肯劳”），随着表示坚决地要离其远去（“逝将去女”），却立即将诗导入理想世界之中，看似缓和，其实在现实与理想的相映之下，现实的那番不堪忍受，显得更加剧烈而鲜明了。三章反复意义相同，有增强感情的作用。

唐风

《诗经·国风》之一，存诗十二篇。唐地位于今山西太原一代，本帝尧旧都，周成王弟的封国。因有晋水流过，后改国号为晋。朱熹说其地“土瘠民贫，勤俭质朴，忧深思远”。

蟋 蟀

蟋蟀在堂，岁聿[1]其莫[2]。今我不乐，日月其除[3]。
无已大康[4]，职思其居[5]。好乐无荒，良士瞿瞿[6]。
蟋蟀在堂，岁聿其逝。今我不乐，日月其迈。
无已大康，职思其外，好乐无荒，良士蹶蹶[7]。
蟋蟀在堂，役车其休。今我不乐，日月其慆[8]。
无已大康，职思其忧。好乐无荒，良士休休[9]。

注释

①聿（yù）：表示事态推移的语助词，含有“已经”的意思。②莫：通“暮”字。③除：去。④无已大（tài）康：意思是不可过于享乐。太，同“泰”。⑤职思其居：职，尚，希望之词。居，所居的地位与责任。⑥瞿瞿（jù）：提高警觉，戒慎恐惧的意思。⑦蹶蹶：勤快，对事情敏感。⑧慆（tāo）：逝去。⑨休休：安闲的样子。

赏析

《蟋蟀》是《唐风》的首篇。唐的封域在太行、恒山的西面，即今山西太原一带，它的都城晋阳（今山西太原）相传为帝尧的旧都。

晋人勤劳俭朴已成俗性，虽然也知道光阴易逝，人生几何，岁暮农闲时理当及时行乐，但又不敢放怀痛饮，更不敢歌舞狂欢，恐怕沉迷娱乐会荒废本业，所以作诗自戒，反映了晋人的性格和胸怀，是地道的唐风，而这种晋人性格，差不多已成我国民族性的一部分。整首诗都是赋的手法，借自然界昆虫的活动来点明时节，展开晋人娱乐之余不忘工作的主题。

诗中的“职思其居”“职思其外”“职思其忧”的“职”字，或作“常”，或“主”，或“只”，众说纷纭，但细观诗文，此处应当作“尚”字讲，希望之词，意思是虽在娱乐之时，还希望能够注意其家务与工作，即娱乐不忘工作的意思。《诗经》中有很多“职”字，用法也都不太一样，如《小雅·大东》中“职劳不来”的“职”，解为“经常”的意思，即经常劳苦而不见安慰；如《小雅·十月之交》中的“职竞由人”、《大雅·柔思》中的“职凉善背”、《大雅·召旻》“职兄斯弘”，都做发语词用；如《小雅·巧言》中的“职为乱阶”解释为“适”字；如《大雅·抑》“亦职维疾”，则做语助词用。可见“职”字的解释，随着用的地方不同，用法也不一样，必须深思其上下文的语气来灵活运用。

山有枢

山有枢[①]，隰有榆[②]。子有衣裳，弗曳弗娄[③]？
子有车马，弗驰弗驱？宛[④]其死矣，他人是愉[⑤]！
山有栲[⑥]，隰有杻[⑦]。子有廷[⑧]内[⑨]，弗洒弗扫？
子有钟鼓[⑩]，弗鼓弗考[⑪]？宛其死矣，他人是保[⑫]！
山有漆[⑬]，隰有栗[⑭]。子有酒食，何不日鼓瑟[⑮]？
且以喜乐，且以永日[⑯]。宛其死矣，他人入室！

①枢：臭椿树。②榆：白榆，又名枌，落叶乔木。③弗曳弗娄：有好衣裳而不穿。曳，拖。娄，搂。④宛：同“菀”，形容萎靡倒下的样子。⑤愉：快乐。⑥栲：山栲。⑦杻：杻树。⑧廷：庭院。⑨内：堂与室。⑩鼓：敲打。⑪考：击打。⑫保：占有。⑬漆：一种汁可以做涂料的树。⑭栗：栗子树。⑮鼓瑟：弹琴。⑯永日：整天，这里指整日行乐。

赏析

这首诗看起来有大气凛然的感觉，实际上则含有卑鄙、吝啬的韵味，以带有玩味性的语言讽刺了贵族老爷们的无耻和懒惰。

三章的章法都差不多，其精华在每章的二节、三节，它写出了那些卑鄙的贵族即将穷途末路，以及他们对生活无可奈何的心态，同时也有对往日奢侈豪华生活的向往之意。

扬之水[1]

扬[2]之水，白石凿凿[3]。素衣朱襮[4]，从子于沃[5]。
既见君子[6]，云何不乐？
扬之水，白石皓皓[7]。素衣朱绣[8]，从子于鹄[9]。
既见君子，云何其忧？
扬之水，白石粼粼[10]。我闻有命，不敢以告人！

①这首诗描写晋国人投奔曲沃桓叔（晋昭公的叔父）时的喜悦。②扬：水流缓慢的样子。③凿凿：鲜明的样子。④朱：红色。襮（bó）：绣有花纹的衣领。⑤沃：曲沃，晋国城邑名，晋昭公封其叔父于此。⑥既：已。君子：对贵族的称呼。⑦皓皓：洁白的样子。⑧绣：闻一多《风诗类钞》："襮，褾。绣，袖。皆袖端饰。"⑨鹄：同"皋"，即西沃。马瑞辰《通释》："鹄，古通作皋，泽也，皋也，沃也，盖析言则异，散言则通。三家诗从本字作皋，《毛诗》假借作鹄。非曲沃之旁别有邑名鹄也。"朱骏声认为鹄是曲沃二字的合音。⑩粼粼：水清澈的样子。

此诗以“扬之水”开篇，是一种起兴，并以之比晋衰而将叛之。小河之水缓缓地流淌，流经水底的白石，清澈见底，映出粼粼的波纹。这是一个平静安详的环境。谁知就是在这样一个背景下，有一个很大的事变阴谋正在酝酿着。一群士兵身着素净的红领绣花衣裳，准备在曲沃起事。他们看到了敬爱的桓叔将有所作为，非常高兴。跟随未来之主，必将成为有功之臣。所以，很多造反起家的人，历来是有所图、有所为、有所得的。

诗中“素衣朱襮”“素衣朱绣”是指诸侯的衣服，程俊英认为这是叛变者所穿。蒋立甫反驳之。因为根据程俊英的说法，潘父与桓叔合力谋反既然是秘事，他不能堂而皇之地公开穿起诸侯的衣服去见桓叔，这等于泄密。而桓叔见其僭越之服，自然会有看法。所以，“素衣朱襮”“素衣朱绣”诸语不可能是对潘父的一种描写，而是就桓叔而言，是对桓叔早日能成为诸侯的一种热切盼望。

诗以“扬之水”引出人物，暗示当时的形势与政局，颇为巧妙。而诗的情节与内容，也随之层层推进，到最后才点出将有政变事件发生的真相。所以，此诗在铺叙中始终有一种悬念在吸引着人，引人入胜。而“白石凿凿（皓皓、粼粼）”与下文的“素衣”“朱襮（绣）”在颜色上亦产生既是贯连又是对比的佳妙效果，十分醒目。并且，此诗虽无情感上的大起大落，却始终有一种紧张和担忧之情，在《诗经》中可以说是别具一格。

椒聊[1]

椒聊[2]之实，蕃衍盈升[3]。彼其之子，硕大无朋[4]。

椒聊且[5]，远条且[6]！

椒聊之实，蕃衍盈匊[7]。彼其之子，硕大且笃[8]。

椒聊且，远条且。

此诗首先以兴的手法，抒写景物之美。粗大虬曲的花椒树，枝叶繁茂，碧绿的枝头，结着一串串鲜红的花椒籽，阵阵清香，随风飘动，长势喜人，丰收在望，采摘下来，足有满满的一升。接着，以此为铺垫，以椒喻人，赞美那个高大健壮的男子，人丁兴旺，子孙像花椒树上结满的果实那样众多，比喻新奇、妥帖，增强了诗歌的表现力和感染力。后两句又回到了对花椒的抒写上，但因有了中间比喻部分的过渡，已不同于前两句的单纯起兴，而是比兴合一，人椒互化，前后呼应，对人物的赞美进一步深化，含蕴隽永，有余音袅袅之感。而语尾助词“且”的连用，更增强了情感的抒发，企慕之意，可谓一往情深。

此诗的第二章几乎是第一章的再现，只是调换了两个字，这种复沓的修辞手法，通过对某种事物的反复吟诵，可以收到一唱三叹、情意深挚的艺术效果。此诗另一个更为突出的特点，是成功地运用了比兴的艺术手法，比是“以彼物比此物也”，兴是“先言他物以引起所咏之辞也”（朱熹《诗集传》）。比兴的运用，不但使诗的开篇较为自然，没有突兀感；而且以人所共知的美好事物喻人，较含蓄通俗地表现出被赞美主体的品性内涵，易于为人理解、认同。这在《诗经》中运用得极为广泛，也为后世的文学作品所普遍接受。

注释

①这是一首赞美女子丰硕，能够多子的诗。②椒：花椒，又称山椒，一种落叶灌木，味香多籽，古人多以喻妇人多子。聊：草木结成串状果实。闻一多《风诗类钞》：“古诗叫作‘聊’，今语叫作‘嘟噜’。”③蕃衍：繁盛众多。盈：满。升：量器名。④硕：大。朋：比。⑤且（jū）：语气助词。⑥条：《毛传》：“条，长也。”胡承珙《毛诗后笺》：“远条二字，皆以气言之，不以枝言之也。”此句意为香气远扬。⑦匊：同“掬”，用两手合捧。⑧笃：厚实，结实。

绸缪[1]

绸缪束薪[2]，三星[3]在天。今夕何夕，见此良人[4]？
子兮子兮，如此良人何？
绸缪束刍，三星在隅[5]。今夕何夕，见此邂逅[6]？
子兮子兮，如此邂逅何？
绸缪束楚，三星在户[7]。今夕何夕，见此粲[8]者？
子兮子兮，如此粲者何？

①这是一首描写新婚欢乐的诗。②绸缪：缠绕。束薪：以及下文的“束刍”“束楚”皆谓捆束的柴草，比喻婚姻。③三星：参宿，二十八宿之一，由三颗星组成。④良人：好人。⑤隅：角落，此指东南角。⑥邂逅：不期而遇，此用为名词。⑦户：房门。⑧粲：美。

诗文每章的头两句是起兴，是为诗人之所见。

下两章开头的“束刍”“束楚”，同“束薪”。黄昏后，三星始见于东方天际，点明了婚事及婚礼的时间。“在天”与下两章“在隅”“在户”是以三星移动表示时间推移，“隅”指东南角，“在隅”表示“夜久矣”，“在户”则指“至夜半”。三章合起来可知婚礼进行时间——从黄昏至半夜。

每章后四句，是以玩笑的话来调侃这对新婚夫妇的，语言活脱风趣，极富有生活气息。特别是“今夕何夕”之问，含蓄又俏皮，对后世影响颇大。后世诗人往往借此来表达突如其来的欢愉之情，特别用于男女之间的情爱。

写法上，每章后四句，诗人以平淡之语，写常见之事，抒普通之情，却能使人感到神情之逼真，仿佛身临其境——令读者见到了那位无法用语言形容的美丽新娘及她那陶醉于幸福之中，几至忘乎所以的新郎。这充分显示了民间诗人的创作力。

从整体上看，这首诗具有祝福调侃的意味，基调非常温馨、甜蜜。语言活脱风趣，极富生活气息。

杕　杜[1]

有杕之杜[2]，其叶湑湑[3]。独行踽踽[4]，岂无他人？不如我同父。

嗟行之人，胡不比[5]焉？人无兄弟，胡不佽[6]焉？

有杕之杜，其叶菁菁[7]。独行睘睘[8]，岂无他人？不如我同姓。

嗟行之人，胡不比焉？人无兄弟，胡不佽焉？

①这是一首描写流浪者孤独无助的诗。②杕（dì）：孤生的样子。杜：一种蔷薇科植物，又名棠梨。③湑湑（xǔ）：繁盛的样子。④踽踽（jǔ）：孤独行走的样子。⑤胡：何，为什么。比：亲近。⑥佽（cì）：帮助。⑦菁菁：草木茂盛的样子。⑧睘睘（qióng）：通“茕茕”，孤独无助的样子。

开篇以孤立生长的赤棠树起兴，对照流浪者的孤单。赤棠还有繁茂树叶，葱葱郁郁，女主人公却孤苦无依、毫无慰藉，令人顿生“人不如树”的凄凉感。

接下来“独行踽踽”四字独立成句，音节凝重，显得既厚实又有余韵。它一并交代了事件过程、人物状态和整篇主旨，似简实丰。寥寥四字，描绘出了一幅凄清的画面：一位稚嫩清秀但枯瘦羸弱、尘土满身的女子，在一条坑洼曲折的乡间小道上独自行走。此句未加铺叙，但以少驭多，给人无限的想象空间。

其后，作者笔锋转移，由外到内，着力写流浪女之思：“岂无他人？不如我同父。”路上风尘仆仆的行人径直走过，对自己不闻不问，令人顿感世态炎凉。流浪女不禁想到自己的父母兄弟，他们才是无可替代的。但如今她举目无亲、孤立无援，真是到了山穷水尽的地步。

面对此情此景，女子终于承受不住，发出了长长的叹息和怨诉：“嗟行之人，胡不比焉？人无兄弟，胡不佽焉？”

该诗对字词的描写是很有功底的，例如一“嗟”字，有无奈，也有不甘。同时之后复唱四句，连问两声，直贯最末，使情感显得悠长而激越。该诗所写的境遇窘迫、举目无亲的流浪者是一位年轻的未婚女子，这就更加剧了整首诗的悲剧色彩。

这首流浪者之歌通过一个稚嫩少女的命运，以点盖面，真切地反映出当时的社会现实和百姓的疾苦生活，向后世展示了一幅真实的古代难民流亡图，给人强烈的震撼。

羔 裘[1]

羔裘豹祛[2]，自我人居居[3]。岂无他人？维子之故[4]。

羔裘豹褎[5]，自我人究究[6]。岂无他人？维子之好。

①这是一首女子责备情人的诗。②羔裘：羊皮衣。豹祛（qū）：用豹皮装饰的袖口。③自：对于。我人：犹我。居居：犹“倨倨”，傲慢的样子。④维：同“惟”，只。子：你。故：谓故旧之人。一说故通“婟”，爱也。⑤褎（xiù）：同“袖”。⑥究究：犹“居居”。

此诗两章，脉络极清楚，每章的前二句写卿大夫的服饰之威和对故旧的侮慢之态；后二句则通过自问自答，表现了原为友人的那位先生怨愤不平的情绪，而诗句的语气显得“怨而不怒”，很能体现“温柔敦厚”的诗教。

此诗一开头，描述了卿大夫的服饰，可见，这位卿大夫是一位政治新秀，刚刚步入了从政的圈子。但他很不低调，以为自己了不起了，一种强烈的优越感立马就显出来了：“自我人居居。”刻画出一副傲慢无礼的神情。但他的故旧老友，虽然没有他的官阶高，但一点也不气馁，显示出很强的个性。

鸨羽[1]

肃肃鸨[2]羽，集于苞栩[3]。王事靡盬[4]，不能蓺[5]稷黍。

父母何怙[6]！悠悠苍天，曷其有所[7]？

肃肃鸨翼[8]，集于苞棘[9]。王事靡盬，不能蓺黍稷。

父母何食！悠悠苍天，曷其有极[10]？

肃肃鸨行[11]，集于苞桑。王事靡盬，不能蓺稻粱。

父母何尝[12]！悠悠苍天，曷其有常[13]？

这是一首描述徭役沉重、民不聊生之苦的诗歌。

全诗三章，首句均以大鸨本不会在树上栖息，却反常地栖息在树上，来比喻成群的农民反常的生活——长期在外服役而不能在家安居务农、养家糊口，其苦情可见一斑。因为鸨鸟是属于雁类的飞禽，其爪间有蹼而无后趾，生性只能浮水，奔走于沼泽草地，不能抓握枝条在树上栖息。而今鸨鸟居然飞集在树上，犹如让农民抛弃务农的本业，常年从事徭役而无法过正常的生活。这是一种隐喻的手法，正是诗人独具匠心之处。王室的差事没完没了，回家的日子遥遥无期，大量的田地荒芜。老弱妇孺饿死沟壑，这正是春秋战国时期各国纷争、战乱频仍的现实反映。诗人以极其怨愤的口吻，对统治者提出强烈的抗议与控诉，呼天抢地，表现出人民心中正燃烧着的熊熊怒火，就像炽烈的岩浆，随时随地可以冲破地壳的裂缝喷涌而出，掀翻统治阶级的宝座。

全诗三章，语言大同小异，这是民间歌谣的共同点。至于三章分别举出栩、棘、桑三种树木，则纯粹是信手拈来，便于押韵，别无其他深意。

①这是一首劳动者控诉徭役繁重的诗。②肃肃：鸟振动羽毛的声音。鸨（bǎo）：一种似雁的鸟，俗称野雁。相传这种鸟没有后脚趾，在树上站不稳，此用以比喻不能安居的劳动者。③集：栖息。苞：丛生。栩（xǔ）：柞树。④靡：无。盬（gǔ）：停止。⑤蓺：种植。⑥怙（hù）：依靠。⑦曷：何。所：安居的处所。⑧翼：翅膀。⑨棘：酸枣树。⑩极：尽头。⑪行：《毛传》："翮也。"翮，翅膀。⑫尝：吃。⑬常：正常，指正常的生活。

无　衣

岂曰无衣？七兮[1]。不如子[2]之衣，安且吉[3]兮。

岂曰无衣？六兮[4]。不如子之衣，安且燠[5]兮。

①七兮：七章的礼服。这里是虚数，指衣服多。下章的“六”同此。七章是指画衣三章：雉、火、宗彝，绣裳四章：藻、粉米、黼、黻。②子：指天子的使者。③吉：善。④六兮：衣服以六为节，指冠弁而言，饰玉可用六颗。⑤燠（yù）：暖，即温暖的意思。

全章二章，每章三句，分别为六言、五言、四言三种句型组成，诗中反复陈述自己虽然有礼服，却不如天子所赐的名正言顺、舒适美好。

这首诗叙述晋大夫为武公向周天子的使者请命的事。语气好像是恳诚，意思却很深奥：并不是没有七章礼服呀！只是不如天子所赐的穿起来安适、吉祥而美好啊！也不是没有六种饰物的礼服呀！只是不如天子所赐的穿起来安适而且温暖啊！

全诗章法齐整，音调和谐。

有杕之杜

有杕[1]之杜[2]，生于道左。彼君子兮，噬肯适我[3]？

中心好之，曷饮食之！

有杕之杜，生于道周[4]。彼君子兮，噬肯来游？

中心好之，曷饮食之！

①杕（dì）：孤独的样子。②杜：一种落叶乔木，果实可以吃。③噬肯适我：噬，发语词。适我，来我处。④道周：道的右边，或说成路转弯的地方。

“孤独的棠树，独自生长在道路左边（我的孤独正好像生长在道左边的棠树），很希望君子能来我处。他是我心中敬爱的人，如果他肯来，我必然以饮食来款待他。”

“孤独的棠树，独自生长在道路右边（我的孤独正好像生长在道右边的棠树），很希望君子能惠然来游。他是我心中敬爱的人，如果他肯来游，我必然以饮食来款待他。”

这是孤寂的人希望有君子来约会的诗。诗的表现手法和《鸨羽》很近似，借孤立于道旁的棠树象征自己的孤寂，写内心对于友谊的那份渴求，并假想他若到来时，自己准备以饮食款待他。若说这是首渴望爱情的诗，也可以。

葛 生

葛生蒙楚，蔹[①]蔓于野。予美[②]亡此，谁与？独处！

葛生蒙棘，蔹蔓于域[③]。予美亡此，谁与？独息！

角枕粲[④]兮，锦衾烂[⑤]兮。予美亡此，谁与？独旦[⑥]！

夏之日，冬之夜。百岁之后，归于其居[⑦]。

冬之夜，夏之日。百岁之后，归于其室。

这是一首妇人哀悼亡夫的诗，古代“葛”和“蔹”都是蔓生植物，必须依附在其他植物上才能生存。诗人用以起兴，来比喻女子必须依靠丈夫而成家立业。前三章设想丈夫死后的凄凉景象和自己的哀吟，以“谁与”设问，而以“独处”“独息”“独旦”作答，感觉非常孤凄，感情缠绵不绝。后两章写自己伤感今后的漫长岁月极其难过，只有等到百年以后与“予美”同穴，才是自己最好、最终的归宿。

葛草蔓延，攀缠杂木，蔓草匍匐于墓茔，此处是我所怀念的人安身的地方。茫茫人海中只剩下我一人，茕茕孑立，清孤寂寥。殉葬的角枕想必还闪烁光芒，锦被也鲜艳悦目，但“予美”则寂寂长眠。

炎炎夏日，漫漫冬夜，只有夫君一人独眠，只有我一人独自生活。百岁之后，我必然与你在地下相见，安心等待吧！

本诗哀切中透露典雅，比汉初的挽歌《薤露》和《蒿里》更为优雅感人，情爱悱恻。悼亡诗中的表现和遣词造句，一读便知。

诗一开始，呈现的是杂草蔓生的荒郊野外，坟场的一片荒芜凄凉的景象，气氛的渲染很足；随后寡妇愁苦的悲泣声音，划破那空寂的荒野，更酿造了凄怆酸楚的气氛，令人柔肠寸断，血泪盈眶；接着诗人故意选用令人难耐的漫长而孤寂的夏日和凄寒的冬夜，烘托寡妇的至情流露，任凭它海枯石烂，意志不变，誓死和她的丈夫在那另一个未知的世界中相会团圆，感情的真挚专一，与哀怨欲绝的悲叹，令人悲恸欲绝。

注释

①蔹（liǎn）：草名，蔓生植物。②予美：予，我，妇人的自称。美，她英俊的丈夫。③域：茔域、墓地。④粲：鲜明。⑤锦衾烂：衾，被。烂，鲜明。⑥独旦：独自到天亮。⑦居：和下章的“室”都指“坟墓”。

采苓

采苓采苓[①]，首阳之巅。人之为言[②]，苟亦无信[③]。
舍旃舍旃[④]，苟亦无然[⑤]。人之为言，胡得[⑥]焉？
采苦[⑦]采苦，首阳之下。人之为言，苟亦无与[⑧]。
舍旃舍旃，苟亦无然。人之为言，胡得焉？
采葑采葑[⑨]，首阳之东。人之为言，苟亦无从。
舍旃舍旃，苟亦无然。人之为言，胡得焉？

①苓：甘草。②为（wěi）言：为，通“伪”。为言，即伪言、谎话。③苟亦无信：不要轻信。④旃（zhān）：相当于“之”，语气助词。⑤无然：无是，不正确。⑥胡得：何所取。⑦苦：植物名。⑧无与：不要理会、赞同。⑨葑：芜菁。

本诗主旨较为单一，《毛诗序》称“《采苓》，刺晋献公也。献公好听谗焉”，意在劝说世人不要听信谗言。

本诗共三章，而且句法都一样，每章均以托物起兴的手法开篇，意思也比较简单，三次重复咏叹：“舍旃舍旃，苟亦无然”，意在反复告诫人们，不要轻信谗言。

明人戴君恩《读诗臆评》评价此诗“各章上四句，如春水池塘，笼烟浣月，汪汪有致。下四句乃如风气浪生，龙惊鸟澜，莫可控御”。

秦风

《诗经·国风》之一，存诗十篇。秦，周朝诸侯国名。西周末年，秦襄公因护送平王东迁而被封为诸侯，地域在今陕西、甘肃一带。诗篇多体现秦人尚武之精神。

车　邻[①]

有车邻邻[②]，有马白颠[③]。未见君子，寺人之令[④]。

阪有漆[⑤]，隰[⑥]有栗。既见君子，并坐鼓瑟[⑦]。

今者不乐，逝者其耋[⑧]！

阪有桑，隰有杨。既见君子，并坐鼓簧。今者不乐，逝者其亡[⑨]！

①这是一首劝人及时行乐的诗。②邻邻：通“辚辚”，车行声。③白颠：马额正中央有白毛。④寺人：宫内侍臣。寺人之令：谓让寺人通报。⑤阪：山坡。漆：漆树。⑥隰（xí）：低湿之地。⑦鼓：弹奏。瑟：乐器名。⑧逝：往，此指时光流逝。逝者：他日，将来。耋（dié）：八十岁曰耋，此泛指老。⑨亡：丧失，死去。

此诗首章从主人公拜会友人途中写起。一个处在上升时期的新兴贵族，率领着众多仆从乘坐着戴星马拉的华车，去见朋友。车子跑起来，车声辚辚，如音乐一般好听，他仿佛在欣赏着一支美妙的曲子。正因为他有好心情，才觉得车声特别悦耳。最让他得意的还是拉车的马，额头中间长着清一色白毛，好似堆着一团白雪。白额的马，旧名戴星马，俗称玉顶马，是古代珍贵的名马之一。他特地点明马“白额”的特征，当然是要突出它的珍贵，更重要的则是借此衬托自己的尊贵。因而从开头两句叙述中，可以察觉到主人公的自豪与欢愉的情怀。紧接着第三、四句便说自己已平安抵达朋友之家——这是一个贵族人家，非一般平民小户可比，未见主人之前，必须等待侍者的通报、传令。主人公如此说，无非是要突出友人门第高贵；突出友人的高贵，目的则在暗示自己也是有身份的。首章后两句是“言在此而意在彼”，自我标榜，可谓含而不露。

第二、三章意思相同，说主人公受到朋友的热情款待。头两句借当时民歌中常用的“阪（或山）有 ×，隰（或泽）有 ×”的句式起兴，以引出下文，在意义上没有必然的联系。“并坐”表示亲热，他们是一对情投意合的朋友，一见面就在一起弹奏吹打，亲密无间。主人一再劝告着：今日会面要尽情欢乐，转眼间我们就会衰老，说不定哪一天会死去。这里所表现的及时行乐的思想，与东汉《古诗十九首》中说的“人生非金石，岂能长寿考”“人生忽如寄，寿无金石固”“为乐当及时，何能待来兹”的话很相似，它们之间也许有着相承的关系。此诗“今者”两句尽管情调有点消极，但放在朋友间相互劝乐的场合，袒露襟怀，以诚待友，在酒席上流露出对人生短促的感伤，本可以理解，不必非要斥之以“腐朽”“没落”。

驷 驖[1]

驷驖孔阜[2]，六辔[3]在手。公之媚子[4]，从公于狩[5]。

奉时辰牡[6]，辰牡孔硕[7]。公曰左之[8]，舍拔[9]则获。

游于北园，四马既闲[10]。輶车鸾镳[11]，载猃歇骄[12]。

①这是一首描写秦君打猎的诗。②驷：驾一辆车的四匹马。驖（tiě）：黑色的马，毛尖略带红色。孔：甚、很。阜：肥。③辔：马缰绳。④媚子：宠爱的人，指亲信。⑤狩：冬猎。⑥供奉：奉，此指驱赶。时：通“是”，这。辰：马瑞辰《通释》：“当读为麎。《说文》：‘麎，牝鹿也。’”（牝鹿：母鹿）一说辰，时，应时。牡：雄性的兽。⑦硕：肥大。⑧左之：向左。⑨舍：放，发射。拔：通“柭”，箭的尾部，此指箭。⑩闲：熟练。⑪輶（yóu）车：轻便的车。鸾：通“銮”，车铃。鸾镳：带铃的马嚼子。镳（biāo）：马口旁的勒具，又称马衔、马嚼子。⑫猃（xiǎn）：长嘴猎犬。歇骄：短嘴猎犬。

古代帝王狩猎场面极其宏伟,《秦风·驷驖》之妙全在以简驭繁，以少胜多，仅三章十二句四十八字即已写尽狩猎全过程，却同样使人觉得威武雄壮，韵味无穷。

首章写将猎。取景从四匹高头大马切入，严整肃穆，蓄势待发，充满凝重的力度感。四马端端正正地站着，只待一声令下，便拔蹄飞驰。镜头接着由马转移至控制着六根马缰绳的人。“六辔在手”，显得那样胸有成竹，从容不迫，充满自信。

次章写正猎。管山林苑囿的狩猎官，接到开猎的命令后，急忙打开牢圈樊笼，将一群群养得肥肥的专供王家狩猎做靶子用的时令兽驱出，于是轰轰烈烈的围猎场面就自然映现在读者脑海。这虽然只是个铺垫，但角度很巧妙，令人从被猎对象想象狩猎盛况，避实就虚，别具一格。

末章写猎后。诗写猎后即游于“北园”，按常理推测那北园与猎场应该是相通的，并非要绕道另去一处游息。故首句既是场景的转换，突出了王家苑囿之广大；也是氛围的转折，由张而弛。一个“游”字意脉直贯篇末。前“狩”后“游”，互为补充，整个过程相当完整。次句又着眼于“驷驖”，与首章相呼应，而神态则迥异，此处的驷驖不再是筋脉怒张，高度紧张，而是马蹄嘚嘚，轻松悠闲。一个“闲”字语意双关，马是如此，人也如此。后两句又对“闲”字着意渲染。輶车是一种轻便车。驱逆之车即是輶车，其作用在于围驱猎物，供猎者缩小包围。猎后的輶车已不用急驶飞赶，因而马嚼上铃儿叮当，声韵悠扬，从听觉上给人悠闲愉悦之感。最妙的是末句的特写，那些猎时奋勇追捕猎物的各种猎狗都乘在輶车上休息。这一宠物受宠的镜头很有情趣，也很耐人寻味，将先前的紧张与现时的休闲形成鲜明对照，使末章的“闲”趣表现得淋漓尽致。

小　戎[1]

小戎俴收[2]，五楘梁辀[3]，游环胁驱[4]。阴靷鋈续[5]，文茵畅毂[6]，驾我骐馵[7]。言念君子[8]，温其如玉。在其板屋[9]，乱我心曲[10]。

四牡孔阜[11]，六辔在手。骐骝是中[12]，䯄骊是骖[13]。龙盾之合[14]，鋈以觼軜[15]。言念君子，温其在邑[16]。方[17]何为期，胡然[18]我念之？

俴驷孔群[19]，厹矛鋈錞[20]。蒙伐有苑[21]，虎韔镂膺[22]。交韔二弓[23]，竹闭绲縢[24]。言念君子，载寝载兴[25]。厌厌良人[26]，秩秩德音[27]。

①这首诗描写一女子对军队威容的赞美，同时寄托她对军中丈夫的思念。②小戎：一种轻便的兵车。俴(jiàn)：浅。收：指轸，车后横木。陈奂《诗毛氏传疏》："其四面束舆之木谓之轸，诗则谓之收。收，聚也。谓聚众材而收束之也。"这里指车厢。③楘(mù)：有花纹的皮条。梁辀(zhōu)：弯曲的车辕。此句言五条彩色皮带缠绕车辕。一说五为"午"的借字，午为交互义。④游环：挂在当中两匹马背上的活动的环。胁驱：皮带，一端系于车衡，一端系于轸，目的是隔开服马和骖马。⑤阴：车轼前横板。靷(yǐn)：引车前行的皮带，一端系于阴板上，一端系于骖马颈上。鋈(wù)：白铜。续：车前横板上系拉绳的铁环。⑥文茵：有花纹的虎皮坐垫。畅：长。毂(gǔ)：车轮中心的圆木，四周与辐条衔接，中有圆孔以插轴。⑦骐：青黑色的马。馵(zhù)：左脚为白色的马。⑧言：语气助词。君子：妻子对丈夫的称呼。⑨板屋：木板房。

⑩心曲：犹心。马瑞辰《通释》：“《说文》：‘曲，象器受物之形。’心之受事，有如曲之受物，故称心曲。”⑪牡：雄性动物。孔：很。阜：肥。⑫骝（liú）：同“骝”，黑鬃红马。中：当中，指中间的服马。⑬騧（guā）：黑嘴的黄马。骊：黑色的马，亦称骧。骖：两边的马。⑭龙盾：绘有龙图案的盾牌。合：合在一起。⑮觼（jué）：有舌的环。軜（nà）：骖马靠里边的辔。这句是说用白铜环串联骖马的内辔。⑯邑：边远的城邑。⑰方：将。⑱胡然：何故。⑲俴驷：披薄甲的四匹马。群：合群，协调。⑳厹（qiú）矛：有三棱锋刃的矛。鋈錞（wù duì）：用白铜装饰的矛柄末端的金属套。㉑蒙伐：画有羽纹的盾牌。伐：通“盾支”，中等大小的值。苑：花纹。㉒虎韔（chàng）：虎皮制成的弓袋。镂膺：雕饰有金属的弓袋正面。㉓交韔二弓：二弓颠倒地放在弓袋内。㉔闭：通“柲”，弓檠，纠正弓弩的竹制架子。绲（gǔn）：绳索。縢（téng）：捆绑。此句言将弓绑束在弓檠上。㉕载：语气助词。兴：起来。㉖厌厌（yān）：安静的样子。良人：妻子称丈夫。㉗秩秩：有礼节的样子。德音：美好的声名。

按照现代多数学者的观点，这是一首妻子怀念征夫的诗。秦师出征时，家人必往送行，征人之妻当在其中。事后，她回忆起当时丈夫出征时的壮观场面，进而联想到丈夫离家后的情景，回味丈夫给她留下的美好形象，希望他建功立业，博得好名声，光荣凯旋。字里行间，充满着仰慕之心和思念之情。

此诗采用了先实后虚的写法，即先写女子所见，后写女子所想。秦师出征那天，她前往送行，看见出征队伍的阵容，十分壮观：战车列阵，兵强马壮，兵器精良，其夫执鞭驾车，整装待发，仿佛一幅古代战车兵阵图。队伍出发后的情景是女子的联想，其中既有对征夫在外情景的设想，又有自己对征夫的思念。

在章法结构上，作者对全诗做了精心安排。诗共三章，每章十句，每句四字。每章的前六句赞美秦师兵车阵容的壮观，后四句抒发女子思君情意。前六句状物，重在客观事物的描述；后四句言情，重在个人情感的抒发。从各章所写的具体内容看，各有侧重，少有雷同。先看各章的前六句：第一章写车制，第二章写驾车，第三章写兵器。再看各章的后四句，虽然都有“言念君子”之意，但在表情达意方面仍有变化。如写女子对征夫的印象：第一章是“温其如玉”，形容其夫的性情犹如美玉一般温润；第二章是“温其在邑”，言其征夫为人温厚，从军边防；第三章是“厌厌良人”，言其征夫安静柔和。又如写女子的思念心理，第一章是“乱我心曲”，意思是：想他时使我心烦意乱。第二章是“方何为期”，问他何时才能归来，盼夫归来的心情非常迫切。第三章是“载寝载兴”，辗转难眠，忽睡忽起，表明她日夜思念之情难以排解。作者这样安排内容，既不雷同，又能一气贯通；格式虽同，内涵有别；状物言情，各尽其妙。这就使得全诗的章法结构井然有序，又不显呆板。

蒹　葭[1]

蒹葭苍苍[2]，白露为霜。所谓伊人[3]，在水一方[4]。
溯洄从[5]之，道阻[6]且长。溯游[7]从之，宛在水中央。
蒹葭凄凄[8]，白露未晞[9]。所谓伊人，在水之湄[10]。
溯洄从之，道阻且跻[11]。溯游从之，宛在水中坻[12]。
蒹葭采采，白露未已[13]。所谓伊人，在水之涘[14]。
溯洄从之，道阻且右。溯游从之，宛在水中沚。

诗中“白露为霜”给读者传达出已是深秋了，而天才破晓，因为芦苇叶片上还存留着夜间露水凝成的霜花。就在这样一个深秋的凌晨，诗人来到河边，为的是追寻那思慕的人，而出现在眼前的是茫茫芦苇丛，呈现出冷寂与落寞，诗人只知道所苦苦期盼的人在河水的另外一边。从下文看，这不是一个确定性的存在，诗人根本就不知道伊人的居处，还是伊人像“东游江北岸，夕宿潇湘沚”的“南国佳人”（曹植《杂诗七首》之四）一样迁徙无定，也无从知晓。这种也许是毫无希望却充满诱惑的追寻在诗人脚下和笔下展开。把“溯洄”“溯游”理解成逆流而上和顺流而下或者沿着弯曲的水道和沿着直流的水道，都不会影响对诗意的理解。在白居易《长恨歌》中，杨贵妃消殒马嵬坡后，玄宗孤灯独守，寒衾难眠，通过道士鸿都客“上穷碧落下黄泉”的寻找，仍是“两处茫茫皆不见”，但终究在“虚无缥缈”的海外仙山上找到了已成仙的杨贵妃，相约重逢于七夕。而《蒹葭》中，诗人一番艰辛的上下追寻后，伊人仿佛在河水中央，周围流淌着波光，依旧无法接近。诗中“宛”字表明伊人的身影是隐约缥缈的，或许根本就是诗人痴迷心境下生出的幻觉。

以下两章只是对首章文字略加改动而成，这种仅对文字略加改动的重章叠唱是《诗经》中常用的手法。

①这首诗描写一男子爱慕一女子，但可望而不可即。②蒹葭（jiān jiā）：芦苇。苍苍：茂盛的样子。③伊人：那人，指歌者的意中人。④方：马瑞辰《通释》：“方、旁古通用。一方即一旁也。”⑤溯洄：逆流而上。从：追寻。⑥阻：险阻。⑦溯游：顺流而下。⑧凄凄：同“萋萋”，茂盛的样子。⑨晞（xī）：干。⑩湄：水草交接处，即岸边。⑪跻（jī）：升。⑫坻（chí）：水中沙洲。下“沚”同。⑬已：止。⑭涘（sì）：水边。

终　南[1]

终南[2]何有？有条[3]有梅。君子至止[4]，锦衣狐裘。
颜如渥丹[5]，其君也哉！
终南何有？有纪有堂[6]。君子至止，黻衣绣[7]裳。
佩玉将将[8]，寿考不忘[9]！

赏析

诗的“美”，主要是颂美秦公的容颜、服饰和仪态。两章诗都对“君子”的来到表现出敬仰和赞叹的态势。那君子的面容红润丰泽，大有福相。那诸侯的礼服，内里狐白裘，外罩织锦衣，还有黑青花纹相间的上装和五色斑斓的下裳，无不显得精美华贵，熠熠生辉。除了服装外，诗还写到了饰物的佩声锵锵，那身上琳琅的美玉挂件叮当作响，音韵悦耳。这就看出诗所描摹的形象是动态的、行进中的，仿佛让人感觉到秦公步履雍容来到终南山祭祀行礼。

至于作者所代表的周遗民的内心感受是怎样的，似乎不像外在敬意那样简单，两章末尾各有一句耐人寻味的结语。第一句是“其君也哉”，从那惊疑不定的揣测口吻中，显出忐忑不安、忧喜参半的复杂心情。新君降临一方，旧地遗民自有前途未卜的紧张心理，这很真实自然。第二句是“寿考不忘”，意谓：秦君哪，你富贵长寿，但最终不要忘记这里曾是周王的土地和百姓呵！将祝福、叮咛、告诫、期望种种难以直言的心境委婉托出。

最后看看两章诗的起兴有何意味。首先，周民搬出引以为豪的周地名山起兴，显示了王都之民的身份和某种程度的优越感，也可使初来乍到的秦公不至小觑他们。其次，更为重要的是，终南山又名中南山，巍峨险峻，为万众仰慕。终南山有丰富的物产，尤以根深叶茂的林木为代表，还有气象万千的山势。那么作者何以要如数家珍、不惜饶舌呢？一层意思是以隆崇的终南山，暗寓对秦公尊严身份的褒扬，有以伟物兴伟人的奉承之意；另一层意思是让秦公好好思忖一下：你真的能像终南山一样受人尊崇吗？你只有修德爱民，不负众望，才能与名山的地位相媲美。

①这是一首赞颂秦公的诗。②终南：山名，在今陕西境内。③条：通“樤”，楸树。④君子：指秦君。至：到来。止：语气助词。⑤渥：湿润。丹：丹砂。⑥纪：通“杞”。堂：通“棠”。王引之《经义述闻》：“纪，读为杞，堂，读为棠。条、梅、杞、棠皆木名也。”⑦黻（fú）：古代礼服上黑与青相间的花纹。绣：五彩兼备的刺绣品。⑧将将：同“锵锵”，佩玉声。⑨寿考：长寿。

梅

黄鸟

交交[1]黄鸟，止[2]于棘。谁从[3]穆公？子车奄息[4]。维[5]此奄息，百夫之特[6]。临其穴[7]，惴惴[8]其栗[9]。彼苍者天，歼我良人[10]！如可赎[11]兮，人百其身！

交交黄鸟，止于桑。谁从穆公？子车仲行。维此仲行，百夫之防[12]。临其穴，惴惴其栗。彼苍者天，歼我良人！如可赎兮，人百其身！

交交黄鸟，止于楚。谁从穆公？子车鍼虎。维此鍼虎，百夫之御[13]。临其穴，惴惴其栗。彼苍者天，歼我良人！如可赎兮，人百其身！

①交交：鸟叫声。②止：停落，栖息。③从：从死，即殉葬。④子车奄息：子车是姓，奄息是名。⑤维：发语词。⑥百夫之特：特，匹敌。整句的意思是说，他的才能可以抵得过一百个人。⑦穴：墓穴。⑧惴惴（zhuì）：害怕的样子。⑨栗：发抖。⑩歼我良人：歼，尽数消灭。良人，好人。⑪赎：替换。⑫防：当、比的意思。⑬御：抵挡。

这是一首挽诗。

此诗凡三章，分别叹咏秦人所敬重的子车氏三兄弟。每章末四句充分反映出秦国人民对三良的哀悼与痛惜，以及对迫人殉葬的残暴统治者的憎恨及控诉。秦穆公是春秋名君，五霸之一，知人善任，但依然没把秦国这一不人道的殉葬恶俗废除掉。周襄王三十一年，秦穆公死，依秦风俗命一百七十七名家臣殉葬，其中有子车氏三兄弟，号称秦国三良，秦人哀怜子车三良，谱出了这首哀悼的挽歌。

诗人先描绘墓场的景色，借黄鸟自由自在地在树上盘旋鸣叫，反衬出三良死亡的悲哀凄惨心声；接着以迂曲的手法展现秦俗以人殉葬的人间悲剧，殉葬已经是惨无人道，用秦国的良才殉葬，更是暴虐到了极点；随后把三良临死惶惧战栗的惨状展现出来，让读者目睹。最后秦人爱惜三良，愿以身替代，更把活人殉葬的荒谬推到了极点。《黄鸟》为我国挽歌之祖，较《薤露》《蒿里》之类的诗，意境更加宏阔，所表达的感情也更加沉痛。

晨风

鴥彼晨风[①]，郁[②]彼北林。未见君子，忧心钦钦[③]。

如何如何？忘我实多！

山有苞[④]栎，隰有六驳。未见君子，忧心靡乐[⑤]。

如何如何？忘我实多！

山有苞棣[⑥]，隰有树檖[⑦]。未见君子，忧心如醉。

如何如何？忘我实多！

①鴥（yù）彼晨风：鴥，疾飞的样子。晨风，鸟名，即鹯，青黄色。②郁：茂盛的样子。③钦钦：忧思不忘。④苞：草木茂盛的样子。⑤靡乐：不高兴。⑥棣：唐棣，叶狭长，果实如樱桃。⑦檖（suì）：树名，赤罗，实际和梨差不多。

《晨风》是《秦风》的诗篇，朱熹说是妇人思念她久出不归的丈夫的诗，大概没错。诗人借景兴情，晨风之疾飞回林，兴起丈夫久不回家的意象，然后不断阐述妇人思念丈夫的凄苦情怀，“如何如何？忘我实多！”妇人反复设词自问自己的丈夫为何不归，为何如此狠心，把她忘得一干二净，怨诉他的薄情，使凄苦之情更浓更深。

无 衣

岂曰无衣？与子同袍。王于兴师，修我戈矛[①]，与子同仇！

岂曰无衣？与子同泽[②]。王于兴师，修我矛戟，与子偕作[③]！

岂曰无衣？与子同裳。王于兴师，修我甲兵，与子偕行！

①戈矛：和下文之“戟”都是长柄古代兵器。戈长六尺六，戟长一丈六，戈戟的杆端附有枝状的利刃；戈为单枝，戟为双枝，可勾可击；矛长二丈，上尖锐且锋利，可刺。②泽：通“襗”，贴身的内衣。③偕作：和“偕行”都是“一同行动，一起作战”的意思。

这是一首古代秦国的军歌。“王于兴师”是秦襄公以周王的命令出征西戎，秦人一起参战，所以作“无衣”这首诗，歌中充满勇敢强悍、乐于奉命的精神，以及战友间的深厚感情。

全诗三章叠咏，都是用赋的手法。主旨在于表现秦人慷慨从军，以及士卒相互友爱、同仇敌忾的爱国精神。诗中表现出为国而战的无畏与乐观，充满着昂扬热烈的情绪，使人读了热血沸腾，精神为之振奋，爱国之心油然而生。“与子偕作”“与子偕行”，秦人一起行动，从军报国的精神，不正是我们所应学习的吗？

全诗语意慷慨，音节铿锵，气魄雄迈。

渭　阳[1]

我送舅氏，曰至渭阳[2]。何以赠之？路车乘黄[3]。

我送舅氏，悠悠我思。何以赠之？琼瑰玉佩[4]。

①这是一首描写外甥送别舅父的送别诗。②曰：语气助词。渭：渭水。阳：河北岸。③路车：大车，诸侯所乘。乘（shèng）黄：同驾一辆车的四匹黄马。④琼瑰：次于玉的美石。

此诗第一章开头两句“我送舅氏，曰至渭阳”，在交代诗人和送别者关系的同时，选择了一个极富美学意味和心理张力的场景：从秦都雍出发的诗人（秦康公）送舅氏重耳（晋文公）回国就国君之位，来到渭水之阳，即将分别。在这里有千言万语可说，但又无法尽说。单从送别路途之遥已可见舅甥情谊深厚，这深厚的情谊在临别的这一点上会以什么样的方式表现：泪眼凄迷是不合适的，这不仅仅是男儿有泪不轻弹的缘故，更因为重耳归国即位正是多年所望，是件大喜事儿，于是临别之时“何以赠之？路车乘黄”。这一辆大车有四匹黄马大有深意，这里有送舅氏快快回国之意，也有无限祝福寄寓其间；更深一层的是，这表明了秦晋两国政治上的亲密关系。

第二章由惜别之情转向念母之思。康公之母秦姬生前曾盼望着她的弟弟重耳能够及早返回晋国，但这愿望却未能实现；今天当愿望成为现实的时候，秦姬已经离开人世，所以诗人在送舅氏归国之时，不能不由舅氏而念及其母，由愿望实现时的高兴转为怀念母亲的哀思。“我送舅氏，悠悠我思”，两句既完成了章法上和情绪上的前后转换，更为这一首短诗增加了丰厚的蕴含。

全诗虽然只有两章八句，但章法变换、情绪转移都有可圈点处。在形式上，两章结构相同，用韵有别，诗歌的整体气氛由高昂至抑郁均可找到形式上的依据，可能是妙手偶得，也可能是刻意为之。

权　舆

於[①]我乎！夏屋渠渠[②]，今也每食无余。于嗟[③]乎！不承权舆[④]！

於我乎！每食四簋[⑤]，今也每食不饱。于嗟乎！不承权舆！

①於（wū）：叹词。②夏屋：大的食器。《毛传》："夏，大也。"《郑笺》："屋，具也。"马瑞辰《通释》："《尔雅》以夏屋为礼食大具。"一说夏屋为大屋。渠渠：大的样子。一说深广的样子。③于嗟：犹"吁嗟"，叹词。④承：继承。权舆：本义指草木萌生的状态，引申指开始，初时。⑤簋（guǐ）：古代的一种圆形食器。

这是一首贤士发牢骚的小诗，讽刺秦君养士待贤有始无终。也有研究者认为，这是秦国没落贵族在叹息生活今不如昔的诗。

此诗两章结构相同，在反复咏叹中感慨秦康公不能礼待贤者。诗首句即以慨叹发语，仰天长叹，让听者有"不提倒也罢了，提起两眼泪汪汪"的心理预设，作者以下提及的今昔强烈对比就显得自然而不突兀。过去的日子里大碗吃饭、大碗吃肉，而如今每顿供应的饭菜都非常简约，几乎到了吃不饱的程度，前后待遇悬殊，让人难以承受。其实，饮食上的一点变化并不是最重要的，重要的是由此反映出贤者在国君心目中的位置。

陈风

《诗经·国风》之一，存诗十篇。陈，周代诸侯国名。“陈风”即陈国的民歌，内容大多与恋爱婚姻相关。

宛 丘

子[①]之汤[②]兮，宛丘[③]之上兮。洵有情兮，而无望[④]兮。

坎[⑤]其击鼓，宛丘之下。无冬无夏，值[⑥]其鹭羽[⑦]。

坎其击缶[⑧]，宛丘之道。无冬无夏，值其鹭翿[⑨]。

①子：你。②汤：通“荡”。游荡，放荡。③宛丘：四周高中间低的土山。指陈国游览的地方。④望：德望。一说观望，一说望祀，一说仰望。⑤坎：击鼓的声音。⑥值：持或戴。⑦鹭羽：用鹭的长羽做成的饰物，这里指舞蹈道具。⑧缶：瓦器。古代歌舞时以缶为节奏。⑨翿(dào)：舞蹈道具。与鹭羽为同一物。

这是一首赞美跳舞的女子舞姿优美的诗。

宛丘为陈国的旅游胜地，就像郑国的溱洧、宋国的西湖一样，是人们欢乐游玩的地方。诗分三章，而第一章的后两句别有用意：“我的情义深长，却又不敢有太多的奢望。”可品味出他相思难成而徒唤奈何的幽怨之意。第二、三章全用白描手法，无一句情语，但所描绘的巫舞场景，仍处处可感受到诗人情之所系。在欢腾热闹的鼓声、缶声中，巫女从山上坡顶舞到山下道口，从寒冬舞到炎夏；诗人也一直在用满含深情的目光看着她，并默默地念叨：我多么爱你，你却不知道！爱意难成又念念不忘，这刻骨铭心的情感实在令人慨叹。

东门之枌

东门之枌[①]，宛丘之栩。子仲之子，婆娑[②]其下。

谷旦于差[③]，南方之原。不绩[④]其麻，市也婆娑。

谷旦于逝[⑤]，越以鬷迈[⑥]。视尔如荍[⑦]，贻我握椒[⑧]。

诗人以白描的手法，恰如其分地表达陈国男女醉心歌舞、聚会交欢的情景。诗的语言简单，意象单纯，而诗中男主角的喜悦神态跃然纸上，全诗蕴含一片欢乐和纯真，且节奏轻快活泼，充满青春气息。

诗人以男子口吻写他在宛丘之下物色到一个跳舞的女孩子，她正是子仲氏的女儿。“宛丘”本指四面高而中央低的地方，现在已成为专名，是陈国游观的地方。跳舞的人，在东门（东门连接宛丘大道）白榆，宛丘梁树的树荫下翩翩起舞的正是子仲家的女儿啊！（第一章）诗里说“不绩其麻，市也婆娑”，“市”，通“沛”，疾的意思，描写跳舞的速度疾，诗人写他在吉日良辰约那个女孩子到“南方之原”去，于是她就“不绩其麻”，和他“市也婆娑”地跳舞去了。末章大致和二章一样，只是写得更活泼，更有韵致。由于良辰吉日，男女成群聚会歌舞，在舞会中，男子为女孩子花般的美貌倾倒，向她凝视，向她示爱，女孩子也送他“握椒”表示愿和他永结爱情。

此诗正反映了陈国男女聚会歌舞而恋爱成功的古代民间风俗。诗中没有一个“舞”字，而诗中男女成群歌舞的景况却跃然纸上，充满动感。

荍

①枌（fén）：白榆。②婆娑：舞蹈。③谷旦于差：谷，善。旦，白天。谷旦意思是吉日良辰。于，关联词，无义。差，选择。谷旦于差，就是选择好的日子。④绩：纺织。⑤逝：往。⑥越以鬷（zōng）迈：越、以，发语词；鬷，屡次。这两句的意思是在良辰吉日去找那个女孩，而且一去再去。⑦荍（qiáo）：锦葵，花呈淡紫色。⑧握椒：一把花椒。

衡　门

衡门[①]之下，可以栖迟[②]？泌之洋洋[③]，可以乐[④]饥？

岂其食鱼，必河之鲂[⑤]？岂其取妻，必齐之姜？

岂其食鱼，必河之鲤？岂其取妻，必宋之子？

①衡门：以横木为门，指房舍的简陋。②栖迟：舒缓地休息。③泌之洋洋：泌，水名。洋洋，水势盛大的样子。④乐：读音同“疗”，治疗的意思。⑤鲂：鱼名，即鳊鱼，产于黄河，味鲜美。

《衡门》是《陈风》的第三篇。陈国是个小国，以河南省东南部陈州为首都，即现在的淮阳县。陈的国君姓伪，据说是古圣人舜帝的后裔，始祖胡公伪满在此受封，伪满娶周武王女太姬，太姬无子，由于好子心切，喜欢用巫婆祈祷。老百姓都受到她的影响，渐渐地成为一种风俗，所以《陈风》中的诗都充满了这种气氛。而《衡门》却是《陈风》中特殊的一篇。

诗人以自言自语的方式，流露出自己的心声，借以表达他恬淡的人生态度。作者捕捉了生活中居住、吃食、配偶三个要件：衡门栖迟，不食鲂鲤，不娶齐姜宋子，泌水乐饥，安贫乐道，仿佛孔子颜回，境界自然高人一等。

东门之池

东门之池[1]，可以沤[2]麻。彼美淑姬[3]，可与晤歌[4]。

东门之池，可以沤纻[5]。彼美淑姬，可与晤语。

东门之池，可以沤菅[6]。彼美淑姬，可与晤言。

东门的城池，妇人来洗麻的络绎不绝，池边白天女子们歌唱，夜晚可是约会的好地方。《东门之池》正是歌咏男女借机谈情说爱的恋歌。

陈国民间歌舞之风非常兴盛，以跳舞出名的有子仲家的姑娘，以唱歌出名的正是本篇所咏的漂亮的“淑姬”。诗以兴的手法，先呈现青年男女约会喜欢到的“东门之池”是幽静的地方，适于约会谈心，接着对美女淑姬的才华大加赞许，民谣色彩很浓。

因《东门之池》在《衡门》的下篇，所以很多人认为是《衡门》的续篇，“可以”“可与”即上篇的意思，“娶妻不必齐姜宋子”，就是指“三小姐”，也未尝不可。

诗的语言鲜明，节奏轻快，韵律极佳，意味深长。

注释

①池：城池。②沤（òu）：在水里长时间浸泡。③淑姬：或作“叔姬”，意思是三小姐。④晤歌：晤，对。晤歌，面对面唱歌。⑤纻：麻类，可以织布。⑥菅：草名，可做绳索。

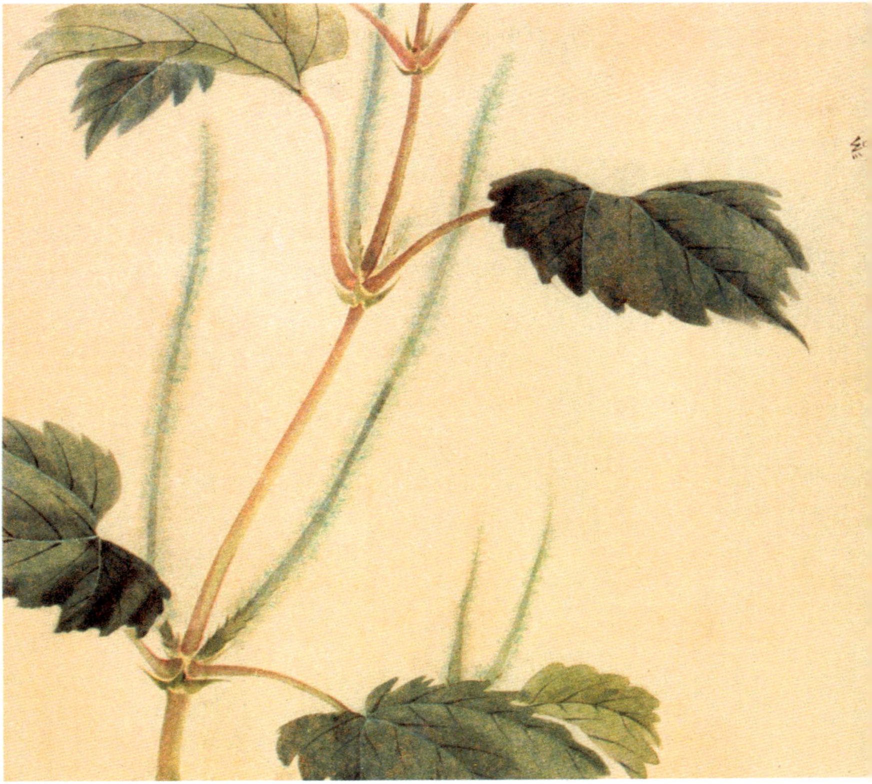

东门之杨[1]

东门之杨，其叶牂牂[2]。昏以为期[3]，明星煌煌[4]。

东门之杨，其叶肺肺[5]。昏以为期，明星晢晢。

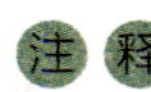

①这是一首描写情人约会久候不至的诗。②牂牂（zāng）：茂盛的样子。③昏：黄昏。此句言约定黄昏相见。④明星：即金星。黄昏时出现于西方天空叫长庚，黎明时出现于东方天空叫启明星。煌煌：明亮的样子。下章“晢晢”（zhé）同。⑤肺肺（pèi）：同“芾芾”，茂盛的样子。

楊

这首诗中那在白杨树下踯躅的人儿，究竟是男还是女，虽难判断，但有一点可以肯定：他（或她）一定是早早吃晚饭，就喜滋滋地来到城东门外赴约了。这约会在初恋者的心中既隐秘又新奇，其间涌动着的，当然还有几分羞涩、几分兴奋。

此时主人公的驻足之处，正有一排挺拔高耸的白[illegible]诗中描述它们“其叶牂牂”“其叶肺肺”，可见正当叶儿繁茂、[illegible]树的夏令。当黄昏降临、星月在天的夜晚，乌蓝的天空洒[illegible]光雾，白杨树下便该映漾出一片摇曳多姿的树影。清风[illegible]的叶儿便“牂牂”“肺肺”作响。这情景在等候情人的主[illegible]起初一定是异常美妙的。故诗之入笔，即从黄昏夏夜中[illegible]起，表现着一种如梦如幻的画境；再加上“牂牂”“肺肺”[illegible]听来简直就是心儿的浅唱低回。

但当主人公久待情人而不见的时候，诗情便出现[illegible]的逆转。“昏以为期，明星煌煌”“昏以为期，明星晳晳”—[illegible]面的景象似乎依然很美，那“煌煌”“晳晳”的启明星，高高[illegible]起于青碧如洗的夜空，静谧的世界便全被这灿烂的星辰照耀了。然而，约会的时间明明是在黄昏，此时却已是斗转星移的清寂凌晨，连启明星都已闪耀在东天，情人却不知在哪儿。诗讲究含蓄，故始终未出现不见情人的字眼。但那久待的焦灼，失望的懊恼，分明已充溢于字里行间。于是“煌煌”闪烁的“明星”，似也感受了“昏以为期”的失约，而变得焦灼不安了；就是那曾经唱着歌儿似的白杨树，也化成了一片唏嘘和叹息。

墓门

门有棘[1]，斧以斯[2]之。夫[3]也不良，国人知之。
而不已[4]，谁昔然矣[5]！
墓门有梅，有鸮萃止[6]。夫也不良，歌以讯[7]之。
讯予不顾，颠倒[8]思予！

①墓门：陈国城门名。一说墓道之门。②斯：劈、砍。③夫：即彼，犹言那个人，指陈佗。陈佗为春秋时代陈文公之子，文公死后，陈佗之兄桓公（名鲍）继位。④不已：不止，不改正。⑤谁昔：畴昔，从前。马瑞辰《通释》："畴，谁一声之转。"此句言从前就是这样。⑥鸮（xiāo）：鸱鸮，俗称猫头鹰，古人以为不祥之鸟。萃：栖息。止：语气助词。⑦讯：通"谇"（suì），责骂。⑧颠倒：跌倒。

作为一首政治讽刺诗，此诗仅两章十二句，短小精悍，四字齐言的诗句斩截顿挫，传达出指斥告诫的口吻。两章的开头以动植物起兴，其象征意义耐人寻味，表现出诗人对恶势力的鄙夷、痛斥，但国家依然坏人当道，多行不义，故每章的四、五两句以"顶针"手法将诗意推进一层，转为感叹，忧国之意可感。

防有鹊巢

防[①]有鹊巢，邛[②]有旨苕[③]。谁侜[④]予美？心焉忉忉[⑤]！

中唐[⑥]有甓[⑦]，邛有旨鹝[⑧]。谁侜予美？心焉惕惕[⑨]！

鹊巢筑在堤防的上面，冈丘上的苕草又甘又香，中庭的路有砖瓦等物件，高丘的地方绶草又甘又香。

《防有鹊巢》共分两章，每章前两句，依想象力创造自然界或日常所看到的景物不符合常理等现象，借以象征那甜蜜欺骗人的谎言，故作诗警诫爱人不要被谎言所欺骗。

《诗经》中写爱情，都直述爱情，坦露心迹，像这样借对第三者的疑虑，表露钟情的还是第一篇。诗的后段则直叙自己的忧愁，因为有人甜言蜜语欺骗自己日思夜想的人——是谁说了这些不可信的谎话，以欺骗我那亲爱的人呢？实在使我心中伤感和不安。

全诗音调低沉，好像忧心者的心声。

①防：堤防。②邛（qióng）：丘，高地。③旨苕（tiáo）：旨，美好。苕，木本蔓生，花黄赤色，叶青茎绿可食，生在低湿之处，又名陵苕、淩宵或紫葳。④侜（zhōu）：欺骗。⑤忉忉：忧心的样子。⑥中唐：中庭路。⑦甓：陶器，砖一类东西，用来建造台阶。⑧鷊（yì）：小草名，即绶草，杂色如绶（丝条），也指苕一类植物。⑨惕惕：忧惧不安的样子。

月　出

月出皎[1]兮，佼人[2]僚[3]兮。舒[4]窈纠[5]兮，劳心[6]悄[7]兮。

月出皓兮，佼人懰[8]兮。舒忧受兮，劳心慅[9]兮。

月出照兮，佼人燎[10]兮。舒夭绍兮，劳心惨[11]兮。

①皎：洁白光明。②佼人：佼，美好。佼人，美人。③僚：通“嫽”娇美的样子。④舒：女子举止从容娴雅。⑤窈纠（yǎo jiǎo）：形容女子体态轻盈，走路柔美多姿的样子。第二章的忧受，第三章的夭绍都和此意同义。⑥劳心：忧心。⑦悄：忧愁的样子。⑧懰：娇美的样子。⑨慅（cǎo）：忧愁的样子。⑩燎：娇美的样子。⑪惨：忧愁不安。

陈风中最精彩的抒情诗就是“星”“月”两篇，“星”篇即是《东门之杨》，“月”篇即本篇《月出》。诗人在月下遇到一个美丽的女孩，因为爱她，于是静夜独坐，望着月亮大发感叹，咏出了如此优美的抒情诗篇。

此诗共分三章，每章第一句以月起兴，第二句、第三句写美人，末句写诗人自己不宁静的心情。本诗在形式上是具有特殊风格的双声叠韵诗，各句的第三字都使用产生相同回响的音调，特别显现和谐之美。心若深潭，月光银影下的女孩，动人的曲线，轻盈的体态，柔美多姿，几乎令人怀疑是天上仙女下凡了。

月自古以来就被当作美女的象征，在明月当空的夜晚，思念恋人，或单恋的人思念他心中仰慕而不能得到的偶像（美女），充满了浪漫主义的情调，令人读来，不禁拨动思怀的缠绵情致。

株　林

胡①为乎株林②？从③夏南④；匪适⑤株林，从夏南！

驾我⑥乘马⑦，说⑧于株野；乘我乘驹，朝食⑨于株。

①胡：为什么。②株林：夏氏的食邑。指夏姬的住地。③从：因为。④夏南：夏姬之子，夏征舒，字夏南。这里隐指夏姬。⑤匪适：他们去。匪通“彼”。⑥我：陈灵公。⑦乘马：共同驾一辆车的四匹马。⑧说：停车休息。⑨朝食：早餐，吃早饭。

此诗讽刺陈灵公淫于夏姬的事情，文章虽没明确指出，但微妙之词已经揭示本意。头两句“胡为乎株林？从夏南；匪适株林，从夏南”意思是：为什么筑台在株林？因为夏南呦。他们去株林，因为夏南呦！意思非常含蓄。

国人作此诗讽刺他荒淫无度。

泽　陂[1]

彼泽之陂[2]，有蒲[3]与荷。有美一人，伤[4]如之何？
寤寐无为[5]，涕泗滂沱[6]！
彼泽之陂，有蒲与蕑[7]。有美一人，硕大且卷[8]。
寤寐无为，中心悁悁[9]！
彼泽之陂，有蒲菡萏[10]。有美一人，硕大且俨[11]。
寤寐无为，辗转伏枕！

①这首诗描写一女子的相思之苦。②泽：湖泽、池塘。陂（bēi）：堤岸。③蒲：水草名。④伤：通“阳”，《韩诗》作“阳”。《尔雅》：“阳，予也。”阳、姎、卬通用，皆为女性第一人称代词。⑤寤：醒着。寐：睡着。无为：无心思做。⑥涕：眼泪。泗（sì）：鼻涕。滂沱：泪水鼻涕不止的样子。⑦蕑（jiān）：即莲。⑧卷：通“婘”，容貌美好。⑨悁悁（yuān）：忧愁的样子。⑩菡萏（hàn dàn）：荷花的别名。⑪俨：端庄的样子。

这是一首情歌，文风直率坦诚，全诗弥漫着一股清新的气息。每章前两句写景，其后抒情：诗人想到自己恋慕的健美心上人，心烦意乱，情迷神伤，晚上觉也睡不着。

全诗三章，均使用水泽植物起兴。蓬蓬勃勃的植物，波光潋滟的池水。生命的蓬勃朝向，让心心念念恋慕之人的主人公，对自己的恋情也充满希望。不知这两个青年，究竟是相恋相思，还是一方在单相思。但是，这个主人公是强烈地爱上对方了。在其眼中、心里，对方“硕大且卷”“硕大且俨”。爱是感性的行为，对方身材健美而俊俏，神态端庄而持重，这些可以捉摸的外形和品格，就成了主人公择爱的具体、感性的条件。主人公思念的人，与其心目中的爱人，是那样的一致，所以主人公自然真诚地赞美起对方来。不过，眼下主人公还没有得到对方爱的允诺，还不知道对方会不会以爱来回报，因此，睡不眠，行不安，流泪伤心，希冀等待。细节的描述，把内心真挚的爱，衬托得十分强烈。

郐风

《诗经·国风》之一，存诗四篇。郐，周代诸侯国名，也作“桧”。公元前 769 年，郐国为郑武公所灭。“郐风”是郐国遗留下来的宝贵遗产。

羔　裘①

羔裘逍遥①，狐裘以朝②。岂不尔思？劳心忉忉③。
羔裘翱翔④，狐裘在堂⑤。岂不尔思？我心忧伤！
羔裘如膏⑥，日出有曜⑦。岂不尔思？中心是悼⑧！

①羔裘：羊皮裘。逍遥：悠闲游荡之貌。②狐裘：狐皮制成的皮袄。朝：上朝，指朝见国君。③忉忉：忧思不安貌。④翱翔：遨游。⑤堂：指朝堂，与上“朝”意略同。⑥膏：油脂，这里形容光洁貌（周时皮裘，毛向外）。⑦曜（yào）：光耀。⑧悼：哀伤。

本诗写情人相思的痛苦，他留给诗人最深刻的印象就是身上两件在闲居和上朝时所穿的衣服，那形象忘不了、抹不掉，她陷入了巨大的痛苦之中。当然，本诗也可以看作是一首悼亡之作。

今世学者多认为此诗为女思男之作。从诗“在朝”“在堂”等字看，女性所思，当是一贵族男子。“羔裘”“狐裘”，是男子闲居与上朝时两种不同的衣着，也是在女性脑海中反复浮动着的形象。这男子可能是她的丈夫，也可能是情人，他们分离了，不能一起生活——这分离有可能是生离，也有可能是死别，于是她痛苦、悲伤。

一章言“忉忉”，是因思念而心神不安；二章言“忧伤”，是因思念不见而悲伤；三章言“中心是悼”，是因思念无望而哀伤。前两章就羔裘、狐裘两种形象而思之，末章思至极处，则凝定于平时其所服羔裘上——白色的羔皮大衣更鲜亮，而平日的表现也更自由、更能体现他的风度。她想着羔裘，想着情人，心底流出无望的哀伤，因为她永远也见不到这羔裘的主人了。

素　冠

庶[①]见素冠兮，棘人[②]栾栾[③]兮，劳心慱慱[④]兮。

庶见素衣兮，我心伤悲兮，聊[⑤]与子同归兮。

庶见素韠[⑥]兮，我心蕴结[⑦]兮，聊与子如一兮。

①庶：幸。②棘人：女子的自称。③栾栾（luán）：憔悴消瘦的样子。④慱慱（tuán）：忧愁的样子。⑤聊：含有愿望的意思。⑥韠（bì）：护膝。⑦蕴结：忧郁难解。

桧，春秋以前的小国，相传在祝融之后，坛姓，在今河南省密县东北，周平王时，被郑武公所灭。本诗不是因为地域而与郑诗乐调不同，而是指它未被归于郑以前的诗。

此诗应当是女子思慕男子的诗，诗中棘人，古时候的意思是家里有丧事的人，但看二章、三章第二句都是女子的自称，所以此章应当也不例外，棘人是女子自称。而“棘人栾栾”大概就像唐诗所说的“为郎憔悴”吧！

整首诗用的是赋体，诗人见“素冠”“素衣”“素韠”者，即“栾栾、慱慱”“心伤悲”“心蕴结”，只有暗地里祈求所思慕的男子“同归”“如一”。

隰有苌楚

隰①有苌楚②，猗傩③其枝。天之沃沃④，乐⑤子之无知。

隰有苌楚，猗傩其华。天之沃沃，乐子之无家。

隰有苌楚，猗傩其实。天之沃沃，乐子之无室。

①隰：低湿的地方。②苌楚：蔓生植物，又名羊桃，叶长而狭、花紫赤色，子像桃而细小像小麦。枝茎弱小，超过一尺就攀在草上。③猗傩：音义同“婀娜”形容植物被风吹动时娇弱柔顺的样子。④夭之沃沃：夭，指未长成的草木，此处是为青少年的意思。沃沃，很有光泽的样子。⑤乐：羡慕。

这是一首描写在混乱的社会，人们忧愁痛苦的诗。诗人生在乱世，遭受暴政和重赋的威胁，可是由于顾虑妻子儿女，不敢反抗，无可奈何，痛苦到了极点。无处倾诉的时候，正好看见了泽地的苌楚，于是借题发挥对没有知觉的苌楚倾吐了他的欣羡之情。由羡慕他人来表露对自己遭遇的不满，正表现了文学情趣。诗人内心的苦闷，希望也像苌楚那样，无论环境怎么样，总是枝叶茂盛，婀娜润泽。

人在痛苦忧患之中，常常憎恨自己的有知识、有感应，而羡慕草木无知无识的可贵，人若没有知识、没有感应，对于政治的混乱、社会的是非、人群的善恶，毫无分别、毫无见解，就像草木一样，是多么好啊！大概在衰乱的社会，人们不认为活着是一种乐趣，所以才有这种悲哀厌世的心理。如果在太平盛世，家室本来就是温暖的源泉，生命本来就是享受的主体，何必去羡慕那些无家可归的植物呢？可以想象桧国的政治已经败坏到了极点！

匪　风

匪风发[1]兮，匪车偈[2]兮。顾瞻周道[3]，中心怛[4]兮。

匪风飘兮，匪车嘌[5]兮。顾瞻周道，中心吊[6]兮。

谁能亨鱼[7]，溉之釜鬵[8]。谁将西归，怀之好音[9]。

①匪风发：匪，彼，意思是“那个”，是发语词。发，风声。②偈：车疾驰的样子。③顾瞻周道：顾瞻，回头瞻望。周道，大路。④怛（dá）：忧伤的意思。⑤嘌（piāo）：疾。⑥吊：伤。⑦亨鱼：通“烹鱼”。⑧溉之釜鬵（xín）：溉，洗涤。鬵，大釜，是烹鱼的器具。⑨怀之好音：怀，念，意思是盼望。好音，即好消息。此句的意思是我盼望能有好消息或我愿托他给我捎个平安音信。

这是桧人忧国思周的诗。犬戎作乱，幽王被杀，镐京沦陷，桧国诗人顺着周道流亡东返（桧在周国的东面），这时候平王东迁，郑国势力增强，而桧国的政治败坏，人民流离失所，痛苦望救，于是诗人作《匪风》来抒发当时忧国忧民的心声。

首章叙述车驰风猛，诗人一路东奔，回头看看抛在车后的大道，心中不由得感伤起来。次章仅将“发”“偈”“怛”三字换韵为“飘”“嘌”“吊”，意思也一样。末章格调一变，在两个“谁”之间起句，渴望有力者能挽救大局，恢复西周的平静与桧国的安定，一片忠心溢于言表。

本诗在二、四句脚押韵“万”“音”二字。章法句式的变化，是《国风》中较少见的。整首诗都是直叙。

鲤

曹风

《诗经·国风》之一，存诗四篇。曹，周代诸侯国名，周武王封其弟于此。“曹风”即曹国的民歌。

蜉　蝣

蜉蝣①之羽，衣裳楚楚②。心之忧矣，于我归处③？

蜉蝣之翼，采采④衣服。心之忧矣，于我归息？

蜉蝣掘阅⑤，麻衣⑥如雪。心之忧矣，于我归说？

注释

①蜉蝣（fú yóu）：像蜻蜓的昆虫，略小，栖息在水边，又能飞行到空中，成虫往往数小时就死，生命短促，所以有朝生暮死的说法。②楚楚：鲜明的样子。③于我归处：于，与。归处，和下章的“归息”“归说”都是死的意思。④采采：华美盛饰。⑤掘阅：穿穴，蜉蝣幼虫生在粪土中。⑥麻衣：白布衣，这里指蜉蝣的透明羽翼。

赏析

曹是小国，封域大概在当今山东菏泽、定陶一带，曹都故址在山东省曹州，鲁哀公八年被宋所灭。依照郑玄的说法，《曹风》四首是东周初期，昭公姬班和他的儿子共公姬襄时代的诗歌。

曹昭公穿着华美衣服，国家势力衰弱而不知道着急，诗人作诗来讥刺他。但诗中充满哀凄音调，也许是悼亡的挽歌。死者衣裳像蜉蝣鲜艳的羽翼，妻啊（或夫啊）！不久我将会到你那儿去的。“归处”“归息”“归说”都是死的意思，各章末句都以誓死同穴的表现，预兆了他们绵绵不尽的爱恋、痛惜之情。诗中取蜉蝣采采的外表，正象征死者亮丽的人生；而蜉蝣的朝生暮死，更是所爱者生命短暂的影子。由蜉蝣而联想到自己所爱的人，一片无常之感云涌而至，于是高呼：“心之忧矣！于我归息。”

本诗用兴体，诗人见物生情，每章的前后两部分，经过浓缩和跳跃，连接两个意象的差距，来完成这架构。诗中“羽”“楚”“处”等音响低沉的韵脚，最能表现哀悼忧伤的气氛。

候　人

彼候人[1]兮，何[2]戈与祋[3]。彼其之子，三百赤芾。

维鹈在梁，不濡其翼。彼其之子，不称其服。

维鹈在梁，不濡其咮[4]。彼其之子，不遂其媾[5]。

荟兮蔚兮[6]，南山朝隮[7]。婉兮娈兮，季女斯饥。

这是一首姑娘求爱的诗，姑娘主动向男子发出爱情攻势，大胆地向他表达自己急于求爱的迫切心理。从诗中最后一句可以看出，“多么美好啊，少女已经饥渴到了极点”。

本诗还有同情候人，讽刺不称其职的贵族士大夫的意义。诗中对比描写了辛勤劳动遭罪的小吏和待遇优厚的达官贵人，讽刺贵人们不劳而获就像食鱼不沾湿嘴的鹈鹕，终日无所事事；还对遭受艰辛，连自己女儿都在挨饿的小吏表现了深切的同情。诗的对比是鲜明的，讽刺也是辛辣的。

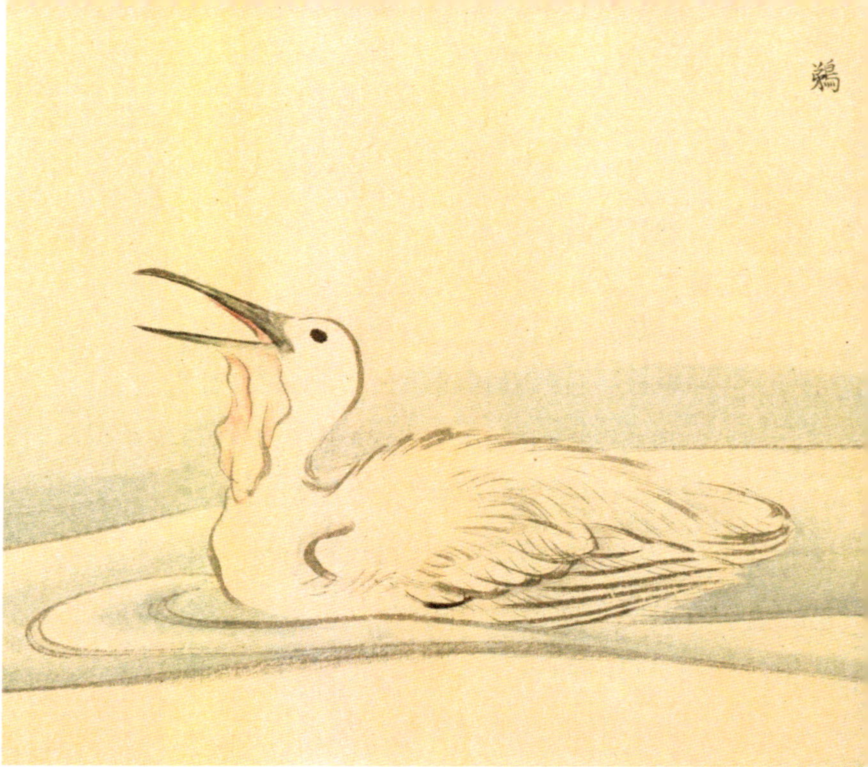

①候人：掌管治安和边境出入的官。②何：同“荷”，用肩扛着。③祋（duì）：古兵器。棍棒类。④咮（zhòu）：鸟嘴。⑤不遂其媾：不配其厚禄。⑥荟兮蔚兮：云气浓盛的样子。⑦隮：升云。一说彩虹。

鸤 鸠

鸤鸠[①]在桑，其子七兮。淑人君子，其仪[②]一兮。
其仪一兮，心如结兮。
鸤鸠在桑，其子在梅。淑人君子，其带伊丝。
其带伊丝，其弁伊骐[③]。
鸤鸠在桑，其子在棘。淑人君子，其仪不忒[④]。
其仪不忒，正是四国。
鸤鸠在桑，其子在榛[⑤]。淑人君子，正是国人。
正是国人，胡不万年[⑥]！

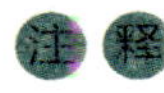

①鸤（shī）鸠：布谷鸟。②仪：言行态度。③其弁伊骐：弁，皮帽。伊，维、是。骐，本是青黑色的马，此处解释为青黑色的皮帽。④忒：差错。⑤榛：落叶乔木。⑥胡不万年：何不万年？即祝贺长寿万年。

这是首赞美贤明的政治家行为始终如一、爱民如子的诗篇。

诗人借着拥有七只小鸟的布谷鸟起兴，叙述它爱养小鸟公平如一。家庭生活乃是政治的根本，家室安定才能治国，所以借以联想贤人在位，政治清明，仪法统一，国泰民安的社会。象征意义的恰当，使所歌颂的政治家，更加显得慈祥亲切。

下　泉[1]

洌彼下泉[2]，浸彼苞稂[3]。忾我寤[4]叹，念彼周京[5]。

洌彼下泉，浸彼苞萧[6]。忾我寤叹，念彼京周[7]。

洌彼下泉，浸彼苞蓍[8]。忾我寤叹，念彼京师[9]。

芃芃[10]黍苗，阴雨膏[11]之。四国有王[12]，郇伯劳之。

此诗兴中有比，开头以寒泉水冷，浸淹野草起兴，喻周室的内乱与衰微。而这亦写出了王子匄触景生出的悲情。接着以直陈其事的赋法，慨叹缅怀周京，充溢浓郁的悲凉之感。而三章的复沓叠咏，更是把这种悲凉之感推到了一个极点上。到了末章，却来了一个雨过天晴般的突然转折，说到周王朝鼎盛之时，万国朝拜的盛况。或者又如红楼中，经历过至盛的繁华之后，终落了一场白茫茫的大雪，彼时穿了大红猩猩毡，行走于雪野中的落魄公子宝玉，大概也会想起往年家族极盛，鲜花着锦、烈火烹油之时，梨香院女孩唱的那支“原来这姹紫嫣红开遍”的曲子。

此诗的前三章，是《诗经》中典型的重章叠句结构，各章仅第二句末字“稂”“萧”“蓍”不同，第四句末二字“周京”“京周”“京师”不同，而这又恰好在换韵的位置，易字目的只是通过韵脚的变化使反复的咏唱不致过于单调，而三章的意思则是完全重复的，不存在递进、对比之类的句法关系。第四章在最后忽然一转，这种转折不仅在语句意义上，而且在语句结构上都显得很突兀。因此古往今来，不乏对此特加注意的评论分析。有人大加赞赏，如清人陈继揆、牛运震；也有人极表疑惑，如宋人王柏和今人向熹。持怀疑论者有一定道理，但除非今后在出土文物中发现错简之前的原有文句，否则这种怀疑本身仍将受人怀疑。

正是因为以寒泉浸野草喻周室内乱势衰的比兴，加上慨叹缅怀周京直陈其事的赋法本身已具有很强烈的悲剧感，而三章复沓叠咏使这种悲剧感达到了极点，所以末章雨过天晴似的突然转折，就令人产生非常兴奋的欣慰之情，这样的艺术效果当然是独具魅力的。

①这首诗表达了曹国臣子对周王室鼎盛时代的怀念。②冽：寒冷。下泉：出自地下的泉水。③苞：丛生。稂（láng）：莠一类的草。④忾：叹息声。寤：睡醒。⑤周京：周王朝的都城镐京。⑥萧：一种蒿草。⑦京周：周京。⑧蓍（shī）：古人用以占卜的一种草。⑨京师：京都。⑩芃芃（péng）：草木茂盛的样子。⑪膏：滋润。⑫四国：四方诸侯国。王：指周天子。

蓍

豳风

《诗经·国风》之一，存诗七篇。古国名，平王东迁后此地归秦国所有，因此“豳风”产生于西周，是《国风》中最早的诗。

七　月[①]

七月流火[②]，九月授衣[③]。一之日觱发[④]，二之日栗烈[⑤]。无衣无褐[⑥]，何以卒[⑦]岁？三之日于耜[⑧]，四之日举趾[⑨]。同我妇子，馌彼南亩[⑩]，田畯至[⑪]喜。

七月流火，九月授衣。春日载阳[⑫]，有鸣仓庚[⑬]。女执懿[⑭]筐，遵彼微行[⑮]，爰求柔桑[⑯]。春日迟迟[⑰]，采蘩祁祁[⑱]。女心伤悲，殆及公子[⑲]同归。

七月流火，八月萑苇[⑳]。蚕月条桑[㉑]，取彼斧斨[㉒]，以伐远扬[㉓]，

猗彼女桑[24]。七月鸣鵙[25]，八月载绩[26]。载玄[27]载黄，我朱孔阳[28]，为公子裳。

四月秀葽[29]，五月鸣蜩[30]。八月其获[31]，十月陨萚[32]。一之日于貉[33]，取彼狐狸，为公子裘。二之日其同[34]，载缵武功[35]。言私其豵[36]，献豜于公[37]。

五月斯螽动股[38]，六月莎鸡振羽[39]。七月在野，八月在宇[40]，九月在户[41]，十月蟋蟀入我床下。穹窒熏鼠[42]，塞向墐[43]户。嗟我妇子，曰为改岁[44]，入此室处[45]。

六月食郁及薁[46]，七月亨葵及菽[47]。八月剥[48]枣，十月获稻，为此春酒[49]，以介眉寿[50]。七月食瓜，八月断壶[51]，九月叔苴[52]，采荼薪樗[53]，食[54]我农夫。

九月筑场圃[55]，十月纳禾稼[56]。黍稷重穋[57]，禾[58]麻菽麦。嗟我农夫，我稼既同[59]，上入执宫功[60]。昼尔于[61]茅，宵尔索绹[62]。亟其乘[63]屋，其始播百谷。

二之日凿冰冲冲[64]，三之日纳于凌阴[65]。四之日其蚤[66]，献羔祭韭。九月肃霜[67]，十月涤场[68]。朋酒斯飨[69]，曰[70]杀羔羊。跻彼公堂[71]，称彼兕觥[72]，万寿无疆。

①这是一首反映西周初年农奴们一年劳动过程的诗。②流：向下移动。火：亦称大火，星名。每年夏历五月黄昏出现于南方天空，位置最高，六月以后逐渐向西偏移。③授衣：把制作冬衣的工作交给妇女。④一之日：一月的时候，这里用的是周历，相当于夏历的十一月。以下类推。觱（bì）发：象声词，大风触物声。⑤栗烈：即“凛冽”，寒冷。⑥褐（hè）：粗布短衣，贫者所穿。⑦卒：终。⑧于：为，修理。耜（sì）：翻土用的农具。⑨趾：脚。举趾：指下田劳动。⑩馌（yè）：送饭。南亩：泛指田地。⑪田畯（jùn）：农官。至：到，一说很。⑫载：则，一说始。阳：温暖。⑬有：语气助词。仓庚：鸟名，即黄莺。⑭懿（yì）筐：深筐。⑮遵：沿着。微行：小路。⑯爰：于是。柔桑：嫩桑。⑰迟迟：缓慢，指白日漫长。⑱蘩：白蒿，用于养蚕。祁祁：众多的样子。⑲殆：担心。公子：贵族之子。一说公子指诸侯的女儿，归为出嫁义。⑳萑（huán）：芦苇的一种，又称荻草。㉑蚕月：养蚕之月，指三月。条桑：修剪桑树。㉒斨（qiāng）：方孔的斧。㉓远扬：长得又高又长的树枝。㉔猗：通“掎”，拉。女桑：柔嫩的桑叶。㉕䴗（jú）：鸟名，即伯劳。㉖载：语气助词，一说始。绩：纺麻。㉗玄：黑色。㉘朱：大红色。孔：甚，很。阳：鲜明。㉙秀：植物长穗。葽（yāo）：草名，今称远志。㉚蜩：蝉。㉛获：收获庄稼。㉜陨萚（tuò）：落叶。㉝貉（hé）：一种形状似狐的兽。㉞同：会合。㉟缵（zuǎn）：继续。武功：武事，指打猎。㊱言：语气助词。私：自己拥有。豵（zōng）：一岁的小野猪，此泛指小兽。㊲豜（jiān）：三岁的野猪，泛指大兽。公：公家，指奴隶主贵族。㊳斯：语气助词。螽（zhōng）：一种似蝗的昆虫，今俗称蚱蜢。股：腿。㊴莎（suō）鸡：昆虫名，俗称纺织娘。振羽：鼓动翅膀。㊵宇：屋檐。㊶户：门。㊷穹：扫除。窒：堵塞。熏鼠：用烟熏老鼠。㊸向：朝北的窗子。墐（jìn）：用泥涂抹。㊹曰：语气助词。改岁：指进入新的一年。㊺处：居住。㊻郁：树名，即郁李。薁（yù）：一种藤本植物，俗称野葡萄。㊼亨：古

"烹"字，煮。葵：葵菜，古人以为主要菜蔬。菽：豆。㊽剥：通"扑"，击，打。㊾为：酿造。春酒：冬酿春成的酒。㊿介（gài）：通"丐"，祈求。眉寿：长寿。人老了眉上生出长毛，叫秀眉，故称长寿为眉寿。51断：摘取。壶：通"瓠"，葫芦。52叔：拾取。苴（jū）：麻籽。53荼：苦菜。薪：柴，此用为动词。樗（chū）：臭椿树。54食（sì）：给……吃，此指养活。55场：打谷场。圃：菜园。筑场圃：筑场于圃，即把菜园改筑成打谷场。56纳：收藏。禾稼：庄稼。57重：通"穜"，早种晚熟的谷类。穋（lù）：通"稑"，晚种早熟的谷类。58禾：这里指谷子。59既：已。同：聚集。60上入：进入贵族家里。执：做。宫功：室内的事情，指为奴隶主服劳役。61尔：语气助词。于：为，指割取。62宵：夜晚。索：搓。绹：绳子。63亟：急，赶快。乘：登。64冲冲：凿冰声。65凌：冰。阴：通

“窨”，冰窖。㊽蚤：通“早”，这里指早朝，是一种祭祀仪式。㊾肃霜：犹肃爽，天高气爽。㊿涤场：把打谷场打扫干净。一说犹涤荡，谓万物摇落无遗。69朋酒：两壶酒。斯：代词，复指酒。飨：以酒食款待人。70曰：语气助词。71跻（jī）：登。公堂：公共集会场所。72称：举起。兕觥（sì gōng）：犀牛角制成的酒杯。

赏析

诗从七月写起，按农事活动的顺序，以平铺直叙的手法，逐月展开各个画面。诗中使用的是周历。

首章以鸟瞰式的手法，概括了劳动者全年的生活。所谓“衣之始”“食之始”，实际上指农业社会中耕与织两大主要事项。这两项是贯穿全篇的主线。首章是说九月里妇女“桑麻之事已毕，始可为衣”。十一月以后便进入朔风凛冽的冬天，农夫们连粗布衣衫也没有一件，怎么能度过年关，故而发出“何以卒

岁”的哀叹。

诗的第二、三章情调逐渐昂扬，色调逐渐鲜明。明媚的春光照着田野，莺声呖呖。背着筐儿的妇女，结伴沿着田间小路去采桑。她们的劳动似乎很愉快，但心中不免怀有隐忧：“女心伤悲，殆及公子同归。”首章“田畯至喜”，只是以轻轻的一笔点到了当时社会的阶级关系，这里便慢慢地加以展开。“公子”，论者多谓豳公之子。豳公占有大批土地和农奴，他的儿子们对农家美貌女子也享有与其“同归”的特权。

第四、五两章虽从“衣之始”一条线发展而来，但亦有发展变化。“秀葽”“鸣蜩”，带有起兴之意，下文重点写狩猎。他们打下的狐狸，要“为公子裘”；他们打下的大猪，要贡献给豳公，自己只能留下小的吃。这里再一次描写了当时的阶级关系。

第六、七、八章，承“食之始”一条线而来，好像一组连续的电影镜头，表现了农家朴素而安详的生活。七八月里，他们打枣子，割葫芦。十月里收下稻谷，酿制春酒，给老人祝寿。可是粮食刚刚进仓，又得给老爷们营造公房，与上面所写的自己居室的破烂简陋形成鲜明对比。“筑场圃”“纳禾稼”，写一年农事的最后完成。到了最后一章，也就是第八章，诗人用较愉快的笔调描写了这个村落宴饮的盛况。

中国古代诗歌一向以抒情诗为主，叙事诗较少。这首诗却以叙事为主，在叙事中写景抒情，形象鲜明，诗意浓郁。

鸱　鸮

鸱鸮[①]鸱鸮，既取我子，无毁我室。
恩斯勤斯[②]，鬻子之闵斯[③]！
迨[④]天之未阴雨，彻彼桑土[⑤]，绸缪牖户[⑥]。
今女下民，或敢侮予！
予手拮据[⑦]，予所捋[⑧]荼，予所蓄租[⑨]，
予口卒瘏[⑩]，曰予未有室家[⑪]。
予羽谯谯[⑫]，予尾翛翛[⑬]，予室翘翘[⑭]。
风雨所漂摇，予维音哓哓[⑮]。

①鸱鸮（chī xiāo）：即猫头鹰，专捕其他小鸟为食。②恩斯勤斯：恩即殷，斯是语尾助词，“殷勤”意思是辛辛苦苦地。③鬻子之闵斯：鬻通“育”；子，雏鸟；闵，病。全句意思是“我就是为抚育小鸟才累得病了”。④迨：及，趁着。⑤彻彼桑土：彻，剥取。桑土的“土”是“杜”的假借，桑杜指桑根。⑥绸缪牖户：绸缪，缠得很紧。牖户原指门窗，此处指巢的空隙。⑦拮据：形容双手劳累，后来人们比喻境况窘迫或事情为难。⑧捋（luō）：取得。⑨蓄租：蓄，积聚。租通“苴”，茅草。⑩卒瘏：卒同“悴”。瘏，口病。⑪室家：巢。⑫谯谯（qiáo）：羽毛脱落憔悴的样子。⑬翛翛（xiāo）：羽毛干枯不润泽。⑭翘翘：高危而不安的样子。⑮哓哓（xiāo）：由于恐惧而发出的哀鸣。

《鸱鸮》是《诗经》中绝无仅有的一篇绝妙的禽言诗。通篇以一只失去小鸟但仍努力营筑巢室的母鸟的口吻，写出她自己的辛勤劳瘁。以情理推度，诗人不会有的放矢，作无病呻吟的诗，所以此诗应当是一首别有寄托的寓言诗。

全首诗都用隐喻，借禽言来叙述自己的志向。首章恐惧恶鸟危害小鸟的母鸟，对恶鸟鸱鸮做哀怨的控诉，不许它再毁坏自己的巢室。第二章母鸟未雨绸缪，防患未然，殷勤修筑巢室，希望人勿侮慢自己，语句迫切有力。第三章母鸟自言筑巢很艰难，由于用“捋荼”“蓄租”来垫巢室，结果爪和嘴都因过于疲劳都是伤。末章承接第三章，以叠字形容自己已筋疲力尽，但巢室已经初步修成，可处境仍然很危险，所以因恐惧而悲鸣。

《豳风》的诗，章的结构和语法似乎都比以前的诗有进步，章中句的安排变化较多，双声（拮据）叠韵（恩勤、绸缪、漂摇）用得活灵活现，位置的变化、句法的新奇、音韵的圆美，尤其末章的五句，连用四句叠字（谯谯、翛翛、翘翘、哓哓），尤为得力，令人耳目一新。

东　山

我徂东山[①]，慆慆[②]不归。我来自东，零雨其濛[③]。
我东曰归，我心西悲。制彼裳衣[④]，勿士行枚[⑤]。
蜎蜎者蠋[⑥]，烝[⑦]在桑野。敦[⑧]彼独宿，亦在车下。
我徂东山，慆慆不归。我来自东，零雨其濛。
果蠃[⑨]之实，亦施于宇。伊威[⑩]在室，蠨蛸[⑪]在户。
町畽[⑫]鹿场，熠耀宵行[⑬]。不可畏也，伊可怀也！

我徂东山，慆慆不归。我来自东，零雨其濛。

鹳鸣于垤[14]，妇叹于室。洒扫穹窒[15]，我征聿至[16]。

有敦瓜苦[17]，烝在栗薪[18]。自我不见，于今三年！

我徂东山，慆慆不归。我来自东，零雨其濛。

仓庚[19]于飞，熠耀其羽。之子于归，皇驳[20]其马。

亲结其缡[21]，九十其仪[22]。其新孔嘉，其旧如之何[23]？

①我徂东山：徂，往。东山，东征的地方。②慆慆（tāo）：久久。③零雨其濛：零雨，细雨、小雨。濛，形容小雨的状词。④制彼裳衣：制，制作。裳衣，普通的服装。⑤勿士行枚：勿士，勿事、不必做。行，出征。枚，衔枚，古人行军，口中横衔着枚（枚是像筷子似的东西），以防止出声，这里的意思是“不要从事战争”。⑥蜎蜎（yuān）者蠋（zhú）：蜎蜎，虫蠕动的样子。蠋，桑间野蚕。⑦烝：发语词，乃、曾的意思。⑧敦：身体蜷缩成团。⑨果蠃（luǒ）：蔓生的葫芦科植物，果实和黄瓜差不多，根可入药，又叫天瓜，俗名天花粉。⑩伊威：又作蛜蝛，虫名，椭圆而扁的甲虫类，灰色多节足，生在潮湿的地方，俗呼潮虫。⑪蟏蛸（xiāo shāo）：虫名，是一种长足的小蜘蛛。⑫町畽（tǐng tuǎn）：指地面上被鹿踏过有痕迹的地方。⑬熠（yì）耀宵行：熠耀，闪烁发亮的

样子。宵行，虫名，今名萤火虫。⑭鹳鸣于垤（dié）：鹳，水鸟名，跟鹤很相似但顶不红，全身灰白色，尾巴黑色。垤，小土堆。⑮穹窒：清除脏物。⑯聿（yù）：语气助词。⑰瓜苦：苦瓜。⑱栗薪：堆积的薪柴。⑲仓庚：黄鹂。⑳皇驳：皇，黄白色的马。驳，红白色的马。㉑缡（lí）：蔽膝的佩巾。古时女子出嫁时，母亲亲自为女儿系好佩巾。㉒九十其仪：说明结婚仪式细节的繁多。㉓"其新"二句：孔，非常。嘉，美。旧，久。大意是女子刚结婚来时很美，一晃三年，不晓得怎样了。

这是一首描写士卒在还乡途中思念家乡的抒怀之诗。可能与周公东征有关，有些学者则认为是周公为了慰劳士卒们而作。

首章写久征而归，想象可以"脱我战时袍，着我旧时裳"，暗自庆幸从此不用上战场了，像野蚕孤独地蜷曲着身体独自一人睡在桑野的地方，说明心情轻松愉快。

二章写归途中思念久别的家园，虽然家园景物的荒凉令人畏惧怆恨，但想到家乡还有"伊可怀也"，一时畏惧怆恨都没有了，一心一意要回家看他所怀念的伊人。

三章写他想象自己的妻子正在想念他的情况，战士的脑海出现妻子在那荒宅中悲叹着，可是一听丈夫即将回来，为迎接他的归来，正在清洁屋宇，把两人分开的痛苦剪接在一起，最后导入往日缠绵恩爱的快乐气氛之中，而这快乐正是两人所共有的。

末章春光乍现，呈现着三年前新婚时夫妻嬉笑的回忆。"其新孔嘉，其旧如之何？"（妻子刚嫁来时很美，一晃三年不知怎样了？）因为憧憬着久别重逢之乐，更显现盼望早日归去与妻子团聚的迫切心理，诗人写得淋漓畅快。古来写征人凯旋的诗，很难找到第二首如此高水平的。

《东山》在格调上每章首四句相同，而"我徂自东，慆慆不

归”两句没有押韵，以独韵起，可说是独创一格的；而各章首四句相同，后八句情景不同，也是《国风》中比较少见的。末章的“其羽”“其马”“其缡”“其仪”与“其新”“其旧”的相呼应，就如他的心情一般，由低处提升到快乐的高峰。

破　斧[1]

既破我斧，又缺我斨[2]。周公东征[3]，四国是皇[4]。

哀我人斯，亦孔之将[5]。

既破我斧，又缺我锜[6]。周公东征，四国是吪[7]。

哀我人斯，亦孔之嘉[8]。

既破我斧，又缺我銶[9]。周公东征，四国是遒[10]。

哀我人斯，亦孔之休[11]。

①这是一首赞美周公东征，同时庆幸生还的诗。②斨（qiāng）：方孔斧。③周公：周武王的弟弟，名旦。周武王死后，儿子成王年幼，由周公辅政。武王的弟弟管叔、蔡叔和纣王的儿子武庚勾结起来发动叛乱，于是周公带兵出征平定叛乱，史称周公东征。④四国：四方诸侯国。皇：通“匡”，匡正。⑤亦：语气助词。孔：很。将：大，美。⑥锜（qí）：一种形似三齿锄的兵器。⑦吪（é）：感化。⑧嘉：美好。⑨銶（qiú）：即“锹”。或以为独头斧。⑩遒（qiú）：稳定。⑪休：美好。

此诗共三章，采用复沓形式，各章仅异数字。孔颖达疏曰："三章上二句恶四国，下四句美周公。"

第一章前两句以"既破""又缺"起始，斧、斨均为生产工具，人们赖以创造财富、维持生计。然这些工具均因为四国之君长年累月服劳役而破损、缺痕，家计亦因此而处于困苦之中，故而怨恨深深。人们生活在这样的艰难困苦之中，终于有了转机，有了希望：周公率兵东征了。

第三、四两句是因果关系：由于周公东征，所以四国叛乱者惊惧恐慌。政局有转机，全是周公的功劳，故这两句从国的角度美周公，亦是叙事中含抒情，是间接的赞颂。

第五句"哀我人斯"省略了主语周公。周公对人民如此哀怜体恤，故逼出第六句：这是很崇高很伟大呀！这是人民以自身的感受从内心发出的歌赞声。

第二、三两章，结构与第一章完全相同，仅换几个字。"锜"不论解作凿或锯，"銶"不论解作凿还是独头斧，均为劳动生产的工具，其在诗中的作用亦与第一章的"斨"相同。这头两句同样在"恶四国"，下四句亦是"美周公"，仅换几个字。

综观全篇，这第四句的最后一字"皇""吪""遒"似非信手安排，而是有逐层递进、逐层深入的关系在。"皇"，如解为惊恐，则只是乱政的动摇，还未真正改变；如释为匡正，那也只是治的开始，对人民来说这只是外部条件的变化。而"吪"，受教育、受感化，这是深入内部的变化。最后的"遒"，团聚、强固，则已结出丰硕的果实了。末二句"嘉""休"基本同义，亦如第一章，是对周公的德行发自内心的赞颂。

伐 柯

伐①柯②如何？匪斧不克③。取妻④如何？匪媒不得。

伐柯伐柯，其则不远⑤。我觏⑥之子，笾⑦豆⑧有践⑨。

①伐：砍伐。②柯：斧柄。③克：能。④取妻：迎娶媳妇。⑤则：法则。⑥觏：遇见。⑦笾（biān）：古代祭祀和宴会时盛果品的竹篾食具。⑧豆：古代盛肉或其他食品的木制器皿。⑨践：陈列整齐的样子。

这是一首婚礼中感谢媒人的诗，章节少，意思比较简单。

第一章用做斧头需要斧柄的道理，来说明在婚姻中媒人的重要作用；第二章中说明媒人是我们的好榜样，婚宴礼节中有了媒人就万事大吉了。诗中含有男子感谢媒人的介绍，以及婚宴时祥和如意的场面。

九　罭[①]

九罭[②]之鱼鳟鲂[③]，我覯之子[④]，衮衣绣裳[⑤]。

鸿飞遵渚[⑥]，公归无所[⑦]，于女[⑧]信处！

鸿飞遵陆，公归不复[⑨]，于女信宿！

是以有衮衣兮，无以我公归兮！无使我心悲兮！

①这是一首留客诗。②九罭（yù）：闻一多《风诗类钞》："九，虚数，言其多。罭，网目，目多则网密。"九罭是捕小鱼的密网。③鳟鲂：都是大鱼名，这里用以比喻客人。④覯（gòu）：见。之子：这个人，指客人。⑤衮衣：绣着龙的上衣。绣裳：绣有五彩花纹的下衣。均为贵族的服饰。⑥鸿：大雁。遵：沿着。渚（zhǔ）：水中沙洲。⑦所：处所。⑧于：语气助词。女：通"汝"，你。⑨复：回来。

全诗三章，运用象征指代的手法，以"九罭"指代周密的安排布置，以"鳟鲂"来指代客人的身份地位。相衬之下，主人地位卑微，客人身份尊贵。后面以"衮衣绣裳"指代客人，地位比"黻衣绣裳"更高。

第一章是先果后因。"九罭之鱼鳟鲂。"急急忙忙拿了细网眼的渔网去捕鳟鱼、鲂鱼，是因为"我覯之子，衮衣绣裳"，那位穿着礼服的高级官员来了。用细眼网捕鱼，志在必得，大小鱼不漏网。

只点明“鳟鲂”，专取美味，不顾其余。一开始就把主人殷勤、诚恳待客的心情诉说出来了。

第二章和第三章，基本上是语义反复。鸿雁留宿沙洲水边，第二天就飞走了，不会在原地住两夜的。诗人用这个自然现象，比喻那位因公出差到此的高级官员，在此地住一晚，明天就要走了。“于女信处”“于女信宿”，意思是：请您再住一晚吧！挽留的诚意与巧妙的比喻结合，情见乎词。

最后一章直抒胸臆。“是以有衮衣兮，无以我公归兮”两句，用当时下层官员、百姓挽留高级官员的方式：把高级官员的礼服留下来，表达诚恳的挽留。最后一句“无使我心悲兮”正面点出全诗感情核心：因高级官员离去而悲伤。至此，感情的积累到了坦率暴露的结局，这是前面捕鱼、以雁喻人、多住一晚等活动中流贯感情的积聚，到最后总爆发。结构安排得层层推进，按时序的叙述，使这首诗取得较强烈的抒情效果。

狼 跋

狼跋[1]其胡[2]，载[3]疐[4]其尾。公孙[5]硕肤[6]，赤舄[7]几几[8]。

狼疐其尾，载跋其胡。公孙硕肤，德音[9]不瑕[10]。

①跋：踩、践踏。②胡：颈下的垂肉。③载：又、且。④疐（zhì）：断、牵绊。⑤公孙：国君子孙，这里指贵族子弟。⑥硕肤：肥胖的样子。⑦赤舄（xì）：贵族穿的红鞋。⑧几几：鞋尖翘起的样子。⑨德音：名誉。⑩不瑕：无过错。

这是一首嘲讽贵族的诗篇。

本诗两章的笔法相同，都把奢侈的贵族比作没了胡子、断了尾巴的狼，即头两句："狼跋其胡，载疐其尾。"

诗的后两句引申的意思为"即便你挺着肚皮，穿着高贵的红鞋子，但你荒淫无度、卑鄙奢侈的本质并没有变"。

狼

目　录

谷风之什

甫田之什

鱼藻之什

大雅

文王之什

生民之什

荡之什

小雅

鹿鸣之什

《诗经 · 小雅》之一，存诗十篇。《鹿鸣》是《小雅》中排列首位的诗篇，是《诗经》“四始”之一。朱熹说：“雅、颂无诸国别，故以十篇为一卷，而谓之什，犹军法以十人为什也。”“鹿鸣之什”即以《鹿鸣》为第一首诗的十首诗歌的总集。

鹿　鸣

呦呦[1]鹿鸣，食野之苹[2]，我有嘉宾，鼓瑟吹笙。

吹笙鼓簧[3]，承筐是将[4]。人之好我，示我周行[5]。

呦呦鹿鸣，食野之蒿。我有嘉宾，德音孔昭[6]。

视民不恌[7]，君子是则是效[8]。我有旨酒，嘉宾式燕以敖[9]。

呦呦鹿鸣，食野之芩[10]。我有嘉宾，鼓瑟鼓琴。

鼓瑟鼓琴，和乐且湛[11]。我有旨酒，以燕乐嘉宾之心。

注释

①呦呦（yōu）：鹿鸣的声音。拟声语。②苹：蒿类植物，又名藾蒿，嫩时可食。③簧：笙的舌片。④承筐是将：承，捧着。筐，用以盛币帛送礼的竹器。将，送。此句意思是把币帛盛在筐里送给客人。⑤周行（háng）：大道，引申为道理。⑥孔昭：孔，很甚至。昭，明。⑦视民不恌：视通"示"，示范、启示。恌通"佻"，轻薄。⑧效：效法。⑨式燕以敖：式，发语词。燕，通"宴"。敖，舒畅欢乐。⑩芩：一种蔓生的草，茎如钗股，叶如竹。⑪湛：通"媅"，极其欢乐。

鹿

赏析

《鹿鸣》是小雅鹿鸣之什的首篇，也是《小雅》的首篇。

《诗经》的第二部分是《小雅》，共有诗七十四篇，每十篇为一组，共八组。雅即典雅、优雅的意思，大概是借以强调所有属于小雅的诗篇，都是宫廷大臣或贵族所写的，而不是老百姓写的。

“鹿鸣”三章，都是兴体。首章以鹿鸣食苹为兴，接着叙述宴会上鼓瑟吹笙，给嘉宾演出，所请的嘉宾，不是本国群臣，就是诸侯使者，而谦冲的主人则进币帛，请他们指示大道。

次章以鹿鸣食蒿为兴，叙述主人赞美嘉宾、殷殷劝酒的情景。末章以鹿鸣食芩为兴，着重叙述奏乐饮酒、宾主尽欢的场面。

《诗经》时代的音乐早已不传，我们没法欣赏《鹿鸣》里的音乐，但从歌词音节的和谐悦耳来说，我们足以感受到“欢欣和悦”的气氛，周朝贵族的会宴情景，大概也就如此吧？

四　牡

四牡骓骓[①]，周道倭迟[②]。岂不怀归[③]？王事靡盬[④]，我心伤悲。

四牡骓骓，啴啴骆马[⑤]。岂不怀归？王事靡盬，不遑启处[⑥]。

翩翩者鵻[⑦]，载飞载下[⑧]。集于苞栩[⑨]，王事靡盬，不遑将[⑩]父。

翩翩者鵻，载飞载止，集于苞杞[⑪]。王事靡盬，不遑将母。

驾彼四骆，载骤骎骎[⑫]。岂不怀归？是用[⑬]作歌，将母来谂[⑭]。

注释

①四牡：指驾车的四匹雄马。骓骓（fēi）：行走不止貌。②周道：大道。倭迟：即“逶迤”，道路崎岖不平，辽远。③怀归：思归。④靡盬（gǔ）：没有止息。⑤啴啴（tān）：马疲惫喘息貌。骆马：白马黑鬣。⑥不遑：无暇。启：即所谓“危坐”，相当于今之跪。处：即“安坐”，古代所谓“安坐”，是先跪下来，再将臀部坐于自己脚后跟上。⑦翩翩：飞行貌。鵻（zhuī）：斑鸠。或以为祝鸠，或以为鸽子。⑧载飞载下：上下飞翔。载，语气词。⑨集：落。苞栩，丛生的柞木。⑩将：养（辽宁东部一带俗间仍说“将养”）。⑪杞：灌木，又名枸杞。⑫骤：疾驰貌。骎骎（qīn）：马奔驰貌。⑬是用：是以，所以。⑭将母来谂（shěn）：将母亲来思念。谂，思念。

赏析

这是一篇久役不归而思家之作，诗意甚明。如果把本诗与《鸨羽》联系起来看，则可相得益彰：两诗都以鸟的飞翔和降落于从生灌木中，令人联想服役劳苦、宿无定所的情形。他们之所以“载飞载下”“载飞载止”，是因为找不到合适的落脚点，这种描写在《小雅》中有三篇，都与动乱和行役的辛劳不安有关。集于“苞栩”“苞杞”的描写，也象征着行役之人野外露宿的凄苦。因为栩、棘、杞、桑，这些丛生的灌木大多是有刺的树木，是不易落脚的，这些自然环境也是生命环境艰苦的代码。《诗经》中讲述周部族祖先经营岐周之地时，特别提到拔柞棫、开道路的情景，意在描述祖先开创事业的艰辛，可以想见，在杂木丛生的原野上行进的人们，他们的感受是怎样的呢？《诗经》中三篇提到苞栩一类的杂木，情调都是忧伤的，应该都与象征人类的生存环境之艰难有关。

于是，我们看到，飞鸟的“载飞载止”与其降落于苞栩、苞棘的描写，是诗人有固定内涵的“兴象”，其远古的“始基”盖来自人类征服自然环境的艰难过程，那过程充满了人类的情感，所谓“自然向人生成”，就应该包含着理性与情感的双重效应。

皇皇者华[①]

皇皇者华[②]，于彼原隰[③]。駪駪征夫[④]，每怀靡及[⑤]。

我马维驹[⑥]，六辔如濡[⑦]。载驰载驱，周爰咨诹[⑧]。

我马维骐[⑨]，六辔如丝。载驰载驱，周爰咨谋。

我马维骆[⑩]，六辔沃若[⑪]。载驰载驱，周爰咨度[⑫]。

我马维骃[⑬]，六辔既均[⑭]。载驰载驱，周爰咨询。

①这是一首描写使臣外出访求贤者的诗。②皇皇：犹"煌煌"，色彩鲜明的样子。华：同"花"。③原：高平之地。隰（xí）：低湿之地。④駪駪（shēn）：匆忙的样子。一说众多的样子。征夫：远行的人，指使者。⑤靡及：没有达到目的。⑥驹：少壮的马。⑦辔：马缰绳。濡：浸润。⑧周：普遍。爰：语气助词。咨诹（zōu）：询问商量。⑨骐：青色而有黑色纹理的马。⑩骆：黑鬣白毛的马。⑪沃若：柔润光泽的样子。⑫度：酌量。⑬骃（yīn）：间有白毛的浅黑色马。⑭均：匀称，整齐。

赏析

“君教使臣”乃此诗之原旨。使臣秉承国君之命，重任在身，故必须以咨诹善道，广询博访。上以宣国家之明德，下以辅助自己之不足，以期达成使命，因而“咨访”实为使臣之要务。

诗的首章，先阐明君教使臣之旨，诗人说：“皇皇者华，于彼原隰。駪駪征夫，每怀靡及。”诗意委婉而寄意深长，既以慰使臣行道的辛苦，又诫其必须忠于使命，常以“靡及”自警。从措辞来看，是婉而多风，而用意则非常庄重。

第二章原诗云：“我马维驹，六辔如濡。载驰载驱，周爰咨诹。”前三句皆为使臣自道其出使在征途上的情况，第四句“周爰咨诹”，始表明“博访广询，多方求贤”之义，亦即“君教使臣”的主要内容，而为“每怀靡及”句中使臣所怀思的主旨。第三章至第五章的诗意，与第二章全同，特因叶韵关系，在语词上做了改变：“我马维驹，六辔如濡”“我马维骆，六辔沃若”“我马维骃，六辔既均”。此数语，皆以道使臣在奉使途中威仪之盛。因车有四马，故章次亦叠至四次。第二章言“载驰载驱，周爰咨诹”，第三章言“载驰载驱，周爰咨谋”，以及第四章、第五章之“周爰咨度”“周爰咨询”，其意义皆为“遍于咨询”，亦即“广询博访”之义。

综观此诗，倘若无首章“每怀靡及”之语，首章以“皇皇者华”起兴，命意笼罩全诗，“君之使臣以敬，臣之受命以庄，”虽是古语，还是有借鉴意义的。

常　棣

常棣[1]之华[2]，鄂[3]不韡韡[4]。凡今之人，莫如兄弟。

死丧之威[5]，兄弟孔怀[6]。原隰裒[7]矣，兄弟求矣。

脊令[8]在原，兄弟急难[9]。每有[10]良朋，况[11]也永叹。

兄弟阋于墙[12]，外御其务[13]。每有良朋，烝[14]也无戎[15]。

丧乱[16]既平，既安且宁。虽有兄弟，不如友生[17]。

傧[18]尔笾豆，饮酒之饫[19]。兄弟既具，和乐且孺[20]。

妻子好合[21]，如鼓瑟琴。兄弟既翕[22]，和乐且湛。

宜尔室家，乐尔妻孥[23]。是究是图，亶其然乎[24]！

①常棣：木名，现在的郁李。②华：花。③鄂：通“萼”，花萼。④韡韡(wěi)：鲜明的样子。⑤威：通“畏”，指死丧害怕的事。⑥孔怀：十分怀念。⑦裒(póu)：聚集。⑧脊令：鸟名。头黑额白，背黑腹白，尾长，住水边。⑨急难：救急于危难。⑩每有：虽有。⑪况：增加。⑫兄弟阋于墙：兄弟因为内部的事争吵。阋，争斗。⑬务：通“侮”。⑭烝：乃，就是。⑮戎：帮助。⑯丧乱：死丧祸乱。⑰友生：友人，友好的异性。⑱傧：陈列。⑲饫(yù)：吃饱喝足。⑳孺：快乐，这里指相亲。㉑好合：关系融洽。㉒翕：合、聚。㉓孥：儿女。㉔亶其然乎：确实这样。亶，确实。

这是一首描写兄弟亲人欢聚宴饮的诗。

全诗共分八章，分别从不同的侧面叙述兄弟情深。开始把兄弟感情比作常棣花开，任何花都不如它漂亮。接着写人遇到恐惧、死亡的时候都会首先想到亲人，哪怕在尸骨遍野的地方，兄弟也会寻找亲人。第四章写平时兄弟在家打闹不休，可到了外面还是手足情深。后三章描写兄弟亲人宴饮的场景：拿起你的酒杯，听着悦耳的琴声，和睦的家庭多么美好，兄弟之间的快乐真是无穷无尽啊！

伐　木

伐木丁丁[1]，鸟鸣嘤嘤[2]。出自幽谷[3]，迁于乔木。

嘤其鸣矣，求其友声，相[4]彼鸟矣，犹求友声。

矧[5]伊人矣，不求友生[6]？神之[7]听之，终和且平。

伐木许许[8]，酾酒有芎[9]。既有肥羜[10]，以速诸父[11]。

宁适不来？微我弗顾[12]。於粲[13]洒扫，陈馈八簋[14]。

既有肥牡[15]，以速诸舅[16]。宁适不来，微我有咎。

伐木于阪[17]，酾酒有衍[18]。笾豆有践，兄弟无远。

民之失德，干糇以愆[19]。有酒湑[20]我，无酒酤[21]我，坎坎[22]鼓我，

蹲蹲[23]舞我。迨我暇矣，饮此湑矣。

注释

①丁丁（zhēng）：用刀斧砍木头的声音。②嘤嘤：鸟鸣声。③幽谷：深谷。④相：看看。⑤矧（shěn）：何况。⑥友生：朋友。⑦神之：谨慎。⑧许许：用锯伐木的声音。⑨酾酒有芎：酾（shī），以竹器滤酒，把酒糟澄滤干净。芎（xù），指酒味美好。⑩羜（zhù）：五个月的小羊。⑪以述诸父：述，邀请。诸父，同姓长辈。⑫宁适二句：适，凑巧。此句意思是宁使他们有之事而不来，而不是我礼节不周祥；下文“宁适不来，微我有咎”意思与此处相近。咎，过失。⑬於（wū）粲：於，感叹词。粲，鲜明的样子。⑭陈馈八簋：陈，摆列。馈，食品。八，

多。簋（guǐ），盛食物的器皿。⑮牡：指雄性。⑯诸舅：指异姓长辈。⑰阪：山坡。⑱衍：多。⑲干糇（hóu）以愆：糇，指干粮，此则泛指粗劣的食品。愆，过失。⑳湑：与“醑”相同。㉑酤：买酒。㉒坎坎：击鼓声。㉓蹲蹲（cún）：本作“墫墫”；跳舞的样子。

赏析

《伐木》是宴请亲朋好友叙旧时所唱的歌，从诗中所用的“伐木”“鸟鸣”等比兴来看，本诗原出自民间而被贵族所采用，或者是贵族文人仿照民歌而作的。

《伐木》的风格和《鹿鸣》差不多，这种“正小雅”的燕飨乐歌，是小雅的本色，但“伐木”和“鹿鸣”仍有不同之处：宴饮朋友的情调毕竟和燕飨贵宾不同，在这种场合中，都暂时摆脱了一切束缚，击鼓、歌唱、跳舞，通宵达旦；《鹿鸣》只涉及音乐，而《伐木》除音乐击鼓之外，还涉及了宴饮时的舞蹈，这乐歌是配合宴饮时所唱的，可以看出小雅的诗中有许多歌舞乐三者合一了的诗，《墨子·公孟篇》也说：“儒者颂诗三百，弦诗三百，歌诗三百，舞诗三百。”

诗中多次用倒装的句法，更为一大特色，末章连续四句的“湑我”“酤我”“鼓我”“舞我”，实际是“我湑”“我酤”“我鼓”“我舞”的倒装，而此四个“我”字都是感叹词，为“哦”的意思，但作“我”也可以解释得通。

天保

天保定[1]尔，亦孔之[2]固。俾尔单[3]厚，何福不除[4]？
俾尔多益[5]，以莫不庶[6]。
天保定尔，俾尔戬谷[7]。罄[8]无不宜，受天百禄[9]。
降尔遐福[10]，维日不足[11]。
天保定尔，以莫不兴[12]。如山如阜[13]，如冈如陵[14]。
如川之方至[15]，以莫不增[16]。
吉蠲为饎[17]，是用孝享[18]。禴祠烝尝[19]，于公先王[20]。
君曰卜[21]尔，万寿无疆。
神之吊[22]矣，诒[23]尔多福。民之质[24]矣，日用饮食[25]。
群黎百姓[26]，遍为[27]尔德。
如月之恒[28]，如日之升。如南山之寿，不骞不崩[29]。
如松柏之茂，无不尔或承[30]。

注释

①保：保护。定：平安。②亦：又。孔：甚。之：其。③俾：使。单：本字当作"亶"，诚，厚。④除：通"予"，训"赐予"。或以为"储"，训"积蓄"。⑤多益：多富，即富有。⑥庶：众多。⑦戬（jiǎn）谷：福禄，亦即幸福。⑧罄（qìng）：尽，指所有的一切。⑨百禄：百福。百，多。⑩遐福：远福，即久长、远大之福。⑪维日不足：维，

通“虽”，此言因福之多而广远，日日享福也享受不完。犹今人言享不尽的荣华富贵。⑫兴：兴盛。⑬阜（fù）：高丘。⑭陵：丘陵。⑮如川之方至：如河水方涨。方，并，齐。⑯增：增加。⑰吉蠲（juān）：指吉日斋戒沐浴。蠲，清洁。为饎（chì）：置办酒食。饎，酒食。⑱孝享：献祭。孝，祭祀。⑲禴（yuè）祠烝尝：四时祭祖的不同名称。春曰祠，夏曰禴，秋曰尝，冬曰烝。⑳于公先王：指献祭于先公先王。㉑君：先君。指祭祀时扮演先君的神尸。或以为君借为“群”，指群臣。卜：付，给予。或以为“报”。㉒之：是，如此，这样。吊：应训“淑”，即善。㉓诒：送，赠给。㉔质：质朴，诚实。㉕日用饮食：以日月饮食为事，形容人民质朴之状态。㉖群黎：民众，指普通劳动人民。百姓：贵族，即百官族姓。㉗为：读“讹”，即感化。㉘恒：常，即永恒。㉙骞：亏损。崩：崩溃。㉚或承：即“是承”。承，继承，承受。

赏析

这纯然是一篇臣下对君王的祝福之词，但诗中表现了可贵的理性精神的萌芽，即人们经常说到的周代“敬天保民”思想。

诗中反复强调的是上天与君王之德，这就是人们常说的周人“敬天保民”思想的表现。这是在由殷商文明到周文明转化期，即由完全地依附于神灵到把神与民联系起来的过程中，表现出人可贵的“觉醒”理性精神之萌生。

诗中许多祝福的话，成为农业民族实现幸福、希望和理想的典型语言，特别是三章和末章，本是人人能懂的话，倘今人顺口说出来，也显得温雅庄重。一经翻译成现代汉语，虽明白了，可是失去了庄重的特点。四字句典雅的风格和美感是无可取代的。倘若把山川大地万物的繁兴与财富的积累，扩展开来，就成为汉赋中大段的山水、动植、物产的铺叙，我们由此可以略微看出周代文明作为中华礼乐文明基础的意义。

采　薇

采薇[1]采薇，薇亦作止[2]。曰归曰归，岁亦莫止。
靡[3]室靡家，猃狁[4]之故。不遑启居[5]，猃狁之故。
采薇采薇，薇亦柔止。曰归曰归，心亦忧止。
忧心烈烈[6]，载饥载渴[7]。我戍未定，靡使归聘[8]。
采薇采薇，薇亦刚[9]止。曰归曰归，岁亦阳[10]止。
王事靡盬，不遑启处。忧心孔疚[11]，我行不来[12]。
彼尔[13]维何？维常[14]之华。彼路[15]斯何？君子[16]之车。
戎车既驾，四牡业业[17]。岂敢定居？一月三捷。
驾彼四牡，四牡骙骙[18]。君子所依[19]，小人所腓[20]。
四牡翼翼[21]，象弭鱼服[22]。岂不日戒，猃狁孔棘[23]。
昔我往矣，杨柳依依[24]。今我来思，雨雪霏霏[25]。
行道迟迟，载渴载饥。我心伤悲，莫知我哀！

注释

①薇：野菜名，即野生的豌豆苗，初生时可以吃。②作止：作，生出。止，语尾助词，没有含义。③靡：无。④猃狁（xiǎn yǔn）：在西北方的种族名称，殷末周初称鬼方，西周时称猃狁，春秋时称北狄，秦汉时称匈奴。⑤不遑启居：遑，暇、时间。启，跪，古时用席，不论坐跪都是两膝着席，坐时把臀部贴在足跟上，跪时则将

腰部伸直，臀部同足跟离开，此处的跪实际指坐，启居合称，意思是安居。⑥烈烈：形容忧心如焚的样子。⑦载饥载渴：载……载……，即又……又……。⑧我戍二句：戍，驻防的地方。归，使。聘，问。这两句的意思是我驻防的地方不固定，无法使人捎信回去问候家人。⑨刚：指植物老了，变得粗硬了。⑩阳：指十月，现在也称十月为“小阳春”。⑪孔疚：孔，非常。疚，病痛。孔疚，（心中忧愁）非常痛苦。⑫来：慰问。⑬尔：通“苶”，花盛开的样子。⑭常：即常棣，木名，花两三朵成一撮，开时向下垂着，果实同李子差不多。⑮路：通“辂”，车高大的样子。⑯君子：此指主帅。⑰四牡业业：牡（mǔ），驾车的雄马。业业，高大的样子。⑱骙骙（kuí）：强壮的样子。⑲依：乘。⑳腓：隐蔽掩护。㉑翼翼：行列整齐的样子。这里指训练有素。㉒象弭鱼服：弭，弓两端触弦的地方，是用骨头做的，意思是用象牙做弓弭。服，盛箭的器具，意思是用鱼兽制成的箭囊。㉓孔棘：非常紧急。棘，通“亟”。㉔依依：指柳条迎风飘拂，柔嫩婀娜的样子。㉕雨雪霏霏：雨是动词，雨雪即下雪；霏霏，雪盛大而纷飞的样子。

《小雅》诗篇，一般都比《国风》长，而且主要是讲贵族生活中那些宴会、祭祀、狩猎等，多是公开性质的欢乐事件，但是也有爱情诗篇，也有慨叹战争的折磨，并且责难暴政，控诉污蔑人民的贪官恶吏，以及上层阶级的奢侈生活与其他性质相同的政治病态的诗。这一类的诗虽然是写对君王表示抗议，并使他们睁开眼睛看看种种邪恶的事，但却常常使用隐喻。

那些讲游乐、狩猎的诗篇并没有太多深意，它们都有一种兄弟在一起共同欢乐的爽朗豪迈的气魄，对于食物、家具、服饰、盔甲，以及贵族的其他用具，都有十分详尽的描述，是典型的封建时代的文学作风，对研究物质文化的学者来说，是极好的资料宝库。至于那些哀叹及谴责诗篇，由于情绪激烈，所以更能撼动人心。《采薇》正属于此类，它描写战争带给人民的痛苦，无论谁读了这几行诗，都不会不受感动的。

由于战争，百姓不能安居乐业，不得不背井离乡从事战斗，“采薇”正借戍卒的生活反映戍边作战的凄苦境况。首章写为了征伐狁狁而离家远征在外。二章、三章写戍卒驻防的地方不固定，与家人隔绝联系，以及种种饥渴劳苦的状态。四章、五章追述戍守时紧张劳苦的生活。末章写士卒在归途中抚今追昔，因痛定思痛而更加悲伤，但“我心伤悲”却“莫知我哀”，实乃真情流露。

出　车[1]

我出我车，于彼牧[2]矣。自天子所[3]，谓我来[4]矣。

召彼仆夫[5]，谓之载矣。王事多难，维其棘矣[6]。

我出我车，于彼郊矣。设此旐[7]矣，建彼旄[8]矣。

彼旟旐斯[9]，胡不旆旆[10]？忧心悄悄[11]，仆夫况瘁[12]。

王命南仲[13]，往城于方[14]。出车彭彭[15]，旂旐央央[16]。

天子命我，城彼朔方。赫赫南仲[17]，猃狁于襄[18]。

昔我往矣，黍稷方华[19]；今我来思[20]，雨雪载途[21]。

王事多难，不遑启居[22]。岂不怀归？畏此简书[23]。

喓喓草虫[24]，趯趯阜螽[25]。未见君子，忧心忡忡[26]。

既见君子，我心则降[27]。赫赫南仲，薄伐西戎[28]。

春日迟迟[29]，卉木萋萋[30]。仓庚喈喈[31]，采蘩祁祁[32]。

执讯获丑[33]，薄言还归。赫赫南仲，猃狁于夷[34]。

注释

①这是一首描写将士出征及胜利归来的诗。②于：往。牧：郊外。《尔雅》："邑外谓之郊，郊外谓之牧。"③自：从。天子：指周王。所：处所。④谓：使。马瑞辰《通释》："《广雅》：'谓，使也。'谓我来，即使我来也。"⑤仆夫：驾车的人。⑥维：语气助词。棘：通"亟"，紧急。⑦设，陈列：设置。旐（zhào）：画有龟蛇图案的旗。

⑧建：竖立。旄（máo）：杆头装饰有牦牛尾的旗。⑨旟（yú）：画有鹰隼图案的旗。斯：语气助词。⑩旆旆（pèi）：随风飘扬的样子。⑪悄悄：忧愁的样子。⑫况瘁：憔悴，病。二字同义。⑬南仲：人名，周宣王时大臣。⑭城：筑城。方：指朔方，北方。⑮彭彭：强有力的样子。⑯旂：画有蛟龙的旗。央央：鲜明的样子。⑰赫赫：显赫的样子。⑱于：语气助词。襄：除。⑲方：正。华：开花。⑳来：归来。思：语气助词。㉑载：满。㉒遑：闲暇。启居：犹安居。㉓简书：文简书册，这里指命令。㉔喓喓（yāo）：虫鸣声。草虫：蝈蝈。㉕趯趯（tì）：跳跃的样子。阜螽（zhōng）：蚱蜢，蝗虫类。㉖忡忡（chōng）：忧愁的样子。㉗降：放下。㉘薄：语气助词。西戎：我国古代对西部少数民族的称呼。㉙迟迟：缓慢的样子。㉚卉：草。萋萋：茂盛的样子。㉛仓庚：亦作“鸧鹒”，即黄莺。喈喈：鸟鸣声。㉜蘩：白蒿。祁祁：众多的样子。㉝执：捉获。讯：问，一说指间谍。获：通“馘（guó）”，割耳朵。古时征战杀敌割左耳计功。丑：对敌人的蔑称。㉞夷：平定。

此诗语句凝练概括，把一场历时较长、空间地点转换得较为频繁的战争，浓缩在一首短短的诗里。

诗的前三章，描写战前准备的情况。在细部刻画上，采用了画面描绘与心理暗示相叠加的技法。第一章先是烘托战前紧急动员的氛围，末二句又暗示出主帅和士兵们心理上的凝重和压抑。第二章写军行至“郊”的凛然气势。末二句写出开赴前线的急行军中，士兵们焦急紧张的心理。第三章再叙军容之盛。在正确地部署了战斗的同时，末二句暗示出作者对赢得这场战争的自信。

诗的后三章避实就虚，把读者的注意力，从剑拔弩张的紧张气氛中，出人意料地拉向了“黍稷方华”的初出征时，通过今昔对比，引导读者用想象去填补对战事的漫长与艰苦的认识。最后，很自然地引出对凯旋的由衷高兴和对主帅的赞美。

全诗共描绘了受命点兵、建旗树帜、出征北伐、转战西戎、途中怀乡、得胜而归六个不同时空的画面。诗人将这些并无紧密联系的场景、情节，借助情感来抒发、糅合、贯通，展开了一幅真实、广阔的古时征战图。

杕　杜[1]

有杕之杜[2]，有睆[3]其实。王事靡盬[4]，继嗣[5]我日。
日月阳止[6]，女心伤止，征夫遑[7]止！
有杕之杜，其叶萋萋[8]。王事靡盬，我心伤悲。
卉[9]木萋止，女心悲止，征夫归止！
陟[10]彼北山，言采其杞[11]。王事靡盬，忧我父母。
檀车幝幝[12]，四牡痯痯[13]，征夫不远！
匪载匪来[14]，忧心孔疚[15]。期逝不至[16]，而多为恤[17]。
卜筮偕[18]止，会[19]言近止，征夫迩[20]止！

①这是一首女子思念久役丈夫的诗。②杕（dì）：孤立的样子。杜：杜梨，又称甘棠、赤棠。③睆（huǎn）：果实浑圆的样子。④靡盬（gǔ）：无止息。⑤嗣：续。⑥阳：指夏历十月。止：语气助词。⑦遑：闲暇。⑧萋萋：茂盛的样子。⑨卉：草。⑩陟（zhì）：登。⑪杞：枸杞，树名。⑫檀车：檀木制的车，此指役车。幝幝（chǎn）：破旧的样子。⑬牡：公马。痯痯（guǎn）：疲惫的样子。⑭匪：通"非"。载：装载。⑮孔：甚，很。疚：悲伤。⑯期：约定的时间，此指服役的期限。逝：往，过去。至：到来。⑰多：俞樾认为当读为"祇"。祇，适也，正、恰义。恤：忧虑。⑱卜筮（shì）：占卜。用龟甲曰卜，用蓍（shī）草曰筮。偕：嘉，好。⑲会：相会。⑳迩：近。

赏析

第一章“有杕之杜，有睆其实”两句即以“兴”起首，是《诗经》中常用的手法之一。这以“兴”起的两句与后边的内容有着某种情绪的关联：孤立的赤棠，象征着夫妻分处，彼此孤零；但孤立的赤棠尚能结出圆滚滚的果实，而分离的夫妻却不能尽其天性，故不能不睹物而兴感！

第二章与第一章结构相似，意义相近。前两句也是以“兴”起。第二句的“其叶萋萋”，第五句的“卉木萋止”，如果以为时间与前章靠近，则可理解为杜叶尚未黄落，草色青青尚在，颇有“花开堪折直须折，莫待无花空折枝”(唐无名氏《金缕衣》)的珍惜年华之意。可是现在，王事没有结束，丈夫难以归来，眼看光阴虚度，青春已逝，怎不悲伤！

第三章起改用赋体。开头两句写登北山、采枸杞。郑笺云：“杞非常菜也，而升北山而采之，托有事以望君子。”故此两句并非游离中心之句，而是深含怀亲望夫之情。

第五、六、七三句，全为揣想之词。“檀车”是檀木制作的役车，或者说是以檀木为轮的车。戍役时间那么久，想象所乘役车早已破旧，拉车的四马也已疲困，再也不能继续役作了。如以此为前提，则自然得出结论：征夫回家的日子不远了。

第四章仍用赋体。第一句两个“匪”，是为了音节的需要，实际上用一个就行，即“匪载来”（车子没有载着你回来）。这是前章“檀车”三句的转折，前章以为“还远”，而实际则朝盼暮望就是不见载着你的车子到来。第三句“期逝不至”是承应第一句“匪载匪来”，第四句“而多为恤”是承应第二句“忧心孔疚”。这四句集中写忧郁、失望。而第五、六、七三句又是一次转折，在失望中又获得一丝亮意：求卜问筮。卜筮结论一致，都说“近了”。这给失望的心灵注入一丝希望，“征夫迩止”，这是获得片刻的安慰，寄希望于明天。

鱼 丽[1]

鱼丽于罶[2]，鲿鲨[3]。君子有酒，旨[4]且多。

鱼丽于罶，鲂鳢[5]。君子有酒，多且旨。

鱼丽于罶，鰋[6]鲤。君子有酒，旨且有[7]。

物其多矣，惟其嘉矣！

物其旨矣，惟其偕[8]矣！

物其有矣，惟其时[9]矣！

注释

①这是一首宴飨宾客的诗。②丽（lí）：通“罹”，遭遇，落入。罶（liǔ）：一种竹制的捕鱼竹笼。③鲿（cháng）：黄颊鱼，一种头阔而扁，体厚而长的鱼。鲨（shā）：一种小鱼，体圆而有黑点。④旨：美。⑤鲂（fāng）：鳊鱼。鳢（lǐ）：黑鱼。⑥鰋（yǎn）：鲇鱼。⑦有：多。⑧偕：嘉、美。一说齐备。⑨时：及时，应时。

赏析

此诗盛赞宴飨时，酒肴之甘美盛多，以见丰年多黍多稌，主人待客殷勤，宾主共同欢乐。诗中所称“君子”，是宾客对主人的美称。

诗的前三章，皆以“鱼丽”起兴。借鱼类之多，暗示其他肴馔也相当丰富，以此来烘托酒宴的隆重。诗人这种举一反三，以简驭繁的手法，是广为后人效法的。

诗的后三章，不仅赞美宴飨中酒肴既多且美，更推广到“美万物盛多”。这三章也可称为副歌。反复表明年丰物阜，是大自然的赐予，更是人类勤劳创造的成果。宴飨的欢乐，是在丰年以后才能获得的生活享受。诗章语简而义赅，充分显示了物类繁多、时人富裕的现实。

前三章采用四、二、四、三的参差句式，在唱法上既有反复赞歌之美，又有参差不齐的音乐节奏，便于重唱合唱。诗中所称的“旨且多”“多且旨”“旨且有”，在用意上虽无甚差别，但能产生一唱三叹的美感，使满座增欢。在诗句的本身，咏唱时重音节落在“嘉、偕、时”等字上，句末用“矣”字延长乐曲的咏叹时间，起放缓节奏的作用。

南有嘉鱼之什

《诗经·小雅》之一，存诗十篇。《南有嘉鱼》是《小雅》中的一首诗篇。“南有嘉鱼之什”即以《南有嘉鱼》为第一首诗的十首诗歌的总集。

南有嘉鱼

南有嘉鱼[①]，烝然罩罩[②]。君子有酒，嘉宾式燕[③]以乐。

南有嘉鱼，烝然汕汕[④]。君子有酒，嘉宾式燕以衎[⑤]。

南有樛木[⑥]，甘瓠[⑦]累之。君子有酒，嘉宾式燕绥[⑧]之。

翩翩者鵻[⑨]，烝然来思[⑩]。君子有酒，嘉宾式燕又[⑪]思。

注释

①南：指南方江汉一带。嘉鱼：美鱼。②烝然：众多貌。一说烝训"久"。罩罩：众鱼在水中摇摆游动之貌。③式：语辞，无义。燕：宴饮，一训"安"。④汕汕：众鱼游水之貌。一说鱼乐之貌。⑤衎（kàn）：乐。⑥樛（jiū）木：树木向下弯曲。⑦甘瓠（hù）：甜葫芦，蔓生。⑧绥：安。⑨翩翩：飞翔貌。鵻（zhuī）：斑鸠，或以为白鸠。⑩思：犹"兮"。一说犹"之"。⑪又：与"侑"通，训"劝"。指劝酒（用马瑞辰说）。或说为酬敬主人。

赏析

这也是一篇以鱼酒宴飨宾客的歌，与上一篇（《鱼丽》）大意相同。上篇重在铺排酒食之美，以见主人之热情；此篇则重在表现宾主的关系。

方玉润云："此与《鱼丽》意略同。但彼专言肴酒之美，此兼叙宾主绸缪之情。故下二章文格一变，参用比兴，其实无深意，则如一耳。"前二章言宾之乐。三章以瓠攀缘樛木而上，兴嘉宾得君子酒食而安。四章以鵻群飞而来，兴嘉宾相聚而乐。

南山有台[1]

南山有台[2]，北山有莱[3]。乐只[4]君子，邦家[5]之基。

乐只君子，万寿无期！

南山有桑，北山有杨。乐只君子，邦家之光[6]。

乐只君子，万寿无疆！

南山有杞[7]，北山有李。乐只君子，民之父母。

乐只君子，德音不已[8]！

南山有栲[9]，北山有杻[10]。乐只君子，遐不眉寿[11]。

乐只君子，德音是茂！

南山有枸[12]，北山有楰[13]。乐只君子，遐不黄耇[14]。

乐只君子，保艾尔后[15]！

杻

①这是一首赞颂美德祝愿长寿的诗。②台：通“薹”，一种可做蓑衣的草，又名莎草。③莱：草名，又叫藜，嫩叶可食。④只：语气助词。⑤邦家：国家。⑥光：光荣。⑦杞：枸杞，树名。⑧德音：美好的声名。已：止。⑨栲（kǎo）：一种木质坚硬的树，亦称山樗。⑩杻（niǔ）：檍树。⑪遐：何。眉寿：长寿。⑫枸（jǔ）：枳椇，树名。果实拳曲如鸡爪，味甜可食。⑬楰（yú）：苦楸，树名。⑭黄耇（gǒu）：《传》：“黄，黄发也；耇，老。”人老以后头发由白变黄，故称长寿为黄耇。⑮艾：养育。尔：你。后：后代。

赏析

全诗五章，每章六句，每章开头均以南山、北山的草木起兴，民歌味十足。南山有台、有桑、有杞、有栲、有枸，北山有莱、有杨、有李、有杻、有楰，正如国家之拥有具备各种美德的君子、贤人。兴中有比，富有象征意义。但是兴语的作用还有为章节起势和变化韵脚以求叶韵的作用。在此诗中，这两点表现得尤为明显。如果直说"乐只君子，邦家之基。乐只君子，万寿无期"等，则显得突兀和浅直，加上"南山有台，北山有莱"等后，诗顿时生色不少，含蓄而委婉，诗的韵律也变得和谐自然。兴语之后，是表功祝寿。每章两次直呼"乐只君子"，可以看出祝者和被祝者之间的亲密关系。前三章"邦家之基""邦家之光""民之父母"三句，言简意赅，以极节省的笔墨为被颂者画像，从大处落笔，字字千金，为祝寿张本。表功不仅是颂德祝寿之所本，而且本身也是其中的必要部分。功表得是否得体，直接关系到诗的主旨。正因为前面的功表得得体而成功，后面的祝寿才显得有理而有力。第四、五两章用"遐不眉寿""遐不黄耇"两个反诘句表达祝愿：这样的君子怎能不长眉秀出大有寿相呢？这样的君子怎能不头无白发延年益寿呢？这又是以前三章的表功祝寿为基础的。最后，颂者仍不忘加"保艾尔后"一句。重子嗣，是中国人的传统，由祝福先辈而连及其后裔，是诗歌的高潮之处。

这首诗的内容虽单纯，但结构安排得相当精巧，五章首尾呼应，回环往复，语意间隔粘连，逐层递进，具有很强的层次感与节奏感。作为宴飨通用之乐歌，其娱乐、祝愿、歌颂、庆贺的综合功能是显而易见的。

蓼　萧[①]

蓼彼萧斯[②]，零露湑[③]兮。既见君子[④]，我心写[⑤]兮。

燕[⑥]笑语兮，是以有誉处[⑦]兮。

蓼彼萧斯，零露瀼瀼[⑧]。既见君子，为龙为光[⑨]。

其德不爽[⑩]，寿考不忘[⑪]。

蓼彼萧斯，零露泥泥。既见君子，孔燕岂弟[⑫]。

宜兄宜弟，令德寿岂[⑬]。

蓼彼萧斯，零露浓浓。既见君子，鞗革忡忡[⑭]。

和鸾雝雝[⑮]，万福攸同[⑯]。

注释

①这是一首宴飨来朝诸侯，诸侯向周王表示祝颂的诗。②蓼（lù）：长大的样子。萧：艾蒿，一种有香气的草。斯：语气助词。③零：落，降。湑（xǔ）：露水多的样子。④君子：指周天子。⑤写：同"泻"，此指舒畅。⑥燕：通"宴"，宴饮。⑦誉：通"豫"，欢乐。处：安。⑧瀼瀼（ráng）：露水多的样子。下文"泥泥""浓浓"同。⑨龙：古"宠"字，恩宠。光：荣耀。⑩爽：差错。⑪寿考：长寿。忘：亡。⑫孔：甚，很。燕：安乐。一说孔燕为盛宴。岂弟：同"恺悌"，和易近人。⑬令德：美德。岂：同"恺"，乐。寿岂：长寿并且快乐。⑭鞗（tiáo）：亦作"鋚"，马勒上的装饰物。革：通"勒"。忡忡：下垂的样子。⑮和鸾：都是车铃，挂在车前横木上的为和，挂在马口边的为鸾。雝雝（yōng）：铃声和谐。⑯攸：所。同：聚集。

赏析

全诗四章，全以萧艾零露起兴。萧艾，一种可供祭祀用的香草，诸侯朝见天子，“有与助祭祀之礼”，故萧艾以喻诸侯。诗旨所在：天子恩及四海，诸侯有幸承宠。如此，也奠定了全诗的情感基调：完全是一副诸侯感恩戴德、极尽颂赞的景仰口吻。

首章写初见天子的情景及感受。“蓼彼萧斯，零露湑兮。”自古以来，阳光雨露多是皇恩浩荡的象征和比喻，而微臣小民多以草芥自比，因此，这开头两句可以是兴，也可以看作比。有幸见到了君王，或是得到了君王的恩宠，当然是喜上眉梢、喜出望外，心里有多高兴自不待言，因此说：“既见君子，我心写兮。”似是日日夜夜，朝思暮盼，今日终遂心愿后的表述。境由心造，心情舒畅当然见什么都高兴。和君王在一起宴饮谈笑，如浴春风，因此，自然会得到君王的首肯、赞许，尽情享受那种恩遇带来的精神愉悦。

第二、三两章进一步描写君臣之谊，分别从诸侯与天子两方面落笔。对诸侯而言，无疑应感谢天子圣宠，“为龙为光”，这当然是“其德不爽”的结果。故最后祝天子“寿考不忘”。对天子而言，则是描写其和乐安详的圣容及与臣下如兄弟般的深情。

末章借写天子离宴时车马的威仪进一步展示天子的不凡气度。全诗以“和鸾雍雍，万福攸同”作结，为读者描绘了一派其乐融融的大祝福场面：四方车马齐聚，鸾铃叮当悦耳，臣民齐祝君王，万福万寿无疆！想来真是令人激动满怀，崇敬之情油然而生。

此诗无论内容还是形式，均体现出雅诗的典型风格。因表现的是诸侯对天子的祝颂之情，未免有些拘谨，有些溢美，比起健康活泼、擅长抒发真情实感的民间风诗来，在艺术与情感上，可取之处便少了许多。

湛露[1]

湛湛露斯[2]，匪阳不晞[3]。厌厌[4]夜饮，不醉无归。
湛湛露斯，在彼丰草。厌厌夜饮，在宗载考[5]。
湛湛露斯，在彼杞棘[6]。显允君子[7]，莫不令德[8]。
其桐其椅[9]，其实离离[10]。岂弟[11]君子，莫不令仪[12]。

注释

①这是贵族宴饮之诗。②湛湛（zhàn）：露水多的样子。斯：语气助词。③匪：通“非”。晞（xī）：干。④厌厌：安闲的样子。⑤宗：宗庙，祖庙。一说宗指同族。考：成，指举行宴饮。一说考为敲击。⑥杞：枸杞。棘：酸枣树。⑦显：显赫。允：诚实。君子：指宾客。⑧令德：美德。⑨椅：与梧桐类似的一种树。⑩离离：果实繁多而下垂的样子。⑪岂弟：和易近人。⑫仪：举止。

赏析

此诗共四章，每章四句，各章前两句均为起兴，且兴词紧扣下文事象：宴饮是在夜间举行的，而大宴必至夜深，夜深则户外露浓；宗庙外的环境，最外是萋萋的芳草，建筑物四周则遍植杞、棘等灌木，而近户则是扶疏的桐、梓一类乔木，树木上且挂满果实——此时一切都笼罩在夜露之中。

“白露”“寒露”为农历八九月之节气，而从夜露甚浓又可知天气晴朗，或明月当空或繁星满天，户厅之外，弥漫着祥和的静谧之气；户厅之内，则觥筹交错，宾主尽欢，“君曰：‘无不醉’，宾及卿大夫皆兴，对曰：‘诺，敢不醉！’”（《仪礼·燕礼》）内外动静映衬，是一幅绝妙的“清秋夜宴图”。

若就其深层意蕴而言，宗庙周围的丰草、杞棘和桐椅，也许依次暗示血缘的由疏及亲；然而更可能是隐喻宴饮者的品德风范：既然“载考”呼应“丰草”，“载”义为充盈，而“丰”指繁茂，那么“杞棘”之有刺而能结实不可能与君子的既坦荡光明（显）又诚悫忠信（允）无涉，更不用说桐椅之实的“离离”——既累累繁盛又历历分明——与君子们一个个醉不失态风度依然优美如仪（与《小雅·宾之初筵》的狂醉可对看）的关系了。前人大多理解湛露既然临于草树，则无疑象征着王之恩泽。

音韵的谐美也是此诗一大特点：除了隔句式押韵外，前两章以第一、三句句头的“湛湛”与“厌厌”呼应，和第二、四句句尾的脚韵共构成回环之美；至后两章则改为顶真式谐音，表现为“杞棘”的准双声与“显允”的准叠韵勾连，而“离离”的双叠也与“岂弟”的叠韵勾连（作为过渡，三章“湛湛”与“显允”的尾音也和谐呼应）。

彤　弓

彤弓弨[①]兮，受言[②]藏之。我有嘉宾[③]，中心贶[④]之。
钟鼓既设，一朝飨[⑤]之。
彤弓弨兮，受言载[⑥]之。我有嘉宾，中心喜之。
钟鼓既设，一朝右[⑦]之。
彤弓弨兮，受言櫜[⑧]之。我有嘉宾，中心好之。
钟鼓既设，一朝酬之。

注释

①彤弓：朱红色的弓。弨（chāo）：弓弦放松貌。②受：读作“授”。言：指王命。③嘉宾：这里指接受赏赐彤弓的诸侯。④贶（kuàng）：喜也，二章“燕”“好”与此意同。一说训“赐”。⑤一朝：终朝。飨：大饮宾。⑥载：或以为载之以归。或以为与上章“藏”同意。⑦右：通“侑”，劝酒。⑧櫜（gāo）：弓櫜，装弓的袋子，这里是动词。

赏析

本诗记述了周王赏赐有功诸侯的礼仪。

此首写天子赐彤弓于有功诸侯，如周东迁，平王以晋文侯迎立有功，即赐以彤弓。襄王时，晋文公伐楚有功，以受彤弓之赐。彤弓实际上是一种权力的象征，以示其有代天子征伐之权。在颁赐典礼结束后，天子要设宴招待受赐诸侯和与会的诸侯，礼节非常隆重，这首诗记述了这种礼仪的过程。

菁菁者莪[①]

菁菁者莪[②]，在彼中阿[③]。既见君子，乐且有仪。

菁菁者莪，在彼中沚[④]。既见君子，我心则喜。

菁菁者莪，在彼中陵[⑤]。既见君子，锡我百朋[⑥]。

泛泛杨舟[⑦]，载沉载浮。既见君子，我心则休[⑧]。

此诗的主旨，由于诗的境界的空泛性和意象的可塑性，对其内涵可以有不同的开掘和把握。

此诗前三章都以"菁菁者莪"起兴，也可以理解成纪实，然不必过于拘泥，因"在彼中阿""在彼中沚""在彼中陵"的植物，除了"莪"，当然还有很多，举一概之而已。第一章写女子在莪蒿茂盛的山坳里，邂逅了一位性格开朗活泼、仪态落落大方、举止从容潇洒的男子，两人一见钟情，在女子内心深处引起了强烈震颤。第二章写两人又一次在水中沙洲上相遇，作者用一个"喜"字写怀春少女既惊又喜的微妙心理。第三章写两人见面的地点从绿荫覆盖的山坳、水光萦绕的小洲转到了阳光明媚的山丘上，暗示了两人关系的渐趋明朗化。"锡我百朋"一句，写女子见到君子后，因获得厚赐而不胜欣喜。第四章笔锋一转，以"泛泛杨舟"起兴，象征两人在人生长河中同舟共济、同甘共苦的誓愿。不管生活是顺境，还是逆境，只要时时有恋人相伴，女子永远觉得幸福。

这首诗虽然只有短短十六句，却把一个美妙动人的爱情故事表现得引人入胜。和《秦风·蒹葭》相比，《蒹葭》在水乡泽国的

莪

氛围中有一缕邈远空灵、柔婉缠绵的哀怨之情，把一腔执着、艰难寻求但始终无法实现的惆怅之情，寄托于一派清虚旷远、烟水蒙蒙的凄清秋色之中。而《菁菁者莪》处处烘托着清朗明丽的山光和灵秀迷人的水色，青幽的山坡、静谧的水洲，另是一番情致。两首诗可谓珠联璧合，各有千秋。

①这是一首宴饮宾客，喜见君子的诗。②菁菁：茂盛的样子。莪（é）：萝蒿，莪蒿。③中阿（ē）：阿中。阿：大土山。④沚（zhǐ）：水中沙洲。⑤陵：大土山。⑥锡：通“赐”。朋：古时以贝壳为货币，五贝为一串，两串为一朋。⑦泛泛：漂流的样子。杨舟：杨木做的船。⑧休：喜。

六　月

六月棲棲[①]，戎车既饬[②]。四牡骙骙，载是常服[③]。
玁狁孔炽[④]，我是用急[⑤]。王于出征[⑥]，以匡[⑦]王国。
比物四骊[⑧]，闲之维则[⑨]。维此六月，既成我服[⑩]。
我服既成，于三十里[⑪]。王于出征，以佐天子。
四牡修广[⑫]，其大有颙[⑬]。薄伐[⑭]玁狁，以奏肤公[⑮]。
有严有翼[⑯]，共武之服[⑰]。共武之服，以定王国。
玁狁匪茹[⑱]，整居焦获[⑲]，侵镐及方[⑳]，至于泾阳[㉑]。
织文鸟章[㉒]，白旆央央[㉓]。元戎[㉔]十乘，以先启行[㉕]。
戎车既安[㉖]，如轾如轩[㉗]。四牡既佶[㉘]，既佶且闲。
薄伐玁狁，至于大原[㉙]。文武吉甫[㉚]，万邦为宪[㉛]。
吉甫燕喜[㉜]，既多受祉[㉝]。来归自镐，我行永久[㉞]。
饮御诸友[㉟]，炰鳖[㊱]脍鲤。侯[㊲]谁在矣？张仲孝友[㊳]。

注释

①六月：诗中凡言及“月”，皆夏历。棲棲：往来匆忙之貌。或以为同“栖栖”。②戎车：兵车。饬：整备。③常服：指兵车上通常出征时的装备。④玁狁：古代北方的游牧民族。孔：非常。炽：本义为火烈，引申为气焰嚣张。⑤是用：是以，因此。急：紧急，指匆匆出动。⑥王于出征：或训“于”为“曰”，即周王说：“令汝

出，征猃狁。”或以为训“往”，即言“王往出征”。一说“于”为“呼”之借字，即召唤。⑦匡：扶正，救助。⑧比：齐同，这里有挑选、统一的意思。物：指马。骊：纯黑色的马。⑨闲：娴习，熟练。则：规则，法度。⑩服：指出征的装备，见“常服”注。⑪于三十里：此句承上二句言，是指在城郊三十里的地方，“比物”、操练。犹《出车》篇所谓的“牧”“郊”之地。《出车》言在“牧”“郊”之地召仆、载车、设旐、建旄、整装出发，此篇所言正与之相当。⑫修广：修，长。广，大。指马体态高大。⑬有颙（yóng）：犹“颙颙”，大头貌，此形容马高头大。⑭薄伐：讨伐。⑮奏：为。肤公：大功。⑯有严有翼：金文有“严在上，翼在下”之文，意当与此同。由金铭观之，“严”多指神灵言。此当言先祖神灵在上，保佑在下之子孙。翼，即覆翼、保佑之意。⑰共：通“恭”，奉行，恭谨。一说为共同之意。服：事。⑱匪茹：不度，不自量力。一说茹训“柔”，此句言猃狁不弱。⑲整：整顿师旅。焦获：古时泾水流域一大泽薮，地在今陕西泾阳西北。一说为塞北地名。⑳侵镐及方：镐，即镐京。方，通“丰”，即丰京。皆周之中心。此上下三句是说，猃狁整师于焦获，想要侵犯周的镐京和丰京，已经打到了泾阳。㉑泾阳：泾水北岸。或以为地名。㉒织文鸟章：旗帜上绘有鸟的图案。㉓白旆（pèi）：白，通“帛”。旆，即旗飘带。央央（yīng）：鲜明貌。㉔元戎：大战车。㉕启行：开路。㉖安：安稳。指备好车马。㉗如轾（zhì）如轩：车前重向下曰“轾”，后重向上曰“轩”，轾轩有或上或下之意，此处是形容车在起伏不平的道路上行走的状态。㉘佶（jí）：整齐貌。一说壮健貌。㉙大原：地名，在甘肃之平凉。㉚吉甫：即宣王大臣尹吉甫。㉛宪：榜样。㉜燕喜：欢喜，高兴。㉝既：终。祉：福。㉞我行永久：此指出征很久。㉟御：进献。诸友：诸位朋友。㊱炰（páo）鳖：清蒸甲鱼。㊲侯：维，语词，无实义。㊳张仲：人名，当时大臣。具体情况已不可考。孝友：本义指孝于亲，友于弟，这里是称颂其品格。

这是歌颂抗击猃狁入侵胜利归来的诗。诗中抒发了作者对统帅的热爱，对军威的赞美，以及胜利后的无限喜悦之情。

据《兮甲盘铭》，宣王五年，尹吉甫从王北伐猃狁。此诗屡言吉甫，所记当即宣王五年伐猃狁之事。孙月峰说：“《六月》严整宏壮，俨然节制之师气象。语不浓，却劲色照人，盖自古质中炼出。”赵士会云：“‘栖栖’见事变仓促，人情骚动，似于不暇为谋。而下言车马整饬，森然有备，正见中兴气象。”凌濛初云：“张皇军容，终以饮至。诸人聚饮，举重一人，此末章末句，是千里来龙到头结穴。”

采　芑[1]

薄言采芑[2]，于彼新田[3]，于此菑亩[4]。方叔莅止[5]，其车三千，
师干之试[6]。方叔率止，乘其四骐[7]。四骐翼翼[8]，路车有奭[9]。
簟茀鱼服[10]，钩膺鞗革[11]。

薄言采芑，于彼新田，于此中乡[12]。方叔莅止，其车三千，
旂旐央央[13]。方叔率止，约軧错衡[14]，八鸾玱玱[15]。服其命服[16]，
朱芾斯皇[17]，有玱葱珩[18]。

鴥彼飞隼[19]，其飞戾天[20]，亦集爰止[21]。方叔莅止，其车三千，
师干之试。方叔率止，钲人伐[22]鼓，陈师鞠旅[23]。
显允[24]方叔，伐鼓渊渊[25]，振旅阗阗[26]。

蠢尔蛮荆[27]，大邦[28]为仇。方叔元老，克壮其犹[29]。
方叔率止，执讯获丑[30]。戎车啴啴[31]，啴啴焞焞，如霆[32]如雷。
显允方叔，征伐猃狁，蛮荆来威[33]。

注释

①这是一首描写周宣王的大臣方叔率军南征并取得胜利的诗。②薄、言：语气助词。芑（qǐ）：一种味苦的野菜。③新田：开垦两年的田。④菑（zī）：开垦一年的田。⑤莅（lì）：临，来到。止：语气助词。⑥师：众，指士兵。干：盾，此泛指武器。试：用。⑦骐：青色黑色条纹相间的马。⑧翼翼：整齐的样子。⑨路车：大

车，元帅所乘。奭（shì）：红色。⑩簟：竹席。茀（fú）：车帘。簟茀：用竹席做的车帘。鱼服：鱼皮制的箭袋。⑪钩膺：马颈和马腹上的带饰。鞗（tiáo）：亦作"鋚"，马勒上的铜饰。革，通"勒"，马络头。鞗革：用铜装饰的皮制马笼头。⑫中乡：乡中，田中。一说为乡党之乡。⑬旂：画有蛟龙的旗。旐（zhào）：画有龟蛇图案的旗。央央：鲜明的样子。⑭约：缠束。軧（qí）：车毂。错衡：饰有花纹的车前横木。⑮鸾：系于马口边的铃。玱玱（qiāng）：铃声。⑯服：穿。命服：官服。⑰芾（fú）：通"韨"，蔽膝。斯：语气助词。皇：通"煌"，鲜艳。⑱有：语气助词。玱：犹"玱玱"。葱：青绿色。珩（héng）：佩玉顶端的横玉。朱芾、葱珩均是官位高的人所用。⑲鴥（yù）：鸟疾飞的样子。隼（sǔn）：鹰一类的鸟。⑳戾（lì）：至。㉑亦：语气助词。集：栖息。爰：语气助词。止：休息。㉒钲（zhēng）：一种似铃的乐器，口向上，下有长柄。古时作战击之表示收兵。伐：击。㉓陈：排列。师：二千五百人为一师。鞫：告。旅：五百人为一旅。这里"师、旅"泛指军队。㉔允：诚信。一说语气助词。㉕渊渊：鼓声。㉖振旅：收兵回师。阗阗（tián）：鼓声。㉗蠢：无知而妄动。蛮：古时对南方少数民族的蔑称。荆：楚的别称。㉘大邦：指周王朝。㉙克：能够。犹：同"猷"，计谋。㉚执讯获丑：捕获敌人。㉛啴啴（tān）：车行声。一说众多的样子。下"焞焞（tūn）"同。㉜霆：霹雷。㉝威：通"畏"，惧怕。

《小雅·采芑》诗的开首以"采芑"起兴，很自然地引出这次演习的地点："新田""菑亩"。紧接着一支浩浩荡荡的大军出现在旷野上，马蹄嘚嘚，敲不碎阵列中之肃穆严整；军旗猎猎，掩不住苍穹下之杀气腾腾。在这里，作者以一约数"三千"极言周军猛将如云、战车如潮的强大阵容，进而又将"镜头的焦距"拉近至队伍的前方，精心安排了一个主将出场的赫赫威仪。只见他乘坐一辆红色的战车，花席为帘、鲛皮为服，四匹马训练有素、铜钩铁辔，在整个队伍里坐镇中央，高大威武而与众不同，真是未谋其面已威猛慑人。诗的第二章与上一章大体相同，以互文见义之法，主要通过色彩刻画（“旂旐央央”“约軧错衡”），继续加强对演习队伍声势之描绘。在对方叔形象的刻画上则更逼近一步：“服其命服”的方叔朱衣黄裳、佩玉鸣鸾、气度非凡。同时也点明他为王卿士的重要身份。第三章格调为之一变，以鹰隼的一飞冲天暗比方叔所率周军勇猛无敌和斗志昂扬。接下来作者又具体描绘了周师在主帅的指挥下演习阵法的情形：雷霆般的战鼓声中，战车保持着进攻的阵形，在响彻云霄的喊杀声中向前冲去；演习结束，又是一阵鼓响，下达收兵的号令，队伍便井然有序地退出演习场，整顿完毕后，浩浩荡荡地返回营地（“伐鼓渊渊，振旅阗阗”）。第四章辞色俱厉，以雄壮的气概直斥无端滋乱之荆蛮（“蠢尔蛮荆，大邦为仇”）。告诫说，以方叔如此装备精良、训练有素之师讨伐蛮荆，定能以迅雷不及掩耳之势，摧敌之军，拔敌之城，俘敌之人，败之于谈笑挥手之间（“方叔率止，执讯获丑”）。

统观全诗，有两点值得注意，其一，此诗并非实写战争，而是写一次军事演习。这从诗中“师干之试”等处可证。其二，此诗从头至尾层层推进，专事渲染，纯以气势胜。

车　攻[1]

我车既攻[2]，我马既同[3]。四牡庞庞[4]，驾言徂东[5]。

田车[6]既好，四牡孔阜[7]。东有甫[8]草，驾言行狩[9]。

之子于苗[10]，选徒嚣嚣[11]。建旐设旄[12]，搏兽于敖[13]。

驾彼四牡，四牡奕奕[14]。赤芾金舄[15]，会同有绎[16]。

决拾既佽[17]，弓矢既调[18]。射夫既同[19]，助我举柴[20]。

四黄[21]既驾，两骖不猗[22]。不失其驰[23]，舍矢如破[24]。

萧萧[25]马鸣，悠悠旆旌[26]。徒御不惊[27]，大庖[28]不盈。

之子于征[29]，有闻无声[30]。允[31]矣君子，展[32]也大成！

注释

①这是一首描写周宣王会同诸侯举行田猎的诗。②攻：治理，修缮。一说坚固。③同：整齐。④庞庞：强壮的样子。⑤言：语气助词。徂（cú）：往。东：指东都洛邑。⑥田车：猎车。田：通“畋”，狩猎。⑦孔：甚，很。阜：肥硕。⑧甫：甫田，地名，在今河南中牟县西。⑨狩：原指冬天打猎，此泛指打猎。⑩之子：这个人，指周宣王。于：语气助词。苗：夏天打猎。⑪选（suàn）：通“算”，计算，查点。嚣嚣：人声喧闹。⑫旐（zhào）：画有龟蛇图案的旗。旄：杆头饰有旄牛尾的旗。⑬搏：搏杀。一说“薄”，发语词。敖：地名，在今河南荥阳附近。⑭奕奕：高大的样子。⑮赤芾（fú）：红色蔽膝。舄（xì）：双层底的鞋。赤芾、金舄是诸侯的服饰。⑯会同：诸侯朝见天子，此指参加打猎。有：语气助词。绎：连续不断

的样子。⑰决：通“抉”，古代射箭时套在右手大拇指上用以钩弦的骨制套子，俗称扳指。拾：皮制的护臂，射箭时套在左臂上。佽（cì）：比次，指齐备。⑱调：相称、合适。⑲射夫：射手。同：聚集。⑳柴（zì）：通“胔”，堆积的兽的尸体。㉑四黄：驾车的四匹黄马。㉒骖：两旁的马。猗：通“倚”，偏斜。㉓不失其驰：不违反驾车的法则。㉔舍矢：放箭。如：而。破：射中。㉕萧萧：马长嘶声。㉖悠悠：旗帜飘扬的样子。旆旌：旗帜。㉗徒：步卒。御：驾车的人。不：陈奂《诗毛氏传疏》：“徒御不警，徒御警也，大庖不盈，大庖盈也。《传》以‘不’为助句之词也。”一说不通“丕”，甚，大义。惊：通“警”，警戒。㉘庖：厨房。㉙征：行，此指打猎回来。㉚声：指喧闹声。此句谓听见打猎队伍回来但无喧闹声。形容军纪严整。㉛允：诚信。㉜展：确实。

赏析

这是一首记述天子会同诸侯田猎故事的诗篇。全诗八章，艺术地再现了举行田猎会同诸侯的整个过程。

第一章是全诗的总括，写车马盛备，将往东方狩猎。战马精良，猎车牢固，队伍强壮，字里行间流露出自豪与自信。第二、三章点明狩猎地点是圃田和敖山。在那里人欢马叫，旌旗蔽日，显示了周王朝的强大声威。第四章专写诸侯来会。个个车马齐整，服饰华美，显示了宣王中兴、平定外患、消除内忧后国内稳定的政治状况。第五、六章描述射猎的场面。诸侯及随从士卒均逞强献艺，驾车不失法度，射箭百发百中，暗示周王朝军队无坚不摧、所向披靡。第七章写田猎结束，硕果累累，大获成功，气氛由紧张变缓和。第八章写射猎结束整队收兵，称颂军纪严明。赞语作结，喜悦之情溢于言表。

全诗结构完整，层次分明，按田猎过程依次道来，有条不紊，纹丝不乱。如写射猎，仅用四句十六字就绘声绘色地将宏大的场面呈现于读者眼前。“不失其驰，舍矢如破”凝练传神；“萧萧马鸣，悠悠旆旌”，展示出队伍归来的景象，意境宏大而优美，真是充满了诗情画意。

吉　日[1]

吉日维戊[2]，既伯既祷[3]。田车[4]既好，四牡孔阜[5]。
升彼大阜[6]，从其群丑[7]。

吉日庚午[8]，既差[9]我马。兽之所同[10]，麀鹿麌麌[11]。
漆沮[12]之从，天子之所[13]。

瞻彼中原[14]，其祁孔有[15]。儦儦俟俟[16]，或群或友[17]。
悉率左右[18]，以燕[19]天子。

既张我弓，既挟我矢。发彼小豝[20]，殪此大兕[21]。
以御[22]宾客，且以酌醴[23]。

赏析

全诗共四章，艺术地再现了周宣王田猎时选择吉日祭祀马祖、野外田猎、满载而归、宴饮群臣的整个过程。

第一章写打猎前的准备情况。古代天子打猎是如同祭祀、会盟、宴飨一样庄重而神圣的大事，是尚武精神的一种表现，仪式非常隆重。“升彼大阜，从其群丑”二句说一切业已准备就绪，只等在正式打猎时登上大丘陵，追逐群兽。第二章写选择了良马正式出猎。祭祀马祖后的第三天是庚午日，依据占卜这天也是良辰吉日。选择了良马之后，周天子率领公卿来到打猎之地。那里群鹿聚集，虞人沿着漆、沮二水的岸边设围，将鹿群赶向天子守候的地方。第三章写随从驱赶群兽供天子射猎。眺望原野，广袤无垠，水草丰茂，野兽出入，三二成群，或跑或行。随从再次驱赶兽群供天子射猎取乐。第四章写天子射猎得胜返朝宴飨群臣。随从将兽群赶到周天子的附近，周天子张弓挟矢，大显身手，一箭射中了一头猪，又一箭射中了一头野牛，表现出其英姿勃发、勇武豪健的君主形象，实是对周宣王形象化的颂扬。打猎结束，猎获物很多，天子高高兴兴地用野味宴飨群臣，全诗在欢快的气氛中结束。

全诗大部分章节记叙田猎活动的准备过程，以及随从驱赶野兽供天子射猎的情景，间及群兽的各种状态，以做烘托，具体写天子射猎只有四句：“既张我弓，既挟我矢。发彼小豝，殪此大兕。”这种点面结合的写法，既叙述了田猎的过程，描写了田猎的场面，透露了轻松的气氛；更突出了天子的形象，增强了天子的威严，使全诗有很强的感染力。

注释

①这是一首描写田猎的诗。②戊(wù)：戊辰日，又称刚日、奇日。古人将一旬十日分为奇日和偶日，奇日(单日)从事外事，偶日(双日)从事内事。③伯：马神，此用为动词，指祭祀马神。一说伯通“祃”，祭祀马神。祷：祈祷。《毛传》：“将用马力必先为之祷其祖。”④田车：猎车。⑤阜：肥硕。⑥升：登。阜：土山。⑦从：追逐。群丑：群兽。丑：类。⑧庚午：亦为刚日，在戊辰日后第三天。⑨差(chāi)：挑选，指选择马力相等的马。⑩同：聚集。⑪麀(yōu)：母鹿。麌麌(yǔ)：鹿众多的样子。⑫漆、沮：均为水名，在今陕西境内。⑬所：处所。⑭中原：原中，原野之中。⑮祁：大，指原野广阔。孔：很。有：指有很多野兽。⑯儦儦(biāo)：兽奔跑的样子。俟俟(sì)：兽缓行的样子。⑰群、友：《毛传》：“兽三曰群，二曰友。”⑱率：驱逐。此句谓从左从右驱赶。一说将兽赶到天子左右来。一说天子率领手下人。⑲燕：安、欢乐。⑳发：射。豝(bā)：母猪。㉑殪(yì)：射死。兕(sì)：野牛。㉒御：进献。㉓醴：甜酒。

鸿雁之什

《诗经·小雅》之一，存诗十篇。《鸿雁》是《小雅》中的一首诗篇。“鸿雁之什”即以《鸿雁》为第一首诗的十首诗歌的总集。

鸿 雁

鸿雁于飞，肃肃[1]其羽。之子[2]于征，劬劳于野。

爰[3]及矜人[4]，哀此鳏寡。

鸿雁于飞，集于中泽。之子于垣，百堵[5]皆作。

虽则劬劳，其究[6]安宅[7]。

鸿雁于飞，哀鸣嗷嗷。

维此哲人[8]，谓我劬劳。维彼愚人，谓我宣[9]骄。

注释

①肃肃：小鸟拍打翅膀的声音。②之子：此人，指周王派出的救济难民的使者。③爰：语气词。④矜人：穷苦的人。⑤堵：墙壁。这里指计算墙的单位。⑥究：究竟。⑦宅：居所。⑧哲人：明智达理的人。⑨宣：显示。

赏析

本诗是一首使者奉命安抚流民的歌。

首章写流民在荒野辛勤劳动，筑起百堵高墙，却没有安身之所。次章写使者看到百姓饥寒交迫，不由发出感慨。末章写流民对官吏、苛捐杂税的怒斥，感叹不知何时自己才能解脱。

庭　燎[①]

夜如何其[②]？夜未央[③]，庭燎[④]之光。君子至止[⑤]，鸾声将将[⑥]。

夜如何其？夜未艾[⑦]，庭燎晣晣[⑧]。君子至止，鸾声哕哕[⑨]。

夜如何其？夜乡[⑩]晨，庭燎有辉[⑪]。君子至止，言观其旂[⑫]。

注释

①这是一首赞美周王勤于政事的诗。②其（jī）：语尾助词。③央：尽。孔颖达《正义》："夜未央者，谓夜未至旦。"④庭燎：庭中用以照明的火炬。⑤君子：指公卿诸侯。止：语气助词。⑥鸾：亦作"銮"，车铃。将将：同"锵锵"，铃声。⑦艾：止、尽。⑧晣晣（zhé）：或作"哲哲"，明亮的样子。⑨哕哕（huì）：有节奏的铃声。⑩乡：同"向"，接近。⑪辉：光，火光。⑫言：语气助词。

赏析

此诗描写宫廷早朝的景象，表现君王勤于政事。诗共三章，第一章写夜半之时不安于寝，急于视朝，看到外边已有亮光，知已燃起庭燎；又听到銮声叮当，知诸侯已有入朝者。

第二章时间稍后，但黑夜尚未尽，庭燎之光一片通明，銮铃之声不断，诸侯正陆续来到。朱熹说："哕哕，近而闻其徐行声有节也。"（《诗集传》）

第三章写晨曦已见，天渐向明，庭燎已不显其明亮。按《说文》："辉，光也。"段玉裁注："析言之，则辉、光有别：朝旦为辉，日中为光。"又《礼记·玉藻》："揖私朝，辉如也；登车则有光。"

说清早出门时天尚不太亮，至登车时已大亮。则“有辉”指不太亮的光。这一则可与《庄子·逍遥游》中所说“日月出矣，而爝火不息，其于光也，不亦难乎”相证，二则可知火炬即将燃尽，故光不如前之明亮。此时来朝诸侯和天子俱抬头看旂。郑玄笺云：“上二章闻鸾声尔。今夜向明，我见其旂，是朝之时也。朝礼别色始入。”观旂而识别其封爵官位。

此诗为唐代贾至《早朝大明宫呈两省僚友》及杜甫、王维、岑参的诗所效法。但贾至等人之作主要渲染宫廷的庄严华丽、朝仪的肃穆壮观、君王的尊严神圣及大臣的雍容娴雅，稍显铺张堆砌。此诗则着重表现了君王急于早朝的心情和对朝仪、诸侯的关切。“君子至止，言观其旂”，写人写景结合在一起，颇能传神。两类诗都作于乱后新君刚刚即位之时，但就表现而言，《小雅·庭燎》较之唐诗更为真挚而简练，让人读后深觉言有尽而意无穷。

沔　水[1]

沔[2]彼流水，朝宗[3]于海。鴥彼飞隼[4]，载飞载止。
嗟我兄弟[5]，邦人诸友[6]。莫肯念乱[7]，谁无父母？
沔彼流水，其流汤汤[8]。鴥彼飞隼，载飞载扬[9]。
念彼不迹[10]，载起载行[11]。心之忧矣，不可弭[12]忘。
鴥彼飞隼，率彼中陵[13]。民之讹言[14]，宁莫之惩[15]。
我友敬[16]矣，谗言其兴[17]。

注释

①这是一首忧时闵乱的诗。②沔（miǎn）：水流盛大的样子。③朝宗：诸侯朝见天子，春见曰朝，夏见曰宗。此借指百川入海。④鴥（yù）：鸟疾飞的样子。隼（sǔn）：一种似鹰的猛禽。⑤兄弟：指同姓之人。⑥邦人：国人。邦人诸友：均指异姓之人。⑦念：考虑。一说念为“止”义。马瑞辰《通释》：“念与尼双声。尼，止也。故念亦有止义。”乱：社会动乱。⑧汤汤（shāng）：水流大的样子。⑨扬：向上飞，高飞。⑩不迹：不循道而行，指不守法则。⑪载起载行：言诗人忧虑至深，坐卧不安。⑫弭（mǐ）：止、消除。⑬率：沿着。中陵：陵中。陵：大土山。⑭讹（é）言：伪言，谣言。⑮宁：乃、竟。莫：无人。惩（chéng）：止。⑯敬：通“警”，警惕。⑰兴：起。

赏析

全诗共分三章，第一章写诗人对当权者不制止祸乱深为叹息，指出祸乱发生，有父母的人会更加忧伤。第二章写诗人看到那些不法之徒为非作歹，便坐立不安，忧伤不止。第三章写无人止谗息乱，诗人心中愤慨不平，劝告友人应自警自持，防止为谗言所伤。一方面由于环境险恶，另一方面这是一首抒情诗，所以诗中对祸乱没有加以具体叙述，只是反映了一种不安和忧虑的心情。忽而写丧乱不止忧及父母，忽而写忧丧畏谗，忽而劝朋友警戒。透过诗句使读者看到了诗人的形象。他生于乱世，却不随波逐流，具有强烈的忧患意识，关心国事，对丧乱忧心忡忡。动荡的社会让他不得安宁，与“不肯念乱”的当权者形成强烈的对比。他爱憎分明，既担心丧乱殃及父母，也担心兄弟朋友遭谗受害，对作乱之徒充满了憎恨。

另外，比兴的表现手法在这首诗中也用得很有特点。每章开头四句（末章似脱两句）连用两组比兴句，这在《诗经》中很少见。首章以河水流向大海、飞鸟有所止息暗喻诗人的处境不如水和鸟。次章以流水浩荡、鸟飞不止写诗人忧心忡忡而坐立不安。末章以飞鸟沿丘陵上下飞翔写诗人不如飞鸟自由。诗中比兴的运用虽然大同小异，但绝非简单的重复，而是各自有所侧重。

从这首诗中可以感受到作者忧乱畏谗的感叹和沉痛的呼喊，而这正是对“分明乱世多谗，贤臣遭祸景象”（方玉润《诗经原始》）的高度艺术概括。

鹤　鸣

鹤鸣于九皋[①]，声闻于野。鱼潜在渊，或在于渚。

乐彼之园，爰有树檀[②]，其下维萚[③]。

它山之石，可以为错[④]。

鹤鸣于九皋，声闻于天。鱼在于渚，或潜在渊。

乐彼之园，爰有树檀，其下维榖[⑤]。

它山之石，可以攻玉。

注释

①皋（gāo）：水泽。②树檀：檀树。③萚（tuò）：枯落的败叶。④错：砺石，粗的磨刀石。⑤榖：乔木，叶似桑树，其花单性，树皮可做造纸的原料。

全诗两章叠咏，形式内容都相同，只把“野”“萚”“错”三字换成“天”“谷”“玉”而已，而“鱼潜于渊，或在于渚”转换成“鱼在于渚，或潜在渊”可以转变它的单调。

在广袤的荒野里，诗人听到鹤鸣之声，震动四野，高入云霄；然后看到游鱼一会儿潜入深渊，一会儿又跃上滩头。再向前看，只见一座园林，长着高大的檀树，檀树之下，堆着一层枯枝败叶。园林近旁，又有一座怪石嶙峋的山峰，诗人因而想到这山上的石头，可以取作磨砺玉器的工具。诗中从听觉写到视觉，写到心中所感所思，一条意脉贯串全篇，结构十分完整，从而形成一幅远古诗人漫游荒野的图画。这幅图画中有色有声，有情有景，在诗情画意之中似乎又别有寄托。有人就认为，诗中以鹤比隐居的贤人，诗人以鱼在渊在渚，比贤人隐居或出仕，可见本诗的内涵并不单一。

祈　父[1]

祈父[2]，予王之爪牙[3]。胡转予于恤[4]？靡所止居[5]！

祈父，予王之爪士[6]。胡转予于恤？靡所厎止[7]！

祈父，亶[8]不聪。胡转予于恤？有母之尸饔[9]。

注释

①这是王都卫士斥责司马征调失常的诗。②祈：通“畿”，邦畿。父：男子美称。祈父：官名，即司马，职掌京畿之地的兵甲。③予：我。爪牙：比喻勇猛的武臣。④胡：何，为什么。转：移，调动。恤：忧，指忧患的处境。⑤靡（mǐ）：无。所：处所。止居：居住，二字同义。⑥爪士：爪牙之士，武臣。⑦厎（zhǐ）：至、止。⑧亶（dǎn）：诚然，确实。⑨尸：失。马瑞辰《通释》：“是尸，古有失意，尸饔，即谓失饔，谓奉养不能具也。”饔（yōng）：熟食。一说尸，主也，主持，谓士卒服役在外，不得奉养父母，反使父母主持劳苦之事。一说尸，陈列。陈奂《诗毛氏传疏》：“言我从军以出，有母不得终养，归则惟陈飧以祭是可忧也。”

这是一首士兵们抱怨司马将军的诗歌。全诗共三章，皆以质问的语气直抒内心的怨恨，风格上充分体现了武士心直口快、敢怒敢言的性格特征。没有温柔含蓄的比或兴，诗一开头便大呼“祈父”，继而厉声质问道：“胡转予于恤？靡所止居！”意思是说：“为什么使我置身于险忧之境，害得我背井离乡，饱受征战之苦？”第二章与此同调，重复了这种不满情绪，但复沓中武士的愤怒情绪似乎在一步步增加，几乎到了一触即发的地步。“且自古兵政，亦无有以禁卫戍边者。”（方玉润《诗经原始》）武士说：“可你这司马，却为何不按规定行事，派我到忧苦危险的前线作战呢？”作为军人，本不该畏惧退缩。在国难当头之际，当饮马边陲，枕戈待旦。“可你这司马太糊涂了，就像耳朵聋了听不到士兵的呼声，不能体察我还有失去奉养的高堂老母。”在第三章里，武士简直要出离愤怒了，其质问变为对司马不能体察下情的斥责，同时也道出了自己怨恨的原因和不能毅然从征的苦衷。

对于温柔敦厚的诗国传统来说，这首诗似乎有过分激烈、直露的嫌疑，但直抒胸臆，快人快语，亦不失为有特色者。

白 驹

皎皎[①]白驹，食我场苗。絷之维[②]之，以永今朝。

所谓伊人，于焉[③]逍遥？皎皎白驹，食我场藿。絷之维之，以永今夕。

所谓伊人，于焉嘉客？

皎皎白驹，贲[④]然来思。尔公尔侯，逸豫[⑤]无期。

慎尔优游，勉尔遁[⑥]思。

皎皎白驹，在彼空谷[⑦]。生刍一束，其人如玉。

毋金玉尔音，而有遐心。

①皎皎：洁白而有光泽。这里指马皮毛发光。②絷（zhí）：绊。维：拴。意思是拴住马的脚。③焉：此，在这儿。④贲：通“奔”，奔跑、急驰。⑤逸豫：安乐。⑥勉：劝止。遁，去、走。⑦空谷：山谷。

赏 析

这是一首怀念客人的诗。

前三章写深情挽留客人，第四章写希望客人能与其保持联系，经常惠赐音信。研究《诗经》的学者称此诗讽刺了宣王不能留贤。

黄　鸟

黄鸟黄鸟[①]，无集于榖[②]，无啄我粟。

此邦之人，不我肯穀[③]。言旋言归，复我邦族[④]。

黄鸟黄鸟，无集于桑，无啄我粱。

此邦之人，不可与明[⑤]。言旋言归，复我诸兄。

黄鸟黄鸟，无集于栩[⑥]，无啄我黍。

此邦之人，不可与处。言旋言归，复我诸父[⑦]。

注释

①黄鸟：麻雀，喜欢吃粮食，农业的大敌。②榖：楮树。③不我肯穀：不肯善待我。穀，善待。④复我邦族：返回我的国家和民族。⑤明：通“盟”，信用、结盟。⑥栩：橡树。⑦诸父：家族中的长辈，即伯、叔。

赏析

这是一首异国怀乡的诗。

作者寄居异国，受到冷遇而思归，诗中用“黄鸟”比喻异国他乡冷遇自己的人，于是想马上回到自己的家乡，回到父母长辈的身旁。诗中用“黄鸟”起兴，也有对“异邦之人”仇恨的意思。

榖

我行其野

我行其野，蔽芾其樗[①]，昏姻之故，言[②]就尔居。

尔不我畜[③]，复[④]我邦家。

我行其野，言采其蓫[⑤]。昏姻之故，言就尔宿[⑥]。

尔不我畜？言归斯复[⑦]。

我行其野，言采其葍[⑧]。不思旧姻[⑨]，求尔新特[⑩]。

成[⑪]不以富，亦祇亦异[⑫]。

赏析

这首“弃夫诗”，表现了一位倒插门女婿的哀怨，他为妇家所弃，踏上归途，独行于野，心中充满悲凉。

前二章言被弃归家之情。第三章言自己被弃的原因是她另结新欢。钟惺曰：“末二句似为薄情者开一生路，然词益恕而意愈深矣。”钟惺之论实在非常深刻——所谓“词益恕而意愈深”，是说这位被遗弃的丈夫可以原谅她的是可知可见的经济问题，说她并不因为新夫有钱才抛弃他，其深层的原因是她已经不喜欢他了，这才是一个男人最大的悲哀，而他是看得明明白白的，只是不说出来罢了。这里指出婚姻的破裂并不一定在于经济问题，更有“喜新厌旧”的因素，而“新”之可“喜”全在于和“旧”之不同，而其所以“不同”，原因确实很复杂，当事者也未必就能说得清楚。这就是这首诗的可贵之处，否则婚姻的不幸就变得十分简单了。

此诗在语言艺术上较有特点。首章言“蔽芾其樗”，“樗”有居处之意；二章“言采其蓫”，“蓫”是“逐”的谐音，隐被逐之意；三章“言采其葍”，“葍”是“逼”的谐音，隐被逼离居之意。以声传意，妙趣天成，这是民歌一个很重要的特点，表现了百姓的智慧，后来的南朝乐府民歌仍保留这种特点，且被文人学习吸收。

注释

①蔽芾（fèi）：盛貌。一说微小貌。此当是以樗下遮阳纳荫比喻因婚姻而就居于他人之家。樗（chū）：臭椿树，喻所托非人。②言：乃。③畜：爱。一训“养”。④复：返回。⑤蓫（zhú）：草名，俗名羊蹄。《毛传》以为“恶菜也”。⑥宿：居住。⑦言归斯复：言、斯皆语辞；归、复，即归回。⑧葍（fú）：多年生蔓草，《毛传》所谓“恶菜也”。⑨旧姻：旧日婚姻之情。⑩特：雄牛。此处指男配偶。⑪成：“诚”之借，确实。⑫祇：只。异：异心。

斯干

秩秩斯干[1]，幽幽南山[2]。如竹苞[3]矣，如松茂矣。

兄及弟矣，式相好[4]矣，无相犹[5]矣。

似续妣祖[6]，筑室百堵[7]，西南其户[8]。爰[9]居爰处，爰笑爰语。

约之阁阁[10]，椓之橐橐[11]。风雨攸[12]除，鸟鼠攸去，君子攸芋[13]。

如跂斯翼[14]，如矢斯棘[15]。如鸟斯革[16]，如翚[17]斯飞，君子攸跻[18]。

殖殖其庭[19]，有觉其楹[20]。哙哙其正[21]，哕哕其冥[22]，君子攸宁。

下莞上簟[23]，乃安斯寝[24]。乃寝乃兴[25]，乃占我[26]梦。

吉梦维何？维熊维罴[27]，维虺[28]维蛇。

大人[29]占之：维熊维罴，男子之祥[30]；维虺维蛇，女子之祥。

乃[31]生男子，载寝之床[32]。载衣之裳[33]，载弄之璋[34]。

其泣喤喤[35]，朱芾[36]斯皇，室家君王[37]。

乃生女子，载寝之地。载衣之裼[38]，载弄之瓦[39]。

无非无仪[40]，唯酒食是议[41]，无父母诒罹[42]。

注释

①秩秩：涧水清清流淌的样子。斯：语气助词。干：山间流水。②幽幽：深远的样子。南山：终南山，位于陕西西安市南。③如：犹言“有……，有……”。苞：竹木稠密丛生的样子。④式：语气助词，无实义。好：友好和睦。⑤犹：通“猷”，欺诈。⑥似续：通“嗣续”，犹言“继承”。妣祖：先妣、先祖，统指祖先。⑦堵：一面墙为一堵，一堵面积方丈。⑧户：门。⑨爰：于是。⑩约：用绳索捆扎。阁阁：捆扎筑板的声音；一说将筑板捆扎牢固的样子。⑪椓（zhuó）：用杵捣土，犹今之打夯。橐橐（tuó）：捣土的声音。⑫攸：语气助词。⑬芋：通“宇”，居住。⑭跂（qǐ）：踮起脚跟站立。翼：鸟张翼状。⑮棘：急。矢行缓则枉，急则直，急有直的意义。⑯革：翅膀。此处指鸟飞则变为静止状态。⑰翚（huī）：野鸡。⑱跻（jī）：登。⑲殖殖：平正的样子。庭：庭院。⑳觉：高大而直立的样子。楹：柱子。㉑哙哙（kuài）：宽敞明亮的样子。正：白天。㉒哕哕（huì）：幽暗的样子。冥：夜里。㉓莞（guān）：蒲草，可用来编席，此指蒲席。簟（diàn）：竹席。㉔寝：睡觉。㉕兴：起床。㉖我：指殿寝的主人，此为诗人代主人的自称。㉗罴（pí）：一种野兽，似熊，但比大。㉘虺（huǐ）：一种毒蛇，颈细头大，身有花纹。㉙大人：即太卜，周代掌占卜的官员。㉚祥：吉祥的征兆。古人认为熊罴是阳物，故为生男之兆；虺蛇为阴物，故为生女之兆。㉛乃：如果。㉜载寝之床：就睡在大床上。㉝衣：穿衣。裳：下裙，此指衣服。㉞璋：玉器。㉟喤喤：小孩儿哭声洪亮的样子。㊱朱芾：用熟治的兽皮所做的红色蔽膝，为诸侯、天子所穿。㊲室家：指周室，周家、周王朝。君王：指诸侯、天子。㊳裼（tì）：婴儿用的褓衣。㊴瓦：陶制的纺锤。㊵非：错误。仪：善。㊶议：谋虑、操持。古人认为女人主内，只负责办理酒食之事，即所谓“主中馈”。㊷无父母诒罹：不要使父母遭非议。

《斯干》一诗，以友人的口吻，歌颂了一位贵族的美好品行和生活。

诗开头以两个叠词“秩秩”“幽幽”起，明确了全诗悠远舒缓的基调，作者以平静和美的心境，慢慢讲述他所进入的美妙、纯净而生动的世界。第二章，讲述建筑宫室的原因。“似续妣祖”，为的是继承祖先的功业。功业当然是美好而伟大的，祖先们励精图治、功勋卓著，在历史上受人敬仰，荫蔽后世，到现在依然为人称道。第三章“约之阁阁，椓之橐橐”，描摹建筑宫室时艰苦而热闹的劳动场面，捆扎筑板时绳索“阁阁”发响，夯实房基时木杵“橐橐”作声，热闹而生动。第四章描绘宫室气势的宏大和形势的壮美，作者从远处着笔，连用四个比喻，博喻赋形，借美丽的飞禽在不同时刻的形状之美，来描绘宫室高耸入云、钩心斗角、起伏有势的盛景。第五章则把视角拉近，具体描绘宫室内部的情状。第六章先说主人入居此室之后将会寝安梦美，梦到“维熊维罴，维虺维蛇”。第七章接着写美梦的吉兆，预示将有贵男贤女降生。第八章说喜得贵男后的情形。第九章说幸有贤女后的情形，层次井然有序。

无　羊[1]

谁谓尔无羊？三百维[2]群。谁谓尔无牛？九十其犉[3]。

尔羊来思，其角濈濈[4]。尔牛来思，其耳湿湿[5]。

或降于阿[6]，或饮于池，或寝或讹[7]。

尔牧来思[8]，何蓑何笠[9]，或负其糇[10]。三十维物[11]，尔牲[12]则具。

尔牧来思，以薪以蒸[13]，以雌以雄。

尔羊来思，矜矜兢兢[14]，不骞不崩[15]。麾之以肱[16]，毕来既升[17]。

牧人乃梦，众维[18]鱼矣，旐维旟[19]矣。

大人[20]占之：众维鱼矣，实维丰年；旐维旟矣，室家溱溱[21]。

注释

①这是一首赞颂牛羊繁盛、畜牧兴旺的诗。②维：犹“为”。③犉（rún）：高七尺的牛。④濈濈（jí）：聚集在一起的样子。⑤湿湿：摇动的样子。⑥降：下。阿（ē）：丘陵。⑦讹（é）：通“吪”，动。⑧牧：牧人。思：语气助词。⑨何：“荷”的本字，披。蓑（suō）：蓑衣，用草编成的防雨用具。笠（lì）：斗笠，避雨御暑的草帽。⑩糇（hóu）：干粮。⑪物：指牛羊的毛色。⑫牲：祭祀用的牛羊。⑬蒸：细柴。⑭矜矜兢兢：坚强的样子。⑮骞（qiān）：亏，指牛羊不肥壮。崩：溃散。⑯麾（huī）：指挥。肱（gōng）：胳臂。⑰毕、既：尽，都。升：上，此指进入羊圈。⑱众：“螽”的借字，蝗虫。维：通“为”，变为。⑲旐（zhào）：画有龟蛇的旗。旟

(yú)：画有鹰隼的旗。⑳大(tài)人：即太卜，占梦的官。㉑溱溱(zhēn)：茂盛的样子，这里形容家庭人品兴旺。

第一章描述所牧牛羊之众多，开章劈空两问，问得突兀。前人常指"尔"为"牛羊的所有者"，不妥。"所有者"既有牛羊，竟还会有"谁"疑其"无羊"，那是怪事。倘指为奴隶主放牧的奴隶，则问得不仅合理，还带有诙谐的调侃意味。奴隶只管放牧，牛羊原本就不属于他。但诗人一眼看到那么多牛羊，就情不自禁地与牧人扯趣："谁说你没有羊哪？看看，这一群就是三百！"极为自然。劈空两问，问得突兀，却又诙谐有情，将诗人乍一见到众多牛羊的惊奇、赞赏之情，表现得极为传神。

第二、三章集中描摹放牧中牛羊的动静之态和牧人的娴熟技艺，堪称全诗写得最精工的篇章。"或降"四句写散布四周的牛羊何其自得：有的在山坡缓缓"散步"，有的下水涧俯首饮水，有的躺卧草间似乎睡着了，但那耳朵的陡然耸动、嘴角的细咀慢嚼，说明它们正醒着。此刻的牧人正肩披蓑衣、头顶斗笠，或砍伐着柴薪，或猎取着飞禽。一时间，蓝天、青树、绿草、白云、山上、池边、羊牛、牧人，织成了一幅无比清丽的放牧图景。图景是色彩缤纷的，诗中用的却纯是白描，而且运笔变化无端：先分写牛羊、牧人，节奏舒缓，轻笔点染，表现出一种悠长的抒情韵味。

综观全诗，可以看出：作诗不借比兴而全用赋法，只要体物入微、逼真传神，一样能创造高妙的诗境。此诗不仅描摹精妙，而且笔底蕴情，在展现放牧牛羊的动人景象时，又强烈地透露着诗人的惊异、赞美之情，表现着美好的展望和祈愿。

节南山之什

《诗经·小雅》之一，存诗十篇。《节南山》是《小雅》中的一首诗篇。“节南山之什”即以《节南山》为第一首诗的十首诗歌的总集。

节南山

节[1]彼南山，维石岩岩[2]。赫赫师尹[3]，民具[4]尔瞻。
忧心如惔[5]，不敢戏谈。国既卒[6]斩，何用[7]不监！
节彼南山，有实其猗[8]。赫赫师尹，不平谓何！
天方荐瘥[9]，丧乱弘多。民言无嘉，憯[10]莫惩嗟！
尹氏大师，维周之氐[11]。秉国之均[12]，四方是维。
天子是毗[13]，俾民不迷。不吊昊天[14]，不宜空我师[15]！
弗躬弗亲，庶民弗信。弗问弗仕，勿罔君子。
式夷式已[16]，无小人殆[17]。琐琐姻亚[18]，则无朊仕[19]。
昊天不傭[20]，降此鞠讻[21]。昊天不惠[22]，降此大戾[23]！
君子如届[24]，俾民心阕[25]。君子如夷，恶怒是违。
不吊昊天，乱靡有定。式月斯生[26]，俾民不宁！
忧心如酲，谁秉[27]国成？不自为政，卒劳百姓[28]。
驾彼四牡[29]，四牡项领[30]。我瞻四方，蹙蹙[31]靡所骋！
方茂尔恶[32]，相尔[33]矛矣。既夷既怿[34]，如相酬矣。
昊天不平，我王不宁。不惩其心，覆怨其正[35]。
家父作诵[36]，以究王讻。式讹尔心，以畜万邦。

注释

①节：高峻的样子。②岩岩：积石貌。③师尹：太师和尹氏。④具：通“俱”。⑤惔（tán）：火烧。⑥卒：全。⑦何用：何以。⑧有实：实实，广大的样子。猗：指山坡。⑨荐：重。瘥：疫病。⑩憯（cǎn）：曾，乃。⑪氐：根柢，根本。⑫均：此处指国家政权。⑬毗：辅助。⑭吊：善。昊天：犹言上天。⑮空：空乏。师：众民。⑯式夷式已：受伤或停职。⑰无小人殆：不要任用小人。⑱姻亚：统指襟带关系。⑲朊（wǔ）仕：厚任，高官厚禄。⑳傭：均。㉑鞠讻：极凶。㉒不惠：不恩惠。㉓戾：暴戾，灾难。㉔君子如届：君子如果能执政。㉕阕：平息。㉖式月斯生：应月乃生。㉗秉：掌握。㉘卒劳百姓：终于劳苦百姓。㉙牡：公马。㉚项领：肥大的脖颈。㉛蹙蹙：局促的样子。㉜茂：盛。恶：罪恶。㉝相尔：观察您。㉞怿：悦。㉟正：规劝纠正。㊱作诵：作诗讽谏。

赏析

《节南山》叙述的是幽王时代的事，诗旨哀怨，指斥幽王身边的权臣尹氏和太师执政不平，导致国家不兴，天怒人怨，诗人的愤恨之情充斥于字里行间。

开篇通过南山起兴，引出两位权势显赫的臣子。南山险峻，巨石嶙峋，这种描写既写出了两位权臣的权力如山一般威赫，又形象地表现出他们二人为政的“不平”。

接下来的几章，其长度有所改变。如果将这首诗当作一首歌谣，那么这就算是一种音乐的变奏。形式上的变化常常意味着内容或情感的转变。诗人不再如前几章那样酣畅淋漓地进行指斥，而是在短促的悲叹中升华全诗的感情。

这是一首政治讽喻诗，讽刺了地位显赫的师尹，同时痛斥统治者执政不平，倒行逆施，鱼肉百姓的行为。

正　月[①]

正月繁[②]霜，我心忧伤。民之讹言[③]，亦孔之将[④]。
念我独[⑤]兮，忧心京京[⑥]。哀我小心，癙忧以痒[⑦]。
父母生我，胡俾我瘉[⑧]？不自我先，不自我后[⑨]。
好言自口，莠言[⑩]自口。忧心愈愈[⑪]，是以有侮[⑫]。
忧心惸惸[⑬]，念我无禄[⑭]。民之无辜，并其臣仆[⑮]。
哀我人斯[⑯]，于何从禄[⑰]？瞻乌爰止[⑱]，于谁之屋？
瞻彼中林，侯薪侯蒸[⑲]。民今方殆[⑳]，视天梦梦[㉑]。
既克有定，靡人弗胜[㉒]。有皇[㉓]上帝，伊谁云憎[㉔]？
谓山盖[㉕]卑？为冈为陵。民之讹言，宁莫之惩[㉖]？
召彼故老[㉗]，讯之占梦[㉘]，具曰予圣[㉙]，谁知乌之雌雄？
谓天盖高？不敢不局[㉚]；谓地盖厚，不敢不蹐[㉛]。
维号斯言[㉜]，有伦有脊[㉝]。哀今之人，胡为虺蜴[㉞]？
瞻彼阪田[㉟]，有菀其特[㊱]。天之扤[㊲]我，如不我克[㊳]。
彼求我则[㊴]，如[㊵]不我得。执我仇仇[㊶]，亦不我力[㊷]。
心之忧矣，如或结[㊸]之。今兹之正[㊹]，胡然厉[㊺]矣。
燎之方扬[㊻]，宁或[㊼]灭之？赫赫宗周[㊽]，褒姒[㊾]威之。
终其永怀[㊿]，又窘[51]阴雨。其车既载，乃弃尔辅[52]。
载输尔载[53]：“将伯[54]助予。”

无弃尔辅，员于尔辐[55]。屡顾尔仆[56]，不输尔载。

终逾绝险[57]，曾是不意[58]。

鱼在于沼[59]，亦匪克[60]乐。潜虽伏[61]矣，亦孔之炤[62]。

忧心惨惨[63]，念国之为虐！

彼有旨酒[64]，又有嘉肴[65]。洽比[66]其邻，昏姻孔云[67]。

念我独兮，忧心殷殷[68]。

佌佌[69]彼有屋，蔌蔌方有穀[70]。民今之无禄，天夭是椓[71]，

哿[72]矣富人，哀此惸独[73]！

①这是一首忧时闵乱的讽刺诗。诗中斥责了周幽王的昏庸，对国将覆亡、人民的困苦、自己的无助发出了不平之鸣。②正月："正阳之月"的省称。古人认为这时"阳气"已盛，故称为"正阳之月"。繁：多。夏季多霜是反常现象，古人认为这是祸乱将至的预兆。③讹言：谣言。④亦：语气助词。孔：很。将：大。⑤独：独自，指独自忧时。⑥京京：忧愁不能排解的样子。⑦瘋（shǔ）：忧愁。痒：病。⑧胡：何，为什么。俾：使。瘉（yù）：病。⑨自：从。⑩莠（yǒu）言：恶言。⑪愈愈：忧惧的样子。⑫是以：以是，因此。侮：欺侮。⑬惸惸（qióng）：忧愁的样子。⑭无禄：无福，不幸。⑮并：都、俱。臣仆：奴隶。⑯斯：语气助词。⑰于何：从哪里。从：寻找。⑱瞻：视，看。爰：语气助词。止：止息。古人认为乌鸦择富贵人家栖息。⑲中林：林中。侯：语气助词，犹"维"。蒸：细柴。⑳殆：危险。㉑梦梦：昏暗不明的样子。㉒克：能够。靡：无。两句意谓如果上天有止乱之意，那么就没有人能改变天意。意即上天降灾祸是为了惩罚恶人。㉓有：语气助词。皇：伟大。㉔伊、云：语助词。谁憎：憎谁。㉕盖：通"盍"，何。㉖宁：乃，竟。之：指讹言。惩：制止。㉗故老：元老，旧臣。㉘讯：问。占梦：指判断梦吉凶的官。㉙具：俱，都。予：我。㉚局：或作"跼"，弯曲身体。㉛蹐（jí）：小步走路。㉜号：呼，叫喊。斯言：这些话，指上面的四句话。㉝伦：道理。脊：通"迹"，道理。㉞虺（huǐ）：毒蛇。蜴：四脚蛇。㉟阪田：山坡上的田。㊱菀：茂盛的样子。特：特生的苗。㊲扤（wù）：动摇，此指摧折。㊳克：战胜。不我克：犹"不克我"。㊴则：语气助词。㊵如：而。㊶仇仇：倨傲的样子。㊷力：用。马瑞辰《通释》："功力谓之力，用其力亦谓之力。不我力，既不我用。"㊸或：有人。结：绳子打结。此处形容忧愁排解不开。㊹今兹：现在。正：同"政"。㊺厉：暴虐。㊻燎：放火烧田，此指野火。扬：旺盛。㊼宁：乃。或：有人。㊽赫赫：兴盛的样子。宗周：指西周王朝。㊾褒姒（sì）：周

幽王的宠妃，周幽王因宠爱她而导致国家丧亡。㊿终：既。永：长久。怀：忧伤。㊿①窘：困。㊿②辅：车厢两旁的拦板。此比喻贤臣。㊿③载：第一个载为语气助词，第二个载为名词，指装载的东西。输：坠、掉。㊿④将（qiāng）：请。伯：古时对男子的敬称。㊿⑤员：益、增加。辐：车轮上的辐条。㊿⑥顾：回头看。仆：驾车人。㊿⑦逾：越过。绝险：最危险的地方。㊿⑧曾：竟然。是：代词，代指以上所说的事。不意：不在意，不放在心上。㊿⑨沼：水池。⑥⓪亦：语气助词。克：能。⑥①潜虽伏矣：犹"虽潜伏矣"。潜伏：深藏。⑥②炤：同"昭"，明。⑥③惨惨：忧愁的样子。⑥④旨酒：美酒。⑥⑤嘉肴：味美的菜肴。⑥⑥洽：融洽，和谐。比：亲近。⑥⑦昏姻：犹婚姻。细分之则女家为婚，男家为姻。此泛指亲戚。孔：很。云：通"员"，周旋。⑥⑧殷殷：悲伤的样子。⑥⑨佌佌（cǐ）：卑微的样子。⑦⓪蔌蔌（sù）：鄙陋的样子。穀：福禄。⑦①夭：灾祸。椓（zhuó）：打击。⑦②哿（gě）：嘉、乐。⑦③惸独：孤独的人。

赏析

这首诗的抒情主人公既有政治远见，也有能力。他是一个忧国忧民而又不见容于世的孤独的士大夫知识分子形象。诗的抒情主人公面对霜降异时、谣言四起的现实，想到国家危在旦夕，百姓无辜受害，而自己又无力回天，一方面哀叹生不逢时（"父母生我，胡俾我瘉？不自我先，不自我后"），一方面对于一会儿这么说，一会儿那么说（"好言自口，莠言自口"），反复无常、扰乱天下的当权者表示了极大的愤慨。他最终身心交瘁，积郁成疾（"癙忧以痒"）。

诗中还表现了三种人的心态。第一种人是末世昏君。此诗没有明确指出周幽王，而是用暗示的方法让人们想到幽王。"天"在古代常用来象征君王，诗中说"民今方殆，视天梦梦"，就是很严厉地指责周幽王面对百姓危殆、社稷不保的现实毫不觉悟，却只顾占卜解梦（"召彼故老，讯之占梦"）。"赫赫宗周，褒姒灭之"二句，矛头直指最高统治者。此诗批评最高统治者亲小人（“瞻彼中林，侯薪侯蒸”），远贤臣（“乃弃尔辅”），行虐政（“念国之为虐”）。指出如果国家真正颠覆，再求救于人，则悔之无及（“载输尔载：‘将伯助予’”）。第二种人是得志的小人。他们巧言令色，嫉贤妒能（“好言自口，莠言自口”），结党营私，朋比为奸（“洽比其邻，昏姻孔云”），心肠毒如蛇蝎（“胡为虺蜴”）。第三种人是广大人民。他们承受着层层的剥削和压迫，在暴政之下不能平平安安的生活，还经受形形色色的灾难（“民今之无禄，天夭是椓”），而且动辄得咎，只能谨小慎微，忍气吞声（“不敢不局”“不敢不蹐”）。

全诗四言中杂以五言，便于表现激烈的情感，又显得错落有致。全诗以诗人忧伤、孤独、愤懑的情绪为主线，首尾贯串，一气呵成，感情充沛。

十月之交

十月之交[①]，朔日[②]辛卯。日有食之，亦孔之丑。
彼月而微，此日而微。今此下民，亦孔之哀。
日月告凶，不用其行[③]。四国[④]无政，不用其良。
彼月而食，则[⑤]维其常。此日而食，于何不臧[⑥]！
烨烨震电[⑦]，不宁不令[⑧]，百川[⑨]沸腾，山冢崒[⑩]崩。
高岸为谷，深谷为陵。哀今之人，胡憯莫惩[⑪]。
皇父卿士[⑫]，番维司徒[⑬]，家伯维宰[⑭]，仲允膳夫[⑮]。
棸子内史[⑯]，蹶维趣马[⑰]，楀维师氏[⑱]，艳妻煽[⑲]方处。
抑[⑳]此皇父，岂[㉑]曰不时！胡为我作[㉒]，不即我谋？
彻[㉓]我墙屋，田卒污莱[㉔]。曰予不戕[㉕]，礼则然矣。
皇父孔圣，作都于向[㉖]。择三有事[㉗]，亶侯[㉘]多藏。
不慭[㉙]遗一老，俾守我王。择有车马，以居徂向[㉚]。
黾勉[㉛]从事，不敢告劳。无罪无辜，谗口嚣嚣[㉜]。
下民之孽[㉝]，匪降自天。噂沓背憎[㉞]，职[㉟]竞由人。
悠悠我里[㊱]，亦孔之痗[㊲]。四方有羡，我独居忧。
民莫不逸，我独不敢休。天命不彻[㊳]，我不敢效我友自逸。

注释

①交：日月交会，指晦朔之间。②朔日：初一。③行：轨道，规律，法则。④四国：泛指天下。⑤则：犹。⑥臧：善。⑦烨烨（yè）：雷电闪耀。震电：打雷闪电。⑧宁：安宁。令：善。⑨川：江河。⑩冢：山顶。崒：通“碎”，崩坏。⑪憯（cǎn）：乃。莫惩：不戒惩。⑫皇父（fǔ）：周幽王时的卿士。卿士：官名，总管王朝政事，为百官之长。⑬番：姓。司徒：六卿之一，掌管土地人口。⑭家伯：人名，周幽王的宠臣。宰：冢宰。六卿之一，“掌建六邦之典”。⑮仲允：人名。膳夫：掌管周王饮食的官。⑯聚（zōu）子：姓聚的人。内史：掌管周王的法令和对诸侯封赏策命的官。⑰蹶（guì）：姓。趣（cù）马：养马的官。⑱楀（jǔ）：姓。师氏：掌管贵族子弟教育的官。⑲艳妻：指周幽王的宠妃褒姒。煽：炽热。⑳抑：感叹词。㉑岂：难道。㉒我作：作我，役使我。㉓彻：通“撤”拆毁。㉔污：积水。莱：荒芜。㉕戕（qiāng）：残害。㉖向：地名。㉗三有事：三有司，即三卿。㉘亶（dǎn）：确实。侯：语气助词。㉙慭（yìn）：愿意，肯。㉚徂：到，去。“以居徂向”即“徂向以居”。㉛黾（mǐn）勉：努力。㉜嚣嚣（áo）：七嘴八舌的样子。㉝孽：灾害。㉞噂（zǔn）沓：聚在一起说话，形容议论纷纷。背憎：背后互相憎恨。㉟职：主。㊱里：“悝”之假借，忧愁。㊲痗（mèi）：病。㊳天命不彻：天命不合正道。

《十月之交》是一首政治怨刺诗，作者从自然现象着笔，继而揭露政治上的黑暗。

诗作第一章交代时间、事件，以及事件发生时的情态和人民的反应。“日者，君象也。”在古人看来，太阳发生日食，白日无光，预示着有关君国的灾难。由此作者展开联想，在第二章里，“四国无政，不用其良”，着笔的重点随之转向政治统治，抒发了作者对政治日弊、百姓日苦的悲痛与忧虑，过渡自然，论理谨严。第三章，诗人更进一步，在描写日食之余，又搬出了后来发生的地震，并对其情形进行了细致的描述：“百川沸腾，山冢崒崩。高岸为谷，深谷为陵。”诗中写的地震确有史实记载，《国语·周语》：“幽王二年，西周三川皆震。”“是岁三川竭，岐山崩。”作者从大处着笔，通过具有特征性的大特写，展开了一幅历史上少有的巨大灾变图，历来为读者称道。其中“高岸为谷，深谷为陵”二句，因其鲜明的形象性，获得了不朽的艺术生命，被后世文人借用，成了历史上概括政治巨变、社会更迭的代表性诗句。第四章到第六章，作者深切揭露周幽王宠幸嫔妃、奸臣乱党把持朝政的无道。

第七章作者写自己尽心为国却招谗言迫害，处境悲惨又有口难开，狼狈至极。最后一章，诗人点明了自己的立场和今后的做法。他面对周朝严重的危机，虽然疲惫、心痛，但并没有退缩不前，而是尽职尽责，“明知不可为而为之”，显得坚忍而忠诚。“悠悠我里，亦孔之痗”是作者心态上的悲惨。

诗人是坚定的，也是孤独的；是自信的，也是明知无望的。这种复杂的心态，杂糅在这则短诗中，让人无限感慨。

雨无正[①]

浩浩昊天[②]，不骏[③]其德。降丧饥馑[④]，斩伐四国[⑤]。旻天疾威[⑥]，弗虑弗图。舍彼有罪，既伏其辜[⑦]。若此无罪，沦胥以铺[⑧]。

周宗[⑨]既灭，靡所止戾[⑩]。正大夫离居[⑪]，莫知我勚[⑫]。三事[⑬]大夫，莫肯夙夜[⑭]。邦君[⑮]诸侯，莫肯朝夕。庶曰式臧[⑯]，覆[⑰]出为恶。

如何昊天？辟言不信[⑱]！如彼行迈[⑲]，则靡所臻[⑳]。凡百君子[㉑]，各敬[㉒]尔身。胡不相畏？不畏于天？

戎成[㉓]不退，饥成不遂[㉔]。曾我暬御[㉕]，憯憯日瘁[㉖]。凡百君子，莫肯用讯[㉗]。听言[㉘]则答，谮言[㉙]则退。

哀哉不能言，匪舌是出[㉚]，维躬是瘁[㉛]。

哿[㉜]矣能言，巧言如流，俾躬处休[㉝]。

维曰于仕[㉞]，孔棘且殆[㉟]。云不可使[㊱]，得罪于天子。

亦云可使，怨及朋友。

谓尔迁于王都，曰予未有室家。鼠[㊲]思泣血，无言不疾[㊳]。

昔尔出居，谁从作尔室？

①这是一首讽刺周幽王昏庸、政治混乱的诗。本篇题目《雨无正》不见于诗中，其释义亦多有不同。一曰《诗序》："雨，自上下者也。众多如雨，而非所以为政也。"释正为政。二曰篇首当有"雨无其极，伤我稼穑"八字。②浩浩：广大的样子。昊（hào）天：上天。③骏：陈奂《诗毛氏传疏》："骏，长。……骏同峻，长犹常也。不长其德，犹云不恒其德耳。"④饥馑（jǐn）：《传》："谷不熟为饥，蔬不熟曰馑。"此泛指灾荒。⑤斩伐：残害。四国：四方诸侯国，天下。⑥旻（mín）天：犹昊天，上天。疾威：朱熹《诗集传》："犹暴虐也。"⑦既：尽。伏：隐匿。辜：罪。⑧沦：陷。胥：相率。铺：通"痡"，病。⑨周宗：犹宗周，西周王朝。⑩靡所：无处。戾：定，安居。⑪正大夫：六官之长。正：长。离居：离开居住之地，即逃离镐京。⑫勚（yì）：劳苦。⑬三事：三司，即司马、司空、司徒。周朝的最高执政者。⑭夙夜：早晚。此句谓不肯日夜勤政。⑮邦君：邦国之长，亦即诸侯。⑯庶：庶几，表希望之词。曰、式：皆语助词。臧：善。⑰覆：反，反而。⑱辟：法度。⑲行迈：行走。⑳臻（zhēn）：至。㉑君子：指朝廷官员。㉒敬：恭敬、谨慎。㉓戎：兵祸。成：此指发生。陈奂《诗毛氏传疏》："戎兵不退者，幽王之末，用兵不息也。"㉔遂：于省吾《诗义解结》："饥成不遂之遂，应读作坠。……不遂即不坠。退与坠互文同义。……此诗是说：战事已成，而不罢退；饥馑已成，而不消失。"一说遂，安也。㉕曾：则，乃。暬（xiè）御：周王的近臣。㉖憯憯（cǎn）：忧愁的样子。瘁：憔悴，病。㉗讯：《鲁诗》作"谇"，谏。㉘听言：顺从的话。㉙谮（zèn）言：谏言。㉚匪：通"非"。出：通"疷"，病。㉛躬：自身。瘁：病，此指损害。㉜哿（gě）：嘉。㉝休：安乐。㉞维：语气助词。于：往。仕：为官。㉟孔：很。棘：通"急"，紧张。殆：危险。㊱使：从。㊲鼠：通"癙"，忧。㊳疾：通"嫉"，憎恨。

赏析

全诗共七章。第一、二章十句，第三、四章八句，第五、六、七章六句，共五十四句，能于参差错落中见整饬。

诗的第一章首先以无限感慨、无限忧伤的语气，埋怨天命靡常："不骏其德"，致使丧乱、饥馑和灾难都一起降在人间。但是，真正有罪的人，依然逍遥自在，而广大无罪的人，却蒙受了无限的苦难。接着，第二章就直接揭示了残酷的现实问题："周宗既灭，靡所止戾。"可是在这国家破灭、人民丧亡之际，一些王公大臣、公卿大夫，逃跑的逃跑，躲避的躲避，不仅不能为扶倾救危效力，反而乘机做出各种恶劣的事。因而，第三章作者就进一步揭示了造成这次灾祸的根本原因：国王"辟言不信"，一天天胡作非为，不知要把国家引向何处；而"凡百君子"又"不畏于天"，反而助纣为虐，做出了一系列既不自重又肆无忌惮的坏事。第四章，作者又以沉痛的语言指出：战祸不息，饥荒不止，国事日非，不仅百官"莫肯用讯"，国王也只能听进顺耳的话而拒绝批评，只有他这位侍御小臣在为危难当头的国事而"憯憯日瘁"了。第五章，作者再次申诉自己处境的艰难。由于国王"听言则答，谮言则退"，致使自己"哀哉不能言"，而那些能说会道之徒则口若悬河。自己"维躬是瘁"，而他们却"俾躬处休"。不是自己笨口拙舌，而是国王是非不分、忠奸不辨的行为使自己无法谏诤了。因此，在第六章里，作者又进一步说明了"于仕"的困难和危殆。仕而直道，将得罪天子；仕而枉道，又见怨于朋友。最后一章，作者指出，要劝那些达官贵人迁向王朝的新都吧，他们又以"未有家室"为借口而加以拒绝，加以嫉恨，致使自己无法说话，而只有"鼠思泣血"。

作者在抒发他那复杂而深厚的思想感情时，通篇采用了直接叙述的方式来表达，少打比喻，不绕弯子，语言质朴，感情真挚，层层揭示，反复咏叹，时而夹杂一些议论，颇有一种哀而怨、质而雅的艺术之美。

小　旻

旻天[1]疾威，敷于下土[2]。谋犹回遹[3]，何日斯沮[4]？

谋臧不从[5]，不臧覆用[6]。我视谋犹，亦孔之邛[7]！

潝潝訿訿[8]，亦孔之哀！谋之其臧，则具是违[9]。

谋之不臧，则具是依。我视谋犹，伊于胡底[10]！

我龟[11]既厌，不我告犹[12]。谋夫[13]孔多，是用不集[14]。

发言盈庭[15]，谁敢执其咎[16]？如匪行迈谋[17]，是用不得于道。

哀哉为犹，匪先民是程[18]，匪大犹是经[19]。

维迩言[20]是听，维迩言是争[21]！如彼筑室于道谋，是用不溃于成[22]。

国虽靡止[23]，或圣或否[24]。民虽靡膴[25]，或哲或谋[26]，或肃或艾[27]。

如彼泉流，无沦胥以败[28]！

不敢暴虎[29]，不敢冯河[30]。人知其一，莫知其他。

战战兢兢[31]，如临[32]深渊，如履薄冰[33]。

①旻(mín)天：皇天。②敷：布。下土：与“旻天”相对。土，犹“地”，指人间。言上天降灾，遍布于人间。③谋犹：指计划、政策。回遹(yù)：邪曲不正。④沮：终止。⑤谋臧不从：此句言不听从好的谋略。斥责周王善恶不辨。谋臧，即好的计谋。从，听从。⑥覆用：反而采用。⑦邛(qióng)：病，指弊病。⑧潝潝(xī)：又作“歙”，有敛聚之意。指小人之相互附和。訿(zǐ)：通“呰”，有诋毁之意。⑨具：俱。此句言：小人对好的谋略都反对；对不好的谋略，却都依随，没有一定原则。⑩伊于胡底：言如此下去，国家将何所至(走向何处)？伊，语词，犹“将”。胡，何。底，至。⑪龟：指占卜用的龟甲。⑫犹：道，谋。⑬谋夫：谋士。⑭集：集中，成就。⑮盈庭：充满大庭(朝廷)。指发言的人很多，满庭议论纷纷。⑯执：持，担当。咎：罪过，罪责。⑰匪：彼。行迈：行道之人。谋：咨询，商量。或以为与下章“如彼筑室于道谋，是用不溃于成”相对成文，“行迈”下夺“于室”之类的两个字。其说可参。⑱程：效法。⑲大犹：大道，大道理。经：行，遵循。言哀叹如此为谋，不取法古人，不遵循大道。⑳迩言：浅近、没有见地之言。㉑争：争进。一说争取。㉒溃：“遂”之假借，即达到之意。此言如同筑室，问谋于路人，所以不能成功。㉓靡止：无福。止，通“祉”。一说“止，礼也。”㉔或圣或否：此言国家虽无福气，但圣智与非圣智之人都有。圣，指贤能、智慧之人。㉕靡朊：不多。朊，盛多。或训朊为“法”。㉖哲：明哲。谋：灵敏，善谋。㉗肃：恭谨，严肃。艾(yì)：治理。㉘沦胥：相率，一个接一个地。此与上句当连读，意谓：不要像流水那样，滔滔流去，不能复返，相率至于败亡之境。一说“无”为发语词。㉙暴虎：徒步与虎搏斗。㉚冯(píng)河：无舟渡水，徒步过河。㉛战战兢兢：恐惧戒慎之状。㉜临：面对着。㉝“如履薄冰”以上三句：言诗人见国家在危亡之中，惴惴不安，如同面临无底深渊，如同脚踏薄冰之上，时刻担心出事。履，踏。

赏析

这是首志士忧国之诗。诗人对周王听信小人邪说、不辨忠奸，感到无比忧虑，但又无能为力。一章伤上天降灾，国无善政。钟惺曰："'敷'字好字面，用在'疾威'上最苦。"二章言小人之同而不和，相互为恶。钟惺曰："二'具'字已成一雷同世界，国欲不亡，不可得也。"三章伤人多嘴杂，而无良策。一"厌"字写出灵龟性情，而灵龟之性情即人之性情也。四章言无大谋而从浅见之言，故无成功。五章为劝勉之词。姚际恒曰："此篇本主谋说，故引用《洪范》五事之'谋'，而以'圣、哲、肃、艾'连言陪之，读古人书，须觑破其意旨所在，以分主客，毋徒忽略混过也。"六章言己独为国担忧。孙月峰曰："以上通论谋，皆是实说。维此章寓言微婉，盖叹息省戒，以申其惓惓未尽之意。"末尾三句成为中国古代知识分子做人办事的警句，诚千载不易之座右铭。而为人君者、为执政者，所为牵动全局，尤不可忽焉。篇中反复言"谋"，皆由王惑于邪谋而发。诗以"旻天疾威"起，以"如履薄冰"收，以"谋"字辗转其间，将形势之危急、国事之无着、作者之恐惧，一并托出。

小　宛[1]

宛彼鸣鸠[2]，翰飞戾[3]天。我心忧伤，念昔先人。
明发不寐[4]，有怀二人[5]。

人之齐圣[6]，饮酒温克[7]。彼昏不知，壹醉日富[8]。
各敬尔仪[9]，天命不又[10]。

中原有菽[11]，庶民采之。螟蛉[12]有子，蜾蠃负[13]之。
教诲尔子，式穀似[14]之。

题彼脊令[15]，载飞载鸣。我日斯迈[16]，而月斯征[17]。
夙兴夜寐，毋忝尔所生[18]。

交交桑扈[19]，率场[20]啄粟。哀我填寡[21]，宜岸宜狱[22]？
握粟出卜[23]，自何能谷[24]？

温温恭人[25]，如集于木。惴惴[26]小心，如临于谷。
战战兢兢，如履薄冰。

①这是一首遭遇时乱，兄弟相诫以免祸的诗。②宛：小的样子。鸣鸠：斑鸠。③翰：原指鸟的翅膀，此指展翅。戾（lì）：至。④明发：天亮。寐：睡着。⑤二人：指父母。⑥齐：《传》："正也。"言正直。一说齐圣，聪明睿智之称。齐者，知虑之敏也。（王引之《经义述闻》）⑦温：同"蕴"。《笺》："饮酒虽醉，犹能温藉自持

以胜。”克：克制。⑧壹：语气助词。富：马瑞辰《通释》：“富之言畐也。《说文》：‘畐，满也。’……醉则自盈满，正与温克相反。”一说富，甚也。（朱熹《诗集传》）⑨敬：恭肃。仪：仪态举止。⑩又：复。⑪中原：原中，原野之中。菽：豆的总称。⑫螟蛉（míng líng）：螟蛾的幼虫。⑬蜾蠃（guǒ luǒ）：蜂的一种，俗称细腰蜂。负：通“孵”，养育。蜾蠃常捕捉螟蛉放在自己的窝内喂养幼虫，古人误以为蜾蠃养螟蛉为己子。⑭式：语气助词。穀：善。似：通“嗣”，继续。⑮题：视。脊令：亦作“鹡鸰”，鸟名。⑯斯：语气助词。迈：行。⑰而：你。征：远行。⑱忝（tiǎn）：辱。所生：指父母。⑲交交：鸟鸣声。桑扈：一种食肉的鸟，俗名青雀。⑳率：沿着。场：打谷场。㉑填：通“殄”，穷苦。寡：少，贫乏。㉒宜：“且”字之误。（依马瑞辰说）岸：通“犴”，牢狱。《传》：“岸，讼也。”狱：诉讼。㉓握粟出卜：马瑞辰《通释》：“盖始用糈米以享神，继即以之酬卜。”㉔自：从。谷：善、吉。㉕温温：和气的样子。恭人：宽和之人。㉖惴惴：恐惧的样子。

赏析

此诗虽然不是什么“刺王”之作，却反映了混乱、黑暗的社会生活的一个侧面，还是有其认识意义的。

首章直述怀念祖先、父母之情，这是疾痛惨怛的集中表现，也暗含着今不如昔的深切感慨。第二章感伤兄弟们的纵酒，既有斥责，也有劝诫，暗示他们违背了父母的教育。第三章言代兄弟们抚养幼子，教育他们长大继承祖业家风。第四章述自己操劳奔波，以慰藉父母在天之灵。第五章说明自己贫病交加，又吃了官司，表现出对命运难卜的焦虑。最后一章，总括了自己诚惶诚恐、艰难度日的心情。各章重点突出，语意恳切；全诗组织严密，层次分明。

作者在表达自己的思想、抒发自己的感情时，虽然是以诉说为主，但并不是平铺直叙、直来直往，而是采取了意味深长的比兴手法，使读者感到每章都是在因物起兴、借景寄情。第一章以斑鸠的鸣叫、翰飞、戾天来反衬作者处境的艰难和内心的忧伤；第二章以“齐圣”之人的“饮酒温克”来对比自己兄弟的“彼昏不知，壹醉日富”；第三章以“中原有菽，庶民采之。螟蛉有子，蜾蠃负之”来比喻自己代兄弟们养幼子；第四章以鹡鸰的“载飞载鸣”来映衬自己“夙兴夜寐”地“斯迈”“斯征”；第五章以“交交桑扈，率场啄粟”来象征自己“填寡”而又“岸狱”的心态和心情，都写得那么生动形象，贴切真实，耐人咀嚼和回味；至于第六章连用三个“如”字，更把自己“惴惴小心”“战战兢兢”的心境描绘得形神兼备，真切感人。

总之，《小雅·小宛》在内容主题上是今人比较难以索解的，但在艺术技巧上，却是比较优秀的。

小　弁

弁彼鸒斯[1]，归飞提提[2]。民莫不穀[3]，我独于罹[4]。
何辜[5]于天？我罪伊何[6]？心之忧矣！云如之何[7]！
踧踧周道[8]，鞫为茂草[9]。我心忧伤，惄焉如捣[10]。
假寐[11]永叹，维忧用[12]老。心之忧矣，疢如疾首[13]。
维桑与梓，必恭敬止[14]。靡瞻匪父[15]，靡依匪母。
不属[16]于毛，不罹于里[17]。天之生我，我辰[18]安在？
菀[19]彼柳斯，鸣蜩嘒嘒[20]。有漼者渊[21]，萑苇淠淠[22]。
譬彼舟流[23]，不知所届[24]！心之忧矣！不遑假寐[25]。
鹿斯之奔[26]，维足伎伎[27]。雉之朝雊[28]，尚求其雌。
譬彼坏木[29]，疾用无枝[30]。心之忧矣，宁[31]莫之知？
相彼投[32]兔，尚或先[33]之。行[34]有死人，尚或墐[35]之。
君子秉心[36]，维其忍[37]之。心之忧矣，涕既陨[38]之。
君子信谗，如或酬之[39]。君子不惠[40]，不舒究[41]之。
伐木掎矣[42]，析薪扡[43]矣，舍[44]彼有罪，予之佗[45]矣！
莫高匪山[46]，莫浚匪泉。君子无易由[47]言，耳属于垣[48]。
无逝我梁[49]，无发我笱。我躬不阅，遑恤我后！

①弁（pán）彼：即弁弁，喜乐貌。一说翻飞貌。鸒（yù）：又名卑居，乌鸦的一种。斯：犹“兮”。②提提（shí）：群飞貌。③榖：善。④罹：忧患。⑤辜：罪。⑥伊：是。⑦云：语气词。如之何：怎么办。⑧踧踧（dí）：平坦貌。周道：周朝京师的大道。⑨鞫（jú）：阻塞，充塞。意谓平坦大道为茂草所塞。⑩惄（nì）焉：忧思貌。捣，当从《韩诗》作“疛”。形容心中惶惶不安之貌。一说，如捣，即如杵捣之，也形容心中忐忑不安。⑪假寐：和衣而眠。⑫维：发语词。用：以。⑬疢（chèn）：本指热病，此处泛指烦恼、忧病。疾首：首疾，头痛。言心中烦乱而头痛。⑭维桑与梓，必恭敬止：桑梓为古代北方生长较为普遍的树木，古代祭祀土地神的圣地——社的周围，多种植有其地所宜生长的树木，桑梓自在其列。社稷乃国家的象征，因而望桑梓而恭敬之，实际上表达的是对家国的关心热爱之情。⑮靡瞻匪父：“靡……匪……”，犹“没有……不……”。瞻，敬仰。⑯属（zhǔ）：连属。⑰不罹于里：罹，一作“离”，或读为“丽”，即附着。里，心腹。一说“毛”指裘之表，“里”指裘之里子。一说此是以裘为喻，言自己与父母，就像裘皮的表里相连一样。⑱辰：时。⑲菀（yù）：茂盛貌。⑳嘒嘒（huì）：蝉鸣声。㉑有漼：犹“漼漼”，水深貌。㉒萑（huán）苇：芦苇。淠淠（pèi）：草木繁密茂盛状。或以为状声词，指风吹芦苇的声音。㉓舟流：指舟船漂流水上。㉔届：至，止，归宿。㉕不遑：无暇，顾不得。㉖斯：犹“兮”。奔：奔跑，这里指奔从其群。或以为有求偶意。㉗伎伎（qí）：形容鹿奔走时四足的姿态，类似奔马之“翻蹄亮掌”。㉘雊（gòu）：雉鸣。㉙坏木：指树木多瘤无枝。㉚疾：病。用：犹“而”。㉛宁：曾，何。㉜相：看。或以为犹“夫”，提示之词。投：掩捕。或以为投契、抛弃。㉝先：开放兔网。一说先，驱走。或以为“先”同“西”，当作“垔”，同“堙”，即掩埋。㉞行：道路。㉟墐（jìn）：掩埋。㊱秉心：居心，存心。㊲忍：忍心，残忍。㊳陨：落。㊴酬：主人敬宾客酒。一说答谢别人敬酒。

此言“君子”喜欢听信谗言，如同接受别人敬的酒。㊵惠：爱，顺。一说“慧”之音转，训“慧智”。㊶舒：缓慢。究：考察，一说考虑。意谓君子不徐徐地考察事情的真相。㊷掎（jǐ）：牵引。此指伐树时，用绳拉住树梢，使树砍完后向指定的方向倒下。㊸扡（chǐ）：顺着树木的纹理劈薪柴。㊹舍：舍免。一说训“凡”。㊺佗（tuó）：加。意谓把有罪的人放过，而把罪责横加在我头上。㊻莫高匪山：“莫……匪……”，犹“无……不……”。胡承珙《毛诗后笺》云：“此言无高而非山，无浚而非泉，山高泉深，莫能穷测也，以喻人心之险犹夫山川。”一说“匪”读“彼”。㊼易：轻易。由：于。㊽属（zhǔ）：附着。垣：墙。即隔墙有耳之意。㊾“无逝我梁”以下四句：见《邶风·谷风》注。

这是一首被弃者的诗，情感委婉曲折，对遗弃者的心理曲尽刻画之能事。

据诗中“雉之朝雊，尚求其雌”之喻，与卒章“无逝我梁”四句又见于弃妇诗的情况判断，这应该是一首写被逐出家门的弃妇诗。且篇中频呼“君子”：“君子秉心，维其忍之”“君子不惠”，也颇似妇人伤心口气。

古代学者对此诗的艺术特点，有过极精辟的分析。徐光启分析说：“此诗发明悲怨之意，至深至切，毕志极情，万回千转，镵心刻骨，盖处家人父子之变，更无别有，但有哀伤痛割而已。然曲喻罕譬，婉讽微规，动之以至情，觞之以天性，虽复金玦长辞，铜龙永绝，犹惓惓望君之一悟也。盖不独情至曲尽，其文亦不在

梓

《东山》《常棣》之下矣。此诗到此（四五六章），求哀乞怜之意，不复可加，图回感悟之方更无余术，是尽情语、尽头路也。下二章‘君子信谗’，却是推原见发之本；‘无易由言’，又是推信谗之本，意外生意，情外生情。说到末段，知其无可奈何而安之若命。其冀望感悟愈深愈微，绸缪缱绻甚于痛哭。正如画家以从官为伍伯，车中人为从官。其车中乃是天人，非复意想所及。文章之妙，一至于此，可谓笔下有神，章法神品。说到‘秉心’之忍，语意已尽，后二章亦是余文，如辞家缅乱之体，然却节外生枝，不似后人关门闭户也。”魏浣初《诗经脉讲意》说：“宜以章内‘忧’字为主。首章伤己无罪见弃，以发思慕之端；二章极道其忧伤之甚；三章则反其不见爱者而莫得其故；四章叹己之无所依；五章叹己之不见顾；六章总上意而伤王心之忍；七章推其心之忍者易惑于谗人；八章原谗之所起由王易其言以来之。夫易其言以来谗邪之口，信谗言而有废黜之加，此太子所以始虽有不忍之情，而终致决绝之意也。章内‘忧’字凡五见，曰‘云如之何’，其词尚缓；曰‘疢如疾首’，则切于身矣；曰‘不遑假寐’，则昼夜无休歇；曰‘宁莫之知’，则无所控诉，而仓促急迫，故遂以陨涕终焉。《白华》之词简而庄，《小弁》之词婉而切，则处父子与处夫妇之变异也。”

巧　言[1]

悠悠昊天[2]，曰父母且[3]！无罪无辜，乱如此幠[4]。
昊天已威[5]，予慎[6]无罪。昊天泰幠[7]，予慎无辜。
乱之初生，僭始既涵[8]。乱之又生，君子信谗。
君子如怒[9]，乱庶遄沮[10]。君子如祉[11]，乱庶遄已[12]。
君子屡盟，乱是用长[13]。君子信盗[14]，乱是用暴。
盗言孔甘[15]，乱是用餤[16]。匪其止共[17]，维王之邛[18]。
奕奕寝庙[19]，君子作[20]之。秩秩大猷[21]，圣人莫[22]之。
他人有心，予忖度[23]之。跃跃毚兔[24]，遇犬获之。
荏染[25]柔木，君子树[26]之。往来行言[27]，心焉数[28]之。
蛇蛇硕言[29]，出自口矣。巧言如簧[30]，颜之厚矣！
彼何人斯？居河之麋[31]。无拳无勇[32]，职为乱阶[33]。
既微且尰[34]，尔勇伊何？为犹将[35]多，尔居徒几何[36]？

①这是一首讽刺统治者听信谗言而乱政的诗。②悠悠：广大遥远的样子。昊（hào）天：皇天。③且（jū）：语尾助词。④怃（hū）：大。⑤已：甚，太。威：通“畏”，可怕。⑥慎：《传》：“诚也。”确实。⑦泰：通“太”。怃：怠慢、疏忽。⑧僭：通“谮”，谗言。既：尽，全部。涵：包容。⑨君子：指周王。怒：指怒斥谗人。⑩庶：庶几，也许。遄：急速。沮（jǔ）：止。⑪祉（zhǐ）：福。此指任用贤者。⑫已：止。⑬是用：是以，因此。长：滋长。⑭盗：指谗佞之人。⑮孔：很。甘：甜美。⑯餤（tán）：原指进食，引申为增多义。⑰匪：通“非”。其：代指盗。止：职。共：通“恭”，谓忠于职守。⑱邛：病。以上两句言谗人不尽其职，只是坑害君主。以上两句一说“匪，彼也”。言小人容止之恭，适为王病而已。⑲奕奕：高大的样子。寝庙：古时宗庙有寝和庙两部分，后面放先祖衣冠的叫寝，前面祭祀的地方叫庙。⑳君子：指周代先公武王等。作：建造。㉑秩秩：宏佛的样子。大猷（yóu）：大道，指典章制度。㉒莫：通“谟”，谋划。㉓忖度（cǔn duó）：猜测。㉔跃跃（tì）：通“趯趯”，跳跃的样子。毚（chán）兔：狡兔。㉕荏（rěn）染：柔弱的样子。㉖树：种植。㉗行言：行道之言，流言。㉘数（shǔ）：辨别。㉙蛇蛇（yí）：通“訑訑”，骗人的样子。硕言：大言。㉚巧言：花言巧语。簧：笙中振动发声的薄片。㉛麋：通“湄”，水边。㉜拳：力量。㉝职：主，主要。阶：阶梯。㉞微：通“癓”，小腿生湿疮。尰（zhǒng）：脚肿。㉟为：通“伪”。犹：通“猷”，计谋。将：很。㊱居：语气助词。徒：徒众。几何：多少。

赏析

此诗主题在于忧谗忧谤，同时揭露了谗言惑国的卑鄙行径。起调便是令人痛彻心扉的呼喊：“悠悠昊天，曰父母且！无罪无辜，乱如此怃。”随即又是苍白而带有绝望的申辩：“昊天已威，予慎无罪。昊天泰怃，予慎无辜。”情急悲愤之下，作者竟无法用实情加以洗刷，只是面对苍天，反复地空喊，这正是蒙受奇冤而又无处申诉者的典型表现。

第二、三两章，情感稍缓，作者痛定思痛后对谗言所起、乱之所生进行了深刻的反省与揭露。在作者看来，进谗者固然可怕、可恶，但谗言乱政的根源不在进谗者而在信谗者。谗言如同鸦片，人人皆知其毒性，但它又总能给人带来眼前虚幻的快感。因此，如果不防患于未然，一旦沾染，便渐渐使人产生依赖感，最终为其所害，到时悔之晚矣。

第四、五两章，形同漫画，又活画出进谗者阴险、虚伪的丑陋面目。他们总是为一己之利，而置社稷、民众于不顾，处心积虑，暗使阴谋，欲置贤良之士于死地而后快。但险恶的内心表现出来的却是花言巧语、卑琐温顺，在天子面前，或“蛇蛇硕言”，或“巧言如簧”。

末章具体指明进谗者为何人。因指刺对象的明晰而使诗人的情感再次走向剧烈，以至于按捺不住，直咒其“既微且尰”，可见作者对进谗者的恨之入骨。那“居河之麋”的交代，使读者极易联想起躲在水边的鬼蜮。然而，无论小人如何猖獗，就如上章所言“跃跃毚兔”，最终会“遇犬获之”。因为小人的鼠目寸光，使他们在获得个人利益的同时，往往也将自己送上了绝路。

此诗虽是从个人遭谗入手，但并未落入狭窄的个人恩怨之争，而是上升到谗言误国、谗言惑政的高度加以批判，因此，不仅感情充沛，而且带有普遍的历史意义与价值，这正是此诗能引起后人共鸣的关键之处。

何人斯

彼何人斯？其心孔艰[1]，胡逝我梁[2]，不入我门？
伊谁云[3]从？维暴[4]之云？
二人从行[5]，谁为[6]此祸？胡逝我梁，不入唁我[7]？
始者[8]不如今，云不我可[9]。
彼何人斯？胡逝我陈[10]？我闻其声，不见其身。
不愧[11]于人？不畏于天？
彼何人斯？其为飘风[12]。胡不自北？胡不自南？
胡逝我梁？祇[13]搅人心。
尔之安行[14]，亦不遑舍[15]；尔之亟行[16]，遑脂[17]尔车？
壹者之来[18]，云何其盱[19]！
尔还[20]而入，我心易[21]也；还而不入，否难知[22]也。
壹者之来，俾我祇[23]也。
伯氏吹埙，仲氏吹篪[24]。及尔如贯[25]，谅不我知[26]。
出此三物[27]，以诅[28]尔斯。
为鬼为蜮[29]，则不可得；有靦[30]面目，视人罔极[31]。
作此好歌，以极[32]反侧。

①孔艰：艰深难测。②胡：何。逝：往。梁：鱼梁。据闻一多先生考证，《诗经》多以鱼、捕鱼之事喻情爱婚媾，此处或者似其人前往鱼梁喻男之求女，以“不入我门”喻其人不肯成婚，或已婚之后又遗弃女方。③伊：犹“其”。云：犹“是”。④暴：粗暴，凶暴，狂暴。⑤二人从行：你我二人相随而行。⑥谁：一说训“何”。为：造成，构成。⑦唁：慰问遭遇不幸者。⑧始者：犹“昔者”，往日。⑨可：嘉许。犹“哿”，嘉，乐。“云不我可”与上句是说：你开始（从前）和我相爱时，不像如今这样，以为我不好。⑩陈：堂下至院门的甬道。或以为堂途左右曰“陈”。或以为陈当作“田”，即田园。⑪愧：羞愧。⑫飘风：暴起之风，即疾风。⑬祇（zhǐ）：适，正。⑭安行：徐行，缓行。⑮不遑：不暇。舍：息。⑯亟行：疾行。⑰脂：或训“油脂”，指给车膏油。或以脂为“支”之假借，支车使止。⑱壹者之来：即来看我一次。⑲盱（xū）：病，忧伤。一说借作“吁”。⑳还：返回。㉑易：喜悦。㉒否难知：即不难知。言我是怎样的心情，不难知道。或以为“否”（pǐ），坏事；“知”为男女性结合，难知，即难于交合。㉓祇：或训“病”，或训“安”。㉔伯、仲：本是兄弟之谓。古夫妇、情侣之间，也如此称。埙：吹奏乐器之一种。或陶制，或石制，形外如鹅卵，孔数多少不一。篪（chí）：吹奏乐器，用竹管制成，六孔、八孔不一。㉕及：与。贯：读为“丱”，指总角年少时。一说“如贯”言如绳之贯物，表示连属在一起。㉖谅：诚。或以为“竟”。知：相契。相友爱。或以为“知”为匹配。㉗三物：盟诅所用的牺牲，本有等级规定，此处或通言盟诅之物（鸡、犬、豕）。㉘诅：盟誓。一说诅咒。㉙蜮（yù）：传说中一种能含沙射人的动物，又名射影，射工。此言如鬼蜮之类，不可测知。㉚靦（tiǎn）：面目可见貌。一说惭愧貌。㉛视：“示”之借字。罔极：无极。无准则。㉜极：穷极，深究。

本诗所写乃是发生在男女情人之间的一段不愉快的故事。作者为女性，她谴责对方与己始相善而终相违，不念旧好，心术难测。

一章开口由“彼何人斯”，陡然而起，令人惊悚。三章写得诡秘，似有鬼气。四章“胡不”二句，借飘风生情，极妙。六章苦思痴想，往复缭绕，笔意有三回九折之妙。徐光启曰：“此诗温厚和平，委曲渐次，略无忿疾之意。真可谓之好歌。然味其语意，详其终始，则其人之回互隐伏、倏忽狡狯、心事暗昧、踪迹诡谲、翻云覆雨之态，发露无遗，真可谓以极反侧。似宽而严，似婉而切，所谓绵里藏针。只此两言，已是一诗断案也。”徐氏对诗意的理解，与原作有一定距离。但对抒情诗主人公心理的分析，则有其合理之处。

巷伯[1]

萋兮斐[2]兮，成是贝锦[3]。彼谮人[4]者，亦已大[5]甚！

哆兮侈[6]兮，成是南箕[7]。彼谮人者，谁适[8]与谋？

缉缉翩翩[9]，谋欲谮人。慎尔言也，谓尔不信[10]。

捷捷幡幡[11]，谋欲谮言。岂不尔受[12]？既其女迁[13]！

骄人好好[14]，劳人草草[15]。苍天苍天！视彼骄人，矜[16]此劳人。

彼谮人者，谁适与谋？取彼谮人，投畀[17]豺虎！

豺虎不食，投畀有北[18]！有北不受，投畀有昊[19]！

杨园[20]之道，猗于亩丘[21]。寺人孟子[22]，作为此诗。

凡百君子，敬而听之。

注释

①这是遭受谗言者抒发怨愤的诗。巷伯是执掌宫内门巷之事的小官。②萋、斐：花纹错杂的样子。③贝锦：有贝形花纹的丝织品。④谮（zèn）人：说别人坏话的人。⑤大：古"太"字。⑥哆（chǐ）：张口。侈：大。⑦箕（jī）：箕宿（xiù），二十八宿之一，共由四星连成梯形，状似簸箕，位于南方天空中。古人认为箕宿主口舌。⑧适：主。一说"悦"。⑨缉缉：私语声。翩翩：花言巧语。⑩尔：指谗人。信：诚实。⑪捷捷、幡幡：《传》："捷捷犹缉缉也，幡幡犹翩翩也。"⑫不尔受：不受尔。受：接受，谓听信。⑬既：不久。女：通"汝"，你。迁：转移。朱熹《诗集传》："王好谮，则固将受汝，然好谮不已，则遇谮之祸，亦既迁而及汝矣。"⑭骄人：得志之人，指谗人。好好：高兴的样子。⑮劳人：忧愁之人。草草：忧心的样子。⑯矜（jīn）：同情，怜悯。⑰畀（bì）：给。⑱有：名词词头。北：北方。⑲昊：昊天、皇天。⑳杨园：园名。㉑猗（yǐ）：通"倚"，依。亩丘：丘名。㉒寺人：官名，古代宫中供役使的小臣，相当于后世的宦官。孟子：作者自称。

赏析

造谣之所以有效，乃在于谣言总是披着一层美丽的外衣。古人称造谣诬陷别人为"罗织罪名"，何谓"罗织"，此诗一开始说："萋兮斐兮，成是贝锦"，就是"罗织"二字最形象的说明。

造谣之可怕，还在于它背后的动作，是暗箭伤人。诗中第二、三、四章，对造谣者的摇唇鼓舌、喊喊喳喳、上蹿下跳、左右舆论的丑恶嘴脸，做了极形象的勾勒，说他们"哆兮侈兮，成是南箕""缉缉翩翩，谋欲谮人""捷捷幡幡，谋欲谮言"。

作为受害者的诗人，对那些谮人发出强烈的诅咒，祈求上苍对他们进行正义的惩罚。诗人不仅投以憎恨，而且投以极大的厌恶："取彼谮人，投畀豺虎。豺虎不食，投畀有北。有北不受，投畀有昊。"正是所谓"愤怒出诗人"。

在诗的结尾处，郑重地留下了作诗人的名字，从而使这首诗成为《诗经》中少数有主名的作品之一。这个做法表明，此诗原有极为痛切的事，是有感而发之作。它应该有一个较详的序文，自叙作者遭遇，然后缀以此诗，自抒激愤之情，可以题为"巷伯诗并序"或"巷伯序并诗"的。也许是后来的选诗者删去或丢失了这序文，仅剩下了抒情——诗的部分。

此诗作者孟子，很可能是一位像西汉大史学家司马迁那样悲伤的正直人士。东汉班固就曾在《司马迁传赞》里称惨遭宫刑的司马迁是"《小雅·巷伯》之伦"。这个孟子或许也感受过与司马迁同样的心情，无怪乎诗中对诬陷者如此切齿愤恨，也无怪乎此诗能引起世世代代蒙冤受屈者极为强烈的共鸣。

谷风之什

《诗经·小雅》之一，存诗十篇。《谷风》是《小雅》中的一首诗篇。“谷风之什”即以《谷风》为第一首诗的十首诗歌的总集。

谷 风

习习谷风[①]，维风及雨。将恐将惧，维予与女。
将安将乐，女转弃予。
习习谷风，维风及颓[②]。将恐将惧，寘予于怀。
将安将乐，弃予如遗。
习习谷风，维山崔嵬[③]。无草不死，无木不萎。
忘我大德，思我小怨。

注释

①习习谷风：大风连续不停地吹着。②颓：旋风。③崔嵬：山高的样子。"嵬"通"巍"。

赏析

本诗的形式和内容都与《邶风·谷风》相像，前二章都以二句起兴（如一章"习习谷风，维风及雨"、二章"习习谷风，维风及颓"），唯独末章以四句起兴"习习谷风，维山崔嵬。无草不死，无木不萎"。而"忘我大德，思我小怨"是作此诗的本旨。

习习吹来的谷风带来此刻的不幸，他的生活只有辛苦没有安乐，到头来还遭受遗弃。草木枯萎是不幸的预兆，大概古时为此不幸而哭泣的不少吧！由此诗看来，《小雅》和《国风》之间的界限是很难严格划分清楚的。

蓼 莪

蓼蓼[1]者莪[2]，匪莪伊蒿[3]。哀哀父母，生我劬[4]劳！

蓼蓼者莪，匪莪伊蔚[5]。哀哀父母，生我劳瘁！

瓶之罄矣，维罍之耻[6]。鲜民[7]之生，不如死之久矣！

无父何怙[8]？无母何恃？出则衔恤[9]，入则靡至[10]。

父兮生我，母兮鞠[11]我，拊我畜[12]我，长我育我，顾我复我[13]，

出入腹我[14]。欲报之德，昊天罔极[15]！

南山烈烈[16]，飘风发发[17]。民莫不穀[18]，我独何害[19]！

南山律律，飘风弗弗。民莫不穀，我独不卒[20]！

①蓼蓼（lù）：植物长大的样子。②莪（é）：野菜。③蒿：贱菜。④劬：勤劳。⑤蔚：草名，又名牡蒿。⑥"瓶之"二句：瓶，小的储酒器。罄，空。罍（léi），大的储酒器。⑦鲜民：寡民，指死了父母的人。⑧怙：依靠。⑨衔恤：心怀忧愁。⑩靡至：进家却不见父母，惶惶不安，虽进入家门，却像没到一样。⑪鞠：养育。⑫拊我畜：拊，抚养。畜，养活。⑬顾我复我：顾，看护照料。复，反复地看，看而又看，形容父母对孩子的关心。⑭腹我：抱在怀中。⑮昊天罔极：昊天，上天。罔，无。解释为：老天没有良心，把他的父母夺走了。⑯烈烈：高大的样子。⑰发发：疾速的样子。⑱穀：善良。⑲我独何害：即"何我独害"，为何只有我遭不幸呢？⑳卒：终养父母。

赏析

《蓼莪》是孝子不得终养父母，悼念父母的诗。所谓“树欲静而风不止，子欲养而亲不待”。此诗至情的流露，非常哀痛，一字一泪，感人至深，是其他篇章所不能比拟的，至今仍是表达我们中国人对父母深厚感情的代表，千古孝思的绝作。

方玉润《诗经原始》评说：“蓼莪，孝子痛不得终养也……首尾各二章，前用比，后用兴。前说父母勤劳，后说子不幸，遥遥相对。中间两章一写失去亲人的痛苦，一写养育子女的艰难，沉痛到了极点。”

姚际恒赞美此诗说：“孝子之情，感伤痛极，千古为昭。”诗中“哀哀父母，生我劬劳”两句，已成后世常用名句。“无父何怙？无母何恃”也非常沉痛，于是后世称丧父为“失怙”，丧母为“失恃”。

晋朝有位学者王裒，父母死后，读到此诗，则流涕不止，他的学生因而不再在他面前读《蓼莪》。诗中第四章用蝉联的句法连用九个“我”字，句法奇特有力，描写尤为感人，姚际恒说：“勾人眼泪，全在此无数我字，何必王裒！”这也许是对本诗最好的诠释。

蔚

大　东

有饛簋飧[①]，有捄棘匕[②]。周道如砥[③]，其直如矢。
君子[④]所履，小人所视。眷言[⑤]顾之，潸[⑥]焉出涕。
小东大东[⑦]，杼柚[⑧]其空。纠纠葛屦[⑨]，可以履[⑩]霜？
佻佻[⑪]公子，行彼周行[⑫]。既往既来，使我心疚。

有冽氿泉[⑬]，无浸获薪[⑭]。契契寤叹[⑮]，哀我惮[⑯]人。
薪是获薪，尚可载也。哀我惮人，亦可息也。

东人之子，职劳不来[⑰]。西人[⑱]之子，粲粲衣服。
舟人[⑲]之子，熊罴是裘[⑳]。私人[㉑]之子，百僚[㉒]是试。

或以其酒，不以其浆[㉓]。鞙鞙佩璲[㉔]，不以[㉕]其长。
维天有汉[㉖]，监[㉗]亦有光。跂彼织女[㉘]，终日七襄[㉙]。

虽则七襄，不成报章[㉚]。睆彼牵牛[㉛]，不以服箱[㉜]。
东有启明[㉝]，西有长庚。有捄天毕[㉞]，载施[㉟]之行。

维南有箕[㊱]，不可以簸扬。维北有斗[㊲]，不可以挹[㊳]酒浆。
维南有箕，载翕[㊴]其舌。维北有斗，西柄之揭[㊵]。

注释

①馈(méng):食物满器貌。簋(guǐ):古代一种圆口、圈足、有盖、有座的食器,青铜制或陶制,供统治阶级使用。飧(sūn):熟食。②捄(qiú):曲而长貌。棘匕:酸枣木做的饭勺。③周道:大路。砥:磨刀石,用以形容道路平坦。④君子:统治阶级,与下句的"小人"相对。小人指被统治者。⑤眷(juàn)言:眷恋回顾貌。⑥潸(shān):流泪貌。⑦小东大东:西周时代以镐京为中心,统称东方各诸侯国为东国,以远近分,近者为小东,远者为大东。⑧杼柚(zhù zhóu):杼,"轴"的借字,织机之梭。柚,织机之大轴;合称指织布机。⑨纠纠:缠绕貌。葛屦:葛布鞋。⑩履:踏。⑪佻佻:轻佻的样子。⑫周行:大道路。⑬氿(guǐ)泉:泉流受阻而自旁侧流出,狭而长。⑭获薪:砍下的薪柴。⑮契契:忧结貌。寤叹:不寐而叹。⑯惮:疲劳成病。⑰职劳:从事劳役。来:慰勉。⑱西人:周人。⑲舟人:有舟之人,此处指周人中的富人。⑳熊罴是裘:用熊皮、马熊皮为料制的皮袍。㉑私人:家奴。㉒百僚:犹云百隶、百仆。㉓浆:薄酒。㉔鞙鞙(juān):同"琄琄",形容玉圆(或长)之貌。璲(suì):随身佩戴的瑞玉。㉕以:因。㉖汉:银河。㉗监:照。㉘跂:同"歧",分叉状。织女:三星组成的星座名,呈三角形。㉙七襄:七次移动位置。㉚不成报章:织不成布帛。㉛睆(huǎn):明亮貌。牵牛:三颗星组成的星座名,又名河鼓星,俗名牛郎星。㉜服箱:驾车运载。㉝启明:启明星。㉞天毕:毕星,八星组成的星座,状如捕兔的毕网。㉟施:张。㊱箕:俗称簸箕星,四星连成的星座,形如簸箕,距离较远的两星之间是箕口。㊲斗:北斗星。㊳挹:舀。㊴翕:吸。㊵西柄之揭:南斗星座呈斗形有柄,天体运行,其柄常在西方。

《大东》是一首怨刺诗，作者是周代东方一个小诸侯国的文人，他目睹周王室横征暴敛、鱼肉属国，愤然写了这首诗。本诗塑造了两个对比鲜明的形象；一个是西周剥削者残酷、贪婪、骄奢的形象，一个是对西周人满怀仇恨的谭国人被榨取、被奴役、被压迫的形象。通过对这两个典型形象的描写和刻画，形象地表现了君子与小人的对立。

这首诗以西周通往东方各诸侯国的公路为开篇，点明他们之间的对立。这条路对双方的意义是不同的，对于周人来说这是一条致富的路，“佻佻公子，行彼周行”充分表现了西人对于这种现状的得意。

这首诗运用了赋、比、兴的表现手法。第一节“兴”的手法运用比较多。头两句“有饛簋飧，有捄棘匕”，都是一些当时贵族用的食具，诗人在周人贵族的家中看到这些东西，想到自己原本也是一名贵族，现在却沦为“小人”的痛苦生活，伤心得流下了眼泪。

“比”是比喻，它在诗中仅在一句或两句中起到联系局部的作用，例如“如砥”和“如矢”。诗人用砥和矢比喻“周道”平直。第一节最后四句用的是“赋”，赋就是直接铺叙，这里诗人把自己的思想感情平铺直叙了出来。“履”和“视”这两个字，就是诗人眼中周人和东人对这条公路的不同感受。情景交融，引出无限的悲凉和凄苦。

第三节中诗人用获薪不能让水浸湿，来比喻东人再也受不了摧残了。刚刚砍下来的柴棍，都能用车子装载使用，也该让劳苦的东人休息休息了。这里“获薪”和“惮人”形成了对比，表现人的待遇还不如物。

从第五节后四句一直到最后，描写的都是诗人在仰观天象。诗人看到了天汉、织女、牵牛、长庚、天毕、北斗、南箕等天象，他用这些来比喻西周的剥削者，诗人把自己的怨愤诅咒，移加到繁星上去，进一步刻画出那些贪婪统治者的形象。诗人将思想感情和艺术手法统一在一起，做到了兴中有比、比中有赋，使得人物的形象更加鲜明，诗意更加深刻了。

四　月[①]

四月维夏，六月徂[②]暑，先祖匪人[③]？胡宁[④]忍予！

秋日凄凄，百卉具腓[⑤]。乱离瘼[⑥]矣，爰其适[⑦]归？

冬日烈烈[⑧]，飘风发发[⑨]。民莫不穀[⑩]，我独何[⑪]害？

山有嘉卉，侯栗侯[⑫]梅。废为残贼[⑬]，莫知其尤[⑭]。

相[⑮]彼泉水，载清载浊。我日构[⑯]祸，曷云[⑰]能穀？

滔滔江汉[⑱]，南国之纪[⑲]。尽瘁以仕[⑳]，宁莫我有[㉑]？

匪鹑匪鸢[㉒]，翰飞戾[㉓]天；匪鳣匪鲔[㉔]，潜逃于渊。

山有蕨薇[㉕]，隰有杞桋[㉖]。君子作歌，维以告哀。

注释

①这是一首下层小官吏慨叹不幸遭遇的诗。②六月：夏历六月。徂（cú）：《笺》："犹始也。四月立夏矣，至六月乃始盛暑。"③匪：王夫之："匪人者，犹非他人也。……此自我而外，不与己亲者，或谓之他，或谓之人，皆疏远不相及之词。"④胡：何。宁：竟。朱熹《诗集传》："何忍使我遭此祸也。"⑤腓：通"痱"，病。指草木枯萎。⑥瘼（mò）：病，疾苦。⑦爰：何，哪里。适：往。⑧烈烈：寒冷的样子。⑨飘风：旋风，暴风。发发：风声。⑩穀：善。⑪何：古"荷"字，承受。⑫侯：语气助词。⑬废：大。残贼：残害别人的人。⑭尤：罪，过失。⑮相：视，看。⑯构：通"遘"，遇。⑰曷：何，怎么。云：语气助词。⑱江汉：长江和汉水。⑲南

国：南方。纪：纲。《笺》：“江也，汉也，南国之大水。纪理众川，使不壅滞。”⑳尽瘁：尽力劳苦。仕：通“事”，在朝中供职。㉑有：通“友”，相亲。㉒匪：彼，那。鹑：雕。鸢（yuān）：鸱鹰。㉓翰飞：高飞。戾：至。㉔鳣（zhān）：大鲤鱼。鲔（wěi）：鲟鱼。㉕蕨、薇：皆野菜名。㉖隰（xí）：低湿之地。杞：枸杞。桋（yí）：又名赤楝，常绿乔木。

此诗抒发了诗人构祸南谪的伤痛之情。作者自称君子，诗中愤愤不平地诉说自己曾为国事操尽了心，并以“南国之纪”的江汉，比喻自己曾是国家的重要角色。可是如今却被放逐江南，受着无穷的灾难。因此他恨自己不是鸟、不是鱼，不然就可以上天入渊，逃之夭夭了。

前三章是“哀”的内容。第二章的“乱离瘼矣，爰其适归”是哀的集中表现，诗人颠沛流离，遭贬谪，被放逐，无家可归，贫病交加，仓皇狼狈，犹如丧家之犬。

后四章是“哀”的缘由。前面三章给人迁徙动荡之感，从第四章起季节与地域都已相对静止，着重描写诗人的心理活动，这是一种痛定思痛的反思。第四章点出莫名其妙地受谗毁、中伤，方玉润在《诗经原始》中说此章“获罪之冤，实为残贼人所挤。‘废’字乃全篇眼目”。因为“废”，哀才接踵而至。第五章追思遭“废”的缘故，当是不肯同流合污吧。泉水有清有浊，自己不能和光同尘，所以一天天遭祸、倒霉。第六章表明自己清白无辜，也包含着“虽九死其犹未悔”的决心。

第七章继续写所见所思。雕鹰振翅在高空中翱翔，鲤和鲔在深水中潜游，它们能避开猎人的矰缴和渔夫的钓钩，远离祸患。诗人见了不禁神往，叹息道：可惜我不能像雕鹰、鲤鲔那样，逃避那人间的桎梏与祸害。诗人脱离现实的向往与追求，也正反映了现实的黑暗与残暴。全诗以自己为代表，在暴露现实方面有相当的深度与广度，不愧是现实主义的力作。

北　山

陟彼北山，言采其杞[①]。偕偕士子[②]，朝夕从事。
王事靡盬[③]，忧我父母。
溥[④]天之下，莫非王土。率土之滨[⑤]，莫非王臣。
大夫不均，我从事独贤[⑥]。
四牡彭彭[⑦]，王事傍傍[⑧]。嘉我未老，鲜[⑨]我方将。
旅力[⑩]方刚，经营[⑪]四方。
或燕燕[⑫]居息，或尽瘁[⑬]事国。
或息偃[⑭]在床，或不已[⑮]于行。
或不知叫号[⑯]，或惨惨劬劳[⑰]。
或栖迟[⑱]偃仰，或王事鞅掌[⑲]。
或湛[⑳]乐饮酒，或惨惨畏咎[㉑]。
或出入风议[㉒]，或靡事不为[㉓]。

注释

①言：我。杞：枸杞，落叶灌木，果实入药，有滋补功用。②偕偕：健壮貌。士：周王朝或诸侯国的低级官员。周时官员分卿、大夫、士三等，士的职级最低，士子是这些低级官员的通名。③靡盬（gǔ）：没有止息。④溥：通“普”，普遍。⑤率土之滨：四海之内。古人以为中国大陆四周环海，自四面海滨之内的土地是中国领土。

⑥贤：辛劳，艰辛。⑦牡：公马。彭彭：形容马奔走不息。⑧傍傍：不得止。⑨鲜：称赞。⑩旅力：体力。⑪经营：规划治理，此处指操劳办事。⑫燕燕：安闲自得貌。⑬尽瘁：尽心竭力。⑭息偃：躺着休息。⑮不已：不止。⑯叫号：叫呼号召。⑰惨惨：忧虑不安貌。劬劳：辛勤劳苦。⑱栖迟：休息游乐。⑲鞅掌：事多繁忙。⑳湛（dān）：沉湎。㉑畏咎：怕出差错获罪招祸。㉒风议：放言高论。㉓靡事不为：无事不做。

赏析

《诗经》表现“士”这一阶层的诗篇有不少，主要都是描写这个阶层地位低下，因而备受驱使的辛苦处境，这些诗抒发了士的压抑和怨愤，暴露了统治阶级内部上下关系中存在的难以调和的矛盾。《北山》就是众多这样诗篇中的一篇。

这首诗是劳于王事的作者发出的不平之鸣，“大夫不均，我从事独贤”，这一句是全诗的中心。诗人对大夫分配差事的不均表示抱怨，同时也对自己长期承受繁重的工作表示不满。这些人起早贪黑、一刻不停地在四方奔波，却得不到相应的回报。诗的后三节，诗人运用了大量的对比手法，十二句叙述了十二种现象，其中每两种现象就形成一个对比，一共形成了六个对比。这六个对比将大夫的形象完整地描画了出来。可以看到，大夫都过得安闲舒适，每天不是饮酒享乐就是休憩睡觉，他们不会征发号召，只会在酒足饭饱之后给其他人挑刺、找麻烦。而士却必须为这些不学无术的大夫尽心竭力、四处奔走，他们辛苦劳累，忙忙碌碌，一人承揽了所有的工作，同时还要担心自己万一出什么差错，就会被那些喜欢找麻烦的大夫治罪。

作为周代统治阶级内部最低一级的士，作者在表现士受到上层的王、公、卿大夫的压迫之后发出了“不平”的呼声，反映了当时统治阶级内部尖锐的矛盾，以及不合理的社会现状。

无将大车①

无将大车②，祇自尘③兮。无思百忧，祇自疧④兮。

无将大车，维尘冥冥⑤。无思百忧，不出于颎⑥。

无将大车，维尘雍⑦兮。无思百忧，祇自重⑧兮。

①这是一首感时伤乱、自我排遣的诗。②无：通“毋”。将：用手扶。大车：牛车。③祇：只。尘：用为动词，招惹尘土。④疧（qí）：忧病。⑤冥冥：昏暗的样子。⑥颎（jiǒng）：同“炯”，光明。《笺》：“思众小事以为忧，使人蔽闇，不得出于光明之道。”⑦雍：通“壅”，遮蔽。⑧重：《笺》：“犹累也。”谓痛苦。

赏析

此诗共三章，均以推车起兴。人帮着推车前进，只会让扬起的灰尘洒满一身，辨不清天地四方。诗人由此兴起了“无思百忧”的感叹：心里老是想着世上的种种烦恼，只会使自己百病缠身，不得安宁。言外之意就是，人生在世不必劳思焦虑、忧怀百事，聊且旷达逍遥可矣。

此诗采用重章复叠的形式，在反复咏唱中宣泄内心的情感，语言朴实真切，颇具民歌风味。全诗共三章却又非单调地重复，而是通过用词的变化展现诗意的递进和情感的加深。诗人以一种否定的口吻规劝世人，同时也是一种自我释怀，在旷达的背后是追悔和怨嗟，这样写比正面抒发悲愤更深婉。

小　明

明明上天，照临下土。我征徂[1]西，至于艽野[2]。
二月初吉[3]，载离[4]寒暑。心之忧矣，其毒[5]大苦！
念彼共[6]人，涕零如雨。岂不怀归？畏此罪罟[7]！
昔我往矣，日月方除[8]。曷云其还[9]？岁聿云[10]莫。
念我独兮，我事孔庶[11]。心之忧矣，惮我不暇[12]。
念彼共人，睠睠[13]怀顾！岂不怀归？畏此谴怒！
昔我往矣，日月方奥[14]。曷云其还？政事愈蹙[15]。
岁聿云莫，采萧获菽[16]。心之忧矣，自诒伊戚[17]！
念彼共人，兴言出宿[18]。岂不怀归？畏此反覆[19]！
嗟尔君子，无恒安处[20]！靖共尔位[21]，正直是与[22]。
神之听之，式穀以女[23]。
嗟尔君子，无恒安息！靖共尔位，好是正直。
神之听之，介尔景福[24]。

注释

①征：行，此指行役。徂：往，前往。②艽（qiú）野：荒远的边地。③二月：指周历二月，即夏历十二月。初吉：上旬的吉日。④离：经历。⑤毒：痛苦，磨难。⑥共：此指恭谨尽心。⑦罪罟（gǔ）：指法网。⑧除：除旧，指旧岁辞去、新年将到。⑨曷：何，何时。

其：将。还：回去。⑩聿云：二字为均语气助词。莫：同“暮”岁暮，即年终。⑪孔庶：很多。⑫惮：劳苦。不暇：不得闲暇。⑬眷眷：恋慕。⑭奥（yù）：通“燠”，温暖。⑮蹙：急促，紧迫。⑯萧：艾蒿。菽：豆类。⑰戚：忧伤，痛苦。⑱兴言：语首助词。出宿：不能安睡。一说到外面去过夜。⑲反覆：指不测之祸。⑳恒：常。安处：安居，安逸享乐。㉑靖：安定。共：通“恭”，奉，履行。位：职位，职责。㉒与：亲近，友好。㉓穀：善，此指福。以：与。女：通“汝”。㉔介：给予。景福：犹言大福。

本诗的前三章，描写的是诗人的经历之难、思乡之苦和役事之怨。首章中，作者交代了自己的使命、目的地以及出发季节。二月的一天，作者出征到西方，来到了这一片荒凉的“艽野”，从此埋头苦干，历时寒暑，至今没有回家。想到在京城时朝夕相处的朋友，不由得“涕零如雨”，心中无限感慨。在章末，作者运用反问句，万分哀怨地感慨道：“我怎不想回去，就是怕触犯法则，朝廷怪罪啊。”朝廷没有下发归家公文，认真、老实的作者不敢自作主张，只能把那份痛苦和思念深深地埋在心底。

第二章中，作者抚今追昔，诉说了徭役之久，哀不自胜，多有抱怨。作者的怨愤是有道理的，在古代，为维护下层人民权益，行役制度是有严格规定的，如《盐铁论》中就有明确记载：“古者行役不逾时，春行秋返，秋行春返。”春天去秋天来，秋天去春天回，不会让人在外经历整个寒暑，穿寒衣去的不用备置单衣，穿单衣的不用备置寒衣，行役制度显得非常人性化。但在此诗中，诗人的行役已不循旧制，不仅徭役之地极远，而且时间极久。第三章中提及，现在已是“岁聿云莫，采萧获菽”。一年将完，但归期未至，不知道还要持续多久。

四、五两章是诗人对友人的劝诫和互勉。诗人虽然忧伤孤独、疲于奔命，但对王事还是不敢懈怠，并谆谆告诫老朋友：“嗟尔君子，无恒安处！靖共尔位，正直是与。”——远在家乡的老友们，你们不要太贪图安逸，一定要恭谨从事，忠于职守！这是规劝友人，也是作者在无助之下的自我勉励。

诗作从多个侧面表现了诗人的内心世界，展示了其心理变化的轨迹，纵横交织，细腻婉转。

鼓　钟[1]

鼓钟将将[2]，淮水汤汤[3]，忧心且伤。
淑人[4]君子，怀允[5]不忘。
鼓钟喈喈[6]，淮水湝湝[7]，忧心且悲。
淑人君子，其德不回[8]。
鼓钟伐鼛[9]，淮有三洲，忧心且妯[10]。
淑人君子，其德不犹[11]。
鼓钟钦钦[12]，鼓瑟鼓琴，笙磬同音[13]。
以雅以南[14]，以籥不僭[15]。

注释

①这是一首讥刺周王淫乐无度，思古刺今的诗。②鼓：敲。将将（qiāng）：同“锵锵”，钟声。③汤汤（shāng）：水流浩大的样子。④淑人：善人。⑤怀：思念。允：的确。⑥喈喈（jiē）：和谐的钟声。⑦湝湝（jiē）：水疾流的样子。⑧回：邪僻，奸邪。⑨伐：击、敲。鼛（gāo）：大鼓。⑩妯（chōu）：伤悼。⑪犹：通“訧”，缺点、毛病。⑫钦钦（qīn）：钟声。⑬磬（qìng）：古代用石或玉做成的打击乐器。同音：乐音和谐。⑭以：为。雅：雅乐，天子之乐。南：南方乐调。⑮籥（yuè）：古乐器名，长于笛而六孔。僭（jiàn）：乱。

赏析

这是一首描写贵族欣赏音乐而韵慕古代圣贤创造美好音乐的功德的小诗。诗人是在淮水之旁或三洲之上欣赏了这场美妙的音乐会。他听到了演奏编钟，锵锵作响；淮河之水，奔腾浩荡。但诗人在此时忧心且伤感起来，原来他怀念那些古代的圣贤，而对当今世风日下颇为不满。

连续三章都是反复表达这种情绪，诗人的道德感、责任感和忧患意识非常强。一场音乐会激起了他的思古之情。

最后一章，诗人完全沉浸在这美妙的音乐会里了：编钟鸣响，琴瑟和谐，笙磬同音，相继演奏雅乐南乐，加之排箫乐舞，有条不紊，令人读之，如置身其中。

此诗记录了钟、鼓、琴、瑟、笙、磬、雅、南、籥等多种乐器共同演奏的场面。前三章写耳闻钟鼓镗锵，面对滔滔流泻的淮水，不禁悲从中来，忧思萦怀，于是想到了“淑人君子”。对他的美德懿行心向往之。末章描写钟鼓齐鸣、琴瑟和谐的美妙乐境。如果透过字面上的这些意思来探究其深层的含义，则会令人感到无从索解，因而朱熹在《诗集传》中也只能说：“此诗之义未详”“此诗之义有不可知者”。

其实诗人是有感而发的，这种感慨折射出他对国运、时代的忧思。从诗的末章来看，他所听到的不是一般的音乐，而是“雅”“南”之类的周朝之乐，这些音乐与周朝的辉煌历史联系在一起。诗人身处国运衰微的末世，听到这种盛世之音，自然会感慨今昔，悲从中来，从而会有追慕昔贤之叹。

楚茨[1]

楚楚者茨[2]，言抽其棘[3]，自昔何为？我蓺[4]黍稷。
我黍与与[5]，我稷翼翼[6]。我仓即盈，我庾维亿[7]。
以为酒食，以享以祀[8]。以妥以侑[9]，以介景福[10]。
济济跄跄[11]，絜[12]尔牛羊，以往烝尝[13]。或剥或亨[14]，或肆或将[15]。
祝祭于祊[16]，祀事孔明[17]。先祖是皇[18]，神保[19]是飨。
孝孙有庆[20]，报以介[21]福，万寿无疆！
执爨踖踖[22]，为俎孔硕[23]。或燔或炙[24]，君妇莫莫[25]。
为豆孔庶[26]。为宾为客，献酬[27]交错。礼仪卒度[28]，笑语卒获[29]。
神保是格[30]，报以介福，万寿攸酢[31]！
我孔熯[32]矣，式礼莫愆[33]。工祝[34]致告：徂赉[35]孝孙。
苾芬孝祀[36]，神嗜[37]饮食。卜[38]尔百福，如几如式[39]。
既齐既稷[40]，既匡既敕[41]。永锡尔极[42]，时万时亿[43]！
礼仪既备，钟鼓既戒[44]。孝孙徂位[45]，工祝致告：神具醉止[46]，
皇尸载[47]起。鼓钟送尸，神保聿[48]归。诸宰[49]君妇，废彻[50]不迟。
诸父兄弟，备言燕私[51]。
乐具入奏，以绥[52]后禄。尔肴既将[53]，莫怨具庆[54]。
既醉既饱，小大稽首[55]。神嗜饮食，使君寿考[56]。
孔惠孔时[57]，维其尽之[58]。子子孙孙，勿替引[59]之！

①这是一首记叙宗庙祭祀过程的诗。②楚楚：丛生的样子。茨：蒺藜。③抽：除。棘：刺。④蓺（yì）：种植。⑤与与：茂盛的样子。⑥翼翼：义同"与与"。⑦庾（yǔ）：《毛传》："露积曰庾。"马瑞辰《通释》："庾，盖今俗所谓囤者，以席为之，但露其上，故《传》以露积释之。"亿：通"盈"。一说十万曰亿。⑧享：献。祀：祭祀祖先鬼神。⑨妥：安坐。古代祭祀时以活人扮作神或先祖的形象接受祭祀叫作尸。妥谓请尸安坐在神位上。侑：劝酒。⑩介：通"丐"，求。景：大。⑪济济跄跄：恭敬庄严的样子。⑫絜：同"洁"，干净。⑬烝：冬祭。尝：秋祭。⑭亨：同"烹"，煮。⑮肆：陈列。将：捧持。⑯祝：祭祀时向神祷告的人。祊（bēng）：宗庙门内设祭的地方。⑰孔：很。明：完备。⑱皇：通"往"。指来享受祭祀。⑲神保：对尸的美称。⑳孝孙：祭祀者自称。庆：福。㉑介：大。㉒爨（cuàn）：烧火做饭。踖（jí）：恭谨的样子。㉓俎（zǔ）：古代祭祀时盛牲的礼器。硕：大。㉔燔（fán）：烧，此指烧好的肉。炙（zhì）：烤，此指烤好的肉。㉕君妇：主妇。莫莫：肃穆的样子。㉖豆：古代食器名。庶：多。㉗献：敬酒。酬：劝酒。㉘卒：尽。度：合乎礼度。㉙获：合于时宜，恰到好处。㉚格：至，来。㉛攸：语气助词。酢（zuò）：酬答。㉜熯（nǎn）：通"戁"，恭敬。㉝式：语气助词。愆：差错。㉞工祝：即祝官，主持祭祀司仪的人。㉟徂（cú）：往。赉（lài）：赏赐。㊱苾芬：馨香芬芳。孝祀：祭献。《尔雅》："享，孝也。"㊲嗜：喜欢。㊳卜：赐予。㊴几：期。陈奂《诗毛氏传疏》："几，读与期同。……'如几'……指福来有定期。"式，法度。㊵齐：整齐。稷：通"亟"，急，敏捷。㊶匡：端正。敕（chì）：谨慎。㊷锡：通"赐"。极：至，穷极。指大福。㊸时：是。亿：十万为亿。㊹戒：齐备，准备。㊺徂位：到自己的位置上。㊻止：语气助词。㊼皇尸：即尸，代表神受祭的活人。皇为赞美之词。载：语气助词。㊽聿（yù）：语气助词。㊾宰：宰夫，膳夫，即厨师。㊿废彻：撤除。彻：通"撤"。㉛言：语气助词。燕：

通“宴”，宴飨。燕私：亲属间的私宴。㊾绥：安，安享。㊿肴：食物。将：美好。(54)莫：没有。具：俱，都。庆：欢乐。(55)小大：指长幼。稽首：古时的一种叩首礼。(56)寿考：长寿。二字同义。(57)孔：很。惠：顺利。时：合于时宜。(58)维：只。其：指主人。尽之：尽守礼节。(59)替：废。引：延长。

赏析

全诗共七十二句，可分六章。第一章写祭祀的前奏。人们清除掉田地里的蒺藜荆棘，种下了黍稷，如今获得了丰收。丰盛的粮食堆满了仓囤，酿成了酒，做成了饭，就可用来献神祭祖、祈求洪福了。第二章进入对祭祀活动的描写。人们步履整肃，仪态端庄，先将牛羊涮洗干净，宰剥烹饪，然后盛在鼎俎中奉献给神灵。祖宗都来享用祭品，并降福给后人。第三章进一步展示祭祀的场景。掌厨的恭谨敏捷，或烧或烤，主妇们勤勉侍奉，主宾间敬酒酬酢。整个仪式井然有序，笑语融融，恰到好处。第二、三两章着力形容祭典之盛，降福之多。第四章写司仪的“工祝”代表神祇致辞：祭品丰美芬芳，神灵爱尝；祭祀按期举行，合乎法度，庄严隆重，因而要赐给你们亿万福禄。第五章写仪式完成，钟鼓齐奏，主祭人回归原位，司仪宣告神已有醉意，代神受祭的“皇尸”也起身引退。钟鼓声中送走了皇尸和神灵，撤去祭品，同姓之亲遂相聚宴饮，共叙天伦之乐。末章写私宴之欢，作为祭祀的尾声。在乐队伴奏下，大家享受祭后的美味佳肴，酒足饭饱之后，老少大小一起叩头祝福。

读这首诗，可以想见华夏先民在祭祀祖先时的那种热烈庄严的气氛，祭后家族欢聚宴饮的融洽欢欣的场面。诗人运用细腻翔实的笔触将这一幅幅画面描绘出来，使人有身临其境之感。全诗结构严谨，风格典雅，由序曲到乐章的展开，到尾声，宛如一场庄严的交响乐。

信南山

信[1]彼南山，维禹甸[2]之。畇畇原隰[3]，曾孙田[4]之。

我疆我理[5]，南东[6]其亩。

上天同云[7]，雨雪雰雰[8]。益之以霢霂[9]，既优既渥[10]。

既沾[11]既足，生我百谷。

疆埸翼翼[12]，黍稷彧彧[13]。曾孙之穑[14]，以为酒食。

畀[15]我尸宾，寿考万年。

中田有庐[16]，疆埸有瓜。是剥是菹[17]，献之皇祖[18]。

曾孙寿考，受天之祜[19]。

祭以清酒，从以骍牡[20]，享于祖考。

执其鸾刀[21]，以启其毛，取其血膋[22]。

是烝是享，苾苾[23]芬芬。祀事孔明，先祖是皇。

报以介福，万寿无疆！

①信：延伸。②禹：大禹。甸：治理。③畇(yún)：平整田地。原隰：高原和洼地，泛指全部田地。④曾孙：后代子孙。田：垦治田地。⑤疆：田界，此处用作动词，划田界。理：田中的沟陇，此处亦用作动词。疆指划定大的田界，理则细分其地亩。⑥南东：用作动词，指将田陇开辟成南北向或东西向。⑦上天：冬季

的天空。同云：天空布满阴云，浑然一色。⑧雨雪：下雪，“雨”作动词，降落。雰雰：纷纷。⑨益：加上。霡霂（mài mù）：小雨。⑩优：充足。渥：湿润。⑪沾：浸湿。⑫埸（yì）：田界。翼翼：整齐貌。⑬彧彧（yù）：茂盛貌。⑭穑：收获庄稼。⑮畀（bì）：给予。⑯庐：农民住的房子，建筑在公田上。⑰菹（zū）：腌制。⑱皇祖：先祖之美称。⑲祜（hù）：福。⑳骍（xīn）：赤色的牲畜。牡：雄性兽，此指公牛。㉑鸾刀：带铃的刀。㉒膋（liáo）：脂膏，此指牛油。㉓苾（bì）：浓香。

赏析

《信南山》是一首周王祭祖祈福的乐歌，与《楚茨》的意思大体相同，只是《楚茨》兼祭秋冬，而本诗专为冬祭。

本诗共有六小节。第一节主要描写疆理的整修。因为《信南山》是一首重农业而祭神的诗，所以诗是从田地开始写的。延伸无际的终南山原野，是大禹治水之后开辟出来的田地，无论是高原还是洼地，当时的人们把这些土地都开垦成了周王朝的农田，人们在这里种植庄稼，在土地上划分疆界，“我疆我理，南东其亩。”东西南北阡陌交通，地势水利都非常合适。这一节既写出了先辈祖宗垦拓的艰辛，同时又告诉后代子孙守业是非常困难的，通过这一节可以看到当时的农业生产状况。

第二节主要描写雨雪来得及时。在农业生产中，水是十分重要的，是农业的命脉。所以诗人在描写了土地之后接着写的就是水利。

第三节接着写的就是黍稷的茂盛。在天时和地利都得到了之后，在人们的眼前仿佛已经可以看到丰收的景象了。“疆埸翼翼，黍稷彧彧”，展现了田地的样子，井田整整齐齐的，庄稼也郁郁葱葱的，一眼望不到边的茂密庄稼，看上去非常美妙祥和。

第四节主要是描写“中田有庐”。农民住在筑于公田中间的房屋，他们种植的作物是以粮食为主，以瓜果为副的，所以那时的农田里种的大都是各色五谷，瓜果只有在田埂地畔里才有种植。

第五节主要是描写牺牲。在古代的祭祀中，最为讲究的就是牺牲，这一节中诗人细致入微地描写了备办牺牲供品的情况。“斟上清清的醇酒”“再献上毛色纯正的赤红公牛”，这几句就描写出了人们虔诚恭敬地把祭品供奉于祖灵，让祖先前来好好享受。

第六节是在描写“祀事孔明”。这一节是说琳琅满目的各种祭品，当人们将美味芬芳的祭品供献摆放好之后，在人们的心中那些列祖列宗的神灵便会欣然前来享受这些祭礼了。这一节所描写的内容将祀事活动推向了高潮，表现了人们期待在祖荫的庇护下得到幸福的愿望。

姚际恒在《诗经通论》中评论本诗：“上篇（按，指《楚茨》）铺叙闳整，叙事详密；此篇（指《信南山》）则稍略而加以跌荡，多闲情别致，格调又自不同。”概括得非常恰当。

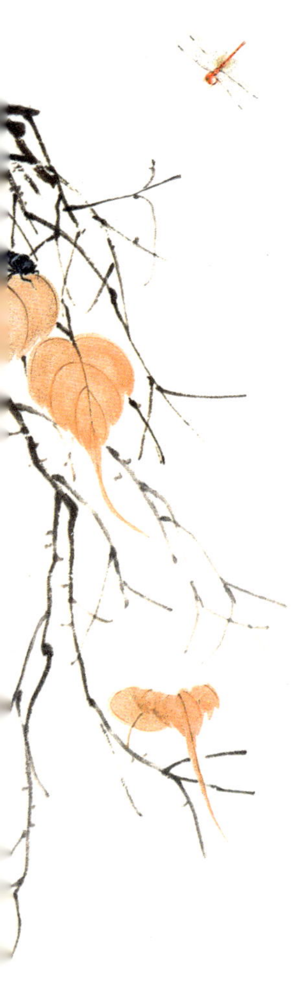

甫田之什

《诗经·小雅》之一，存诗十篇。《甫田》是《小雅》中的一首诗篇。“甫田之什”即以《甫田》为第一首诗的十首诗歌的总集。

甫田[1]

倬彼甫田[2]，岁[3]取十千。我取其陈[4]，食我农人。自古有年[5]。今适南亩[6]，或耘或耔[7]，黍稷薿薿[8]，攸介攸止[9]，烝我髦士[10]。以我齐明[11]，与我牺[12]羊，以社以方[13]。我田既臧[14]，农夫之庆[15]。琴瑟[16]击鼓，以御田祖[17]，以祈甘雨。以介[18]我稷黍，以谷[19]我士女。曾孙来止[20]，以其妇子。馌[21]彼南亩，田畯至[22]喜。攘其左右[23]，尝其旨[24]否。禾易长亩[25]，终善且有[26]。曾孙不怒，农夫克敏[27]。曾孙之稼，如茨如梁[28]。曾孙之庾[29]，如坻如京[30]。乃求千斯[31]仓，乃求万斯箱[32]。黍稷稻粱，农夫之庆。报以介[33]福，万寿无疆！

注释

①这是一首统治者祭神祈年的乐歌。②倬（zhuō）：大，广阔的样子。甫田：大田。③岁：年。④陈：指陈旧的粮食。⑤有年：丰年。⑥适：往。南亩：泛指田地。⑦耘：除草。耔（zǐ）：培土。⑧薿薿（nǐ）：茂盛的样子。⑨攸：乃。介：大，指庄稼长大。止：至，指庄稼长成收获。⑩烝：进，指荐举。髦（mào）士：优秀的人才。⑪齐（zī）明：犹粢盛，祭器中所盛的谷物。⑫牺：祭礼用的纯色牲畜。⑬社、方：均用为动词。社指祭土神，方指祭四方神。⑭臧：好，善。⑮庆：福。⑯琴瑟：用作动词，指弹奏琴瑟。⑰御：通“迓”，迎。田祖：田神。⑱介：通“丐”，祈求。⑲谷：养育。⑳曾孙：周人对祖先的自称。止：语气助词。㉑馌（yè）：送饭。㉒田畯（jùn）：

农官。至：到。一说极。㉓攘：通“让”，礼让。左右：跟随的人。㉔旨：味美。㉕易：马瑞辰《通释》：“易与移一声之转。《说文》：‘移，禾相倚移也。’为禾盛之貌。”长亩：竟亩，满田。㉖终：既。有：多。㉗克：能。敏：敏捷。㉘茨：茅屋顶。梁：桥。㉙庾：粮囤。㉚坻（chí）：小丘。京：大丘。㉛斯：语气助词。㉜箱：车厢。㉝介：大。

赏析

这首诗可分四章。第一章首述大田农事。这是一片广袤肥沃的农田，每年都能收获上万担米粮。靠着储存在仓内的谷物，养活了世世代代在这片土地上辛勤劳作的农人，并取得了年复一年的好收成。第二章写为了祈盼丰收，虔诚地举行了祭神仪式。周王派人取来祭祀用的碗盆，恭恭敬敬地装上了精选的谷物，又让人供上肥美的牛羊，开始了对土地神和四方神的隆重祭祀。第三章进一步写主祭者，也就是周王在仪式之后的亲自督耕。和他一起来到田间的，还有他的妻子儿女。他们为辛勤劳作的农人带来了亲手做的饭菜。正在地里察看的田官见了欣喜异常，连忙叫来身边的农人，一起来尝尝饭菜的滋味。末章则专记丰收景象及对周王的美好祝愿。到了收获的季节，地里的庄稼果然获得了前所未有的大丰收。不但场院上的粮食堆积如屋，而且仓中的谷物也装得满满的，就像一座座小山冈。于是农人为赶造粮仓和车辆而奔走忙碌，大家都在为丰收而庆贺，心中感激神灵的赐福，祝愿周王万寿无疆。

以往的研究总认为《小雅》多刺幽厉，而思文武，这一般来说没有问题；但是对这首《小雅·甫田》诗来说，则有些牵强。从诗中读到的分明是上古时代汉族先民对于农业的重视，在“民以食为天”的国度里对与农业相关的神灵的无限崇拜；而其中夹杂的对农事和王者馌田的描写，正反映了农业古国的原始风貌。

大　田

大田多稼[1]，既种既戒[2]，既备乃事[3]。

以我覃耜[4]，俶载[5]南亩，播厥[6]百谷，既庭且硕[7]。曾孙是若[8]。

既方既皂[9]，既坚既好，不稂不莠[10]。

去其螟螣[11]，及其蟊贼[12]，无害我田稚[13]。田祖[14]有神，秉畀炎火[15]。

有渰[16]萋萋，兴雨祈祈[17]。雨我公田[18]，遂及我私[19]。彼有不获稚[20]，

此有不敛穧[21]。彼有遗秉[22]，此有滞[23]穗，伊寡妇之利[24]。

曾孙来止，以其妇子，馌彼南亩[25]，田畯至喜[26]。

来方禋祀[27]，以其骍黑[28]，与其黍稷。以享以祀，以介景福[29]。

注释

①大田：面积广阔的农田。稼：种庄稼。②既：已经。种：指选种子。戒：同“械”，此指修理农业器械。③乃事：这些事。④覃（yǎn）：通“剡”，锋利。耜（sì）：古代一种似锹的农具。⑤俶（chù）载：开始从事。⑥厥：其。⑦庭：挺拔。硕：大。⑧曾孙是若：顺了曾孙的愿望。曾孙，周王对他的祖先和其他的神，都自称曾孙。若，顺。⑨方：指谷粒已生嫩壳，但还没有合满。皂（zào）：指谷壳已经结成，但还未坚实。⑩稂（láng）：指穗粒空瘪的禾。莠（yǒu）：田间似禾的杂草，也称狗尾巴草。⑪螟（míng）：吃禾心的害虫。螣（tè）：吃禾叶的青虫。⑫蟊（máo）：吃禾根的虫。贼：吃禾节的虫。⑬稚：幼禾。⑭田祖：农神。⑮秉：执持。畀：给予。炎火：大火。⑯有渰（yǎn）：即“渰渰”，阴云密布的样子。⑰祁祁：众多貌。⑱公田：公家的田。⑲私：私田。⑳穉：低小的穗。㉑穧（jì）：已割而未收的禾把。㉒秉：把，捆扎成束的禾把。㉓滞：遗留。㉔伊寡妇之利：这都是寡妇得的利。㉕馌（yè）：送饭。南亩：泛指农田。㉖田畯（jùn）：周代农官，掌管监督农奴的农事工作。㉗禋（yīn）祀：升烟以祭天，古代祭天的典礼，也泛指祭祀。㉘骍（xīng）：指赤色牛。黑：指黑色的猪羊。㉙景福：大福。

赏析

《大田》一诗主要描写周王督察秋季收获，祈求今后能收到更大的福祉。这首诗和《甫田》前呼后应，是《甫田》的姊妹篇。两首诗都详尽展现了西周农业的生产方式、生产关系等，是《诗经》中不可多得的关于农事的诗。

第一节主要是在说春天要忙着耕种，这时初生的幼苗茁壮生长着。到了夏天，人们忙着除草灭虫，这时农作物已经快要成熟，丰收已经在望了。如果在播种之后对农作物不闻不问，到了秋天就很难有所收获，所以在农作物生长的过程中一定要加强管理。

第一节和第二节写人们的努力，在农业上，天时也是十分重要的，第三节的前四句就描写风调雨顺的情景。天气阴云弥漫，细雨蒙蒙，一场场甘露及时地降临大地。这四句充分展现出农夫的喜悦之情，诗中说出了“公田”“私田”的先后，提出了先公后私的观点，可见特定历史环境下的人们都是十分淳厚的。

第四节主要描写收获时，人们在地头欢庆丰收，祭祀求福。这一节和第一节春耕时的“曾孙是若”遥相呼应。天子犒劳农夫并祭神求福，他肃穆虔诚，为天下黎民祈福求佑。

瞻彼洛矣[①]

瞻彼洛[②]矣，维水泱泱[③]。君子至止[④]，福禄如茨[⑤]。

韎韐有奭[⑥]，以作六师[⑦]。

瞻彼洛矣，维水泱泱。君子至止，鞞琫有珌[⑧]。

君子万年，保其家室。

瞻彼洛矣，维水泱泱。君子至止，福禄既同[⑨]。

君子万年，保其家邦。

注释

①这首诗写周王会集诸侯讲武事，诸侯赞颂天子。②瞻：视。洛：北洛水，在今陕西境内。③泱泱：水势广阔的样子。④君子：指周天子。止：语气助词。⑤茨：盖屋顶的茅草。如茨，茅草屋盖有多层。⑥韎韐（mèi gé）：染成红色的熟皮制的蔽膝。奭（shì）：赤色。⑦作：起，此指指挥、检阅。六师：六军。周制，天子六军，一万二千五百人为军。⑧鞞（bǐ）：刀鞘。琫（běng）：刀鞘上端的装饰物。珌（bì）：刀鞘下端的装饰物。一说指纹饰美丽的样子。⑨同：聚。

赏析

此诗共三章。首章起笔雍容大方，“瞻彼洛矣，维水泱泱”，两句点明天子会诸侯讲武的地点，乃在周的东都——洛阳（今属河南）。且以洛水之既深且广，暗喻天子睿智圣明，亦如洛水之长流，深广有度。接着以“君子至止，福禄如茨”两句，表明天子之莅临洛水，会合诸侯，讲习武事，乃天子勤于大政的表现。此章后两句“韎韐有奭，以作六师”，补足前意，“韎韐”为皮革制成的军事之服，意如今之皮蔽膝。“以作六师”，犹言发动六军讲习武事。明示天子此会的目的，在于习武练兵。故天子亲御戎服，以示其隆重。

第二章旨在加深赞美。起二句同首章。“君子至止，鞞琫有珌”，鞞为剑鞘，琫珌分指剑鞘上下端之玉饰，表明天子讲武视师时，军容整肃，天子亲佩宝剑，剑鞘也装饰得非常堂皇，威仪崇隆。故而诗人以“君子万年，保其家室”作欢呼性的赞颂。

三章句型基本上与二章相同，但意义有别。“君子至止，福禄既同”两句，既与首章之“福禄如茨”相应，兼以示天子在讲武检阅六师之后，赏赐有加，使与会的诸侯及军旅，皆能得到鼓励，众心归向，一片欢欣，紧接着在“君子万年，保其家邦”的欢呼声中，结束全诗。而“保其家邦”的意义，较之前章的“保其家室”，更进一层，深刻地表明此次讲习武事的主要目的。

裳裳者华[1]

裳裳者华[2]，其叶湑[3]兮。我觏之子[4]，我心写[5]兮。

我心写兮，是以有誉处[6]兮。

裳裳者华，芸[7]其黄矣。我觏之子，维其有章[8]矣。

维其有章矣，是以有庆[9]矣。

裳裳者华，或黄或白。我觏之子，乘其四骆[10]。

乘其四骆，六辔沃若[11]。

左之左之[12]，君子宜[13]之。右[14]之右之，君子有之。

维其有之，是以似[15]之。

①这是一首赞美君子的诗。②裳裳：通"堂堂"，鲜明艳丽的样子。华：同"花"。③湑（xǔ）：茂盛的样子。④觏（gòu）：遇见。之子：这个人。⑤写：古"泻"字，此指舒畅。⑥誉：通"豫"，安乐。誉处：犹安处。一说誉处皆安乐义。⑦芸：茂盛的样子。⑧章：文采。⑨庆：福。⑩骆：马鬃为黑色的白马。⑪辔（pèi）：马缰绳。沃若：光润柔软的样子。⑫左：指文事。之：语气助词。⑬宜：安定。⑭右：指武事。《传》："君子者，无所不宜也。"陈奂《诗毛氏传疏》："言朝祀丧戎，无不得宜。"⑮似：通"嗣"，继承，继续。

赏析

全诗共四章，每章六句。诗前三章是结构相似的重调，每章的前两句写花起兴，从“其叶湑兮”到“芸其黄矣”再到“或黄或白”，将花繁叶茂的盛景充分表露出来，也由此烘托出抒情主人公心中无比欢愉。

在首章，诗人并没有详写“我”所遇的“之子”的具体模样，而只写了自己的主观心理感受——“我心写兮”“是以有誉处兮”，心中烦忧尽泻，充满欢乐。为了说明“之子”使得“我”如此欢悦的原因，此诗第二章给“之子”一个特写镜头，这个镜头没有对准他的面部，也没有对准他的眼睛，而是对准其服饰：“维其有章矣。”这样的叙述中渗透着赞美之情，因为服饰之美在先秦时期是身分和地位的外在表现。至此，诗人仍觉不足，又将目光转向全景，在第三章写“之子”的车马之盛，“乘其四骆，六辔沃若”，十分风光，十足气派。如此一层一层推进，在形象的跳跃式叙述中显示出欢快的激情。

诗若就此打住，便显得情感过于浅直，而且缺少了《雅》诗中应有的那份平和与理性，于是诗第四章从节奏和用韵两方面都变得舒缓起来，“左之左之，君子宜之。右之右之，君子有之”，从左右两方面写君子无所不宜的品性和才能，有了这方面的歌唱，使得前面三章的赞美有了理性依据。“维其有之，是以似之”，两句总括全篇，赞美君子表里如一、德容兼美的风貌，以平和安详作结。

桑　扈

交交桑扈[1]，有莺[2]其羽。君子乐胥[3]，受天之祜[4]。

交交桑扈，有莺其领[5]。君子乐胥，万邦之屏[6]。

之屏之翰[7]，百辟为宪[8]。不戢不难[9]，受福不那[10]。

兕觥其觩[11]，旨酒思柔[12]。彼交匪敖[13]，万福来求[14]。

①桑扈：鸟名，即青雀，又名窃脂。②莺：文采貌。③乐胥：快乐。胥，犹"兮"。④祜（hù）：福。⑤领：颈。此句言鸟颈羽毛之美。⑥屏：屏障，起护卫作用，故此以喻重臣。⑦翰：读为"干（榦）"，即《左传》"礼，身之干（榦）也""礼，国之干（榦）也"之"干（榦）"。主干，骨干。⑧辟：君，此指诸侯。宪：法式，典范。⑨不戢不难：犹《雄雉》"不忮不求"，言"不戢"即不聚敛于财，"不难"谓不忌恨于人。戢，有聚、敛之意。难，有忌恨之意。⑩不那（nuó）：即"不移"，指福降于身，而不它移。⑪兕觥：酒器，见《卷耳》注。觩（qiú）：角弯曲貌，形容觥的形状。⑫思柔：思，语气助词。柔，形容酒味口感绵柔，十分顺口。⑬彼交匪敖：当从另一本作"匪交匪敖"。交，轻侮。或以为交当作"骄"。敖，傲慢。⑭求：聚。

赏析

这是一首周天子宴请诸侯的诗。

一位地位重要的诸侯来朝见天子，天子宴请他，席间演奏了这首乐歌。

诗的主旨是祝福此人因为在天下诸侯间的地位及对王朝的作用，所以应该享有的幸福。从诗中“万邦之屏”“百辟为宪”等句看，其所宴非一般诸侯，故陈子展先生说：“非出为方伯、入为卿士之诸侯实不足以当此。”一章美其受福，二章美其安万邦，三章美为诸侯榜样，四章言宴时能敬，足以受多福。前两章均以“交交桑扈”起兴，从诗中其羽毛的美丽看，这是用来喻其人风采的，或者因桑扈的文采，令人想到其人的“文德”。周人重“文”、重修饰（有特殊规定性内涵的外在形式）、重“文德”，在这些地方都能看得出来。如《小雅·车舝》篇云：“依彼平林，有集维鷮。辰彼硕女，令德来教。”就直接把鸟的美丽羽毛与女子的教育修养联系起来，而不是与其穿着联系起来。

鸳　鸯

鸳鸯[1]于飞，毕之罗之[2]。君子万年，福禄宜之[3]。

鸳鸯在梁[4]，戢其左翼[5]。君子万年，宜其遐福[6]。

乘马在厩[7]，摧之秣[8]之。君子万年，福禄艾[9]之。

乘马在厩，秣之摧之。君子万年，福禄绥[10]之。

注释

①鸳鸯：水鸟名。此诗是以鸳鸯象征福禄。②毕之罗之：此句即以毕捕之，以罗网网之之意。毕，长柄的捕鸟小网。罗，罗网。③福禄宜之：犹言“福禄绥之”。宜、绥都是安的意思。或以为多。④梁：水中拦鱼的水坝，即鱼梁。⑤戢（jí）：戢敛，即绊缚之意。野外捕获的鸟不放入牢笼养育的，初畜养时必绊缚其左翼，因为左翼比右翼力气小，不容易挣脱。若缚右翼，往往容易逃脱。畜鸟之家，皆知其法。这里指的就是缚住鸳鸯左翼，使其不能飞走（于鬯说）。与上章言“毕之罗之”，正一意相贯。⑥遐福：犹言“大福”。遐，与“假”通，《尔雅·释诂》：“假，大也。”⑦乘马：驾车的马匹，一说四匹马。厩：马棚。⑧摧（cuò）：铡碎的草。此指以草喂马。秣（mò）：喂牲口的粮食，此指以谷物喂马。牲口吃的草和粮食，即通常所说的“草料”。或曰：古婚礼，由男方乘车马前往女家迎娶新妇。⑨艾：养，辅助。⑩绥：安也。

这是一首祝福之歌。古代大多都把这首诗与夫妻联系起来，但从《诗经》中，我们很难找到直接以鸟的雌雄喻夫妻的确切例子（像“雉之朝呴”这类句子，为喻男求女，非喻新婚或已婚之夫妇），日本学者松本雅明就曾说过：就《诗经》来看，在所有的鸟的表现中，以鸟的匹偶象征男女爱情的思维模式是不存在的。他的这种说法不确切，但能看出某种倾向，因此此诗是否与婚姻有关，还很难说。就诗的内容来看，这实是一篇祝福歌。首章以捕得鸳鸯象征得到福禄；二章以绊缚鸳鸯象征留得福禄；三、四章以马在厩食草料，象征安然得福。但古代学者的解说，却形成一个传统。这说明文化在传承中，时有误区，但久而久之，也便成为社会普遍公认的意识。

頍弁[①]

有頍者弁[②]，实维伊[③]何？尔酒既旨[④]，尔肴既嘉[⑤]。
岂伊异人[⑥]？兄弟匪他[⑦]。茑与女萝[⑧]，施[⑨]于松柏。
未见君子[⑩]，忧心奕奕[⑪]。既见君子，庶几说怿[⑫]。
有頍者弁，实维何期[⑬]？尔酒既旨，尔肴既时[⑭]。
岂伊异人？兄弟具[⑮]来。茑与女萝，施于松上。
未见君子，忧心怲怲[⑯]。既见君子，庶几有臧[⑰]。
有頍者弁，实维在首。尔酒既旨，尔肴既阜[⑱]。
岂伊异人？兄弟甥舅[⑲]。如彼雨雪[⑳]，先集维霰[㉑]。
死丧无日，无几[㉒]相见。乐酒[㉓]今夕，君子维宴。

赏析

此诗以赴宴者的口气写成，不仅描写了宴席的丰盛，也写出了贵族间彼此依附的关系，在表面热闹的气氛中，笼罩着一种悲观失望、及时行乐的情绪。这正是西周末年国家政治和奴隶主贵族走向衰亡的表现。

全诗共三章，每章开端都写贵族一个个戴着华贵的圆顶皮帽赴宴。第一、二章中的“实维伊何”“实维何期”用了设问句，让人警醒，渲染了宴会前的盛况和气氛，而且表现了赴宴者精心打扮、兴高采烈的心情。第三章改用“实维在首”，写出贵族打扮起来后自我欣赏、顾影陶醉的情态。接下来，写宴会的丰盛：“尔酒既旨，

尔肴既嘉”“尔肴既旨，尔酒既时”“尔肴既旨，尔肴既阜”，三章中只各变了一个字，反复陈述美酒佳肴的醇香、丰盛。然后是赴宴者对同主人亲密关系的陈述，对主人的赞扬、奉承、讨好：来的都是兄弟、甥舅，根本没有外人；主人是松柏一样的高树大枝，而自己只是攀附其上的蔓生植物；没有见到主人时心里是如何忧愁不安，见到主人后心里是如何欢欣异常。前文所谓“未见君子，忧心奕奕。既见君子，庶几说怿”，其真实含义，很值得回味。第三章“如彼雨雪，先集维霰”后，不再是前两章内容的重复。他们由今日的欢聚，想到了日后的结局。他们觉得人生如霰似雪，不知何时就会消亡。在暂时的欢乐中，情不自禁地流露出一种黯淡低落的情绪，表现出一种及时行乐、消极颓废的心态，充满悲观丧气的音调。从这首诗来看，由于社会的动乱，他们虽然饮酒作乐，但仍感到自己命运岌岌可危、朝不保夕，正表露出所谓的末世之音。

①这是一首宴饮兄弟亲戚的诗。②頍(kuǐ):皮帽尖尖的样子。一说抬头的样子。弁(biàn):皮帽,贵族穿礼服时戴。③实:是,此。维:为。伊:语气助词。④旨:甘美。⑤肴:做熟的鱼肉。嘉:美。⑥伊:是,为。异人:外人。⑦匪:非。此句言是兄弟不是他人。⑧茑(niǎo)、女萝:两种寄生植物名。⑨施(yì):蔓延。⑩君子:宴会的主人。⑪奕奕:忧愁的样子。⑫庶几:差不多。说怿:高兴,二字同义。⑬期(jī):语气助词。⑭时:善。⑮具:俱。⑯怲怲(bǐng):同"奕奕"。⑰臧:善,好。⑱阜:丰盛,多。⑲甥舅:古时称女婿为甥,岳父为舅。姊妹之子为甥,母亲的兄弟为舅。此泛指异姓亲戚。⑳雨雪:下雪。㉑集:落。霰(xiàn):雪珠,多在下雪前出现。㉒无几:没有多少时候。㉓酒:饮酒。

车　舝[1]

间关车之舝[2]兮，思娈季女逝[3]兮。匪[4]饥匪渴，德音来括[5]。

虽无好友，式燕[6]且喜。

依彼平林[7]，有集维鷮[8]。辰彼硕[9]女，令德[10]来教。

式燕且誉[11]，好尔无射[12]。

虽无旨酒，式饮庶几[13]。虽无嘉肴，式食庶几。

虽无德与女[14]，式歌且舞。

陟[15]彼高冈，析其柞[16]薪。析其柞薪，其叶湑[17]兮。

鲜我觏[18]尔，我心写[19]兮。

高山仰止[20]，景行行[21]止。四牡騑騑[22]，六辔如琴[23]。

觏尔新昏[24]，以慰我心。

①这是一首描写迎娶新娘的诗。②间关：车轮转动时辖的响声。舝（xiá）：同“辖”，车轴两端的铁键，以防止车轮脱落。③思：语气助词。娈：美好的样子。季女：少女。逝：往，指出嫁。④匪：通“非”。⑤德音：好声誉，此指品德美好的女子。括：通“佸”，会。⑥式：语气助词。燕：通“宴”，宴饮。⑦依：茂盛的样子。马瑞辰《通释》：“依、殷同声，盛也。”平林：平地上的树林。⑧集：鸟止息，落。鷮（jiāo）：雉的一种。⑨辰：善。马瑞辰《通释》：“辰为硕女美善貌。”硕：大。⑩令德：美德。⑪誉：通“豫”，乐。⑫好（hào）：

喜欢。射（yì）：通“斁”，厌。⑬庶几：表希望之辞。⑭与：助，配。女：通“汝”，你。⑮陟（zhì）：登。⑯析：劈、砍。柞：柞树。⑰湑（xǔ）：茂盛的样子。⑱鲜：善。觏（gòu）：见。⑲写：古“泻”字，舒畅。⑳止：之，复指高山。一说语气助词。㉑景行（háng）：大道。行：行走。㉒骈骈（fēi）：马行走不息的样子。㉓琴：琴弦。㉔昏：古“婚”字。

赏析

全诗共五章，皆以男子的口吻写娶妻途中的喜乐及对佳偶的思慕之情。首章写娶妻启程。诗从娶亲的车声中开始。随着“间关”的车声，朝思暮想的少女就出嫁了。这其中流露出诗人积蓄已久的欣喜若狂之情。然而诗人又天真地声明：“匪饥匪渴，德音来括。”高兴的原因绝非因为性爱的饥渴即将满足，而是对女子美德的崇慕，真可谓好德胜于好色了。这当然是恋人“此地无银三百两”而已，所以下文又禁不住一往情深地说：“虽无好友，式燕且喜。”次章写婚车越过平林。由林莽中成双成对的野鸡想到了车中的“硕女”，再加上她美好的教养和品德，更使诗人情怀激荡，信誓旦旦：“式燕且誉，好尔无射”，我爱你终生不渝！第三章继续是男子对女子情真意切的倾诉：我家虽没有美酒佳肴，我也没有崇高的品德，却有一颗与你相亲相爱的心。这些朴实无华的语言，冲口而出，感人至深。第四章写婚车进入高山。这里有茂盛的柞树。“陟彼高冈，析其柞薪。析其柞薪，其叶湑兮。”“析薪如之何？匪斧不克；取妻如之何？匪媒不得”，这是当时的谚语，所以诗人由“析薪”想到了娶妻。而柔嫩鲜艳的绿叶，是美丽可爱新妇的最好比喻；由《七月》“桑之未落，其叶沃若”一句，可以确信“其叶湑兮”是写新妇的光彩照人的。这里诗人融咏物与比兴为一体，巧妙地表现了对新妇的喜爱。最后两句更是直抒情怀：“鲜我觏尔，我心写兮。”今天和你结为伴侣，我心里真是舒服极了。尾章写婚车越过高山，进入大路。诗人仰望高山，远眺大路，面对佳偶，情满胸怀，诗句自肺腑流出：“高山仰止，景行行止。”这是叙事、写景，但更多的则是比喻。新妇那美丽的形体和坚贞的德行，不正像高山、大路一样令人敬仰和向往吗？诗句意蕴丰厚，气宇轩昂，因而成为表达一种仰慕之情的最好意象，遂成千古名句。接下两句“四牡騑騑，六辔如琴”，不仅与首章“间关”二句相呼应，形成回环之势，而且那如琴弦的六辔更包含着诗人对婚后美好和谐生活的丰富想象。最后两句，又直抒胸臆，情结全篇。

青　蝇

营营青蝇[①]，止于樊[②]。岂弟[③]君子，无信谗言。

营营青蝇，止于棘[④]。谗人罔极[⑤]，交乱四国。

营营青蝇，止于榛[⑥]。谗人罔极，构[⑦]我二人。

注释

①营营：犹“嗡嗡”。青蝇：苍蝇，此喻谗人。一说为青蛙。②樊：当据《神乌赋》引作“杆”，檀木，或以为“柘”。旧以为篱笆。③岂弟（kǎi tì）：平易近人。④棘：酸枣树。⑤罔极：诗中多次出现，多指行为不轨，有“无行”之意。⑥榛：木名。⑦构：构祸。一说指离间。

赏析

这是一首指斥谗言的诗，诗中指出谗言祸乱国家和人际关系，规劝君子不要听信谗言。

此篇劝人勿信谗言，诗意甚明。诗中有“构我二人”之言，故讲诗者认为此并非一般的斥责谗言之事，而是有个故事在内的。但史阙有间，究竟诗中所言何人何事，已不可考。一章劝勿信谗言，二章言谗言之可乱国，三章言谗言害及诗人自身。从诗的逻辑上看，大约是诗人身受谗言之害，使朋友与自己疏远，为了劝诫朋友，便先从大道理讲起，先说君子不听谗言，再讲谗言之害甚大，然后才说到自身。中国诗歌中常见有以青蝇喻谗人者，如陈子昂诗“青蝇一相点，白璧遂成冤”，李白诗“楚国青蝇何太多，连城白璧遭谗毁”。

宾之初筵[1]

宾之初筵[2]，左右秩秩[3]。笾豆有楚[4]，殽核维旅[5]。酒既和旨[6]，饮酒孔偕[7]。钟鼓既设，举酬逸逸[8]。大侯既抗[9]，弓矢斯张[10]。射夫既同[11]，献尔发功[12]。发彼有的[13]，以祈尔爵[14]。

籥舞笙鼓[15]，乐既和奏，烝衎烈祖[16]。以洽[17]百礼，百礼既至[18]。有壬有林[19]。锡尔纯嘏[20]，子孙其湛[21]。其湛曰乐，各奏尔能[22]。宾载手仇[23]，室人入又[24]。酌彼康[25]爵，以奏尔时[26]。

宾之初筵，温温[27]其恭。其未醉止[28]，威仪反反[29]。曰[30]既醉止，威仪幡幡[31]。舍其坐迁[32]，屡舞仙仙[33]。其未醉止，威仪抑抑[34]。曰既醉止，威仪怭怭[35]。是曰既醉，不知其秩[36]。

宾既醉止，载号载呶[37]，乱我笾豆，屡舞僛僛[38]。是曰既醉，不知其邮[39]。侧弁之俄[40]，屡舞傞傞[41]。既醉而出，并受其福。醉而不出，是谓伐[42]德。饮酒孔嘉，维其令仪[43]。

凡此饮酒，或醉或否。既立之监[44]，或佐之史[45]。彼醉不臧[46]，不醉反耻[47]。式勿从谓[48]，无俾大怠[49]。匪[50]言勿言，匪由[51]勿语。由醉之言，俾出童羖[52]。三爵不识[53]，矧敢多又[54]。

析

①这是一首描写贵族宴饮且寓讽刺意义的诗。②筵：竹席。古人席地而坐，初筵指入座。③秩秩：有秩序的样子。④笾（biān）、豆：均为食器名。《尔雅·释器》："木豆谓之豆，竹豆谓之笾。"或说笾用以盛果品，豆用以盛肉。楚：排列整齐的样子。⑤殽：通"肴"，鱼、肉等熟食。核：指果类。旅：陈设。⑥和：醇和。旨：味美。⑦孔：很。偕：嘉。陈奂《诗毛氏传疏》："皆，遍也。偕与皆通。"马瑞辰《通释》："皆，嘉一声之转。"一说和谐。⑧酬：劝酒。逸逸：往来不绝的样子。⑨侯：箭靶。古人射箭时，用布或兽皮为箭靶，将之张设在木架上。抗：挂起。⑩斯：语气助词。张：把弦拉紧。⑪射夫：射箭的人。同：聚集。⑫发：射箭。功：功力，技艺。⑬有：语气助词。的（dì）：箭靶的中心。⑭祈：求。爵：古代的一种饮酒器，此代指酒。古时射礼，射中者饮酒。⑮籥（yuè）：古乐器名。籥舞：执籥而舞。鼓：吹奏。⑯烝：进献。衎（kàn）：乐。烈祖：有功业的先祖。⑰洽：合，谐和。⑱至：齐备。⑲有：通"又"。壬、林：《集传》："壬，大。林，盛。言礼之盛大也。"⑳锡：通"赐"。纯：大。嘏（gǔ）：福。㉑湛（dān）：通"媅"，乐。㉒奏：献。能：技能。㉓载：乃。手：取，选择。仇（qiú）：匹，指对手。㉔室人：主人。又：《传》："主人入于次，又射以耦宾也。"㉕康：大。㉖时：善，此指射中者。㉗温温：和气的样子。㉘止：语气助词。㉙威仪：容貌举止。反反：慎重的样子。㉚曰：语气助词。㉛幡幡：轻浮的样子。㉜舍：离开。坐：座。迁：移动。㉝仙仙（xiān）：通"跹跹"，轻盈的样子。㉞抑抑：庄重的样子。㉟怭怭（bì）：义同"幡幡"。㊱秩：规矩，常度。㊲呶（náo）：喧哗。㊳傲傲（qī）：歪斜不正的样子。㊴邮：通"尤"，过失。㊵侧弁：歪戴帽子。俄：倾斜。㊶傞傞（suō）：醉舞不止的样子。㊷伐：损害。㊸令仪：美好的举止。㊹监：督查礼仪的官。㊺佐：辅助。史：记录言行的官。㊻臧：善。㊼反：反而。耻：羞愧，以为耻。㊽式：语气助词。谓：通"为"，指劝酒。㊾俾：使。怠：荒怠失礼。㊿匪：

非。51由：式也，法式。一说缘由。52童羖（gǔ）：无角的公羊。比喻不可能有的事物。53三爵：三杯酒。不识：不知道。陈奂《诗毛氏传疏》："宣二年《左传》：'臣侍君宴，过三爵，非礼也。'"54矧（shěn）：况且。又：通"侑"，劝酒。一说指再饮酒。

此诗章法结构非常严谨。这不仅是指它每章均十四句，且都是标准的四字句；更是指它各章节之间内在组织上的精妙。诗内容大致可分三大部分。第一部分一、二章写合乎礼制的酒宴，第二部分三、四章写违背礼制的酒宴，两者同以"宾之初筵"一句起头，而所描述的喝酒场面却大相径庭，暴露出理想状态与现实境况的尖锐矛盾。第三部分为末章，是总结性的言辞，连用"不""勿""无""匪""矧敢"等表示否定义的词，这些词集中凸显否定意蕴。各部分之间起承转合，脉络极其分明。第二个印象是诗人的写作技巧非常高明。诗人之意在"刺"，前两章却用"美"为"刺"做映衬，使丑恶的事物在与美好事物的对比中更显出其丑恶，欲抑先扬，跌宕有致。而诗人的"刺"即使是在最重要的第三、四两章中，也并不剑拔弩张，疾言厉色，只是反复直陈醉酒之态以为警诫，除了烂醉后手舞足蹈的姿势不惜重言之以外，"载号载呶""乱我笾豆""侧弁之俄"写醉汉吵吵嚷嚷、弄乱东西、衣冠不整，也都抓住了特征。并且，诗人还善于通过"既醉而出，并受其福"之类的委婉语、"由醉之言，俾出童羖"之类的戏谑语，来做"绵里针"式的点染。借形象说话，实招就是高招。当然，并不是说此诗没有正面的说理成分，末章就主要是说理，但毕竟使读者对酗酒的害处深感悚惕的还是那些描写醉态的句子。

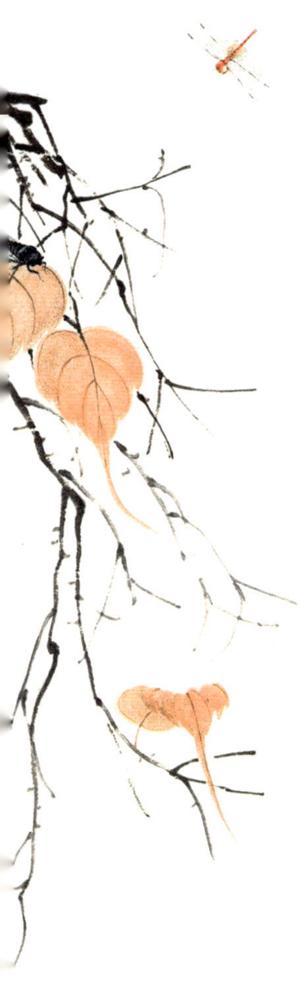

鱼藻之什

《诗经·小雅》之一，存诗十四篇。《鱼藻》是《小雅》中的一首诗篇。“甫田之什”即以《鱼藻》为第一首诗的十四首诗歌的总集。

鱼　藻

鱼在在藻[①]，有颁[②]其首。王在在镐[③]，岂乐[④]饮酒。

鱼在在藻，有莘[⑤]其尾。王在在镐，饮酒乐岂。

鱼在在藻，依于其蒲[⑥]。王在在镐，有那[⑦]其居。

注释

①鱼在在藻：第一个“在”当读为“哉”，二字古音同。此处为语气助词，犹“也”。藻，水草名，详《采蘋》注。或以为鱼比喻后妃、宫女。②颁（fén）：大首貌。一说众貌。③镐：镐京，西周京城。④岂乐：和乐。岂，同“恺”，乐也。⑤莘（shēn）：长貌。一说众多貌。⑥蒲：水草名。详《泽陂》注。⑦那（nuó）：盛大。

赏析

这首诗赞美周王在镐京饮酒、优游自得之乐，也极概括地写到镐京建筑的美盛，言虽简而意隽永。

本诗的作者身份、时代，都很难确定，但它的内容明显是颂扬周王在镐京之乐的。诗以鱼在水中蒲藻之间自由自在之状，以兴周王在京饮酒自得之乐，写足周王无所牵挂的心境，以见周室太平景象。结尾以壮丽宫室，全是娴静状态，确有无尽妙趣。庄周濠梁“鱼乐”之叹，或有似于此。前二章言王在京饮酒之乐，三章言王居室之盛。

采　菽

采菽采菽[①]，筐之筥[②]之。君子来朝，何锡予之？
虽无予之，路车[③]乘马。又何予之？玄衮及黼[④]。
觱沸槛泉[⑤]，言采其芹。君子来朝，言观其旂。
其旂淠淠[⑥]，鸾声嘒嘒[⑦]。载骖载驷，君子所届[⑧]。
赤芾[⑨]在股，邪幅[⑩]在下。彼交匪纾[⑪]，天子所予。
乐只[⑫]君子，天子命之。乐只君子，福禄申[⑬]之。
维柞之枝，其叶蓬蓬。乐只君子，殿[⑭]天子之邦。
乐只君子，万福攸同。平平[⑮]左右，亦是率从。
泛泛杨舟，绋纚[⑯]维之。乐只君子，天子葵[⑰]之。
乐只君子，福禄膍[⑱]之。优哉游哉[⑲]，亦是戾[⑳]矣。

注释

①菽（shū）：大豆。②筥（jǔ）：亦筐也，方者为筐，圆者为筥。③路车：即辂车，古时天子或诸侯所乘。④玄衮：画着卷龙的黑色礼服。黼（fǔ）：画着黑白相间的斧形花纹的礼服。⑤觱（bì）沸：泉水涌出的样子。槛泉：正向上涌出之泉。⑥淠淠（pèi）：旗帜飘动。⑦嘒嘒（huì）：铃声有节奏。⑧届：到。⑨芾（fú）：蔽膝。⑩邪幅：绑腿。⑪纾：怠慢。⑫只：语气助词。⑬申：重复。⑭殿：镇抚。⑮平平：娴雅。⑯绋（fú）：粗大的绳索。纚（lí）：系，拴。⑰葵：通“揆”，度量。⑱膍（pí）：厚赐。⑲优哉游哉：悠闲自得的样子。⑳戾（lì）：安定。

《采菽》这首诗通过从未见诸侯时的思念之情，到远远看到诸侯来到，再到靠近看到诸侯的仪态，到最后对诸侯们功绩和福禄的颂扬之情，描绘了一幅春秋时代诸侯朝见天子时的历史画卷，气势磅礴，生动形象，十分吸引人。

开篇，作者知道就要到诸侯们朝见天子的日子了，周天子为了接待这些诸侯，已经开始为他们准备礼物了。身为一名大夫，他在猜想这些诸侯会进献什么样的礼物给周天子。

为了朝拜天子，诸侯们陆续离开了自己的封地，因为诸侯众多，所以声势十分浩大，场面异常壮观。“觱沸槛泉，言采其芹”这两句，用槛泉旁必有芹菜这样的特点来比兴君子来朝时也一定有仪仗队相伴。

在车马未到时，人们就已经远远见到风中“淠淠”的旗影，就听到了诸侯们“嘒嘒”的鸾铃之声由远及近，这些都是诸侯威仪的

表现。“载骖载驷，君子所届”，说明豪华的马车在官道上奔驰，驷马或骖乘井然前行，滚滚烟尘留在了它们的身后，威仪显赫的诸侯们来到了宫廷。

“维柞之枝，其叶蓬蓬”，用柞树枝条长得非常长，绿叶繁茂的兴旺来比兴天下的繁盛局面和诸侯的非凡功绩。诗人自豪于周王朝坐拥天下，国运昌盛，他认为是因为有天子的治理，天下才能如此繁荣。可以说，这是对周朝的歌功颂德，同时也表明了诸侯们的想法。“乐只君子，殿天子之邦”“平平左右，亦是率从”则点明了诸侯们的态度。他们愿意为天子镇守邦国，并许诺天子，会协助他治理邻邦，帮助周王朝更加兴盛。

“泛泛杨舟，绋缅维之”，一句中“泛泛杨舟”指的是诸侯，“绋缅维之”则是在说诸侯与天子的关系。诸侯和天子之间是相互依赖的，他们的利益是紧紧维系在一起的。诸侯们帮助天子治国安邦，天子则将丰厚的奖赏赐给他们。他们以统治者内部相互依存的关系共生着。“优哉游哉，亦是戾矣”，这两句充分表现出作者对诸侯安居优游的艳羡之情。

角弓[1]

骍骍角弓[2]，翩其反[3]矣。兄弟昏姻[4]，无胥[5]远矣。
尔之远矣，民胥[6]然矣。尔之教矣，民胥效[7]矣。
此令[8]兄弟，绰绰有裕[9]。不令兄弟，交相为瘉[10]。
民之无良[11]，相怨一方。受爵[12]不让，至于已斯亡[13]。
老马反为驹[14]，不顾其后。如食宜饇[15]，如酌孔取[16]。
毋教猱升木[17]，如涂涂[18]附。君子有徽猷[19]，小人与属[20]。
雨雪瀌瀌[21]，见晛曰消[22]。莫肯下遗[23]，式居娄[24]骄。
雨雪浮浮[25]，见晛曰流[26]。如蛮如髦[27]，我是用[28]忧。

注释

①这首诗劝告贵族不要疏远兄弟而亲近小人。②骍骍（xīng）：弓调和的样子。角弓：镶有牛角的弓。③翩：通“偏”，向外翻的样子。反：向外翻。《集传》：“翩，反貌。弓之为物，张之，则内向而来；弛之，则外反而去。”④昏姻：犹婚姻。《说文》：“婚，妇家也。”“姻，婿家也。”此泛指异姓亲戚。⑤胥：互相。一说胥通“疏”。⑥胥：皆。⑦效：仿效。⑧令：善。⑨绰绰（chuò）：宽裕的样子。裕：宽容，气量大。⑩瘉（yù）：病。⑪民：当作“人”。良：善。⑫受爵：接受爵禄。⑬斯：语气助词。亡：通“忘”。⑭驹：小马。朱熹《诗集传》：“如老马惫矣，而反自以为驹，不顾其后，将有不胜任之患也。”⑮饇（yù）：饱。⑯酌：舀酒。孔取：多取。

⑰毋：语气助词，无义。猱（náo）：猿猴。升木：上树。⑱涂：第一个涂为名词，指泥。第二个涂为动词，指抹泥。猱性善升，涂性善附，比喻小人。⑲徽：美好。猷（yóu）：道。⑳与属：来依附。㉑雨雪：下雪。瀌瀌（biāo）：大雪纷飞的样子。㉒晛（xiàn）：太阳的热气。曰：语气助词。消：融化。㉓下：谦下。遗：马瑞辰《通释》："当读为隤。隤，柔顺貌。……谓小人莫肯卑下而隤顺也。"㉔式：语气助词。居：通"倨"，傲慢。娄：通"屡"，多次。㉕浮浮：雪纷飞的样子。㉖流：化。㉗蛮：古代对南方少数民族的蔑称。髦亦作"髳"，西方少数民族。㉘是用：是以，因此。

赏析

全诗共八章，取喻多奇。首章“骍骍角弓，翩其反矣”，是用角弓不可松弛暗喻兄弟之间不可疏远。“兄弟昏姻”是同类连及，并无确指，着重点是同宗兄弟。

第二章叙说疏远王室父兄的危害。“尔之远矣，民胥然矣。尔之教矣，民胥效矣”，四句皆以语气词煞尾，父兄口气，语重心长。作为君王而与自家兄弟疏远，结果必然是上行下效，民风丕变，教化不存。

第三章用兄弟之间善与不善两种不同的结果增强说服的效果。“民之无良，相怨一方。受爵不让，至于已斯亡”，不善良的兄弟间只知相互怨怒，不顾礼仪道德，为争爵禄地位各不相让，涉及一己小利便忘了大德。

第五、六两章以奇特的比喻、切直的口吻从正反两方面劝诱周王。“老马反为驹，不顾其后”，指责小人不知优老而颠倒常情的乖戾荒唐，一个“反”字凸显出强烈的感情色彩。“如食宜饇，如酌孔取”，正面教导养老之道。第六章的“毋教猱升木，如涂涂附”，用猿猴不用教也会上树，泥巴涂在泥上自然粘牢比喻小人本性无德，善于攀附，如果上行不正，其行必有过之。后两句“君子有徽猷，小人与属”，又是正面劝诫，如果周王有美德，小民也会改变恶习，相亲为善的。

诗的最后两章以雪花见日而消融，反喻小人之骄横而无所节制和不可理喻。“莫肯下遗，式居娄骄”和“如蛮如髦”说的是小人，却暗指周王无道。有鉴于此，诗人不禁长叹“我是用忧”，此“忧”非为自身忧，也非为小人忧，而是为国家为天下而深怀忧患。

菀柳[①]

有菀[②]者柳，不尚息焉[③]。上帝甚蹈[④]，无自暱[⑤]焉。

俾予靖[⑥]之，后予极[⑦]焉。

有菀者柳，不尚愒[⑧]焉。上帝甚蹈，无自瘵[⑨]焉。

俾予靖之，后予迈[⑩]焉！

有鸟高飞，亦傅[⑪]于天。彼人[⑫]之心，于何其臻[⑬]？

曷[⑭]予靖之，居以凶矜[⑮]！

注释

①这是一首被流放大臣抒发哀怨的诗。②菀：茂盛的样子。一说枯萎。③尚：庶几，表示希望。息：休息。此句言不可在下面休息。④上帝：指周王。蹈：动，指变化无常。⑤暱（nì）：通“昵”，亲近。一说病。⑥俾：使。靖：治理。⑦极：通“殛”，诛罚。⑧愒（qì）：同“憩”，休息。⑨瘵（zhài）：病。⑩迈：行，此指放逐。⑪亦：语气助词。傅：通“迫”，接近。⑫彼人：那个人，指周王。⑬臻（zhēn）：至。⑭曷：何，为什么。⑮以：于。矜：危，指凶险的处境。

赏析

此诗描写了王者暴虐无常，诸侯不敢朝见。

首章首二句，传达出了诗人强烈的愤懑之情。中二句，述说大王的暴虐无常，不可亲近，接近便是自招祸殃。尾二句，诗人现身说法，把与暴君共事的种种险恶表述无遗。整章诗或比拟，或劝诫，或直白，但都以“焉”字结句，呼告语气中，传递着诗人的无限感慨与怨恨。

续章，诗意与第一章相似。在反复咏叹中进一步强化了诗人所要表达的思想感情。诗人不可遏制的怨怒之气喷薄而出，却又不是尽情宣泄而后快。比拟中有双关，呼告中有托讽，虽是直言却用曲笔。以弦外之音感动读者，使议论中多了一点诗味。

尾章，在前两章感情积蓄的基础上，由劝诫性的诉说转向声泪俱下的控诉，整章一气呵成。诗中鸟儿高飞是平和的比拟，逆向的起兴。从平淡中切入，渐入情境，最后以反诘句作结，单刀直入，让人眼前突现出一位正在质问“甚蹈”的“上帝”的受难诗人形象。诗人怀才不遇的悲愤、疾恶如仇的性情、命途多舛的遭遇，都化作这句诗眼，给读者以震撼心魄的力量。

都人士[1]

彼都[2]人士，狐裘黄黄[3]。其容[4]不改，出言有章[5]。
行归于周[6]，万民所望[7]。
彼都人士，台笠缁撮[8]。彼君子女，绸直如发[9]。
我不见兮，我心不说[10]。
彼都人士，充耳琇实[11]。彼君子女，谓之尹吉[12]。
我不见兮，我心苑结[13]。
彼都人士，垂带而厉[14]。彼君子女，卷发如虿[15]。
我不见兮，言从之迈[16]。
匪[17]伊垂之，带则有余。匪伊卷之，发则有旟[18]。
我不见兮，云何盱[19]矣。

赏析

此诗共三十句，按毛诗的分法，分为五章，每章六句。全诗皆用赋法，平淡的叙述中寄寓着浓烈的感情。

第一章开头便以“彼都人士”仿佛是称呼又像是叙述的句子，同时交代了时间、地点、人物。一个“彼”字，浸透了诗人的物换之慨，星移之叹。诗中描绘了这样一幅画面：一位饱经乱离之苦的老人正在用略显苍老的声音告诉后人：“那个时候的京都人士啊……”“狐裘黄黄”是衣着，“其容不改”是容止，“出言有章”是言语，无论哪个方面都雍容典雅，合乎礼仪。那个时候的

京都人士是如此可观可赏，言外之意便是如今见到的这些人物，皆不可同日而语了。“行归于周，万民所望”，重新回到昔日的周，都是人心所向，而人们更为向往的是民生的安定、礼仪的复归和时代的昌隆。

虽然“彼都人士”衣着、容止和言语都有可赞叹之处，但最为直观且可视作礼仪标志的则是衣服之美，因此以下各章多层次不厌其详地描写昔日京都人士服饰的华美有节，仪容的典雅可观。

第二、三两章叙说的是彼时彼地具有典型性的男女贵族人物的形象，草笠和青布冠是男子的典型头饰，而密密直直的头发则是女子的典型特征。耳朵上的宝石饰物更是不失贵族气派。要问他们是何许人，是当时的名门望族尹氏和吉氏。此时这一切都已不可见，不能不令人忧郁愁懑。

①这是一首怀念昔日相识之人的诗。②都：漂亮。一说都城。③黄黄：通“煌煌”，鲜明的样子。④容：仪容，举止。⑤章：文采。⑥周：忠信。此句言行为合乎忠信。一说指西周都城镐京。⑦望：仰望，敬戴。⑧台：通“薹”，多年生草本植物，叶子可制笠。笠：用竹或草编成的帽子。缁撮：缁布冠，黑色布帽。⑨绸直如发：马瑞辰《通释》：“按《说文》：‘鬒，发多也。诗作绸，为假借字。……如发，犹云乃发，乃犹其也，即谓绸直其发耳。”⑩说（yuè）：同“悦”。⑪充耳：冠冕两旁下悬的与耳齐的玉串，亦名瑱。琇：美石。实：坚。⑫尹吉：《笺》：“吉读为姞，尹氏姞氏，周室昏姻之旧姓。”⑬苑结：犹郁结。⑭厉：衣带下垂的部分。⑮虿（chài）：蝎子一类的毒虫。⑯言：语气助词。迈：行。⑰匪：通“非”。⑱旟（yú）：扬，往上翘。⑲云：语气助词。盱（xū）：通“忓”，忧。

采　绿

终朝采绿[①]，不盈一匊[②]。予发曲局，薄言归沐[③]。

终朝采蓝，不盈一襜[④]。五日为期，六日不詹[⑤]。

之子于狩，言韔[⑥]其弓。之子于钓，言纶之绳。

其钓维何[⑦]？维鲂及𬶋。维鲂及𬶋，薄言观者[⑧]。

注释

①绿：植物名。花色深绿，古时用它的汁做黛色着画。②匊：两手合捧。③归沐：回家洗发。沐，发。④襜（chān）：系在衣服前面的围裙。⑤詹：至、到。⑥韔：弓袋。这里做动词用。⑦维何：是何。维，是。⑧观者：举起火烹煮的意思。

赏析

本诗是一篇妇人思夫之作。

诗中写到丈夫逾期未归，妻子百般焦急，因思念未归的丈夫，手头的活儿都不知不觉地慢了下来，进而假想见到丈夫之后的情形，深刻描写了妇人的通情贤惠。

妻子苦诉闺情，柔情四溢，有无限神韵蕴含其中。

黍　苗[1]

芃芃[2]黍苗，阴雨膏[3]之。悠悠[4]南行，召伯劳[5]之。

我任我辇[6]，我车我牛[7]。我行既集[8]，盖云[9]归哉！

我徒我御[10]，我师我旅[11]。我行既集，盖云归处[12]！

肃肃谢功[13]，召伯营[14]之。烈烈[15]征师，召伯成[16]之。

原隰既平[17]，泉流既清。召伯有成，王心则宁。

①这是一首赞美召伯营建谢邑的诗。②芃芃（péng）：茂盛的样子。③膏：滋润。④悠悠：遥远的样子。⑤召（shào）伯：姓姬名虎，召公奭之后。劳：慰劳。⑥任：负荷。辇：人拉的车。此用为动词，指拉车。⑦车、牛：均用为动词，指赶车、牵牛。⑧集：完成。⑨盖：通“盍”，何不。云：语气助词。⑩徒：步行。御：驾车。⑪师：二千五百人为一师。旅：五百人为一旅，此皆用为动词。⑫处：止息，居住。⑬肃肃：严整的样子。谢：城邑名，在今河南境内。功：工程。⑭营：经营。⑮烈烈：威武的样子。⑯成：组织。⑰原：高平之地。隰（xí）：低湿之地。平：平治。

全诗共分五章，每章四句。

第一章以“芃芃黍苗，阴雨膏之”起兴，言召伯抚慰南行众徒役之事。召伯如前所言，他是宣王时的贤臣，曾在“国人暴动”时以子替死保住了时为太子，后为宣王的姬静的性命，与宣王关系非同一般。首章用了两句（也是全诗仅有的两句）兴句开头，使得这首记录召伯营谢之功的诗作多了几许轻松的抒情味。车辇南行路途之遥远、跋涉之艰辛是可以想象的，但有召伯之劳，还有什么让人不胜劳苦的呢？第二、三两章反复吟唱，既写建筑谢邑的辛劳和勤恳，又写工程完毕之后远离故土的役夫和兵卒无限思乡之情。“我任我辇，我车我牛”，在短句中同一格式反复出现，急促中反映出当时役夫紧张艰辛、分工严密且合作有序的劳动过程。第四章是承接第二、三两章所做的进一步发挥，言召伯营治谢邑之功。谢邑得以快速度高质量地建成，完全是召伯苦心经营的结果。“肃肃谢功，召伯营之”两句照应第二章，不过第二章是铺排，这两句是颂辞，重心有所不同。“烈烈征师，召伯成之”，颂扬召伯将规模甚众情绪热烈的劳动大军有序地组织起来营建谢邑的卓越的组织才能，这两句与第三章相照应。由此观之，此诗在结构安排上颇具匠心，严整的对应反映出《雅》诗的雅正特点，与《风》诗不同。

诗最后一章言召伯营治谢邑任务的完成对于周王朝的重大意义。“原隰既平，泉流既清”，是说召伯经营谢邑绝非仅修城池而已，还为谢邑营造了必要的生存环境。修治田地，清理河道只是末节，但连这些都已安排到位，还会有什么疏漏呢？这个时候，谢邑作为周王朝挟控南方诸国的重镇已建成，周宣王心中当然舒坦多了。“召伯有成，王心则宁”，于篇末点题，为全诗睛目。在用韵上，末章一改前面几章隔句押韵的规律，句句押韵，且用耕部阳声韵，使节奏和语气顿时变得舒缓起来，极具颂歌意味。

隰　桑[1]

隰桑有阿[2]，其叶有难[3]。既见君子，其乐如何！

隰桑有阿，其叶有沃[4]。既见君子，云[5]何不乐？

隰桑有阿，其叶有幽[6]。既见君子，德音孔胶[7]。

心乎爱矣，遐不谓[8]矣！中心[9]藏之，何日忘之！

注释

①这是一首女子思念情人的诗。②隰桑：生长在低湿之地的桑树。有：语气助词。阿：通“婀”，柔美的样子。③难（nuó）：通“娜”，茂盛的样子。④沃：润泽的样子。⑤云：语气助词。⑥幽：青黑色。⑦德音：指男女间诚挚的情话。孔：很。胶：牢固。⑧遐：胡，何。谓：诉说。⑨中心：心中。

赏析

诗以“隰桑”起兴，用物象的变化，表达时间的递进、事物的发展。最后一章直抒其情，令人动容。

全诗前三章叠唱，首二句起兴。诗人眼见洼地上的桑林，枝叶茂盛，青翠欲滴，婀娜多姿。桑林浓荫之下，是少女少男幽会的最佳场所。主人公触景生情，想到自己心爱的人。他越想越出神，也越入迷，竟如醉如痴，似梦还醒，已完全沉浸在情人会面的欢乐之中，仿佛耳际听到他软语款款，情话绵绵。这甜蜜的轻声耳语，如胶似漆的恋情，叫他难以自已。

前三章诗人所表现的如火一样炽热的爱情，显得是如此纯真、大胆、袒露。然而，这只是他心里所设想的幽会场景，并非所经历的事实。所以当诗人从痴想中清醒过来，重新面对现实，他就一下子变得怯弱羞涩起来。

“何日忘之”正透露着这一爱情信息。相信总有一天，这颗爱情种子定会像“隰桑”一样，枝盛叶茂，适时绽开美丽的爱情之花，结出幸福的爱情之果。“中心藏之，何日忘之”两句叙情一波三折，具有极大概括力，是千古传颂的名句。

白　华

白华菅[1]兮，白茅[2]束兮。之子之远[3]，俾[4]我独兮。

英英白云[5]，露[6]彼菅茅。天步[7]艰难，之子不犹[8]。

滮[9]池北流，浸彼稻田。啸歌伤怀[10]，念彼硕人[11]。

樵彼桑薪[12]，卬烘于煁[13]。维彼硕人，实劳[14]我心。

鼓钟[15]于宫，声闻于外。念子懆懆[16]，视我迈迈[17]。

有鹙在梁[18]，有鹤在林[19]。维彼硕人，实劳我心。

鸳鸯[20]在梁，戢其左翼[21]。之子无良，二三其德[22]。

有扁[23]斯石，履[24]之卑兮。之子之远，俾我疷[25]兮。

注释

①白华：即白花，是指"菅"之白花。菅(jiān)：当为"蕑"之借，即兰，是一种古代男女交往中互相赠答之物。②白茅：又名丝茅，因叶似矛而得名。③之远：往远方。④俾：使。⑤英英：又作"泱泱"，洁白、轻明之貌。一说盛多貌。白云：指雾气。一说指天上的白云。⑥露：指水气下降为露珠，兼有沾濡之意。⑦天步：指时运。⑧不犹：即"无谋"，言其拙于生计。这是女子为其丈夫担忧。犹，当训为"谋"。⑨滮(biāo)池：古水名。在今陕西西安西。⑩啸歌：谓号哭而歌。蹙口出声曰"啸"。伤怀：忧伤而思。⑪硕人：犹"美人"，此处当指其心中的英俊男子。⑫樵：薪柴，此处指采木为樵。桑薪：桑木柴火。桑木薪柴，古代是为上等木柴，火力

大。故有“老龟煮不烂，移锅于空桑”之谚。言老龟肉只有老桑柴才能煮熟。⑬卬（áng）：我。烘：烧，指烧火。煁（shén）：一种可移动的小炉灶。⑭劳：忧愁。⑮鼓钟：即敲钟。鼓，敲。⑯懆懆（cǎo）：忧愁貌。⑰迈迈：与诗中“之子之远”相呼应，当为远行之貌。或以为心意不悦。⑱鹙（qiū）：水鸟名。其状如鹤而大，头项皆无毛。其性贪恶，能与人斗，好啖鱼、蛇及鸟雏。梁：鱼梁。⑲鹤：鹤为高洁之鸟，亦食鱼。此当是以鸟求鱼喻男子求偶。鹤高洁反远在林，去鱼远；鹙丑恶反在梁，去鱼近。喻所爱的男子远己而去。古代学者以为物各得其所，反喻自己和丈夫不得其所。⑳鸳鸯：水鸟，亦食鱼。㉑戢（jí）其左翼：绊缚鸳鸯左翼，使其不得飞脱。㉒二三其德：三心二意，指感情不专一。㉓有扁：即“扁扁”，乘石的样子。乘石是乘车时所踩的石头。㉔履：踩，指乘车时踩之脚下。㉕疷（qí）：忧病。

赏析

这首诗写女子怀念她远离家乡在外的丈夫，因思念过甚，而生怨愤之意。

一章言男远去，使己孤独。“白华菅”当为别时赠物。如果把首章开头两句理解为“现在时”，《古诗十九首》所谓：“涉江采芙蓉，兰泽多芳草。采之欲遗谁？所思在远方。”所写的情境与这两句十分类似。二章因思念而为男子忧虑。看来她的丈夫是个憨厚的老实人，生活中缺乏灵活性，总是吃亏，这忧虑中正蕴含着她深厚的爱。三章言因思念而忧伤。本章以泉水滋润稻田反喻自己得不到丈夫之爱的痛苦，辽宁东部人把男女长期孤独无偶说成是“干烤”，有些地方的方言则说“干耗”，意思相类。四章以烧柴烘烤而兴己之焦虑。这就与我们前面所讲的方言联系起来了，所谓“干烤”或“干耗”正是《诗经》中诗人之意，或者说现代汉语的方言来自《诗经》。五章以钟声远闻反喻男子远去而不闻己之思彼。但这倒让我们想起那首著名的唐诗：“姑苏城外寒山寺，夜半钟声到客船。”不一样的钟声，却是同样的写愁。所以，“钟鼓”句也可能是写实。盖女子住所在城中，离王、侯之宫不远，宫中每晚食必伴乐（曹操“对酒当歌”，王、侯即所谓“钟鸣鼎食之家”），奏乐必有钟声，正是家人聚食之时，则女子之思尤为强烈。六章以鹤喻所思之人，再申相思之忧。七章因思而生疑，怨男子有二心，为虑境。八章再言男子远去，徒使己忧伤。首章云“之子之远，俾我独兮”，卒章则云“之子之远，俾我疷兮”，两相呼应，有回环往复之妙。

绵　蛮[1]

绵蛮黄鸟[2]，止于丘阿[3]。道之云[4]远，我劳如何！
饮之食之，教之诲之。命彼后车[5]，谓之载之。
绵蛮黄鸟，止于丘隅[6]。岂敢惮[7]行，畏不能趋[8]。
饮之食之，教之诲之。命彼后车，谓之载之。
绵蛮黄鸟，止于丘侧。岂敢惮行，畏不能极[9]。
饮之食之，教之诲之。命彼后车，谓之载之。

注释

①这是一首行役之人祈盼有人帮助的诗。②绵蛮：鸟小的样子。一说鸟鸣声。一说鸟花纹缛密的样子。黄鸟：黄雀。③止：止息。丘：土山。阿（ē）：曲处，山凹。④云：语气助词。⑤后车：后边随行的车，即副车。⑥隅（yú）：山角。⑦惮（dàn）：害怕。⑧趋：快走。⑨极：至。

赏析

全诗共分三章。每章八句，又分为明显的两个部分。前面四句以羽毛细密的小黄雀随意止息，自由自在地停在“丘阿、丘隅、丘侧”反兴作为行役者的诗人在长途跋涉，身疲力乏，不能快走的时候，为了不误行期仍要艰难行进的事实。第二、三两章均用“畏”字，表现出主人公心情沉重却力不从心的尴尬，甚至有点狼狈的处境。

每章的后四句为另一部分。行役者在极端困顿的情况下，当然希望能有人体恤他、指示他、提携他，然而眼前是一片空白，所能见者，唯绵蛮黄鸟而已。以此观之，《诗序》所言“刺”实在是有文本做支撑的。心存渴望而不得见，就难免产生幻觉或希望，这是每章后一部分所由起。陷入困境的行役者耳边突然响起一个遥远的声音：“让他免于饥渴之苦、奔走之累和精神崩溃吧。给他吃给他喝，给他教诲给他车坐。”这是谁的声音？这是贤大夫的声音。本来大夫该体恤下情，有怜悯之心，可身当乱世的微臣是无缘见到这样的贤大夫了。三章后半部分完全相同，反复咏叹中更显不得体恤的行役者无限凄苦之情。

整体上说，这是一首颇具音乐特质的声乐作品，诗每章的前半部分组合在一起便构成了一个完整的叙事结构，节奏舒缓，情绪低沉甚至显得有点压抑，准确地传递出行役者的愁苦心绪。而每章的后半部分，形式相同，节奏明显变得轻快起来，情绪也显得十分高昂，表现出一种乐观向上的气氛。这后半部分可视作这部声乐作品的副歌部分，它使作品主题得到进一步升华。如果当年孔夫子弦歌之的《诗经》乐谱今天还能见到的话，这首歌按谱唱起来定然十分美妙。

瓠叶

幡幡瓠[①]叶，采之亨[②]之。君子有酒，酌言尝[③]之。

有兔斯首[④]，炮之燔之[⑤]。君子有酒，酌言献[⑥]之。

有兔斯首，燔之炙[⑦]之。君子有酒，酌言酢[⑧]之。

有兔斯首，燔之炮之。君子有酒，酌言酬[⑨]之。

赏析

这是一首关于宴饮的歌，当由客人唱出。宴席上并无异馔珍肴，反复咏唱的，不过就是开头说的那碗“瓠叶”汤，还有就是那只野兔头，但气氛却很热烈。我们仿佛看到诗人尝一点兔头肉，夸一句“好吃”，喝一口酒，赞一句“好酒”，热烈的气氛表现了真诚的友谊——难得的不是吃喝，而是朋友的那份情谊。一章言初宴，未饮先尝；二章言献酒于宾；三章言客人回敬主人酒，四章言主客相互劝酒。一个小场面、一个生活的小片段，却写出了友情在生命中的重要。白居易云：“绿蚁新醅酒，红泥小火炉。晚来天欲雪，能饮一杯无？”“小火炉”“一杯酒”，多少情谊，多少舒展；多少自由，多少真率。

张廷杰曰：“此诗初言瓠叶以为菹，又以兔侑酒，意虽简俭，有不任欣喜之状。”高傛鹤曰：“菹不必佳蔬，肴不必异馔。会疏而礼勤，物薄而情厚，真德实意于是乎可验。即一瓠叶必献，一兔首必献，情意何等厚也！”解得切。

①幡幡（fān）：风吹瓠叶翻动貌。瓠（hú）：瓠瓜，又叫“葫芦”，果实、嫩叶皆可食。②亨：即古“烹”字，煮的意思。③酌：斟酒。言：犹“而”。尝：品尝。④斯首：白头。斯：通“鲜”，白也。⑤炮：以泥裹带毛肉而烧之曰“炮”。燔（fán）：加肉于火上烤曰燔。⑥献：主人向宾客敬酒曰“献”。⑦炙（zhì）：用物贯肉在火上烤。⑧酢（zuò）：客饮主人所献酒后，向主人回敬酒叫“酢”。⑨酬：劝酒。

渐渐之石[1]

渐渐[2]之石，维其高矣。山川悠远，维其劳[3]矣。

武人[4]东征，不皇[5]朝矣。

渐渐之石，维其卒[6]矣。山川悠远，曷其没[7]矣。

武人东征，不皇出[8]矣。

有豕白蹢[9]，烝涉波[10]矣。月离于毕[11]，俾滂沱[12]矣。

武人东征，不皇他[13]矣。

①这是一首出征将士慨叹旅途劳苦的诗。②渐渐（chán）：通“巉巉”，山石高峻的样子。③劳：通“辽”，远。④武人：指将士。⑤皇：通“暇”，闲暇。陈奂《诗毛氏传疏》：“不皇朝，犹言无暇日耳。”⑥卒：通“崒”，高峻危险的样子。⑦曷：何。没：尽。朱熹《诗集传》：“言所登历何时可尽也。”⑧出：离开险境。胡承珙《毛诗后笺》：“山川长远，何时可尽，则入险而不暇出险，军行死地，劳困可知。”⑨豕：猪。蹢（dí）：蹄。⑩烝：众。涉波：渡水。《毛传》：“将久雨则豕进涉水波。”⑪离：通“丽”，靠近，进入。毕：星宿名，由八颗星组成，八星相连状如毕（捕兽的长柄网）。⑫俾：使。滂沱：雨大的样子。朱熹《诗集传》：“豕涉波，月离毕，将雨之验也。”⑬他：其他。

赏析

全诗共三章。

首章“不皇朝矣”句，说明行军紧急，起早摸黑，天不亮就上路。

第二章“不皇出矣”句蕴藏着更多难言的痛苦，行军紧迫，不断深入，无暇顾及以后能否脱险。也就是说至此生命已全置之度外。

第三章诗人笔锋一转，突然伸向天空，描写星空气象，与首章“朝矣”句相应，暗示是夜晚行军。

这首诗前四句是引气象民谚，预兆将有滂沱大雨。“俾”字点明尚未发生，姚际恒在《诗经通论》中引姚炳的说法“将雨、既雨，诸说纷如”，实际上诗中原本是说“将雨”，而不是“既雨”，这个意思已经很明显了。正因为诗人担心遭遇滂沱大雨，行军难上加难，一心一意只想加速行进，无暇顾及其他，所以才说“不皇他矣”。三个段落的末句意思递进，旅途的苦情、忧虑一层深过一层。

苕之华[1]

苕之华[2]，芸[3]其黄矣。心之忧矣，维其伤矣！

苕之华，其叶青青。知我如此，不如无生。

牂羊坟[4]首，三星在罶[5]。人可以食？鲜[6]可以饱？

赏析

全诗三章。首二章先二句互文见义。诗人以所见的苕花、叶起兴。诗人痛心身处荒年，人们在饥饿中挣扎，九死一生，难有活路，反不如苕一类植物，活得自在，生命旺盛。诗人心中忧伤不已，竟至于觉得最大的遗憾就是降生到这个世界上来。

首二章，诗人感情激切，愤懑之情几如烈火喷射而出。但是，这一忧愤产生的原因，直到第三章才加以揭示——荒年无物可食。宰羊吃，母羊却早就干瘦得只剩下一个大头。捕鱼吃，水中捕鱼的竹器中，只见星光不见鱼。末尾二句，直指人确是可以吃，但是剩下的人口已经很少，甚至还可以想见，连那吃草的羔羊都已瘦得无肉可吃，更何况饥饿已久的人呢！不消说个个枯瘦如柴，就是把这为数不多的人全吃了，也难以填饱肚子。诗人的措辞何等毛骨悚然，让读者仿佛置身于那副惨景之中，触目惊心，不忍卒读。

此诗所反映的周代，以及残酷的社会现实与人民苦难，在封建社会里是具有普遍性的。这充分显示了《诗经》现实主义精神的力量。

①这是一首饥民叹息年荒人饥的诗。②苕（tiáo）：一种蔓生植物，又名紫薇、凌霄、陵苕。华：同“花”。③芸（yún）：黄色浓艳的样子。④牂（zāng）：母羊。坟：通“颁”，头大。母羊本小头，因饥饿身体瘦小而显得头大。⑤三星：指参宿。罶（liǔ）：捕鱼的竹篓。朱熹《诗集传》：“罶中无鱼而水静，但见三星之光而已。”⑥鲜：少。

何草不黄

何草不黄？何日不行？何人不将[①]？经营四方。

何草不玄[②]？何人不矜[③]？哀我征夫，独为匪民[④]？

匪兕[⑤]匪虎，率[⑥]彼旷野，哀我征夫，朝夕不暇。

有芃[⑦]者狐，率彼幽草[⑧]。有栈[⑨]之车，行彼周道。

注释

①将：行。②玄：赤黑色，百草由枯而腐，则呈黑色。③矜：病。④民：指人，《诗经》上有许多“民”字，都指“人类”的人，而不是“民众”的民。⑤兕：野木。⑥率：循着。⑦芃：本指众草丛生的样子，此处形容狐尾蓬松的样子。⑧幽草：深草中。⑨栈：车高的样子。

赏析

本诗是吟咏乱离之世的哀歌，非常悲切感人。

首章以草枯起兴，比喻众人的劳瘁。次章是前章的继续，更发出了哀号以控诉：“哀我征夫，独为匪民。”（可悲哀得很啊！难道我们这些征夫就不是人吗？）第三章、第四章把自己比喻成旷野中的走兽，以那种无可奈何的情绪作结，赋予读者的是无穷的哀感和愁绪，手法非常巧妙。

大雅

文王之什

《诗经·大雅》之一，存诗十篇。《文王》是《大雅》中排列首位的诗篇，是《诗经》“四始”之一。“文王之什”即以《文王》为第一首诗的十首诗歌的总集。

文　王

文王在上，於[1]昭于天！周虽旧邦，其命维新。
有周不[2]显，帝命不时[3]。文王陟降，在帝左右。
亹亹[4]文王，令闻不已。陈锡[5]哉周，侯[6]文王孙子。
文王孙子，本支[7]百世。凡周之士，不显亦世[8]。
世之不显，厥犹翼翼[9]。思皇[10]多士，生此王国。
王国克生，维周之桢[11]；济济[12]多士，文王以宁。
穆穆[13]文王，於缉熙[14]敬止！假[15]哉天命，有商孙子。
商之孙子，其丽[16]不亿；上帝既命，侯[17]于周服。
侯服于周，天命靡常。殷士肤敏[18]，祼将[19]于京。
厥作祼将，常服黼冔[20]。王之荩臣[21]，无念尔祖！
无念尔祖，聿[22]修厥德。永言配命[23]，自求多福。
殷之未丧师[24]，克配上帝。宜鉴于殷，骏命[25]不易！
命之不易，无遏[26]尔躬。宣昭义问[27]，有虞[28]殷自天。
上天之载[29]，无声无臭。仪刑[30]文王，万邦作孚[31]！

注释

①於（wū）：叹词，相当于后世所用的呜呼。②不：大。③不时：即甚是。④亹亹（wěi）：勤奋，努力修德行善。⑤陈锡：锡。同“赐”。多多赐福。⑥侯：及。⑦本支：本，宗子。支，世子。⑧亦世：同“奕也”，永世。⑨厥犹翼翼：厥，其。犹，谋。翼翼，敬谨从事，不敢怠荒。⑩思皇：思，语词。皇，美。⑪桢（zhēn）：筑墙所用木的头，栋梁的意思。⑫济济：美而且多。⑬穆穆：美。⑭缉，持续。熙，发扬。⑮假：大。⑯丽：数目。⑰侯：维。⑱肤敏：肤，美。敏，疾病。⑲祼将于京：祼，祭礼。将，行。⑳黼冔（fǔ xǔ）：黼，古礼服刺绣的花纹，半青半黑。冔，殷朝的冠。㉑荩（jìn）臣：荩，通“进”，引申为忠诚。荩臣，忠君爱国的臣子。㉒聿：发语词。㉓永言配命：言，语气助词。全句意思是永久配合天命。㉔师：众、民心。㉕骏命：天命。㉖遏：绝。㉗宣昭义问：宣昭，明。义，善。问，声誉。㉘虞：考虑。㉙载：在。㉚仪刑：即仪型，法度榜样。㉛作孚：作，起。孚，信。

赏析

《文王》的内容，就是“敬天敬祖”的意思。

《文王》文字古朴，是《大雅》的本色，全篇七章均为赋体，且有《大雅》诗篇“衔尾式”的特征，每两章间都首尾相接，但首尾相接的字句则有变化，如第二章之尾与第三章之首“不显亦世”——“世之不显”；三、四章之间的“文王以宁”——“穆穆文王”；四、五章之间的“侯于周服”——“侯服于周”；六、七章之间的“骏命不易”——“命之不易”，全篇只有五章尾和六章首的“无念尔祖”完全相同，所以可以说这种衔尾体还在发展中，还没有成熟，但却对后代诗人影响很深。

大明

明明在下[1]，赫赫在上[2]。天难忱斯[3]，不易维王。

天位殷適[4]，使不挟[5]四方。

挚仲氏[6]任，自彼殷商。来嫁于周，曰嫔[7]于京。

乃及王季[8]，维德之行[9]。

大任有身[10]，生此文王。

维此文王，小心翼翼。昭事[11]上帝，聿怀[12]多福。

厥德不回[13]，以受方国[14]。

天监[15]在下，有命既集[16]。文王初载[17]，天作之合[18]。

在洽之阳[19]，在渭之涘[20]。文王嘉止[21]，大邦有子[22]。

大邦有子，伣天之妹[23]。文定厥祥[24]，亲迎于渭[25]。

造舟[26]为梁，不显[27]其光。

有命自[28]天，命此文王，于周于京[29]。

缵女维莘[30]，长子维行[31]，笃[32]生武王。保右命尔[33]，燮[34]伐大商。

殷商[35]之旅，其会[36]如林。

矢于牧野[37]：维予侯兴[38]；上帝临女，无贰尔心。

牧野洋洋[39]，檀车煌煌[40]。驷騵彭彭[41]。

维师尚父[42]，时维鹰扬[43]。凉彼武王[44]，肆伐[45]大商，会朝清明[46]。

注释

①明明：光明貌。言其德明明可察。在下：指在人间。②赫赫：显盛貌。在上：指在天上。言在下者明明之德，则在上者有赫赫之命。③天难忱斯：言天命无常而难信。天，天命。忱，相信，信赖。④位：当读为“立”，“立”“位”古同字。适：当为“敌”之借。言天为殷树立一对手，故下言“使不挟四方”。⑤挟：拥有。⑥挚：国名。故城在今河南汝宁东，是殷畿内之国。仲氏：兄弟姊妹排行老二曰仲。任：姓。任姓相传为奚仲之后，为夏后氏车正，封于薛。王夫之以为“挚”“薛”古音相近通用，挚盖薛也。古代称女子先氏而后姓，故曰“仲氏任”。⑦嫔：成妇曰嫔。上二句分言嫁、嫔，嫁当指来嫁，尚未举行庙见之礼。嫔当指嫁后三月的成妇礼。⑧王季：古公之子，文王之父。⑨行：并列，齐等。或以为“之行”为“是行”。⑩大（tài）任：即挚仲氏任。大，为尊称。有身：即“有孕”，古文字“身”即像人怀孕而大腹之形。⑪昭：光明。事：服待。⑫聿：发语词。怀：招来。⑬回：违，或训“邪”。一说即“坏”之音转。⑭方国：犹言邦国，方，亦是国。⑮监：监视。⑯有命既集：言天命已集于周。⑰初载：初立，即继承父位。一说：载，训“年”，初年，即初生。⑱作：作成。合：配偶。言天成其美，使与太姒合成夫妻。⑲洽（hé）：水名，又名合水，源出陕西合阳西北，早已涸绝。合阳即因在合水之阳而得名。⑳在渭之涘（sì）：此句与上句是说在洽水之阳的有莘之女，与在渭水之滨的周文王结成了佳偶。渭，即渭河。涘，水边。㉑嘉止：嘉礼，指婚礼。止，礼。㉒子：女子，指太姒。㉓伣（qiàn）：譬如，好比。妹：少女。㉔文：礼文。厥：其。祥：吉祥。一说“文”为占卜的兆文。㉕渭：旧以为渭水。据史载，当时文王在岐周（或说在毕郢），太姒之莘国在合阳，二地皆在渭河之北，并不过渭河，下言“造舟为梁”，显然所说的渭并非今之渭水，疑当指泾水。周在泾西，莘在泾东，亲迎于泾，于理为顺。泾水古亦有“渭”之名。㉖造舟：

并沿而造浮桥。㉗不显：显耀。㉘自：从。㉙于周于京：即"于周京"，后一"于"字，乃为了补足成四字句。㉚缵（zuǎn）女：美女。一说训"继"，言继大任之女事。莘（shēn）：古国名，太姒出生之国，地在今陕西韩城东南。㉛长子：此句与"缵女"句相对。上指太姒，此当指文王。行：并列，齐等。与前"维德之行"的"行"字同义。此言缵女、长子，德相齐等。㉜笃：语词，与"笃公刘"之"笃"同义。㉝右：佑。命：命令。尔：此指武王。㉞燮（yie）伐：即"袭伐"之假借。燮，联合。㉟殷商：当读为"敦商"，"殷"通"敦"，敦有讨伐之意。㊱会："旝"之假借，古代军中所用的一种令旗。一说会合。如林：言旗如林之多。㊲矢："誓"之借，指誓师。牧野：商郊地名，在今河南淇县南，距商纣都城朝歌七十里。㊳予：我。侯：是，乃。兴：兴起。㊴洋洋：广阔貌。㊵檀车：檀木所做的车。檀木坚硬，是做车的好材料。煌煌：鲜明壮盛

貌。㊶驷騵（yuán）：四匹白腹的骏马。騵，赤毛白腹的骏马。彭彭：强壮貌。一说众多貌。㊷师：太师，官名。尚父：即吕尚，世称姜子牙。㊸时：犹“是”。鹰扬：如鹰之飞扬，形容其勇猛。一说为是战阵名。㊹凉：辅佐。㊺肆伐：当作“袭伐”。一说：肆，疾也。㊻会朝：会、甲双声，“会朝”即“甲朝”，指甲日这天的早晨，这里指的是甲子日的早晨。据《尚书·牧誓》说，武王是在甲子日的黎明，向商纣誓师宣战的。清明：指天气清朗。

赏析

这首诗叙述周人先祖讨伐殷商的伟大胜利。诗从王季生文王写起，以突出“天命有德”的主题。

这篇周人自述其先祖伐商的诗史，以文王为中心，先写文王父母以德相配而生文王，再述文王之德、文王之婚、文王之德配天而生了有作为的儿子武王，最后说到武王伐商获得成功。诗名《大明》，据《逸周书·世俘解》原名《明明》，此当是编诗考因《小雅·小明》而易名为《大明》，与诗义无关。诗一章言天辅有德，使殷失统；二章言文王之生；三章言文王之德；四、五章言文王的婚礼；六章言武王之生；七、八章言武王伐商。张以诚引吴师道云：“此诗明一家祖孙、父子、夫妇、妇姑皆有圣德，而又有将帅之贤、师众之盛。至于天命之保佑，昭事之聿怀，天与圣人又相与为一。诗人形容之备，莫过于此。”

绵[1]

绵绵瓜瓞[2]，民[3]之初生，自土沮漆[4]！

古公亶父[5]，陶复陶穴[6]，未有家室[7]。

古公亶父，来朝走马[8]。率西水浒[9]，至于岐[10]下。

爰及姜女[11]，聿来胥[12]宇。

周原膴膴[13]，堇荼如饴[14]。

爰始[15]爰谋，爰契我龟[16]，曰止曰时[17]，筑室于兹[18]。

迺慰[19]迺止，迺左迺右[20]，迺疆迺理[21]，迺宣迺亩[22]。

自西徂东，周爰执事[23]。

乃召司空[24]，乃召司徒[25]，俾立室家。

其绳[26]则直，缩版以载[27]，作庙翼翼[28]。

捄之陾陾[29]，度之薨薨[30]，筑之登登[31]，削屡冯冯[32]。

百堵皆兴[33]，鼛鼓弗胜[34]。

迺立皋门[35]，皋门有伉[36]。迺立应门[37]，应门将将[38]。

迺立冢土[39]，戎丑攸[40]行。

肆不殄厥愠[41]，亦不陨厥问[42]。柞棫拔[43]矣，行道兑[44]矣。

混夷駾[45]矣，维其喙[46]矣！

虞芮质厥成[47]，文王蹶厥生[48]。

予曰有疏附[49]，予曰有先后[50]，予曰有奔奏[51]，予曰有御侮[52]。

注释

①这是一首记叙周太王古公亶父率领周人自豳迁岐历史的史诗。②绵绵：连续不断的样子。瓞（dié）：初生的小瓜。③民：周人。④土：《齐诗》作杜，水名。沮：当作“徂”，往。漆：水名。⑤古公亶父：周文王的祖父。古公是称号，亶父是名。⑥陶：借作“掏”。复：三家诗作“寝”，窑洞。穴：地洞。⑦家室：房屋。⑧朝：清早。走马：驰马。⑨率：沿着。浒：水边。⑩岐：岐山，在今陕西省岐山县东北。⑪爰：乃。姜女：古公亶父之妻，亦称太姜。⑫聿：语气助词。胥：相看，视察。⑬周：地名，在岐山之南。膴膴（wǔ）：土地肥沃的样子。⑭堇（jǐn）、荼：两种带苦味的野菜。饴：麦芽糖。⑮始：谋。马瑞辰《通释》：“始，亦谋也。始谋谓之始，犹终谋谓之究。”⑯契：钻刻。龟：占卜用的龟甲。古人用龟甲占卜，先取龟甲钻刻一小孔，然后用火灼烧，据其裂纹以定吉凶。⑰曰：卜辞所说。一说语助词。时：通“跱（zhì）”，止，居住。⑱兹：此。⑲迺：同“乃”。慰：安。⑳左、右：划定左右居住区域。㉑疆：划定疆界。理：治理土地。㉒宣：开通沟渠。亩：修治农田。㉓周：普遍。执事：从事劳作。㉔司空：主管工程建设的官。㉕司徒：主管土地民众的官。㉖绳：绳尺，用以取直的工具。㉗缩：捆束。版：筑墙用的夹板。载：装，指夹板内装土，夯实后成墙。㉘作：兴建。庙：宗庙。翼翼：庄严高耸的样子。㉙捄（jiū）：用筐装土。陾陾（réng）：装土声。㉚度（duó）：填土。薨薨（hōng）：填土声。㉛筑：用杵夯土。登登：捣土声。㉜屡：通“娄”，土墙隆起高出的地方。冯冯（píng）：刮墙声。㉝堵：五板为堵，泛指墙。兴：兴建。㉞鼛（gāo）：一种大鼓。这句是说鼛鼓声胜不过劳动声。㉟皋（gāo）门：京城的外城门。㊱伉：高大的样子。㊲应门：王宫的正门。㊳将将：庄严的样子。㊴冢（zhǒng）土：土堆成的高台，名为大社，祭土神之用。㊵戎：军事。丑：众。攸：所。古代遇兵戎大事，都要在神前祭祀。一说戎丑指戎狄之人。㊶肆：故，所以。殄（tiǎn）：消除。厥：其，指狄人。愠：愤怒。㊷陨：坠，废止。问：聘

问，指礼节性往来。一说问通“闻”，声誉。㊸柞（zuò）、棫：皆树名。拔：拔除，砍掉。㊹兑：通达。㊺混夷：又作昆夷，古代西部少数民族之一。駾（tuì）：逃窜。㊻维：语气助词。其：指混夷。喙（huì）：通“瘃”，疲劳困顿。㊼虞、芮（ruì）：当时二国名。虞在今山西境内，芮在今陕西境内。质：评断。成：平，指和好。㊽蹶（guì）：感动。生：通“性”，天性。㊾予：我，周人自称。曰：语气助词。疏附：使疏远之人旧附。㊿先后：指辅佐之臣。51奔奏：犹奔走，指奔走效力之人。52御侮：抵抗外敌。

赏析

这是周人记述其祖先古公亶父事迹的诗。周民族的强大始于姬昌时，而基础的奠定由于古公亶父。本诗前八章写亶父迁国开基的功业，从迁岐、授田、筑室直写到驱逐混夷。末章写姬昌时代君明臣贤，能继承亶父的遗烈。

棫　朴[①]

芃芃棫朴[②]，薪之槱[③]之。济济辟[④]王，左右趣[⑤]之。

济济辟王，左右奉璋[⑥]。奉璋峨峨[⑦]，髦士攸[⑧]宜。

淠彼泾[⑨]舟，烝徒楫[⑩]之。周王于迈[⑪]，六师及[⑫]之。

倬彼云汉[⑬]，为章[⑭]于天。周王寿考[⑮]，遐不作人[⑯]？

追琢其章[⑰]，金玉其相[⑱]。勉勉[⑲]我王，纲纪[⑳]四方。

注释

①这是一首赞美文王进用人才的诗。②芃芃（péng）：茂盛的样子。棫、朴：皆树名。③薪：木柴，此用为动词。槱（yǒu）：堆积。古时燃积薪以祭天。④济济：庄严的样子。辟：君。⑤左右：指周王身边的大臣。趣：通“趋”，疾。《笺》：“左右之诸臣皆促疾于事。”⑥奉：捧。璋：一种玉器，形状像圭的一半，朝聘时所用。⑦峨峨：庄严的样子。⑧髦（máo）士：英俊之士，杰出之人。攸：所。⑨淠（pì）：船顺水行的样子。泾：水名，在今陕西境内。⑩烝徒：众人。楫（jí）：船桨，此指划船。⑪迈：行，出征。⑫六师：六军。《毛传》：“天子六军。”及：跟随。⑬倬（zhuō）：广阔的样子。云汉：银河。⑭章：花纹。⑮寿考：长寿，二字同义。⑯遐：通“胡”，何。作：培养。人：人才。⑰追：通“雕”。《传》：“金曰雕，玉曰琢。”章：才华。⑱相（xiàng）：质地，本质。⑲勉勉：勤勉不已的样子。⑳纲纪：治理。

全诗共五章，每章四句。除第二章外，其余四章均以兴为发端，这在《大雅》中是罕见的。首章以“棫朴”起兴。首章是总述，总述周王有德，众士所归。而士分文、武，故第二、三章又分而述之，以补足深化首章之意。第二章四句皆为赋。此章则与下章一样，均与武士有关。但马瑞辰注意了下章的“六师”而疏忽了此章的“髦士”。第三章以“泾舟”起兴。齐诗根据此章末两句“周王于迈，六师及之”而断定此诗是言文王伐崇之事，后人多有从之者。其实以诗证史可信，以史证诗难信，况且把诗中所言一一坐实并无多大意义，所以还是把此章看作泛言为好。第四章以“云汉”起兴。郑笺曰：“云汉之在天，其为文章，譬犹天子为法度于天下。”诸家多认为“云汉”乃喻周王。末章的兴义较难理解。精雕细刻到极致，是最美的外表；纯金碧玉到极致，是最好的质地；周王勤勉至极，有如雕琢的文彩和金玉的质地，是天下最好的管理者。周王既有美好的装饰，又有优秀的内质，并且勤勉不已，所以能治理好四方。

旱麓[1]

瞻彼旱麓[2]，榛楛济济[3]。岂弟[4]君子，干禄[5]岂弟。

瑟彼玉瓒[6]，黄流[7]在中。岂弟君子，福禄攸[8]降。

鸢飞戾[9]天，鱼跃于渊。岂弟君子，遐不作人[10]？

清酒既载[11]，骍牡[12]既备。以享[13]以祀，以介景[14]福。

瑟彼柞棫[15]，民所燎[16]矣。岂弟君子，神所劳[17]矣。

莫莫葛藟[18]，施于条枚[19]。岂弟君子，求福不回[20]。

注释

①这是一首赞美君子修德受福的诗。②瞻：视。旱：山名，在今陕西南郑县。麓：山脚。③榛楛（hù）：两种丛生灌木。济济：众多的样子。④岂弟：同"恺悌"，和善平易。⑤干：求。禄：福。⑥瑟：鲜洁的样子。玉瓒：以玉为柄的金勺，古代祭祀时用以舀酒。⑦黄流：即秬鬯，用黑黍和香草酿成的酒，用于祭祀。⑧攸：所。⑨鸢（yuān）：鸟名，即老鹰。戾：至。⑩遐：胡，何。作人：培养人才。⑪载：设。一说《笺》："谓已在尊中也。"⑫骍（xīng）：赤色牲。牡：公牛。⑬享：进献。⑭介：通"丐"，祈求。景：大。⑮瑟：茂密的样子。⑯燎：焚烧。⑰劳：佑助。⑱莫莫：茂盛的样子。一说蔓延的样子。葛藟：两种蔓生植物，藟似葛，但比葛粗大。⑲施（yì）：蔓延。条：树枝。枚：树干。⑳回：邪僻。

赏析

此诗全篇共六章，每章四句，以"岂弟君子"一句作为贯穿全篇的气脉。首章前两句以旱山山脚茂密的榛树、楛树起兴，也带有比意。《毛传》解曰："言阴阳和，山薮殖，故君子得以干禄乐易。"郑玄《笺》云："林木茂盛者，得山云雨之润泽也。喻周邦之民独丰乐者，被其君德教。"他们从君与民两方面述说，讲得都很透辟。后两句"岂弟君子，干禄岂弟"，如郑玄《笺》所说，意为君主"以有乐易之德施于民，故其求禄亦得乐易"，也就是说，因和乐平易而得福，得福而更和乐平易。前事之因适为后事之果，语有深意。

此诗通篇弥漫着温文尔雅的君子之风。这和祭祀的庄严仪式是相匹配的。从自然风物描写来看，既有"榛楛济济"，也有"莫莫葛藟"，一派风光；从祭祀场面来看，既有玉瓒黄流，又有清酒骍牡，色彩斑斓；从诗人内心来看，既有"福禄攸降"的良好祝愿，又有"遐不作人"的强烈期盼。诗章虽短，但内涵颇丰。

思　齐

思齐大任[1]，文王之母。思媚周姜[2]，京室[3]之妇。

大姒嗣徽音[4]，则百斯男[5]。

惠于宗公[6]，神罔时怨[7]，神罔时恫[8]。

刑于寡妻[9]，至于兄弟，以御[10]于家邦。

雝雝在宫[11]，肃肃在庙[12]；不显亦临[13]，无射亦保[14]。

肆戎疾不殄[15]，烈假不瑕[16]。不闻亦式，不谏亦入[17]。

肆成人有德，小子有造[18]。古之人无斁[19]，誉[20]髦斯士。

①思齐：美其端庄之语。思，发语词。齐，端庄。大任：即太任，王季之妻，文王之母。②媚：美好。周姜：即太姜，古公亶父之妻，王季之母。③京室：犹周室，即周王室。④大姒：即太姒，文王之妻。嗣徽音：继承美誉。徽音，美誉。⑤则：乃。百：虚数，言其多。斯：其。男：男孩。这里所谓的"男"并不只是指儿子，乃是指子孙。金文恒见"百子千孙"之类祝嘏语。此处当是颂其子孙旺盛。⑥惠于宗公：旧以为言文王能顺从于先公。疑当指周室"三母"有妇德，能顺从先公先王。惠，亲顺。宗公，指先公。⑦神：指祖宗之神。罔：无。时：或，所。怨：怨恨。⑧恫(tōng)：伤痛。⑨刑：通"型"，典范。寡妻：适(嫡)妻。此处指周室三母。⑩御：治理。⑪雝雝：和谐貌。宫，宫室。⑫肃肃在庙：此指太任、周姜与太姒之画像在宫中者，雝雝和蔼(牟庭说)；

其神主在庙中者，肃肃清静。⑬不显：伟大，光辉。临：照临，临视。⑭无射：当为“无写”之音转，即怜爱、慈爱之意。或以为“无厌”。言周室三母慈爱，保佑周人。⑮肆：故，所以。戎疾：大难。一说西戎的祸患。不殄：不绝。⑯烈假：大业。烈，业。假，大。一说恶疾。瑕：此二句旧解多歧。揣其意当是承上章言，因“三母”护佑，故周大难不灭，大业不假。瑕，通“假”，《说文》：“假，非真也。”一说瑕同“遐”，指周代事业宏大久远。⑰不闻亦式，不谏亦入：二句朱熹解为：虽事之无所前闻，而亦无不合于法度；虽无谏诤之者而未尝不入于善。今人则多据马瑞辰说，以为此言闻善言则用之，进谏则采纳之。不、亦皆语词。似以朱说为善。式，法度。或以为“不”为语辞。式训“用”。则此句为听到了好意见立即采用。⑱小子：指青少年。造：作为，造就。⑲古之人：当仍指周三母。无斁（yì）：当与前“无射”同意。⑳誉：训为“称誉”“赞誉”。因今之人“有德”“有造”，故为神所称誉。此是祭者想象中的情景。

赏析

本诗是周人祭祀周室开国三母（太任、太姜和太姒），赞颂其美德的歌。

此诗主旨是歌颂“三母”有德于周人。前言“三母”，后言“古之人”，正见文章呼应之法。一章言周室“三母”之功，二章言“三母”之德为周人典范，三章言“三母”监临保佑周人，四章言三母赐福于周，五章言“三母”之神称誉髦士。本诗格调庄重，以其直颂先祖母之德，直述先祖之事，是《大雅》正格。

皇 矣[1]

皇[2]矣上帝，临下有赫[3]。监观四方，求民之莫[4]。

维此二国[5]，其政不获[6]。维彼四国[7]，爰究爰度[8]？

上帝耆[9]之，憎其式廓[10]。乃眷西顾[11]：此维与宅[12]。

作之屏[13]之，其菑其翳[14]。修[15]之平之，其灌其栵[16]。

启之辟[17]之，其柽其椐[18]。攘之剔[19]之，其檿其柘[20]。

帝迁明德[21]，串夷载路[22]。天立厥配[23]，受命既固。

帝省其山[24]，柞棫斯拔[25]，松柏斯兑[26]。

帝作邦作对[27]，自大伯王季[28]。维此王季，因心则友[29]。

则友其兄，则笃[30]其庆。载锡之光[31]，受禄无丧[32]，奄[33]有四方。

维此王季，帝度[34]其心，貊[35]其德音。

其德克明[36]，克明克类[37]，克长克君，王此大邦，克顺克比[38]。

比于[39]文王，其德靡悔[40]。既受帝祉[41]，施于孙子[42]。

帝谓文王：无然畔援[43]，无然歆羡[44]，诞先登于岸[45]。

密[46]人不恭，敢距大邦[47]，侵阮徂共[48]。

王赫斯[49]怒，爰整其旅，以按徂旅[50]，以笃于周祜[51]，以对于天下[52]。

依其在京[53]，侵[54]自阮疆。陟[55]我高冈：无矢我陵[56]，我陵我阿[57]；

无饮我泉，我泉我池。度其鲜[58]原，居岐之阳[59]，在渭之将[60]。

万邦之方[61]，下民之王。

帝谓文王：予怀明德[62]，不大声以[63]色，不长夏以革[64]。
不识不知[65]，顺帝之则[66]。帝谓文王：询尔仇方[67]，同尔弟兄[68]。
以尔钩援[69]，与尔临冲[70]，以伐崇墉[71]。
临冲闲闲[72]，崇墉言言[73]，执讯连连[74]，攸馘安安[75]。
是类是祃[76]，是致是附[77]，四方以无侮。临冲茀茀[78]，崇墉仡仡[79]。
是伐是肆[80]，是绝是忽[81]，四方以无拂[82]。

注释

①这是周人自述开国历史的诗。记叙了太王开垦岐山、王季传位文王、文王征伐小国等史实。②皇：大。③临：从上往下看。赫：显明的样子。④莫：定。马瑞辰《通释》："按《尔雅·释诂》：'貉、嘆，安定也。'莫即嘆之省借。"⑤二国：当作"上国"，二为古文"上"。指殷朝。⑥获：得。不获，指治理得不好。⑦四国：四方之国。⑧爰：语气助词。究：寻究。度：考虑。⑨耆：通"诸"，怒。⑩式：语助词。廓：大。谓憎其恶之廓大。一说"憎"通"增"，加大。式廓：规模，疆围。⑪眷：回头看。西顾：向西看。⑫此维与宅：犹"维与此宅"。此，指文王。宅：居住。《笺》："乃眷然运视西顾，见文王之德而与之居。言天意常在文王所。"⑬作：砍伐。之：指草木。屏：除去。⑭菑（zì）：未倒的枯木。翳（yì）：通"殪"，倒地的枯木。⑮修：整治。⑯灌：灌木。栵（lì）：树木砍伐后新生的枝条。⑰启、辟：开，砍除。⑱柽（chēng）：河柳。椐（jū）：一种枝干上多肿节的树，可做拐杖。⑲攘、剔：除，指除去多余的枝条。⑳檿（yǎn）：山桑树。柘（zhè）：黄桑。㉑迁：移、就。明德：指品德光明之人，即文王。㉒串夷：即昆夷，中国古代西部的一个少数民族。载：则。路：通"露"，失败。

㉓配：辅佐。古人认为人间的帝王是受天命而立以辅佐上帝的。㉔省（xǐng）：视察。山：岐山。㉕柞、棫：皆树名。拔：拔除。㉖兑：直。㉗帝：上帝。作：兴建。邦：国家。对：配，配天的君主。㉘大伯：即太伯，古公亶父的长子。相传他为让位于王季逃往南方吴地。王季：古公亶父的少子，文王之父，名季历。㉙因：顺应。姚际恒《诗经通论》："因心者，王季因大王之心也，故受大伯之让而不辞，则是能友矣。"一说因通"姻"，亲。因心即仁心。㉚笃：厚。庆：善。㉛载：则、乃。锡：通"赐"。光：光荣，此指王位。㉜禄：福。丧：失。㉝奄：全、广。一说奄即有。㉞度：忖度、猜测。㉟貊（mò）：朱熹《诗集传》："貊，《春秋传》、《乐记》皆作莫，谓其穆然清静也。"㊱克：能。明：明察是非。㊲类：分辨善恶。㊳比：上下相亲。㊴比于：至于，及于。㊵靡：无。悔：通"晦"，尽，已。一说悔恨。㊶祉（zhǐ）：福。㊷施（yì）：延伸。孙子：子孙。㊸畔援：跋扈，专横放纵。一说犹盘桓，徘徊不进的样子。㊹歆羡：羡慕。㊺诞：语气助词。岸：喻有利的地位。㊻密：古国名，在今甘肃灵台县西。㊼距：通"拒"，抗拒。大邦：指周。㊽阮、共：皆古国名，位于今甘肃泾川县附近。徂：往、到。㊾赫：发怒的样子。斯：语气助词。㊿按：通"遏"，阻止。徂旅：密国前往共国的军队。一说旅通"莒"，古国名，位于今甘肃境内。51笃：厚，增强。祜（hù）：福。52对：通"遂"，安定。一说犹扬，一说为答谢义。53依：凭靠。一说盛貌。京：高丘。一说地名。54侵：进犯。一说通"寝"，指息兵。55陟（zhì）：登。56矢：陈列（军队）。陵：大土山。57阿（ē）：土山。58度（duó）：估量。鲜：通"巘"，小山。59阳：山的南面。60渭：渭水。将：侧，旁边。61方：典范、法则。62予：我，上帝自称。怀：眷念。明德：指文王的美德。63大：崇尚。以：与。64长（zhǎng）：尊尚。夏：夏楚，指扑刑，用棍棒刑人。革：皮鞭。65不识不知：戴震《毛郑诗考正》："又谓无私智计度，惟

顺乎天道之宜。”⑯则：法则。⑰询：问，协商。仇（qiú）方：同盟国。⑱弟兄：同姓诸侯国。⑲钩援：钩梯，古代攻城用具。⑳临冲：古代两种攻城战车。可居高临下攻城的为临车，可从旁边攻城的为冲车。㉑崇：古国名，在今陕西西安沣水沿岸。墉：城墙。㉒闲闲：强盛的样子。㉓言言：高大的样子。㉔执：捉捕。讯：俘虏。连连：接续不断的样子。㉕攸：所。馘（guó）：割取左耳以记功。安安：徐缓的样子。一说多的样子。㉖类：通“禷”，出师前祭天神。祃（mà）：出师后军中祭天。一说祭马神。㉗致：使……至。附：使归附。㉘茀茀（fú）：强盛的样子。㉙仡仡（yì）：同“屹屹”，高大的样子。㉚肆：纵兵攻击。㉛忽：消灭。㉜拂：违背，反抗。

这首颂诗先写西周为天命所归及古公亶父（太王）经营岐山、打退昆夷的情况，再写王季的继续发展和他的德行，最后重点描述了文王伐密、灭崇的事迹和武功。这些事件，是周部族得以发展、得以灭商建国的重大事件，太王、王季、文王都是周王朝的“开国元勋”，对周部族的发展和周王朝的建立做出了卓越的贡献，所以作者极力地赞美他们、歌颂他们，字里行间充溢着深厚的爱部族、爱祖先的思想感情。全诗共八章，有四章叙写了文王，说明是以文王的功业为重点的。

全诗中，既有历史过程的叙述，又有历史人物的塑造，还有战争场面的描绘，内容繁复，规模宏阔，笔力遒劲，条理分明。所叙述的内容，虽然时间的跨度很大，但由于作者对结构做了精心的安排，因而又显得非常紧密和完整。夸张词语、重叠词语、人物语言和排比句式的交错使用，章次、语气的自然舒缓，更增强了此诗的生动性、形象性和艺术感染力。

灵　台

经始灵台[1]，经之营之。庶民攻[2]之，不日成之。

经始勿亟[3]，庶民子[4]来。王在灵囿，麀鹿攸伏[5]。

麀鹿濯濯[6]，白鸟翯翯[7]。王在灵沼[8]，於牣鱼跃[9]。

虡业维枞[10]，贲鼓维镛[11]。於论[12]鼓钟，於乐辟廱[13]！

於论鼓钟，於乐辟廱！鼍鼓逢逢[14]，矇瞍奏公[15]。

注释

①经：经度。始：高亨以为借为“治”。灵台：台观名，其址在今陕西西安西北。《括地志》说：灵台唐时尚存，孤高二丈。②攻：治，建造。③亟：同“急”。④庶民子：指庶民之子，意思是说大人小孩都参加了建造灵台的劳动，表示周王甚得民心。或以为“子来”如子为父事而来那般积极。⑤麀（yōu）：母鹿。攸伏：指园林中鹿群悠闲状态。攸：所。伏：伏卧。⑥濯濯：肥美貌。⑦白鸟：指白鹭或白鹤。翯翯（hè）：洁白光泽貌。⑧灵沼：灵台所在地的池塘，因在灵台下，故称曰“灵沼”。⑨於：美叹声。⑩虡（jù）：悬挂钟磬木架的直柱子。业：虡所架横木上的大版，刻如锯齿状，用以悬挂钟鼓磬等乐器。维：与，和。枞（cōng）：又称“崇牙”。《孔疏》：“悬钟磬之处，又以彩色为大牙，其状隆然，谓之崇牙。”⑪贲（bēn）鼓：大鼓。贲，借为“鼖”。镛：大钟。⑫论：通“伦”，次序。此指钟鼓排列有序。⑬辟廱：周王朝贵族及子弟举行礼乐大典及接受教育的地方。或以为文王离宫名，与学校而言的“辟雍”不同。⑭鼍（tuó）鼓：鼍皮蒙的鼓。鼍，即扬子鳄，皮坚厚，可以制鼓。逢逢（péng）：鼓声。⑮矇瞍：盲人，古代乐师常由盲人充任。公：事。一说通“颂”。指乐师演奏颂歌。

赏析

这首诗重点写周王园囿之乐，为了表现这种游乐有别于殷商帝王的淫乐，所以开始追述了建台时百姓踊跃参加修建的情形。

园囿中除有灵台、池沼、辟廱等人工建筑之外，还有众多的鸟兽鱼等。古人绘辟廱图，往往绘得很秀气，很有规矩。但据诗中的情况看，这是一片很大的地方，应该是水傍草木茂盛之处，或如水洲，辟廱、灵台即是洲上的建筑。古人说辟廱周围有水环绕，当就是指水洲之类的地方。这里是一定时节中的游乐之所，也是族中子弟集训的地方，一些礼乐大典也在这里举行。周人建国后屡屡教训子弟不忘殷商的教训，所以这首诗在叙述园囿之乐前，追述了建园筑台时百姓乐于参加修建工程的情形，这是孟子解诗的依据。所以，灵台及其附属建筑可能建于西周初期，但诗不必作于西周初期，乃后王借追怀往事表现自己的游乐不违背先祖之意而已。孟子的解说，不过是依据诗中描写所做的发挥。

诗重在写园囿之乐，故全诗充满了快乐的气氛。一章言灵台功毕之速，以见民之乐事于此。二章言民乐事，王乐息，鹿乐处，见万物祥和气象。三章言鸟兽自得景象。后二章言辟廱之乐。陈仅说："《灵台》无句不韵，读者讽诵其音节，盱衡其气象，直是一片太和元气，鼓荡弥纶。觉宇宙间无非喜气，心腔中全是乐意，鼓之舞之以尽神。诗所以贵于诵也。"

下　武[1]

下武维[2]周，世有哲[3]王。三后[4]在天，王配于京[5]。

王配于京，世德作求[6]。永言配命[7]，成王之孚[8]。

成王之孚，下土之式[9]。永言孝思[10]，孝思维则[11]。

媚兹一人[12]，应侯顺德[13]。永言孝思，昭哉嗣服[14]。

昭兹来许[15]，绳其祖武[16]。於万斯[17]年，受天之祜[18]。

受天之祜，四方来贺。於万斯年，不遐有佐[19]。

注释

①这是一首赞美武王能继承先祖功业的诗。②下：后代。武：足迹。维：语气助词。③哲：圣明。④三后：三王，指太王、王季、文王。⑤王：武王。配：指配天为君。京：西周都城镐京。⑥世德：代代相传的美德。作：为。求：通“逑”，匹配。⑦言：语气助词。配命：符合天道。⑧成：成就。孚：信。⑨式：法式。⑩思：语气助词。⑪则：法则。⑫媚：爱。兹：此。一人：指武王。⑬应：当。侯：语气助词。顺德：和善的品德。⑭昭：明。嗣：继承。服：事。严粲《诗缉》：“昭昭然能嗣其先世之事也。”一说嗣服指后进。⑮兹：通“哉”。来许：后进。⑯绳：继承。⑰於（wū）：表赞美的叹词。斯：语气助词。⑱祜（hù）：福。⑲不遐：“遐不”的倒装，犹“胡不，何不”。佐：助。

《大雅·下武》的篇章结构非常整饬严谨，层层递进，有条不紊。

第一章先说周朝世代有明主，接着赞颂太王、王季、文王与武王；第二章前二句赞颂武王，后二句赞颂成王；第三章赞颂成王能效法先人；第四、五章赞颂康王能继承祖德；第六章以四方诸侯来贺作结，将美先王贺今王的主旨发挥得淋漓尽致。在修辞上，此篇特别精于使用顶真辞格，将顶真格的效用发挥到了极致。第一、二章以“王配于京”顶真勾连，第二、三章以“成王之孚”顶真勾连，第五、六章以“受天之祜”顶真勾连，而第四章的末句“昭哉嗣服”与第五章的首句“昭兹来许”意思相同，结构也相同，可视为准顶真勾连。

《大雅》的第一篇《文王》也善于使用顶真修辞，但比起《下武》那样精工的格式，不及远矣。而且此篇以顶真格串联的前三章组成的赞颂先王的述旧意群，与同以顶真格（或准顶真格）串联的后三章组成的赞颂今王的述新意群，又通过第三、四章各自的第三句“永言孝思”可以上下维系，有如连环。这种刻意经营的巧妙结构，几乎是空前绝后的，其韵律节奏流美谐婉，有效地避免了因庙堂文学歌功颂德文字的刻板而造成的审美负效应，使读者面对这一表现《大雅》《周颂》中常见的歌颂周先王、今王内容的文本，仍能产生一定的审美快感。

文王有声

文王有声，遹[①]骏有声。遹求厥宁，遹观厥成。文王烝[②]哉！

文王受命，有此武功。既伐于崇[③]，作邑于丰[④]。文王烝哉！

筑城伊淢[⑤]，作丰伊匹。匪棘[⑥]其欲，遹追来孝。王后[⑦]烝哉！

王公伊濯[⑧]，维丰之垣。四方攸同，王后维翰[⑨]。王后烝哉！

丰水东注，维禹之绩。四方攸同，皇王维辟[⑩]。皇王烝哉！

镐[⑪]京辟廱，自西自东，自南自北，无思不服[⑫]。皇王烝哉！

考卜维王，宅[⑬]是镐京。维龟正之，武王成之。武王烝哉！

丰水有芑[⑭]，武王岂不仕[⑮]？诒厥[⑯]孙谋，以燕翼子。武王烝哉！

注释

①遹（yù）：语气助词。②烝（zhēng）：美。③崇：古崇国。④丰：故地在今陕西西安沣水西岸。⑤淢（xù）：即护城河。⑥棘：此处为“急”义。⑦王后：第三、四章之“王后”同指周文王。⑧公：同“功”。濯：本义是洗涤，此处指“光大”义。⑨翰：通“幹”，主干。⑩辟：君。⑪镐：周武王建立的西周国都，故地在今陕西西安沣水以东的昆明池北岸。辟廱（bì yōng）：两周王朝所建天子行礼奏乐的离宫。⑫无思不服：无不服。⑬宅：用作动词，定居。⑭芑（qǐ）：芑草。⑮仕：指建功立业。⑯诒厥：传授。

赏析

《文王有声》是一首在大型宴会上唱的雅歌。它主要描述了周文王伐崇城之后在丰邑建都，周武王伐商之后在镐地建都，这两次周国历史上的建都大事。

这首诗在艺术表现上非常有特色，它按照时间的先后顺序进行了谋篇布局。全诗共八章，前四章写周文王迁丰，后四章写周武王营建镐。先写周文王后写周武王，因为他们是父子，所以一前一后的描写也不容易混淆。同时，本诗开篇的第一句就点出了周武王的功业是由其父周文王奠定的。

在写文王和武王时，虽然写的都是迁都的事情，但是却完全没有重复，文王迁丰、武王迁镐，在两者的描写上各有侧重。方玉润是这样评价的："言文王者，偏曰伐崇'武功'，言武王者，偏曰'镐京辟廱'，武中寓文，文中有武。不独两圣兼资之妙，抑亦文章幻化之奇，则更变中之变矣！"

诗人写周文王迁都于丰时，用了"既伐于崇，作邑于丰""筑城伊淢，作丰伊匹""王公伊濯，维丰之垣"等诗句，在叙事中抒情。写周武王迁镐京时，用了"丰水东注，维禹之绩""镐京辟痈，自西自东，自南自北，无思不服""考卜维王，宅是镐京。维龟正之，武王成之"等诗句，同样是在叙事中抒情。本诗的比兴手法运用得十分巧妙，有很强的感染力。

"王公伊濯，维丰之垣。四方攸同，王后维翰"是以丰邑城垣的坚固来指代周文王的屏障的牢固。"丰水有芑，武王岂不仕"是用丰水岸芑草的繁茂景象来指代周武王是一个能培植人才、使用人才的君王。

最后一章"丰水有芑，武王岂不仕？诒厥孙谋，以燕翼子"点明了周武王完成灭殷的统一大业之后，西周王朝刚刚建立，百废待兴，周武王的子孙面临如何巩固基业的问题，起到了画龙点睛的作用。

生民之什

《诗经·大雅》之一，存诗十篇。《生民》是《大雅》中的一首诗篇。“生民之什”即以《生民》为第一首诗的十首诗歌的总集。

生　民

厥初生民，时维姜嫄。生民如何？克禋克祀[①]，以弗无[②]子。

履[③]帝[④]武[⑤]敏[⑥]歆[⑦]，攸介攸止[⑧]。

载震[⑨]载夙[⑩]，载生载育，时维后稷。

诞弥[⑪]厥月，先生如达[⑫]。不坼[⑬]不副[⑭]，无菑[⑮]无害。

以赫[⑯]厥灵，上帝不宁？不康禋祀？居然生子！

诞寘之隘巷[⑰]，牛羊腓字[⑱]之。诞寘之平林[⑲]，会伐平林。

诞寘之寒冰，鸟覆翼[⑳]之。鸟乃去矣，后稷呱[㉑]矣。

实覃实訏[㉒]，厥声载路[㉓]。

诞实匍匐，克岐[㉔]克嶷[㉕]，以就口食。

蓺[㉖]之荏[㉗]菽，荏菽旆旆[㉘]，禾役穟穟[㉙]，麻麦幪幪[㉚]，瓜瓞唪唪[㉛]。

诞后稷之穑，有相之道[㉜]。茀厥丰草，种之黄茂。实方实苞，

实种实褎，实发[㉝]实秀[㉞]，实坚实好，实颖[㉟]实栗，即有邰[㊱]家室。

诞降嘉种，维秬[㊲]维秠[㊳]，维穈[㊴]维芑。恒之秬秠，是获是亩；

恒之穈芑，是任[㊵]是负，以归肇祀。

诞我祀如何？或舂或揄[㊶]，或簸或蹂[㊷]。释[㊸]之叟叟[㊹]，烝之浮浮[㊺]。

载谋载惟[㊻]，取萧祭脂。取羝[㊼]以軷[㊽]，载燔载烈，以兴嗣岁[㊾]。

卬盛于豆，于豆于登[㊿]，其香始升。上帝居歆，胡[51]臭亶时[52]！

后稷肇祀，庶无罪悔，以迄于今。

赏析

这是一篇周人陈述始祖后稷诞生经过及播种五谷的神话史诗，诗中叙述了后稷从其母受孕到出生、治家的全过程。

本诗共分八章，第一章、第二章讲述了周人追溯起源、周人的始祖是如何诞生的，直到胎满十个月后稷呱呱坠地。第三章、第四章分别讲述了后稷开始匍匐爬行、逐渐站立行走，并开始学会种豆谋食、生存。第五章、第六章讲述了后稷觉察到种庄稼的窍门，于是便取得了丰硕的成果，连上帝都撒下良种。第七章、第八章叙述了祭祀的方法、步骤以及祭祀时的盛况，以祈祷来年有个好的收成。后稷安逸地享受着供品，人们过着平平安安的生活。

①祀：用升烟来祭祀。②弗无：无不。③履：践踏。④帝：指后稷。⑤武：足迹。⑥敏：大脚趾。⑦歆：欣然、欢喜。⑧攸介攸止：别居而独处。介，休息。止，止息。⑨震：通“娠”，怀孕。⑩夙：通“肃”，严肃。⑪弥：满。指怀胎期满。⑫达：通“羍”，初生的小羊。⑬坼：开、分裂。⑭副（pì）：分离。⑮菑：通“灾”，灾难。⑯赫：显现。⑰隘巷：狭窄的小巷。⑱腓字：袒护、爱护。腓，通“庇”。字，爱。⑲平林：平原上的树林。⑳覆翼：指用翅膀覆盖着。㉑呱：婴儿的哭声。㉒实覃实訏：指哭声非常洪亮。㉓载路：满路。㉔岐：举踵。㉕嶷：直立。㉖蓺：通“艺”。种植的意思。㉗荏：农作物名。㉘旆旆：指植物的枝叶茂盛。㉙穟穟：禾苗美好的样子。㉚幪幪：茂盛的样子。㉛唪唪（běng）：果实丰硕的样子。㉜有相之道：自有他的看法。㉝发：禾苗拔秸。㉞秀：吐穗。㉟颖：禾穗下垂的样子。㊱邰（tái）：有养的意思，这里指姜嫄的国家。㊲秬：黑黍。㊳秠（pī）：黑黍的一种。㊴穈（mén）：赤苗的嘉禾，是谷中的一种。㊵任：抱。㊶揄：舀取。㊷蹂：通“揉”。用手、脚搓米。㊸释：淘米。㊹叟叟：淘米时发出的声音。㊺浮浮：蒸饭的热气上升的样子。㊻惟：思考。㊼羝（dī）：公绵羊。㊽軷（bá）：古代祭祀道路的神。㊾以兴嗣岁：等待丰收的新年。㊿豆、登：食器。木制的叫豆，瓦制的叫登。51胡：大。52亶时：确实好。

行　苇[1]

敦彼行苇[2]，牛羊勿践履。方苞方体[3]，维叶泥泥[4]。

戚戚[5]兄弟，莫远具尔[6]。或肆之筵[7]，或授之几[8]。

肆筵设席，授几有缉御[9]。或献或酢[10]，洗爵奠斝[11]。

醓醢以荐[12]，或燔或炙[13]。嘉殽脾臄[14]，或歌或咢[15]。

敦弓既坚[16]，四鍭既钧[17]；舍矢既均[18]，序宾以贤[19]。

敦弓既句[20]，既挟[21]四鍭。四鍭如树[22]，序宾以不侮[23]。

曾孙[24]维主，酒醴维醹[25]。酌以大斗，以祈黄耇[26]。

黄耇台背[27]，以引以翼[28]。寿考维祺[29]，以介景[30]福。

注释

①这是一首描写兄弟宴饮的诗。②敦（tuán）：丛生的样子。行（háng）苇：生在道路边的芦苇。③方：才。苞：含苞，指苇初生叶子未展开。体：形成茎杆。④泥泥：柔软润泽的样子。⑤戚戚：亲密的样子。⑥远：疏远。具：俱，皆。尔：通“迩”，近。⑦肆：陈设。筵：竹席。⑧几：矮小的桌子，用以凭靠或放食物。⑨缉：连续不断。御：侍者。⑩献：主人向客人进酒。酢（zuò）：客人用酒回敬主人。⑪爵、斝（jiǎ）：古代两种饮酒器。奠：放置。⑫醓醢（tǎn hǎi）：有汤的肉酱。荐：进奉。⑬燔：烧。炙：烤肉。⑭殽：同“肴”，鱼肉类菜。脾：通“膍”，牛的胃。臄（jué）：牛的舌。⑮咢（è）：只击鼓不唱歌。⑯敦：通“雕”。敦弓：刻有花纹的

弓，天子所用。坚：劲。⑰鍭（hóu）：以金属为箭头的箭。钧：通"均"，均衡，和协。⑱舍：放，发。矢：箭。均：都射中。⑲序：排列次序。贤：才能，此指射技。⑳句（gōu）：通"彀"，将弓拉满。㉑挟：持。谓将箭搭在弦上。㉒树：直立。㉓不侮：不怠慢，恭敬。㉔曾孙：指成王。㉕醴（lǐ）：甜酒。醹（rú）：醇厚。㉖黄耇（gǒu）：长寿。㉗台：通"鲐"，鱼名，背上有黑色条纹。人年老则背上有黑纹，故以"台背"代指老人。㉘引：引导。翼：扶持。㉙祺：吉祥。㉚介：通"丐"，祈求。景：大。

赏析

此诗分章，各家之说不同。《毛诗》分七章，第一、二章每章六句，第三至七章每章四句；郑玄《笺》分八章，每章四句；朱熹在《诗集传》中分四章，每章八句。

此篇表现了周代贵族家宴的盛况，体现了从古至今中华民族和睦友爱、尊老敬老的传统美德。诗写宴会、比射，既有大的场面描绘，又有小的细节点染，转换自然，层次清晰。修辞手法丰富多彩，有叠字，如形容苇叶之润泽，则用"泥泥"；形容兄弟之亲热，则用"戚戚"，贴切生动。有排比，如"敦弓既坚，四鍭既钧；舍矢既均"，显得极有气势。这些对于增强诗的艺术效果，都起到了很好的作用。

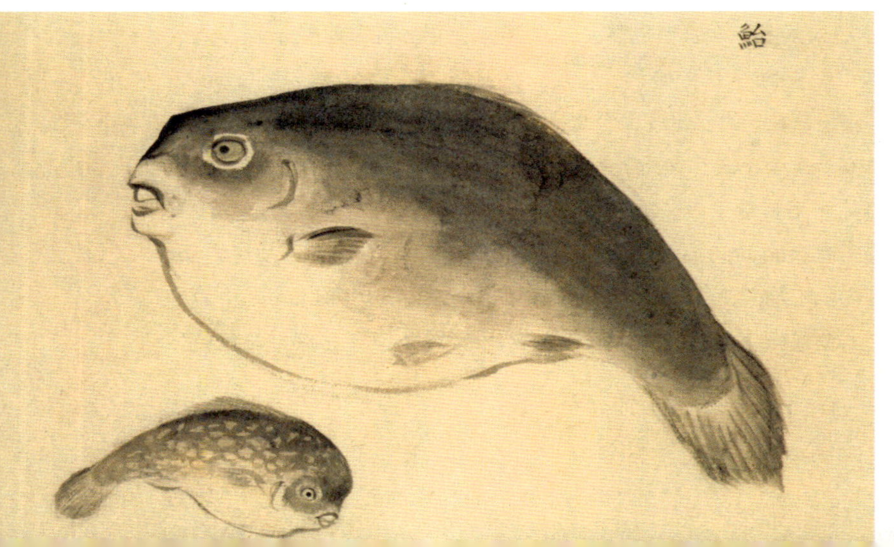

既　醉[1]

既醉以酒，既饱以德[2]。君子万年，介尔景[3]福。

既醉以酒，尔殽既将[4]。君子万年，介尔昭[5]明。

昭明有融[6]，高朗令终[7]。令终有俶[8]，公尸嘉告[9]。

其告维何？笾豆静嘉[10]。朋友攸摄[11]，摄以威仪[12]。

威仪孔时[13]，君子有[14]孝子。孝子不匮[15]，永锡尔类[16]。

其类维何？室家之壸[17]。君子万年，永锡祚胤[18]。

其胤维何？天被尔禄[19]。君子万年，景命有仆[20]。

其仆维何？厘尔女士[21]。厘尔女士，从以孙子[22]。

注释

①这是一首描写祭祀祖先，尸祝对主祭者祝福的诗。②德：恩惠。一说当作食。③介：助。尔：你。景：大。④殽：菜肴，荤菜。一说指牲体。将：通“臧”，美。⑤昭：光。严粲《诗缉》：“丘氏曰：谓发其智虑也。”⑥融：长。⑦高朗：高明。令终：善终。⑧俶（chù）：始。⑨公：君。尸：祭祀时装扮成祖先之神受祭的人。嘉告：以善言祝告。⑩笾（biān）、豆：古代祭祀时用以盛祭品的两种食器。静嘉：美好，二字同义。⑪朋友：助祭的宾客。攸：语气助词。摄：辅助。⑫威仪：礼节，仪式。⑬孔：很。时：善。⑭君子：指成王。有：通“又”。⑮匮：乏，尽。⑯锡：通“赐”。类：善。一说指法则，一说指家族。⑰壸（kǔn）：本义指

宫中之道，引申为广。⑱祚：福。胤（yìn）：后代。⑲被：覆盖。禄：福。⑳景命：大命，天命。仆：附。㉑厘：通“赉（lài）”，赐予。女士：才女。《笺》：“女而有士行者。”一说犹士女，男女。㉒从：随。孙子：子孙。

赏析

此诗通篇都是祝福词。全诗以“既”字领起，用的虽是赋法，但并不平直，相反，其突兀的笔致深堪咀嚼。而“既醉以酒”，表明神主已享受了祭品；“既饱以德”，表明神主已感受到主祭者周王的一片诚心，更为下文祝官代表神主致辞祝福做了充分的铺垫。享受了主祭者献上的美酒佳肴，对他的拳拳之意不能无动于衷。因此，神主愿意赐给献祭人各种福分，自然是顺理成章之事。

从诗的艺术手法看，善于运用半顶真修辞格是此篇的一个特色。《诗经》中运用顶真修辞手法屡见不鲜，但像此篇这样上文尾句与下文起句相互绾结，而重复只在上句的末一字与下句的第二字那样的修辞方法（姑称之为半顶真修辞），却是并不多见的。此篇的作者蹊径别出，不取上下章衔接文字完全重复的纯顶真格，而仍收“蝉联而下，次序分明”（方玉润《诗经原始》）之效，并别具曲折灵动之势，实在令人拍案叫绝。这章与章的半顶真衔接又与各章章内的纯顶真修辞（如“高朗令终”与“令终有俶”，“朋友攸摄”与“摄以威仪”，“君子有孝子”与“孝子不匮”）连成一片，产生了“大珠小珠落玉盘”之效。由此可见，《颂》诗的表现力也相当强。

凫　鹥[1]

凫鹥在泾[2]，公尸来燕来宁[3]。尔酒既清，尔殽既馨[4]。
公尸燕饮，福禄来成[5]。
凫鹥在沙，公尸来燕来宜[6]。尔酒既多，尔殽既嘉。
公尸燕饮，福禄来为[7]。
凫鹥在渚[8]，公尸来燕来处[9]。尔酒既湑[10]，尔殽伊脯[11]。
公尸燕饮，福禄来下。
凫鹥在潨[12]，公尸来燕来宗[13]。既燕于宗[14]，福禄攸降。
公尸燕饮，福禄来崇[15]。
凫鹥在亹[16]，公尸来止熏熏。旨酒欣欣[17]，燔炙芬芬[18]。
公尸燕饮，无有后艰[19]。

赏析

此诗是《大雅·生民之什》的第四篇。关于此诗的主旨，《毛诗序》在解《生民之什》的第一篇《大雅·生民》为“尊祖也”，解第二篇《大雅·行苇》为“忠厚也”，解第三篇《大雅·既醉》为“大平也”之后，解此篇为“守成也”，云：“大平之君子能持盈守成，神祇祖考安乐之也。”

此诗首句的“在泾”“在沙”“在渚”“在潨”“在亹”，其实都是在水边。《郑笺》分别解释为“水鸟而居水中，犹人为公尸之在宗庙也，故以喻焉”，“水鸟以居水中为常，今出在水旁，喻祭四方百物之尸也”，“水中之有渚，犹平地之有丘也，喻祭地之尸也”，“潨，水外之高者也，有瘗埋之象，喻祭社稷山川之尸”，“亹之言门也，燕七祀之尸于门户之外，故以喻焉”，虽对每章以“凫鹥”起兴而带有比意看得很透，却误将装饰变奏看作主题变奏，其说不免穿凿附会。

每章的章首比兴，只是喻公尸在适合他所待的地方接受宾尸之礼而已，用词的变换，只是音节上的修饰，别无深意。诗的末句“无有后艰”，虽是祝词，却提出了预防灾害祸殃的问题。从这个意义上说，前引《毛诗序》“大平之君子能持盈守成，神祇祖考安乐之也”的发挥倒是值得注意的。居安必须思危，这一点至今仍能给人以很大的启发。

①这首诗写祭祀的第二天，为酬谢公尸而举行宴饮。②凫（fú）：野鸭。鹥（yī）：鸥鸟。泾（jīng）：水的中流。③尸：装扮成祖先受祭的人。因所扮之祖先是公侯，故称公尸。燕：通“宴”，宴饮。宁：安。④馨（xīn）：香气。⑤成：重。一说成就，实现。⑥宜：乐，顺。⑦为：《笺》：“犹助也。”⑧渚：水中沙洲。⑨处：居止，休息。⑩湑（xǔ）：滤过的酒，引申指清。⑪脯：肉干。⑫潨（zhōng）：小水汇入大水的地方。⑬宗：尊，指来居尊位。⑭宗：宗庙。于：犹与，和。⑮崇：重，多。⑯亹（mén）：峡中两岸对峙如门之处。⑰熏熏、欣欣：俞樾《古书疑义举例》：“熏熏，欣欣，传写误倒，本作公尸来止欣欣，旨酒熏熏。”欣欣，快乐的样子。熏熏：香气浓的样子。⑱燔：烧肉。炙：烤肉。芬芬：香气浓的样子。⑲艰：难，灾难。

假　乐

假乐君子[1]，显显令德[2]。宜民宜人，受禄于天。
保右[3]命之，自天申之。
干[4]禄百福，子孙千亿。穆穆皇皇[5]，宜君宜王。
不愆[6]不忘，率由[7]旧章。
威仪抑抑[8]，德音秩秩[9]。无怨无恶，率由群匹[10]。
受禄无疆，四方之纲。
之纲之纪，燕[11]及朋友。百辟[12]卿士，媚[13]于天子。
不解[14]于位，民之攸塈[15]。

注释

①假：通“嘉”，美好。君子：指成王。②令德：美德。③右：通“佑”。④干：求。⑤穆穆：肃敬。皇皇：光明。⑥愆（qiān）：过失。⑦率：循。由：从。⑧抑抑：庄重盛美的样子。⑨秩秩：有条不紊的样子。⑩群匹：众臣。⑪燕：通“宴”。⑫百辟（bì）：众诸侯。⑬媚：爱。⑭解：通“懈”，怠慢。⑮塈：安宁。

赏析

第一节第一句的“假（嘉）乐”，直接说出了本诗的主题。“显显令德”则直截了当地赞扬周宣王是一个德行品格都十分高尚的人。后面的四句都是对他的赞美之词，像是尊民意顺民心、皇天授命、赐予福禄等。

第二节顺着第一节的势头继续赞美周成王，朱熹在《诗集传》中评论这一节时说：“王者干禄而得百福，故其子孙之蕃，至于千亿。嫡为天子，庶为诸侯，无不穆穆皇皇，以遵先王之法。”所以，这一节主要歌颂成王将能够德荫子孙，受禄千亿，是一个“不愆不忘”的人，能够听从大臣们的建议和劝谏。

第三节继续将劝勉之意加以延伸，一方面热烈地赞美成王有着美好的仪容、高尚的品德，所以没有人对他心怀怨恨；另一方面又说周成王是一个能够“受禄无疆”的人，既有享不尽的福禄，同时又能够成为天下臣民、四方诸侯的“纲纪”，任举众贤。

第四节的内容紧接着前文，主要是为了警诫赴宴的“百辟卿士”，这一节勾勒出周成王举行冠礼时的活动场景。成王是一个礼待诸侯的人，所以他宴饮群臣；因为周成王的礼贤下士，所以现场是情意融融的。但是唱词的人要求百官公卿、朝廷大臣做到，“爱戴天子举杯敬酒忙”和“勤于职守工作不懈怠”两不误，只有这样才能使国民安居乐业，不再流离失所。这样的要求其实不单是对臣子，同时也是对君王，要他顺从民意，重整天下纲纪。全诗虽然篇幅短小，但是其中却满注真情，美溢于辞，令人回味无穷。

公　刘

笃[①]公刘，匪居匪康。迺埸[②]迺疆，迺积[③]迺仓。迺裹糇粮，

于橐于囊[④]。思辑[⑤]用光，弓矢斯张，干戈戚扬[⑥]。爰方[⑦]启行。

笃公刘，于胥[⑧]斯原，既庶既繁，既顺迺宣[⑨]，而无永叹。

陟则在巘[⑩]，复降在原。何以舟[⑪]之，维玉及瑶，鞞琫容刀[⑫]。

笃公刘，逝彼百泉，瞻彼溥原。乃陟南冈，乃觏于京。

京师之野，于时处处，于时庐旅[⑬]，于时言言，于时语语[⑭]。

笃公刘，于京斯依。跄跄济济[⑮]，俾筵俾几，既登乃依[⑯]。

乃造其曹[⑰]，执豕于牢，酌之用匏[⑱]。食之饮之，君之宗之。

笃公刘，既溥既长，既景乃冈[⑲]，相其阴阳[⑳]，观其流泉；

其军三单[㉑]，度[㉒]其隰原，彻[㉓]田为粮。度其夕阳[㉔]，豳居允荒。

笃公刘，于豳斯馆。涉渭为乱[㉕]，取厉[㉖]取锻[㉗]。止基迺理[㉘]，

爰众爰有[㉙]。夹其皇涧，溯其过[㉚]涧。止旅迺密[㉛]，芮鞫[㉜]之即。

注释

①笃：忠厚。②迺：通“乃”，于是。埸：地界。③积：露天积粮。指粮囤。④囊：包装。⑤辑：和睦、团结。⑥戚扬：斧钺，小斧大斧。⑦爰：发语词。方：开始。⑧胥：观看、视察。⑨宣：通“畅”，舒畅。⑩巘（yǎn）：大山旁的小山，这里泛指山。⑪舟：环绕。⑫鞞琫：刀鞘上的装饰物。也用来指刀鞘。容刀：装饰着刀。⑬庐、旅：古代同声通用。寄居的意思。⑭语语：闹闹嚷嚷、欢声笑语。⑮跄跄：步伐快。济济：整齐的样子。⑯依：依仗，凭依。⑰造：告诉。曹：众。⑱匏：葫芦切开后做酒器用。⑲景：日影。冈：山冈。⑳阴阳：山北水南为阴，山南水北为阳。㉑三单：三面的野地。指轮流当兵。㉒度：测量。㉓彻：治，开垦。㉔夕阳：指山的西边。㉕乱：横渡。㉖厉：通“砺”，磨刀石。㉗锻：冶炼金属的原料。㉘止基迺理：止基，锄头。理，治成。㉙众：指人口增加。有：指物产丰富。㉚皇、过：涧名。㉛旅：众。密：密集、安定。㉜芮：水名。鞫：究，指穷尽之处。

赏析

这首诗是周人自述公刘迁徙、定居并发展农业的历史。

本诗共六章。第一章写周人准备好了粮食，耕种好了田地，带上了弓箭准备出发。第二章写迁徙的途中边走边视察当地的风土人情。第三章写找到了一个适宜安居的地方，于是大家商量、合计一些事情。第四章写安居后，大家坐下来宴饮的情形，杀猪宰羊、美酒好菜，一片欢欣雀跃的景象。第五章写定居后感觉这确实是个富饶的地方，他们开始划分田地，播种粮食。第六章写大家纷纷找来了石料开始盖房子，渐渐地，来这里居住的人越来越多。

本篇是关于先周历史中最重要的一篇资料，也是《诗经》中比较重要的一篇，它记载了周历史上最大的一次民族迁徙。

泂　酌[①]

泂酌彼行潦[②]，挹彼注兹[③]，可以馀饎[④]。
岂弟[⑤]君子，民之父母。
泂酌彼行潦，挹彼注兹，可以濯罍[⑥]。
岂弟君子，民之攸[⑦]归。
泂酌彼行潦，挹彼注兹，可以濯溉[⑧]。
岂弟君子，民之攸塈[⑨]。

①这是一首赞美君王的诗。②泂（jiǒng）：通“迥”远。酌：舀。行潦（lǎo）：流动的水。③挹（yì）：舀取。注：灌入。兹：此。④馀（fēn）：蒸饭。饎（chì）：酒食。⑤岂弟：同“恺悌”，和善平易。⑥濯：洗。罍（léi）：一种壶形酒器。⑦攸：所。⑧溉：通“概”，一种盛酒的漆器。⑨塈：归附。一说休养生息。

赏析

诗分三章，均从远处流潦之水起兴。

流潦之水本来混浊，且又处于远方，本来很容易被人弃之不用，但如能“挹彼注兹”，舀过来倒进自己的水缸，就可以用来蒸煮食物，洗濯酒器，成为有用之物。这正如远土之民，只要君王施以仁义，便自然可以使他们感恩戴德、心悦诚服地前来归附。这里的关键是君王要有高尚敦厚的品德，真正成为“民之父母”。对此，方玉润有如下发挥：“此等诗总是欲在上之人当以父母斯民为心，盖必在上者有慈祥岂弟之念，而后在下者有亲附来归之诚。曰‘攸归’者，为民所归往也；曰‘攸塈’者，为民所安息也。使君子不以‘父母’自居，外视其赤子，则小民又岂如赤子相依，乐从夫‘父母’？故词若褒美而意实劝诫。”（《诗经原始》）他说的“劝”意是可以感受到的，但他说的“戒”意是否真的存在于诗的文本中，令人怀疑。但从接受美学角度说，他的这种创造性“误读”还是很有意思的。

此诗借日常生活中常见的事物起兴，且重章叠句，反复歌咏。由此也可以看出《国风》对《大雅》艺术上的影响。

卷　阿[1]

有卷者阿[2]，飘风[3]自南。岂弟[4]君子，来游来歌，以矢[5]其音。
伴奂[6]尔游矣，优游尔休[7]矣。
岂弟君子，俾尔弥尔性[8]，似先公遒[9]矣。
尔土宇昄章[10]，亦孔之厚[11]矣。
岂弟君子，俾尔弥尔性，百神尔主矣[12]。
尔受命长矣，茀禄尔康[13]矣。
岂弟君子，俾尔弥尔性，纯嘏尔常[14]矣。
有冯有翼[15]，有孝有德，以引以翼[16]。岂弟君子，四方为则。
颙颙卬卬[17]，如圭如璋[18]，令[19]闻令望。岂弟君子，四方为纲[20]。
凤皇[21]于飞，翙翙[22]其羽，亦集[23]爰止。
蔼蔼王多吉士[24]，维君子使[25]，媚[26]于天子。
凤皇于飞，翙翙其羽，亦傅[27]于天。
蔼蔼王多吉人，维君子命，媚于庶人[28]。
凤皇鸣矣，于彼高冈。梧桐[29]生矣，于彼朝阳[30]。
菶菶萋萋[31]，雝雝喈喈[32]。
君子之车，既庶且多。君子之马，既闲[33]且驰。
矢诗不多[34]，维以遂[35]歌。

①这是一首颂美君王的诗。②有：语气助词。卷：弯曲。阿（ē）：大的丘陵。③飘风：旋风。④岂弟：同“恺悌”，和善平易。⑤矢：陈献。⑥伴（pàn）奂：亦作“畔援”，闲暇自得的样子。⑦优游：义同“伴奂”。休：休息。⑧俾：使。尔：你。弥：终，尽。性：同“生”，生命。⑨似：通“嗣”，继承。遒：终。《笺》：“嗣先君之功而终成之。”⑩土宇：土地房屋。陈奂《传疏》：“土宇，犹言封畿也。”昄（bǎn）：朱熹《诗集传》：“或曰：昄当作版。版章，犹版图也。”一说昄，大。章：显著。⑪孔：很。厚：广大。⑫百神尔主矣：犹尔主百神，你做百神的主祭者。⑬茀：通“福”。康：安康。⑭纯：大。嘏（gǔ）：福。常：谓常常享受。⑮冯（píng）：凭靠。翼：辅佐。⑯引：引导。翼：在两旁扶持。⑰颙颙（yóng）：庄重的样子。卬卬：同“昂昂”，气宇轩昂的样子。⑱圭、璋：古代两种玉制的精美礼器，朝聘、祭祀时所用。⑲令：美好。⑳纲：纲纪、准则。㉑凤皇：凤凰，古代

梧桐

神话传说中的一种神鸟。㉒翙翙（huì）：鸟飞时翅膀发出的声音。㉓亦、爰：皆语助词。集：栖止。㉔蔼蔼：众多的样子。吉士：善士。㉕君子：指周王。使：役使。㉖媚：爱戴。㉗傅：至。㉘庶人：民众、百姓。㉙梧桐：一种落叶乔木。㉚朝阳：山的东面。㉛菶菶（běng）、萋萋：都指茂盛的样子。㉜雝雝喈喈：凤鸟和谐的鸣声。㉝闲：熟练。㉞不：一说为语气助词。㉟遂：对，答。

赏析

第一章发端总叙，以领起全诗。此诗所记，当即为此次出游。“有卷者阿”言出游之地，“飘风自南”言出游之时，“岂弟君子”言出游之人，“来游来歌，以矢其音”二句则并游、歌而叙之。这段记叙简约而又全面，所以前人称其“是一段卷阿游宴小记”（方玉润《诗经原始》）。

第二、三、四章，称颂周室版图广大、疆域辽阔，周王恩泽遍于海内，周王膺受天命，既长且久，福禄安康，样样齐备，因而能够尽情娱游，闲暇自得。这些称颂归结到一点，便是那重复了三次的“俾尔弥尔性”，即祝周王长命百岁，以便继承祖宗功业，成为百神的祭主，永远享受天赐洪福。

第五、六章，称颂周王有贤才良士尽心辅佐，因而能够威望卓著、声名远扬，成为天下四方的准则与楷模。这两章是承第二、三、四章而来。第二、三、四章主要说的是周王德行的内在作用，第五、六两章主要说的是周王德行的外在影响，二者相辅相成，相得益彰。

第七、八、九章，以凤凰比周王，以百鸟比贤臣。诗人以凤凰展翅高飞，百鸟紧紧相随，比喻贤臣对周王的拥戴，即所谓“媚于天子”。（所谓“媚于庶人”，不过是一种陪衬。）然后又以高冈梧桐郁郁苍苍，朝阳鸣凤婉转悠扬，渲染出一种君臣相得的和谐气氛。

第十章回过头来，描写出游时车马，仍紧扣君臣相得之意。

末二句写群臣献诗，盛况空前，与首章之“来游来歌，以矢其音”呼应作结。

此篇是对周王歌功颂德的诗篇，思想上带有局限性。但称颂中带有劝诫之意，所以仍有可取之处。从艺术上来说，全篇规模宏大，结构完整，赋笔之外，兼用比兴，如以“如圭如璋”比贤臣之“颙颙卬卬”，以凤凰百鸟比喻“王多吉士”“王多吉人”，都很贴切自然，给读者留下了鲜明的印象，同时也对后世产生了广泛的影响。

民劳

民亦劳止[1]，汔可小康[2]。惠此中国[3]，以绥[4]四方。
无纵诡随[5]，以谨[6]无良。式遏寇虐[7]，憯[8]不畏明。
柔远能[9]迩，以定我王。
民亦劳止，汔可小休。惠此中国，以为民逑[10]。
无纵诡随，以谨惽怓[11]。式遏寇虐，无俾民忧。
无弃尔劳[12]，以为王休[13]。
民亦劳止，汔可小息。惠此京师，以绥四国。
无纵诡随，以谨罔极[14]。式遏寇虐，无俾作慝[15]。
敬慎威仪，以近有德。
民亦劳止，汔可小愒[16]。惠此中国，俾民忧泄。
无纵诡随，以谨丑厉[17]。式遏寇虐，无俾正败[18]。
戎虽小子[19]，而式[20]弘大。
民亦劳止，汔可小安。惠此中国，国无有残。
无纵诡随，以谨缱绻[21]。式遏寇虐，无俾正反[22]。
王欲玉女[23]，是用大谏。

注释

①止：语气助词。②汔（qì）：求得。康：安康，安居。③惠：爱。中国：周王朝直接统治的地区。④绥：安抚。⑤纵：放纵。诡随：诡诈欺骗。⑥谨：指谨慎提防。⑦式：发语词。寇虐：残害掠夺。⑧憯（cǎn）：曾，乃。⑨柔：爱抚。能：亲善。⑩逑：聚合。⑪惛怓（hūn náo）：喧嚷争吵。⑫尔：指在位者。劳：劳绩，功劳。⑬休：美，比指利益。⑭罔极：没有准则，没有法纪。⑮慝（tè）：恶。⑯愒（qì）：休息。⑰丑厉：恶人。⑱无俾正败：其使正道败坏。⑲戎：你，指在位者。小子：年轻人。⑳式：作用。㉑缱绻（qiǎn quǎn）：固结不解，指统治者内部纠纷。㉒正反：政治颠倒。㉓玉女（rǔ）：成就你。

赏析

第一节是在论证天下的形势，“民亦劳止，汔可小康”，这两句在说人民已经很劳苦了，他们想要求短暂的安康都不可能。第二节诗人提出了恤民抚内的主张。他希望人们能在“民亦劳止”的基础上，稍稍休息，希望君王不要过度劳民伤财，那样会使人民铤而走险，进而叛变。他希望周厉王能够用仁德的心爱护百姓，让他们能够安居乐业。第三节诗人强调要保全京师。因为京师是一个国家政治经济的中心，它的安定对于稳定全国的形势十分重要。第四节诗人告诉周厉王国家兴旺时，就一定有忠臣；国家将要灭亡时，就一定会妖孽横生。现在朝政已经被小人摆弄得腐败不堪了，他希望周厉王能够远小人而近贤臣，用仁德的心爱护百姓。只有这样，国家才能再次好起来。最后规劝竟然变成了指责。第五节诗人希望周厉王不要让周氏的王朝就这样丧弃了，而是能够像“莹玉般光耀又纯美”。他希望自己的劝谏能够让君王和同僚觉醒，大家共同为国分忧。

《民劳》一诗表现了召穆公对国家的期望，他与民众同命，对那些奸邪之臣深恶痛绝。他痛恨周厉王的残暴专制，希望通过自己的劝谏改善当时的现状，可见其是一位忠肝义胆之人。

板[1]

上帝板板[2]，下民卒瘅[3]。出话不然[4]，为犹[5]不远。

靡圣管管[6]，不实于亶[7]。犹之未远，是用大谏。

天之方难[8]，无然宪宪[9]。天之方蹶[10]，无然泄泄[11]。

辞之辑[12]矣，民之洽[13]矣。辞之怿[14]矣，民之莫[15]矣。

我虽异事[16]，及尔同寮[17]。我即[18]尔谋，听我嚣嚣[19]。

我言维服[20]，勿以为笑。先民有言：询于刍荛[21]。

天之方虐[22]，无然谑谑[23]。老夫灌灌[24]，小子跻跻[25]。

匪我言耄[26]，尔用忧谑[27]。多将熇熇[28]，不可救药。

天之方懠[29]，无为夸毗[30]。威仪卒迷[31]，善人载尸[32]。

民之方殿屎[33]，则莫我敢葵[34]。丧乱蔑资[35]，曾莫惠我师[36]。

天之牖民[37]，如埙如篪[38]，如璋如圭[39]，如取[40]如携。

携无曰益[41]，牖民孔易。民之多辟[42]，无自立辟[43]。

价人维藩[44]，大师维垣[45]，大邦维屏[46]，大宗维翰[47]。

怀德维宁[48]，宗子[49]维城。无俾城坏，无独[50]斯畏。

敬[51]天之怒，无敢戏豫[52]。敬天之渝[53]，无敢驰驱[54]。

昊天曰明[55]，及尔出王[56]。昊天曰旦[57]，及尔游衍[58]。

注释

①这是一首规劝同僚并借以讽君的诗。②上帝：暗指厉王。板板：通"反反"，反复无常的样子。③卒：通"瘁"，病。瘅（dān）：病。④话：善言。不然：不对。《笺》："出其善言而不行之也。"⑤犹：通"猷"，计谋，政策。⑥管管：管管：无所依凭的样子。⑦实：实行。亶（dǎn）：诚信。⑧方：正。难：灾难，此用如动词。⑨无：通"毋"，不要。然：这样。宪宪：犹"欣欣"，喜悦的样子。⑩蹶（guì）：动，变乱。⑪泄泄：通"呭呭"，多言的样子。⑫辞：指政令。辑：和宜。⑬洽：和谐。⑭怿：通"殬"，败坏。⑮莫：通"瘼"，病，困苦。⑯异事：职位不同。⑰及：和。寮：通"僚"，官职。⑱即：就、往。⑲嚣嚣（áo）：傲慢不听人言的样子。⑳言：话语。服：治，用。㉑询：问。刍荛：割草砍柴的人。㉒虐：暴虐。㉓谑谑：戏笑的样子。㉔老夫：诗人自称。灌灌：犹"款款"，诚恳的样子。㉕小子：年轻人，借指掌权者。跻跻：骄傲的样子。㉖匪：通"非"。耄（mào）：年八十为耄，此指昏愦。㉗忧：通"优"。忧谑：戏笑，调笑。㉘将：行。熇熇（hè）：火旺盛的样子。㉙懠（jī）：怒。㉚夸毗（pí）：屈己卑身以谄媚人。㉛威仪：礼节。卒：尽，都。迷：迷乱。㉜载：则。尸：神主，祭祀时装扮成神的人。㉝殿屎（xī）：呻吟。㉞葵：通"揆"，猜度。㉟蔑：无。资：资财。㊱曾：竟。惠：爱，施恩德。师：民众。㊲牖（yǒu）：开启。一说通"诱"，诱导，引导。㊳埙（xūn）：古代一种陶制吹奏乐器。篪（chí）：古代一种竹管乐器。㊴璋、圭：古代两种玉制礼器，璋是圭的一半。㊵取：一说提。㊶曰：语助词。益：通"隘"，阻碍。㊷辟（pì）：邪僻。㊸辟（bì）：法。㊹价：通"介"，善。一说披甲之人。藩：篱笆，屏障。㊺大师：大众。垣：墙。㊻大邦：大国。屏：屏障。㊼大宗：嫡系宗族。翰：又长又硬的羽毛，引申为骨干。㊽怀德：重视德。宁：安宁。㊾宗子：嫡系子孙。㊿独：孤独。51敬：敬畏。52戏豫：游乐。53渝：变化。54驰驱：放纵自恣。55昊天：上天。曰：语气助词。56王：通"往"。57旦：明。58衍：散。游衍：游荡。

赏析

与后代一些讽喻诗“卒章显其志”的特点相反，作者开宗明义，一开始就用简练的语言，明确说出作诗劝谏的目的和原因。前两句以“上帝”对“下民”，前者昏乱违背常道，后者辛苦劳累多灾多难，因果关系十分明显。这是一个高度概括，以下全诗的分章述写，可以说都是围绕这两句展开的。

对于“上帝”（指周厉王）的“板板”，作者在诗中做了一系列的揭露和谴责。先是“出话不然，为犹不远。靡圣管管，不实于亶”，不但说话、决策没有依据，而且无视圣贤，不讲信用；接着是在“天之方难”“方蹶”“方虐”和“方懠”时，一味地“宪宪”“泄泄”“谑谑”和“夸毗”，面临大乱的天下，还要纵情作乐、放荡胡言和无所作为；然后又是以“跻跻”之态，听不进忠言劝谏，既把老臣的直言当作儿戏，又使国人缄口不言，简直到了不可救药的地步。

对于“下民”的“卒瘅”，作者则倾注了极大的关心和同情。他劝说厉王改变政令，协调关系，使人民摆脱苦难，融洽自安（“辞之辑矣，民之洽矣。辞之怿矣，民之莫矣”）；他为了解民于水火，大胆进言，甘冒风险（“民之方殿屎，则莫我敢葵。丧乱蔑资，曾莫惠我师”）；同时，他又不厌其烦地向厉王陈述“天之牖民”之道，强调对国人的疏导要像吹奏埙篪那样和谐，对民众的提携要像佩带璋圭那样留心；最后他还意味深长地把人民比作国家的城墙，提醒厉王好自为之，不要使城墙毁于一旦，自己无处藏身。

作为谴责和同情的汇聚和结合，作者对厉王的暴虐无道采取了劝说和警告的双重手法。这种劝说和警告的并用兼施，使全诗在言事说理方面显得更为全面透彻，同时也表现了作者的忧国忧民之心，忠贞可鉴。

荡之什

《诗经·大雅》之一，存诗十一篇。《荡》是《诗经·大雅》中的一首诗篇。“荡之什”即以《荡》为第一首诗的十一首诗歌的总集。

荡[1]

荡荡上帝[2]，下民之辟[3]。疾威[4]上帝，其命多辟[5]。
天生烝[6]民，其命匪谌[7]，靡[8]不有初，鲜克[9]有终。
文王曰咨[10]，咨女[11]殷商！曾是强御[12]，曾是掊克[13]，
曾是在位[14]，曾是在服[15]。天降滔[16]德，女兴[17]是力。
文王曰咨，咨女殷商！而秉义类[18]，强御多怼[19]。
流言[20]以对，寇攘式[21]内。侯作侯祝[22]，靡届靡究[23]。
文王曰咨，咨女殷商！女炰烋于中国[24]，敛[25]怨以为德。
不明尔德[26]，时无背无侧[27]。尔德不明，以无陪无卿[28]。
文王曰咨，咨女殷商！天不湎[29]尔以酒，不义从式[30]。
既愆尔止[31]，靡明靡晦[32]。式号式[33]呼，俾[34]昼作夜。
文王曰咨，咨女殷商！如蜩如螗[35]，如沸如羹[36]。
大小近丧[37]，人尚乎由行[38]。内奰[39]于中国，覃及鬼方[40]。
文王曰咨，咨女殷商！匪上帝不时[41]，殷不用旧[42]。
虽无老成人[43]，尚有典刑[44]。曾是莫听，大命以倾[45]。
文王曰咨，咨女殷商！人亦有言：颠沛之揭[46]，
枝叶未有害，本实先拨[47]。殷鉴[48]不远，在夏后[49]之世。

①这是一首采用托古讽今的手法规劝讽刺厉王的诗。②荡荡：骄纵的样子。上帝：喻指厉王。③辟(bì)：君主。④疾威：暴虐。⑤命：政令。辟(pì)：邪僻。⑥烝：众。⑦命：本性。匪：通“非”。谌(chén)：诚信。⑧靡：无。⑨鲜：少。克：能。⑩咨：嗟叹声。⑪女：通“汝”。⑫曾：竟。是：这样。强御：强暴。⑬掊(póu)克：聚敛。⑭位：官位。⑮服：事。马瑞辰《通释》：“在服，犹云在职在位在官。”⑯滔：轻慢。⑰兴：助长。《笺》：“女群臣又相与而力为之，言竞于恶。”⑱而：你。秉：持，用。义：同“俄”，邪。类：通“戾”，恶。⑲怼(duì)：怨恨。⑳流言：谣言。㉑寇攘：盗取。式：以，因此。㉒侯：语气助词。作：通“诅”，诅咒。祝：咒。㉓届：至，尽。究：穷尽。㉔炰烋(páo xiāo)：同“咆哮”，谓放纵骄恣。中国：国中。㉕敛：聚积。《集传》：“多为可怨之事，而反自以为德矣。”㉖不明尔德：犹“而德不明”。㉗时：《韩诗》作“以”。背：背后。侧：旁边。《传》：“背无臣，侧无人也。”㉘陪：辅佐。卿：士大夫。㉙湎：沉溺于酒。㉚从：听从。式：用。㉛愆：过失。止：容止，行为。㉜明：白天。晦：晚上。㉝式：语气助词。㉞俾：使。㉟蜩：蝉。螗：蝉的一种。㊱羹：肉汤。㊲小大：指大小政事。一说指大小诸侯。丧：失。《诗集传》：“如蝉鸣，如汤羹，皆乱意也。小者大者，几于丧亡矣。”㊳人：指纣王。尚：还。由行：按老样子做，谓不悔改。一说尚，上。《传》：“言居人上欲用行是道也。”㊴奰(bì)：怒。㊵覃：延。鬼方：远方。㊶时：善。㊷旧：指旧的典章制度。㊸老成人：德高望重的老臣。㊹典：典章。刑：常，谓法规。㊺大命：国运。倾：倾覆，灭亡。㊻颠沛：仆倒。揭：举，指树根撅起。㊼本：树干。拨：通“败”，坏。㊽鉴：镜。殷鉴：殷人可以为明镜(借鉴)的。㊾夏后：夏朝。后：君。

南朝宋谢灵运《拟魏太子〈邺中集〉· 王粲》诗和唐太宗李世民《赐萧瑀》诗中有"幽厉昔崩乱，桓灵今板荡""疾风知劲草，板荡识诚臣"诸句，"板荡"连用。《大雅 · 板》《大雅 · 荡》本是《诗经》中的诗篇，在后世被屡屡连在一起用以代指政局混乱或社会动荡，这原因当然与两诗的内容有关。

《大雅 · 板》是讽刺周厉王无道之作，而《大雅 · 荡》也是讽刺厉王之作。诗共八章，每章八句。第一章开篇即揭出"荡"字，作为全篇的纲领。"荡荡上帝"，用的是呼告语气：败坏法度的上帝啊！下面第三句"疾威上帝"也是呼告体，而"疾威"二字则是"荡"的具体表现，是全诗纲领的实化，以下各章就围绕着"疾威"做文章。应当注意的是，全篇八章中，唯这一章开头不用"文王曰咨"。对此《孔颖达疏》解释说："上帝者，天之别名，天无所坏，不得与'荡荡'共文，故知上帝以托君王，言其不敢斥王，故托之于上帝也。其实称帝亦斥王。此下诸章皆言'文王曰咨'，此独不然者，欲以'荡荡'之言为下章总目，且见实非殷商之事，故于章首不言文王，以起发其意也。"

抑[1]

抑抑威仪[2]，维德之隅[3]。人亦有言：靡哲[4]不愚。

庶人[5]之愚，亦职维疾[6]。哲人之愚，亦维斯戾[7]。

无竞[8]维人，四方其训[9]之。有觉[10]德行，四国[11]顺之。

讦谟定命[12]，远犹辰告[13]。敬慎威仪，维民之则[14]。

其在于今，兴[15]迷乱于政。颠覆厥德，荒湛[16]于酒。

女虽[17]湛乐从，弗念厥绍[18]，罔敷求先王[19]，克共明刑[20]？

肆皇天弗尚[21]，如彼泉流，无沦胥[22]以亡。

夙兴夜寐，洒扫庭内，维民之章[23]。

修尔车马，弓矢戎兵[24]，用戒戎作[25]，用逷蛮方[26]。

质[27]尔人民，谨尔侯度[28]，用戒不虞[29]。慎尔出话，敬[30]尔威仪，

无不柔嘉[31]。白圭之玷[32]，尚可磨也；斯言之玷，不可为[33]也！

无易由[34]言，无曰苟[35]矣。莫扪朕[36]舌，言不可逝[37]矣。无言不雠[38]，

无德不报。惠于朋友，庶民小子。子孙绳绳[39]，万民靡不承[40]。

视尔友君子，辑柔尔颜[41]，不遐有愆[42]。相[43]在尔室，尚不愧于屋漏[44]。

无曰不显，莫予云觏[45]。神之格思[46]，不可度[47]思，矧可射[48]思。

辟尔为德[49]，俾臧[50]俾嘉。淑慎尔止[51]，不愆于仪。不僭不贼[52]，

鲜[53]不为则。投我以桃，报之以李。彼童而角[54]，实虹[55]小子。

荏染柔木[56]，言缗之丝[57]。温温恭人，维德之基。其维哲人，

告之话言[58]，顺德之[59]行。其维愚人，覆谓我僭[60]，民[61]各有心。

於乎小子[62]，未知臧否[63]！匪[64]手携之，言示[65]之事。匪面命[66]之，言提其耳。借[67]曰未知，亦既抱子。民之靡盈[68]，谁夙知尔莫成[69]？昊天孔昭[70]，我生靡乐。视尔梦梦[71]，我心惨惨[72]。诲尔谆谆[73]，听我藐藐[74]。匪用[75]为教，覆用为虐[76]。借曰未知，亦聿既耄[77]！於乎小子，告尔旧止[78]，听用我谋，庶无大悔[79]。天方艰难[80]，曰[81]丧厥国。取譬不远，昊天不忒[82]。回遹[83]其德，俾民大棘[84]！

注释

①这是一首规劝君王的诗。②抑抑：严密的样子。一说通“懿懿”，美好的样子。威仪：礼节。③隅：屋角。引申为棱角，方正义。一说隅乃“偶”之假借，为匹配义。言威仪为德的表达形式。④靡：无。哲：有智慧的人。⑤庶人：凡人，普通人。⑥亦：语气助词。职：只。疾：病。⑦戾：罪。⑧竞：强。《笺》：“人君为政，无强于得贤人。”⑨训：顺从。⑩觉：通“梏”，正直的样子。⑪四国：四方诸侯国。⑫讦（xū）：大。谟：谋。命：号令。⑬犹：同“猷”，谋略。辰：时，按时，及时。告：宣告。⑭则：准则。⑮兴：一说语助词。一说同“举”，皆。⑯荒湛（dān）：沉迷。⑰女：通“汝”，你。虽：只。⑱绍：继承。⑲罔：无。敷：广泛。先王：指先王之道。⑳克：能。共：通“拱”，执行。明刑：明法。㉑肆：语气助词。一说故。皇天：上天。尚：佑助，保佑。㉒无：语气助词。沦胥：相率。㉓维：为。章：法则。㉔戎兵：武器，二字同义。㉕用：以。戎：兵事，战争。作：起。㉖逷（tì）：《笺》：“逷当作剔。剔，治也。”剔：除去。蛮方：异族地区。㉗质：安定。㉘侯：语气助词。一说指君。度：法度。㉙不虞：没有料到的事，指意外的变故。㉚敬：慎重。㉛柔：安。嘉：美。㉜圭：一种玉制礼器。玷：玉上

的瑕点。㉝为：治。㉞易：轻易。由：于。㉟苟：随便。《笺》："由，于也……女无轻易于教令，无曰苟且如此。"㊱扪：持，握。朕：我。㊲逝：从，及。㊳雠(chóu)：回答。㊴绳绳：谨慎的样子。㊵承：顺从。㊶辑：和。颜：脸色。㊷遐：通"胡"，何。愆：过失。㊸相：视，看。㊹屋漏：室内西北角，因上有天窗可透日光，故名。古人于西北角供奉神主，故以"屋漏"代指神明。㊺莫予云觏：犹言"莫觏予"。予：我。云：语气助词。觏：见。严粲《诗缉》："无曰此非显明之处，而莫予见也。"㊻格：至。思：语气助词。㊼度：揣测。㊽矧(shěn)：况且。射(yì)：通"斁"，厌。㊾辟尔为德：马瑞辰《通释》："辟，亦明也。为，当为语气助词。辟尔为德，犹云明尔德也。"㊿俾：使。臧：善。51淑：美好。止：举止，行为。52僭(jiàn)：超越本分，差错。贼：残害。53鲜：少。54童：无角的羊。角：长角。55虹：通"讧"，惑乱。56荏染：柔软的样子。一说坚韧。柔木：指椅、桐、梓、漆等做乐器的树木。57言：语气助词。缗(mín)：被。陈奂《传疏》："《方言》云：吴越之间，脱衣相被，谓之缗绵。是缗有被义。丝者，八音之瑟也。被丝，犹言安弦耳。"58话：当作"诂"。诂言：故言，指古人的善言。59之：而。一说"之"为代词，复指顺德。60覆：反，反而。61民：人。62於乎：同"呜呼"，叹息声。63臧否(pǐ)：善恶。64匪：通"非"，不，不但。65示：显示，给……看。66面命：当面教导。67借：假如。68盈：满。69夙：早。尔：通"而"。莫：同"暮"。以上两句谓人的才性有不足，没有谁能够早上知道晚上就学成。70昊天：上天。孔：很。昭：明。71梦梦：昏愦迷乱的样子。72惨惨：忧愁的样子。73谆谆：耐心教导的样子。74藐藐：远离，不理睬的样子。75用：以。76虐：通"谑"，戏笑。77聿：语气助词。既：已经。耄(mào)：年老。78止：语气词。79庶：庶几。悔：过失。80艰难：灾难，此用为动词。81曰：语气助词。82忒(tè)：差错。83回遹(yù)：邪僻。84棘：通"急"，危急，危难。

赏析

《诗经》的艺术手法，通常说起来主要有赋、比、兴三种，此处用的是赋法，也就是直陈，但这种直陈却非较常见的叙事而是说理。“靡哲不愚”看来是古人的格言，说千虑一失，聪明人也会有失误，因此聪明人也要谨慎小心。

第二章卫武公很有针对性地指出求贤与立德的重要性。第三章转入痛切的批评。第四章正面告诫，要求执政者（从自警角度说是卫武公，从刺王角度说是周平王）早起晚睡勤于政事，整顿国防随时准备抵御外寇。

第五章至第八章，是诗的第二部分，进一步说明什么是应当做的，什么是不应当做的，作者特别在对待臣民的礼节态度、出言的谨慎不苟这两点上不惜翻来覆去诉说，这实际上也是第二章求贤、立德两大要务的进一步体现。

第九章至末章是诗的第三部分。在反复陈述哪些该做哪些不该做之后，卫武公便恳切地告诫平王应该认真听取自己的箴规，否则就将有亡国之祸。下面第十章“匪手携之，言示之事；匪面命之，言提其耳”，用两个递进式复句叙述，已是后世面对的雏形，极其鲜明地表现出一个功勋卓著的老臣恨铁不成钢的忧愤。而第十一章连用四组叠字词，更增强了这种忧愤的程度。于是末章作者再一次用“於乎小子”的呼告语气做最后的警告，将全诗的箴刺推向高潮。“取譬不远，昊天不忒”，就如《大雅·荡》的结尾“殷鉴不远，在夏后之世”一样，是痛心疾首的悲叹。

桑 柔

菀彼桑柔[1]，其下侯旬[2]。捋采其刘[3]，瘼此下民[4]。
不殄[5]心忧，仓兄填[6]兮！倬[7]彼昊天，宁不我矜[8]。
四牡骙骙[9]，旟旐有翩[10]，乱生不夷，靡国不泯[11]。
民靡有黎[12]，具祸以烬[13]。於乎[14]有哀，国步斯频[15]！
国步蔑资[16]，天不我将[17]。靡所止疑[18]，云徂何往？
君子实维[19]，秉心无竞[20]。谁生厉阶[21]？至今为梗[22]！
忧心慇慇[23]，念我土宇[24]。我生不辰[25]，逢天僤怒[26]。
自西徂东，靡所定处[27]。多我觏痻[28]，孔棘我圉[29]！
为谋为毖[30]，乱况斯削[31]。告尔忧恤[32]，诲尔序爵[33]。
谁能执热，逝不以濯[34]？其何能淑？载胥及溺[35]。
如彼溯风[36]，亦孔之僾[37]。民有肃心[38]，荓云不逮[39]。
好是稼穑[40]，力民代食[41]。稼穑维宝，代食维好。
天降丧乱，灭我立王[42]。降此蟊贼[43]，稼穑卒痒。
哀恫中国，具赘卒荒[44]。靡有旅力[45]，以念穹苍[46]。
维此惠君[47]，民人所瞻。秉心宣犹[48]，考慎其相[49]。
维彼不顺[50]，自独俾臧[51]，自有肺肠[52]，俾民卒狂[53]。
瞻彼中林，甡甡其鹿[54]。朋友已谮[55]，不胥以穀[56]。
人亦有言：进退维谷[57]。

维此圣人，瞻言百里；维彼愚人，覆狂以喜。

匪言不能，胡斯畏忌？

维此良人，弗求弗迪[58]；维彼忍心[59]，是顾是复[60]。

民之贪乱[61]，宁为荼毒[62]。

大风有隧[63]，有空大谷。维此良人，作为式穀[64]；

维彼不顺，征以中垢。

大风有隧，贪人败类[65]。听言则对[66]，诵言[67]如醉。

匪用其良[68]，覆俾我悖[69]。

嗟尔[70]朋友，予岂不知而作？如彼飞虫[71]，时亦弋获[72]。

既之阴女[73]，反予来赫[74]。

民之罔极[75]，职凉[76]善背。为民不利，如云不克。

民之回遹[77]，职竞用力[78]。

民之未戾[79]，职盗为寇[80]。凉曰不可[81]，覆背善詈[82]。

虽曰匪予[83]，既作尔歌[84]。

注释

①菀（wǎn）：茂盛貌。桑柔：即“柔桑”，指柔嫩的桑枝。②其下侯旬：此句是说因桑叶浓密，桑下光线幽暗。旬，借为“玄”，黑也。③刘：“条”之借字，指树之枝条。④瘼（mò）：病，疾苦。下民：下层百姓。⑤不殄：不绝。⑥仓兄：通“怆怳”，悲伤失意貌。填：通“陈”，长久。⑦倬（zhuō）：光明而广大貌。⑧宁：何。矜：怜悯。⑨骙骙（kuí）：马奔驰不停息貌。一说强壮貌。⑩旟旐：画旗。有翩：即“翩翩”，旌旗翻飞貌。⑪泯：灭。一

说训“乱”。⑫黎：旧有齐、众、黑等训。疑当借为“犁”，此句与下文“稼穑卒痒，具赘卒荒”相呼应，是说因战乱，田地荒芜，无人耕种。⑬具：同“俱”。烬：本指火烧剩的余木，这里是指人们俱遭战祸，剩余无几。⑭於乎：呜呼，哀痛之声。⑮国步：国家命运。频：急。⑯蔑资：无止，或读为“无次”，以为此句是说国家秩序大乱。⑰将：扶助。⑱疑：通“凝”，定，定息。⑲维：为。一说通“惟”，训“思”。⑳秉心：存心。无竞：旧说“无争”。言不同人争权夺利。一说字通“竟”，言无穷竟。㉑厉阶：祸端。㉒梗：病，灾害。㉓慇慇（yīn）：心痛貌。㉔土宇：土地房屋。㉕不辰：不时，指出生不是时候。㉖倬（dàn）怒：疾怒。㉗定处：安身之处。㉘覯痻（mín）：遇到灾难。于鬯以为当读作“媾婚”，幽王之难，正出于婚媾之国。㉙孔棘：甚急。圉：边疆。㉚谋：计划。毖：谨慎。㉛乱况：祸乱状况。斯：则，乃。削：减少。㉜忧恤：忧虑，指忧虑国事。㉝序爵：予爵，即给予爵位。㉞逝不：何不。濯：当指沐浴冲澡。一说此连句指手抓滚烫的东西，要用水冲以降温。㉟载：则。胥：相，相率。溺：淹死。㊱溯风：迎着风，指逆风而行。㊲僾（ài）：呼吸困难貌。㊳肃心：进取心。一说肃慎之心。㊴荓（pīng）：使。不逮：不及。指不能实现。㊵好：喜爱。稼穑：指农业劳动。一说当读作“家啬”，指居家吝啬之人。㊶力民：指尽人之力耕作。代食：代替做官食禄。㊷立：同“位”。立王，即在位之王。此句指厉王被推翻之事。㊸蟊贼：吃苗根的害虫。这里当泛指天灾人祸。㊹具：俱，都。赘：通“缀”，接连。荒：灾荒。㊺旅力：体力。㊻念：当读为“谂”，告也，告得失。穹苍：苍天。㊼惠君：通情达理的君主，即有道之君。㊽秉心：持心，存心。宣犹：光明之道。㊾慎：读为“审”，审定也。相：相辅。㊿不顺：悖理，指无道之君。51臧：善。一说自以为是。52自有肺肠：指想法与众不同，别具一副心肝。53卒狂：全都狂乱。54甡甡（shēn）：众多貌。55谮：不信任。一说：谮，谗也。56胥：相。以：与。穀：善。57谷：通

"欲"，谓朋友之间进退维其所欲，不以礼法自持，恣意所为。旧说谷训"穷"，以为此句言进退两难。㊳弗求弗迪：一说此句言对善人不寻求不进用。迪，进用。㊴忍心：即有残忍之心的人。㊵顾：顾念（总回头看着，生怕丢掉）。是：这个，指利禄官爵。复：与"顾"当为同义，关心。一说此句指瞻顾反复无常德。㊶贪乱：欲乱。㊷宁：宁愿。荼毒：苦。㊸隧：道。一说此连下句是说大风则必有道，大谷则必空旷。㊹式穀：用善。言良人之作为，皆用以善道也。㊺贪人：贪赃枉法之人。败类：残害同类。一说：类，指善人。㊻听言：听，当读为"圣"，"圣""听"古音近相通。"圣言"即明哲之言。对："怼"之借字，恨。㊼诵言，即颂赞之言。言颂赞之言如美酒，使他陶醉。诵，通"颂"。㊽良：指善人。一说"良言"。㊾覆：反。俾：使。悖：旧训"悖逆"，林义光《诗经通解》读为"颠沛"之"沛"，谓："不用善言，反使我颠沛也。"㊿嗟尔：犹"嗟乎"，叹呼声。(71)飞虫：指飞鸟。古鸟兽皆可称虫。(72)弋获：射中捕获。马瑞辰云："诗以飞鸟之难射，时亦以弋射获之；喻贪人之难知，时亦以窥测得之耳。"(73)既：已经。之：语助。旧训"往"。阴，通"谙"，知悉，了解。女：汝。(74)赫：字亦作"嚇"，吓。"反予来赫"即"反来赫予"的倒文。是说：我知道了你的底细，你反来威吓我。(75)罔极：无准则。此句百姓不守正道，犯上作乱。(76)职：常，只。凉：刻薄。或以为"职凉"同"职谅""职竟"，有"简直是""仅只是"之意。可能是当时的熟语。(77)回遹（yù）：邪僻。(78)竞：强，争。用力：任用暴力。(79)未戾：没有安定。戾，定。一说：戾，善也。(80)职盗为寇：指百姓在动乱中逃亡而相结为寇。或以为此句指贪官像盗贼般对百姓抢掠。(81)凉：郑玄读"谅"，确实。言这样下去，确实感到不行。(82)覆：反而。背：背后。詈（lì）：骂。(83)匪予：非予，即不以我为然。林义光以为"匪"通"诽"，指诽谤。(84)既作尔歌：终为你们而歌。既，终。

赏析

这首诗是西周卿士芮良夫（芮伯）所作，旨在指出王朝必然倾覆的弊端和黑暗。写作时间大约在周厉王被流放到彘以后，时当大乱未已，百姓流窜，而朝臣仍然为非作歹。作者沉痛而剀切地陈辞，忠愤之情溢于言表。

《毛序》说："《桑柔》，芮良伯刺厉王也。"这个记载是比较可信的。《左传》文公十三年，即称此为"芮良夫之诗"。王符《潜夫论·遏利篇》也有类似的记载。据郑玄说："芮伯，畿内诸侯，王卿士也，字良夫。"此诗当作于周厉王被国人逐出周京、流亡于彘之后。据史载，周厉王在位时，暴虐侈傲，国人怨声载道。厉王不但不收敛，反而还派"特务"（巫），使监谤者，造成"国人莫敢言，道路以目"的恐怖局势，最终导致了国人造反。此诗重在忧乱，同时也揭露了厉王朝政昏民怨的现状。

一章叹民之困，二章伤国之乱，三章质祸之根，四章忧生不逢时，五章言救乱之道，六章言贤者归耕，七章自伤救世无力，八章斥君之昏，九章伤朋友之道倾，十章斥群僚不敢进言，十一章言失民心，十二章斥小人之行，十三章斥王之不能用贤，十四、十五章斥同僚之行，十六章言作诗之由。沈守正云："芮伯世臣，忠愤郁积，又值监谤之世，欲抑则不欲，欲直则不能，故情旨沉绵，不自知其凄婉；文词详娓，不自厌其重复。读者当得其言外之感，不可分章摘句以求之。"这种情形在《离骚》中，也能看到。盖忧愤郁结于心，沉重的心理负担不能得到排解，亦犹农村老妪整日喋喋于琐细中，盖人情相去不远。

云　汉[1]

倬彼云汉[2]，昭回[3]于天。王曰於乎[4]：何辜[5]今之人！
天降丧乱，饥馑荐臻[6]。靡神不举[7]，靡爱斯牲[8]。
圭璧既卒[9]，宁[10]莫我听！

旱既大甚，蕴隆虫虫[11]。不殄禋祀[12]，自郊徂宫[13]。上下奠瘗[14]，
靡神不宗[15]。后稷不克[16]，上帝不临。耗斁下土[17]，宁丁我躬[18]！

旱既大甚，则不可推[19]。兢兢业业[20]，如霆[21]如雷。周余黎民[22]，
靡有孑[23]遗。昊天[24]上帝，则不我遗[25]。胡不相畏，先祖于摧[26]。

旱既大甚，则不可沮[27]。赫赫炎炎[28]，云我无所[29]。大命近止[30]，
靡瞻靡顾。群公先正[31]，则不我助。父母先祖，胡宁忍予[32]！

旱既大甚，涤涤[33]山川。旱魃[34]为虐，如惔[35]如焚。我心惮[36]暑，
忧心如熏。群公先正，则不我闻[37]？昊天上帝，宁俾我遯[38]！

旱既大甚，黾勉畏去[39]。胡宁瘨[40]我以旱？憯不知其故[41]。
祈年孔夙[42]，方社不莫[43]。昊天上帝，则不我虞[44]？
敬恭明神[45]，宜无悔[46]怒。

旱既大甚，散无友纪[47]。鞫哉庶正[48]，疚哉冢宰[49]。趣马师氏[50]，
膳夫左右[51]。靡人不周[52]，无不能止[53]。瞻卬[54]昊天，云如何里[55]！

瞻卬昊天，有嘒[56]其星。大夫君子，昭假[57]无赢。大命近止，
无弃尔成[58]！何求为我[59]，以戾[60]庶正。瞻卬昊天，曷惠[61]其宁！

注释

①这是一首描写大旱及祈雨的诗。②倬（zhuō）：大。云汉：银河。③昭：光明。回：转。④於乎：犹“呜呼”，叹息声。⑤辜：罪。⑥饥馑：谷不熟为饥，蔬不熟为馑。此泛指灾荒。荐：重复，一再。臻（zhēn）：至。⑦靡：无。不举：不举祭。⑧爱：吝惜。斯：这些。牲：祭祀用的牛、羊、猪等。⑨圭璧：玉器，古人用之祭祀。既：已。卒：尽。⑩宁：竟。⑪蕴：郁积。隆：盛。虫虫：“爞爞”的省借，热气蒸蒸的样子。⑫殄：绝。禋（yīn）：古代祭祀的一种，积薪加牲于上，燃烧使烟上升以祭天。禋祀：泛指祭祀。⑬郊：郊外。徂：往。宫：宗庙。⑭奠：陈列祭品于地。瘗（yì）：埋祭品于地下祭地神。⑮宗：尊敬。⑯后稷：周人的始祖。克：胜。⑰耗：损伤。斁（dù）：败坏。下土：人间。⑱丁：当。躬：身。⑲推：除去。⑳兢兢：恐惧的样子。业业：危险的样子。㉑霆：劈雷。㉒黎民：众民。㉓孑（jié）：遗，剩余。㉔昊天：上天。㉕遗：马瑞辰《通释》：“按遗当读如问遗之遗。……与人相恤问亦谓之遗。”一说赠送。㉖于：语气助词。摧：至。胡承珙《毛诗后笺》：“言先祖见此旱灾，何不相与畏惧而来至乎？”一说摧，灭绝。㉗沮（jū）：止。㉘赫赫炎炎：热气熏蒸的样子。㉙云：荫，遮蔽。一说语气助词。所：处。㉚大命：生命。止：停止。㉛群公：先公。先正：孔颖达：“正者，长也。先世为官之长，又与群公相配，故知是百辟卿士也。”㉜忍予：对我忍心。㉝涤涤：涤荡无余的样子。㉞旱魃（bá）：旱神。㉟惔：火烧。㊱惮（dàn）：畏惧。㊲闻：通“问”，安慰。㊳俾：使。遯（dùn）：逃。㊴黾勉：努力。畏：指所畏之事，即旱神。去：离开。一说畏，恶也。马瑞辰《通释》：“畏去，谓苦此旱而恶去之也。”㊵瘨（diān）：病。㊶憯（cǎn）：曾。故：原因。㊷祈年：祈求丰收。孔：很。夙：早。㊸方：祭四方之神。社：祭土神。莫：同“暮”，晚。㊹虞：帮助。㊺敬恭：犹恭敬。明神：神明。谓恭敬地对待神明。㊻宜：应该。悔：恨。㊼友：通“有”。纪：法纪。㊽鞫（jū）：穷困。庶正：众

官长。㊾疚：病。冢宰：太宰，周朝最高的行政长官。㊿趣马：掌管天子马匹的官。趣：通“趋”。师氏：主管教育的官。51膳夫：主管天子饮食的官。左右：周王左右的大臣。52周：通“赒”，救济。53无不能止：无人因不能而止，谓皆出力。一说无通“亡”，谓贫也。止：救。54卬：通“仰”，仰望。55云：语气助词。里：通“悝”，忧伤。56嘒（huì）：明亮的样子。一说微小的样子。一说众多的样子。57昭：通“招”。一说明。假：至，来。昭假：祈祷神灵降临。无赢：马瑞辰《通释》：“无赢犹言无爽，无爽犹言无差忒耳。”58无弃尔成：严粲《诗缉》：“然未得雨，则死亡将近，不可遂已，而弃其前劳。”59何求为我：为我何求。60戾：安定。61曷：何，什么时候。惠：爱，惠赐。

赏析

这是一首写周宣王忧旱祈雨的诗。是所谓“宣王变《大雅》”的第一篇（其他五篇是《大雅·崧高》《大雅·烝民》《大雅·韩奕》《大雅·江汉》和《大雅·常武》）。

统观全诗，作者对这次持久难弭的灾祸从旱象、旱情、造成的惨重损失及所引起的心理恐慌等方面做了充分的描写。这场大旱就是死亡之神的降临，可以摧毁一切，消灭人类。在那个生产力水平还很低的时代，它会造成怎样的人间灾难，是不难想象的。这首诗在写宣王忧旱的同时，也写了他的事天之敬及事神之诚。在人们抵御自然灾害的能力还极其有限的西周末期，面对无法战胜的灾害，对虚无缥缈的上帝和神灵产生敬畏乞求心理，也是不难理解的。

崧 高

崧高维岳[1]，骏极[2]于天。维岳降神，生甫及申[3]。

维申及甫，维周之翰[4]。四国于蕃[5]，四方于宣[6]。

亹亹[7]申伯，王缵之[8]事。于邑于谢[9]，南国是式[10]。

王命召伯[11]，定申伯之宅。登是南邦[12]，世执[13]其功。

王命申伯：式是南邦，因是谢人，以作尔庸[14]。

王命召伯：彻[15]申伯土田。王命傅御[16]：迁其私人[17]。

申伯之功[18]，召伯是营。有俶[19]其城，寝庙[20]既成。

既成藐藐[21]，王锡申伯：四牡跻跻[22]，钩膺濯濯[23]。

王遣申伯，路车乘马[24]。我图尔居，莫如南土。

锡尔介圭[25]，以作尔宝。往迈王舅[26]，南土是保。

申伯信[27]迈，王饯于郿[28]。申伯还南，谢于诚归[29]。

王命召伯，彻申伯土疆。以峙其粻[30]，式遄[31]其行。

申伯番番[32]，既入于谢，徒御啴啴[33]。周邦咸喜，戎有良翰[34]。

不显[35]申伯，王之元舅[36]，文武是宪[37]。

申伯之德，柔惠且直。揉[38]此万邦，闻于四国。

吉甫作诵[39]，其诗孔硕[40]，其风肆好[41]，以赠申伯。

①崧：山高大貌。岳：岳山，指太岳山。姜姓为太岳之胤。②骏：通“峻”，高大。极：至。③甫：读作“吕”，吕、申都是姜姓之国。④翰：栋梁。⑤于：为。蕃：为藩篱，屏障。⑥宣：马瑞辰以为通“垣”，指垣墙。⑦亹亹（wěi）：勤勉礼貌。⑧缵：继承。一说“赞扬”。或以为通“践”，任用。之：其，指申伯。⑨谢：邑名。⑩南国：周之南的国家称“南国”。式：法，榜样。⑪召伯：召虎，即召穆公，宣王大臣。⑫登：建成。南邦：指谢邑。⑬执：守成。言世代守其成。⑭庸：借为“墉”，城。一说：庸，功也。⑮彻：治理。⑯傅御：犹“保介”，是周王的侍从保卫人员。⑰私人：家臣。一说指富人。言将营新邑，迁富人以实之。⑱功：事，指筑城、彻田等工作。⑲有俶（chù）：厚貌，因此有美好之意。⑳寝庙：前曰“庙”，后曰“寝”。㉑藐藐：美盛貌。㉒跻跻（jiǎo）：强壮貌。㉓钩膺：马胸前颈上的带饰。濯濯：光泽鲜明貌。㉔路车：诸侯坐的一种车。乘马：四匹马。㉕介圭：大圭，古代玉制的礼器。㉖迋（jī）：语气助词，犹“哉”。王舅：申伯是宣王的母舅，故称王舅。㉗信：再宿。此言申伯再宿而行。㉘饯：备酒送行。郿：地名，在今陕西眉县东北。㉙谢于诚归：即“诚归于谢”。㉚以：犹“乃”，于是。峙：通“偫”，储备。粻（zhāng）：粮食。言积蓄粮草，准备出发。㉛遄（chuán）：迅速。㉜番番（bō）：勇武貌。㉝徒御：指随行人马。啴啴（tān）：众盛貌。㉞戎：你，指宣王。一说指谢地之人。良翰：好栋梁。㉟不显：英明伟大。㊱元舅：大舅父。㊲文武：指文韬武略。宪：表率，模范。㊳揉：安抚。㊴吉甫：即尹吉甫，周宣王卿士。诵：歌，指这篇诗。㊵孔硕：甚大，即诗篇幅长。按：古代书写工具不便，故人多为短文。像此八章，章八句，共五百多字，在当时确属长篇大作了。㊶风：曲调。肆好：极好。

赏析

周宣王的舅舅申伯被封于谢，临走时，宣王率群臣饯行，尹吉甫作了这首诗赠送他。

朱熹说："宣王之舅申伯出封于谢，而尹吉甫做诗以送之。"申伯是厉王之妻申后的兄弟，宣王的母舅。周宣王时，申伯久留京师。宣王加封地于他，并为他建城池和宗庙。尹吉甫的饯行诗，纯为颂扬之词。一章举其德业之盛为封谢张本，二章道其封谢之意，三章述其封谢之命，四章言封国成而锡予之，五章言遣以就封而期望之，六章言饯之而速于行，七章道其入谢之事，八章表作诗之意。

无申伯则无宣王，无宣王则无周之中兴，申伯之功高势崇，德厚望重，也只有"崧高维岳，峻极于天"两句形容得出。所以方玉润分析说："一章起笔峥嵘，与岳势竞隆。后世杜甫呈献巨篇，专学此种。"下面进入实写，细致周密的安排，更显得宣王对申伯不单单是政治上倚重，而且情感上也依恋。方玉润接着说："二、三、四、五中间四章，皆王遣臣代其经营而锡予之，处城郭、宗庙、宫室、车马、宝玉，以及土田、赋税之属，无不具备；且傅御迁其家人，则宠荣者至矣。六章始入饯行正面，更为备行粮，是何等周密。七章入谢乃文章后路应有之意。八章结尾点明作意，并表其功德之盛，非徒以亲贵邀宠者，此诗人自占身份处。"所谓"自占身份"，是说吉甫对申伯的评价完全站在客观公正的立场，也表明吉甫本人在王朝中的地位和他崇高的价值追求——他有资格、有能力作诗为申伯送行，有资格、有能力对申伯做出公正的评价。

烝　民[1]

天生烝[2]民，有物有则[3]。民之秉彝[4]，好是懿[5]德。

天监[6]有周，昭假[7]于下。保兹天子，生仲山甫[8]。

仲山甫之德，柔嘉维则。令仪[9]令色，小心翼翼[10]。

古训是式[11]，威仪是力[12]。天子是若[13]，明命使赋[14]。

王命仲山甫：式是百辟[15]，缵戎祖考[16]，王躬[17]是保。

出纳王命，王之喉舌[18]。赋政于外，四方爰发[19]。

肃肃[20]王命，仲山甫将[21]之。邦国若否[22]，仲山甫明之。

既明且哲[23]，以保其身。夙夜匪解[24]，以事一人[25]。

人亦有言：柔则茹[26]之，刚则吐之。维仲山甫，柔亦不茹，

刚亦不吐。不侮矜寡[27]，不畏强御[28]。

人亦有言："德輶[29]如毛，民鲜克[30]举之。"我仪图[31]之，

维仲山甫举之，爱[32]莫助之。衮职有阙[33]，维仲山甫补之。

仲山甫出祖[34]，四牡业业[35]，征夫捷捷[36]，每怀靡及[37]。

四牡彭彭[38]，八鸾锵锵[39]。王命仲山甫，城彼东方[40]。

四牡骙骙[41]，八鸾喈喈[42]。仲山甫徂[43]齐，式遄[44]其归。

吉甫作诵[45]，穆[46]如清风。仲山甫永怀[47]，以慰其心。

注释

①这是一首尹吉甫送别仲山甫的诗。诗中赞颂了仲山甫的美德。②烝：众。③物：事。则：准则。④彝（yí）：常理，常道。⑤好（hào）：喜欢。懿（yì）：美德。⑥监：视，观察。⑦昭：明。假：至。谓神明光照下土。一说精诚上达于天。⑧仲山甫：周宣王臣，封于樊。⑨令：美好。仪：举止。⑩翼翼：恭敬的样子。⑪古训：先王的遗训。式：效法。⑫威仪：礼节。力：勤，用力。⑬若：马瑞辰《通释》："至若之本字，则《说文》云：'若，择菜也。'引申通训若为择。"一说若，顺。⑭明命：政令。赋：布，宣告。⑮式：使……效法。百辟（bì）：百君，谓众诸侯。⑯缵（zuǎn）：继承。戎：你。祖考：祖先。古人称已去世的父亲为考。⑰躬：身。⑱喉舌：代言人。⑲爰：乃，于是。发：行，施行。⑳肃肃：庄严，严肃。㉑将：行。㉒若否：《笺》："若，顺也。顺否，犹臧否。谓善恶也。"㉓哲：智。㉔匪：通"非"。解：通"懈"，懈怠。㉕事：侍奉。一人：指天子。㉖茹：吃。㉗侮：欺凌。矜（guān）：老而无妻的人。寡：老而无夫的人。此泛指年老无助之人。㉘强御：凶暴之人。㉙輶：轻。㉚鲜：少。克：能够。《诗集传》："言人皆言德甚轻而易举，然人莫能举也。"㉛仪图：考虑。二字同义。㉜爱：可惜。㉝衮（gǔn）：古代王侯所穿的绣有龙纹的衣服。《诗集传》："衮职，王职也。天子龙衮，不敢斥言王阙，故曰衮职有阙也。"阙：通"缺"，过失。㉞祖：祭祀路神。㉟业业：高大的样子。㊱征夫：指仲山甫的随行人员。捷捷：敏捷的样子。㊲每：时常。怀：想，担心。靡及：不能完成任务。㊳彭彭：行进的样子。一说强壮的样子。㊴鸾：通"銮"，车铃。锵锵（qiāng）：铃声。㊵城：筑城。东方：指齐。㊶骙骙（kuí）：行进不息的样子。一说强壮的样子。㊷喈喈：和谐的铃声。㊸徂：往。㊹式：语气助词。遄：迅速。㊺吉甫：尹吉甫，周宣王臣。诵：歌。㊻穆：和美。㊼永怀：长思。

赏析

这首诗,《毛诗序》谓“美”,郝敬谓“讽”,二说视角不同,自然见解相反,然也有共同点,那就是皆着眼于此诗的言外之意,非诗的基本内容。见仁见智,各有所取,此姑且不论,如果就诗说诗,当以朱熹说为胜。

此诗主要以赋叙事,开篇以说理领起;中间夹叙夹议,突出仲山甫之德才与政绩;最后偏重描写与抒情,以热烈的送别场面作结,点出赠别的主题。

全诗章法整饬,表达灵活,为后世送别诗之祖。在《诗经》中此篇说理成分比较浓厚,在诗歌发展史上留下重要的一笔,后世“以理为诗”当溯源于此。此诗语言也很有特色,尽管多用说理、议论,却不迂腐呆滞,这除了诗人的激情之外,还在于语言运用独具匠心,诗人多以民间俗语入诗,如表现仲山甫扶弱锄强的性格特征、赞美仲山甫重视修身立德,都是反用俗语来衬托,这比直说简洁、形象,并且有理趣,于说理中注入了诗味,故姚际恒称此为“奇语”(《诗经通论》)。

韩　奕[1]

奕奕梁山[2]，维禹甸[3]之，有倬[4]其道。韩侯受命[5]，王亲命之：缵戎祖考[6]，无废朕命。夙夜匪解[7]，虔共[8]尔位，朕命不易[9]。榦不庭方[10]，以佐戎辟[11]。

四牡奕奕，孔修且张[12]。韩侯入觐[13]，以其介圭[14]，入觐于王。王锡[15]韩侯，淑旂绥章[16]，簟茀错衡[17]，玄衮赤舄[18]，钩膺镂钖[19]，鞹鞃浅幭[20]，鞗革金厄[21]。

韩侯出祖[22]，出宿于屠[23]。显父饯[24]之，清酒百壶。其殽[25]维何？炰[26]鳖鲜鱼。其蔌[27]维何？维笋及蒲[28]。其赠维何？乘马路车[29]。笾豆有且[30]，侯氏燕胥[31]。

韩侯取[32]妻，汾王之甥[33]，蹶父之子[34]。韩侯迎止[35]，于蹶之里[36]。百两彭彭[37]，八鸾锵锵[38]，不[39]显其光。诸娣[40]从之，祁祁[41]如云。韩侯顾[42]之，烂其盈门[43]。

蹶父孔武，靡国不到，为韩姞相攸[44]，莫如韩乐。孔乐韩土，川泽讦讦[45]，鲂鱮甫甫[46]，麀鹿噳噳[47]，有熊有罴，有猫有虎[48]。庆既令居[49]，韩姞燕誉[50]。

溥[51]彼韩城，燕师[52]所完。以[53]先祖受命，因时百蛮[54]。王锡韩侯，其追其貊[55]，奄[56]受北国，因以其伯[57]。实墉实壑[58]，实亩实籍[59]。献其貔[60]皮，赤豹黄罴[61]。

①这首诗通过对韩侯朝见周天子、迎娶、筑城北方等史实的描写，表达了对韩侯的赞颂之情。②奕奕：高大的样子。梁山：山名，在今河北境内。③甸：治理。④倬（zhuō）：宽广。⑤韩：指成王时封武王子于今河北固安县的韩国。受命：接受周天子策命。⑥缵（zuǎn）：继续。戎：通“汝”，你。祖考：祖先。古人称已去世的父亲为考。⑦夙夜：早晚。解：通“懈”，怠惰。⑧虔：恭敬。共：奉行。⑨易：改变。⑩榦（gàn）：匡正。庭：同“廷”。不庭：不来朝见。方：方国。⑪戎：你。辟（bì）：君主。⑫孔：很。修：长。张：大。⑬觐（jìn）：朝见。⑭介圭：大圭。古时诸侯朝见天子时所执的玉器。⑮锡：通“赐”。⑯淑：美。旂：画有蛟龙的旗。绥章：用彩色羽毛装饰旗杆的旗。⑰簟茀（fú）：用竹席制成的车旁遮蔽物。错衡：绘有花纹的车前横木。⑱玄：黑色。衮（gǔn）：古代王侯所穿的绣有龙纹的礼服。舄（xì）：厚底鞋。⑲钩膺：马颈和胸前的带

饰。镂：雕刻。钖（yáng）：马头上的饰物。⑳鞹（kuò）：去毛的兽皮。鞃（hóng）：车前横木中段以皮革包裹的部分。浅：指浅色的虎皮。幭（miè）：车轼上的覆盖物。㉑鞗（tiáo）革：马笼头。金厄：缠在笼头上的金属环子。㉒祖：祭路神。㉓屠：地名。㉔显父：人名。饯：设酒食送别。㉕殽：通"肴"，鱼、肉类菜。㉖炰（páo）：烹煮。㉗蔌（sù）：蔬菜。㉘蒲：一种水生植物。㉙乘马：四匹马。路车：诸侯所乘的车。㉚笾、豆：古时两种食器。且（jū）：多的样子。㉛侯氏：诸侯。燕：通"宴"，宴饮。胥：皆。燕胥：即"胥燕"。一说胥，乐。㉜取：同"娶"。㉝汾王：指周厉王。厉王被逐后，逃于彘，彘在汾水旁，故称。甥：外甥女。㉞蹶父（guì fǔ）：周宣王的卿士，姓姞。子：女儿。㉟迎：亲迎。止：语气助词。㊱里：古代居民组织单位，二十五家为一里。此指邑。㊲百两：百辆。彭彭：众多的样子。一说盛大的样子。㊳鸾：通"銮"，车铃。锵锵（qiāng）：铃声。㊴不：通"丕"，大。㊵娣：陪嫁的女子。㊶祁祁：众多的样子。㊷顾：回头看。古时男子迎亲有三次回顾的礼节。㊸烂：光彩鲜明的样子。盈门：满门。㊹韩姞：韩侯之妻。相（xiàng）：看。攸：所，住处。㊺讦讦（xū）：广阔的样子。㊻鲂鱮：皆鱼名。甫甫：肥大的样子。㊼麀（yōu）：母鹿。噳噳（yǔ）：众多的样子。㊽猫：山猫。㊾庆：喜。令居：好居处。㊿燕：安。誉：通"豫"，乐。(51)溥：大。(52)燕：姬姓国，召公奭始封于此，其地在今河北境内。师：大众。(53)以：因为。(54)因：凭依。时：通"是"，这。百蛮：指北方的少数民族。(55)追、貊（mò）：皆当时北方的少数民族名。(56)奄：全部。(57)以：为。伯：方伯，一方诸侯之长。(58)实：通"是"，代词。墉：城墙。壑：沟，此指护城河。这里皆用为动词。(59)亩：整治田地。籍：制定赋税。(60)貔（pí）：白狐。(61)罴（pí）：熊的一种，也叫马熊。

全诗共六章，每章十二句，为整齐的四言体，每章内容各有重点，按人物的活动依次叙述，脉络连贯，层次清晰。

全诗的主题是颂扬韩侯，颂扬他接受王国重要政治使命，肩负安定北方的重任，表现周王对他优宠和倚重，公卿对他的尊慕和礼敬。诗中渲染的他的富贵荣华权威，都与他的政治地位密切联系。没有他的政治地位和作用，一切都无从谈起。所以，这是一篇歌颂接受国家重任的大臣的颂歌。其中，饯宴、迎亲的场景描写，是诗中的插部，用以烘托主人公的高贵荣显，并使全诗波澜叠兴，有张有弛，有明有暗，有庄有雅，相映成趣。

此诗颂扬一个荣显的诸侯，却没有溢美之词，而只是叙述事实，铺陈事物，或正面描述，或侧面烘托，落笔庄重大方，没有谄谀，也不做空泛议论。这在《颂》诗中是特出的。

江　汉

江汉浮浮[1]，武夫滔滔[2]。匪安匪游[3]，淮夷来求[4]。

既出我车，既设我旟[5]。匪安匪舒[6]，淮夷来铺[7]。

江汉汤汤[8]，武夫洸洸[9]。经营[10]四方，告成于王。

四方既平，王国庶定[11]。时靡有争，王心载宁。

江汉之浒，王命召虎：式辟四方，彻我疆土。

匪疚匪棘[12]，王国来极[13]。于疆于理，至于南海。

王命召虎：来旬来宣[14]，文武受命，召公维翰[15]。

无曰予小子[16]，召公是似[17]。肇敏戎公[18]，用锡尔祉[19]。

厘尔圭瓒[20]，秬鬯[21]一卣。告于文人[22]，锡[23]山土田。

于周受命[24]，自召祖[25]命。虎拜稽首[26]：天子万年[27]！

虎拜稽首：对扬王休[28]，作召公考[29]，天子万寿！

明明[30]天子，令闻[31]不已。矢[32]其文德，洽[33]此四国。

注释

①江汉：长江与汉水。浮浮：水流盛长的样子。②武夫：指出征将士。滔滔：顺流而下貌。旧认为：江汉之广大，武夫之众强，所不待言。故以江汉众强似武夫，武夫广大似江汉，互释之。③安：安逸。游：游乐。④淮夷：指淮水流域江苏近海一带的夷族。来求：是求。⑤设：树起。旟：画有鸟隼的旗。⑥舒：通"豫"，乐也。⑦铺：当读为"搏"，击。⑧汤汤（shāng）：水势浩大貌。⑨洸洸（guāng）：威武貌。⑩经营：指往来奔走。当时江汉之间小国尚多，淮夷倡乱，或附和或观望，必非一国，此言经营四方，是说既战而胜，往来奔走于四方叛乱之国。⑪庶定：差不多可安定。庶，庶几，差不多。定，安定。⑫匪：不。疚：病。棘：急。⑬来极：是极。极，准则。⑭旬：巡。宣：示。以下是宣王册命的内容，这句是要他巡视邦国（参马瑞辰说）。⑮召公：召公奭，文王之子，召虎的先祖。翰：桢干，栋梁材。⑯小子：年轻人。⑰似：通"嗣"，继承。⑱肇：长。敏：通"武"，继。戎：你。公：祖。⑲祉：福禄。⑳厘：通"赉"，赏赐。圭瓒：玉柄酒勺。㉑秬鬯（jù chàng）：用黑黍与郁金香草酿成的酒。卣（yǒu）：盛酒器，似壶，有曲柄。或以为"卣"字不合韵，疑当为"尊"之误。㉒文人：指有文德的先人。或以为指文王。㉓锡：赏赐。㉔周：岐周。一说指王都。指在周祖庙受册命。㉕自：用。召祖：指召虎祖先召康公，言宣王用召康公受命之典册命穆召公，表示尊重。㉖拜稽首：即行跪拜礼。拜，拜手，低头双手至地。稽首，磕头。㉗天子万年：这是召虎感谢之言。㉘对扬：答谢、称扬之意。休：美。即美德，美意。㉙考：郭沫若以为"考"为"簋"之假借字。簋，古代食器。此句是说召虎做祭祀召公奭的铜簋。㉚明明：有道之貌。王念孙以为"勉勉"之音转，即勤勉。㉛令闻：美好声誉。㉜矢：施，陈。一说"宽缓"。㉝洽：协和。

赏析

这是一首歌颂召虎奉宣王之命南平淮夷之乱获得成功的诗。

前三章叙召公经略江汉之事，后三章叙召公复命受赐并做簋铭功事。全诗就像一篇用韵文写的簋铭，所以方玉润说，《江汉》是“召穆公平淮铭器”。今传世有《召伯虎簋》，所记与诗为同一事，而辞则有别。二者自然为同期之作，但铭文实少诗作那种飞扬浩荡之势。

一章言水陆二军伐淮夷，二章言成功而归，三章命其疆理四方，四章命其承祖业，五章言拜受策命，六章言纪恩铭勋。陈仅《诗诵》云：“《烝民》诗精微博大，无一点浪墨浮烟；《江汉》诗飞扬秀发，精采百倍。”

常　武

赫赫明明[1]，王命卿士[2]。南仲大祖[3]，大师皇父[4]：

整[5]我六师，以脩我戎[6]。既敬[7]既戒，惠[8]此南国。

王谓尹氏[9]，命程伯休父[10]：左右陈行[11]，

戒我师旅：率[12]彼淮浦，省此徐土[13]。不留不处[14]，三事就绪[15]。

赫赫业业[16]，有严[17]天子。王舒保作[18]，匪绍匪游[19]。

徐方绎骚[20]，震惊徐方。如雷如霆[21]，徐方震惊。

王奋厥武[22]，如震如怒。进厥虎臣[23]，阚如虓[24]虎。

铺敦淮濆[25]，仍执丑虏[26]。截[27]彼淮浦，王师之所[28]。

王旅啴啴[29]，如飞如翰[30]，如江如汉，如山之苞[31]，如水之流。

绵绵翼翼[32]，不测不克，濯[33]征徐国。

王犹允塞[34]，徐方既来。徐方既同，天子之功。

四方既平，徐方来庭[35]。徐方不回[36]，王曰还归。

注释

①赫赫：威严的样子。明明：明智的样子。②卿士：周朝廷执政大臣。③南仲：人名，宣王主事大臣。大祖：太祖庙。④大师：职掌军政的大臣。皇父：人名，周宣王太师。⑤整：治。六师：六军。周制，王建六军。一军一万二千五百人。⑥脩我戎：整顿我的军备。⑦敬：警惕。⑧惠：施恩。⑨尹氏：此指尹吉甫。⑩程伯休父：人

名，宣王时大司马。⑪陈行：列队。⑫率：率领。⑬省：察视。徐土：指徐国。⑭不：二"不"字皆语气助词，无义。留：同"刘"，杀。处：安。⑮三事：三卿。绪：业。⑯业业：举止有威严的样子。⑰有严：严严，威严的样子。⑱舒：舒徐。保：安。作：起。⑲绍：舒缓。游：优游。⑳绎骚：骚动。㉑霆：打雷。㉒奋厥武：奋发用武。㉓虎臣：猛如虎的武士。㉔阚（hǎn）如：虎怒的样子。虓（xiāo）：虎啸。㉕铺：布阵。敦：屯聚。溃（fén）：大堤。㉖仍：就。丑虏：对敌军的蔑称。㉗截：断绝。㉘所：处。㉙啴啴（tān）：人多势众的样子。㉚翰：指高飞。㉛苞：指根基。㉜翼翼：壮盛的样子。㉝濯：大。㉞犹：谋略。允：诚。塞：实，指谋略不落空。㉟来庭：来王庭，指朝觐。㊱回：违抗。

诗的首章以生动传神的字句传达了宣王任命将领率部出征的非凡场面。"赫赫明明"，形象地突出了宣王的威仪。宣王任命了南仲，让其整顿六军士气，发布安民指令。这一系列的活动充分显示了宣王出征之前所进行的精心准备。第二章接着又叙述宣王任命司马、细察敌情、速战回朝的战前训示。第三章诗人又用"赫赫业业"表现了宣王非凡的举止气度，连用叠字，使诗歌在节奏上有了一种独特的音乐美。

这首诗最能体现王师势如破竹的王者风范的描写在第五章。诗人以充沛的感情，铺陈扬厉，一气呵成，连用数个排比，如同浩荡之水，倾泻而出，令人目不暇接，震撼不已，将王师的勇猛无敌、迅疾敏捷描述得十分形象生动。

瞻 卬[1]

瞻卬昊天[2]，则不我惠[3]。孔填[4]不宁，降此大厉[5]。
邦靡有定，士民其瘵[6]。蟊贼蟊疾[7]，靡有夷届[8]。
罪罟[9]不收，靡有夷瘳[10]。

人有土田，女反有[11]之。人有民人，女覆[12]夺之。
此宜无罪，女反收[13]之。彼宜有罪，女覆说[14]之。

哲夫[15]成城，哲妇倾[16]城。懿厥[17]哲妇，为枭为鸱[18]。妇有长舌[19]，
维厉之阶[20]。乱匪[21]降自天，生自妇人。匪教匪诲，时维妇寺[22]。

鞫人忮忒[23]，谮始竟背[24]。岂曰不极[25]？伊胡为慝[26]！
如贾三倍[27]，君子是识[28]。妇无公[29]事，休其蚕织[30]。

天何以刺[31]？何神不富[32]？舍尔介狄[33]，维予胥忌[34]。
不吊不祥[35]，威仪不类[36]。人之云亡[37]，邦国殄瘁[38]。

天之降罔[39]，维其优[40]矣。人之云亡，心之忧矣。
天之降罔，维其几[41]矣。人之云亡，心之悲矣！

觱沸槛泉[42]，维其深矣。心之忧矣，宁[43]自今矣？不自我先，
不自我后。藐藐昊天[44]，无不克巩[45]。无忝皇祖[46]，式救尔后[47]。

注释

①这是一首斥责周幽王宠爱褒姒、乱政祸民的诗。②卬：通“仰”。瞻卬：仰视。昊天：上天，暗喻幽周王。③惠：爱。④孔：很。填：通“陈”，久。⑤厉：灾祸。⑥瘵（zhài）：病。⑦蟊（máo）：吃禾苗根的害虫。贼：吃禾苗茎的害虫。疾：病。孔颖达：“蟊贼者，害禾稼之虫。蟊疾是害禾稼之状。”⑧靡：无。夷：语气助词。一说平。届：终极。⑨罪罟（gǔ）：法网。⑩瘳（chōu）：病愈。此句谓痛苦不能终止。⑪女：通“汝”，你。有：取。⑫覆：反而。⑬收：拘捕。⑭说：通“脱”，谓释放。⑮哲夫：有智虑的男子。城：国。⑯哲妇：指褒姒。倾：倾覆，毁灭。⑰懿：通“噫”，叹词。厥：其。⑱枭（xiāo）：古人传说中一种长大后食母的不孝鸟。鸱（chī）：猫头鹰，古人认为是不祥之鸟。⑲长舌：指能多言。⑳阶：阶梯，根源。㉑匪：通“非”。㉒时：通“是”，这。寺：寺人，宦官。一说寺，近也。《笺》：“又非有人教王为乱，语王为恶者，是惟近爱妇人，用其言故也。”㉓鞫（jū）：穷。鞫人：谓使人陷于困境。忮（zhì）：害。忒（tè）：变。严粲《诗缉》：“以忮害变化而穷屈人，不可究诘。”㉔谮（zèn）：进谗言。竟：终。背：背叛。㉕极：尽，终极。㉖伊：语气助词。胡：何，为什么。慝（tè）：邪恶。㉗贾（gǔ）：经商。三倍：谓获三倍之利。㉘君子：指在位者。识：知道，了解。《笺》：“贾物而有三倍之利者，小人所宜知也。君子反知之，非其宜也。”㉙公：通“功”，政事。㉚蚕织：养蚕纺织。㉛刺：责备。㉜富：福。㉝舍：放弃。介狄：马瑞辰《通释》：“按《说文》：‘狄之言淫辟也。’介狄谓大狄，犹云元恶也。”㉞胥：相。忌：恨。㉟吊：慰问，安抚。不祥：不吉利，指灾祸。㊱威仪：举止礼仪。类：善。㊲云：语气助词。亡：逃跑。㊳殄瘁：困苦。㊴罔：同“网”，罪网。此句言天降罪于下民。㊵优：裕，多。㊶几：危险。㊷觱（bì）沸：泉水涌出的样子。槛泉：指泛滥的泉水。槛，通“滥”。㊸宁：难道。㊹藐藐：高远的样子。昊天：上天。㊺克：能。巩：固。㊻忝（tiǎn）：辱。皇祖：祖先。㊼式：用。后：子孙。

全诗共七章。第一章写天灾人祸，时局艰危，国不安宁，生灵涂炭。这里的“天”，既指自然界的天，也指人类社会的“天”——高高在上的人类最高统治者。所以这里的“灾祸”就包括天灾、人祸两方面的因素。而人祸更甚天灾。第二章通过两“反”两“覆”的控诉，揭露了倒行逆施的虐政。第三章认为，祸乱的根源是女人得宠，而其害人的主要手段是谗言和搬弄是非。第四章提出杜绝“女祸”的有效方法，是让“女人”从事女工蚕织，不干朝政。第五章直诉幽王罪状：不忌戎狄，反怨贤臣，致使人亡国殄。第六章面对天灾人祸，抒发了忧时忧国之心。第七章自伤生逢乱世，并提出匡时补救的方案以劝诫君王。

《瞻卬》所提出的问题，既可以从史书中得到印证，又可以补

充史书记载的疏漏与不足。周幽王宠幸褒姒、荒政灭国的主要史实是：自从幽王得到褒姒，宠爱不已，荒淫无度，不理朝政。一是为买千金一笑动用烽火台，诸侯以为敌寇侵扰前来救驾受骗气愤而回，多次戏弄后失信于诸侯，从此不再来勤王。二是重用佞人虢石父，此人“为人佞巧，善谀，好利”“国人皆怨”（《史记·周本纪》语）。三是欲废申后及太子宜臼，而以褒姒为后，以褒姒子伯服为太子，因而激怒申后勾结西夷、犬戎攻周，杀幽王而灭西周。《瞻卬》所反映的内容较信史更为广泛、具体而深刻，诗中列数周幽王的恶行有：罗织罪名，戕害士人；苛政暴敛，民不聊生；侵占土地，掠夺奴隶；放纵罪人，迫害无辜；政风腐败，纪纲紊乱；妒贤嫉能，奸人得势；罪罟绵密，忠臣逃亡等，全面而形象地将一幅西周社会崩溃前夕的历史画面展现在了读者面前。

召　旻

旻天疾威[1]，天笃降丧[2]。瘨[3]我饥馑，民卒流亡。我居圉卒荒[4]。

天降罪罟[5]，蟊贼内讧。昏椓靡共[6]？溃溃回遹[7]，实靖夷[8]我邦。

皋皋訿訿[9]，曾不知其玷。兢兢业业，孔填[10]不宁。我位孔贬[11]。

如彼岁旱，草不溃[12]茂，如彼栖苴[13]。我相[14]此邦，无不溃止[15]。

维昔之富不如时[16]？维今之疚[17]不如兹。

彼疏斯粺[18]，胡不自替[19]，职兄斯引[20]？

池之竭矣，不云自频[21]？泉之竭矣，不云自中？

溥[22]斯害矣，职兄斯弘[23]，不灾我躬[24]？

昔先王[25]受命，有如召公[26]，日辟国百里。今也日蹙[27]国百里。

於乎[28]哀哉！维今之人，不尚有旧。

注释

①旻(mín)天：此泛指天。疾威：暴虐。②天笃降丧：天降灾荒使人丧乱。③瘨(diān)：灾病。④居圉(yǔ)：居住之处。⑤罪罟(gǔ)：罪网。⑥昏椓(zhuó)：《郑笺》："昏、椓皆奄人也。"靡共：不供职。共，通"供"。⑦溃溃：昏乱。回遹：邪僻。⑧靖夷：想毁灭。⑨皋皋：欺诳。訿訿(zǐ)：毁谤的样子。⑩孔：很。填(chén)：长久。⑪贬：指职位低。⑫溃：遂。⑬苴(chá)：枯草。⑭相：察看。⑮止：语气词。⑯时：是，此，指今时。⑰疚：贫病。⑱疏：高粱。粺(bài)：精米。⑲替：废，退。⑳职：主。

兄："况"的假借。引：延长。㉑频：滨。㉒溥（pǔ）：普遍。㉓弘：大。㉔不灾我躬：灾害怎不向我来。㉕先王：指武王、成王。㉖召公：周武王、成王时的大臣。㉗蹙（cù）：收缩。㉘於乎：同"呜呼"。

赏析

全诗包括三部分内容：忧国，斥奸邪，自伤身世。从开篇到结尾，逐渐展开，但是又并非截然分开，三部分内容既有一定的顺序排列，又是分散各章。

开篇五句极力铺陈，铺叙天灾的残酷和民生的痛苦，尽管慑服于"旻天疾威"，表现出一种无可奈何，同时又掩饰不了对于"天笃降丧"的强烈不满，敢怒而不敢言。

天灾只是一方面，诗人从第二章开始就转向了人祸，一针见血地指明朝中那些只顾私利终日诋毁无辜的奸佞将致使周王朝毁灭。"瘨我饥馑，民卒流亡"不过是诗人不好明说王政得失的委婉表达，实际上"蟊贼内讧""昏椓靡共"才是"民卒流亡"、生灵涂炭的真正原因。第三章开始诗人似乎不再避讳，直言君王昏庸不明导致了奸佞得势，忠臣遭贬谪，出现"我相此邦，无不溃止"的危险局面。

诗人的沉痛感情变得越发激烈，他抚今追昔，通过古今对比，显示出了西周社会每况愈下的国势——小人当道，国家必亡。诗人清醒地认识到了奸佞贼臣的危害，同时也超越自身的阶级和时代，看清了"池之竭矣，不云自频？泉之竭矣，不云自中"，即国力渐微的根本原因。那时的周朝就如同泉源枯涸，不可能再有汩汩流水，只能被新的朝代所取代，由此也会使得世风日下、国势倾颓，寥寥无几的贤臣良将已经无力回天。正是因为诗人清晰地认识到了这一点，所以他才会痛心疾首、沉痛哀叹："昔先王受命，有如召公，日辟国百里。今也日蹙国百里。"诗人末句"维今之人，不尚有旧"发人深省，如千钧之力，戛然而止，点明国势倾颓的真正原因。

忧国忧民和斥奸邪是诗人在诗歌中突出的重点，对自身的担忧只是次要的。第三章哀叹自己兢兢业业，职位不升反降。第六章则写出了诗人的恐惧，担心灾难的扩大殃及自身；当联想到将来时，诗人更是心急如焚。

全诗既有诗人的慷慨陈词，对奸佞贼臣的冷嘲和责骂，也有对君主昏庸不明的不满，表现出对国家前途的担忧及对自已身处乱事的恐惧。

弘丰　注析　　细井徇 等　撰绘

北京燕山出版社
YSP
BEIJING YANSHAN PRESS

目　录

周颂

清庙之什

臣工之什

闵予小子之什

鲁颂

商颂

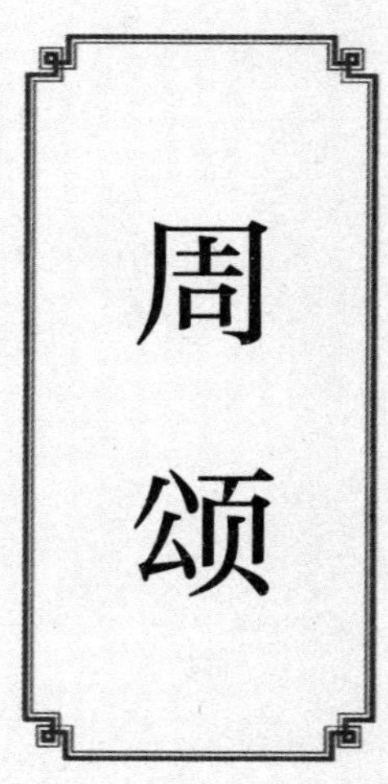

周颂

清庙之什

《诗经·周颂》之一，存诗十篇。《清庙》是《诗经·颂》中排列首位的诗篇，是《诗经》“四始”之一。“清庙之什”即以《清庙》为第一首诗的十首诗歌的总集。

清　庙

於穆[1]清庙[2]，肃雍显相[3]。济济多士，秉文之德。
对越在天[4]，骏[5]奔走在庙。
不显不承[6]，无射[7]于人斯。

注释

①穆：美。

②清庙：清静的庙，此处指文王的庙。

③肃雍显相：肃，敬重。相，相助。

④对越在天：顺承而发扬文王在天的旨意。

⑤骏：急速。

⑥不显不承：两“不”字都作“丕”字解，大的意思。

⑦射（yì）：同“斁”厌弃。

赏析

这是一首乐章。

《清庙》是《周颂》的首篇。“四始”是《国风》的《关雎》、《小雅》的《鹿鸣》、《大雅》的《文王》、《周颂》的《清庙》四篇，其中《清庙》算是“四始”的最后一篇，《周颂》的代表。《清庙》的内容很简单，只是要文王的子孙和诸侯继承文王的美德而已。

“哦，在这个深远而肃静的宗庙里，恭祭文王，助祭的公卿诸侯，都很肃静而雍和；而与祭的人又都济济一堂。大家都能秉承着文王的美德，发扬文王在天之灵的旨意；而又能迅速地奔走在庙中的祭祀中，这样大大地显现了文王的德行，大大地顺承了文王的意旨，文王的神灵自然很喜欢，不会厌弃我们了。”

历代研究《诗经》的学者，都说《清庙》是周公营建东都洛邑，率诸侯来祭祀文王的乐歌。而以宗庙祭祀的庞大盛况，歌颂文王的美德，所以为《周颂》的首篇。

维天之命

维[①]天之命，於穆不已[②]。
於乎不显[③]，文王之德之纯[④]！
假以溢我[⑤]，我其收[⑥]之。
骏惠[⑦]我文王，曾孙笃[⑧]之。

①维：语气助词。一说“思念”。

②於（wū）穆：呜呼美哉。不已：不止。指天道运行无止。

③不显：不，同“丕”，发语词。显，光明。

④德之纯：言德之美。纯，大，美。或以为“德”当读为“得”，“纯”读“屯”，言文王得天命甚艰难。

⑤假以溢我：《左传》引作“何以恤人”，当从。恤，安也。

⑥收：受，接受。

⑦骏惠：顺从的意思。

⑧曾孙：后代子孙，指后王。笃：通“敦”，勉也。

赏析

作为祭祀礼敬文王的颂词，首二句之所以先言天命之不已，正是因为文王承受天命创立了周族大业；而文王之所以独受上天关怀，在于文王之德——天命总是倾向于有德之人。而所谓“德”“文德”，中心或关键在于对人民的关怀和爱护。这和《尚书》反复言及的“敬天保民”思想是完全一致的。于是，三、四句转向对文王美德的赞颂；五、六句言后世子孙承受文王之德泽。最后两句言当遵行文王之德行。起、承、转、合，结构甚严谨。陆化熙《诗通》说：“通诗只重在赞文王之德上，以‘纯’字作骨，‘骏惠’字，‘笃’字，俱根‘纯’字来。”这个评论，看到了本诗的关键。

维　清[1]

维清缉熙[2]，文王之典[3]。
肇禋[4]，迄[5]用有成，维周之祯[6]。

注释

①这也是一首祭祀文王的乐歌。

②清：清明。缉熙：光明。

③典：法则。

④肇（zhào）：始。禋（yīn）：祭祀的一种，升烟以祭。

⑤迄：至。

⑥祯：吉祥。

赏析

这是《诗经》中最简短的篇章之一。作为一首与《国风》一类抒情诗意境迥然不同的颂诗，光看原诗十八字的文本，对诗意的理解肯定不会太深，这就有必要通过阅读一些距原诗创作时代比我们近得多的汉代学者的阐说，以及朴学鼎盛时期的清代学者的考证来了解诗歌的创作背景和主题思想。

诗首句感叹当时天下清平光明，无败乱秽浊之政；次句道出这一局面的形成，正是因为文王有征伐的良法。据《尚书大传》等记载，文王七年五伐，击破或消灭了邘、密须、畎夷、耆、崇，翦除了商纣的枝党，为武王克纣打下了坚实的基础。武王沿用文王之法而得天下，追本溯源，自然对"文王之典"无限尊崇。下面第三句"肇禋"，《郑笺》解为："文王受命，始祭天而枝伐也。""枝伐"，即讨伐纣的枝党（如崇国）以削弱其势力。郑说有《尚书中候》《春秋繁露》等书证，"肇禋"，即始创出师祭天之典，自确凿无疑。最后两句，"迄用有成"直承"肇禋"，表明"文王造此征伐之法，至今用之而有成功"（《郑笺》）；又以"用"字带出用文王之法，暗应"文王之典"。"维周之祯"则与第一句"维清缉熙"首尾呼应，用虚字"维"引出赞叹感慨之词，再次强调"征伐之法，乃周家得天下之吉祥"（同上）。作者这样的文字处理，未必是刻意为之，而在结构上自有回环吞吐的天然妙趣。戴震在《诗经补注》中谓其"辞弥少而意旨极深远"，显然对此诗小而巧的结构却有着较大的语义容量深有体会。

烈　文

烈文辟公[1]，锡兹祉[2]福，惠我无疆[3]，子孙保之。
无封靡[4]于尔邦，维王其崇[5]之。
念兹戎功[6]，继序其皇[7]之。
无竞[8]维人，四方其训[9]之。
不[10]显维德，百辟其刑[11]之。於乎前王不忘！

注释

①烈文：《待轩诗记》："烈言其功，文言其德。"辟公：指助祭诸侯。与下文"百辟"同。

②锡（cì）：赐予。兹：此。祉：福。

③惠：爱。一说"顺"。无疆：无穷。

④封：大。靡：累。大累，即大罪。一说"封"指专利敛财，"靡"指奢侈。

⑤崇：立。一说"崇"，尊尚也。

⑥戎功：大功。

⑦继序：指继承祖业。皇：光大。

⑧竞：强。

⑨训：服从。一说训“效”。

⑩不：同“丕”，发语词。显，光明。

⑪刑：通“型”，模范。

成王即位之初，举行祭祀祖先的大典，诗中叮嘱与祭者，不要忘记前辈君王的功绩德行。

从诗中“念兹戎功”一句看，应该是成王初年祭祀先祖的诗。参加祭祀者都是前王定天下的诸侯，所以说“戎功”。陆化熙说：“只是念助祭之功，而前述其在国，后勉以不忘。语气蔼然。”“无封靡于尔邦”以下八句，类似后世散文中的骈文句法，蔼然的口气尤其明显，故邓翔《诗经绎参》说：“此篇如《书》之诰谕体。”

天　作[1]

天作高山[2]，大王荒[3]之。彼作[4]矣，文王康[5]之。彼徂[6]矣岐，有夷之行[7]。子孙保之。

注释

①这是一首祭祀先公、颂其功绩的乐歌。

②作：生。孔颖达《正义》："作者，造立之言，故为生也。"高山：指岐山，周族建国发达之地。

③大（tài）王：指古公亶父，周文王的祖父，率周族从豳地迁至岐山之下，定国号为周。荒：开垦，治理。

④彼：指周人。作：兴建。《笺》："彼，彼万民也。……彼万民居岐邦者，皆筑作宫室以为常居，文王则能安之。"一说彼指上天，陈奂《传疏》："言天所生之万物，而文王又能以安之也。"

⑤康：安康。

⑥徂：往，归附。

⑦夷：平。行（háng）：道路。

赏析

对周人来说，岐山是圣地。周人一系传至古公亶父，居于豳地。古公之前，后稷、公刘二位也是功勋卓著，《国语》之所以取岐山为周人兴起的圣地，似是极度推崇古公之仁。

此诗是《周颂》中少有的提及具体地点的作品（另一篇是《潜》）。此诗的祭祀对象是岐山。岐山是古公至文王，历代周主开创经营的根据地。著名的伐商灭纣，便是在此积蓄的力量。此诗既是祭圣地，又是祭开创经营圣地的贤明君主。

诗中主要描写天赐岐山之后，周人在岐山根据地上积蓄力量的过程。仅取大王、文王二人，主要是因为，他们确实是岐山九世周主最杰出的代表。岐山圣地经营到文王之世，已为武王积蓄了足以灭商的雄厚实力，包括姜尚这样足以辅成伟业的贤臣。“岐有夷之行”，分明是先王开创的一条通向胜利之路。

诗将对圣地、圣人的歌颂融为一体，着力描写积蓄力量的进程，揭示历史发展的必然趋势。此诗如大河滔滔，飞流直泻，既显庄严，又富气势。短短七句，有如此艺术效果，可见该诗作者的非凡手笔。

昊天有成命

昊天有成命[①]，二后[②]受之。
成王不敢康[③]，夙夜基命宥密[④]。
於缉熙[⑤]！单厥[⑥]心，肆其靖[⑦]之。

①昊天：苍天。成命：既定的天命。

②二后：二王，指周文王与周武王。

③康：安乐，安宁。

④夙夜：日夜，朝夕。基命：王者始承的天命。宥（yòu）密：宽仁宁静。

⑤於（wū）：叹词，有赞美之意。缉熙：光明。

⑥单：忠厚。厥：其，指成王。

⑦靖：安定。

《毛诗序》认为本诗的目的是祭祀天地，但多数人不同意《毛诗序》的说法，认为此乃祭祀成王的诗。

从诗的内容来看，除了一、二两句，余下五句都是直接叙述成王之德的，说成祭天地确实不妥。

首二句是全诗的引子，先从高高在上的“昊天”起笔，指出上天有成命，文王和武王受命于天，灭殷商，建西周。祭祀成王却不从成王下笔，先言上天，次言文、武二王。这是因为，成王受文王和武王之命，而文、武二王又受天之命，开篇如此写法正可表示成王与文、武二王一脉相承，顺承天意。

之后五句是诗的主体，赞颂成王之德。“成王不敢康，夙夜基命宥密”是说成王即位后，不敢贪图安逸，日夜为保国安民而深谋远虑。

在两句平实的叙述后，诗人突然发出一声“於缉熙”的赞叹，情感顿时扬起。“缉熙”为联绵词，做光明解。成王在位期间励精图治，使得国家安定富强，成功继承了文、武二王的光明功绩，因此后人发出“於缉熙”的赞叹，肯定了成王的光明之道。

《史记·周本纪》记载：“成、康之际，天下安宁，刑措四十余年不用。”成王之所以谥号为“成”，也正是因为他是西周的守成之君。

诗以简洁的语言概括了成王巩固江山、安定天下的功绩，朴素而不失庄重。短短七句颂词充分表达了对成王的赞美之意。

我将[1]

我将我享[2]，维羊维牛，维天其右[3]之。
仪式刑文王之典[4]，日靖[5]四方。
伊嘏[6]文王，既右飨[7]之。
我其夙夜，畏天之威，于时[8]保之。

注释

①这是一首祭祀上天和文王的诗。

②将、享：奉献祭品，二字同义。

③右：保佑。

④仪式刑：效法，三字同义。典：法则。

⑤靖：安定。

⑥伊：语助词。嘏（jiǎ）：通“假”，伟大。

⑦飨（xiǎng）：享用。

⑧时：通“是”。

赏析

《大武》的乐曲早已失传，虽有零星的资料，但终难具体描述。然其舞蹈形式则留下了一些粗略的记录，可以做大概的描绘。第一场，在经过一番擂鼓之后，为首的舞者扮演武王，头戴冕冠出场，手持干戚，山立不动。其余六十多位舞者扮演武士陆续上场，长时间咏叹后退场。这一场舞蹈动作是表示武王率兵北渡盟津，等待诸侯会师，八百诸侯会合之后，急于作战，而周武王以为伐纣的时机尚不成熟，经过商讨终于罢兵的事实。第二场，主演者扮姜太公，率众舞者手持干戈，奋臂击刺，猛烈顿足。他们一击一刺，做四次重复，表示武王命太公率敢死队闯犯敌阵进行挑战，武王率大军进攻，迅速获胜，威震中原。第三场，众舞者由面向北转而向南，表示周师凯旋。第四场开始时，众舞者混乱争斗，扮周、召二公的舞者出而制止，于是众舞者皆左膝跪地，表示成王即位之后，东方和南方发生叛乱，周、召二公率兵平乱的事实。第五场，众舞者分成左右两大部分，周公在左，召公在右，振动铃铎，鼓励众舞者前进，表示成王命周公镇守东南，命召公镇守西北。第六场，众舞者恢复第一场的位置，做阅兵庆典和尊崇天子成王的动作，表示周公平乱以后，庆祝天下太平，各地诸侯尊崇周天子。

时　迈[①]

时迈其邦[②]，昊天其子之[③]。
实右序[④]有周，薄言震[⑤]之，莫不震叠[⑥]。
怀柔[⑦]百神，及河乔岳[⑧]。允王维后[⑨]！
明昭有周，式序在位[⑩]。
载戢干戈[⑪]，载櫜[⑫]弓矢。
我求懿德[⑬]，肆于时夏[⑭]，允王保之！

注释

①这是武王巡视各地，祭祀山川的乐歌。

②时：语气助词。一说按时。迈：行，巡视。邦：指诸侯的封国。

③昊天：上天。子之：以之为子，谓使之为王也。

④实：语气助词。右序：助。二字同义。

⑤薄、言：皆语气助词。震：谓以威力震慑。

⑥叠：通“慑”，恐惧。

⑦怀：来。柔：安。此句谓祭祀百神。

⑧乔岳：高山。

⑨允：的确。后：君。

⑩式：语气助词。序在位：谓合理安排在位的诸侯。

⑪载：则，乃。戢（jí）：收藏。干：盾。干戈：泛指兵器。

⑫櫜（gāo）：弓袋，此用为动词。

⑬懿德：美德。

⑭肆：陈列，谓施行。时：通“是”，这。夏：指中国。

赏析

此诗歌颂武王克商后，封建诸侯，威震四方，安抚百神，偃武修文，发扬光大大周先祖功业的诸事。应为宗庙祭祀先祖时，歌颂周武王的乐歌。

全诗十五句。根据毛诗、朱熹的《诗集传》，此诗是无须分章的。且细审诗意，如若分章，“不惟章法长短不齐，文气亦觉紧缓不顺”（方玉润《诗经原始》）。所以还是从旧说，以不分为好。

此诗采用“赋”的手法进行铺叙。开篇，周武王封建的诸侯各国，不仅得到了皇天的承认，皇天甚至把他们当作自己的儿子一样看待。又说，武王不仅能威慑四方，且能安抚百神，所以他的继立，是能发扬光大大周先祖的光辉功业的。其后，武王平定殷纣、兴立大周、封建诸侯，戢干戈、櫜弓矢，偃武修文。

此诗从头到尾，语意参差、语气连贯，起伏错落有致，字里行间充溢着作者深挚而敬慕的感情。

此诗以天命和周武王的联系，作为全诗的主线，重点歌颂了周武王的武功和文德。层次清晰，结构紧密，在大多臃肿板滞的雅颂诗篇中，不失为一篇较为优秀的作品。

执　竞[1]

执竞武王[2]，无竞[3]维烈。不显成康[4]，上帝是皇[5]。
自彼成康，奄[6]有四方，斤斤[7]其明。
钟鼓喤喤[8]，磬筦将将[9]，降福穰穰[10]。
降福简简[11]，威仪反反[12]。既醉既饱，福禄来反[13]！

注释

①这是一首祭祀武王、成王、康王的乐歌。

②执：持。竞：强。严粲《诗缉》："李氏曰：自强之心，执而勿失。"一说执，服。竞，强御。

③无竞：无争，无比。烈：功业。

④不：通"丕"，大。成康：成王、康王。

⑤皇：赞美。

⑥奄：覆盖。

⑦斤斤：明察的样子。

⑧喤喤（huáng）：钟鼓声。

⑨磬：古代一种石制的打击乐器。筦：同"管"，一种竹制吹奏乐器。将将（qiāng）：同"锵锵"，乐声。

⑩穰穰（ráng）：众多的样子。

⑪简简：大的样子。

⑫威仪：仪式，礼节。反反：慎重的样子。

⑬反：复，报答。

此为《周颂·清庙之什》第九篇。关于诗的旨意，前人有两种解释，《毛诗序》和三家诗都以为是祭祀武王的诗。

此诗前七句叙说了武王、成王、康王的功业，赞颂了他们开国拓疆的丰功伟绩，祈求他们保佑后代子孙福寿安康，永远昌盛。在祖先的神主面前，祭者不由追忆起武王创业开国的艰难，眼前浮现出几代祖先英武睿智的形象：击灭商纣、开邦立国的武王，东征西讨、开拓疆土的成王、康王。既有对祖先的缅怀、崇敬、赞美，也是吹捧祖先、炫耀门庭、沾沾自喜的一种心理反应。

此诗是昭王时代的祭歌，比起早一些的《颂》诗，在用韵方面，有了明显的进步，音调抑扬铿锵，尤其是“喤喤”“将将”“穰穰”“简简”“反反”等叠字词的连续使用，使语气舒缓深长、庄严肃穆，给人一种身临其境的感觉，体现出庙堂文化深厚的底蕴。

思　文

思文后稷[1]，克配[2]彼天。
立我烝民[3]，莫匪尔极[4]。
贻我来牟[5]，帝命率育[6]。
无此疆尔界，陈常于时夏[7]。

注释

①文：文德，即治理国家、发展经济的功德。后稷：周人始祖，姓姬氏，名弃，号后稷。

②克：能够。配：配享，即一同受祭祀。

③立：通“粒”，米食。此处用如动词，养育。烝民：众民。

④极：无量功德。

⑤贻：赐予。来：小麦。牟：大麦。

⑥帝命率育：上天命令与民种育相连。

⑦陈：遍布。常：此指农政。时：此。夏：中国。

《思文》所属的《周颂》是产生于西周早期的作品，这个时期周朝刚刚建国，在这样特定的历史时期中，人们最愿意称颂的就是周代的先王们。《思文》篇幅简短，正是当时政治清明的一种表现。大多数学者认为本文的作者是周公。对于人们来说，歌颂盛朝的颂歌，其作者是盛朝的大圣人，这是无可争议的事情，所以在《诗经》中，有很多诗篇的作者都被认为是周公。周公作为一个辅佐了文王、武王、成王三代君王的大臣，他见证了国家的兴盛和繁荣，可以说周公是一个功勋卓著的人。

在古时候，祭祀上天的活动都是在南郊举行的，所以“思文后稷，克配彼天”的祭祀也在郊外。古代的祭祀首先是先王配享，因为被视为天子的君王有着至高无上的权力，他们身份高贵可以实现和上天之间的沟通，这是在进一步表明王权天授的观点。所以在那个时期祭祀活动都是为了巩固政权的，也就是说原本空泛的祭天活动变成了具有重大意义的政治活动。这种祭祀活动对于稳定人心、统一思想、凝聚力量有着十分重要的作用。在祭祀的现场，通过反复地吟唱这首诗歌会使祭祀的会场变得十分庄严，让人们仿佛沐浴在一种庄严肃穆的氛围之中。他们将参与盛典的自豪感和肩负上天使命的责任感完美地融合在了一起。

文中“天”“帝”两字形成了一种紧扣和呼应的感觉。通过对天人沟通的描写，彰显了君王的威信。

作为一个已经君临天下的王朝，西周的“无此疆尔界，陈常于时夏”是在向天下喻示自己的权威，但同时又有一种秉承天命、子育万民的怀柔之感，具有很强的感染力。

臣工之什

《诗经·周颂》之一，存诗十篇。《臣工》是《周颂》中的一首诗篇。“臣工之什”即以《臣工》为第一首诗的十首诗歌的总集。

臣 工

嗟嗟臣工[①]，敬尔在公[②]。王厘尔成[③]，来咨来茹[④]。
嗟嗟保介[⑤]，维莫[⑥]之春，亦何求[⑦]？如何新畬[⑧]？
於皇来牟[⑨]，将受厥明[⑩]。明昭[⑪]上帝，迄用康年[⑫]。
命我众人[⑬]：庤乃钱镈[⑭]，奄观铚艾[⑮]。

注释

①嗟嗟：重言以加重语气。臣工：群臣百官。

②敬尔：尔敬。在公：为公家工作。

③厘：通"赉（lài）"，赐。成：指收成。

④咨：询问、商量。茹：度。

⑤保介：田官。

⑥莫（mù）：古"暮"字，莫之春即暮春，是麦将成熟之时。

⑦又：有。求：需求。

⑧新畬（yú）：新田，熟田。

⑨皇：美盛。来牟：麦子。

⑩厥：其，指代将熟之麦。明：收成。

⑪明昭：明明，明智而洞察。

⑫迄用：至今。康年：丰年。

⑬众人：庶民们，指农人。

⑭庤（zhì）：储备。钱（jiǎn）：农具名，掘土用。镈（bó）：农具名，除草用。

⑮奄观：尽观，即视察之意。铚（zhì）：农具名，一种短小的镰刀。艾：割。

赏析

这是一首跟农业有关的乐歌，也是《周颂》里首篇写农事的乐歌。周部族是古老的农耕民族，历代重视农业生产。西周建立后，更是将农业视为立国之本。

一般认为此诗产生于周成王时期，因此诗中的“王”应为周成王。诗共十五句，皆为成王对群臣及农官重视农业的告诫。前四句是周王对群臣说的话：“嗟嗟臣工，敬尔在公。王厘尔成，来咨来茹。”“嗟嗟臣工，敬尔在公。”周王首先肯定了群臣在各自职位上的表现，对他们的恪尽职守予以赞许。做好本职工作当然很好，但是周王还希望众臣能够多多关心农业。农业生产是全国上下的大事，“臣工”（公卿大夫和诸侯）虽然不亲自耕地，但作为国家的统治阶层，应当时常关心农事，以身作则，这样才能有利于农业的发展。

“於皇来牟，将受厥明。”周王看到麦田里长势喜人的麦子，不禁发出“於皇来牟”的赞叹，并由此得出将大获丰收（将受厥明）的结论。农业能够获得丰收，除了得益于人们的辛勤耕耘，也要有风调雨顺的气候保障。周人敬天，看到庄稼如此茁壮，当然不免感激一番降施雨露的上天，所谓“明昭上帝，迄用康年”是也。说得再多，最重要的还是农夫的实际耕作，于是最后周王对农官说：“命我众人，庤乃钱镈，奄观铚艾。”如今才到暮春，麦子成熟在夏秋之际，虽然还有几个月才到收获季节，但周王似乎生怕误了农时，便早早催促农官，叫农夫赶紧准备收割的农具，以待麦熟时及时收获。

全诗篇幅不长，却对群臣、农官、农夫都一一做了嘱咐，涉及方面虽广，却不显杂乱，由上至下，层次分明，井然有序。诗的内容详略有当，虽告诫之人甚多，却将重点放在对农官的嘱咐上；而在告诫农官时，又只是提出“亦又何求？如何新畬？”两个极为简单却十分值得注意的问题，逻辑严密而简洁精练的语言中足见周王对农业的重视之深。

噫 嘻[1]

噫嘻[2]成王，既昭假尔[3]。率时[4]农夫，播厥[5]百谷。骏发尔私[6]，终三十里[7]，亦服[8]尔耕，十千维耦[9]。

①这是一首周成王劝诫农官的诗。

②噫嘻：叹词。

③昭：明。假：至，来。尔：农官。

④时：通“是”，这些。

⑤播：种。厥：其。

⑥骏：迅速。发：开发。私：私田。

⑦终：尽。三十里：方三十里。

⑧亦：语气助词。服：事。

⑨十千：一万。耦（ǒu）：两人并肩拉犁耕地。

赏析

此诗叙述了周成王祭毕上帝及先公先王后，亲率官、农播种百谷，并通过训示农官来勉励农夫努力耕田，共同劳作的情景。

全诗共八句，分为四四两层。前四句是周王向臣民庄严宣告自己已招请祈告了上帝先公先王，得到了他们的准许，以举行此借田亲耕之礼；后四句则直接训示农官勉励农夫全面耕作。诗虽短而气魄宏大。从第三句起全用对偶，后四句句法尤奇，似乎不对而实为“错综扇面对”，若将其加以调整，便能分明看出：

骏发尔私，亦服尔耕；

终三十里，维十千耦。

则骏和终、亦和维字隔句成对；其他各字，相邻成对。此种对偶法，即使在后世诗歌最发达的唐宋时代，也是颇少见。

总之，《周颂·噫嘻》一诗，既由其具体地反映周初的农业生产和典礼实况，从而具有较高的史料价值；又以其突出的“错综扇面对”的修辞结构技巧，而具有较重要的文学价值。

振　鹭

振鹭[1]于飞，于彼西雍[2]。我客戾止[3]，亦有斯容[4]。在彼无恶，在此无斁[5]。庶几夙夜[6]，以永终誉[7]。

注释

①振：振振，群飞貌。鹭：白鹭，水鸟，白色，故又谓之白鸟。好群飞鸣。

②西雍（yōng）：辟雍，因在西郊，故得名“西雍”。

③客：指来朝的诸侯。旧说指夏商二王之后，周王以客待之，而不敢以为臣，故称“客”。戾：至。止：语气词。

④斯容：此容，指白鹭高洁的仪容。这是说来客像白鸟一样的高洁。

⑤无斁（yì）：无厌。

⑥庶几：差不多，表示希望之意。夙夜：指早起晚睡，勤于政事。

⑦永：长。终誉：即“盛誉”。终，与“众”古通，盛也。

赏析

宋、杞是殷人的后代，这是一篇专门招待宋、杞两国国君来京城助祭的歌，周王以客礼相待，希望他们能够永远臣服周廷。

古代学者皆以为“客”指“二王之后”，即所谓夏、商国君的后代，在周为杞和宋两家诸侯。但诗中没有直说，盖由“客”字推测而来（把前代胜国君主的后代封于某地，他们朝见时王，时王以客礼相待），且诗中言“在彼无恶”，隐指他们对周王朝的臣服。高傒鹤云：“尊之曰‘客’，亲之曰‘我客’，爱敬兼至也。‘斯’指鹭之洁白，言在彼在此，无恶无斁，总为先代之后申其爱敬之说。‘庶几’二字有欣、勉二意，深见立言之妙。”“庶几”一词表现了周王十分微妙的心理，不只是欣慰和勉励，还有希望和责任，但不容置疑的态度已在其中，而口吻宽缓，对方也易于接受。所谓“一字见精神”。

丰　年

丰年多黍多稌[①]，亦有高廪[②]，万亿及秭[③]。

为酒为醴[④]，烝畀祖妣[⑤]，以洽百礼[⑥]，降福孔皆[⑦]。

注释

①丰年：丰收之年。黍、稌（tú）：黍子与稻子。

②高廪：高大的米仓。

③万亿及秭（zǐ）：周代十千为万，十万为亿，十亿为秭。此极言收获之多。

④醴（lǐ）：甜酒。此是指用收获的稻黍酿造成清酒与甜酒。

⑤烝：献。畀：给予。祖妣：指男女祖先。

⑥洽：配合。百礼：指名目繁多的祭礼。一说指各种规定。

⑦孔皆：很普遍。皆，普遍。一说“皆”通“嘉”，训“美”。

赏析

每一年的秋冬，周王朝要举行对天地群神大规模的“报祭”，既报答群神的保佑之恩，也祈求来年的好收成，丰收年更是如此。这首诗就是“报祭”的颂词。

既是丰收年秋冬“报祭”的颂词，自然首先向神灵报告丰收的情形，所以首先说丰年的景象，并表明献给神灵的美酒就是用这粮食酿造的，以表示对先祖群神的报答。诗中说到“百礼”，所以学者们认为此是祭“祖妣”兼祭上帝群神的乐歌。诗虽简短，而丰收喜庆之气象则宛然可见。邓翔《诗经绎参》曰：“此篇文体之最平者，祝颂之恒词也。”

有瞽[1]

有瞽有瞽[2]，在周之庭[3]。设业设虡[4]，崇牙树羽[5]。
应田县鼓[6]，鞉磬柷圉[7]。既备乃奏，箫管备举。
喤喤[8]厥声，肃雍[9]和鸣，先祖是听。
我客戾止[10]，永观厥成[11]。

注释

①这是一首合奏众乐以祭祖的乐歌。

②瞽（gǔ）：盲人。古代多以盲人为乐师，故瞽又成为乐师的代称。

③庭：指宗庙之庭。

④业、虡（jù）：悬挂钟磬的木架，其竖立两旁的立柱称虡，横梁上面刻有锯齿状边缘的木板为业。

⑤崇牙：业上的锯齿，用以悬挂钟磬。树：植立。羽：五彩羽毛，以为装饰。

⑥应：小鼓。田：大鼓。县鼓：悬挂着的鼓。

⑦鞉（táo）：摇鼓。磬：古代一种石制打击乐器。柷（zhù）：古代一种方形的木制乐器。圉（yú）：通“敔”，

古代一种状如伏虎的木制乐器，敲击以止乐。

⑧喤喤（huáng）：声音和谐而洪亮。

⑨肃雍：乐声舒缓而肃穆。

⑩戾：至。止：语气助词。

⑪永：长。成：乐曲终了。

《周颂》三十一篇都是乐诗，但直接描写奏乐场面的诗作唯《周颂·执竞》与此篇《周颂·有瞽》。《周颂·执竞》一诗，“钟鼓喤喤，磬筦将将，降福穰穰。降福简简”，虽也写了作乐，但也落实于祭祀降福的具体内容。唯有《周颂·有瞽》几乎纯写作乐，最后三句写到“先祖”“我客”，也是点出其“听”与“观”，仍归结到乐的本身，可见这乐便是《周颂·有瞽》所要表达的全部，而这乐所包含的意义，在场的人（周王与客）、王室祖先神灵都很明了，无须再加任何文字说明。因此，《周颂·有瞽》所写的作乐当为一种定期举行的仪式。

《礼记·月令》：“季春之月……是月之末，择吉日，大合乐，天子乃率三公、九卿、诸侯、大夫亲往视之。”高亨在《诗经今注》中认为这即《周颂·有瞽》所描写的作乐。从作乐的场面及其定期举行来看，大致两相符合，但也有不尽一致之处。其一，高氏说

“大合乐于宗庙是把各种乐器汇合一起奏给祖先听，为祖先开个盛大的音乐会”，而《礼记·月令》中郑玄注则说“大合乐以助阳达物风化天下也，其礼亡，今天子以大射、郡国以乡射礼代之”，目的一空泛、一具体；其二，高氏说“周王和群臣也来听”，《礼记·月令》则言天子率群臣往视，音乐会的主办者便有所不同了。另外，高氏说“据《礼记·月令》，每年三月举行一次”，《月令》原文是“季春之月”，按周历建子，以十一月为岁首，“季春之月”便不是“三月”了。可见要确指《周颂·有瞽》作乐是哪一种仪式，还有待进一步考证。

潜

猗与漆沮[1]，潜[2]有多鱼。
有鳣有鲔[3]，鲦鲿鰋[4]鲤。
以享[5]以祀，以介景福[6]。

注释

①猗与：赞叹词，相当于“啊哟”。漆沮：水名。

②潜：当从《韩诗》和《鲁诗》作涔（cén），把木柴堆在水中供鱼栖息叫涔。辽东人在五十多年前的冬春二季节还用此法捕鱼，俗称鱼窝。一般是把不太大的树连枝带叶地投入河水较深、水流也较稳定的水湾内，鱼类、虾类（小龙虾，东北人俗称之为“蝲蛄”或“鳓蛄”，盖满语也）自然会大群、分层地聚集其中，冬渔甚便。

③鳣（zhàn）：又叫蝗鱼、蜡鱼。似鱏而短鼻，口在颔下，无鳞。据《本草纲目》说，这种鱼大者可达一二千斤重。鲔（wěi）：鲟鱼，长一二丈。

④鲦（tiáo）：鱼名，又叫白鲦。长仅数寸，状如柳叶，鳞细而整，洁白可爱。鲿：又名黄鲿鱼、黄颊鱼。尾微黄，大者长

尺七八寸许。鳂，又名鲇鱼。大首偃额，大口大腹，大者可达三四十斤。

⑤享：祭献。

⑥以介景福：以求大福。介，祈求。景，大也。

注释

这首诗是向宗庙献鱼祭祀的歌。

鱼是宗教崇拜的对象，用以祭祀宗庙，原本的意义在于祈求多子多孙。在古代，“人类本身的再生产”是个至关重大的问题。一个部族、一个国家，其繁盛与衰败，首先就看人口的多少，所以，多子多孙就是吉祥。“多”的意义再行泛化，则财富、土地无所不包，“鱼”这一意象也就渐渐成为广泛意义上的幸福和吉祥的象征物。则年画、剪纸民间艺术之多鱼，随处可见。现今在产鱼甚少，甚至根本不产鱼的西北地区，逢年过节，往往以木鱼摆在筵席上，更是最有说服力的证明，此乃远古习俗之遗留。

雝[1]

有来雝雝[2]，至止肃肃[3]。相维辟公[4]，天子穆穆[5]。
於荐广牡[6]，相予肆祀[7]。假哉皇考[8]，绥予孝子[9]。
宣哲维人[10]，文武维后[11]。燕及皇天[12]，克昌厥后[13]。
绥我眉寿[14]，介以繁祉[15]。既右烈考[16]，亦右文母[17]。

注释

①这是一首武王祭祀文王的乐歌。

②有：语气助词。雝雝：和睦的样子。

③至止：到达。肃肃：严肃的样子。

④相：助，指助祭的人。辟（bì）公：诸侯。

⑤穆穆：端庄肃穆的样子。

⑥於（wū）：叹词。荐：献。广牡：大牲。

⑦予：我，天子自称。肆：陈列。一说肆祀，祭名。

⑧假：通“嘉”，美。一说大。皇考：对已故父亲的美称，此指文王。

⑨绥：安抚。孝子：武王自称。

⑩宣哲：犹明哲，有才智。人：指臣。

⑪文武：有文德和武功。后：君。

⑫燕：安。皇天：上天。

⑬克：能。昌：兴盛。后：后代。
⑭绥：赐。眉寿：长寿。
⑮介：助。祉：福。
⑯右：通“侑”，劝酒食。烈考：犹皇考。皇、烈，均为光明义，是赞美之词。
⑰文母：有文德的母亲。

赏析

这首诗是父母同祭的，因此说“既右烈考，亦右文母”，但“文母”的陪衬地位也很明显，这又是父系社会的必然现象。以这样内容的两句结尾是《周颂》中唯一之例，透露出《雍》是祭祀后撤去祭品的乐歌的信息，并为诸多《诗经》注疏、研究者所公认。按理说，每一祭典都有撤去祭品这一程序，撤祭诗不会仅此一首，既然现在《诗经》只收录了《雍》，可见《诗经》的整理删定者（旧说为孔子）认为它是其中最出色的一篇。

载见

载见辟王[①]，曰求厥章[②]。龙旂阳阳[③]，和铃央央[④]。
鞗革有鸧[⑤]，休有烈光[⑥]。
率见昭考[⑦]，以孝以享[⑧]，以介[⑨]眉寿，永言[⑩]保之。
思皇多祜[⑪]，烈文辟公，绥[⑫]以多福，俾缉熙于纯嘏[⑬]。

注释

①载：始。一说：则，乃。辟王：君王。

②曰：同“聿”，发语词。厥章：其章。章，典章制度。

③龙旂：有蛟龙图案的旗帜。阳阳：当读为“扬扬”，旗飘动飞扬之貌。

④和：挂在车轼上的铃称“和”。铃：挂在车衡上的铃称“铃”。一说铃指旂上的铃。央央：和声之盛貌。

⑤鞗（tiáo）革：马缰头的铜饰。有鸧（qiāng）：即“鸧鸧”，铜饰貌。一说铜饰相击之声。

⑥休：美。有：又。烈光：光亮。

⑦率：带领。昭考：皇考。

⑧孝：与“享”同，都是献祭的意思。

⑨介：通“匄”，求。

⑩永言：永焉，长久貌。

⑪思：发语词。皇：大。一说“皇”读“况”，训“赐”。祜：福。

⑫绥：安抚。一说赐也。

⑬俾：使。缉熙：光明，显耀。纯嘏：大福，美福。

赏析

本诗写的是成王新即位，诸侯前来朝见新王，并参加助祭活动。

古代学者或以为这首诗写的是诸侯第一次朝拜武王庙，或以为是诸侯到武王庙来助祭的诗，或以为是诸侯本为来朝拜周天子，但朝见时正赶上祭祀，于是执行助祭工作，这诗则主要写的是助祭。从诗的内容看，开始即言来京“载见”（始见）周王，并说到“曰求厥章”，大概是探求新王即位，看一下中央政府有什么新的政策，所以今世学者或以为写的是成王刚刚即位的事。《诗义会通》引旧评云：“起层不急于入助祭，舒徐有度。末以长句作收。”长句节奏长，大节奏上就显示出那愿望的久长。

有　客

有客有客[1]，亦白其马[2]。有萋有且[3]，敦琢其旅[4]。
有客宿宿[5]，有客信信[6]。言授之絷[7]，以絷其马。
薄言追[8]之，左右绥之[9]。既有淫威[10]，降福孔夷[11]。

①客：指宋微子。

②亦白其马：他用白马驾车乘。

③有萋有且（jū）：即“萋萋且且”，此指随从众多。

④敦琢：意为雕琢，引申为选择。旅：通“侣”，指伴随微子的宋大夫。

⑤宿：一宿曰宿。

⑥信：再宿曰信。或谓宿宿为再宿，信信为再信，亦可通。

⑦絷（zhí）：拴马索。

⑧薄言：语助词。追：饯行送别。

⑨绥：安抚。

⑩淫：盛，大。威：德。

⑪孔：很。夷：大。

赏析

近人说诗，多认为《有客》一诗是“微子来见祖庙”之歌，但也有人认为“此篇乃周天子饯诸侯所奏之乐歌”。归结一点，此诗是古代王公贵族接待宾客之诗。全诗是一个前后呼应、始末完整的主体，从客之至的喜悦，到客之留的殷切，再到最后客之去的祝福和深深情意，语言活泼、节奏轻快跳跃，表现出了主人对客人的真诚情谊和美好祝愿，让人感到亲切动人。

开篇叠词，“有客有客”表现出了对贵客驾临的喜悦呼告。车声辚辚，从远处传来，客人虽然因为距离较远还无法辨别是谁，那驾车的白马却早已让人看得分明，想必一定是贵客临门。主人精神为之一振，奴仆们也随着主人喜色浮动。欢快跳跃的语言，传神地表现出主仆遥见贵客到来时相互传告的欣喜；纯白的马，潇洒大方地展示出车骑雍容的气派与华贵不俗的风度。先闻声，后见人，颇有“粉面含春威不露，丹唇未启笑先闻”的妙处。

全诗并未就此而止，但也未对贵客有更深更近更细的描写，而是宕开一笔，转到贵客的随从身上，以求达到烘云托月、绿叶衬花的效果。但见随从衣着花团锦簇，气宇轩昂，全都是百里挑一的人才。“有萋有且，敦琢其旅”两句并未直接描写贵客的高贵，而是在随从的不凡中以烘云托月的方式写出了贵客的气宇和风采。

恰如“处处景语皆情语”的妙处，诗面写客，但是字里行间跳动着的却是迎客主人的欣喜、赞叹和自豪之情。

诗歌并未顺接写出相见时寒暄热闹的场景，而是宕开，冷却迎客主人那份喜悦之情，表现出主人对客人很快离开的担心和忧虑。“有客宿宿，有客信信”，相逢的其乐无穷加上主人的盛情款待，使得客人有着宾至如归的感受。由此住了一天又一天，时光流逝，已经住了好几天了，但是主人依依不舍，不愿客人离开，但客人却执意要走，无可奈何之中主人只能“言授之絷，以絷其马”，即只能通过绊住客人的马来挽留贵客，表现出了一种古朴纯真的待客深情。

去意已决，无论主人有多么的热情，客人终究不能久留，揖别之际，主人只能“薄言追之”，表现主人送之远、别之难，显示出“送”中之“情”。主人自己虽在为别离伤感，但作为送行者，却又在贵客去意已决时，不停地抚慰客人，让其安心登程。此情此景，让人觉得真切，越加委婉动人，感人至深。

“既有淫威，降福孔夷”，末尾二句常被古人用为作别套语，但在主人的诚挚与深情中，却表达出了对远去客人的真诚而美好的祝愿。这祝愿犹如一缕温馨的春风，拂动着贵客的心；亦如一声悠长的钟鸣，留给全诗丝丝余韵。

武[1]

於皇[2]武王，无竞维烈[3]。
允文[4]文王，克开厥后[5]。
嗣[6]武受之，胜殷遏刘[7]，耆[8]定尔功。

注释

①这是一首歌颂武王功业的乐歌。

②於（wū）：表赞美的叹词。皇：大。

③竞：强。烈：功业。《笺》："无强乎其克商之功业。"

④允：的确。文：文德。

⑤克：能。此句谓能为后代开创基业。

⑥嗣：继承。《笺》："嗣子武王受文王之业。"

⑦殷：殷商。遏、刘：马瑞辰《通释》："是遏、灭二字同义。胜殷遏刘，谓胜殷而灭杀之。"刘：杀。一说遏，阻止。遏刘：阻止杀戮无辜。

⑧耆：致使。

《周颂·武》一开头，就以最高亢最雄浑的歌喉对周武王做出了赞颂：“於皇武王，无竞维烈。”殷商末年，纣王荒淫暴虐，厚赋税以盘剥国人，造炮烙酷刑以镇压异己，嬖爱妇人妲己，宠信佞臣费中、恶来，醢九侯，脯鄂侯，囚西伯（周文王），微子数谏不听而亡去，比干强谏而被剖心，箕子佯狂为奴亦遭囚。纣王的倒行逆施，令百姓怨愤，令诸侯寒心。此篇颂诗对周武王完成克商大业的赞美，尽管是站在周王朝统治者立场上的，但也是同时代民众心声的反映，令人感到真实可信，不像后世郊庙歌词虚应故事的陈词滥调那么惹人厌烦。

闵予小子之什

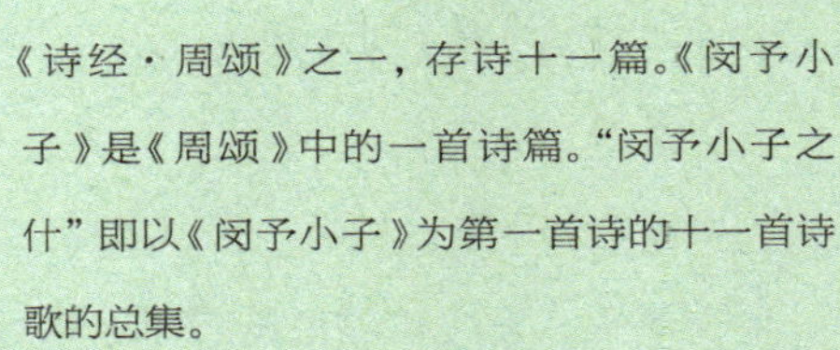

《诗经·周颂》之一，存诗十一篇。《闵予小子》是《周颂》中的一首诗篇。“闵予小子之什”即以《闵予小子》为第一首诗的十一首诗歌的总集。

闵予小子[1]

闵予小子[2]，遭家不造[3]。嬛嬛在疚[4]。
於乎皇考[5]！永世克[6]孝。念兹皇祖[7]，陟降庭止[8]。
维予小子，夙夜敬[9]止。於乎皇王[10]，继序思[11]不忘。

①这是成王遭武王之丧朝于祖庙而作的诗。

②闵：通"悯"，可怜。予：我，成王自称。小子：年轻人。

③不造：不善，不幸。

④嬛嬛（qióng）：通"茕茕"，孤独无依的样子。疚：病，忧伤。

⑤於乎：同"呜呼"。皇考：对已去世父亲的尊称。

⑥永世：终身。克：能。

⑦皇祖：指文王。

⑧陟（zhì）降：上下。庭：《传》："直也。"《笺》："上以直道事天，下以直道治民。"止：语气助词。

⑨敬：戒慎。

⑩皇王：君王，指文王、武王。

⑪序：通“绪”，事业。思：语气助词。

嗣王朝庙，通常是向祖先神灵祷告，表白心迹，祈求保佑，同时也有对臣民的宣导作用。鉴于周成王的特殊境遇，这篇告庙之词应有特殊的设计。

开头三句，将成王的艰难处境如实叙述，和盘托出，并强调其“嬛嬛在疚”，无依无靠。国君需要群臣，嗣王更需要群臣的支持，成王这样年幼的嗣王则尤其需要群臣的全力辅佐。第四句的“皇考”指周武王。武王一生业绩辉煌卓著，诗中却只字不提，只说他“永世克孝”。为人子当尽孝，为人臣则当尽忠，其理一致，为什么不直陈其言呢？盖因在危难、匡窘之际寻求援助，明令不如感化，当时周王室群臣均为武王旧臣，点出武王克尽孝道，感化之效即生。第六句的“皇祖”指周文王，而“陟降”一语，当重在“陟”，因为成王嗣位时在朝的文王旧臣，都是文王擢拔的贤能之士，他们在文王去世之后，辅佐武王成就了灭商的伟业，此时又该辅佐成王来继业守成了。

访　落

访予落止[①]，率时昭考[②]。

於乎悠[③]哉，朕未有艾[④]，将予就[⑤]之，继犹判涣[⑥]。

维予小子，未堪家多难。绍[⑦]庭上下，陟降厥[⑧]家。

休矣皇考[⑨]，以保明[⑩]其身。

注释

①访：谋，商讨。落：始。止：语气词。

②率：遵循。时：是，这。昭考：指武王。

③悠：远。

④艾：阅历，此处指成王年幼无知。

⑤就：接近，趋向。

⑥判涣：分散。

⑦绍：继承。

⑧陟降：提升和贬谪。厥：其。

⑨休：美。皇考：指先祖。

⑩保明：保佑勉励。

赏析

西周在文王和武王的苦心经营下，取代殷商，逐渐成为强大的王朝。然而西周兴国不久，武王就驾崩了，即位的是年幼的成王。《访落》便是成王登位伊始谨慎惶恐心境的反映。

开篇“访予落止，率时昭考”，成王宣布谋政正式开始，并表明自己要遵循武王的治国之道。成王在议政一开始就提出“率时昭考”，既是确定施政纲领，又是利用先王之名威慑参与朝庙的群臣诸侯。

“於乎悠哉，朕未有艾。”武王之道如此光明远大，而自己年纪尚幼，缺少治国经验，实在是任重道远。“於乎悠哉”，一语四字却有三个叹词，恰切地传达出新登位的成王面对重任的渺茫心境。

天子需要大臣的辅弼，年少的成王立志继承武王之道，更需要群臣的帮助，于是成王向群臣道“将予就之，继犹判涣”，希望众大臣帮助自己向武王之道靠拢。这是一种主动亲近臣下的举动，对于初即位的新君来说，这种谦恭的态度可以帮助他获得大臣们的拥护。

接下来两句“维予小子，未堪家多难”上承三、四句，均言自己能力不足。成王身为天子，却称自己为“小子”，一则是因为他确实年少不经事；二则前有丰功伟业的武王，现又面对在朝多年的老臣，就更显稚嫩了。“家多难”是国家当前面临的现实情势，成王将国情如实相告，并明确表示这种局面是自己这个“小子”难堪重负的。这两句言辞谦卑而恳切，群臣听闻，自然又对成王多一分怜悯，怜悯之余就会生出辅佐之心。

新王即位，谦卑的态度当然很重要，但一味谦卑却不利于树立威信。因此，成王收起对臣下的谦卑，将话题转移到具体治国政策上，提出“绍庭上下，陟降厥家”的主张。“绍庭上下”依然是继承先王之正道的意思，属于泛泛而谈。此句的重心在后一句“陟降厥家”，这是成王的一项具体措施。国家的治与乱很大程度上取决于用人的得当与否，成王决定“陟降厥家”，起用贤能之人，罢免无能之辈，如此则朝纲可振，国家有望。成王初即位便做出这等果断、正确的决策，可见绝非懦弱昏庸之辈，这等决断之语对诸侯的震慑比严厉的威吓更有力。

尾句“休矣皇考，以保明其身”呼应首二句，再次点明告庙之意。此时成王与群臣已经议政完毕，便向武王祷告，希望武王在天之灵保佑自己将国家治理好。这种祷告也许透露出成王对自己治国能力的担忧，但同时，在告庙结束之际再度提出“皇考”也能提醒众人：你们的爵位都是武王所封，武王虽逝，他建立的基业还在，你们若铭记武王恩惠，就要忠心于新王。

敬　之①

敬②之敬之，天维显思③，命不易哉④。
无曰高高在上，陟降厥士⑤，日监在兹⑥。
维予小子⑦，不聪敬止⑧。
日就月将⑨，学有缉熙⑩于光明。
佛时仔肩⑪，示我显德行。

①这是一首成王自我诫勉的诗。

②敬：通“警”，警戒。

③显：明。思：语气助词。

④命：天命。此句谓天命不是一成不变的。

⑤陟降：升降。士：庶士，指群臣。一说士，通“事”。

⑥监：监视。兹：此，下土。

⑦小子：年轻人。此处为成王自称。

⑧不、止：皆为语词。聪：听。马瑞辰《通释》：“谓听而警戒也。承上敬之敬之而言。”

⑨就：久。将：长。

⑩缉熙：马瑞辰《通释》："《说文》：缉，绩也。绩之言积，当为积渐广大，以至于光明。"

⑪佛：通"弼"，辅助。时：通"是"，这。仔肩：责任。马瑞辰《通释》："《尔雅》：'肩，克也。'《说文》：'仔，克也。'二字同义，克，胜也，胜亦任也。"

赏析

此诗中，周王已逐步走向成熟，他在此诗中要表达的有两层意思：对群臣的告诫，严格的自律。

首六句为第一层。周王利用天命告诫群臣，周王室是顺承天命的正统，群臣必须牢记这点并对之拥戴服从。本层尾二句，强调周王室对群臣不轨行为了如指掌，其震慑的意旨不言而喻。

尾六句为第二层。年幼的周王，面对年龄较长的群臣，往往采取一种谦恭的姿态。这里表达的严于律己意愿更是如此。

周王自称"小子"，承认自己还很缺乏能力、经验，表示要好好学习，日积月累，以达到政治上的成熟，负起承继大业的重任。但是，群臣却不能因此就对周王这位年幼的君主轻略忽视，甚至将其玩于股掌。逐渐成熟的周王，决心掌握治国本领。努力学习的周王，群臣对之只能恭顺和服从，并随时存有伴君如伴虎的恐惧。诗中的律己，产生了精心设计的震慑。

小　毖[1]

予其惩而毖[2]后患，莫予荓蜂[3]，自求辛螫[4]。
肇允彼桃虫[5]，拚[6]飞维鸟。
未堪家多难，予又集于蓼[7]。

①这是成王在诛灭管、蔡之乱后自我惩戒的诗。

②惩：警戒。毖（bì）：谨慎。

③荓（píng）蜂：又作屏蓬、并封、平逢，联绵词。牵引扶助义。一说荓，使。蜂，昆虫。

④辛螫（shì）：陈奂《传疏》："辛螫，《释文》引《韩诗》作辛赦。云：'赦，事也。'辛事，谓辛苦之事也。"一说辛，苦痛。螫，蜂刺人。

⑤肇：始。允：信，确实。桃虫：鸟名，又名鹪鹩，一种小鸟。

⑥拚：通"翻"，飞翔的样子。古代有"鹪鹩生鹛"的说法，认为鹪鹩长大后成为大雕。林柏桐《毛诗识小》："盖谓恶之始萌甚小，似桃虫耳。不能慎之于小，则积恶至大，如桃虫之终为大鸟耳。"

⑦蓼（liǎo）：一种味苦的水草。此处比喻自己陷入困境。

赏析

《诗经》的篇名，大多取于篇内的成句、成词。《小毖》却特别，“毖”取于篇内，“小”则取自篇外。《小毖》的题意，应是小心谨慎之意。但是，诗中除却前两句“惩”“毖”并叙外，其余六句则纯然强调“惩”。

“莫予荓蜂”句中“荓蜂”的训释，对于诗意及结构的认识颇为重要。“荓蜂”是指微小的草和蜂，易于忽视，却能对人施于“辛螫”之害，与五、六两句“桃

虫”化为大鸟，形成并列的生动比喻。文辞既畅，比喻之义亦显。

此诗主旨，在于惩前毖后。其时，周王年齿已长，政治上渐趋成熟，亲自执政的愿望也日益强烈。惩前的大力度，正说明反省之深刻，记取教训之牢固。以见毖后决心之大。惩前是条件，毖后是目的。诗中毖后的目的，虽然没有丝毫的展示，却已隐含在惩前条件的充分描述之中。周王并未施以豪言壮语，却令读者体会到了周王的深刻反省。顺利渡过危机的周王，已经解除了威胁。更重要的是，他已成熟，并将保持政治上的清醒，决心为巩固政权而行天子之威令。

载 芟

载芟载柞[①]，其耕泽泽[②]。千耦其耘[③]，徂隰徂畛[④]。
侯主侯伯[⑤]，侯亚侯旅[⑥]，侯彊侯以[⑦]。
有嗿其馌[⑧]，思媚其妇[⑨]，有依其士[⑩]。
有略其耜[⑪]，俶载南亩[⑫]。播厥百谷，实函斯活[⑬]。
驿驿其达[⑭]，有厌有杰[⑮]。厌厌[⑯]其苗，绵绵其麃[⑰]。
载获济济[⑱]，有实其积[⑲]，万亿及秭[⑳]。
为酒为醴，烝畀祖妣[㉑]，以洽百礼。
有飶[㉒]其香，邦家之光[㉓]。有椒其馨[㉔]，胡考[㉕]之宁。
匪且有且，匪今斯今[㉖]，振古[㉗]如兹。

注释

①载：则，乃。或训“始”。芟（shān）：除草。柞（zé）：通“槎”，砍伐树木。

②泽泽（shì）：通“释释”，土开解松散貌。一说指耕地犁土之声。

③千耦其耘：两人并耕叫耦，千耦言其多。耘，除草。

④隰（xí）：低湿地。畛（zhěn）：地垅，田界。一说指田间

小路。

⑤侯：发语词，犹“维”。主：君主。伯：长子。

⑥亚、旅：于省吾以为亚、旅皆大夫。或以为旅为士人。

⑦侯彊侯以：旧以为“彊”指身体强壮有余力的人，“以”指雇佣。或以为“以”为弱者。于省吾读此句为“侯疆侯纪”训为“维彊维理”，即治理土地之意。

⑧有嗿（tǎn）：犹“嗿嗿”，众人吃食的声音。馌（yè）：送到地头的饭菜。

⑨思媚其妇：言那可爱的是妇人。思，发语词。媚，美。一说媚指讨好、调情。

⑩依：通“殷”，壮盛貌。指小伙子强壮。

⑪略：形容犁头锋利貌。耜，犁头。

⑫俶：始。载：事，指耕作。一说：“俶”指起土，“载”指翻草。南亩：向阳地。

⑬实：种子。函：含，被泥土覆盖。斯：语气助词。活：生气貌。

⑭驿驿：接连不断之貌。达：指禾苗破土而出。

⑮厌：此处当是形容苗之茁壮。杰：特出，指最先长出的苗。

⑯厌厌：禾苗整齐茂盛貌。

⑰绵绵：茂密貌。麃（biāo）：指庄稼抽穗扬花（张次仲）。

⑱载获：开始收获。济济：人众多貌。

⑲有实：犹“实实”，广大貌。此指庄稼收获在场的情景，言场上到处堆积满了禾物。一说充实貌。积：堆积。

⑳万亿及秭：周代十万为秭，一秭为十亿。

㉑烝畀（bì）：烝，献上。畀，给。

㉒飶（bì）：食之香也。此处当指祭品之芳香。

㉓光：荣光。

㉔椒：当从三家作“馥”。馨：香气传得远。《说文解字》：“馨，香之远闻也。”这里指酒味醇香。

㉕胡考：高寿，这里指老人。

㉖匪今斯今：言非今年才这般。

㉗振古：自古。

这首诗写春耕季节天子藉田和祭祀社稷时情景，景象描写如画。

农耕是周部族兴旺的基础，此后，中国一直以农业生产为立国根本，这是中国古代礼乐文明的根基。这首诗写春耕季节天子“藉田”并祭祀社稷神，祈求一年的丰收。因此诗中虽然主要描写春耕的情景，但必然写到所盼望的秋后丰收。全诗描写真切，留下古代宝贵的农业生产的记录。这是《周颂》中较长的一篇，虽是祭词，却描写细腻逼真，也充满了生活情趣。比如诗中写到午休时吃饭的声音，漂亮农妇对她丈夫的亲昵慰问，禾苗生长的情形，秋收的场面，酿酒祭祀……这真是紧张中的闲笔，“好整以暇”，表现了诗人对生活是何等热情。而开头两句尤其清新：仿佛听到割草砍树的人声、感受到脚下松软的土地以及春日田野散发的草木和泥土的清香。诗人制造气氛的手段实在高明。但这实在是农业民族长久生活直观的经验，诗人不必思考什么技巧，直观感觉让他直扑最使他动心的那些景物。

无论从内容看，还是从形式上看，这首颂词估计不会很早。

良　耜[1]

畟畟良耜[2]，俶载南亩[3]。播厥百谷，实函斯活[4]。
或来瞻女[5]，载筐及筥[6]，其饟伊黍[7]。
其笠伊纠[8]，其镈斯赵[9]，以薅荼蓼[10]。
荼蓼朽止[11]，黍稷茂止。获之挃挃[12]，积之栗栗[13]。
其崇如墉[14]，其比如栉[15]，以开百室[16]。
百室盈止，妇子宁止。杀时犉牡[17]，有捄[18]其角。
以似[19]以续，续古之人。

注释

①这是一首描写一年农事经过及丰收后祭祀社稷之神的乐歌。

②畟畟（cè）：锋利的样子。耜（sì）：犁铧。

③俶（chù）：开始。载：从事。南亩：田野。

④实：种子。函：含，指入土。活：生。

⑤或：又。女：通“汝”，你。

⑥载：装。筐、筥（jǔ）：方形为筐，圆形为筥。

⑦饟：送来的饭。伊：语助词。黍：黄米饭。

⑧笠：斗笠。纠：编织。

⑨镈（bó）：锄头。赵：通“掤”。《传》：“刺也。”谓锄地。一说锋利。

⑩薅（hāo）：除草。荼蓼：两种杂草名。

⑪止：语气助词。

⑫挃挃（zhì）：收割庄稼的声音。

⑬栗栗：众多的样子。

⑭崇：高。墉：城墙。

⑮比：密集。栉（zhì）：梳篦。

⑯室：指粮仓。

⑰时：通“是”，这。犉（chún）：高七尺的大牛。牡：公牛。

⑱捄：通“觩”，角弯曲的样子。

⑲似：通“嗣”，继续。

从《周颂·良耜》诗中，已经可以看到当时的农奴所使用的耒耜的犁头及“镈（锄草农具）”是用金属制作的，这是了不起的进步。在艺术表现上，这首诗的最大特色是“诗中有画”。

诗一开头展示在读者面前的是一幅春耕夏耘的画面：当春日到来的时候，男农奴手扶耒耜在南亩深翻土地，尖利的犁头发出了快速前进的嚓嚓声。接着又把各种农作物的种子撒入土中，让它们孕育、发芽、生长。在他们劳动到饥饿之时，家中的妇女、

孩子挑着方筐圆筐，给他们送来了香气腾腾的黄米饭。炎夏耘苗之时，烈日当空，农奴们头戴用草绳编织的斗笠，除草的锄头刺入土中，把荼、蓼等杂草统统锄掉。荼、蓼腐烂变成了肥料，大片大片绿油油的黍、稷长势喜人。这里写了劳动场面，写了劳动与送饭的人们，还刻画了头戴斗笠的人物形象，真是人在画图中。

在秋天大丰收的时候，展示的是另一幅欢快的画面：收割庄稼的镰刀声此起彼伏，如同音乐的节奏一般；各种谷物很快就堆积成山，从高处看像高高的城墙，从两边看像密密的梳齿，于是上百个粮仓一字排开收粮入库。个个粮仓都装满了粮食，妇人孩子喜气洋洋。“民以食为天”，有了粮食心不慌，才能过上安稳的日子。这可说是“田家乐图”吧！

丝　衣

丝衣其纤[①]，载弁俅俅[②]。
自堂徂基[③]，自羊徂牛，鼐鼎及鼒[④]。
兕觥其觩[⑤]，旨酒思柔[⑥]。
不吴不敖[⑦]，胡考之休[⑧]。

注释

①丝衣：祭服名，神尸所穿的白色绸衣。纤(fóu)：洁白鲜明貌。

②载：通"戴"。弁：皮帽子，以鹿皮为之。俅俅：恭顺貌。一说冠饰貌。

③堂：庙堂，或以为即明堂。徂：往。基：通"畿"，指门槛。一说基指"门塾之基"。

④鼐(nài)：大鼎。鼒(zī)：小鼎。言用大鼎小鼎盛的祭品。

⑤兕觥(sì gōng)：酒器。觩(qiú)：兽角弯曲貌。

⑥思柔：斯柔，犹"柔柔"，指酒口感柔绵貌。

⑦吴：大声说话。一说：吴通"娱"，娱乐必喧哗。敖：傲。

⑧胡考之休：犹“胡考之宁”，息止，有安宁之意。一说“休”指福禄。

赏析

这首诗写的是在祭祀祖先的第二天，酬谢装扮祖先神灵的“尸”的宴会活动。

古代学者以为这是一首“绎宾尸”的乐歌。所谓“绎宾尸”，就是在宗庙祭祀活动的第二天，再举行一次酬谢装扮祖先神灵的“尸”的活动（所谓“宾事所祭之尸”）。据孔颖达的疏解，大约是只举行前一日祭祀活动的尾声，把神尸从神位上请下来，再举行专门答谢他的招待宴会。这首诗所祭祀的神，据《毛序》引高子的说法，是灵星之神（又名天田星，主庄稼，古人祭祀灵星以祈求丰年）。

酌[1]

於铄[2]王师，遵养时晦[3]。
时纯熙[4]矣，是用大介[5]。
我龙受之[6]，蹻蹻王之造[7]。
载用有嗣[8]，实维尔公允师[9]。

注释

①这是一首颂美武王的诗。孔颖达《正义》："言武王能酌取先王之道以养天下之民，故名篇为酌。"一说酌，即勺。勺，籥。为乐舞名。

②於（wū）：表赞美的叹词。铄：通"烁"，辉煌。

③遵：率，率兵。养：取。时：通"是"，这。晦：幽昧，指昏昧的纣王。

④纯：大。熙：光明。

⑤是用：是以。大介：大善。

⑥龙：通"宠"，光荣。之：指王业。

⑦蹻蹻（jiǎo）：勇武的样子。造：功业。

⑧载：乃。嗣：继承。

⑨公：通"功"，功业。允：的确。师：效法。

赏析

《大武》的乐曲早已失传，虽有零星的资料，但终难具体描述。然其舞蹈形式则留下了一些粗略的记录，可以做大概的描绘。

第一场，在经过一番擂鼓之后，为首的舞者扮演武王，头戴冕冠出场，手持干戚，山立不动。其余六十多位舞者扮演武士陆续上场，长时间咏叹后退场。这一场舞蹈动作是表示武王率兵北渡盟津，等待诸侯会师，八百诸侯会合之后，急于作战，而周武王以为伐纣的时机尚不成熟，经过商讨终于罢兵的事实。

第二场，主演者扮姜太公，率众舞者手持干戈，奋臂击刺，猛烈顿足。他们一击一刺，做四次重复，表示武王命太公率敢死队闯犯敌阵进行挑战，武王率大军进攻，迅速获胜，威振中原。

第三场，众舞者由面向北转而向南，表示周师凯旋。

第四场开始时，众舞者混乱争斗，扮周、召二公的舞者出而制止，于是众舞者皆左膝跪地，表示成王即位之后，东方和南方发生叛乱，周、召二公率兵平乱的事实。

第五场，众舞者分成左右两大部分，周公在左，召公在右，振动铃铎，鼓励众舞者前进，表示成王命周公镇守东南，命召公镇守西北。

第六场，众舞者恢复第一场的位置，做阅兵庆典和尊崇天子成王的动作，表示周公平乱以后，庆祝天下太平，各地诸侯尊崇周天子。

桓

绥[①]万邦，娄[②]丰年，天命匪解[③]。
桓桓[④]武王，保有厥士[⑤]，于以[⑥]四方，克[⑦]定厥家。
於昭[⑧]于天，皇以间[⑨]之？

注释

①绥：安定，平定。

②娄：通“屡”。

③匪解：不懈怠。解，同“懈”。

④桓桓：威武貌。

⑤士：训“事”。惠栋《九经古义》以为当作“土”。言保有国土。

⑥于以：乃有。

⑦克：能。

⑧昭：明，显耀。

⑨皇：何。间：代。

据《左宣十二年传》，此是《大武》乐的第六章，诸家说稍一致。

诗主在歌颂武王灭商、安定万邦之功。诗一开始便说天下一派太平盛世的景象，然后才讲武王克商，安定天下，王朝稳固。所以孙月峰说："陡起甚奇。天命以下，似是说'绥''丰'所由，此盖类所谓倒插者然。"

赉

文王既勤止[1]，我应[2]受之，敷时绎思[3]，我徂[4]维求定。时[5]周之命，於，绎思！

①勤：勤苦。止：语气词。

②应：通“膺”，犹今之言“当”。

③敷：布（扩展、铺展）。时：是。绎：续。一说“绎思”指寻绎而思索之，犹今言“寻思”。

④徂：往，指经营南国。一说往征商。

⑤时：是。马瑞辰以为通“承”。

赏析

据《左传》所载，这是《大武》乐的第三章，内容是讲武王继承文王之命而经营南国的事。文辞简古，句式也不甚整齐，典型的周初风格。孙月峰说：“古淡无比，以‘於，绎思’三字以叹勉，含味最长。”

般

於皇时[1]周，陟[2]其高山，嶞山乔岳[3]，允犹翕[4]河。敷[5]天之下，裒时之对[6]，时周之命。

注释

①於：赞美词。皇，美。时：是。

②陟：登。

③嶞（duò）山：小山。嶞，山之小者。或以为连绵逶迤貌。乔岳：高大的山。乔，高。

④允：信，实。犹：又。或以为顺着。翕（xī）：合，紧挨着。

⑤敷：同"普"。

⑥裒（póu）时：聚集此地。对：配。或以为"对"字与"封"字同源，"之对"即受封。

赏析

这首诗是写武王克商之后，在回师京城的路上，为答谢山川神灵之助而祭祀山川的。

据学者们考证，这也是《大武》乐中的一章。从诗的内容看，主要是写武王伐商功成而祭祀山川的。孙作云以“般”取“还”的意思，指还归镐京。应当是出师成功还师京城时，祭山川之神，以表示对神灵的答谢。诗中简练地描述了所见山河景象，气象宏阔。

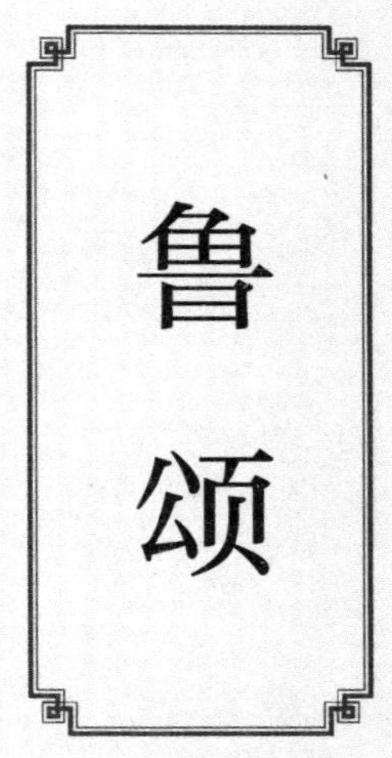
鲁
颂

駉

駉駉牡[1]马，在坰[2]之野。
薄言[3]駉者：有驈有皇[4]，有骊有黄[5]，以车彭彭[5]。
思无疆[7]，思马斯臧[8]。
駉駉牡马，在坰之野。
薄言駉者：有骓有駓[9]，有骍有骐[10]，以车伾伾[11]，
思无期[12]，思马斯才[13]。
駉駉牡马，在坰之野。
薄言駉者：有驒有骆[14]，有骝有雒[15]，以车绎绎[16]。
思无斁[17]，思马斯作[18]。
駉駉牡马，在坰之野。
薄言駉者：有骃有騢[19]，有驔有鱼[20]，以车祛祛[21]。
思无邪[22]，思马斯徂[23]。

①駉駉（jiōng）：马肥大貌。牡：当从《释文》另本作“牧”。旧以为雄马。

②坰（jiōng）：野外放马之地。

③薄言：犹“乃言”。或以为即“迫焉”，指走近马群。

④驈（yù）：身为黑色，股间为白色的马。皇：黄白色的马。一说纯黄。

⑤骊：纯黑色的马。黄：黄赤色的马。

⑥以车：以之驾车。彭彭：马强壮有力貌。

⑦思无疆：指思虑深微没有止境。无疆，没有止境。一说“思”为语词。一说指繁殖下去会无边无际。

⑧臧：善。

⑨骓（zhuī）：苍白杂毛的马。駓（pī）：黄白杂毛的马，又叫桃花马。

⑩骍（xīng）：赤黄色的马。一说纯赤。骐：青黑相间。

⑪伾伾（pī）：有力貌。

⑫思无期：指考虑长远，没有期限。一说“期”为记、计。与无疆意近。

⑬才：通“材”。一说“才”，有能力。

⑭驒（tuó）：青黑色而有白鳞纹的马，又叫连钱骢。因纹像鼍鱼，故名驒。骆：白马黑鬣。

⑮駵（liú）：赤身黑鬣的马。雒（luò）：黑身白鬣的马。

⑯绎绎：行走相连不绝貌。一说善走貌。

⑰思无斁：思无厌倦之时。

⑱作：奋起，腾跃。

⑲骃（yīn）：浅黑和白杂毛的马，又叫泥骢。一说眼睛

下有白毛。騢（xiá）：赤白杂毛的马。

⑳驔（diàn）：小腿上有长白毛的马。鱼：两眼眶有白圈的马。

㉑祛祛（qū）：强健貌。一说疾驱之貌。

㉒思无邪：即“无杂思”，思虑正直，没有邪曲。孔子有“《诗》三百，一言以蔽之，曰思无邪”。故学者们对此句多有异说。或以为“邪”读“圄”，“圄”通“圉”，圉一训“陲”，边际。与疆、期、斁义相近。

㉓徂：往，行。

赏析

这是一首最早的咏马诗。歌颂鲁侯养马，描写了各种马的形态、色彩。至于从养马而联想到对人才的养育和重视，读诗者各有体会，也正是文学的本质特征所在。

全诗四章的结构全同，略无变化，唯文字略有不同，是民歌反复咏唱的形式。这也正是《风》诗的一大特点。

孔颖达对各章内容概括为：一章言良马，朝祀所乘，故云彭彭，见其有力有容也。二章言戎马，有力尚强，故云伾伾，见其有力也。三章言田马，田猎齐足尚疾，故云绎绎，见其善走也。四章言驽马，主给杂使，贵其肥壮，故云祛祛，见其强健也。

这个概括足资参考。其中写到十六种色彩或形态的马，放眼望去，令人眼花缭乱，应接不暇，一派繁荣兴旺的景象。张以诚引而申之，以为是一篇贤才颂。他说："'彭彭'言盛，总见马皆调良；'伾伾'言多力，见其才非驽下；'绎绎'者长驱不息，乃其气壮盛奋起处；'祛祛'者强行善走，便见行地无疆处。都要与末句相关。"(《毛诗微言》)方玉润则以为此篇是以马喻人才的。他说："其为颂鲁何公不可知，但观每章'思无疆''思无期''思无斁''思无邪'句，必非呆咏马者。上四'思'字当属马言，下四'思'字乃属牧人言。意谓德之良者，其智虑必深广而无穷也；才之长者，其干济必因应而无方也；神之王者，其举动必振兴而无厌也；心之正者，其品行必端向而无曲也。此虽驹马歌，实一篇贤才颂耳。”亦可供参考。孙月峰评云：“姿态乃全在历数诸马上。”所言甚妙。

有　駜

有駜有駜[1]，駜彼乘黄[2]。夙夜在公[3]，在公明明[4]。
振振[5]鹭，鹭于下[6]。鼓咽咽[7]，醉言舞[8]。于胥乐兮[9]！
有駜有駜，駜彼乘牡[10]。夙夜在公，在公饮酒。
振振鹭，鹭于飞[11]。鼓咽咽，醉言归。于胥乐兮！
有駜有駜，駜彼乘駽[12]。夙夜在公，在公载燕[13]。
自今以始，岁其有[14]。君子有穀[15]，诒孙子[16]。于胥乐兮！

注释

①駜（bì）：马肥壮有力貌。

②乘（shèng）黄：古代一车四马，这里指驾车的四匹黄马。

③夙夜在公：指早晚为公家之事奔忙。

④明明：即“勉勉”。勤勉之貌。明，与“勉”一声之转。见《经义述闻》。

⑤振振：鸟群飞貌。

⑥鹭于下：鹭飞而下。一说描写舞者表演鹭飞翔而下的舞姿。

⑦咽咽：鼓声。

⑧醉言舞：犹醉而舞。言，犹“而”。

⑨于胥乐兮：言一起欢乐。于，吁。胥，皆，相。牟庭读“于胥”为“于须”，“鲁公美须髯，诗人以胡须目之，言鲁公乐也。”于鬯以为：“于胥”二字叠韵，盖即形容乐意。

⑩乘牡：驾在车中的四匹雄马。

⑪鹭于飞：郑玄：“飞喻群臣醉欲退也。”朱熹：“舞者振作鹭羽如飞也。”

⑫駽（xuān）：铁青色的马，又名铁骢。

⑬载燕：则宴。燕，通“宴”，指宴饮。

⑭有：富裕，丰收。

⑮穀：善。一说福禄。

⑯诒：遗留，留给。孙子：即子孙。

赏析

本诗写鲁国君臣宴饮，词旨粉饰夸张。

为了给宴饮享乐寻求正当的借口，臣子们不但说到日常为公事奔忙，还说到这种活动是国家兴旺发达的表现，模仿《周颂》口吻作的这首诗，并不能掩饰其内在的空虚。所以，沈守正说：“首二章燕饮，三章颂祷。曰‘岁’，非一岁也；‘有谷’，亦本礼教信义而推广之。《鲁颂》夸大，非止颂其所有已也，君臣忘形以相娱，侈词以致祷，自谓千载之一时矣。”沈氏此说，确实击中了千古媚臣谀词要害。陈仪说：“《有駜》诗音节清峭，与《颂》体异，并与《风》《雅》体异，已开后人乐府体一派。”所谓“清峭”，是与古朴自然的温厚相对应的。虽是四言，但语言修饰的光滑，是显然的；中间又杂以三言，使节奏变快，固然写出群臣的心境，但也正好打破了四言的规整，又没有《周颂》杂言的自然浑厚，所以说“开后人乐府体一派”。

泮 水

思乐泮水[1]，薄采其芹[2]。鲁侯戾止[3]，言观其旂[4]。
其旂茷茷[5]，鸾声哕哕[6]。无小无大[7]，从公于迈[8]。
思乐泮水，薄采其藻[9]。鲁侯戾止，其马蹻蹻[10]。
其马蹻蹻，其音昭昭[11]。载色载笑[12]，匪怒伊教[13]。
思乐泮水，薄采其茆[14]。鲁侯戾止，在泮饮酒。
既饮旨酒，永锡难老[15]。顺彼长道[16]，屈此群丑[17]。
穆穆[18]鲁侯，敬明其德[19]。敬慎威仪[20]，维民之则[21]。
允[22]文允武，昭假[23]烈祖。靡有不孝[24]，自求伊祜[25]。
明明[26]鲁侯，克明其德。既作[27]泮宫，淮夷攸服[28]。
矫矫虎臣[29]，在泮献馘[30]。淑问如皋陶[31]，在泮献囚[32]。
济济多士[33]，克广德心[34]。桓桓[35]于征，狄彼东南[36]。
烝烝皇皇[37]，不吴不扬[38]。不告于讻[39]，在泮献功。
角弓其觩[40]，束矢其搜[41]。戎车孔博[42]，徒御无斁[43]。
既克淮夷，孔淑不逆[44]。式固尔犹[45]，淮夷卒获[46]。
翩彼飞鸮[47]，集于泮林[48]。食我桑黮[49]，怀我好音[50]。
憬[51]彼淮夷，来献其琛[52]。元龟象齿[53]，大赂南金[54]。

注释

①思：发语词。泮（pàn）水：旧以为周代诸侯的学宫叫泮宫，泮宫外围的水叫泮水。宋戴侗以为“泮”是鲁国水名，因作宫其上，所以叫泮宫。戴埴、杨慎、戴震皆有同说。

②薄：语气助词，乃，而。芹：水芹菜，又名水英。

③鲁侯：鲁国诸侯。有周公子伯禽与僖公二说。当以僖公为是。戾止：到来。止，语气词。

④言：语气助词。旂：有铃与龙纹的旗帜。旗有标志，人看到旗帜就知道是鲁侯来游了。

⑤茷茷（pèi）：同“旆旆”，旗帜飞扬貌。

⑥鸾：系在马口衔两边的小铃。哕哕（huì）：鸾铃声，同“嘒嘒”。

⑦无小无大：指不分大小尊卑。

⑧于迈：以行。言随从鲁侯出行。

⑨藻：水草名。

⑩跻跻（jiǎo）：马强壮貌。

⑪其音：指鲁侯的说话声。昭昭：明快响亮貌。

⑫载色载笑：又高兴又谈笑。载，乃，又。色，和颜悦色。

⑬匪怒伊教：不是怒颜对人，而是温和地教导臣下。伊，是。

⑭茆（mǎo）：又叫凫葵。与荇菜相似，叶大如手，赤圆。江南人谓之莼菜。

⑮永：长。锡：即“赐”。难老：不易老。

⑯长道：远道。一说长道即大道，指泮宫之道。

⑰屈：制服。群丑：众丑，指淮夷。

⑱穆穆：容止端庄貌。

⑲敬明其德：恭敬谨慎以表明其美德。《待轩诗记》则曰：“敬明者，省察之无间。敬慎者，动静之必谨。”一说：明、勉一声之转，言谨慎修勉其德行。

⑳敬慎威仪：谨慎仪容礼节。

㉑则：法则。

㉒允：信，确实。

㉓昭假：召请来。这里指召来鲁国先祖的英灵。

㉔孝：通“效”，效法。

㉕伊祜：是福，此福。祜，福。

㉖明明：英明貌。一说通“勉勉”。

㉗作：建筑。

㉘淮夷：古淮河下游一带地方的夷人。攸服：是服。服，归服。

㉙矫矫：勇武貌。虎臣：指猛将，言其如虎之猛。

㉚馘（guó）：古战时割下敌尸的左耳以记功叫“馘”。

㉛淑问：善于审问。皋陶：尧舜时掌刑狱的官，据说他特别善于断案。

㉜囚：指俘虏。

㉝济济：众多貌。一说济之言“齐”也，有齐整如一之意。多士：指众贤士。

㉞克广德心：推广其德心。

㉟桓桓：威武貌。

㊱狄：通“剔”，治，除掉。东南：指在东南的淮夷。

㊲烝烝：兴盛貌。皇皇：通“暀暀”，美盛貌。

㊳不吴：不大声喧哗。不扬：不大声。

㊴不告于讻：郑训“讻”为“讼”，言无以争讼之事告于治讼之官者。朱熹：“师克而和，不争功也。”李樗曾

引《左传》穿封戌与王子围争战功之事，以证明争功为战士之常。“侥幸一胜，万死一生之间，唯图厚赏而已。则其争功，无所不至。”

㊵角弓：用角装饰两头的弓。觩：弯曲貌。指战争结束弓弛而不用。

㊶束矢：捆束成捆的箭，古五十矢为一束。搜：众。指军还而束矢众多，言无亡矢遗镞之费。

㊷戎车：兵车。博：众。

㊸徒御：指步卒与御车者。无斁：不疲倦。指胜利归来的将士，情绪高昂，无厌倦之意。

㊹淑：善。逆：违叛。

㊺式：用，因。固：坚固，这里有坚持的意思。犹：通“猷”，计谋，战略。

㊻卒获：终于获胜。或以为获通“矱”，规矩、法度，指淮夷服帖、规规矩矩。

㊼翩：鸟飞翔貌。鸮（xiāo）：鸟名。

㊽泮林：泮水旁的树林。

㊾桑黮（shèn）：黮，亦作“葚”，桑树的果实。

㊿怀：归，赠送。好音：好听的声音。以上以鸮喻淮夷。

(51)憬：远行貌。一说觉悟貌。

(52)琛：珍宝。

(53)元龟：大龟。象齿：象牙。

(54)大赂：于鬯则以为“赂”字从贝，当指贝。大赂，即大贝。南金：南方出产的金属。

赏析

这首诗歌颂鲁侯的文德武功，但与鲁国的史实不符，所以研究者多以为是鲁国大臣的想象之词，涉嫌阿谀。

过分的歌颂就是逢迎阿谀。首二章但言鲁侯至泮的气势，三章言及宴饮，四章以下皆详致颂祷之词。

《毛序》说颂鲁僖公的，但诗盛言平淮夷之事，僖公并无平淮夷之壮举，只是几次曾为淮夷之事会过诸侯。故研究者疑此诗为妄作，或以为纯属阿谀逢迎之作。

就诗本身说，如果把它当作一篇纯粹的希望或理想之词（略近于朱熹之所谓“颂祷之词”，牛运震所谓“诗人特假设而冀望之”），还是颇具声色的。孙月峰说：“大体宏赡，然造语却入细，叙事甚精核有致。前三章近《风》，后五章近《雅》。”（《批评诗经》）牛运震《诗志》说：“此鲁侯修泮宫而莅幸燕饮以落之也。色

笑伊教、饮酒称寿，是本色点染；克服淮夷、来琛献金，是余情波澜。妙在始终不脱泮宫，是老手得力处。淮夷之为鲁患久矣，僖公未尝有克服淮夷之事，诗人特假设而冀望之尔。朱氏以为颂祷之词，得之。恬重和雅，《鲁颂》四篇推此第一。”陈仅《诗诵》说：“《泮水》上四章是文德，下四章是武功。三章以‘屈此群丑’作一逗，群丑即指淮夷。四章以‘允文允武’锁上起下，关键分明。五章六章两提‘德’字，武功必本于文德，与三章德字紧相钩贯。末章‘食彼桑黮，二句，是文德武功合效处。处处点泮水，眉目清朗。”

閟宫

閟宫有侐[1]，实实枚枚[2]。赫赫姜嫄[3]，其德不回[4]。
上帝是依[5]，无灾无害[6]，弥月不迟[7]，是生后稷。
降之百福：黍稷重穋[8]，稙稚菽麦[9]。
奄有下国[10]，俾民稼穑[11]。有稷有黍，有稻有秬[12]。
奄有下土[13]，缵禹之绪[14]。
后稷之孙，实维大王[15]。居岐[16]之阳，实始翦[17]商。
至于文武，缵大王之绪。致天之届[18]，于牧之野[19]：
无贰无虞[20]，上帝临女[21]。敦[22]商之旅，克咸[23]厥功。
王曰叔父[24]，建尔元子[25]，俾侯[26]于鲁。
大启尔宇[27]，为周室辅。
乃命鲁公[28]，俾侯于东[29]。锡[30]之山川，土田附庸[31]。
周公之孙，庄公之子[32]。龙旂承祀[33]，六辔耳耳[34]。
春秋匪解[35]，享祀不忒[36]，皇皇后帝[37]，皇祖后稷[38]。
享以骍牺[39]，是飨是宜[40]，降福孔多。
周公皇祖，亦其福女[41]。
秋而载尝[42]，夏而楅衡[43]。白牡骍刚[44]，牺尊将将[45]。
毛炰胾羹[46]，笾豆大房[47]。万舞洋洋[48]，孝孙[49]有庆。
俾尔炽而昌[50]，俾尔寿而臧[51]。保彼东方，鲁邦是常[52]。

不亏不崩，不震不腾。三寿作朋[53]，如冈如陵。
公车千乘，朱英绿縢[54]，二矛重弓[55]。
公徒三万，贝胄朱綅[56]，烝徒增增[57]。
戎狄是膺[58]，荆舒是惩[59]，则莫我敢承[60]。
俾尔昌而炽，俾尔寿而富。黄发台背[61]，寿胥与试[62]。
俾尔昌而大，俾尔耆而艾[63]。万有千岁，眉寿无有害。
泰山岩岩[64]，鲁邦所詹[65]。奄有龟蒙[66]，遂荒大东[67]。
至于海邦，淮夷来同。莫不率从，鲁侯之功。
保有凫绎[68]，遂荒徐宅[69]。至于海邦，淮夷蛮貊[70]，
及彼南夷，莫不率从。莫敢不诺[71]，鲁侯是若[72]。
天锡公纯嘏[73]，眉寿保鲁。居常与许[74]，复周公之宇[75]。
鲁侯燕喜[76]，令妻寿母[77]。宜大夫庶士[78]，邦国是有[79]。
既多受祉[80]，黄发儿齿[81]。
徂徕[82]之松，新甫[83]之柏，是断是度[84]，是寻是尺[85]。
松桷有舄[86]，路寝孔硕[87]，新庙奕奕[88]。
奚斯所作[89]，孔曼且硕[90]，万民是若[91]。

注释

①閟（bì）宫：神宫，这里指周人女始祖姜嫄的庙。或以为即禖宫。閟者闭也，因这里不让人随便进入，所以叫閟宫。有侐（xù）：清净貌。

②实实：广大貌。枚枚：毛："枚枚，砻密也。"指建筑琢磨细致。《韩诗》："枚枚，闲暇无人之貌也。"一说"实实"言确有其事，"枚枚"即"微微"，言茫然之甚。指姜嫄之事，是真是幻。

③赫赫：显耀貌。姜嫄：周的女始祖，后稷的母亲。

④回：违邪，不正，指姜嫄品德端正。

⑤依：凭依。指姜嫄履上帝足迹生子之事。

⑥无灾无害：没有经历痛苦灾害。

⑦弥月：满月。指十月怀胎期满而生子。

⑧黍稷重（tóng）穋（lù）：四种谷物名。

⑨稙稚（zhí zhì）：《毛传》："先种曰稙，后种曰稚。"《韩诗》："稙，长稼也；稚，幼稼也。"菽麦，大豆和麦子。

⑩奄有下国：遍有天下。奄，尽，遍。此句应指后稷培育庄稼的种植技术遍布天下（他的恩惠也就传遍天下，预示着周部族必然拥有天下）。

⑪俾：使。稼穑：稼是种，穑是收。这里指种植庄稼。

⑫秬（jù）：黑黍，一壳二粒。

⑬下土：与"下国"同义。

⑭缵：继承。绪：事业。《田间诗学》："禹虽平水土，若

无稷何以利民？是禹之绪实赖后稷以缵成之。”《论语》载南宫适云：“禹稷躬稼而有天下。”

⑮大王：太王，文王的祖父。

⑯岐：岐山。太王建周城，在岐山之南，故云“居岐之阳”。

⑰翦：断，有铲除意。

⑱致：奉行。届：通“殛”，诛罚。

⑲牧之野：即牧野。

⑳贰：指二心。虞：欺骗。

㉑临：照临，保佑。这两句是武王在牧野誓师对将士的训话。意思是：你们不要有二心，也不要担心打不胜，上帝在保佑着你们。

㉒敦：治，伐。

㉓克：能。咸：成。

㉔王：指成王。叔父：指周公。周公是成王的叔父。

㉕建：立。元子：长子，指周公长子伯禽。

㉖俾：使。侯：为侯。

㉗启：开辟。宇：居，这里指疆域、领土。

㉘鲁公：鲁国的君王，指伯禽。

㉙东：指东方的鲁国。因在周之东，故称“东”。

㉚锡：即“赐”。

㉛附庸：陈子展说：“附庸有三义：《王制》，附于诸侯曰附

庸。一也。仆佣，二也。土田周遭附有之城垣，三也。”

㉜庄公之子：指鲁僖公。

㉝龙旂：画有蛟龙的旗，古代诸侯之旗。承祀：继承祭礼之礼。

㉞辔：马缰绳。耳耳：辔盛貌。

㉟匪解：不懈。指春秋大祭不敢松懈。

㊱忒（tè）：差错。

㊲皇皇：犹“煌煌”，显盛貌。后帝：指上帝。一说指群神。

㊳皇祖：犹言伟大的先祖。指后稷。一说群先公。

㊴骍牺：赤色的牛为牺牲。骍，牲赤色。

㊵飨：用饮食祭神。宜：旧多训“安”。马瑞辰以为祭祀，“凡神歆祀，通谓之宜。”高亨据《释言》：“宜，肴也。”以为指以肉献神。

㊶女：汝，指僖公。

㊷尝：秋祭名。秋天收获后，以新谷献祭祖先，让祖先先尝新，故祭称“尝”。

㊸楅（fú）衡：缚在牛角上的横木。古代祭祀，选好牲牛后，即在两角上缚一横木，以防牛触物把角损伤，并把它好好养起来，准备后用。一说指牛栏。

㊹白牡：白色的公牛。骍刚：赤色的公牛。刚：通“犅”，即公牛。

㊺牺尊：牛形尊。将将（qiāng）：即“锵锵”，金属器相碰的声音。

㊻毛炰（páo）：去毛烧烤动物，这里指烧熟的小猪。胾（zì）羹：肉片汤。

㊼大房：盛大块肉的食器，形似堂屋。

㊽万舞：一种舞蹈。洋洋：场面盛大貌。

㊾孝孙：指僖公。

㊿尔：指僖公。炽：盛。昌：兴旺。

51臧：善，安好。

52常：恒定不变，即永守之意。一说读为“尚”，即崇尚。

(53)三寿：金铭又作“参寿”，“参”字即参星的本字。“参寿”当即“参星之寿”，“参寿作朋”犹如言“与天地同寿”。

(54)朱英：指矛头上的红缨。绿縢（téng）：指扎在弓套的绿色丝绳。

(55)二矛：指战车所插的双矛。重（chóng）弓：每人带二张弓，其中一张为备用。

(56)贝胄：贝壳装饰的头盔。朱綅（qīn）：红线。指头盔上缀贝壳是红线。

(57)烝徒：众步卒。烝，众。增增：同“层层”，众多貌。

(58)戎狄：西戎和北狄，都是古代北方的少数民族。膺：应击。

(59)荆：楚的别名。舒：国名，楚的属国。惩：惩治。

(60)承：抵挡。日本学者仁井田好古与俞樾皆以为上九句为错简，当在“王曰叔父”之上。

(61)黄发台背：指高寿老人。

(62)胥：相。试：比（马瑞辰说）。一说老了还相与进言用事。

(63)耆：老，七十岁以上的人称耆，这里指长寿。艾：老。

(64)岩岩：高峻貌。

(65)詹：通“瞻”，瞻仰。

(66)奄有：奄，覆盖。龟：龟山，在今山东新泰西南四十里。蒙：蒙山，在今山东蒙阴南。

(67)荒：《毛传》："荒，有也。"大东：极东。

(68)凫：凫山，在今山东邹城西南。绎：绎山，亦作峄山，在今山东邹城东南。

(69)徐宅：徐人所居，即徐国。

(70)蛮貊（mò）：泛指东部与南部的少数民族。

(71)诺：应声词，这里有听从的意思。

(72)若：顺从。

(73)纯嘏：大福。

(74)常：地名，即今山东薛城南，微山湖北。据《国语·齐语》说：常一度为齐所占，齐桓公时返还于鲁。许：即许田，在今河南许昌东。曾被郑国所侵占，僖公时，归还于鲁。

(75)宇：居，指疆域。

(76)燕喜：宴饮喜乐。

(77)令妻：贤妻。寿母：长寿的母亲。

(78)宜：善，相宜。庶士：诸士。

(79)有：保有。

(80)祉：福。

(81)儿："齯"之借字。《释文》："儿齿，齿落更生细者也。"这是长寿之像。

(82)徂来：山名，亦作徂徕，在今山东泰安东南四十里。

(83)新甫：山名，又名宫山、小泰山。

㉞度：通“剫”，砍。

㉟寻：八尺为寻。在这里“寻”与“尺”都做动词。牟庭说：“是寻，谓大木度之以寻；是尺，谓小材度之以尺。”

㊱桷（jué）：方形椽。有舄（xì）：粗大貌。

㊲路寝：正室。硕：大。

㊳奕奕：高大貌。一说相连貌。

㊴奚斯所作：《毛诗》以为大夫奚斯主持建造新庙。三家诗则以为指奚斯作此诗。

㊵曼：长。硕：大，古以大为美，故亦有美意。

㊶若：顺。言此顺万民之意。

赏析

这是鲁国公子奚斯（子鱼）为鲁僖公修建祖庙所作的一首长诗。

这是《诗经》中最长的一首诗，朱熹《诗序辨说》云：“此诗言‘庄公之子’，又言‘新庙奕奕’，则为僖公修庙之诗明矣。”但诗不直接写修寝庙，而是从鲁祖也是周祖姜嫄和后稷说起，由鲁国之所以封，推本鲁庙之所由来，以显示鲁君乃宗周王室的亲枝正脉。一章美鲁侯而推本其先世降生之异；二章推本周业之成而及鲁之所由封；三章追述鲁之受封而因颂鲁侯之奉祭获福；四章叙鲁侯备礼乐以奉祭，而愿其享福寿以保国；五章美鲁侯内修外攘之功，而祝其昌大寿考之福；六、七章颂鲁境幅员之广，乃受福之大者；八章愿天赐君以全福；九章颂鲁侯修庙之事，与篇首相呼应。

这首诗可看作是最早的专门咏宫殿建筑的诗。如果把卒章扩展开来，每一句都详加叙述和描写，就是一篇大赋。但前八章却是写人，写鲁之历史，作者关怀的重点还是在人的精神，即鲁君及其先祖之德。所以，这么长的诗真正写宫寝的只有首章开头两句和卒章。这种写法也对我们理解汉代大赋有启发，大赋极铺张写物之能事，乃是极写汉帝王之宏德威力。谭元春云："《泮水》《闷宫》，春容大雅，遂开后人文笔之端，然《闷宫》不及《泮水》远矣。"《鲁颂》是典型的文人作品，学习《国风》和《大雅》的痕迹显然。所谓"文笔"即文饰之笔，语言美化，这本来是一件好事——文学需要艺术的美的语言。当然要言之有物，这就涉及如何对待《诗经》这部书和书中的每一首诗的问题了。无论原诗是怎样的，它毕竟是经典，其影响不在此即在彼。

值得注意的是，诗中"戎狄是膺，荆舒是惩"二句，根据今本《诗经》，写的是鲁僖公之事。可是在《孟子》中两次引到此二句，都说写的是周公，显然是有问题的。日本江户时代的学者仁井田好古认为此诗有错简。俞樾《茶香室经说》“王曰叔父”条对此有一段分析考证，甚为有理，今录于此，以做参考。俞氏曰：“《閟宫篇》：‘王曰叔父，建尔元子，俾侯于鲁。’愚按：上文从姜嫄生后稷以至大王、文、武，叙次皆有条理，而未及周公一字也。此乃骤接‘王曰叔父’之句，不太鹘突乎？反复读之，此文盖有错简。第四章‘公车千乘，朱英绿縢，二矛重弓。公徒三万，贝胄朱綅，烝徒增增。戎狄是膺，荆舒是惩，则莫我敢承’九句当在此章‘王曰叔父’之上。自‘公车千乘’至‘为周室辅’十四句为第三章。所谓公者，周公也。何以明之？毛公旧读自‘享以骍牺’至‘眉寿无有害’三十八句为一章，殊为太长，全经分章，无有长如此者，惟《载芟》一章三十一句。然《周颂》不分章，一章正是一篇耳。其极长者《载芟》三十一句，其最短者《维清》五句，总谓之一章，不得以此为比也。此有错简之证一也。‘俾尔炽而昌’八句与下文‘俾尔昌而炽’八句相接，‘炽而昌’‘昌而炽’，其承接之迹，显然可见。乃羼人‘公车千乘’九句，使文法之相接者不接。此有错简之证二也。‘公徒三万’句，《郑笺》曰：‘大国三军，合三万千五百人。三万者，举成数也。’《正义》曰：‘如此《笺》以为僖公当时实有三军矣。答临硕谓：此为二军，以其不安，故两解之。’又曰：‘襄十一年经书作三军，明已前无三军也。昭五年又书舍中军，若僖公有三军，则作之当书。自文至襄复减为二，则舍亦当书。僖公之时，无作、舍之文，便知当时无三军也。’愚谓此纷纭之论，皆由误以此章为言僖公耳。若知是‘王曰叔父’以前之错简，则‘公车千乘，公徒三万’皆咏周公之事。周公从上公之制，备三军之数，诗人所咏自非虚词。而鲁国本无三军，至襄十一年始作之，于事亦合。此有错简之证三也。孟子两引‘戎狄是膺，荆舒是惩’三句，一则曰‘周公方且膺之’，一则曰‘是周公所膺也’。孟子长于《诗》，不得误僖公为周公。若谓断章取义，不得两处皆同。此有错简之证四也。有此四证，辄更定《閟宫》章句如左：《閟宫》第一章‘閟宫有侐’至‘缵禹之绪’一十七句，第二章‘后稷之孙’至‘敦商之旅，克咸厥功’一十二句，‘敦商之旅，克咸厥功’二句应乙转作‘克咸厥功，敦商之旅’。”

俞氏此说甚为有理。那么，这首诗的可贵处还在于它保存了一些珍贵的周初历史资料。

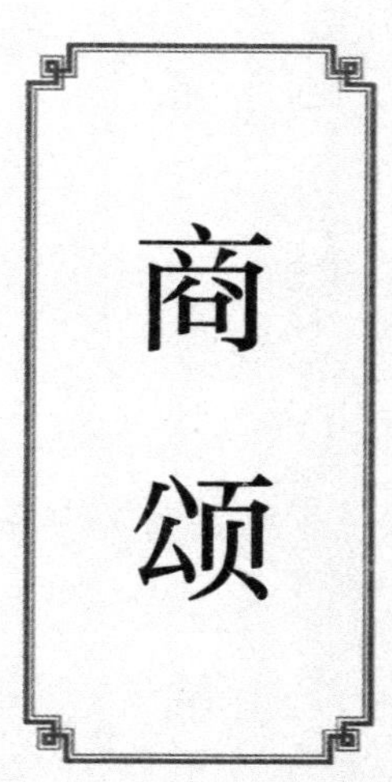

商颂

那

猗与那[1]与，置我鞉鼓[2]。奏鼓简简[3]，衎我烈祖[4]。
汤孙奏假[5]，绥我思成[6]。鞉鼓渊渊[7]，嘒嘒管[8]声。
既和且平，依我磬[9]声。於赫[10]汤孙，穆穆[11]厥声。
庸鼓有斁[12]，万舞有奕[13]。我有嘉客，亦不夷怿[14]。
自古在昔，先民有作[15]。温恭朝夕，执事有恪[16]，
顾予烝尝[17]，汤孙之将[18]。

注释

①猗（é）、那（nuó）：形容乐队美盛的样子。与：同“欤”，叹词。

②置：竖立。鞉（táo）鼓：一种立鼓。

③简简：象声词，鼓声。

④衎（kàn）：欢乐。烈祖：有功业的祖先。

⑤汤孙：商汤之孙。奏假：奏报。

⑥绥：赠予。思：语气助词。成：平，指汤取得太平。

⑦渊渊：象声词，鼓声。

⑧嘒（huì）：象声词，吹管的乐声。管：一种竹制吹奏乐器。

⑨磬：一种石制或玉制打击乐器。

⑩於（wū）：叹词。赫：显赫。

⑪穆穆：和美庄肃。

⑫庸：同“镛”，大钟。有斁（yì）：乐声盛大貌。

⑬万舞：舞名。有奕：即“奕奕”，舞蹈场面盛大之貌。

⑭亦不夷怿（yì）：意为不亦夷怿，即不是很快乐吗？

⑮作：指行止。

⑯执事：行事。有恪（kè）：即“恪恪”，恭敬诚笃貌。

⑰顾：顾念。烝尝：冬祭为烝，秋祭为尝。

⑱将：奉献。

赏析

《那》是《商颂》的首篇，为祭祀商王成汤的乐歌。

全诗一章二十二句，首六句写用鼓乐迎先祖之灵，祈求赐福。“猗与那与，置我鞉鼓”描写摆开乐鼓，即将奏乐的阵势，“猗与那与”表现出对这种宏大气势的赞美和惊叹。乐器摆放停妥后，“简简”的鼓声奏响了，先祖之灵被美妙的乐舞所吸引而降临人间。于是作为商汤后人的祭祀者向先祖祷告，祈求赐予福禄，也就是“绥我思成”。

接下来的十句着重表现乐舞的盛美，此段又可分为三层，前六句写乐声的和谐悦耳，鼓声咚咚，管乐悠扬，配合着清越的磬音，构成这场祭祀乐舞震撼人心的宏大声音。下面两句“庸鼓有斁，万舞有奕”为第二层，描写钟鼓齐鸣时，众人起舞的盛况。此处“万舞”为一种舞蹈的名称，舞分“文舞”和“武舞”，“万舞”是指文舞、武舞同时表演。“我有嘉客，亦不夷怿”两句从观者的角度侧面描写了乐舞之盛美，正因为音乐舞蹈宏大壮美，嘉客才会陶醉其中。

在庄严谐和的乐舞中，祭祀者追述起祖先的功德：“自古在昔，先民有作。温恭朝夕，执事有恪。”这诚然是祭祀者对于先民美好德行的赞颂，也是以先民之德行自我勉励。最后，祭祀者祈求先祖享受祭品，并特别指出这些祭品是您成汤的子孙献上的。“顾予烝尝，汤孙之将”既是结束语，也进一步加强了祭祀的神秘气氛和宗教意味。读罢此诗，读者的最深印象恐怕是鼓、管、磬、钟等乐器和充盈于耳的乐声了，如此盛大的音乐彰显的是商汤显赫的德行。

由于对祭祀乐舞的详细描写，本诗也成为研究古代音乐舞蹈的重要史料。诗中叙述了先奏鼓乐，再奏管乐，然后击磬，最后钟鼓齐鸣、万舞起跳的乐舞程序，是对上古祭祀礼仪中乐舞表演的真实记录。

烈　祖

嗟嗟烈祖[①]，有秩斯祜[②]。申锡[③]无疆，及尔斯所[④]。
既载清酤[⑤]，赉我思[⑥]成。亦有和羹，既戒[⑦]既平。
鬷假[⑧]无言，时靡有争，绥我眉寿[⑨]，黄耇[⑩]无疆。
约軧错衡[⑪]，八鸾鸧鸧[⑫]。以假以享[⑬]，我受命溥将[⑭]。
自天降康，丰年穰穰。来假来飨，降福无疆。
顾予烝尝[⑮]，汤孙之将[⑯]。

注释

①烈祖：功业显赫的祖先，此指商朝开国的君王成汤。

②有秩斯祜：形容福之大貌。

③申：再三。锡：同“赐”。

④及尔斯所：直到你所在处所。

⑤清酤：清酒。

⑥赉（lài）：赐予。思：语气助词。

⑦戒：齐备。

⑧鬷（zōng）假：集合大众祈祷。

⑨绥：赠予。眉寿：高寿。

⑩黄耇（gǒu）：义同“眉寿”。

⑪约軧（qí）错衡：用皮革缠绕车毂两端并涂上红色，车辕前端的横木用金涂装饰。

⑫鸾：一种饰于马车上的铃。鸧鸧（qiāng）：同“锵锵”，象声词。

⑬假（gé）：同“格”。至也。享：享用。

⑭溥（pǔ）：大。将：长。

⑮烝尝：冬祭叫“烝”，秋祭叫“尝”。

⑯汤孙：指商汤王的后代子孙。

赏析

全诗二十二句，层次分明，逐渐深入铺写祭祀烈祖盛况。“嗟嗟烈祖”以叠字叹词开篇，一叹再叹，祭祀者对先祖崇拜得五体投地的情形如在眼前，无限的溢美之词中透露出深深的崇敬之情，点明了祭祀的缘由——烈祖洪福齐天，给子孙“申锡无疆”。直呼式的呼告修辞，饱含深情地对先祖进行颂扬，活泼生动的语调减少了几分刻板和呆滞，呈现出了生活的真实情感，抓住读者的猎奇心，增添了艺术效果。成汤带给子孙的大福，次数无比之多，时间无比之长，范围无比之广，后代子孙无限的感激之情表露无遗。

祭祀者并未满足于成汤赏赐给子孙们的福禄，而是继续祈求先祖永远赐予祥瑞大福。接踵而至的便是下面结构并列、内容交错的祭祀乐词。备好了清酒，献上调和均匀的美味羹，心里默默地祷告，请求先祖佑我成功。供品丰盛、讲究，言及酒馔，祈求长寿。再看看那祝祷的景象，众人默然肃穆，没有喧哗，没有纷争，心平气和，可谓百礼具备，渲染出热烈却又严肃的氛围。在如此盛大而庄严肃穆的礼仪之中，祭祀者虔诚，以求精诚所至，神明感动，使得先祖降下福佑，让“汤孙”获得万寿无疆的长眉大寿。

“约軝错衡，八鸾鸧鸧”，红皮的车毂，饰金的车衡，贵宾光临，驷马八铃响声锵锵，多么动听。写车马的整饬在于突出助祭的贵宾，写助祭贵宾的高贵又在于烘托出主人的身份和迎神的场面。贵宾前来助祭场景的描写，表现出了商朝的强盛，烘托出了场面的热烈，也因此将全诗祈求获福的祭祀场面再次推向高潮。

于是乎，隆重的祭祀活动开始了，祭祀者献飨啊，祝祷啊，叩拜啊，祈求安康，盼望丰年穰穰，更希望先祖能够降下无疆福泽。结尾两句祝词点明了举行时祭的是“汤孙”，使得首尾呼应，结构完整。

玄　鸟

天命玄鸟[1]，降而生商。宅殷土芒芒[2]。
古帝命武汤[3]，正域[4]彼四方。
方命厥后[5]，奄有九有[6]。
商之先后[7]，受命不殆[8]，在武丁[9]孙子。
武丁孙子，武王靡不胜[10]。
龙旂十乘[11]，大糦[12]是承。
邦畿[13]千里，维民所止[14]。
肇域彼四海[15]，四海来假[16]，来假祁祁[17]，景员[18]维河。
殷受命咸宜[19]，百禄是何[20]。

注释

①玄鸟：燕子。

②宅：居住。芒芒：同“茫茫”。

③古：从前。帝：天帝，上帝。武汤：即成汤，汤号曰武。

④正域：征服疆域。

⑤方：遍，普。后：此指各部落的酋长首领。

⑥奄：全部。九有：九州。

⑦先后：先王。

⑧命：天命。殆：通“怠”，懈怠。

⑨武丁：即殷高宗，汤的后代。

⑩武王：即武汤，成汤。胜：胜任。

⑪旂（qí）：古时一种旗帜，上画龙形，杆头系铜铃。乘（shèng）：四马一车为乘。

⑫大糦（chì）：大祭。

⑬邦畿：国都附近。

⑭维民所止：人民所居紧相连。

⑮肇域彼四海：拥有四海之疆域。

⑯假（gé）：通“格”，到。

⑰祁祁：纷杂众多之貌。

⑱景员：通“广运”，东西曰广，南北曰运。指大的国界。

⑲咸宜：人们都认为适宜。

⑳何：通“荷”，承担。

赏析

《玄鸟》一诗二十二句，按照时间顺序，如同记载历史一样，大致可以分为四层。

“天命玄鸟，降而生商”，开篇追叙武丁以前殷商的历史，借神话传说从始祖写起，着重于突出商的起源。“芒芒”广大的土地，上帝命令成汤治理四方。第一层借“吞卵而生契”的故事着意写出商朝的统治上承天命，而国泰民安的重任得由汤的后代子孙武丁来承当。以武功立国，征服四方，广施号令，据九州为王。立国、治国两重意思，蝉联而下，为下文的武丁出场慢慢蓄势。

"商之先后，受命不殆，在武丁孙子"，商朝的再次复兴，武丁功不可没。三句顺承而来，既说明成汤上承天命，使得商朝天下不断延续，同时又在分析"不殆"的原因中自然地点出中兴之主武丁的功劳。武丁外伐鬼方、大彭，内修德政，从而使得成汤事业无往不胜。含蓄中表现出武丁中兴的丰功伟绩，自豪之情油然而生，敬佩之情翩然而至。

颂歌的重点在于歌颂祖德，表现祭祀的场景。紧接而来的是"龙旂十乘，大糦是承"的情形，如果不是武丁中兴，周王朝声威大震，就不会有诸侯十年插龙旗，满载粮食来助祭的热烈场景了。诗歌在对整体的概述描写之后，笔锋一转，回到祭祀的现实中来，着重于助祭的热烈场面，突出武丁的声威。

第四层描写"四海来假，来假祁祁"的场景。四海部族纷纷前来朝拜，旌旗之盛，人数之多，从侧面烘托出商王朝的繁荣强大。末尾二句与"天命玄鸟""古帝命武汤""受命不殆"相联系，以"天命"贯穿始终来结束全诗，既表现出商朝统治的合理性，也表现出商朝统治的绵延性。不仅如此，它同时也是祭祀者对天神的虔诚，祈盼能继续得到庇佑，使得商朝的统治昌盛、久长。

长　发

濬哲维商[1]，长发其祥[2]。洪水芒芒[3]，禹敷下土方[4]。
外大国是疆[5]，幅陨既长[6]。有娀[7]方将，帝立子生商[8]。
玄王桓拨[9]，受小国是达[10]，受大国是达。
率履[11]不越，遂视既发[12]。相土烈烈[13]，海外有截[14]。
帝命不违，至于汤齐[15]。汤降不迟，圣敬日跻[16]。
昭假迟迟[17]，上帝是祗[18]，帝命式于九围[19]。
受小球大球[20]，为下国缀旒[21]，何天之休[22]。
不竞不絿[23]，不刚不柔。敷政优优[24]，百禄是遒[25]。
受小共大共[26]，为下国骏厖[27]。何天之龙[28]，
敷奏[29]其勇，不震不动[30]，不戁不竦[31]，百禄是总[32]。
武王载旆[33]，有虔秉钺[34]。如火烈烈，则莫我敢曷[35]。
苞有三蘖[36]，莫遂莫达[37]。
九有[38]有截，韦顾[39]既伐，昆吾[40]夏桀。
昔在中叶[41]，有震且业[42]。允[43]也天子，降[44]予卿士。
实维阿衡[45]，实左右[46]商王。

注释

①濬(ruì)哲：明智。濬，通“睿”。

②长：久。祥：吉祥。

③芒芒：茫茫，水盛貌。

④敷：治。下土方：指天下的土地。

⑤外大国：外谓邦畿之外，大国指远方诸侯国。疆：疆土。

⑥幅陨：即“幅员”，面积。长：增长。

⑦有娀(sōng)：古国名。

⑧帝立子生商：上帝立女生殷商。

⑨玄王：商契。桓拨：威武刚毅。

⑩达：通达。

⑪率履：遵循礼法。履，“礼”的假借。

⑫视：巡视。发：施行。

⑬相土：人名，契的孙子。烈烈：威武貌。

⑭海外：四海之外，泛言边远之地。有截：截截，整齐划一。

⑮汤：成汤。齐：齐一，一样。

⑯跻：升。

⑰昭假(gé)：向神祷告，表明诚敬之心。迟迟：久久不息。

⑱祗：敬。

⑲式于九围：领导九州。

⑳球：玉器。

㉑下国：下面的诸侯方国。缀旒：旗上的飘带，此指表率。

㉒何：同“荷”，承受。休：美。

㉓绒（qiú）：急。

㉔优优：温和宽厚。

㉕遒：聚。

㉖共：通“珙”，美玉。

㉗骏厖：《鲁诗》作“骏蒙”庇护。

㉘龙：通“宠”，恩宠。

㉙敷奏：施展。

㉚不震不动：不可惊惮。

㉛戁（nǎn）、竦：恐惧。

㉜总：聚。

㉝武王：指商汤。旆：旌旗，此做动词。

㉞有虔：坚强威武貌。秉钺：执持长柄大斧。

㉟曷：通“遏”。阻挡。

㊱苞：本，指树桩。蘖：旁生的枝丫。

㊲遂：草木生长之称。达：苗生出土之称。

㊳九有：九州。

㊴韦：国名，在今河南滑县东南。顾：国名，在今山东鄄城东北。

㊵昆吾：国名，在今河南省许昌市东。

㊶中叶：商朝中世。

㊷震：威力。业：功业。

㊸允：信然。

㊹降：天降。

㊺实维：是为。阿衡：即伊尹，辅佐成汤征服天下建立商王朝的大臣。

㊻左右：在王左右辅佐。

赏析

《长发》先歌颂了商统治者的祖先契以及契之孙相土，之后才详细叙述主要祭祀对象成汤的事迹。在诗的末尾略提伊尹之事，是以伊尹从祀成汤之意。

诗共七章，一、二两章追述汤之祖先契和相土奠定基业之功。首章开头两句是赞美之词，“濬哲维商，长发其祥”，称赞商朝世代有睿智、圣明的君王，上天因之赐予商吉祥。之后诗歌笔锋转向汤之祖先契，叙述商部落最初的兴起。契因协助夏禹治水有功而被舜任命为司徒，后封于商地，商人由此立国。而且在契的开拓下，商国的疆土渐渐宽广。章末两句写契的诞生，“有娀方将，帝立子生商”，传说契之母有娀吞玄鸟卵而有孕，生下契。以神话传说来解释契的诞生，颇有神秘色彩，意在表明商之建立得到了上天的允许。第二章先写契对商的治理，之后过渡到歌颂相土。玄王即契，他治国有方，无论大国小国皆归附于商。不仅如此，契还能遵循礼法，力求教令尽行。到相土统治时期，商的势力已经扩展到渤海一带，以"烈烈"赞相土，突出的就是他开拓疆土的武功。

在契和相土的治理下，商人蓄积了消灭夏朝、建立商王朝的雄厚实力，成汤是这项事业的实现者，三到六章便是对成汤这一丰功伟绩的赞扬。商汤拥有天下的原因被认为是"帝命不违"，不违帝命的具体表现有二：其一，成汤礼贤下士，不敢怠慢，合于上天之德；其二，成汤对待上天虔敬恭谨。因此，成汤能够得到上帝的认可，其德行成为九州的典范。由于成汤治国有方，广施德业，商渐渐强大，各方诸侯纷纷归服。而诸侯之所以归服，是因为成汤治国遵循法制，施政宽和，所谓"不竞不絿，不刚不柔"也。另外，强大的商可以荫庇下国诸侯，具有"不震不动，不戁不竦"的强国风范。对一个国家来说，四方来归意味着政通人和，"百禄是遒""百禄是总"是理所当然的结果了。

第六章写成汤讨伐夏桀之功。"武王载旆，有虔秉钺。如火烈烈，则莫我敢曷"，寥寥四句塑造出一个勇猛威武的成汤形象。王旗飘飘，兵器在手，一股所向披靡的气势漫溢于其中。“苞有三蘖，莫遂莫达。九有有截，韦顾既伐，昆吾夏桀”，这里用比喻的手法说明了夏必亡、商必胜的道理。韦、顾、昆吾为夏朝的三个从国，诗将夏桀比作树干，将韦、顾、昆吾比作树干上分出的三个枝杈，生动而具体。诗人指出，夏桀已经是一株枯木，已经无法再长枝叶（“莫遂莫达”），而商一定会征服九州，完成统一，韦、顾、昆吾连同夏桀将一起灭亡。

成汤能拥有天下，得益于贤良卿士的辅佐，伊尹是其中最为著名的功臣，因此以他配祭成汤。“昔在中叶，有震且业。允也天子，降予卿士。实维阿衡，实左右商王”，这是诗的第七章，叙述的即是伊尹的辅佐之功。

本诗叙述的事件以殷商的历史事实为基础，又有神话传说的内容，语言虽有古奥生涩之处，但叙事流畅，内容凝练集中，整体表现出平易、充实的风貌。

殷　武

挞彼殷武[1]，奋伐荆楚[2]。罙入其阻[3]，裒荆之旅[4]。
有截其所[5]，汤孙之绪[6]。
维女[7]荆楚，居国南乡[8]。昔有成汤，自彼氐羌[9]，
莫敢不来享[10]，莫敢不来王[11]，曰商是常[12]。
天命多辟[13]，设都于禹之绩[14]。
岁事来辟[15]，勿予祸适[16]，稼穑匪解[17]。
天命降监[18]，下民有严[19]。不僭不滥[20]，不敢怠遑[21]。
命于下国[22]，封建[23]厥福。
商邑翼翼[24]，四方之极[25]。赫赫厥声[26]，濯濯厥灵[27]。
寿考且宁，以保我后生[28]。
陟彼景山[29]，松柏丸丸[30]。是断是迁[31]，方斲是虔[32]。
松桷有梴[33]，旅楹有闲[34]，寝[35]成孔安。

注释

①挞：勇武貌。一说疾貌。殷武：《毛传》："殷王武丁也。"

②荆楚：即楚国。

③罙：同"深"。阻：险阻。

④裒（póu）：王念孙读为"俘"，即俘虏。旅：师旅。

⑤截：割划，治理。其所：其地，指荆楚。

⑥之绪：是绪。绪，业。这是说成汤的孙子统治了那里。或以为是说这是成汤的孙子的功业。

⑦女：同"汝"，你。

⑧南乡：南方。

⑨氐羌：古西部的两个游牧部落。

⑩享：献，指进贡。

⑪王：指朝见。

⑫常：通“尚”，尊敬，崇尚。一说纲常之“常”。

⑬多辟：指诸侯。辟，君。

⑭禹之绩：指经大禹治理过的九州。绩，迹。

⑮岁事：每年朝见之事。来辟：来朝。

⑯予：施。祸：通“过”。适：通“谪”，训“责”。苏辙：“咸以岁事来见王，以祈王之不谴。”

⑰稼穑：耕种。解：通“懈”。

⑱监：监察。一说天命下察。

⑲下民：天下的人民。严：畏也。一说：有严，守法谨严貌。

⑳僭：越礼。滥：放纵，恣意妄为。

㉑怠遑：懒惰偷闲。

㉒下国：下间之国，这里指商国。一说指各诸侯国。

㉓封：大。建：立。

㉔商邑：商之都城。翼翼：严整繁盛貌。

㉕极：中极，准则。

㉖赫赫：显盛貌。

㉗濯濯：光明貌。灵：威灵。

㉘后生：后世子孙。

㉙陟：登。景山：大山。一说山名。

㉚丸丸：圆而直貌。

㉛断：砍断。迁：搬运。

㉜方：是，乃。一说正也。斲：砍，用斧来砍。此句指将运回的木料用刀斧按一定要求处理成适用的材料。虔：马瑞辰以为"削"。此指用刀处理木头。

㉝桷（jué）：方的椽子。梴（chān）：木长貌。

㉞旅楹：排列的楹柱。有闲：即"闲闲"，空旷广大貌。或以为指屋柱子粗壮。

㉟寝：寝庙。

赏析

这首诗是歌颂殷高宗中兴殷道的祭歌。诗中赞美了上天对高宗的恩赐和他的赫赫武功。

《孔疏》说："高宗（殷武丁）前世，殷道中衰，宫室不修，荆楚背叛。高宗有德，中兴殷道，伐荆楚，修宫室，既崩之后，子孙美之，追述其功，而歌此诗也。"

一章述武丁伐楚之功，"罙入其阻"一语，有捣穴夺垒之势，正是对武功的崇尚精神。二章述戒楚之词，借氐羌责荆楚，精神震动，是一篇争胜处。三章言诸侯来服，仍然建立在天命和武功之上。其中言及"稼穑匪解"，说明殷商时期也重视农业生产。四章言中兴之本，“下民有严”一句，更值得思考。李泽厚谓殷商崇尚“狞厉之美”(《美的历程》)，正是天命的威严和武力的惩罚相融合所形成的敬畏、恐怖的意味——殷商人心目中的天命与武力杀伐是一致的。五章言中兴之盛。六章言做庙以祭。以征伐起，以做庄结，大有以武定天下之意味在。